KB066238

한국 SF 명예의 전당

SF Award Winner — 乾
2014-2021

The Korea Science Fiction Hall of Fame

한국 SF 명예의 전당

김보영 김창규 박문영 심너울 아밀 이서영　　아작

추천사

"마음으로 자네를 내친 적이 없어."

이서진이 말하자, 한상진이 대답한다.

"전하와 함께 한 모든 것을 기억하겠습니다."

2008년 MBC 드라마의 한 대목이다. 당시 이 장면을 보고 꽤나 많은 사람들이 눈시울을 적셨다.

이서진의 배역은 바로 "나는 사도 세자의 아들이다."라고 선언한 정조, 바로 이산이다. 그렇다면 한상진의 역할은 쉽게 짐작할 수 있다. 그렇다. 정조의 비서실장(도승지)이자 경호실장(숙위대장)이며 수도방위사령관(금위대장)이었던 홍국영이다. 심지어 주치의 역할도 했다. 그 많은 직책을 일일이 호명할 수는 없는 일. 사람들은 홍국영을 도승지의 별칭인 지신사(知申事)로 불렀다.

한 사람에게 권력이 지나치게 집중된 데는 까닭이 있을 터. 정조의 권력은 불안했다. 정조는 자신을 둘러싸고 있는 뿌리 깊은 노론 벽파가 자신의 목숨을 노린다고 생각했다. 정조의 적은 곧 지신사의 적. 지신사는 자신의 누이를 정조의 후궁으로 입궁시키면서 원빈(元嬪)이라는 첩지를 받게 했다. 자기 여동생을 장차 궁궐의 근본, 즉 안주인으로 만들겠다는 야심을 드러낸 것이다. 그런데 그런 원빈이 입궁한 지 1년 만에 사망했다. 지신사는 동생의 죽음이 자연사가 아니라 중전 효의왕후의 음모라고 여기고 왕비의 궁녀들을 잡아다 모진 고문을 했다.

이 책의 문을 여는 〈지신사의 훈김〉은 바로 이 장면에서 시작한다. "중전마마가 드셨사옵니다."라는 문장으로 말이다. 누가 봐도 역사소설이다. '덕로는… 사람이 아닌데'로 시작하는 28번째 행을 읽기 전까지는 이 작품이 SF라는 걸 짐작할 수 없었다.

덕로는 홍국영이 되어 한 치의 흐트러짐도 없이 왕을 보필한다. 그러기 위해서는 거의 독점적으로 주어진 권력을 지독하게 행사해야 한다. 피도 눈물도 없는 인간처럼 보인다. 그렇다면 혹시 그는 정말로 인간이 아니라 기계가 아닐까? 작가의 촉이 닿은 지점이다. 토머스 뉴커먼이 1705년에 발명한 증기기관은 1748년생 홍국영에게 안성맞춤인 장치다.

기기인 덕로는 요즘 말로 하면 인공지능 로봇이다. 그런데 생애주기마다 그에 맞추어 학습 방법이 다르다. 초기에는 사람이 입력한 명령에 따라야 한다. 스승이 학습을 통해 입력한 유학의 논리에 맞춰 사고한다. 이산이 성장하여 정조가 될 즈음에는 자기 학습을 시작한다. 인공지능 학습의 변곡점에 달한 것이다. 난 이 대목에서 유럽 바둑 챔피언 판 후이를 5대 0으로 이긴 인공지능 알파고 판(Alphago Fan)에 관한 데미스 허사비스(Demis Hassabis)의 논문이 발표된 2015년 2월 26일자 〈네이처〉의 표지 카피를 떠올렸다. Learning Curve(학습 곡선)!

기기인 지신사는 결국 인간 군상의 집요한 공격을 이겨내지 못한다. 정조는 자신을 그렇게 지키려 했던 지신사의 목숨을 거두어야 했다. 하지만 사약을 내릴 수는 없다. 기기인이니 당연하다. 대신 정조는 "나와 함께 했던 모든 일을 지울 수 있겠는가?"라면서 기기인에게 모든 기억을 지울 것을 요구한다. 그의 장례는 초라했지만 어느 낯선 풀숲에서 '도로'라는 이름으로 다시 눈을 떴다. 작가가 그에게 새로운 시작을 마련해둔 것이리라….

✳

인류 역사를 통틀어 그렇지 않은 시절이 없었겠지만, 요즘은 더욱더 상상력이 중요한 시대가 되었다. SF는 궁극적으로 미래(혹은 과거)에 대한 상상을 통해 현재를 비추는 문학이다. 그리고 과학관은 그러한 SF 콘텐츠를 통해 전시와 교육, 연구가 맞물려 돌아가게 만드는 과학문화의 허브가 되어야 한다. 과학문화가 허약한 대한민국의 실정을 고려하면 과학관, 더구나 국립과천과학관의 중요성은 더욱 커진다.

2014년, 어쩌면 한국 SF가 가장 암울하던 시절에 국립과천과학관에 의해 시작된 SF 어워드는 그간 국내 SF 시장을 넓히고 SF에 대한 대중의 관심을 확대하는 데 공헌해왔다. 과학관의 전폭적인 지원을 하지 못하던 시기도 있었지만, 한국 SF 작가들과 팬들이 자발적으로 나서서 SF 어워드를 힘겹게 지켜냈고, 덕분에 그 명맥이 끊어지지 않을 수 있었다. 그 덕에 지난해부터 국립과천과학관이 SF 어워드를 다시 주최하게 되었다. 어쩌면 그러한 SF 어워드의 역사 자체가 근래 한국 SF의 흐름을 보여주기도 한다.

그리고 여기 SF 어워드의 꽃이라 해도 과언이 아닐 중단편 소설 대상 수상작들이 모였다. 고백하자면 나는 가끔 SF 팬을 자처해 왔지만 한국 작가는 매우 낯설었다. 기껏해야 듀나, 김창규, 김보영 정도가 떠오르고 최근 정세랑, 김초엽, 천선란의 작품에 빠져드는 정도였다. 그런 나에게, 그리고 독자들에게 이 책은 무엇보다 대한민국에 왜 SF 어워드가 필요한지, 그것도 과학관이 왜 SF 어워드를 지속해나가야 하는지 잘 보여준다. 이제 나는 이서영, 아밀, 심너울, 박문영 작가의 작품을 읽는 기쁨을 아는 독자가 되었다.

이서영의 〈지신사의 훈김〉은 인간과 기계에 관한 동양 철학을 돌이켜 보게 하는 역작이다. 나는 이 작품을 통해 '유교 SF'라는 새로운 장르의 매력을 알았다. 기쁨은 여기서 그치지 않았다. 아밀의 〈라비〉를 읽으면서는 나 스스로 '자주콩나무'가 되었고, 심너울의 〈세상을 끝내는 데 필요한 점프의 횟수〉에서는 프로그램 코드 몇 줄이 되는 경험을 누렸다. 그리고 박문영의 〈사마귀의 나라〉에서는 늘 다른 소년들에게 괴롭힘을 당하다 소녀 '반점'과 조우하는 '사마귀'가 되어 국가와 자본에 대해 숙고하는 기회를 가져보기도 했다.

그뿐인가. 이제 전 세계 독자들을 만나기 시작한 김보영과 김창규의 걸작들에 대해서는 어떤 칭찬의 말도 아깝지 않을 것이다. 물론 여기에 글을 실은 SF 어워드 수상 작가들은 이 상이 없었어도 각자의 작품 세계를 훌륭히 가꿔나갔을 것이 틀림없다. 하지만 이 작가들이 걷는 길에 작은 꽃 몇 송이라도 뿌려줄 수 있었다면, 그것으로 SF 어워드의 존재 가치는 충분하지 않았을까 싶다.

과학은 오랫동안 소수의 사람들만 집중하는 대상이었다. 하지만 21세기에 과학은 중요한 섹터가 되었다. 누구나 과학을 할 수 있고, 즐길 수 있어야 한다. 과학도 일종의 복지이기 때문이다. SF도 마찬가지다. 남극과 북극 일부 지역의 기온이 평년 대비 30~40도 높다는 뉴스가 울려 퍼지고, 끝을 기약할 수 없는 신종 바이러스로 인류의 존재 자체가 위협받고 있는 시대에 미래를 통해 현재를 반추하는 SF의 가치는 더욱 커진다. 그리고 그 SF를 대중과 함께 즐기고 가꾸며 더 풍성한 과학문화 콘텐츠로 가꾸어 나가는 데에 무엇보다 막중한 과학관과 SF 어워드의 소명이 있다.

— 이정모, 국립과천과학관장

서문

    '한국 SF 어워드'는 2014년에 시작되었다. 매년 그해에 발표된 SF 작품들을 검토하여, 우수하고 의미 있는 작품들에 시상을 해오고 있다. 시행착오와 부침이 있었지만, 한국 SF의 역사를 통틀어 10년 가까이 이렇게 연속해 운영되고 있는 상은 아직 없다. 그러니 SF 어워드는 2010년대부터 새로운 형태로 발전하고 확장된 한국 SF의 궤도를 확인할 수 있는 소중한 자료라고 할 수 있다. 특히 매년 가장 많은 응모작을 두고 가장 치열한 최종심을 거쳐 결정되는 중단편 부문의 대상작은 그야말로 그 시기 한국 SF에서 가장 빛나는 성과다. 그러니 그간의 중단편 부문 소설 대상 수상작품을 모아보는 것은 한국 SF가 그동안 어떠한 형태와 의미들을 만들어 왔는지를 확인할 수 있는 좋은 지표임에 틀림없다.

    이 책에 수록된 작품들의 특성을 톺아보면 한국 SF가 보여주고 있는 의미들을 확인할 수 있다. 먼저 제1회 대상작이었던 김창규의 〈업데이트〉를 보자. 〈업데이트〉에 대해 김창규는 의료민영화에 대한 사회적 담론의 부조리를 느끼면서 발표한 작품이라고 밝힌 바 있다. 한국 사회는 2010년대로 접어들면서 기존에 가지고 있었던 거대 담론들에 종식을 고

하고, 개인적이고 미시적인 측면에서의 문제들, 그리고 이를 촉발하거나 저지하는 다양한 사회적 안전망 및 인프라에 관심을 두기 시작했다. 자연스럽게 그런 문제들에 대한 비판적 사고실험에 유용한 SF 장르에서의 시도들이 의미를 획득했는데, 대표적인 예가 바로 김창규의 〈업데이트〉라고 할 수 있다.

특히 김창규는 이 작품을 시작으로 이후 〈우리가 추방된 세계〉와 〈우주의 모든 유원지〉를 통해 총 3회의 대상을 받게 되는데, 동시대의 사회적 분위기에서 SF 장르가 보여줄 수 있는 장점들을 명확하게 구현하였기 때문이라고 할 수 있다. 물론 김창규는 탄탄한 문장과 치밀한 서사 구조를 통해서 단편 소설이라는 형식으로 보여줄 수 있는 완성도 높은 스토리텔링 역시 구사하고 있다. SF에 대한 한국 독자의 관심도가 지금과 같이 높지 않았던 해당 시기에 발표된 김창규의 작품들을 뒤늦게 접한 이들이 한국에 이런 작가가 있었다는 사실에 놀라워한 것은 SF라는 장르와는 별개로, 김창규가 소설가로서 보여준 소설 형식의 완성도가 컸기 때문이라고 할 수 있다.

이러한 소설적 완성도는 중단편 소설을 논할 때 특히 중요한 부분이라고 할 수 있는데, 김창규는 중단편 소설의 미학적 완성도를 SF가 보여줄 수 있는 사고실험 및 경이의 세계와 버무려 구현하는 데 아주 탁월한 작가이다. 〈우리가 추방된 세계〉에서 보여준 세월호 사건에 대한 메시지를 지나, 〈우주의 모든 유원지〉에 이르면 한국 사회의 복잡다단한 이슈들을 관통해 온 작가가 조금 더 미래지향적이고 진보적인, 인류 보편적인 가치들을 논하기 시작했음을 보여주는 일종의 선언을 마주한다. 이러한 변화의 궤도를 통해 한국 SF가 2010년 이후 현대사의 흐름에서 문학으로서 현실을 비추는 거울의 역할을 명확하게 견지하고 있었음을 확인할 수 있다.

김창규의 4회 연속 대상 수상을 저지(?)한 박문영의 〈사마귀의 나라〉는 SF의 전형적 세계관인 포스트 아포칼립스를 이용해 자본주의의 문제

점을 사고한 현대적인 작품이었다. 특히 삶의 구체적인 부분에서 터져 나오는 부조리의 묘사는 2010년 이후 한국 사회에서 심화되기 시작한 자본의 불평등 문제에 대한 날카로운 사고실험이었다고 할 수 있다. 이러한 문제들에 대해서 SF가 보여줄 수 있는 시뮬라크르의 다양성은 사실주의 기반의 서사들보다 훨씬 더 효과적이라고 할 수 있는데, 〈사마귀의 나라〉가 대표적인 예다.

한국 사회의 구조적이고 제도적인 문제들에 대해 한국 SF는 회피하지 않고 이의를 제기하며 정면으로 마주하는 모습을 보여주었다. 특히 수상작들이 보이는 다양한 장르적 장치의 활용은 SF가 과학적인 정보나 경이와 환상의 세계라는 굴레에만 갇혀 있지 않다는 사실의 충분한 예시들이 된다. 더욱이 한국 사회의 현실들을 직면하기 시작하면서 자연스럽게, 해외로부터 유입된 모방적 장르가 아니라 '한국에서 한국어를 사용하여 소설을 쓰는 작가들이 한국의 이야기를 사고실험하는' 장르로서의 의미들이 다시 형성되었다. 이러한 변화의 양상은 이후 한국 사회가 가지고 있는 미시적이고 구체적인 문제들에 관한 이야기들을 반영하는 쪽으로 발전하였다.

그것을 단적으로 보여주는 예가 김보영의 〈얼마나 닮았는가〉이다. 작품에 발표되던 시기에 한국 사회가 마주하고 있던 이슈 중 하나는 젠더 (gender)와 관련된 것이었다. 이 작품은 젠더에 대한 사회적 감각들을 인공지능이라는 가장 SF적인 캐릭터를 통해서 사고실험하는 작품이었다. 그러면서도 김보영 특유의 유려한 서술이 전체 서사를 관통하면서 개성적인 분위기를 만들어낸다. 한국 사회에서 그동안 본격적으로 논의되지 않았던 젠더에 대한 불평등 문제를 해결하고자 하는 목소리들이 격렬하게 터져 나오던 시기에 김보영의 작품이 보여준 메시지는 SF라는 장르이기 때문에 가능한 개성을 확실하게 보여주는 주목할 만한 성과라고 할 수 있다. SF로서의 세계관과 소재들을 완벽하게 구사한 이 작품은 젠더에 대한 편견 문제를 환기하는 것뿐만 아니라, SF라는 장르에 입문하는 이에게 추천해도 손색이 없는 수작이다.

이후 한국 SF는 점점 이전에 없던 사회적 관심을 받기 시작하며, 팬덤 위주의 작은 판에서 벗어나 한국의 서사문학에서 가장 주목받는 장르 형식으로 자리매김하게 된다. 양적인 성장도 두드러져, SF 어워드의 심사 대상작으로 집계되는 작품의 수 역시 이 시기부터 전년도의 두 배 이상을 기록했다. 그에 따라 이전보다 훨씬 더 다양한 주제들을 다루는 특색 있는 작품들이 대거 등장하게 된다. 독자층도 이러한 상황에서 SF가 보여줄 수 있는 다양한 개성들을 폭넓게 받아들이기 시작했고, 작가들은 이에 호응하여 이전보다 훨씬 더 과감한 시도를 하였다. 이러한 다양성과 개성이 심너울의 〈세상을 끝내는 데 필요한 점프의 횟수〉, 아밀의 〈라비〉, 이서영의 〈지신사의 훈김〉이라는 성과로 발현되었다.

심너울의 〈세상을 끝내는 데 필요한 점프의 횟수〉는 한국 SF의 다양성이 얼마나 확장되었는지를 확인할 수 있는 작품이다. 한국 SF의 트릭스터와 같은 재기발랄함을 보여주는 심너울은 경이와 환상의 세계보다는 현실적인 배경을 바탕으로 근미래에 일어날 수 있는 다양한 사건과 사고들을 재치 있게 배치하여 소설을 구성한다. 심너울의 SF에는 사회적인 부조리에 대한 무겁고 심각한 문제 제기는 없지만, 독자들에게 직접적으로 전달하는 메시지들이 그 어떠한 비판적 사고실험보다도 효과적으로 구현된다. 〈세상을 끝내는 데 필요한 점프의 횟수〉 역시도 이러한 형태인데, SF라는 장르가 가지고 있는 21세기적인 지향점을 보여주고 있기 때문에 대상 작품으로서 손색이 없었다고 할 수 있다.

아밀의 〈라비〉는 현대사회가 가지고 있는 본질적인 가치들에 대한 질문을 던지는 작품이다. 인간 중심적인 사고들이 초래하게 되는 현대사회의 다양한 부조리들을 통찰하는 서사의 전개는 SF가 보여주는 경이의 세계와 모험 서사의 특징을 내포하고 있으면서도 그것의 주체가 인간이나 인간이 이룩한 문명은 아니라는 사실을 드러낸다. 이러한 논의들은 21세기에 접어들면서 나타난 다양한 전 지구적 문제들을 해결하기 위해 등장한 인류세(Anthtropocene)적 논의나 객체지향존재론(Object-Oriented On-tology)을 비롯한 신유물론(New Materialism)적 담론과도 맞닿아 있는 것이라고 할 수 있다. 한국 SF가 보여줄 수 있는 현대적인 감각과 깊이를 확인시키는 작품이다.

마지막으로 이서영의 〈지신사의 훈김〉은 한국의 SF가 얼마나 다양한 방향으로 발전하였는지, 그리고 이를 수용하고 향유하는 독자와 평단의 역량 역시 얼마나 성장했는지를 극명히 보여준다. '조선스팀펑크'라는 주제를 가지고 기획된 앤솔러지 《기기인도로》의 수록작이었던 이 작품은 하위장르적 분류에서 BL(Boys' Love)이라는 형식을 부여할 수 있기도 하다. 대중문화에서 이미 하나의 형식으로 자리하고는 있으나 주류라고 불리지 못하고 있던 양식이 과감하게 시도된 작품에 SF 어워드 대상을 수여했다는 사실은, 물론 작품이 가지고 있는 매력과 완성도가 가능케 한 것이겠지만, 양식과 시도의 가치를 직시하고 과감하게 의미를 부여할 수 있는 한국 SF 장(field)의 역량을 보여주는 것이었다고 할 수 있다.

이와 같이 SF 어워드의 중단편 부문에서 대상을 받은 작품들은 그 면면을 보았을 때 한국 사회가 그동안 변화해온 양상과 그 시대만의 문제를 파악함과 동시에, 그러한 문제들에 긴밀하게 반응하고 몰두해온 한국 SF의 가치들을 확인할 수 있는 지표라고 할 수 있다. 그리고 이러한 SF 작품들이 사회적이고 구조적인 부조리의 문제들로부터 시작해, 젠더 불평등 및 편견과 같은 내재된 문제들을 지나 미시적이고 다양하게 드러나는 문제들에 다양한 형식으로 반응하고 있는 것을 보았을 때, 이후로의 한국 문학장에서 SF가 보여줄 가능성을 기대할 수 있게 한다. 지금까지 보여주었던 작품들의 가치들을 외삽(extrapolation)해 보았을 때 몇 년 뒤 다시 모이게 될 한국 SF 어워드 중단편 부문 대상 수상작들에 대한 기대감이 큰 것은 이러한 변화와 발전의 맥락들 때문이다.

— 이지용, 문화평론가

**The Korea
Science Fiction
Hall of Fame**

**The Korea
Science Fiction
Hall of Fame**

지신사의 훈김

이서영

인간과 AI는 다르다. 인간은 결코 AI가 받아들이는 형상대로 세상을 받아들이지 못한다. 유교의
온전한 세계를 인간은 현실에 구축해내지 못했다. 만약 AI라면 어떨지 궁금했다. 동시에 이 소설
은 조선조 공식커플. 홍국영과 정조의 러브스토리다. 모든 신하에게 "나를 사랑하느냐"라고 물을
수 있었던 '만천명월주인옹(萬千明月主人翁)'의 이야기기도 하다.

2021년 《기기인 도로》(아작) 수록

2021년 제8회 SF 어워드 중단편 부문 대상 수상

"중전마마가 드셨사옵니다."

왕은 잠자코 고개를 끄덕였다. 왕과 중전은 결코 사이가 좋은 부부는 아니었다. 그러나 중전은 훌륭한 아내였다. 단 한 번도 이렇듯 예고 없이 앞서 달려와 만나기를 청한 적이 없었다. 중전이 치맛자락을 펄럭이며 왕의 거처로 나아오는 건 예삿일이 아니었다. 왕뿐만 아니라 구중궁궐의 누구라도 알고 있었다. 심지어 시각은 조반조차 들기 전이었다.

"들라 하라."

중전은 아미를 숙인 채 눈을 내리깔고 왕 앞에 섰다. 먼저 가볍게 예를 표하려는 것을 왕이 말렸다.

"부부간에 그리 예를 표할 것이 무엔가. 중전은 내게 할 말이 있어서 왔을 게 아니오."

이미 중전이 할 말은 왕도 알고 있었다. 도승지가 저지른 패악질은 하루 만에 온 궐에 소문이 파다했다. 왕은 가만히 중전의 곱게 그린 눈썹을 바라보았다. 이리로 찾아오기 위해 언제쯤 일어나서 언제부터 준비했을 것인가. 사람들은 곧잘 중전이 장헌세자 시절의 혜경궁을 보는 것 같다고 하였다. 중전은 왕을 바라보고 입을 여는 대신에 눈물을 떨궜다.

"저는… 저는, 원빈을, 절대로 미워해본 바가 없습니다. 독살이라니요. 말도 안 되는 모함입니다."

이미 다 알고 있었지만 왕은 어쩔 수 없이 다시 입을 열었다. 고발에는 내용이 있어야 했다.

"어젯밤 도승지가 내명부의 나인을 끌고 가서 호되게 매질하였습니다."

중전의 애끓는 호소는 한 식경에 가깝도록 계속되었다. 밖에서도 나인들이 듣고 있을 것이다. 중전은 명민한 이였다. 단지 감정에 북받쳐서 뛰어온 게 아니었다. 이 시각, 호소에 걸리는 시간, 차림새까지 중전의 호소는 한 군데도 어긋남이 없었다. 흐느낌이 계산된 거짓이라는 게 아니었다. 중전은 어긋남이 없는 계산이 생에 배어 있는 사람이었다.

그러나 그건 덕로도 마찬가지가 아닌가. 덕로는 중전을 모욕할 수 없었다. 덕로는… 사람이 아닌데. 도승지가 오만방자하다는 이야기를 수없이 전해 들었지만 왕은 그럴 리가 없다는 걸 알고 있었다. 덕로는 오만과 방자라는 개념을 오로지 글자로만 아는 이였다. 겸손과 겸양이라는 개념도 글자로만 알 뿐이었다. 그래서 쓸모가 있었다. 그러나 이제 바로 그 이유로 쓸모가 없어진 모양이었다.

이(理)와 기(氣), 사단(四端)과 칠정(七情). 중전이 물러간 후에도 한참 동안 아무 말도 없이 생각에 골몰하던 임금은 마침내 고개를 들어 목소리를 높였다.

"도승지를 들라 하라."

✳

왕은 할바마마가 돌아가시기 직전 언저리를 선명하게 기억했다. 겨울이라 군불을 한창 때고 있었다. 춥기는커녕 땀이 삐질삐질 흘렀지만 산은 두꺼운 옷을 벗지 못하고 있었다. 옷은 고사하고 신발도 벗지 못했다. 몸여기저기가 근질거렸다. 옷을 시원하게 벗고 뜨거운 물 속에 몸을 푹 담갔다가 평온하게 눈을 감았던 적이 언제였는지 가물거렸다. 산은 뜨거운 욕탕을 생각했다. 따스한 물이 올라오는 가운데 약간 서늘한 바람이 창문을 통해 얼굴로 밀려오는 감각을 떠올렸다. 목욕이 끝난 다음에는 부드러운 야장의를 걸치는 것이지. 몸에 부드럽게 감기는 야장의를 입고 햇볕에 바스락 소리가 나도록 말린 이불을 덮고 잠이 들 수 있다면.

　인간의 사고란 존재하지 않는 기(氣)를 다시금 떠올릴 수 있으니 얼마나 다행이란 말인가. 상상할 수 없었다면 지금쯤 산은 미쳐버렸을지도 모를 일이었다. 꿈같은 수욕을 상상하면서도 산의 머릿속을 떠나지 않는 풍경들이 있었다. 산은 몇 번씩이고 도망치는 동선을 그려보았다. 오른쪽에서 들어온다면 목침을 던지고 왼쪽으로 도망간다. 왼쪽에서 들어온다면 침상을 돌아서 따돌린 후 오른쪽으로 도망간다. 앞쪽에서 들어온다면 일부러 앞쪽에 놓아둔 서안을 걷어찬 다음…. 하지만 만약 몇 군데에서 동시에 들어온다면? 누군가의 도움이 필요하겠지. 산은 뽀얗게 솟아오르는 훈김을 생각하며 마음을 가라앉혔다. 혼자 싸우게 되지는 않을 것이다.

　옷을 갈아입지 못하는 이유는 도주의 가능성 때문만은 아니었다. 산을 모시러 오는 내관들은 자주 바뀌었고, 산은 바뀌는 얼굴들 중에서 작은외할아버지나 고모가 보낸 이들의 얼굴을 감별하기 위해 애를 썼다. 새로 들어온 신입 내관 한 명 한 명의 얼굴을 빤히 들여다보기도 했지만, 산은 알 수 없었다. 옷 안에 독이라도 바르진 않았을지 의심하다 보면 옷을 내던지고 싶은 충동이 들었다. 그럴 때면 하릴없이 아버지가 떠올랐다. 내관을 칼로 베어버렸다던 날, 어머니는 산의 눈을 가렸다. 볼 수 없는 와중에도 아버지의 몸에서 뿜어져 나오는 열기를 느낄 수 있었다. 뜨거웠다.

　이제 산은 옷을 벗지 않는 사람이 되고 말았다. 빈의 침전에 찾아가는 것은 상상도 안 되는 일이었다. 사위는 무겁게 암흑했고, 산은 문밖에 바람 소리만 들려도 놀랐다. 구중궁궐이란 말은 그 안에 있는 이가 안전하도록 몇 겹씩 문을 둘러쳤다는 말일진대, 궁궐의 문이 하 많아서 독야(獨夜)에 사망해버리는 것은 아닐지. 문풍지가 살짝 떨렸다.

죽음에 닿은 몸은 아무것도 아니었다. 물질적으로는 존재하나, 실질적으로는 무(無)였다. 산은 아버지의 시신을 떠올렸다. 오랫동안 무릎을 굽히고 있던 시신은 그 작은 상자에서 풀려나고 나서도 허공에 다리를 단단히 묶어둔 듯했다. 염을 하는 이들이 힘을 다해 슬개를 눌렀다는 이야기를 듣고, 산은 오래도록 꿈속에서 다리를 저는 아버지를 보았다.

빈을 만난 것은 아비가 죽기 석 달 전이었다. 석 달 동안 빈에게 애틋한 마음이 조금이라도 있었던가, 이제는 잘 기억나지 않았다. 석 달 뒤부터 자신의 마음이 얼음장처럼 얼어붙었다는 것을 누구보다 잘 알고 있었다. 혹여 신변에 무슨 일이 생겼을 때 빈까지 염려하고 싶지는 않았던 탓이었다. 산은 몸을 돌려 반듯하게 누웠다.

문 바깥에서 분명한 움직임이 느껴졌다. 문 쪽을 뚫어져라 보다가 움직임의 형태가 어지간히 낯이 익다는 것을 눈치챘다. 아주 조금, 문이 열렸다. 가느다랗게 훈김이 올라왔다. 세손은 안도의 한숨을 쉬며 눈을 내리감았다. 계방을 지키는 나의 설서(說書)*. 이제 산은 혼자 있는 게 아니었다. 설서가 도착했다는 것을 확인하자마자 산은 기절하듯 혼곤한 잠에 빠져들었다. 큰 눈과 오뚝한 코를 한 설서는 세손 옆에 바짝 다가앉았다. 날씨는 이제 쌀쌀하지 않았음에도, 설서의 코와 입에선 계속해서 엷은 훈김이 올라왔다.

설서의 키는 남들보다 작았으나, 설서의 몸에선 자칫 데지 않을까 걱정스러울 정도로 뜨거운 기운이 올라왔다. 설서의 눈은 형형했고, 설서는 자신이 받은 명령을 잘 이해하고 있었다. 주자학의 이치는 그에게 일련의 명세표처럼 각인되었다. 세손의 명령 또한 마찬가지였다. 홍국영은 산의 옆에 허리를 꼿꼿이 펴고 앉았다. 국영의 몸 안에서 세손과 설서 둘

---

*   조선시대에 세자시강원에서 경사와 도의를 가르치는 일을 맡아보던 정칠품 벼슬

만이 들을 수 있는 희미한 소리로 와륜이 돌아갔다.

✳

기기인이 발견되었다는 소식이 임금에게 보고된 건 세손이 책봉되던 해 여름이었다. 사형당한 시신들을 버리는 자리에서 발견되었다고 했다. 여기저기 썩은 내가 진동하는 와중에, 시신 하나만 지나치게 깨끗하여 혹시나 살아 있는 것인가 손을 대보았더니 기기가 작동하는 소리가 들리기 시작했다고 했다. 소식을 들은 즉시 임금은 당장 궁 안으로 기기인을 옮기도록 지시했다.

도착한 그것의 외양은 사람과 전혀 다를 것이 없었다. 아니, 키가 좀 작은 것을 제외하고는 오히려 몹시 용모가 준수한 축에 속하였다. 왕은 먼저 흔들어 깨우기를 지시했다. 그러나 아무리 흔들어도 깨어나지 않았다. 다만 몸속에서 덜그럭거리는 소리가 들릴 따름이었다. 그 다음으로는 어의들을 불러와 맥을 짚게 해보았다. 어의들은 맥이 잡히지 않고 사람의 몸속에서는 들릴 수 없는 기이한 소리가 들린다고 진단하였다. 마지막 명령을 내리기까지 왕은 아주 잠시 고민하였으나, 곧 단호하게 명령했다. 칼을 가지고 오라는 것이었다. 칼을 들고 온 이는 왕의 명령대로 기기인의 살 속에 거침없이 칼을 박아 넣었다. 옆구리에 칼이 박히자, 몸속에서는 철컥철컥 소리가 멀리서도 뚜렷하게 들리도록 크게 울렸다. 눈을 번쩍 뜬 그것은 옆구리에 찔린 칼을 뽑아 바닥에 떨어뜨렸다. 피는 한 방울도 나오지 않았다. 되려 주변을 둘러보곤 걸그럭대는 소리로 입을 열었다.

"뭐야?"

곤룡포를 입은 이가 눈앞에 있는 것을 본 그것은 잠깐 정황을 파악하려는 듯 눈을 멀거니 뜨고 임금을 바라보다가, 기긱 소리와 함께 코에서 훈김을 푹 한 번 내뿜더니만 바닥에 엎드렸다. 기기인이 깨어나자 사위가 순식간에 후끈해졌다. 몸에서 뿜어 나오는 훈김 탓이었다.

"전… 전하를 뵈옵니다."

그것의 목소리 끄트머리는 정황을 이해할 수 없는 듯 어스름하니 흐려졌다.

"너는 기기인인가?"

고개를 땅에 처박은 채 기기인은 한참을 대답하지 않았다. 바깥에서 매미 소리와 꾀꼬리 소리가 함께 어우러져 햇빛과 함께 쏟아져 들어왔다. 어의들은 어찌할 바를 몰라 그 자리에 가만히 서 있을 따름이었다. 매미 소리와 꾀꼬리 소리가 임금의 마음을 턱 끝까지 채웠을 무렵, 가느다란 기계음과 함께 그것의 입이 열렸다.

"그것이 무엇인지 알지 못하나이다."

매미 소리는 더욱 세차게 궁 안을 흐트러뜨렸고, 임금은 벌거벗은 기기인을 내버려두고서 그 자리를 박차고 나왔다. 쉬이 피가 끓는 임금의 성격을 아는 내관은 허겁지겁 임금을 쫓아 나왔다. 임금은 내관을 힐끗 보고서는 소리를 낮추어 말했다.

"어의들의 입단속을 단단히 시키도록. 그리고 어쨌건 의식이 들었으니 저것은 홍문관으로 보내도록 하라."

"홍문관이오?"

"자네들이 기계에 대해서 무얼 알아. 홍문관에는 기기(奇器)들에 대한 서적이 있고 학자들이 있으니 연구를 할 수 있을 것이 아닌가."

"하오나 전하…."

"뭐, 이제 와서 조광조가 벌였던 그 증기사화라도 얘기할 참이야? 초승심위왕 같은 글자를 증기로 쓴 게 문제라면 그자가 임금이 아닌 게 문제지. 나는 임금이지 않은가."

"그래도…."

"그러니까 입단속을 잘하고, 홍문관 구석으로 보내라고."

임금은 곤룡포 허리춤을 추켜올렸다.

"겉으로 보기에는 멀쩡한 사람처럼 보이니까."

자신의 이름조차 잊은 그것의 알몸 위에는 곧 내관의 옷이 덮어씌워졌다. 가장 낮은 직급인 상원(尙苑)의 옷이었다. 걸핏하면 바뀌는 상원의 얼굴을 유심히 들여다보는 이는 없었다.

기기인은 조그마한 사모뿔을 만지작거리면서 걷긴 했지만, 걷는 것도 평범한 사람과 크게 다를 것이 없었다. 실외로 나오자 가까이에 가지 않는 이상은 몸속에서 울리는 쇳소리도 잘 들리지 않았다. 그것은 자신을 안내하는 내관들의 뒤를 놓치지 않으면서도 때때로 고개를 들어 궁 안을 살폈다. 미로 같은 구중궁궐의 지도가 걸음을 내디딜 때마다 덜그럭거리며 기억판에 새겨졌다. 황벽나무의 위치와 함께 개미가 지나가는 가느다란 결도, 꾀꼬리가 치고 날아올라 가는 버드나무의 흔들림도. 걸음을 바삐 움직임과 동시에 그것의 와륜도 거침없이 돌아가고 있었다.

궐의 동편, 작지만은 않은 각사에 도착하자 현관에 새겨진 옥당(玉堂)이라는 글씨가 보였다. 옥이 기거하는 집. 홍문관에서 다루는 옥은 곱게 빻아서 얇게 말린 닥나무의 껍질로 만들어져 있었다. 홍문관에 들어서자마자 그것은 코를 벌름거리기 시작했다. 각사는 온통 지향(紙香)의 입자들로 가득했다. 기기인의 정체를 알고 있는 상선(尙膳)*은 코를 벌름대는 그것을 기이하고 신기하게 여겼다.

'저것도 냄새를 맡을 수가 있단 말이지. 사람이랑 다를 것이 없구먼.'

많은 이들에게 알릴 수 없었기에, 연구의 책임은 한정적으로 주어졌다. 상선은 임금의 비서(秘書)를 세손사(世孫師)를 맡은 홍봉한에게 전달하였다. 불혹을 넘겨 외손주의 스승직을 받잡느라 정신이 없던 그에게 또 하나의 막중한 임무가 떨어진 것이었다. 고개를 깊이 숙인 뒤 비서를 열어 본 그의 얼굴은 시시각각으로 변했다. 하얗게 질렸다가 어처구니없어했다가 곰곰이 생각하는 듯하더니만 결국엔 체념한 표정이 되었다. 홍봉한은 그것의 얼굴을 내려다보았다. 해사하고 맑은 얼굴이었고, 눈빛은

---

* 내시부의 수장으로 2인을 두었는데, 한 명은 수라간을 지휘했고 다른 한 명은 내시부를 통솔했다.

또렷했다. 연구하라 하였으니 어떻게 구동하는지를 알아야 할 것이고, 망가뜨리지 않고 구동원리를 알기 위해선 여러 가지를 시켜보는 방법뿐이었다.

"그래, 나이가 어떻게 되느냐."

기기인은 아무 대답이 없었다.

"나이를 모르느냐? 그렇다면 이름은 무어라 하느냐."

고개를 오른쪽으로 살짝 기울이더니만 기기인은 천천히 고개를 내저었다.

"이름도 모르옵니다."

그 모습이 마치 노인과 소년이 한 몸에 있는 것 같아 홍봉한은 슬며시 웃었다.

"네가 청년의 외양을 하고 있지만 얼마나 늙었는지 내 알지 못하고, 나는 사람의 꼴을 한 너를 덕 있게 써야 한다. 그러기 위해서 너에게 여러 덕을 가르칠 것이니 덕 있는 노인이라는 뜻인 덕로라고 부르도록 하겠다."

그 순간 약간 거세게 와륜이 돌아가는 소리를 홍봉한도 상선도 뚜렷하게 들었다. 그것은 마치 기뻐하는 고양이가 몸을 뒤틀며 그릉거리는 소리와도 흡사했다.

＊

홍봉한은 다른 학자들과 함께 3년을 꼬박 기기인에게 매달렸다. 기기인의 의식을 잃게 하지 않고서 기기인의 몸속을 살펴볼 방도가 없었기에 지극히 고난스러운 작업이었다. 기기인의 몸을 두드려보기도 하고 살갗을 통해 전달되는 진동을 느껴보기도 했지만 그것만으로 기기인의 구조를 파악하기는 어려웠다. 덕로는 홍봉한에게 자신의 살갗이 단순한 껍데기가 아니라고 말해주었다.

"제 몸을 만지면 이렇게 뜨겁지 않습니까. 몸의 구석구석이 하나로 얽

26

혀 있어서, 함부로 끊어냈다가는 다른 부분까지 멈춰버릴 수 있습니다. 설명하기는 어렵지만 저는 알 수가 있습니다."

덕로의 몸은 범인들의 몸보다 언제나 좀 더 온도가 높았다. 몸속에서 그룽거리는 소리가 나는 것부터 몸의 온도가 높은 것까지, 홍봉한은 역시 덕로가 고양이와 흡사하다는 생각을 하곤 하였다. 겉껍데기를 벗겨서 몸속의 얼개를 풀어낼 수 없다면 얼개의 흐름이라도 알아보아야 했다. 어차피 갈 곳도 없고 음식도 필요 없는 덕로는 옥당에 늘 틀어박혀 있었고, 글자를 읽는 것도 싫어하지 않았다. 덕로는 자신의 신상에 관련한 것은 대부분 기억하지 못했지만, 글자는 아주 드물게 쓰이는 글자들까지 속속들이 알고 있었다. 옥당에 틀어박혀 하루 온종일 책을 읽는 덕로에게, 홍봉한은 유학을 가르쳐보기로 하였다. 연구할 대상에게 유학을 가르친다는 것이 조금 기이하게 들리긴 하였지만, 지능이 있는 것에게 유학을 가르침은 본래 선한 일이지 않았던가.

"그리해서 기기인에 대해 알 수 있는 것이 있겠소?"

함께 연구하던 민백상이 괜한 짓을 한다고 한마디 던지기는 했으나, 별달리 말릴 생각은 없어 보였다. 오히려 조금은 즐거워하는 눈치였다. 다들 덕로를 만나러 오는 시간이 그나마 숨통이 트이는 시간인 탓이었다. 주어진 임무가 있으니 하기는 해야 하고, 기밀로 해야 하는 임무이니 다른 사람들을 마주할 필요도 없었다. 홍봉한은 때로 자신은 복 받은 스승이라는 생각을 하곤 했다. 덕로와 세손은 모두 몹시 명민한 이들이었다. 주강을 치른 이후 짧은 망중한을 틈타 덕로를 가르치다 보면, 이 둘을 한자리에 모아놓고 가르치면 어떤 대답이 나올까 문득 궁금하기도 했다. 같은 구절을 가르칠 때도 세손과 덕로의 이해는 사뭇 달랐다. 몸을 정결히 하고 어버이를 아침저녁으로 문안하라는 구절에서 세손이 마음과 성정과 이치가 하나로 통하는 원리를 이야기한다면, 덕로는 향리와 국가 같은 공의 영역이 어버이로부터 배태했다는 점을 짚는 식이었다. 덕로에게 놀라서 대체 무엇을 보고 그런 생각을 할 수 있었느냐 묻자, 덕로는 쑥스러운 표정으로 '제게는 어버이가 없기에 짐작했습니다.' 하고 웃었다. 홍봉한은 무릎을 치며 감탄하였다.

덕로는 밥 한 끼 먹지 않아도 제때 물을 주고 따뜻한 햇볕에 놓아두기만 하면 힘차게 옥당 안을 돌아다녔다. 매일같이 귀신처럼 책을 읽고 질문을 퍼부어대는 덕로를 보는 일은 피를 말리는 조정에 나아가 있는 것보다 훨씬 나았다. 세자, 그놈의 세자만 없더라도 일하는 것이 훨씬 수월할 텐데. 홍봉한은 분노한 임금의 얼굴을 마주할 때마다 문득 세자에게 시집보낸 둘째 딸 생각을 하곤 했다. 얌전하고 생각이 깊어 제 주장은 조심스럽게 말하던 아이가 그 속에서 어떤 생각을 하며 살고 있을지. 세자가 칼을 들고 궁궐을 돌아다녔다는 이야기가 흉흉하게 돌던 날, 홍문관에도 흉흉한 분위기가 만연했다. 그러나 덕로는 그 분위기에 조금치도 물들지 않았다. 덕로의 대답에 껄껄 웃으며 함께 《소학》을 읽던 민백상과 이후가 자진(自盡)을 하고 나서도, 아는지 모르는지 덕로는 변함없이 씩씩했다. 때로 무언가 할 말이 있는 것처럼 홍봉한을 볼 때도 있었지만, 홍봉한이 고개를 저으면 입을 다물었다. 눈치가 빠른 녀석이었다.

세자가 뒤주 속에 갇혀 있던 열흘간, 홍봉한은 덕로를 제대로 찾지 못했다. 세자가 죽고 나서도 홍봉한의 마음은 자꾸 공중을 떠돌았다. 죽은 듯 조용히 일하다 잠자리에 누우면 그제야 제 나름대로 임금과 세자 사이에서 균형을 찾겠다고 했던 모든 일이 되짚어 떠올랐고, 뼈가 시리도록 후회가 밀려왔다. 세자의 기행을 낱낱이 임금에게 고할 때, 홍봉한의 마음엔 단지 그 두 부자가 화해하기를 바라는 심정만 있었던가? 문안을 드리려고 하던 세자를 말릴 때는, 세자가 문 앞까지 왔다가 도로 물러갔다는 사실을 임금에게 전하지 않았을 때는, 그저 두 부자를 자극하지 않아서 평화롭기만을 바라는 심정만 있었던가? 그때 당시엔 분명 그래서만이라고 생각했던 일들이 전부 귀신처럼 솟아올라서 홍봉한의 심정을 후벼 팠다.

임금과 세자가 멀어지기를 바랐었다. 내가 세자의 장인인데, 어째서.

이유야 자명했다. 세자를 바라보는 임금의 시선은 진흙을 묻히고 날뛰는 개를 바라보는 듯했다. 세자가 미쳐 돌도록 임금은 세자를 경멸했다. 세자와 말을 섞으면 귀를 씻었다. 심지어는 세자 앞에서도 그랬다.

하지만 세손을 바라보는 임금의 시선은 활활 타는 듯했다. 임금은 세손을 열망하고 있었다. 세손의 총명함, 말투, 몸짓, 모든 것이 임금의 눈에 환하게 타올랐다. 세손에게 그 자리를 물려주고 싶어 했다. 누구라도 알 수 있었다.

홍봉한은 자신이 무엇을 욕심내었고, 무엇을 의도했으며 의도하지 않았는지를 매일 밤마다 생각했다. 세손을 가르치러 가는 길은 온통 죄책감으로 흔들렸다. 덕로는 홍문관 구석에 서간들과 함께 오랫동안 줄 끊어진 망석중이처럼 내버려졌다. 홍봉한은 종종 덕로를 떠올렸으나, 자신을 반가워할 덕로를 볼 낯이 없었다. 세자가 죽고 난 뒤 임금도 한동안은 덕로를 잊은 것처럼 보였다.

일이 터지고 만 것은 사화가 벌어진 지 두 달이 지났을 무렵이었다. 조선 땅의 여름이 으레 그러하듯 찜통에 들어온 것 같던 날이었다. 홍봉한은 그저 하루를 온통 홍문관에 박혀 있는 줄만 알았던 덕로가 때때로 궁궐을 돌아다니기도 했다는 걸 처음으로 알게 되었다. 하필, 그런 사건을 통해서.

덕로는 제 몸속에 있는 찜통이 밖으로 튀어나온 것만 같았다. 세상 모든 이들이 훈김 속에서 허덕이며 걸었고, 덕로는 평소보다 훨씬 느리게 걸었다. 절절 끓는 김이 공기 중에 가득했다. 봄에 보았던 무구한 빛깔과는 몹시 다른 생생한 빛깔들이었다. 그 와중에도 어딘가 바쁘게 오가는 궁녀들을 보다가 그만 작은 다리도 하나 건너고 말았다. 아무려면 덕로가 길을 잃을 일은 없었다. 지도를 꼬박꼬박 새겨 가며 걷다가 검은 옷을 입은 어두운 표정의 소년을 마주하기 전까지는 그랬다.

덕로도 허락받고 홍문관을 나온 건 아니었기에, 아무도 없을 거라고 생각한 자리에서 소년을 맞닥뜨렸을 때는 당황했다. 검은 옷에는 용이 있었다. 용이 그려진 옷을 입을 수 있는 사람들은 정해져 있다. 덕로는 배운 대로 고개를 숙이고 뒷걸음질을 쳤다. 소년이 굳이 입을 열어 덕로를 부르지만 않았다면 그저 산보자들의 어색한 조우로 끝났을 일이었다.

"거기 서라, 너는 누구냐."

"소환은…."

"처음 보는 얼굴이다. 누구냐고 물었다."

소년의 목소리는 떨렸다. 덕로는 고개를 들어 소년을 보았다. 소년은 울고 있었다. 하지만 안간힘을 다해 울음을 참고 있었다. 이미 흘러버린 눈물 자국을 굳이 닦으려고도 하지 않는 점이 기개 있었다. 덕로는 가만히 소년을 보다가 천천히 입을 열었다. 아무도 입력하지 않은 '거짓말'을 덕로는 할 수 없었다.

"소환은 덕로라고 합니다."

"덕로? 그것이 네 이름이냐?"

"영의정께서 지어주셨습니다."

"영의정? 세손사 홍봉학을 말하느냐?"

"그렇습니다."

"너는, 영의정과 무슨 관계더냐?"

"소환은, 제자… 같은 것입니다."

"제자? 스승님께 제자가 또 있다고?"

아무도 찾아오지 않는 깊은 궁궐 안쪽 볕드는 자리에 옹송그리고 나란히 앉아, 소년과 덕로는 말을 주고받기 시작했다.

"너는 스승님께 효에 대해 무엇이라고 배웠느냐."

"새벽 첫닭이 울면 부모님에게 문안인사를 하고, 부름에는 즉각 응답하며, 겨울엔 따뜻하신지 여름엔 시원하신지 가늠하여 챙기고, 부모님을 근심하게 해서는 아니 된다고 배웠습니다."

"나도 그리 배웠다. …그러나 부모가 옳지 않게 행동할 때는 어이할 것인가."

"기운을 가라앉히고 온화하게 간하여야 한다고 배웠습니다."

"그렇다. 부모가 살아 계신다면 옳지 않게 행동하더라도 미워하거나 원망하지 않고 공경하며 간할 수 있을 것이다. 그러나 옳지 않은 행동을 하다 군주의 올바른 분개를 사서 아비가 목숨을 잃었다면… 너는, 어떻게 아비를 공경할 것인가? 아비를 공경한다면 아비의 악덕을 공경하게 되고, 아비를 원망한다면 나라의 근본인 효를 부정하게 되는데."

소년의 목소리는 다시 떨려오기 시작했다. 안간힘을 썼지만, 다시 눈가에 눈물이 맺혔다. 그러나 몸을 굽히지도 돌리지도 않았다. 그저 가만히 앉아서 기운을 가라앉히려고 애를 쓰는 모습이 역력했다. 덕로는 소년의 기가 흔들리다가 제자리를 찾아가는 것을 지켜보았다. 충분히 다 가라앉았다고 여겨질 때쯤, 덕로도 입을 열었다.

"부모와 자식의 관계는 단지 부모와 자식에서 끝나지 않는다고 배웠습니다. 부모님에 대해 공경하는 마음은 곧 스스로를 수양하는 것이기도 합니다. 세상 만물이 그러하여, 충성도 효도도 성실도 교육도 모두 자신을 갈고닦으니, 악덕을 저지른 부모를 공경한들 그것이 어찌 자기 수양이 되지 않겠습니까."

덕로의 말을 듣고 소년의 동공이 크게 벌어졌다. 소년은 놀란 마음으로 환관을 찬찬히 살펴보았다. 세손사에게 수학하고 있다는 말에, 자의로 귀동냥을 하며 홍문관 근처의 정원 관리라도 맡고 있는 자인가 생각하였는데 지금 다시 보니 외양만으로는 나이를 짐작하기가 쉽지 않았다. 환관은 소년 같기도 하였지만 청년 같기도 하였고, 어찌 보면 노인 같기도 한 이상한 분위기를 풍기고 있었다. 의복은 상원의 의복을 입고 있는데. 소년은 덕로에게 한 걸음 다가섰다. 그 순간 덕로의 몸속에서 쇳덩어리 굴러가는 소리가 들렸다. 덜그럭거리는 것이 쇠로 만든 톱니바퀴 소리 같기도 하였고, 맷돌 소리 같기도 하였다.

"방금… 무엇이었는가?"

덕로는 고개를 숙인 채 아무 말을 하지 않았다.

"주상께서 기기인을 궐 안에 들였다는 이야기를 소문으로 전해 들었다. 네가, 그 기기인인가?"

덕로는 여전히 대답하지 않았다. 하지만 이 무언은 확답이나 마찬가지였다. 소년은 손을 뻗어 덕로의 뺨을 만졌다. 뜨거웠다. 손이 델 정도까지는 아니었지만, 확실히 뜨거웠다. 쇳덩어리가 굴러가면서 열을 내는 것이 틀림없었다. 대답이 없는 기기인을 향해 소년은 미소를 지었다.

"영의정에게 수학하고 있다고 하였었지?"

"그러하옵니다."

"내 조금 있으면 수업을 받을 시간이니, 함께 동궁으로 가자. 좋은 동학이 있었거늘 지금까지 알지 못하였구나."

소년은 방금까지 울고 있던 건 조금도 사실이 아닌 양, 어깨를 펴고 의젓하게 걸음을 옮겼다. 덕로는 허리를 굽혀 세손의 뒤를 따랐다.

동궁전에 앉아 있는 덕로와 세손을 본 홍봉한은 시선을 어디에 두어야 할지, 무슨 말을 꺼내야 할지 잠시 알 수가 없었다. 짧은 시간 안에 세손과 덕로는 벌써 수많은 이야기를 나눈 상태였다. 홍봉한이 들어왔는데도 군신에 대한 이야기는 끝도 없이 이어졌고, 홍봉한은 꿔다놓은 보릿자루처럼 멍하니 그 자리를 지키고 앉아 있은 지 일각 정도 되었을까, 그제야 덕로와 세손의 말이 멎었다.

"죄송합니다, 스승님. 불초한 제자들이 스승님을 앞에 두고 유자의 이야기라고는 하나 과히 오랫동안 말을 섞고 있었습니다."

"아닙니다. 저도 옆에서 듣는 동안 여러 생각을 가다듬을 수 있었습니다."

"이 덕로도 스승님의 제자라고 하던데요."

"예…에."

홍봉한은 어색하게 대답하면서 눈으로 덕로를 잠깐 꾸짖어보려고 했지만, 소용이 없었다. 덕로는 홍봉한의 시선을 피하지도 않고 받고 있었다. 그러다 눈을 아래로 내리라는 예법을 따라 고개를 숙였다. 이는 잘못을 시인하는 태도가 아니었다. 그야 당연한 일이지. 덕로는 기기고, 기기야 인간이 시킨 대로 하는 것이니. 덕로의 행선지를 평소에 꼼꼼히 살피지 못한 내 잘못이지. 홍봉한은 한숨을 깊이 내쉬고, 가르치던 시경을 펼쳤다.

시강원(侍講院)과 익위사(翊衛司)가 동궁에 설치된 건 그로부터 며칠이 지나지 않아서였다. 왕은 기를 쓰고 세손을 서궐로 데리고 가려고 했고, 세손은 기를 쓰고 덕로와 함께 가고자 했기 때문이었다. 굳이 궁을 옮기려는 이유는 말하지 않아도 모두 알 수 있었다. 왕은 동궐이, 특히 문정전이 불편했다. 귀신을 보거나 악몽을 꿀 만큼 허약한 왕은 아니었지만, 아들을 모두가 보는 앞에서 끔찍하게 죽도록 방치하고서 그곳에 있기 편할 리가 없었다. 그러나 왕의 계획 속에 기기인과 세손이 만나는 일은 없었다. 심지어는 저렇게 죽고 못 사는 사이가 되어 있을 줄은 더욱 몰랐다.

"애완물이라고 생각하기에도, 저렇게 사람의 외양을 하고, 사람의 말을 하는, 심지어는 쇳덩어리가 아니더냐."

"선왕께서도 애완물을 사랑하셨지마는, 기기인을 애완물이라고 하기는 가당치 않사옵니다."

"역시 그러하지….."

세손이 잘 때도 깨어 있을 때도 공부를 할 때도 유희할 때조차 기기인을 옆에서 떨어뜨려놓지 않는다는 이야기를 들은 왕은, 보고만으로는 흡족지 않아 결국은 세손의 방을 찾았다. 기기인을 떼어놓아야 할지 말아야 할지도 차마 결정하지 못한 상태로, 방 앞에 도착한 왕은 방문을 열려던 나인들에게 고개를 저었다. 세손과 기기인의 목소리가 문을 넘어왔기 때문이었다.

"모든 것이 천성대로 움직이게 마련이거늘, 비뚤어진 것에서 바른 것이 날 수 있을까."

"그러합니다. 해풍에 휩쓸린 소나무가 뒤틀려 솔방울을 낳았다 한들,

그 솔방울이 양지에 자리잡으면 곧게 자라듯이 그러합니다."

"뒤틀리게 자라는 씨앗도 있을 수 있지 않을까."

"선한 것을 좋아하고 악한 것을 미워하는 마음은, 천하의 악인이 악행을 저지르는 그 순간에도 태어납니다. 뒤틀리게 자란다 하더라도 바른 것은 사라지지 않습니다."

왕은 문밖에 서서 세손의 올해 나이를 곱씹어 보았다. 열한 살, 아직 정사를 맡기에는 한참 어린 나이였다. 한참 아무 말이 없던 세손은 조금 잠긴 듯한 목소리로 말을 이었다.

"이미 벌어진 일을 지울 수 있을까."

"그럴 수 없습니다. 벌어진 일은 등에 지고 손에 들고 나아가야 합니다."

"너는 어찌 그렇게 말을 하느냐?"

"성현들이 그리 저술하였으므로 저는 저하께 옮길 따름입니다."

세손의 얼굴을 보지 않고 다시 돌아가며, 왕은 기기에 대해 생각하였다. 동물은 인간과 달리 건순오상(健順伍常)이 뒤틀려 있는 존재다. 그러나 기기는 그러한 건순오상마저 없다. 저것이 말을 하지만, 뒤틀릴 건순오상조차 없으므로 그대로 성현의 말씀을 옮길 따름이다. 인정전에 거의 도착했을 때쯤, 왕은 머리에 반짝 불이 들어오는 듯하였다. 그래, 저 기기인이 세손을 위로하게 하면 되는 일이다. 세손에게 기기인이 붙어서 세손의 마음을 위무하도록 할 일이다.

밀교를 받아 든 홍봉한의 마음은 복잡했다. 물론 덕로는 어여쁜 아이였다. 그러나 그 어여쁨이 어떻게 구성된 것인지 계속 덕로를 가르치고 연구해온 홍봉한도 확신할 수 없었다. 묘시가 지나 하늘이 밝아올 때쯤, 홍봉한은 덕로를 어떻게든 제어할 수 있는 곳에 두어야 한다는 결론에 도달했다. 왕은 세자 곁에 덕로가 기록될 수 있는 방도를 찾으라 하였다. 홍봉한은 덕로에게 홍씨 성을 주기로 마음을 먹었다. 팔촌 형인 홍창한의 아들이 떠올랐다. 문중에 광증으로 소문이 난 그 아들 이름이 뭐였더라, 홍낙…, 홍낙춘이었나. 아무튼, 그 광인이라는 친구에게는 분명히 아들이 없다고 했다.

홍봉한은 그길로 홍낙춘의 집을 직접 찾아갔다. 그 큰 문중에서도 떵떵거리며 산다고는 말할 수 없는 크기의 집에서 어찌할 바를 모르며 그 부인이 뛰어나왔다. 그러나 문중을 위해 양자를 들여야 한다는 말에도 소문난 광인은 심드렁했다.

"내가 싫다고 하면 거절할 수는 있겠습니까."

"양자가 아니라 실제 아들인 것인 양 해야 하네."

그 말에 홍낙춘은 의아한 듯 고개를 들어 홍봉한을 빤하게 바라보았다. 묻고 싶은 말들이 우수수 얼굴 위에 떠올랐지만 금세 사라졌다. 뜻대로 되는 일이 없이 살아온 명문거족의 자포자기가 선연했다.

"그리하시지요."

며칠이 지나 다시 찾아온 영의정은 열대여섯 정도 되어 보이는, 그런데 잠깐 고개를 돌렸다가 다시 바라보면 서른대여섯 정도 되어 보이는 사내와 함께 집으로 들어섰다. 아들이 될 사내는 퍽 잘생겼고, 타는 듯한 눈빛이었다. 문을 닫고 한자리에 앉아 있었더니 어째선지 금방 방 안이 후끈하게 더워져 홍낙춘은 창문을 열어젖혔다. 어쩐지 사내의 등뒤로 묘한 아지랑이 같은 게 보이는 듯도 했다.

"자네 아랫대 돌림자가 영(榮) 자였지?"

"예."

홍낙춘은 아들 될 이를 한 번 더 헬끔 보고선 눈을 내리깔았다.

"이 누추한 집까지 오셔서 이런 부탁을 하심은 나랏일에 뜻이 다 있어서일 터이니, 나라 국자를 써서 국영이라 함은 어떨는지요."

홍봉한은 덕로를 다정한 눈길로 바라보았다.

"들었느냐? 너에게 이름을 주신 분이시다. 이분이 너의 아버지시고, 밖에 계신 분이 너의 어머니시니 나라의 근간을 만드는 효를 다해야 할 것이다."

덕로는 고개를 숙이더니만 홍낙춘을 향해 큰절을 올렸다.

"아버님, 문안인사 드리옵니다."

홍낙춘은 당황하여 국영을 일으켜 세울 뻔하였다. 꼿꼿이 앉은 국영의 표정과 매무새를 보니, 국영의 눈에는 거짓이 보이지 않았다. 국영은 그저 막 태어난 아들처럼 아버지에게 문안인사를 드렸을 뿐이었다. 홍낙춘은 몸의 힘이 쭉 빠진 모양으로 허허롭게 웃었다.

국영에게 아비가 생긴 지 얼마 지나지 않아, 산에게도 새로운 아비가 생겼다. 뒤주에 갇혀 죽은 아비를 대신하여 병으로 죽은 아비를 얻던 날, 산의 어머니는 대성통곡을 하였다고 하였다. 모든 일들이 꿈처럼 지나간 하루, 산과 국영은 마루에 앉아 먼 산을 바라보았다.

"나의 아버지는 돌아가실 때 나보다도 어리셨다고 해."

국영은 산의 떨리는 어깨를 가만히 지켜보며 말했다.

"그렇군요. 저의 아버지는 저보다 어리신지 나이가 많으신지 제가 알지 못합니다."

세손은 국영에게 가만히 머리를 기대었다. 여하간 아버지는 아버지였고 임금은 임금이었다.

✳

늦은 밤, 불까지 꺼놓았음에도 세손의 눈에는 국영의 몸에서 올라오는 훈김이 보였다. 사위가 어두울수록 귀는 더욱 밝아져 국영의 숨소리 같은 와륜 소리도 들려왔다. 국영은 하늘이 무너지도록 쩌렁쩌렁하게 소리를 칠 줄도 알았지만, 작은 개미처럼 나직하게 입을 열 줄도 알았다. 목소리를 낮춰서 세손이 입을 열었다.

"봉조하(奉朝賀)*를 어찌하면 좋을까."

"저하, 알고 계시지 않습니까. 봉조하야말로 처단하셔야 합니다."

세손은 흠칫 놀랐다. 하지만 홍국영의 말에는 어떠한 두려움도 망설

---

* 은퇴한 원로대신에게 내리는 일종의 명예직함

임도 없었다. 세손의 주변 사람들은 모두가 하나같이 홍국영을 냉담하고 혹독한 존재로 생각하곤 했다. 어머니인 혜경궁의 생각도 다르지 않았다. 이제 어머니라 부를 수 없게 된 어머니는 늘 홍국영을 '작고 독한 놈'이라고 불렀다. 세손의 생각이 어떻건 개의치 않고 국영은 말을 이어나갔다. 세손에게 잘 보이기 위해 혀를 지키는 태도 같은 건 어디에서도 찾아볼 수 없었다.

"그는 저하가 힘을 가지길 원하지 않았고, 저하가 왕위에 오른다고 하여도 다르지 않을 것입니다. 무엇보다 봉조하의 동생인 홍인한은 위험합니다. 권세가 집안에 있다고 날뛰고 있지 않습니까. 저하를 왕으로 남겨두건 그렇지 않건 봉조하의 권세를 유지하는 건 저하에게 방해가 됩니다."

목소리 끝에 가볍게 쇠 긁는 소리가 들렸다. 가볍게 등골에 소름이 끼쳤다. 세손은 조용히 미소지었다. 저 쇠 긁는 소리는 신뢰의 증명이었다. 하는 말과 목소리가 한가지로 소름끼쳤다. 아버지처럼 자신을 길러낸 사람이라고 해도 국영에겐 전혀 중요치 않았다. 그에게 중요한 건 오로지 주어진 명령과 그것을 해석하는 경전의 체계였다. 세손은 국영의 목소리 끝에 끌려 나오는 쇳소리를 들을 때면 소름이 돋는 가운데 마음을 놓을 수 있었다.

세손은 얇은 한 겹의 의심조차 걷어내고자 국영을 떠보았다.

"괜찮단 말인가? 봉조하는 나의 외할아버지다. 남편을 잃고 아들도 잃은 나의 어머니는 아버지까지 잃게 된다. 그뿐인가. 봉조하는 그대에게 호를 주었고, 그대를 길러냈다. 그대에게도 아버지 같은 존재가 아니던가."

홍국영은 의아하다는 눈으로 세손을 바라보았다.

"저하, 저의 아버지는 홍 낙자 춘자 되시는 분이십니다. 물론 봉조하와 인척 관계가 없다고 할 수는 없사오나, 봉조하는 아버지가 아니옵니다."

홍국영 역시 세손이 호적의 이야기를 하는 것이 아님을 알았다. 홍봉한이 자신을 가르치고 키워내던 홍문관의 나날들을 언급하고 있는 것이 틀림없었다. 지금 국영이 생각하고 판단하는 모든 것은 홍봉한이 가르친 것들이었고, 세손과 국영은 함께 홍봉한에게 수학하지 않았던가.

그러나 홍봉한은 자신의 아버지가 아니었다. 국영은 세손의 말을 이해하기 위해 그동안 배운 여러 글귀들을 다시 머릿속에서 끄집어내 보았다. 아버지는 자신이 정하는 것이 아니었다. 그리고 국영에게 아버지라 입력된 이는 홍봉한이 아니었다. 아비의 문제만도 아니었다.

"뿐만 아니라 효와 향으로 예를 다하여 세상을 대하는 경(敬)의 다음 걸음은 당연하게도 충이옵니다. 주군은 정치의 도덕에 가장 높은 기준이셔야 하며 저의 주군은 마땅히 세손이십니다."

큰 소리로 웃지 못하는 것이 안타까웠다. 세손은 국영이 저렇게 한 치의 주저함도 없이 한 손에 칼을 들고 서 있는 것이 좋았다. 작은 키와 예쁜 얼굴을 하고서 칼을 든 그의 어깨는 축 떨어지는 적이 없었다. 세손의 앞에서건 뒤에서건 언제나 꼿꼿했다. 세간의 정이라고는 찾아볼 수 없는 단단한 눈이 좋았다.

"하지만 봉조하를 치는 것은 부담이 크다. 몇 번씩이고 나를 보호하겠다고 하지 않는가."

"봉조하만 그러한 건 아니옵니다. 김귀주도 저하를 지키겠다고 하고, 모두가 저하를 아낀다고 합니다. 물론 그들이 실제로 저하를 아끼지 않는 것은 아니겠으나, 저하를 어떤 방식으로 아끼느냐가 중요한 게 아니겠습니까."

누구도 아비가 죽던 그날에서 벗어날 수 없었다. 세손 자신도 마찬가지였다. 효장세자의 아들이 되어 어미를 궁에 가둬놓은 채 누구의 말을 잘 들어야 일평생 몸을 보존할 수 있을지 고민하며 살 생각은 없었다. 세손은 끊임없이 백성을 생각하라고 교육받았다. 신하를 다루고 혹은 신하에게 귀 기울이는 교육을 받았다. 왕이 되기 위한 교육은 가혹했다. 신하에게 귀 기울이며 살아남기란 쉬운 과제가 아니었다. 아비는 왜 죽었고 자신은 왜 살아남았는가.

"봉조하를 처단하는 것은 여러 가지로 위험하다."

"손발을 잘라내어 본을 보이는 것으로 족하다면 그리하는 것이 나을 수도 있겠습니다. 세손께서는 노론도 소론도, 이판도 병판도, 조정도 알 필요가 없다고, 삼불필지 따위를 강력하게 주창한 자도 있으니 말입니다."

국영은 칼을 들고 있지 않았지만, 변함없이 국영의 몸은 쇳덩어리로 되어 있었다. 세손은 나직하게 웃어 보였다. 누구건 죄다 잘라낼 수 있는 단단한 오른팔.

"작은 외할아버지는 요즘 여러모로 자중하시는 법을 잊으셨지."

"홍인한뿐만은 아니지요. 저하는 왜 계속 옷을 갈아입지 않으셨던 것입니까. 옷을 갈아입기 싫은 광증이 도져서는 아니시지요."

"그래…. 그는 요즘 나의 오른날개에 대해 왈가왈부하는 일이 늘었다지."

"오른날개요?"

세손은 웃으며 머리를 흔들었다. 머리가 흔들리는 것만으로도 사각거리는 소리가 들렸다. 머리를 흔들던 세손이 소리에 흠칫 놀라 행동을 멈추자 고개를 깊이 숙인 홍국영이 나직하게 말을 이어나갔다. 이상하게도 국영의 말소리는 공기를 흔들지 않는 것처럼 느껴졌다. 공기가 흔들리지 않으면 소리가 전달되지 않는다는 걸 앎에도 그랬다.

"봉조하를 처단하지 않는다면 그 역시 나쁘지 않을 것이며, 홍인한을 처단하시는 건 충분히 입에 담지 않아도 전교가 될 것입니다. 시간은 멀지 않았고, 저는 저하 옆에 있을 것입니다."

홍국영이 말을 마침과 동시에 아주 낮은 소리로 세손이 침을 삼켰다. 분명 아주 작은 소리지만 또렷하게 방 안에 들렸다. 세손은 고요함이 좋았다. 고요한 밤에 아득하게 달빛이 세상을 비추는 것도 좋았다. 그리고 이렇게 사위가 고요한 가운데 세손과 함께할 수 있었던 것은 늘 국영뿐이었다. 국영의 몸속에서 와류이 돌아가는 소리를 들을 수 있는 것도 오직 세손뿐이었다. 밝은 낮에는 결코 들을 수 없는 가느다란 소리. 몸에서 올라오는 김도 이런 밤이면 더욱 선연하게 보였다.

"네 말이 맞다. 외할아버지도 주상도 나를 사랑하시지."

"그렇습니다. 봉조하와 주상전하뿐이 아닙니다. 서명선이나 김종수는 또 어떠합니까. 모두가 저하를 사랑합니다. 하지만 그것은 저하가 어떤 꿈을 꾸느냐에 따라 달라질 것입니다."

"그 누구도 나와 같이 꿈꾸지 않는다. 음과 양이 강하고 약해지는 것이 군의 책임이 되는 것을, 배우지 않고 방일대타하면 나라가 흐트러지는 것을 알지 못한다. 나는 이지러지더라도 저 달과 같아야 한다. 때로 달은 이지러지고 가득 차오르지만 그 모든 것은 가만히 하늘에 떠서 세상의 이치를 그대로 만드는 데에 필요한 것이다. 나는 이지러지고 또 가득 차오를 것이다."

국영은 고개를 숙인 채 묵묵히 세손의 말을 들었다. 달빛은 인간의 몸을 가진 이들과 쇳덩어리 사이에 아무런 차별이 없이 쏟아져 내렸다. 세손이라 하여도 결국 하늘같은 주상의 은혜를 받잡는 인간이다. 그 은혜를 받잡던 이가 한순간에 은혜를 내리는 몸이 된다는 것을 설서는 어떻게 이해하고 있을까. 세손은 순간 국영의 손을 잡을 뻔했으나 얼른 손을 거두었다. 어린 나이에 별 생각 없이 국영의 손을 잡았다가 손바닥을 데인 바가 있었다. 어디서 손을 데었는지 입을 꾹 다물고 말하지 않던 세손과 설서는 비밀스러운 눈빛을 주고받았다.

"너도 나를 사랑하느냐?"

동궁전의 설서는 대답하지 않았지만, 세손은 대답을 들었다 여겼다.

머지않아 왕은 죽었다. 종묘가 선 이후 가장 오랫동안 통치한 왕이었다. 끝내 아들이 아닌 손자에게 왕위를 물려줬고, 그 세손이 대리청정을 시작한 것도 죽기 고작 석 달 전이었다. 대리청정을 하기 위해 왕좌에 앉은 세손은 늠름하고 단호해서, 왕은 썩 안심했을지도 모를 일이다. 세손이 대리청정을 맡는 조건으로 승정원일기를 세초해달라고 요구한 일은 삽시간에 파다하게 퍼졌다. 세손은 눈 하나 깜짝하지 않았다. "차마 말할 수 없는 대목"은 세손이 지켜보는 가운데 "차마 볼 수도 없는 대목"이 되었다. 설서와 단둘이 독대한 동궁에서 가느다란 흐느낌을 들었다는 이도 있었지만, 알 수 없는 일이었다. 그래도 왕은 새로이 얻은 아비를 왕으로 추존하라는 유언을 남겼다.

꽃향기가 슬슬 코끝으로 들어오는 서궐 문밖에 서서 세손, 아니 왕은 첫 윤음을 내렸다.

"아, 과인은 사도세자의 아들이오."

아무도 입을 열지 않았다. 날이 따스해지기 시작하는 삼월의 봄바람만 궐 앞을 맴돌았다. 선군의 유언을 첫 문장부터 망치로 내리찍듯 하는 일이었다. 누구도 선뜻 입을 열 수 없었다. 그중에서도 몇몇의 표정은 눈에 띄게 어두워졌다. 임금이 죽은 아비 혹은 어미에게 정을 두었다가 경을 치르고 만 예가 전에 없던 것이 아니지 않은가. 임오년의 그 일을 수면 위로 띄워놓자면 목이 붙어 있을 이가 거의 없을 수도 있었다. 누가 무엇을 했고, 그때 무슨 생각을 하였으며, 무어라 말하였던가. 관복이 바스락거리는 소리조차 잠잠한가 싶을 때, 스물다섯의 젊은 왕은 말을 이어나갔다.

"선왕께서 종통의 중요함을 위해 내게 효장세자를 이어받도록 명하셨거니와, 아! 전일에 선왕께 올린 글에서 근본을 둘로 하지 않는 데에 대한 나의 뜻을 크게 볼 수 있었을 것이다."

이번엔 내뱉지 않은 한숨 소리가 궐문 앞에 둥실 떠다녔다. 아비가 되지 못한 아비를 죽이는 데에 앞장선 이들도, 몸을 사리던 이들도, 세손 시절부터 산을 진심으로 아끼던 이들도 마음속 깊은 곳에서 한숨을 내뱉었다. 왕이 처음으로 한 말은 선왕의 취지를 받들어 효장세자를 이어받을 것이며, 친아버지인 사도세자는 사대부의 예로 제사를 지내겠다는 것이었다. 친어머니를 어떻게 대하는 것이 종묘사직에 마땅할지를 논의하고자 했다. 선왕의 뜻에 따라 파란을 일으키지 않겠다는 내용에 듣고 있던 이들은 적이 안심했다.

머리를 숙이고 있던 정후겸은 슬그머니 앞쪽에 엎드린 이를 바라보았다. 오랜 시간 세손의 옆을 지켜왔던 설서. 작달막한 몸을 숙이고 조용히 왕의 윤음을 침착하게 듣고 있었다. 분명 저자라면 저 말이 무슨 뜻인지 알 것이거늘. 첫 윤음의 첫머리를 '사도세자의 아들'이라고 천명하는 왕이 선왕의 뜻을 어기지 않을 리가 없었다. 왕의 목소리가 다 멎고, 모두가 자리에서 일어나고, 삼삼오오 돌아가는 끝까지도, 정후겸은 평소처럼 왕을 그림자처럼 따라붙는 홍국영의 뒷모습을 바라보고 있었다.

이제 막 즉위한 왕은 곧바로 국영을 승정원 동부승지에 앉혔다. 누구도 놀라지 않았다. 모든 시절을 가장 가까이에서 임금의 손발이 되었던 이였다. 하지만 사람들은 동부승지에 임명된 홍국영을 바라보며 가끔 고개를 갸웃거렸다. 분명 정명한 학문을 말하지만 그 학문 끝에선 어딘지 모르게 삐거덕거리는 소리가 들리는 듯했다. 냉혹하고 불같은 성격이라 그렇겠지, 사람들은 그저 나름대로 짐작하며 눈을 내리깔고 새로 임명된 승지를 대했다. 누구보다 가까운 왕의 후설, 왕의 완전한 대리인. 세손의 오른날개는 무리없이 왕의 오른날개가 되었다. 왕과 밤낮으로 붙어 있는 이는 그 누구도 아닌 국영이었다.

밝은 대낮에 임금 앞에 앉은 승지의 모습은 거리낄 것이 없었다.

"무엇부터 하면 좋을까."

"누구를 치기 전에 선악을 분명히 하시는 것이 옳습니다."

"선악이라…?"

"대조와 소조의 일을 여기저기 아뢰고 모함을 한 이가 있다고 말씀하지 않으셨습니까. 선악을 권면하여 거기서부터 조정 전체로 선한 것을 퍼뜨리고 악한 것을 막게 함이 옳습니다."

세손이 왕이 되었다 하여도 홍국영의 말은 여느 때처럼 거침없었다. 부당하지 않았고, 마치 숫자가 떨어지는 것처럼 정확한 위치에 말이 가닿았다. 왕은 고개를 끄덕였다. 김상로에 대해 왕이 입을 열었을 때 사람들은 놀랐지만, 동시에 안도했다. 김상로는 이미 세상에 없는 이고, 김상로를 벌하는 것으로 상황을 마무리하겠다면 이 역시 나쁘지 않은 일이었다. 숭정전에서 왕의 목소리가 우렁차게 울려 퍼질 때 승지는 잠잠히 왕의 곁에서 눈을 내리깔고 있었다.

승지 채제공이 곁으로 돌아간 한쪽 눈을 빛내며 입을 열었다. 선왕이 있을 때는 지금 홍국영이 있던 자리에 서 있었던 이였다. 죽은 사도의 입장을 끝까지 대변하던, 차마 입을 열 것이라고 누구도 생각지 않던 이였다.

"김상로는 선왕에게 매번 귓속말로 아뢰었습니다. 따라서 승지였던 저를 비롯한 사관들이 무어라 하는지 듣지 못한 때가 많았습니다."

죽은 김상로와 문성국에게 대역죄가 선포되었다. 사람들이 두려움에 떨 새도 없이 왕은 자신을 낳지 않은 아비를 왕으로 추대하였다. 눈에 불을 켜고 바라보던 검은 속내가 드러났나 싶으면 그 속내는 없던 일이 되어 있었다. 왕은 단호했고 올곧았다. 정도에 벗어나는 일은 하지 않았고, 어린 시절에 새겨졌을 아픔은 이미 곱씹어 잘 소화해낸 것처럼 보였다.

며칠 뒤 아침, 여느 때처럼 철의 지신사는 왕의 처소에 앉았다. 지저귀는 새소리는 왕의 처소에도 들어왔다. 단정하게 무릎을 꿇은 국영에게 왕은 잔잔하게 말을 건넸다.

"고모를 기억하느냐."

"화완옹주 말씀이십니까. 정후겸을 양자로 들이고 나서도 화완옹주께서 전하를 보는 눈은 언제나 애틋하던 것을 압니다."

"그러나,"

왕은 말을 멈춘 채 국영을 가만히 바라보았다. 침묵을 읽어낸 듯 국영은 머리를 끄덕였다.

"알고 있습니다. 정히 그러하옵니다."

왕은 호쾌한 걸음으로 숭정전을 향했다. 정후겸의 죄는 세손의 대리청정을 막으려던 데에 그치지 않았다. '임금의 오른날개를 꺾어버리려던 죄'가 더 있었다. 임금의 오른날개를 꺾으려던 죄를 읊는 데에 닿아서는 모두가 눈빛 하나 변하지 않는 홍국영을 흘끔거렸다. 언제부턴지 궐 안에 있던 고작 스물아홉의 승지는 마땅히 벌어질 일이 벌어졌다는 듯 잠잠했지만, 승지 곁에 서 있던 이들은 승지의 어깨에서 솟아오르는 열기에 흠칫 뒷걸음질을 쳤다. 불같은 인간이라고 뒤에서 수군거렸다. '외척' 정후겸이 귀양을 명받던 그날, 채제공의 외따로 구르는 눈은 홍국영을 비상하게 바라보고 있었다.

채제공은 궐을 나서는 홍국영의 뒤를 천천히 따라붙었다. 홍국영은 천천히 고개를 돌려 채제공의 눈을 보았다. 홍국영의 눈에는 아무런 거리낌도 비난도 없었다. 채제공의 명민함과 무관하게 사람들은 채제공의 비뚤어진 눈을 바라볼 때 필연적으로 경멸과 공포를 동시에 보이곤 했다. 누굴 바라보는지 모르겠다는 공포와 덜 만들어진 이를 바라볼 때 느끼는 경멸. 홍국영의 시선엔 그 어떤 것도 없었다. 채제공은 홍국영의 어깨에 손을 얹으려다가 흠칫, 손을 떼었다. 닿지도 않은 손바닥에 뜨거운 훈김이 확 올라왔다.

"그대는….."

홍국영은 여전히 복잡하지 않은 눈으로 채제공을 직시하고 있었다.

"그대는… 홍낙춘의 아들이었던가?"

"그렇습니다."

"정후겸과 친밀하게 지낸 이들도 모두 홍씨 가문이 아닌가."

"그렇습니다."

홍국영의 말은 기이하리만치 차분했다. 앞도 없고 뒤도 없고, 채제공이 하려는 말을 무지르고 있었다. 가문의 문제는 대의 앞에서 아무래도 상관이 없다는 것인지, 뜻이 큰 자인지 작은 자인지, 채제공은 이해할 수 없어서 눈을 가느스름히 떴다. 그 순간, 홍국영의 어깨 위에서 올라오는 훈김이 뚜렷이 보였다. 마치 가마솥에서 끓는 물과 같은 김이었다. 채제공은 순간 섬뜩하게 깨달았다. 인간과 같은 이(理)에서 태어난 기(氣)라면 저러한 김이 나올 이치가 없었다. 인간이 아니었다. 인간이 아니기에 저토록 단정하고, 아무렇지 않은 표정으로 서 있을 수 있다. 완전히 뒤틀린 건순오상의 동물, 아니 기기였다.

아무 말이 없이 가만히 서 있자, 홍국영은 고개 한번 갸웃거리지 않고 천천히 고개를 숙인 뒤 자리를 떠났다. 약간 끼긱거리는 소리가 들렸지만, 그 소리까지 채제공의 귀에 가닿지는 않았다. 다음 날 채제공은 형조판서에 임명되었다.

홍인한을 비호하는 윤약연의 소를 찾아내고, 윤약연의 입에서는 홍상간, 홍지해, 홍찬해, 민항렬, 이경빈, 이복해의 이름이 줄줄이 튀어나오기까지는 시간이 오래 걸리지 않았다. 홍상간이 홍국영을 죽이려고 했다는 이야기도 술술 풀려나왔다. 홍국영을 죽이려 했다는 죄를 받고 모진 고문 끝에 홍상간이 숨지는 모든 과정을 눈 한번 꿈쩍하지 않고 동부승지는 가만히 지켜보았다. 무엇이 거짓이고 거짓이 아닌지 구분하는 건 어려웠다. 다만 일련의 인물들이 같은 말을 하는 가운데 누군가가 두드러지게 다른 말을 하는 건 찾아낼 수 있었다. 국영에게는 논리의 이지러짐이 그림으로 그린 듯이 환히 보였다. 오직 그것만을 왕의 귓전에 속삭였다.

홍국영은 죽음을 두려워하는 윤약연의 시선도, 홍상간의 눈에 비친 증오도 이해할 수 없었다. 홍인한의 식객들이 세손을 노리는 것은 충으로 막아야 할 일이나, 홍인한의 식객들이 자신을 노리는 것에 대해서는 아무것도 느끼지 못했다.

왕은 기름 냄새를 풍기는 승지를 오른편에 두고 쩌렁하게 외쳤다.

"홍국영은 궁료로 있을 때부터 임금의 몸을 보호해왔다. 홍국영을 장해하려는 흉계를 꾸민다면 내 오른날개를 꺾어버리려는 흉심이다. 파측한 역적의 도당들을 모두 처분할 것이다."

온갖 고문 끝에 왕의 하교를 앞에 두고 윤약연은 피어오르는 불 너머로 승지의 어깨에서 훈김이 솟아오르는 걸 보았다. 정신이 혼곤한 와중이라 헛것을 보는 겐지, 혹여 승지의 등에 불이라도 붙었는지 몽롱하게 생각하다가 그만 혼절을 하고 말았다.

임금은 외숙조부와 고종사촌을 사사(賜死)하였다. 그리고 국영을 도승지로 발탁했다.

"덕로야말로 내 최고의 공신이자 의리의 주인이다. 나라를 지킨 단 하나의 인물이고, 누구도 홍국영의 공을 앞지르지 못할 것이다."

홍국영은 여전히 표정 하나 변하지 않고 왕의 하교를 받들었다. 사람들은 저토록 오만하다며 수군거렸지만 왕 혼자만은 자그마한 어깨에서 들리는 와륭 소리를 똑똑히 듣고 있었다.

도승지가 되던 날, 홍국영의 집은 여느 때와 다름없이 잠잠했다. 축하 인사를 건네지도, 수많은 사람들이 와서 왁자하게 잔치를 벌이지도 않았다. 버선발로 뛰어나와 홍국영을 반긴 건 그가 홍낙춘의 집에 들어간 지 2년 만에 태어난 열 살배기 어린 여동생이었다. 누이는 지극히 오라비를 반기는 표정이었지만 여느 오누이 같은 인사도 없었고 손도 맞잡지 않았다. 누이는 오라비의 옷소매를 붙든 채 마루에 오라비를 앉혀놓고 킁킁, 오라비의 어깨에서 냄새를 맡았다. 기름 냄새가 섞였지만 조금 멀리서 닿으면 시원할 법한 증기가 계집아이의 양 뺨으로 확 치솟았다. 누이는 까르르 웃으며 바닥으로 엉덩방아를 찧었다. 가만히 미소를 짓는 홍국영의 몸속에서도 웃음소리처럼 가르륵 가르륵 톱니바퀴 돌아가는 소리가 들렸다.

막 태어난 누이를 처음 보았을 때 국영은 어찌할 바를 몰랐다. 어버이와 벗을, 가신과 주군을 어떻게 대해야 하는지는 수도 없이 보고 읽었으나 새순 같은 살갗과 둥근 눈동자를 어떻게 대해야 하는지는 어디에도 나와 있지 않았다. 다치게 하지 않으려다 보니 괜스레 몸 여기저기에서 훈김만 더 강하게 올라와 국영은 필사적으로 어린 동생을 피하기만 하였다. 국영에게 먼저 다가와 손을 내민 건 오히려 동생 쪽이었다. 아직 말도 제대로 못 하던 아이는 국영의 손가락을 잡았다가 뜨거운 감촉이 신기한 듯 더 뜨거운 쪽까지 손을 내밀었다. 국영은 얼른 아이를 떼어내었지만 아이는 국영을 향해 웃었다. 홍낙춘은 혀를 찼다.

"피 한 방울 섞이지 않은 오라비라 해도 오라비가 좋은 모양이지."

누이는 오라비의 비밀에 익숙해졌다. 오라비의 몸속에 톱니바퀴가 있고, 오라비의 생각이 여느 사람과 다르다는 걸 배우지 않아도 자연스럽게 받아들이며 커나갔다. 사람들이 오라비를 무서운 사람이라 해도, 누이는 그저 웃을 따름이었다. 오라비는 무서운 사람이 아니라 명민하며 아둔한 사람인데, 사람들이 그것을 알지 못했다. 국영의 명민함과 아둔함은 국영의 이지러짐을 아는 이들만 공유하는 비밀이었다.

✻

왕에게는 도승지, 좌승지, 우승지, 수많은 승지가 있었으나 홍국영을 그저 승지라고만 부르기에는 어딘지 허전했다. 숙위대장, 훈련대장, 선혜청, 도승지를 겸하느라 그는 하루도 쉬지 않았다. 모든 병권을 다 가지고 있었고, 나라의 곡물을 관리했고, 모든 의견은 국영을 거쳐 왕에게 전달되었다. 사람들은 그를 이름 대신 지신사(知申事)라고 부르기 시작했다.

지신사는 더 이상 없는 관직이었다. 고려시대에 있었고, 세종 이후에는 아예 혁파되어버린 벼슬. 왕이 베푸는 모든 것을 알고 있는 이, 그것이 지신사였다. 도승지라는 벼슬 이름이 있음에도 불구하고 모두가 홍국영을 지신사로 칭한 것은, 단지 왕의 뜻을 잇는다는 이름만으로는 부족했기 때문일 것이다.

국영은 기이하다 생각했다. 지신사라는 벼슬은 이제 없는 벼슬이거늘, 없는 벼슬의 이름을 차용하여 누군가를 지칭하는 것이 도리에 맞는 일인가. 김종수가 지신사의 말은 절대적이라고 말했을 때도 마찬가지였다. 하늘 아래 가장 절대적이어야 할 군왕의 말도 절대적일 수는 없었다. 군주의 힘이 강해야 신하의 힘이 강한 법이었다. 신하의 힘이 군왕을 뒤흔들 순 없었다.

"그게 무슨 말씀이십니까?"

"부끄러워하실 것이 없습니다. 제가 세손시를 할 시절부터 도승지를 보아왔습니다. 도승지는 전하의 신변을 지키고 보호하고 모든 뒤를 다 처리해온 사람입니다. 도승지의 말이 절대적인 힘을 가지는 것도 당연합니다. 하지만…."

묵묵히 다음 말을 기다리는 지신사를 두고 김종수는 몸을 돌렸다.

"도승지가 전하를 아끼는 마음을 제가 잘 알고 있습니다. 하지만 전하와 도승지를 함께 가르쳤던 제가 했던 말들도 잊지 마셔야 합니다. 전하는 스승이시며 동시에 아버지십니다. 만물을 감싸는 커다란 힘이셔야 합니다."

지신사는 말을 남기고 돌아가는 김종수를 멍하니 바라보았다. 그런 지신사 뒤에서 채제공도 가만히 그를 바라보았다. 지신사의 권력은 무한한 듯 보였지만, 채제공의 눈에는 그의 작달막한 덩치가 먼저 보였다. 사람들 평균치에도 못 달하는 자그마한 기기인. 그의 판단을 어디까지 믿고 함께 갈 수 있는가. 임금이 그가 기기인이라는 사실을 모를 리가 없었다. 더운 숨을 내쉬며 기기인은 어딘지 삐거덕대는 몸짓으로 천천히 길을 되짚어 걸어갔다. 채제공은 홍국영의 모습이 사라질 때까지 가만히 뒤를 바라보고만 있었다.

풍산 홍씨 내에서 광증이 있다는 소문이 파다하던 홍낙춘은 홍국영의 기세를 등에 업고 한양의 동몽교관 역할을 무난하게 수행하고 있었다. 느닷없이 떠맡겨진 아들이 복이 된 셈이었다.

홍낙춘은 홍봉한의 말대로 어디에도 국영이 양자라는 사실을 밝히지 않았다. 함께 살기 시작한지 이레가 채 지나지 않아, 홍낙춘은 아들이라고 떠맡겨진 이가 어딘지 이상하다는 사실을 알게 되었다. 소년은 나이 열다섯이 될까 하는 얼굴이었는데 제대로 먹지도 않고 물만 말처럼 들이켜며 방에 틀어박혀 오로지 서책만 읽어댔다. 아들이 밥을 먹지 않아도 생활할 수 있고, 물을 마시고 나면 때로 훈김을 뿜는다는 것도 금세 알게 되었다. 말로만 듣던 증기의 기기인임에 틀림없었지만, 그 이야기를 입 밖에 낼 수는 없었다. 아들의 출세가도가 지속될수록 홍낙춘의 마음도 복잡해졌다. 때로 아들의 방 앞에서 두려움에 떨기도 했지만 내려오는 벼슬은 받기로 했다.

한양의 학동들을 훈도하고 집에 돌아오면 조정의 온갖 일들을 밤새워 다루는 아들을 마주했다. 기기로 된 것이 틀림없는 증기 아들에 대한 정도 없었지만, 아들은 아침저녁으로 문안을 빼놓지 않았고, 효경에 나오는 모든 일을 성실하게 이행했다. 어느 저녁 문안에 홍낙춘이 그 말을 꺼냈다. 별다른 야심 없이 한 말이었다.

"주상전하께서 올해 춘추가 적지 않으신데."

"예, 그렇습니다."

"선위 대에 그렇게 고통을 겪으셨는데 아직 후사가 없어서 어찌하누. 작년에도 화변이 있고 결국 피를 보지 않았나."

"…그러합니다. 거기까지 연산되지 아니하였습니다."

"주상전하께서는 무슨 생각이라도 있으신가?"

그 길로 국영은 임금에게 후궁을 간택해야 한다는 간언을 하기 시작했다. 종묘 사직을 위해 후사를 남겨야 한다는 건 너무도 당연한 말이었다. 임금에게 필요한 후궁이 어떤 후궁인지 국영은 잘 알고 있었다. 어릴 때부터 제대로 된 사대부의 교육을 받아야 했고, 아이를 낳을 수 있을 만큼 젊고 건강해야 했다. 다만 국영은 마음의 끌림에 대해서는 전혀 이해하지 못했다.

"그래도 내가 끌려야 할 게 아닌가."

"끌림이 그리 중요하옵니까?"

"자네는 참 충실하지만… 됐네."

정순왕후가 간택령을 내리자마자 홍국영은 누이를 궁 안으로 밀어 넣었다. 국영이 아는 유일하게 젊고 건강하고 교육받은 명민한 여성이었다. 지신사의 힘은 절대적이었고, 누이는 곧바로 후궁에 책봉되었다.

누이가 궁에 들어가던 날 어머니는 조금 눈물을 보였다.

"지난달에 막 초조를 시작하였나 하였더니, 이리도 금방 어미 곁을 떠나십니까."

아직 나어린 누이는 어머니 치마폭에 안겨 훌쩍이다 오라비의 도포자락에 안겨 훌쩍이는 걸 반복했다. 홍국영은 누이가 왜 우는지도 몰랐다. 종묘사직을 이어나가는 것은 천명이며, 그 역할은 누이와 같은 이들에게 주어지는 것이 마땅했다. 홍국영은 울고 있는 누이에게 차분하게 소학과 효경에 대해 말했지만, 누이의 울음은 더 커지기만 했다.

"오라비가 인간 외양을 하고 있으나 인간이 아닌 것은 이미 오래전에 알고 있었다 해도, 어찌 그리 무심한 말씀만 골라 하시오."

"어찌하여 내게 무심하다고 하느냐. 내 한번도 사단에서 어긋나는 일을 해본 적이 없거늘."

"오라비는 사단이 아니라 칠정이 없소이다."

코가 새빨개진 채 가마에 오르기 직전, 누이는 오라비의 소맷자락을 꼭 쥐었다.

"오라버니, 궁에 들어가면 나를 지켜주어야 합니다. 나는… 나는 너무도 무섭습니다. 오라비는 주상전하 다음으로 힘이 센 사람이라고 모두들 말하지 않습니까."

누이와 달리 아버지는 썩 기분이 좋아 보였다. 누이가 간택되면서 아버지의 벼슬은 삽시간에 정삼품까지 올랐다. 아버지는 왕을 모시는 이의 아버지가 되면 보통 있는 처사라고 자랑스러워했다. 홍국영은 그것이 의아해서 임금에게 물었다.

"후궁이 되었다고 직책을 높이면 그것이 척신이 되지 않겠습니까?"

"그러나 후궁이 되었는데 직책을 높이지 않을 수도 없지 않은가."

홍국영은 주상의 대답도 이해할 수가 없었다. 누이가 후궁의 책무를 받을 만한 것과 아비가 호조참의의 책무를 받을 만한 것은 별개의 일이었다. 효를 행하는 것은 아비와 그 자식을 한 궤로 연결짓는 데에만 있는 것이 아닐진대, 왜 후궁이 되었을 때 아비의 직책이 올라가는지 알 수 없었다. 그러나 누이가 원빈이 된 이후 더 많은 이들이 지신사의 앞에 머리를 조아렸다.

김종수가 다시 말을 걸어온 것은 자식도 잃고 동생도 잃은 홍봉한이 사망한 직후였다. 임금은 봉조하가 죽기 전에 외조부의 손을 잡고 눈물을 흘렸다. 그대의 집안이 이렇게 멸문하여 어찌하면 좋으냐고 흐느꼈다. 김종수는 슬그머니 지신사의 옆에 서서 뒷짐을 졌다.

"척신을 함께 척결하자고 손을 잡자 하시더니, 척신이 되기로 작정을 하셨소?"

"무슨 말씀이오?"

"공은 척신이 무어라고 생각하시오?"

"왕실과 혼인을 맺어 종묘사직을 흔들려고 하는 가문이 아니겠소."

"그렇다면 지금 공은 왜 척신이 아니라고 생각하시오?"

홍국영과 김종수는 눈을 마주쳤다. 김종수는 홍국영의 눈에서 혼란을 읽지 못했다. 하지만 홍국영의 머릿속 톱니바퀴는 순간 갈 길을 잠시 잃어버렸다.

얼마 지나지 않아 누이는 이름 모를 병으로 죽었다. 백관들의 울음소리가 온 궐 안에 울려 퍼졌다. 엷은 옥색과 백색 옷자락들이 여기저기에 보였다. 멀리서 본 궐은 온통 옥색과 흰색으로 부서지는 파도처럼 보였다. 성균관의 유생들도 통곡을 했다. 염을 하는 모습을 홍국영은 무릎을 꿇고 앉아 지켜보았다. 국영의 옆자리엔 느닷없이 조카가 되어버린 완풍군이 앉아 있었다. 고작해야 누이보다 두세 살이나 어릴까 한 얼굴로, 왜 울어야 하는지도 모른 채 멍한 표정이었다. 임금의 성인 완산과 누이의 성인 풍산에서 하나씩 글자를 가져온 것은 국영이었다. 죽었음에도 남긴 것이 없다는 건 납득할 수 없었다. 누이의 성이나마 남아야 했다.

누이의 얼굴은 살아 있을 때와 하나 다를 게 없었으나, 본 빛이 없이 파리했다. 능으로 향하는 행렬은 길고 화려했다. 입에 삼천 석의 쌀을 문 누이를 실은 상여는 높고 웅장했다. 청에 누이의 죽음을 알리는 표문이 전해졌고, 채제공이 애책문(哀冊文)을 쓴다고 했다. 채제공이 청에서 돌아와서 누이를 몇 번이나 마주했을까. 후덥지근해서인지 다리가 유난히 삐걱거렸다.

누이의 죽음에 대해 왈가왈부하는 이들은 많았지만 국영 앞에선 입을 다물었다. 개중에는 쇳독이 올라 죽었다는 소문도 있었다. 누이가 쇠를 만질 일이 무엇이 있단 말인가. 구중궁궐에 가만히 앉아 보드라운 천이나 만졌을 터인데, 누이는 홍국영이 권세를 잡은 이후에 태어나서 한 번도 험한 일을 해본 적도 당해본 적도 없는 아이였다. 그런 아이가 굳이 쇠질을 할 리가 없으니 헛소리였다. 홍국영은 몸속에서 끼긱대는 와륜 소리에 귀를 기울이며 상여를 따라 걸었다. 국영은 자신의 몸을 갈라서 속을 들여다본 바가 없었다. 몸속에서 늘 따라오던 쇳소리를 의심해본 바도 없었다. 쇳독이란 쇠질을 안 하고도 걸릴 수 있는 것일까.

또 어떤 이는 동생의 몸집이 너무 작아서 죽었다는 소리도 했다. 왕을 모실 준비가 안 되어 있었다고도 했다. 원빈의 신발이 아주 작았다고 수군거리는 이야기를 들었다. 누이는 원기가 넘치고 건강한 아이였다. 타고난 기운이 활발하여 더 어릴 때는 곧잘 온 동네를 쏘다니기도 했다. 동생에 비하면 중전은 지극히 힘도 없고 맥도 없는 사람이었다. 국영은 자신이 아는 가장 건강하고, 흐린 데 없이 밝고 환한 여자를 궐에 들여보냈다. 그런데 궐 안에선 중전이 살아남고 누이는 죽었다. 부모에게 받은 모든 신체가 한 군데도 상함이 없는데도 누이는 이제 다시 눈을 뜨지 못하는 사람이 되고 말았다.

죽음에 대해서는 오래 생각할 것이 못 되었다. 삼혼칠백이 이미 몸에서 빠져나갔으니 끝이었다. 생에 대해서 생각할 것만으로도 세상은 이미 넘쳐흘렀다. 미지생 언지사(未知生 焉知死)*라 하지 않았던가. 국영은 언제나 생각을 끊어내기로 마음먹으면 칼같이 끊어낼 수 있었다. 그것은 머릿속의 와륜을 한쪽만 정지시키고 다른 쪽을 활발하게 돌리는 것과 비슷한 일이었다. 그런데 어째서인지 죽음에 대한 생각이 멈추지를 않았다. 몇 번씩이고 멈춰보려고 했지만, 그때마다 머리는 잠시 삐걱대다가 다시

* 《논어》에 나오는 공자의 말로, '아직 삶도 모르는데 죽음을 어찌 알겠는가'라는 뜻

죽음에 대한 생각으로 원래 가던 길을 잡아갔다.

누이가 죽었다는 건, 이제 다시 마주하지 못한다는 것이다. 죽음은 가능한 한 피하는 것이 복이요, 형제에 대한 우애란 마땅히 지켜야 할 생륜(生倫)의 도리다. 누이를 의리로 바로 세워야 할 필요가 있었던가? 누이가 무언가 잘못한 일이라도 있었던가? 누이는 조정의 일을 아무것도 알지 못했고, 때로 국영이 찾아갈 때면 예전처럼 얼굴을 묻고 증기를 흠향하지 못하는 걸 아쉬워할 따름이었다. 매양 겁에 질린 얼굴을 하고 있었지만, 궐에서 나오는 다식들이 달고 고소하다며 기뻐하기도 했다. 누이는 어렸기에 궐 내부의 온갖 암투들에 무지했다. 그건 누이가 아이를 가지는 게 임금에게 더 나은 이유이기도 했다.

입궐할 때 누이의 모습이 흐트러짐 하나 없이 머릿속에서 계속 되풀이되었다. 국영은 결코 기억이 흐려지지 않는 이였다. 누이는 자신을 지켜주어야 한다고 말했다. 누이가 죽지 않도록 도왔어야 한다는 뜻이었다. 김종수는 국영이 척신이라 말했다. 척신이라는 말의 명료한 의미를 국영에게 가르친 이도 김종수였다.

장례 절차를 모두 마치고 홀로 남았을 때, 국영은 지필묵을 꺼내어 戚臣(척신), 두 글자를 써 보았다. 戚(척)에는 창 戊(모)와 아재비 尗(숙)이 함께 있었다. 창을 들고 분개하는 아재비가 戚(척)이었다. 아재비는 누구의 아재비기에 분개하고 말았는가. 척신이란 말의 본디 뜻을 살펴보자면 왕의 아재비기에 분개하는 것이리라. 왕이 다칠 때 왕의 적을 해치는, 험한 시선으로 주변을 둘러보고 창을 휘두르는 아재비가 바로 척신이다. 국영은 臣(신)에 시선을 옮겼다. 왕 앞에서 함부로 눈을 높이 들지 않는 신하의 모습이 臣(신)이었다. 척의 눈과 신의 눈은 달랐다. 그러므로 척과 신은 함부로 붙어 있어선 안 될 표상이었다.

그러나 효와 충은 서로를 어긋나게 하지 않는 말들이었다. 아비에게도 임금에게도 마음을 다하여 의리를 지키되, 의리로서 서로를 수양하고 바로잡아 더 나은 나라를 만들어 가는 것이 신하된 이와 자식된 이, 형제된 이의 도리였다. 도에서 어긋나지 않도록 바로잡고 바로잡히는 것이야 말로 인과 예로 서로를 지키는 것이 아니던가. 언제나 중요한 것은 의리였다. 임금은 국영을 의리의 주인이라고 했었다. 옳고 바른 이치를 세우는 이라고 하였다. 사람 사이의 일과 나라와 세상의 일을 옳게 처리하고 메우고 수선하는 이라고 하였다. 그러나 누이는 온 데 간 데 없었다. 의리가 무엇인지 찾고 또 찾느라 하도 애를 써서, 다음 날 국영이 문을 열자 습기에 흠뻑 젖은 창호지가 후두둑 뜯겨 나갔다. 밤새 방 안에 가득 찼던 훈김이 훅 뿜어져 나왔다.

며칠 지나지 않아 국영은 쇠 지렛대를 들고 가는 중전의 나인을 궐 안에서 마주했다. 그날 따라 무슨 일인지 내관들이 바쁘게 오갔고, 여기저기가 소란스러운 사이 나인은 거의 자기 키의 반 크기인 쇠 지렛대를 등 뒤로 감추고 잰걸음으로 이동하고 있었다.

국영은 가만히 나인의 뒤를 따라갔다. 홍국영은 숨을 죽이거나 조심해야 한다는 생각조차 없었지만, 나인은 설마하니 지신사가 자신을 따라올 거란 생각은 조금도 하지 못했다. 홍국영의 얼굴을 보았지만, 어디론가 가는 중인가 보다 생각했을 따름이었다. 쇠 지렛대 끝은 녹이 많이 슬어 있었다. 원빈의 여린 살에 닿았다가는 금세 독이 일어날 수 있을 것처럼 보였다. 나인은 한참을 걸어 보장문을 지나고 나서야 담 밖으로 쇠 지렛대를 집어 던지려 했다. 홍국영은 냉큼 나인의 팔을 붙들었다. 나인은 소스라치게 놀라 바닥에 뒹굴고 말았다.

국영은 그 길로 나인을 문초했다. 그러나 주리를 틀리는 와중에도 나인은 순순하지 않았다.

"일개 도승지가 중전마마의 나인을 문초하는가!"

생윤의 법도와 충의의 법도 중 우선하는 것을 명료하게 집어내기란 어려운 일이었다. 생윤의 법도를 바로 세워 충의의 법도까지 나아가게 하는 것이 마땅한 일이지 않겠는가. 중전마마의 나인이라는 말은 가당지도 않았다. 홍국영은 심드렁하게 똑같은 질문을 반복할 따름이었다.

"저 쇠 지렛대로 무엇을 했는가, 원빈의 쇳독과 무슨 관련이 있는가."

"중전마마 침전의 가구를 옮겼다 하지 않았소. 중전마마가 이 사실을 아시면 가만히 있을 거라고 생각하는가!"

홍국영은 담담히 고개를 돌렸다. 다시 나인의 비명소리가 울려 퍼졌다.

"그 어린아이가 쇳독이 올랐다면 자네한테 올랐겠지! 권력에 눈이 멀어 죽은 사람 아래로 아들을 입적하는, 이 쇳덩어리보다도 차가운 인간아!"

덜컥, 몸속에서 무언가 걸린 듯한 소리가 났다.

✳

왕의 부름을 받잡은 도승지는 만난 이래 한 번도 변하지 않은 냉담하고 어여쁜 얼굴로 들어왔다. 여전히 나이가 많은지 적은지 가늠하기 어려운 표정을 하고 있었다. 임금은 가만히 도승지를 바라보다가, 불쑥 입을 열었다.

"몸은 괜찮은가?"

"예, 염려하여 주신 덕분에 건강합니다."

"여전히 뜨거운가?"

"예, 염려하여 주신 덕분에."

"여전히 잠들지 않는가?"

"예."

"그대가 중전의 나인을 문초했다고 들었네."

"그렇습니다."

"중전의 나인을 문초하는 것은 도승지의 권한 밖이라는 걸 몰랐나?"

"원빈의 죽음에 관한 일이었습니다."

"중전이 원빈을 죽이기라도 했다는 얘긴가?"

"아직 알지 못합니다."

당연하게도 도승지의 눈빛은 예전과 다르지 않았다. 가만히 도승지를 바라보던 임금은 나직하게 말을 이었다.

"중전이 원빈의 죽음과 관련이 있다면, 형조와 의금부에서 다룰 일이 아닌가. 내 그대에게 이조참판, 대사헌, 금위대장, 훈련대장을 맡긴 바 있으나 형조를 맡긴 바는 한 번도 없네만."

"임금의 신위와 나라의 안위에 문제가 발생한다면, 설령 임금의 명이 없더라도 그를 위해 충심을 다하는 것이 마땅한 신하의 도리로 알고 있습니다. 임진년에 의병을 자임하고 왜군과 맞서 싸운 민초들은 왕의 이름이 없이 사병을 일으켰음에도 처벌받을 일이 아닌 것과 같습니다."

"중전은 임금과 나란히 서서 나라를 떠받치는 하나의 기둥이다. 신하가 함부로 중전에 대해 손을 댈 수 있는 문제가 아니다."

"나라를 세우기 전에 신의를 세우는 것이 더 중요하고, 가정에서의 신의는 모든 것의 기본이 되는 것입니다."

"그것은 그대의 가정에 말할 일이지, 다른 이의 가정에 입을 댈 수 있는 건 형조와 의금부가 아니겠는가."

도승지는 갑자기 입을 꾹 다물고는 당혹스럽다는 듯 임금을 바라보았다. 도승지의 눈에는 아무 의심도 없었고, 어떤 음모도 없었다. 다만 혼란이 언뜻언뜻 스쳤다. 잠깐의 침묵 끝에 임금이 먼저 입을 열었다.

"방금 전에 자네가 뭐라고 하였지?"

"임금의 신위와 나라의 안위에 문제가 발생한다면, 설령 임금의 명이 없더라도…."

"아니, 그 이후에 뭐라 하지 않았던가?"

"무슨… 말씀을?"

푸슈, 도승지의 어깨에서 훈김이 얕게 올라왔다. 임금은 도승지를 물리고 홀로 깊은 밤까지 생각에 잠겼다. 모든 것을 잊지 않는, 타고나기를 잊을 수 없게 만들어진, 길 바깥을 빠져나갈 줄 모르는 그의 도승지가 일그러져 있다는 걸 받아들여야만 했다. 홍봉한을 치기로 작당하던 그날, 아무런 사심 없이 그는 아버지가 아니라고 하던 단호함이 대나무처럼 꺾인 것이었다. 그때 임금은 국영에게 물었다. 자신을 사랑하느냐고. 국영이 뭐라고 했는지 잘 기억나지 않았다. 분명 국영은 명백히 기억할 터인데.

그날 임금은 조용히 도승지에게 비밀스러운 명을 내렸다. 그 명은 도승지가 지금껏 기동해왔던 원리와는 완전히 배치되는 것이었으나, 오순이 일그러진 기기인에게 받아들이는 것 외에 다른 선택지는 애초에 주어지지 않았다. 명을 듣자마자 순식간에 국영의 전신은 그 명이 자신의 모든 와륜을 어그러뜨리리라는 것을 알았다. 하지만 어그러지더라도 명에 따르지 않는 방법을 그는 알지 못했다.

익일, 홍국영은 모든 대관들 앞에서 임금 앞에 머리를 조아렸다.

"성심(聖心)*께서도 오늘을 기억하시겠지요. 오늘은 신이 임진년에 성명을 처음 만난 날입니다."

아니었다. 임금과 홍국영은 한참 전 여름에 만났다. 이때쯤 홍국영에게 홍국영이란 이름이 주어졌을 따름이었다.

"왕실의 인척이 되고 나서 공사가 불행하니, 신이 밤낮으로 생각하고 갖가지로 헤아려도 이는 모두 신이 아직도 조정에 있기 때문입니다."

홍국영은 말을 떨 줄 모르는 이였다. 그러나 이번에는 말이 떨리는 대신, 기이한 쇳소리와 함께 말을 더듬거리며 토해내기 시작했다.

"오ㄴ늘으ㄴ, 시ㄴ이, 크, 성며ㅇ을, ㄱ길이, 헤어지는 날입니다. 이ㅈ, 제, 부신을 바치ㄱ고, 나ㄱ갈 것이ㅣㄴ데, 신이 크, 하ㄴ 번, 금ㅁ문 바ㄲㄲ로 나간ㄴ ㅎㅜ에, ㄷ다시 ㅅ세상, 크, 이르ㅔ 뜻ㅅ을 두어 조지를, 구ㅎ하여, ㅂ보고, 크, ㅅ사ㄹㅏㅁ을, 불ㄹㄹㄹㄹㄹ러 만난다ㅏ면 ㅇ이는 국ㄲ가를, 잊은 것ㅅ이니, 천ㄴ신이 반ㄴㄴㄴㄴㄷ시 죽ㄱ일 것ㅅ입니다."

홍국영은 훈련대장의 명소를 풀어 임금 앞에 내려놓더니 벌떡 일어나 그대로 조정을 떠났다. 섬돌을 내려가다가 잠시 주춤했을 뿐 단 한 번도 망설이는 것처럼 보이지 않았다. 마지막 말은 알아듣기조차도 쉽지 않아

* 임금의 마음을 높여 이르는 말

대신들도 사관들도 서로 얼굴을 마주 볼 따름이었다. 먼저 입을 연 건 김상철이었다.

"신들은… 참으로 까닭을 모르겠습니다."

눈을 가만히 감고 있던 임금이 천천히 눈꺼풀을 들어올렸다.

"경들은 잠시 말하지 말라. 이것이 그 아름다움을 이룩하고 끝내 보전하는 방도다. 내가 어찌 생각 없이 그랬겠는가?"

도리어 임금은 먼 곳을 바라보며 아련한 미소까지 띠고 말을 덧붙였다.

"이 뒤로는 그의 뜻대로 강호의 산수에서 노닐 것인데, 조보와 사람을 보지 않겠다는 말에서 그의 마음을 알 수 있다. 지신이 이 뒤로는 세속을 벗어난 선비가 되어서 노래하는 계집, 춤추는 계집과 어울려 시간을 보낼 터이니, 경들도 틈을 타서 종종 만나보면 좋지 않겠는가."

그러더니만 슬픈 눈을 하고 조정에 엎드린 대신들을 둘러보았다.

"나야 지신을 자주 만나고 싶지마는… 너무 출입이 잦은 것도 긴치 않으니, 두어 달에 한 번은 소식을 서로 알릴 예정이다."

어리둥절한 대신들 사이에서 홍국영의 사직을 받아주지 말라는 상소도 있었지만, 임금은 개의치 않았다. 며칠 뒤 조정에서 임금은 홍국영에게 선마했다. 웅장하고 엄숙한 이별식이었다.

"경은 충효의 완전한 절개가 있고 천지의 뛰어난 재기를 타고났다. 주연에서 공부할 때에 지우를 맺었으니 거의 가난한 선비의 우의와 같았고, 흉당이 역란을 꾸밀 때에 사생을 잊어버렸으니 오로지 널리 경륜하는 재주에 의지하였고."

천지가 인간을 만들었고, 인간이 너를 여기에 만들었다면 충효의 완전한 절개를 인간이 만들어냈을 수도 있겠지. 임금은 마음을 차분하게 가라앉히고 말을 이었다. 어깨를 늘어뜨리고 임금의 선마를 받아드는 작은 몸, 뒤틀려버린 충효의 절개가 그 와중에도 올곧이 자리하고 있었다.

"평소에 마음을 의지한 신뢰를 생각하면 참으로 경을 버릴 수 없으나, 옛날에 손을 잡고 한 말을 생각하면 어찌 관직에서 물러가는 것을 아까워하겠는가? 그래서 금전에서 백마를 내린다. 강호의 근심을 잊지 말고 신극의 사랑을 길이 생각해야 한다."

몸을 나직하게 내려서 홍국영이 말을 받았다.

"신은 전하의 포의의 사귐이 되어 지우의 은혜가 천고에 다시 없는 것이니, 신처럼 재주 없는 자가 어찌 감히 이것을 감당할 수 있겠습니까? 이것은 모두 신하가 감히 할 수 없는 일이었으니, 소열제와 제갈 공명의 만남도 신보다 오히려 대수롭지 않다 하겠습니다.

아직도 어리둥절한 사람들 사이에서 국영은 주어진 말들을 충실하게 내뱉었다.

"신의 오늘의 일은 목석처럼 무정하여 불충하고 불효하다 할 수 있으나, 다시 생각하면 이것은 전하를 저버리는 것이 아니라 전하께 보답하기 위한 것입니다. 신이 이 뒤로 다시 시사에 간여한다면 천신이 죽일 뿐 아니라 전하께서 신을 죽이시더라도 신은 한이 없을 것입니다."

전하께서 죽이시더라도 한이 없다는 말에 임금은 굳이 국영의 눈을 깊이 들여다보았다. 이번엔 말이 조금도 엇나가지 않았다. 국영의 작은 몸이 어떻게든 이 상황을 연산해내느라 애를 쓰고 있는 것이리라. 임금은 선마한 글을 국영의 손에 쥐여주었다.

"일찍이 백발의 봉조하는 있었어도, 공이 높은 그대가 흑두 봉조하가 되었으니 이 어찌 자랑스러운 일이 아니겠는가."

김종수가 기나긴 상소를 올려서 홍국영의 교활함을 소리 높여 외친 것은 그로부터 반년은 지난 다음이었다. 임금이 홍국영의 관직을 삭탈한 것은 그로부터도 한 달여가 더 지나서였다. 모두의 사랑 속에서 불안해하며 자란 세손은 자신을 사랑하는 그 시선들 속에서 동물도 아니고 인간도 아닌 신하를 기괴하게 규탄했다.

"내가 참으로 착하지 못하기 때문에 이런 일이 생긴 것이니, 자신을 돌아보면 부끄럽고 괴로워서 차라리 죽고 싶다. 모두가 내가 착하지 못하기 때문인데 오히려 누구를 허물하겠는가?"

슬픈 표정으로 내린 왕의 전교는 빠르게 홍국영에게 도달했다. 횡성의 전리로 갔다가 강릉부로 옮겨 간 국영은 생전 처음으로 환한 바다를 보았다. 분명 처음인데도 꼭 어디선가 본 적이 있는 것처럼 느껴지는 해사한 빛깔이었다. 한양에선 어딜 가나 사람이 있었지만, 횡성도 강릉도 반나절을 걸어도 사람을 못 만나기가 일쑤였다. 그래서 국영은 사람을 굳이 찾지 않고 지냈다.

한양에서는 수많은 사람이 홍국영을 벌하라는 상소를 내리고 있다는 말이 종종 귀에 들려왔지만, 국영은 무엇을 어찌해야 할지 알 수가 없었다. 이 먼 곳에 떨어져서 임금을 위해 무엇을 해야 할지 짐작도 되지 않았다. 국영은 아무 말 없이 방 안에 가만히 앉아 있는 날들이 많았다. 그 와중에도 시종들은 자세 한번 흐트러지지 않는다고 국영에 대해 감탄했다. 국영은 자세가 흐트러진다는 게 무엇인지도 몰랐다. 하지만 국영의 와륜은 멈추지 않았기에, 국영은 뭘 해야 할지 모를지언정 자신이 어떤 상황에 있는지는 이해하고 있었다.

국영은 오동나무로 만든 장을 쓰다듬다가 문득 서랍을 열어보았다. 서랍 속에는 언제 꺼냈는지 기억도 가물가물한 패영(貝纓)이 있었다. 산호로 만든 패영이었다. 패영을 꺼내서 상 위에 올려두고 가만히 지켜보던 국영은, 패영을 고이 다시 장 안에 넣어두었다. 자신이 패영이었다. 작은 서랍에 달린 물건이었다. 제 아무리 아름다운 보배로 만들었다 하더라도, 주인이 꺼내주기 전까지는 아무런 효과도 없을 작고 가느다란 장물. 임금이 다시 국영을 찾기 전까지, 국영은 아무런 효능이 없었다. 아무런 효능 없이 빙글빙글 돌아가고만 있다는 건 조금 이해하기 어려웠다. 그저 존재하는 것만으로 존재하는 것이 무엇인지 그는 오래 생각했다. 그저 가만히 있는 것 외에 할 수 있는 것도 물론 없었다.

그저 가만히 있는 것이 문득 이상하게 느껴져, 그는 마당에 백일홍 나무를 심었다. 마당에 백일홍을 심고 나서 자리에 돌아와 앉아 기이해했다. 자신은 마당에 백일홍을 왜 심었던가. 무엇을 알고 싶어서 심었던가.

백일홍이 자라는 모양, 백일홍을 보고 즐거워할 사람들, 그 사람들을 이용해서 이루고 싶은 정치, 그중 국영이 이루고자 한 것은 아무것도 없었다. 국영은 때마다 마당에 나가 백일홍을 쓰다듬으며 생각에 잠기곤 했다. 시종들은 또 자신의 영화가 한순간이었다는 걸 한탄하시는가보다 수군거렸지만, 국영이 궁금했던 건 자신이 백일홍을 왜 심었는지 뿐이었다.

어느 날부턴가 국영은 임금을 떠올리면 몸속 와륜이 뻑뻑하게 거치적거리는 걸 느꼈다. 이상한 일이었다. 기름칠이 덜 되거나 물 공급이 부족해서가 아니었다. 임금에 대해서만 생각하면 여기저기에서 삐걱대는 소리가 났다. 국영은 어딘가에서 눈을 뜬 이래, 궁궐에서 선왕을 만난 이래 한 번도 멈춰본 적이 없었다. 국영은 자신이 쉽사리 멈출 그런 존재가 아니라는 걸 본능적으로 알고 있었다. 하지만 임금을 떠올릴 때마다 몸 여기저기가 둔해졌다.

국영은 때로 홍봉한을 만났을 때를 생각하기도 했다. 처음에 국영에게 명령한 것은 선왕이었고, 국영은 어째선지 임금의 명령에 복종해야 한다는 사실을 알고 있었다. 국영의 신체에는 미리 주어진 명령이 있었다. 그다음 국영에게 명령한 것은 홍봉한이었다. 홍봉한이 봉조하가 되고, 몰려나고, 임금의 어미가 국영을 원망하고, 이제 국영은 봉조하가 되었다. 그 많은 시간 동안 홍봉한이 무엇을 생각하는지 국영은 알 수 없고, 알 필요도 없었다. 국영을 덕로라고 부른 것은 홍봉한이었지만, 국영은 지금 자신이 얼마나 늙었는지 여전히 잘 몰랐다. 그저 임금이 국영에게 원하는 것들이 있었고, 국영은 임금이 없이는 아무것도 아니었다. 임금이 사랑하는 것들을 국영은 사랑하고자 했고, 임금을 사랑하는 이들을 조종하고자 했다. 국영은 그것 외에 아무것도 몰랐다.

아버지는 여전히 한양에서 벼슬을 잘하고 계시다고 했다. 아버지는 기실 국영에 대해 잘 몰랐다. 그렇게 국영을 찬찬히 들여다본 바도 없었다. 누이와 사이가 좋은 걸 희한하게 생각할 때는 있었던 듯하지만, 그렇다고 국영에게 효도를 받고자 한 바가 없었다. 누군가 어르신은 아들인데도 도승지께는 정을 안 주시네요, 같은 말을 한 적이 있었다. 국영은 그 정이 무엇인지 잘 모르나《동몽선습》과《논어》에 나와 있는 대로 아버지와 어머니를 대했다. 아버지는 국영의 모든 행동에 별다른 말이 없었고, 국영도 별다른 말이 없는 아버지에게 별다른 생각이 없었다.

아버지를 생각하던 어느 날은 아버지에게 문안인사를 가기 위해 집 안에서 문을 열었다가 다시 방으로 돌아온 날도 있었다. 그런가 하면 문밖으로 나가서 궁궐로 가려다가 알던 길과 너무 달라 곰곰이 생각을 곱씹은 날도 있었다. 시종들은 그때마다 어르신이 분하고 억울한 나머지 총기를 잃으신다고 슬퍼했지만, 국영은 분하고 억울하지 않았다. 그저 임금이 무얼 하고 계신지 때로 궁금할 따름이었다. 임금의 명령이 너무 없었기에, 국영은 혼자서 마음이 빙글빙글 돌았다.

찾는 이 없던 문간에 어느 날 한 선비가 찾아왔다. 평범한 갓에, 화려하지 않은 도포를 한 선비는 이름 한번 부르지 않고 성큼 대문 안으로 들어섰다. 저벅저벅, 흙길을 앞서 걷는 사이 시종들은 저마다 막아서야 하는지 말아야 하는지를 고민하고 있었다. 선비가 섬돌에 발을 올릴 때쯤, 드디어 시종 한 명이 나서서 걸음을 막으려던 차, 장지문이 벌컥 열렸다. 섬돌에 한쪽 발을 올린 선비의 얼굴을 본 국영의 얼굴이 기묘하게 뒤틀렸다.

"아… 주상…."

말을 다 끝맺지 못하고 국영은 그 자리에 넙죽 엎드렸고, 하얗게 질린 시종들도 다 함께 넙죽 엎드렸다. 임금은 고개를 절레절레 저으며 입술에 손을 가져다 댔다.

"안 되네, 내가 이리 온 걸 사람들이 알아선 안 돼."

시종들은 고개를 들지도 못한 채, 예에, 예에만 반복했다. 국영은 엎드린 채 몸을 뒤쪽으로 천천히 밀어 왕이 들어올 자리를 만들었다. 들어오는 왕의 옆모습, 신발을 벗고 흔들리는 도포 자락을 보면서 국영의 몸속에서 바퀴들이 재빠르게 맴을 돌았다. 왕을 떠올릴 때마다 바퀴들이 느려졌던 것과는 다른 느낌이었다. 와륜들은 너무 거세게 돌아서 오히려 몸이 제대로 움직이지 못했다. 국영은 거칠게 돌아가는 와륜들의 걸그럭대는 소리를 들으며 말석에 앉았다. 국영의 몸속 모든 기기들이 명령을 받을 준비로 날뛰고 있었다. 이것은 '기껍다'는 기분이었다.

"잘 지내고 있었나?"

"주상의 은총으로 잘 지내고 있었습니다."

임금은 언제나 국영에게 자신은 달빛과 같은 이가 되고 싶다고 하였다. 모든 것을 바라보고 끌어안는 존재, 보이지 않는 곳에서 백성의 삶을 모두 주관하는 존재가 되고 싶다고 하였다. 임금이 그런 존재가 될 수 있도록 주변을 정리하고, 임금의 갈 길을 만들어내는 것이 국영의 일이었다. 임금은 국영에게 명령할 것이고, 국영은 명령을 수행할 것이다. 오랜만에 몸 바깥으로 훈김이 훅훅 뿜어져 나왔다. 표정 하나 변하지 않았지만, 아지랑이처럼 올라오는 훈김을 보며 임금은 국영이 어떤 마음인지 짐작했다. 기기인의 기쁨, 기기인의 희망, 기기인의 꿈.

"덕로여."

"예, 전하."

"이 이름으로 그대를 불러보는 건 오랜만이네."

"그렇습니다."

"내가 올 줄 알고 있었나."

"언젠가는 오시리라 생각했습니다."

"어째서 그렇게 생각했지?"

덕로는 의아한 듯 고개를 들었다. 주상이 자신을 찾아오는 건 덕로에겐 너무도 당연한 일이었다. 덕로는 주상이⋯. 대답을 내리지 못하고 한참을 의아하게 바라만 보는 덕로에게 임금은 고개를 흔들었다.

"굳이 대답을 내놓지 않아도 되네."

"예."

"우리가 처음 만나던 날에는 날이 참 더웠는데."

"그렇습니다."

"그래서 자네 어깨에서 올라오는 훈김인지 후덥지근한 공기의 흐름인지도 잘 알지 못했어."

"예."

"명의록에는 선군이 자네를 아주 어여삐 여겼다고 쓰여 있지만, 선군은 종종 자네에 대해 뒤틀린 건순오상이라고 했어. 선군은…, 자네가 누군지 알았으니까."

덕로는 대답하지 않았다. 그 말이 무엇을 의미하는지는 잘 알고 있었지만, 덕로는 자신의 존재에 대해 고민하지 않았다. 소임을 충실하게 수행하는 게 덕로에게 주어진 모든 것이었다. 그것을 뒤틀린 건순오상이라고 할지언정, 그 바깥으로 나가는 건 불가능했다.

"저는 이제 무엇을 해야 합니까."

"그게 문제지."

"조정으로 돌아가면 무엇부터 시작하면 좋을까요. 지금은 어떻습니까."

"아니, 네가 지금 시작할 것은 하나도 없다."

임금의 말은 단호했다. 덕로는 가만히 임금의 발치를 바라보았다. 무명으로 된 버선이었다. 임금의 아비는 무명은 사치가 아니고 비단은 사치라고 어린 시절에 말했다고 하였다. 임금의 아비가 총명했다고 모두가 칭찬하던 시절, 그 이야기를 임금도 듣고 덕로도 들었다. 무명 버선코가 뾰죽하니 올라온 걸 가만히 바라보고 있자니, 임금이 입을 열었다.

"오늘은 자네에게 명을 내리고자 왔네."

"주인이시여, 주실 명령은 무엇이든 주시옵소서."

"네가 처음 궁에 들어왔을 때, 너는 서대문의 시체 틈에 버려져 있다가 주워졌다고 들었다. 그때 너는 무슨 일인지 시체처럼 보였지만, 곧 다시 사람처럼 움직이고 훈김을 뿜고 돌아다녔다고 하였지. 무엇이 너를 그렇게 만들었는지 나도 알지 못하고, 제학들도 알아내지 못하였으나 너는 알 것이다. 멈추어라."

"무엇을 멈추라 하심입니까?"

"숨쉬고 움직이고 생각하기를 멈추어라."

덕로는 몸속의 와륜들을 멈추기 위해 안간힘을 써보았지만, 가능하지 않았다. 여러 군데에 갖가지로 힘을 써보았지만, 와륜들은 도리어 더욱 쌩쌩하게 돌아갈 따름이었다. 앞에 앉아 있는 임금에게도 또렷하게 들릴 정도록 드르륵, 드드륵, 톱니들이 돌아갔다. 임금은 묵묵히 그 소리들을 들었다. 한참 기를 쓰던 덕로는 몸을 낮추어 말했다.

"멈춰지지 않사옵니다. 멈출 수가 없습니다."

"그래서는 안 되는데. 자네에게 사약을 내리라고 하는 이들에게 내가 할 말이 없다. 자네에게는 사약을 내릴 수가 없어."

"예."

"그대가 처음 왔을 때는 어떤 상태였지? 기억이 없었다 하지 않았는가."

"그렇습니다. 저 자신이 기기인이라는 것은 당연하게 알았습니다만, 제가 어떻게 거기 있었는지, 어떻게 존재가 시작되었는지 저는 모릅니다."

"나와 함께 있었던 일들도 지울 수 있겠는가."

덕로는 늘 그렇듯 침착한 눈으로 임금을 바라보았다.

"그럴 수 있습니다."

"그렇다면 모두 지우게. 그리고 아무것도 받아들이지 말게. 멈추는 게 안 된다면, 눈으로도 입으로도 피부로도 아무것도 받아들이지 말고 다시 명령할 때까지 숨을 가다듬게나. 그건 되겠는가?"

덕로는 잠깐 몸속을 움직였다.

"가능합니다."

"그래, 그럼 나를 모두 잊고, 선왕도 잊고, 홍봉한도 홍인한도 잊고, 궁궐에 있었던 기억도, 그대의 누이도, 한밤의 속삭임도, 설서와 지신사의 기억도 모두 지워버리시게. 그다음엔 몸으로는 아무것도 받아들이지 말고 숨을 고르게."

덕로는 눈을 똑바로 뜨고 정면으로 왕을 바라보았다.

"그날… 눈이 내리던 날. 홍봉한을 치기로 말을 나눴던 날 말일세. 내가 자네에게 나를 사랑하냐고 물었던 거 같은데. 내게 뭐라고 대답했었나?"

대답 대신 눈동자에 초점이 사라졌다. 눈 하나 깜짝하지도, 입술 한번 일그러뜨리지도 않은 채 홍국영의 몸속에선 커다란 경적 소리가 들렸다. 바깥에 있는 시동들은 처음 들어보는 기괴한 큰 소리에 소스라치게 놀랐으나, 임금이 들어 있는 방문을 열지도 못하고 바깥을 맴돌기만 했다. 증기로 방 안이 꽉 차고 나서, 몽롱한 눈으로 국영은 픽 쓰러졌다. 임금은 조용히 손을 들어 국영의 눈을 감겼다. 가슴팍에 귀를 가져다 대자, 아주 희미하게 와륜이 돌아가는 소리가 들렸다. 아주 희미했다. 와륜이 있다는 사실을 모르면 결코 들리지 않을 만큼 작은 소리였다. 마치 창해 건너편에서 돌아가는 소리처럼 가느다랬다. 덕로는 임금의 명령을 따른 것이었다.

임금은 방 안에서 포를 찾아 흠뻑 젖은 방 안을 손수 치웠다. 여기저기 쏟아진 뜨거운 물을 모두 닦아냈다. 그리고 자신이 앉아 있던 자리에 가만히 그를 기대어놓았다. 범인보다 작은 몸집이었지만, 쇳덩어리라 그런지 적지 않게 무거웠다. 그토록 긴 시간을 지내면서, 그의 무게를 알지 못했다는 생각에 헛웃음이 나왔다. 국영의 몸 위에 임금은 가만히 손을 얹었다.

훈김을 뿜던 나의 오른 날개여.

홍국영의 장례는 초라했다. 신하들은 모두 빨리 주벌을 가했어야 했다고 성토했다. 모두 왕이 지나치게 홍국영을 총애한 탓이라 원망하였고, 왕은 자신의 부덕이라 인정하였다. 아무도 그를 찾지 않았고, 그의 묘소가 어디에 있는지도 쉽게 잊혔다.

＊

그것이 다시 눈을 뜬 것은 낯선 풀숲이었다. 웬 호랑이 새끼가 그것의 옆구리를 거세게 들이받았고, 머리를 개울물에 처박혔다가 정신없이 깨어났다.

그것은 자신이 도로라는 사실을 알았지만 왜 삼베로 된 옷을 입고 입 안에 쌀을 넣고 있는지는 몰랐다. 쌀을 뱉어내고 나서, 도로는 자리에서 벌떡 일어났다. 가야 할 곳은 없었지만 갈 곳은 많았다. 이미 얼굴도 묻힐 때와는 사뭇 달라져 있었다.

**The Korea
Science Fiction
Hall of Fame**

라
비

아밀

열대의 한 식물이 들려주는. 사라지는 여자들과 여신들에 대한 이야기. 소수 민족 주술사 가문의
마지막 후예로 태어난 소녀의 일생을 다룬다. 현실 세계에서 사멸되어가는 옛 지식들이 허구의
서사 속에서 진실로 되살아난다.

2019년 온라인 문예매체 〈S-R-S〉 발표

2020년 제7회 SF 어워드 중단편 부문 대상 수상

2021년 《로드킬》(비채) 수록

라비는 주술사의 하나뿐인 손녀였다. 라비의 삶은 태어나기 전부터 결정되어 있었다. 다음 대 주술사가 되는 길 외에 다른 선택지란 있을 수 없었다. 적어도 라비의 할머니는 그렇게 믿었다.

옛날 같았으면 라비에게 주어진 삶은 명예로웠을 것이다. 이 열대 부족 사람들이 오랜 전통과 습속대로 살던 시절이었다면 분명 그랬을 것이다. 남자들이 숲에 나가서 뱀과 멧돼지와 물고기를 잡아 오고, 여자들이 야자 섬유와 나무껍질로 옷을 짜고, 모두가 밭에서 캐낸 토란과 고구마를 나누어 먹던 시절이었다면. 인근의 바닷가와 강가와 숲의 부족 사람들과 혼례를 올리고, 전쟁을 하고, 그릇과 패물과 술을 서로 거래하던 시절이었다면. 그런 옛날 같았으면, 주술사는 철마다 장엄한 축제와 의례를 도맡아 집전하고 부족 사람들의 생사고락을 책임지며 존경과 경외를 한몸에 받았을 것이다. 건기의 바람과 햇살도, 우기의 구름도 주술사의 손짓 한 번과 치맛자락의 나부낌에 달려 있었을 것이다.

그러나 지금은 그런 시대가 아니다.

나는 오래전부터 이 부족의 주술사들을 지켜보았다. 주술사 집안의 어머니가 딸에게, 또 그 딸이 자신의 딸에게 책무를 전해주는 과정을. 자기 어머니나 할머니와 닮거나 닮지 않았던 수많은 딸들의 얼굴을. 나는 모두 지켜보았고, 모두 기억한다. 라비는 그중에서도 가장 가업을 달가워하지 않는 딸이었다.

라비는 제 엄마의 배에서 나올 때부터 모두를 애먹였다. 여자애 같지 않게 몸집이 우람한 데다 탯줄을 팔에 휘감고 있었던 탓에 라비의 엄마는 심한 산고를 겪었고, 라비를 낳고 반나절 뒤에 죽어버렸다. 어쩔 수 없이 라비의 할머니가 아이를 키웠는데, 아이가 얼마나 그악스럽게 울고 보채는지 질녀들에게 젖을 동냥하기에도 눈치가 보일 정도였다. 말을 떼면서부터 라비는 '왜'라는 질문을 끊임없이 던져댔다. 주위의 모든 것을 의심하고 모든 것에 도전했다. 꽃은 왜 피는지, 비는 왜 오는지, 이는 왜 잡아도 잡아도 다시 생기는지, 도마뱀은 왜 몸이 잘려도 살아남는지, 달은 왜 달인지, 해는 왜 해인지, 할머니는 왜 할머니이고 라비는 왜 라비인지. 물론 그들 부족에는 각종 자연 현상과 인간사의 연유를 설명해주는 신화와 전설 들이 전해져 내려왔고, 주술사들은 그 이야기들을 누구보다도 많이 외우고 있었으니, 라비의 할머니는 호기심 많은 아이들의 손에 쥐여줄 답변을 얼마든지 가지고 있었다. 그러나 라비는 그 어떤 이야기에도 만족할 줄 몰랐다. 라비의 할머니가 어렸을 때 자신의 할머니에게 들었던 이야기 백 가지를 라비에게 들려주면, 라비는 그 이야기의 값을 고스란히 치르기라도 하듯 쉰 가지의 질문과 쉰 가지의 의견을 내놓았다. 할머니는 당돌하다고 혼을 냈지만, 라비는 반드시 대들었다. 할머니는 윽박지르고 화를 냈지만, 라비는 그에 질세라 악을 쓰며 울어댔다. 할머니가 때리면, 라비는 눈물마저 뚝 그치고는 표독스러운 눈빛으로 노려보았다. 할머니는 그런 라비가 종종 무서웠다. 라비는 단순히 호기심이 많거나 말썽만 피우는 것이 아니었다. 라비는 일종의 독기를, 해소되지 않는 불만을, 자신의 기원과 집안의 내력과 세계의 규칙에 대한 어떤 생래적인 악의마저 가지고 있는 것으로 보였다. 라비의 할머니는,

늙은 주술사는, 손녀가 불길했다. 아니, 자신을 둘러싼 세상 전체가 불길했다.

부족의 전통은 걷잡을 수없이 무너져가고 있었다. 이제 사람들은 공용어를 썼고, 정부에서 권고하는 국교를 믿거나 또는 아무것도 믿지 않았다. 부족의 옛말을 온전히 구사할 수 있는 사람은 늙은 주술사와 그 동년배 두어 사람밖에 없었다. 나머지 사람들은 어렴풋한 맥락만 알아듣는 정도였고, 젊은이들은 아예 이해하지도 못했다. 젊은이들에게 그 언어는 혼인식 때 접하는 기묘한 주문과 노랫말, 그리고 어렸을 때 공기놀이나 땅따먹기를 하면서 뜻도 모르고 되뇌었던 놀이 말로만 남아 있을 뿐이었다. 사실 그들은 옛말이 우스꽝스럽고 구질구질하다고 생각했다. 그런 생각을 겉으로 내비치는 건 아니었다. 대부분은 주술사를 여전히 존경하는 듯 행동하면서 체면을 깎아내리지 않으려 노력했다. 그러나 내심으로는 업신여긴다는 것을 주술사도 모르지 않았다. 부족의 대소사는 사실상 정기적으로 선출되는 추장이 거의 다 맡아 보았고 주술사에게는 형식적인 권한만 남아 있었다. 추장들은 거의 항상 남자였고, 공용어에 능통했다. 그들은 부족에 필요한 물건을 조달하고, 정부나 복지 당국과 연락을 주고받고, 외부인들 앞에서 부족의 대표자로 나섰다. 누군가가 병들거나 다치면 사람들은 즉시 의사를 부르거나, 부잣집에 있는 차나 오토바이를 빌려서 가까운 병원으로 환자를 데려갔다. 그럴 때에 주술사가 직접 캐서 갈아둔 약초 가루나, 동물의 뼈와 식물의 뿌리를 고아 만든 연고를 가지고서 치유를 하겠다고 나서면, 사람들은 늙은이의 어리광에 마지못해 장단을 맞춰준다는 듯한 성가신 표정을 숨기지 못했다.

아예 장단 맞추는 시늉조차 하지 않을 때도 있었다. 주술사가 아이들의 교육에 관여하려고 할 때가 그랬다. 주술사는 아이들에게 많은 것을, 이를테면 옛 언어와 전래의 사냥 법, 혼인과 상속의 법칙을 가르치고 싶었지만, 그런 가르침을 원하는 부모는 아무도 없었다. 어미들은 한결같이 말했다.

"주술사님, 죄송하지만, 그건 먹고사는 데에 도움이 되지 않는걸요."

"안 돼요, 주술사님. 우리 아이들은 읍내 학교에 보내야 해요. 그래야 복지수당이 나온다고요."

추장은 더 복잡한 표현을 써가며 점잖게 주술사를 타일렀다.

"아이들은 공용어를 배워야 하오. 현대의 과학과 경제관념을 배워야지요. 그러지 않으면 우리 부족이 미래에 살아남을 수 없어요."

현대. 과학. 경제. 그 단어들은 홍수에 떠내려오는, 출처를 알 수 없는 잡동사니처럼 마구잡이로 밀려들었다. 대학교, 인터넷, 할리우드, 법률사무소, 이민정책, 성차별, 테러, 채식주의……. 늙은 주술사는 그 단어들을 들을 때마다 현기증이 일었다. 그것들이 무슨 뜻인지 도무지 이해할 수 없었다. 그런데 그런 말을 쓰는 사람들도 의미를 모르는 것 같았다. 백 가구 남짓 되는 이 마을에서 대학교에 가본 사람은 단 한 명도 없었다. 인터넷을 일상적으로 사용하는 사람도 없었다. 할리우드에 가본 사람도, 법률사무소에서 일해 본 사람도, 이 나라로 이민을 오는 사람들에 대해서든 남의 나라로 이민을 가는 방법에 대해서든 확실히 아는 사람도 없었다. 그래도 어쨌거나 사람들은 그런 단어들을 썼다. 그건 막연한 희망의 표현이었다. 이 삶이 아닌 다른 삶이 어딘가에 존재하며, 그들에게도 그 삶의 가능성이 열려 있다는 희망. 어쨌거나 말은 공평하므로. 말에는 돈이 들지 않으므로. 말은 누구든 아무렇게나 쓸 수 있다. 따라서 말은 무엇보다 먼저 왔다. 사물보다 먼저 이름이 왔다. 돈보다 먼저 돈으로 살 수 있는 것들의 목록이 왔다. 정부의 혜택이 주어지기 전에 공약과 선전이 먼저 왔다. 광산의 일자리보다 먼저 구인 공고가, 구인 공고보다 먼저 해고 통보가……. 소수민족을 위한 지원 단체의 안내가, 원주민 복지법 입안 소식이, 그들의 현실을 책이나 다큐멘터리로 알리고 싶다는 편지와 전화가……. 그래도 말보다 먼저 도착하는 것이 아예 없지는 않았다. 이를테면 병, 술, 마약. 그리고 죽음. 그들은 도시 사람들보다 앞서서 죽음을 겪었다. 10년 전에는 그들 부족에서 신종 괴질이 발생한 적이 있었다. 당국에서 의료팀과 연구팀을 보내주었지만, 그 병은 결국 수십 명의 목숨을 빼앗고 나서야 겨우 물러났다. 학계에서 그 괴질에 정식으로 이름을 붙인 것은 이후의 일이었다.

주술사는 그 모든 것이 일종의 저주라고 생각했다. 정령들의 분노이고, 부족이 자초한 타락이며 몰락이라고. 주술사는 바깥세상의 모든 것을 믿지 않았고, 중앙정부와 관련된 모든 것을 미워했으며, 부족이 외부와의 교류를 단절하고 옛 삶으로 돌아가야 한다고 믿었다. 말과 사물이 갈등 없이 이어져 있었던 시대로. 삶과 노동이 호흡을 맞췄던 시대로. 남자가 남자답고, 여자가 여자답고, 아이가 아이다웠던 시대로……. 주술사 자신도 그런 시대를 본 적은 없다. 그러나 그런 시대가 언젠가 있었다는 것은 신화와 전설로 전해지는 바였다.

아무도 주술사의 생각에 공감해주지 않았지만, 적어도 주술사에게는 손녀딸이 있었다. 누가 뭐래도 라비는 부족의 전통과 기억을 보전해줄 엄연한 계승자였다. 그래서 주술사는 라비를 옛 방식으로 완고하게 교육했다. 아무리 라비가 반항하더라도. 신화가 더 이상 세계를 설명하지 못하고, 주술이 더 이상 인간의 삶을 뒷받침하지 못한다는 사실을, 라비가 온몸으로 증명하는 것처럼 보이더라도.

나는 어느 쪽에도 동의하지 않는다. 다만 지켜보고, 기억한다. 나의 기억은 몸으로 유전된다. 인간은 이야기나 문자나 그림과 같은 매체를 통해 다음 세대로 지식을 전하지만, 나는, 우리는, 오로지 진화함으로써 기억한다. 그러므로 우리의 기억법은 느리지만 온전하다.

라비는 열여섯 살 때까지 할머니 밑에서 자랐다. 그리고 대부분의 시간 동안 할머니가 죽기를 빌었다.

라비는 할머니의 양육 방침을 견딜 수 없었다. 할머니는 라비가 공용어를 쓰지 못하게 금지했다. 자신 외에는 아무도 쓰지 않는 옛말만을 가르쳤고, 라비가 이웃들에게서 주워들은 공용어를 떠듬떠듬 입에 올리는 것을 들으면 호되게 야단을 쳤다. 라비는 다른 아이들처럼 학교에 갈 수도 없었다. 라비의 교사는 할머니뿐이었고, 라비의 학교는 마을에서 가장 호젓한 곳에 자리한 방 두 칸짜리 집과 거기에 딸린 뒷마당, 그리고 그 뒤에 펼쳐진 숲과 연못뿐이었다. 그곳에서 라비는 옛날이야기와 노래, 미신, 민간요법 따위를 배웠다. 나무껍질을 얼기설기 짜서 엮은 옷을 걸치고 얼굴을 무시무시한 색깔로 칠하고 춤을 추는 법. 식물의 열매를 짓이기거나 뿌리를 태우거나 기름을 짜내는 법. 야자의 속을 파내거나 가루를 내고 죽을 쑤는 법. 뒷마당에서 할머니가 키우는 닭과 꿩의 고기를 가지고 질릴 대로 질린 음식을 질리도록 만드는 법. 여자아이가 하면 안 되는 행동, 남자와 어른과 이방인 들에게 하면 안 되는 행동, 보름달 뜬 밤에 하면 안 되는 행동, 월경이 시작되면 하면 안 되는 행동……. 먹으면 안 되는 음식, 부르면 안 되는 노래, 이유를 막론하고 관심을 가져서는 안 되는 것들……. 온통 금지된 것들. 라비는 금지에 숨이 막혀 죽을 수도 있을 거라고 생각했다. 죽지 않으려고 저항했다. 하지만 할머니는 그런 라비가 못됐다고 비난했다. 제 아비를 닮아 마음속에 간사한 생각이 가득 들어차서 말을 듣질 않는다고, 그래서야 어떻게 다음 대 주술사가 될 수 있겠느냐고 타박했다. 그러면서도 어떻게든 다음 대 주술사가 되어야만 한다고 우겼다. 할머니의 말은 그렇게 앞뒤가 맞지 않을 때가 많았다. 라비는 그런 말들을 도무지 이해할 수 없었고, 그래서 반문했다. 그러면 할머니는 라비가 제 어미를 닮아 멍청하다고 했다. 그래도 말을 안 들으면 때렸다.

라비는 많이 맞았다. 할머니가 정한 규칙들을 어기면 반드시 처벌을 받았다. 뺨을 맞고, 회초리를 맞고, 방망이로 맞고, 걸상으로 찍혔다. 폭행의 강도와 빈도는 점점 심해졌다. 라비의 키가 자라고 뼈가 굵어질수록, 그와 같은 속도로 할머니의 머리가 세고 주름살이 늘고 허리가 굽어갈수록, 할머니는 더 충동적으로 라비를 때렸다. 할머니가 좋아하는 과

일인 용과를 텃밭에서 따다가 접시에 내가면 귀한 손님에게 주려고 아껴 둔 것을 따버렸다고 때렸고, 용과를 따지 않고 두면 제때 따지 않고 썩힌다는 이유로 때렸다. 언젠가부터는 맞아야 하는 이유도 잘 모르게 되었다. 아니 어쩌면 이유 같은 것은 처음부터 없었을지도 모른다. 라비는 아홉 살부터 반항을 그만두었고, 열한 살부터는 잘못했다고 빌면서 우는 것을 그만두었다.

"나는 너를 지켜주려는 거야."

어느 날 할머니는 말했다.

"세상은 너를 해칠 거야. 잘못하면 네 어미처럼 된단 말이다."

할머니는 입버릇처럼 되풀이했다. 하지만 라비는 어머니가 자신을 낳다가 아파서 죽었다고 알고 있었다. 그러니 어머니가 일찍 죽은 것은 굳이 따지자면 라비 때문일 텐데, 이상하게도 할머니는 자꾸만 '세상' 탓을 했다. 어머니가 죽은 것은 처녀 시절 마을에서 멀리 떨어진 도시 남자를 만났기 때문이라고. 그 남자가 어머니를 속였기 때문이라고. 어머니가 부주의하게 그 남자에게 몸을 허락하고, 그 남자의 커다랗고 빛나는 자동차에 몸을 싣고 달아나, 결국에는 그 남자의 애를 뱄기 때문이라고. 할머니는 라비의 아버지를 단 한 번도 아버지라고 부르지 않았다. 항상 '그 남자'나 '그놈'이라고 불렀다. 그 남자가 정확히 왜 나쁜지, 왜 떠났는지, 지금은 어떻게 되었는지, 살았는지 죽었는지, 살아 있다면 어디에서 뭘 하고 사는지에 대해서는 일언반구도 없었다.

라비는 아버지가 마을에 찾아오는 관광객 중 하나였으리라고 막연히 상상했다. 이곳은 유명한 관광지가 아니었고 그리 볼 것도 없었지만, 이런 벽지까지도 찾아들어 오는 사람들은 꼭 있었다. 에이전시와 계약을 맺고 일하는 부족의 청년들은 단체 관광객을 상대로 숲을 안내해주거나 좁고 완만한 강에서 래프팅을 시켜주고 돈을 받았다. 여자들은 그들이 오가는 길에 또는 읍내의 시장에서 좌판을 깔고 직접 만든 공예품들을 내다 팔았다. 가면, 구슬 팔찌, 깃털 귀고리, 창, 대나무통 등등. 할머니가 늘 혀를 차면서 조잡하고 거짓되었다고 힐난하는, 이방인들의 입맛에 맞춰 만들어낸 가짜 공예품들이었다. 그런 공예품이야 어떻든 간에 관심이 없었다. 라비는 관광객들에게만 관심이 있었다. 머리 색깔도, 눈 색깔도, 피부 색깔도, 얼굴 생김새도, 옷차림도 다른 사람들. 이 마을의 사람들과는 다른 방식으로 웃고, 다른 목소리로 말하고, 다르게 움직이는 사람들. 그들은 마을에 생기를 몰고 왔다. 언제나 만성적인 절망과 습관적인 자괴와 벗어날 가망 없는 알코올의존증에 빠져 있는 부족 사람들과는 달랐다. 라비의 눈에 그들은 정말로 살아 있는 것처럼 보였다. 그들이야 말로 진짜 삶을 사는 것처럼 보였다.

관광객뿐만이 아니었다. 가끔은 선교단체나 지자체에서 파견한 봉사활동가들이 찾아왔다. 그들은 관광객들과 또 다른 방법으로 마을에 활력을 가져다주었다. 의약품, 색색깔의 옷과 신발과 모자, 처음 보는 음식과 과자, 책과 잡지, 가끔은 기계나 가구나 가재도구 같은 것들로. 라비의 눈에 그들은 전능하고 다정해 보였다. 그들은 항상 부드러운 목소리로 말을 걸었고, 아무 대가도 없이 모두에게 근사한 선물을 베풀었다. 라비는 그 누구에게서도 받아본 적 없는 따뜻한 친절에 감동했고 그들이 자신을 도와줄 수 있을까 생각하기도 했다. 하지만 그들의 친절은 그들의 몸에서 나는 비누 냄새처럼 금세 흩어져 날아가버렸다.

대신 라비는 그들이 가져다준 자질구레한 물건들을 조금씩 모았다. 알 없는 안경 하나, 읽을 수 없는 문자로 적힌 패션 잡지 한 권, 캐러멜 양철 케이스 하나, 24색 색종이 세트, 그리고 파란색 미니 드레스 한 벌. 소중한 보물들을 집 안에 뒀다가 할머니에게 들킬까 봐 염려한 라비는 그것들을 모두 숲 변두리의 땅에 묻었다.

집 뒷마당과 거기서부터 이어지는 숲은 라비가 어릴 때부터 늘 드나들어서 제 손바닥처럼 꿰는 곳이었고, 라비는 어느 자리에 어떤 나무가 있고 어느 오솔길이 어디로 이어지는지 훤히 알고 있었다. 여느 사람 눈에는 비슷비슷해 보이는 나의 개체들도 라비는 능숙하게 구분할 수 있었다. 그래서 라비는 유난히 크게 자란 나의 덤불 하나를 점찍어두고 그 아래의 흙을 얕게 판 다음, 수집품들을 가지런히 보관한 종이 상자를 구덩이에 집어넣고 다시 흙으로 덮었다. 그리고 그 자리가 표나지 않게끔 풀잎과 나뭇가지를 흩뿌려서 은닉했다.

그때 라비는 열두 살이었다. 이후로 라비는 나를 자주 찾았고, 내 앞에서 더 많은 비밀을 만들었다. 많은 비밀을. 라비는 죽을 때까지 그 비밀들을 오직 우리하고만 공유했다.

라비가 우리를 각별히 좋아한 것은 아니었다. 굳이 말하자면 오히려 그 반대였다. 자신이 나고 자란 이곳에 자생하는 것이라면 라비는 대부분 지겨워했으니까. 하지만 라비는 우리 곁 외에는 달리 갈 곳이 없었다. 라비가 부족의 다른 여자아이들과 어울리려 하면 주술사는 그 아이들이 라비에게 공용어를 가르치거나 술이나 코카인을 내주지는 않았는지 꼬치꼬치 캐물었고, 라비가 집 안에 있으면 손녀의 일거수일투족을 감시하면서 작은 행동 하나에도 혼을 내고 매를 들었다. 그나마 라비가 숲에 있을 때면 주술사는 라비가 약초 공부를 하고 있다고 여겨서 안심했다. 그래서 라비는 대체로 숲에서 시간을 보내며 도피하는 수밖에 없었다. 집에 돌아가기 싫어서 배가 고픈 것도 참고 온종일 우리 곁을 맴돌며 열매나 버섯을 따 먹으며 버티는 나날이 많았다. 우리 곁에 누워서 울거나 우리 곁에서 욕을 지껄이는 나날도 많았다. 할머니의 심부름을 하러 바구니나 갈퀴를 들고 우리 곁으로 와서는 할머니가 가르쳐준 노래 가사를 제멋대로 바꿔 부르며 시간을 흘려보내는 나날도 많았다. 그 외에는 라비가 할 수 있는 일이 없었다. 그때는 그랬다.

라비의 부족은 나를 자주콩나무라고 부른다. 내 씨앗의 껍질이 선명한 자주색 바탕에 흰 눈이 박혀 있기 때문에 붙은 이름이다. 나의 잎사귀는 새의 깃 모양이며, 꽃은 연한 보랏빛이다. 나의 줄기는 다른 것을 휘감으며 넝쿨지어 자라난다. 나는 환경에 크게 구애받지 않고 번성하며, 튼튼한 뿌리로 땅을 그러잡고 주변의 다른 식물들을 밀어젖히고 퍼져나간다.

내 자주색 씨앗에는 독이 들어 있다. 그 독은 내 조상들이 적들로부터 자손을 보호하려고 개발한 무기다. 인간들의 방식으로 말하자면 내 가문의 고유한 무기에 해당한다. 나 역시 어렸을 때 이 무기로 여린 내 몸을 무장하고 자랐다. 인간을 비롯한 많은 동물은 내 가문의 악명을 익히 들어 알았기에 어지간해서는 나를 건드리지 않았다. 이 무기는 당신의 세포에 침투해 단백질을 합성하지 못하게 차단한다. 당신이 내 아이를 먹는다면 처음에는 구토와 설사를 할 것이다. 그다음으로는 탈수 증상이 나타나고 혈압이 떨어질 것이며, 환각과 발작에 시달릴 것이다. 그리고 하루에서 사흘 이내에는 필수적인 장기들의 기능이 완전히 정지해 사망할 것이다. 현재까지 해독제는 발견되지 않았다.

늙은 주술사는 라비에게 나에 대해 누누이 경고했다. 내 씨앗은 절대로 먹으면 안 될뿐더러 함부로 만지는 것조차도 위험하다고. 주술사는 내 씨앗의 독을 중화하는 법을 알지만 그것은 아직 어린 라비에게 가르칠 수 없는 위험한 기술이었다. 다음 대 주술사가 되는 의식에서 사용해야 할 신성한 기술이기도 했다. 그러니 그 기술을 배우기 전까지는 나를 가까이해서는 안 된다고 강조했다. 하지만 라비는 그 말이 주술사의 미신적인 허풍에 불과하리라고, 그게 아니라면 자신을 옭아매려고 만들어 낸 수많은 금지 중 하나일 뿐이라고 생각했고, 혹은 그 둘 다일 것이라고 생각했다. 라비는 자신에게 주어진 금지들을 어기고 싶었고 주술사의 우스꽝스럽도록 진지한 신앙을 보란 듯이 무시하고도 싶었다. 그러기 위해 가장 쉬운 방법은 나를 함부로 다루는 것이었다.

그래서 라비는 내 씨앗들을 꼬투리에서 빼내는 장난을 하면서 시간을 흘려보냈다. 하나씩 하나씩 손끝으로 따내서 풀밭에 아무렇게나 던졌다. 마치 누군가의 손톱을 뽑아내듯이, 내 씨앗들이 미워하는 사람의 손톱이라고 상상하면서. 물론 그 대상은 주로 할머니였다. 라비는 내 씨앗이 채 여물기도 전에 빼내기도 했고, 빼내서 던지는 것에 만족하지 않고 돌로 찧어 바스러뜨리기도 했다. 그것은 사실 정말로 위험한 놀이였다. 내 씨앗의 단단한 자주색 껍질이 부서지거나 금이 가면 바로 그 안에서 독이 나오고, 그 독에 맨살이 닿는 것만으로도 중독될 수 있기 때문이다.

하지만 라비가 그 사실을 모르고 무모한 장난을 친 것은 아니었다. 라비는 숲에 머무는 동안 새들을 관찰했고, 새들이 내 씨앗을 먹으면서도 멀쩡히 살아가는 모습을 보았고, 새들이 내 씨앗의 껍질을 소화시키지 못하고 그대로 배변하는 것을 알았다. 라비는 경탄했다. 나와 새들의 우호적인 관계에 흥미를 느꼈다. 그래서 라비는 손에 수건을 두르고 내 씨앗을 빻아 부순 다음, 그 안에서 나온 내 아이들의 유독한 부위들을 바위 표면에 발라놓거나 빗물이 괸 물웅덩이에 섞어 넣었다. 그것을 먹은 새들과 작은 동물들이 연달아 죽었다. 라비는 멧닭과 슴새와 앵무의 사체들을 발견하고 기뻐했다.

그렇게 놀다가 질리면 라비는 또 다른 방식으로 나를 가지고 놀기도 했다. 진한 자줏빛이 도는 매끌매끌하고 딱딱한 구슬 같은 나의 씨앗은, 이곳에서 자라는 갖가지 식물의 갖가지 부위 중에서도 유난히 인공적으로 보였다. 그래서 라비는 나를 도시의 백화점 쇼윈도에 진열된 보석이나 여자 배우들의 귓불에 달린 귀고리 따위로 상상하기를 좋아했다. 이따금씩 내 아래에 묻어둔 은밀한 보물들을 꺼내서 놀다가 질리면 내 씨앗들을 곁들여 가지고 놀았다. 이를테면 파란색 미니 드레스의 허리띠에 내 씨앗을 달아보기도 하고, 색종이로 내 씨앗들을 싸서 포장지에 싸인 사탕처럼 만든 뒤 양철 케이스 안에 넣기도 하고, 내 씨앗들을 실에 꿰어 목에 걸고 안경을 쓴 뒤 연못의 수면을 거울삼아 한참 들여다보기도 했다.

라비의 놀이 덕분에 내 씨앗들은 새들의 소화기관을 거치지 않는 방식으로도 먼 곳까지 전파되어 싹을 틔울 수 있었다. 내가 틔운 싹이 작은 덤불로 자라났을 때쯤이면 라비가 한 살을 더 먹었다. 지난해보다 키가 성큼 자란 라비는 무심한 눈으로 나의 덩굴과 잎사귀들을 둘러보고는 손으로 또 헤집어대곤 했다.

라비는 점점 젖가슴이 부풀고, 엉덩이가 커졌다. 열세 살에 월경이 시작되었다. 늙은 주술사는 라비가 성숙한 여자가 되어가는 것을 위험 신호로 받아들였다. 호기심으로 가득한 외국인 관광객들, 무료함과 피로에 찌든 인근 우라늄 광산의 뜨내기 광부들, 부족의 빈곤과 암울한 미래를 정기적으로 확인하러 찾아오는 공무원들 중 누군가가 언젠가는 라비를 범할 것이라고 생각했다. 라비가 타고난 사악한 기질이 그들을 꼬여내고야 말 것이라고 노심초사했다.

부족 사람들은 늙은 주술사를 안심시키기 위해 라비를 단속하는 일을 도왔지만, 자기들끼리 있는 곳에서는 하등 쓸데없는 걱정이라고 쑥덕거리며 비웃었다. 라비처럼 못생긴 여자아이를 범하고 싶어 할 남자는 없을 것이기 때문이었다. 하지만 그렇기 때문에 더더욱, 그들도 라비를 외지인들 앞에 내보이고 싶지는 않았다. 넙데데한 얼굴, 곰보 피부, 단춧구멍 같은 눈, 커다랗고 구부정한 몸에 울긋불긋한 멍 자국이 가득한 라비의 모습은 그다지 자랑할 거리는 못 되었다. 그들이 만든 번지르르한 가짜 공예품들과 방송국 카메라 앞에서 시연하기 쉽게 관습화된 춤과 노래를 보며 '신비롭다'거나 '아름답다'고 찬사를 보내는 사람들에게, 주술사의 하나뿐인 외손녀의 초라한 몰골을 보여줘서 실망을 안기고 싶지는 않았다. 그런 것은 비밀로 남겨두는 편이 나았다.

"주술사의 후계자는 성인이 되어 정식 주술사로 등극하기 전까지는 외부인과 접촉해서는 안 됩니다. 그것이 우리 부족의 전통이에요."

추장은 최대한 근엄한 표정으로 관광객들에게 이렇게 설명했다.

라비는 자신이 성인이 되거나 다음 대 주술사가 되기 전에 죽을 것이라고 생각했다. 외부인 남자에게 해를 당하는 미래보다는 할머니에게 맞아 죽는 미래가 차라리 더 현실성 있게 느껴졌다. 할머니는 영원히 살 것이고, 자신은 오늘 아니면 내일에는 반드시 죽을 것 같았다. 그런 오늘 그리고 내일이 하루하루 연장되었다. 밤마다 라비는 아버지를 생각했다. 이름도 모르는 아버지, 할머니에게 매일 저주받는 아버지. 아버지는 저쪽 세상 한가운데에서 살아가고 있을까, 딸을 생각하기는 할까, 안부를 궁금해할까. 라비는 언젠가 아버지가 저쪽 세상 한가운데로부터 거대하고 빛나는 자동차를 몰고 찾아올지도 모른다고 상상했다. 그런 상상을 하면 공포가 조금 가라앉았다. 하지만 이내 그런 사악하고 멍청한 상상을 한 자기 자신이 싫어지고 말았다. 가끔 꿈에서 라비는 아버지를 만나 이를 드러내고 깔깔 웃었다는 이유로 할머니에게 뼈가 부러지게 맞았다. 꿈속의 라비는 맞으면서도 웃음을 멈추지 못했다.

열여섯 살 무렵 라비는 내 씨앗들을 가지고 노는 것을 그만두었다. 원주민 아이들이 으레 그렇듯 라비는 일찍 철이 들었고, 그때쯤에는 이미 지나치게 많은 것을 알아버렸으므로, 내 씨앗들에 자기만의 상상을 불어넣는 능력을 상실했기 때문이다. 라비는 내 씨앗을 몸에 두르고 싶어 한 여자가 자신이 처음도 아니었고 마지막도 아니리라는 것을 알게 되었다. 라비의 할머니도, 할머니의 할머니도, 그 할머니의 할머니도 내 씨앗을 꿰어 만든 목걸이와 머리 장식을 하고 주술사가 되는 의식을 치렀다는 사실을 라비는 알게 되었다. 한때는 내 씨앗들로 만든 장신구가 주술사의 위엄을 상징했다는 사실을 라비는 알게 되었다. 수십 년 전쯤에는 백인 여자들도 내 아름다움에 열광했던 시기가 있었다는 사실 또한 라비는 알게 되었다. 백인 여자들의 기도하는 손을 위해 내 씨앗으로 자줏빛 묵주를 만드는 일을 하던 부족 소녀들이 독성에 노출되어 떼죽음을 당한 일도 있었다는 사실을 라비는 알게 되었다. 그런 것들을 알게 되면서부터 라비는 내게 시들해졌고 차차 멀어졌다.

비슷한 시기에 라비는 봉사활동가들이 가져다준 작은 장난감들을 가지고 하는 소꿉장난도 그만두었다. 그들이 라비에게 남긴 마법 같은 친절과 호의의 기억이 희미해지자 그 물건들이 대단한 보물이 아니라는 사실도 너무나 명백해졌기 때문이다. 그것들은 라비를 구해주지 않았다. 아픔을 낮게 해주지도 않았다. 라비는 주술을 믿지 않듯이 그 물건들의 마법도 더 이상 믿지 않았다. 그래서 라비는 흙 속에 파묻어둔 유년의 비밀들을 그대로 내버려두고 다시는 찾지 않았다.

나는 나의 뿌리로 그것들을 움켰다. 지하에 퍼져 있던 균사도 그것들을 자신들의 그물로 얽어맸다. 나는 라비의 보물들이 천천히 분해되는 것을 지켜보았다. 균사체가 끊임없이 효소를 만들어내면서 안경과 잡지와 양철 케이스와 색종이와 원피스를 부스러뜨리는 과정을.

라비의 물건들이 미생물들에게 갉아 먹히고 서서히 녹슬어 더 이상 흙과 분간할 수 없게 되었을 때까지도 나는 살아 있었다. 그건 라비와 라비의 할머니와 라비의 부족 사람들 모두가 죽고 그들의 시체와 그들의 물건과 그들의 집이 모두 썩어 없어지고도 한참 뒤의 일이었다.

라비의 할머니는 라비가 열여덟 살 때 죽었다. 비슷한 나이의 노인 세 명이 1년 간격으로 세상을 떠났고, 라비의 할머니가 맨 마지막이었다. 늙은 주술사는 읍내에 식료품을 사러 나갔다가 4차선 교차로에서 트럭에 치여 숨을 거두었다. 운전자가 차를 빨리 몬 탓도 있었지만, 주술사가 횡단보도 아닌 곳에서 별안간 도로로 뛰어든 탓이 컸다. 블랙박스와 CCTV 영상을 확인한 경찰들은 자살이거나 노망에서 비롯된 기행인 것 같다고 말했다. 그러자 부족 사람들은 분노했다. 언제나 혈기 왕성하고 눈빛이 형형하던 그 주술사가, 술이나 마약 따위는 손도 대지 않던 그 노인이 자살한다는 것은 당치도 않은 일이었다. 더구나 부족의 주술사들은 대대로 노망이라는 것이 무엇인지 몰랐다. 마지막 숨을 내쉴 때까지 얼음처럼 차가운 정신과 단정한 몸가짐을 유지하다 가는 것이 바로 주술사였다. 그것이 주술사의 자격이자 증거이자 특권이었다. 일찍이 벌어진 적 없는 흉사 앞에서 부족 사람들은 자신들이 주술사의 신성성을 더 이상 믿지 않는다고 회의해왔으면서도 그 신성성에 대한 뿌리 깊은 믿음이 그들의 삶 속에 여전히 남아 있었음을 깨달았고, 그 믿음을 자각하자마자 뿌리 뽑힐 위기에 처했음을 깨달았다. 두려운 일이었다. 그래서 그들은 경찰들이 부족을 모욕하기 위해, 혹은 운전자의 과실을 덮어주기 위해 자살이니 노망이니 하는 협잡을 부리는 것이라는 의혹을 제기했다. 그리고 오토바이를 타고 몰려가서 항의했다. 추장과 더불어 세상사에 밝은 남자들 몇이 나서서 법률가와 보험사와 상의했다. 서류를 작성하고, 전화로 입씨름을 벌이고, 울고 불며 한탄하고, 운전자의 집에 찾아가 화를 내고, 소수민족 차별 운운하며 언론사에 투서를 보내고, 그들이 할 수 있는 모든 방법을 동원해 최대한 많은 돈을 뜯어냈다. 이 사건은 이 지역 원주민들 사이에서 왕왕 일어나는 기묘한 해프닝 정도로 신문에 짧게 언급되었다.

애써 받아낸 교통사고 보상금을 관리하고 나눠 갖는 문제로 부족 안에서 싸움이 벌어졌다. 그 결과 부족 내의 두 가문이 척을 졌다. 정작 그 돈은 술과 카드놀이와 마약으로 고스란히 날아갔다. 그러고 나자 그들은 비로소 자신들을 엄습했던 두려움을 완전히 잊었다.

라비는 할머니의 죽음이 자살이었다고 생각하지 않았다. 사고였다고도 생각하지 않았다. 자신이 할머니를 죽인 거라고 생각했다. 할머니가 죽게 해달라고 정령들에게 기도하고 기도하고 또 기도했기에, 그 저주가 정령들만 알 수 있는 어떤 과정에 의해 마침내 실현되고야 만 것이라고 생각했다. 라비는 주술을 한 번도 믿어본 적이 없었지만, 그때는 그렇게 생각할 수밖에 없었다.

장례가 치러졌다. 라비는 사고 보상금의 일부와 할머니의 집과 유품을 물려받았고 자연히 다음 대 주술사가 되었다. 옛날 같았으면 신성한 일을 세습 받는 데에 필요한 절차가 행해졌을 것이다. 추장이 인근의 친족들을 초대한 자리에서, 라비는 나의 씨앗에서 독을 중화한 물을 마시고, 나의 씨앗들을 꿰어 엮은 목걸이와 머리 장식을 하고서, 춤을 추고 노래를 하는 젊은이들 사이에서 당당히 주술사로 등극했을 것이다. 그러나 그런 절차를 기억하는 사람은 이제 아무도 없다. 할머니는 라비를 주술사로 만드는 의식을 집전하지 못한 채 죽어버렸고, 라비는 주술사에게 필요한 지식들은 배웠어도 주술사가 되는 데에 필요한 지식들은 배우지 못한 채로 남았다. 마을에서 가장 호젓한 곳에 자리한 방 두 칸짜리 집과, 거기에 딸린 뒷마당에 할머니가 키우던 닭, 꿩, 할머니가 좋아하던 용과나무와 함께, 옛날이야기와 노래, 미신, 민간요법, 옛날의 수많은 금기들과 함께 라비는 남겨졌다.

라비는 할머니가 죽기만 하면 모든 게 끝날 것이라고 믿었었다. 모든 금기가 사라지고 자유가 펼쳐질 것이라고. 그러나 할머니의 죽음 뒤에도 라비는 여전히 할 수 있는 일이 별로 없었다. 갑자기 공용어를 잘하게 되지도 않았고, 갑자기 얼굴이 예뻐지거나 피부가 고와지지도 않았다. 그러므로 취직을 할 수도 없었고 결혼을 할 수도 그렇다고 매음을 할 수도 없었다. 할머니는 소수민족의 노인으로서 지원금을 받아 생계를 해결했다지만, 라비는 젊고 건강하기에, 비록 이제 막 열여덟 살이 되었다고는 해도 어쨌든 성인이기 때문에 그런 지원금을 받을 수는 없다고 했다. 먹고살려면 일을 해야 했다. 무슨 일이라도 해야 했다.

한동안 라비는 부족의 다른 여자들 사이에 끼어서 관광객에게 내다 팔 공예품을 만드는 일을 돕거나, 삯바느질을 하거나, 할머니가 키우던 닭과 꿩 들을 돌보거나, 용과로 술을 빚으면서 시간을 보냈다. 저녁에는 공용어를 공부했다. 주말에는 읍내의 시장까지 걸어가서 좌판에 달걀, 늙은 가금의 고기, 용과주를 내놓았다. 라비가 거의 팔지 못하는 것을 보고 다른 장사꾼들이 측은히 여겨 비누 한 토막이나 건전지 한 팩을 달걀과 맞바꿔주기도 했다. 아무것도 팔지 못하고 아무 물건도 얻지 못한 날 집까지 터덜터덜 걸어서 돌아가는 길이면 라비는 가끔 흙바닥에 주저앉아 울었다. 시장에서 집까지는 걸어서 두 시간이 걸렸다. 다리가 아프고 발에 피가 났다. 신발을 꿰매도 꿰매도 금방 해졌다. 새 신발을 살 돈이 필요했다. 아니, 오토바이를 살 돈이 필요했다. 그 사실을 절실히 깨달았을 때에야, 라비는 자신이 추장에게서 나눠 받은 교통사고 보상금의 일부가 터무니없이 적은 금액이었다는 사실을 알게 되었다.

하지만 이제 와서 항의할 수는 없었다. 게다가 그러고 싶지도 않았다. 할머니의 죽음으로 생겨난 돈을 조금이라도 더 가지려고 싸우고 싶지 않았다. 다만 라비는 추장의 집에 있는 사륜구동차와 오토바이가 부러웠다. 그의 집에 있는 발전기가, 냉장고가, 수세식 변기가 부러웠다. 추장의 아들은 우라늄 광산의 십장이었고, 누가 그 광산에서 일하느냐 마느냐 하는 문제가 그의 손에 달려 있었다. 젊은 남자들은 그의 친구가 되고 싶어 했다. 젊은 여자들은 그의 아내와 친하게 지내는 한편 은밀히 그의 정부가 되고 싶어 했다. 라비는 그러고 싶지 않았다. 다만 오토바이가 갖고 싶었는데, 그건 평생을 일해도 못 가질 성싶었다.

밤이 되면 라비는 술을 마셨다. 술을 마시고, 관광객들과 어울려 카드 놀이를 하고, 그중 한 남자와 밤을 보냈다. 또 술을 마시고, 또 다른 남자와 밤을 보냈다. 또 술을 마시고, 또 다른 남자와 밤을 보냈다. 가끔 라비는 못생겼다는 이유로 남자에게 얻어맞았다. 가끔은 남자가 잠든 사이에 그의 호주머니에서 돈을 훔쳐서 달아났다. 가끔은 고주망태로 숲속을 헤매다 내 앞에서 쓰러져 잠들고는 이른 저녁 깨어나 아무것도 기억하지 못했다. 술에 취하면 라비는 공용어를 모두 잊어버렸다. 라비의 술주정을 알아듣는 사람은 아무도 없었다. 그렇게 방종하게 지내는 동안에도 할머니가 생전에 걱정했던 일은 한 번도 일어나지 않았다. 라비는 피임에 철저했고, 남자들은 라비에게서 자식을 보고 싶어 하지 않았다. 거대하고 빛나는 자동차를 탄 중년의 남자 관광객이 라비를 불쑥 찾아오거나 하는 일도 없었다. 라비가 어떤 남자에게 이를 드러내고 깔깔 웃는 일도 없었다. 그런 일은 일어나지 않았다.

라비가 스무 살이 되던 어느 날 아침, 시장에 내다 팔 달걀과 용과주와 구슬 팔찌와 깃털 귀고리를 가지고 소로를 따라 걸어가던 길에, 학교에 가던 한 무리의 아이들과 마주쳤다. 아이들은 라비가 뒤에서 걸어오는 줄도 모르고 재잘거리고 있었다.

"주술사? 그게 무슨 주술사야. 주술 같은 걸 하는 건 한 번도 못 봤다. 맨날 술이나 마시고 떡이나 치고 괴상한 헛소리나 지껄이던데."

"우리 엄마 말로는 주술사가 백인 남자 피를 타고나서 그렇대. 사실 우리 부족이라고 할 수도 없댔어."

"말도 안 돼."

"진짠데. 정말이야. 우리 엄마가 그랬다니까."

"그러면 주술사가 되면 안 됐던 거 아니야? 백인 피가 섞였으면, 교회에 다녀야지."

"아니야, 우리 엄마 말로는 주술사들은 원래 미쳤댔어. 미친 여자들이나 하는 일이랬어."

그때 라비는 할머니가 왜 죽었는지 이해했다. 자신이 할머니를 죽인 것이 아니라는 것을. 할머니는 스스로의 공포 때문에 죽었다는 것을. 할머니가 언제나 공포에 쫓기고 있었다는 것을.

라비는 갑자기 늙은 기분이 들었다. 자신의 말을 이해하는 노인들이 다 죽어버린 세상에서 홀로 남은 라비는 순식간에 수천 살이나 나이를 먹은 것 같았다. 라비는 자신의 어머니와 그 어머니의 어머니와 그 어머니의 어머니가 말을 걸어오는 것을 느꼈다. 아무도 기억하지 않는 기억들이 자신에게 천천히 몰려오는 것을 느꼈다. 유사처럼, 조류처럼, 시간처럼.

나의 조상들은 약 9천만 년 전에 세상에 태어났다. 지구가 지금보다 더 따뜻하던 시절이었다. 공기는 습했고, 바다는 넓고 잔잔했으며, 땅 곳곳에서 뜨거운 황금빛의 액체가 흘러나왔다. 거대한 온실 같은 세상에서 우리 조상들은 풍요를 누리며 빠르게 번성했다. 그때 지상은 우리의 왕국이었다. 적도의 하늘 아래에서부터 머나먼 북쪽의 극지대에 이르기까지 우리는 구석구석 뻗어 나가며 땅을 녹색으로 물들였다. 우리의 다양한 언어가 바람을 타고 쉴 새 없이 흘러다니는 동안, 그 언어를 알아듣는 동물들이 우리의 꿀과 열매를 취하러 수없이 찾아왔다. 우리는 그들을 먹였고 그런 다음에는 그들을 먹었다. 그 시대가 오래 이어졌다. 인간이라는 종족이 나타나서 우리 모두에게 '식물'이라는 이름을 붙인 것은 그보다 한참 뒤의 일이었다.

어떤 남자들이 우리를 알고 싶다며 찾아왔다. 학자들이었다.

한 무리의 학자들이 마을에 나타나 자신들을 소개했을 때 부족 사람들은 경계했다. 학자들의 목적도, 요구하는 대가도 분명치 않았기 때문이었다. 관광객들은 즐거움을 사고 싶어 했다. 방송국 기자들은 볼거리를 사고 싶어 했다. 그런데 학자들의 요구는 모호하기만 했다.

"저희는 여러분에게서 옛날이야기를 듣고 싶어서 왔습니다."

추장의 집에 모인 사람들 앞에서, 학자들 중 한 남자가 지나치게 친근한 웃음을 지으며, 지나치게 큰 목소리로 말했다. 그는 인류학자라고 했다.

"여러분의 전통에 대해, 그리고 이곳에서 나는 식물들에 대해 알고 싶어서 왔어요. 그뿐입니다."

추장은 수완이 좋은 남자였다. 그는 먼 곳에서 찾아온 이 이방인들을 무작정 도외시하기보다는 무언가 이득을 취할 기회로 삼아야겠다고 판단한 듯했다. 그는 라비를 가리키며 점잖게 말했다.

"그런 지식은 여기 우리 주술사님이 다 알고 계시기는 하지. 살아 있는 전통의 화신이나 마찬가지인 분이라오. 하지만 외부인들에게 그런 지식을 알려주려고 하실지……."

추장이 말꼬리를 흐리자, 그의 아들이 고개를 끄덕이며 맞장구를 쳤다.

"게다가 우리도 그렇고 주술사님도 그렇고, 한가한 사람들이 아니라서 말이야. 다들 생업이 있다고."

하지만 학자들은 그들의 말이 들리지 않는 눈치였다. 그저 놀란 눈으로 라비를 쳐다보고 있었다. 사멸 위기에 처한 소수 언어를 구사하는 사람이 라비처럼 어린 여자이리라고는 미처 예상하지 못한 눈치였다.

"제가 듣기로는, 이 부족의 주술사는 나이 지긋한 어르신이라고 하던데요?"

학자들 중에서 또 다른 남자가 미심쩍은 듯 물었다. 그는 식물학자라고 했다.

부족 사람들이 서로 눈치를 보며 고개를 저었다.

"그분은 얼마 전에 돌아가셨어요."

그러자 인류학자가 탄식하더니 라비의 손을 덥석 부여잡으며 말했다.

"실례했습니다. 고인의 명복을 빕니다."

인류학자는 희귀한 광물이나 값비싼 유물을 보듯이 라비를 쳐다보았다. 그다지 죽은 주술사의 명복을 비는 표정으로는 보이지 않았다. 얼떨떨히 침묵하는 라비에게 인류학자는 의욕적으로 자신의 연구에 대해 설명했다.

"당신의 언어가, 지식이 얼마나 중요한지 모를 겁니다. 하지만 그건 정말로 중요해요. 이 지역에서 수백 수천 년 전부터 살아온 사람들의 지혜와 사고방식이 그 안에 통째로 들어 있다고요. 그 지식들이 인류 전체에 어떤 영향을 줄지는 아무도 모르는 겁니다. 이제껏 밝혀지지 않은 새로운 동물에 대한 정보가 들어 있을 수도 있고, 난치병 치료제 개발의 단초가 나올 수도 있고, 지구에 거대한 재앙이 닥쳤을 때 우리가 살아남는 데에 필요한 비법이 전해질 수도 있고……. 못 믿는 표정이군요. 하지만 실제로 많은 것이 그런 식으로 밝혀졌어요. 당신 한 사람이 우리에게 얼마나 큰 도움을 줄지 모르는데, 당신과 당신의 언어가 아무도 모르는 사이에 사라질 수도 있었다고 상상하면……."

인류학자는 빠른 공용어로 설명을 늘어놓다가, 라비의 멍한 얼굴을 보고는 목소리를 낮췄다.

"부담 갖지는 말아요. 그냥 당신이 아는 이야기를 들려준다고 생각하세요. 저희가 듣고 싶은 건, 식물에 관련된 이야기예요. 당신의 부족이

예로부터 음식으로, 약으로, 옷으로, 그 외에 여러 방식으로 써온 식물들에 대한…… 그런 이야기를 아는 대로 해주면 돼요."

라비는 되물었다.

"하지만 그 이야기들이 인류에 아무 쓸모도 없다면요?"

인류학자가 멈칫했다.

"아니, 지식의 다양성은 그 자체로 존중되어야……."

그러자 식물학자가 인류학자의 말을 가로챘다.

"그런 걱정까지 하실 필요는 없어요. 이건 그렇게 거창한 일이 아닙니다. 그저 저희는 이곳에서 여러분과 몇 달간 같이 지내고 싶은 겁니다. 최대한 폐 끼치지 않게 노력하겠습니다. 여러분이 하는 일들을 저희도 도울 테고요. 짬짬이 옛날이야기도 들려주시면 감사하지요. 그러면 저희가 고마움의 표시로 나름의 선물도 하겠습니다. 괜찮으실까요?"

식물학자의 말은 훨씬 알아듣기 쉬웠다. '선물'이라는 단어가 나오자마자 자리에 모인 부족 사람들의 얼굴에 일제히 이해의 빛이 스쳤다. 그리고 그들 모두의 시선이 라비에게 쏠렸다. 라비는 흠칫 놀랐다. 그들은 전에 없이 기대감으로 가득 찬, 사실상 허기에 가까운 눈빛으로 라비를 주목하고 있었다.

라비가 뭐라고 대답할 새도 없었다. 추장부터 시작해 부족 어른들이 자못 근엄하게 한마디씩 꺼내기 시작했다.

"우리 전통과 생활에 대한 예의를 지킨다면야 안 될 것도 없지."

"우리의 훌륭한 전통을 세상 사람들에게 알릴 기회가 왔으니, 돌아가신 전대 주술사님도 기뻐하실 게야."

"여기 계신 라비 주술사님은 박식함도, 심성도 제 조모의 것을 그대로 물려받았어. 아무렴, 얼마나 엄하게 수련을 받았는데."

"선생님들, 무슨 식물에 대해서든지 주술사님께 다 물어봐요. 모르는 게 하나도 없을걸."

라비는 아무 말도 않고 인류학자를 흘끔거리기만 했다. 사실 라비는 딴생각을 하고 있었다. 자신의 못생긴 얼굴을 저렇듯 열띤 눈으로 바라보는 남자는 처음이라는 생각이었다.

옛날에 한 노파가 있었다. 어느 날 노파는 하늘의 달이 자신에게 말을 거는 꿈을 꾸었다. 보름달이 뜨는 날 밤에 숲속 연못가로 가보면 한 아기가 있을 테니, 그 아기를 데려다가 키우라는 말이었다. 사흘 뒤 보름달이 뜨자 노파는 연못으로 가보았다. 과연 기슭의 풀숲에 아기가 누워 울고 있었다. 여자아이였다. 노파는 아기를 집으로 데려가서 딸로 삼고, 달 소녀라는 이름을 붙이고 정성껏 키웠다.

달 소녀는 착하고 예쁘게 무럭무럭 자랐다. 그런데 기이한 점이 있었다. 달 소녀가 침을 뱉으면 그 침이 온갖 보물로 변하는 것이었다. 접시, 산호, 호박, 머리빗, 방울, 거울 따위의 물건이 쏟아져 나왔다. 그 물건들 덕분에 노파는 금세 부자가 되었다.

마을 사람들은 노파가 귀한 보물들을 어디서 자꾸만 구해오는지 의심을 품었다. 그중 남자들이 노파의 비밀을 알아내기로 하고, 노파가 보물을 내다 팔러 나간 틈을 타서 집에 몰래 찾아갔다. 집 안에서는 달 소녀가 침을 뱉어서 진주를 만들고 있었다. 남자들이 달 소녀를 둘러싸고 진주를 달라고 요구하자, 소녀는 그들 모두에게 진주를 나누어주었다.

이후로 남자들은 매일 노파가 집을 비운 시간에 소녀를 찾아가 보물을 얻어냈다. 그들은 그 비밀을 자기들끼리만 알고 있으려 했지만, 소문은 퍼져나갔다. 소녀의 집을 찾는 사람들은 날이 갈수록 늘어갔다. 그들은 날이 갈수록 더 많은 요구를 했고, 소녀는 그 요구를 모두 들어주었다. 소녀는 수정, 화병, 부채, 향로, 비단을 만들어주었다.

그렇게 아흐레째가 되던 날 마을 사람들은 모여서 의논을 했다. 그들은 달 소녀를 이대로 두면 안 된다고 판단했다. 귀하고 값비싼 물건들을 멋대로, 무한정으로 만들어내는 소녀의 능력은 경탄을 넘어 이제는 분노와 시샘과 두려움을 샀다. 사람들은 소녀를 죽이기로 결정했다.

그믐밤, 남자들 중 한 명이 소녀의 집에 숨어들어가 소녀를 목 졸라 죽였다.

그리고 소녀의 시체를 그곳에 내버려두고 달아났다.

　이후에 집에 돌아온 노파는 딸의 시체를 발견하고 슬피 울다가, 시체를 여러 토막으로 나누어 들에 묻었다. 그러자 땅속에 묻힌 달 소녀의 토막난 몸에서 그때까지 세상에 존재하지 않았던 식물들이 자라났다. 소녀의 머리에서는 코코야자가, 소녀의 가슴에서는 사고야자가, 소녀의 엉덩이에서는 고구마가, 소녀의 음부에서는 용과가, 소녀의 발에서는 토란이 나왔다. 그리고 소녀의 손에서는 내가 나왔다.

　이를 본 사람들이 그 들판에서 다 함께 작물들을 재배하기 시작했다. 이것이 바로 최초의 밭이었다.

　인류학자가 라비의 이야기를 알아듣기는 쉽지 않았다. 라비는 공용어에 서툴렀고 라비의 말을 통역해줄 다른 사람도 없었다. 어쩔 수 없이 인류학자도 옛말을 어느 정도 익혀야 했다. 그는 어디선가 이 부족과 가까운 이웃 부족의 언어를 조사한 연구자들이 만들어놓은 녹음테이프와 단어집을 가져오더니(라비는 그런 것이 존재하는 줄도 몰랐다) 그 자료들을 토대로 라비의 말을 배우려 했다.

　라비는 자신이 누군가에게, 심지어 이방인 남자에게 이 오래된 언어를 가르칠 날이 오리라고는 상상도 하지 못했다. 자신이 과연 잘 가르칠 수 있을지 걱정스러웠다. 하지만 인류학자는 별로 걱정하지 않는 듯했다. 그는 대체로 라비가 하는 말들을 자기식대로 받아들였고 이해했다고 믿으면 만족했다.

　매일 라비는 이방인 학자들 앞에서 옛날이야기를 하거나, 옛날 말을 가르치며 시간을 보냈다. 또 옛날 노래를 부르고 옛날 주술을 행해 보였다. 나무껍질을 얼기설기 짜서 엮은 옷을 걸치고 얼굴을 무시무시한 색깔로 칠하고 춤을 추는 법, 식물의 열매를 짓이기거나 뿌리를 태우거나 기름을 짜내는 법, 야자의 속을 파내거나 가루를 내고 죽을 쑤는 법, 닭과 꿩으로 질릴 대로 질린 음식을 질리도록 만드는 법 따위를 시연해 보였다. 인류학자는 자신의 불완전한 옛말과 라비의 불완전한 공용어를 조합해가며 뜻을 해석하려 노력했고, 그 과정에서 식물학자를 비롯한 동료들과 공용어로 무언가 토론하기도 했다.

그 과정에는 품과 시간이 많이 들었고 일손이 필요했다. 여자들도 남자들도 팔을 걷어붙이고 불을 피우거나 냄비를 젓거나 야자 가루를 빻거나 바느질을 하는 작업을 돕기 시작했다. 일터나 학교에 다니느라 바쁜 사람들도 무언가 거들고 싶어서 기웃거렸다. 저마다 자기 어머니, 할머니, 어머니의 할머니에게 들었던, 기억하는지도 몰랐던 이야기들을 한 토막씩 떠올려 학자들에게 일러주기도 했다. 그러다 보면 서로의 이야기가 충돌해서 옥신각신하게 될 때도 있었지만 싸움으로 번지지는 않았다. 학자들은 누구의 말이 맞건 상관없으니 걱정하지 말라 했다. 모처럼 부족에 활기가 돌았다. 어떤 어른들은 라비의 할머니를 추억하며 새삼 회한으로 눈물지었고, 어떤 소녀들은 라비를 험담하고 다녔던 일을 자진해서 사과했다.

라비에게는 이 모든 변화가 혼란스러웠다. 그들 부족은 갑자기 행복해진 듯 보였다. 단지 학자들이 주는 선물, 그러니까 돈 때문에 그런 것 같지는 않았다. 물론 돈도 중요했지만 그것이 다는 아니었다. 그들은 할 일이 생긴 것에 기뻐했고, 그 일들을 다 같이 하고 있다는 것에 기뻐했으며, 그 일들이 다른 누구도 아닌 자기 자신들을 위한 일이라고 여겨서 기뻐했다. 그도 그럴 것이, 학자들은 사람들이 다른 누구도 아닌 스스로를 위해 일하고 있다고 느끼게끔 해주었다. 관광객들이나 방송국 사람들과는 달랐다. 학자들은 라비나 라비의 부족 사람들을 꺼리거나 멸시하는 행동을 하지 않았다. 그들은 부족 사람들과 다 같이 어울려 음식을 해 먹었고, 집을 고치고 비질을 하고 가구를 만들고 가축을 잡는 일을 도왔다. 저녁에는 기타를 치고 노래를 부르며 밤을 보냈다. 오전에는 주변 숲이나 밭을 산책하며 식물과 동물 들을 둘러보고, 사진을 찍거나 표본을 채집하곤 했다. 그들은 복잡하고 기묘한 기계를 많이 갖고 있었는데, 추장의 집에 있는 발전기로 그것들을 충전해 쓰면서 다른 사람들도 만져볼 수 있게 해주었다. 노트북, 스마트폰, 카메라, 현미경 따위였다. 그들은 가끔 울었고, 가끔 자기들의 고향 이야기를 했다. 텀블러에 담긴 커피를 마시면서 토론을 하거나, 위성 라디오를 듣거나, 공터에서 부족 남자들과 공놀이를 했다. 공놀이를 하거나 일을 하고 난 그들의 몸에서는 부족 사람들과 똑같은 냄새가 났다. 흙 냄새와 풀 냄새와 땀 냄새.

부족 사람들은 그들을 좋아했고 신뢰했다. 하지만 라비는 그들을 못내 믿을 수 없었다. 그들이 도대체 무엇을 원하는지 이해할 수 없었기 때문이다. 그들은 라비의 이야기나 노래나 춤에 큰 감명을 받는 것 같지 않았다. 라비가 전해주는 지식을 진지하게 듣고 기록하기는 했지만 그 진지함이 무엇을 위한 것인지 알 수 없었다. 학자들 중 한 명이 거머리에 물렸을 때, 라비는 약이라도 준비해줘야 하나 싶어서 학자들의 숙소를 기웃거렸지만 그들은 라비가 왜 왔는지 영문을 모르겠다는 반응을 보였다. 짧은 순간이었지만 그때 라비는 그들이 자신의 주술을 전혀 믿지 않는다는 것을 알았다. 그들은 라비의 치료술이나 축복이나 지혜에서 어떤 개인적인 혜택을 입을 수 있다고는 기대하지 않았고, 그럴 필요도 느끼지 않았다. 그러면서도 라비와 라비의 부족 사람들의 지식을 사는 대가로 돈을 주겠다고 하고 있었다. 그 돈을 받아도 되는 것일까? 라비는 속는 듯한 느낌을 떨칠 수 없었다.

더욱이 그들에게서 돈을 받고 관리하고 나누는 일은 늘 그러듯 추장이 맡아 하고 있었다. 라비는 학자들을 믿지 못하는 것만큼 추장 역시 믿지 못했다. 추장은 학자들과의 '협력'으로 말미암아 그들 부족의 삶이, 미래가 본질적으로 변하리라는 듯이 말하며 사람들을 고무했지만, 라비는 학자들이 이곳에서 무엇을 어떻게 한들 자신의 집이 넓어지거나 냉장고나 수세식 변기가 들어서거나 오토바이가 생길 날은 올 성싶지 않았다. 학자들이 아스팔트 도로를 놔줄 것도, 공정무역 계약을 맺어줄 것도, 병원을 지어줄 것도 아니었다.

특히 학자들 중에서도 라비가 가장 자주 상대하는 인류학자 남자는 라비를 두렵게 했다. 다른 학자들은 시종일관 상냥해서 속내를 짐작할 수 없는 반면, 인류학자는 라비가 종잡을 수 없는 이유로 감정이 들쭉날쭉 변했다. 그는 라비의 작은 호의에도 어이없을 만큼 쉽게 감동하는가 하면, 별 의미 없는 말 한마디에도 돌연 울적해졌다. 노트북과 책과 서류들을 뒤적이며 눈이 시뻘겋게 충혈되도록 연구에 매달리는 그의 모습은 무언가에 쫓기는 듯 초조해 보였다. 가끔, 아주 가끔, 라비의 말을 알아듣기 힘들 때면 짜증을 부리기도 했다.

"도대체 무슨 소리 하는 겁니까? 정령이 뭐 어쨌다고요?"

"에이 씨, 알아듣게 말을 해야지."

한번은 라비에게 부족의 옛말을 배우다가 납득이 안 된다며 시비를 건 적도 있었다. 그건 식물, 정확히는 나와 관련된 이야기였다.

"'노망들다'가 여기 표현으로 '자주콩이 토하다'라고요? 왜요? 왜 그렇게 표현하죠? 아니, 모른다고요? 주술사가 그런 것도 몰라요? 게다가 자주콩'을' 토하면 토하지, 어떻게 자주콩'이' 토해요, 문법적으로 안 맞지 않아요? 뭔가 이상한데……."

인류학자가 그렇게 고압적으로 몰아세울 때면 라비는 주눅이 들었다. 사실 라비는 제대로 된 주술사가 아니었다. 의식을 치르지도 않고 주술사가 된 사이비. 이방인의 피가 흐르는 가짜 주술사. 혹시 저 남자가 자신의 정통성을 의심하는 것이 아닐까, 치부를 꿰뚫어본 것이 아닐까, 자격 미달이라고 여기고 무시하는 것은 아닐까 하고 라비는 늘 불안해했다. 하지만 그러다가도 다음 날이면 인류학자는 라비를 처음 보았던 그날처럼 경이감에 사로잡힌 눈으로 "당신은 이 시대의 진정한 마지막 주술사"라고 찬사를 보내는 것이었다. 라비는 자신이 마지막 주술사이고 그 이후로는 아무도 없으리라는 의미가 담긴 그 말을 기쁘게 받아들여야 할지 불쾌해해야 할지 몰라 떨떠름했다.

그나마 다행인 것은 라비만이 아니라 다른 사람들도 인류학자 남자를 그리 좋아하지는 않는 것 같다는 점이었다. 종종 인류학자의 욱하는 행동 때문에 같은 학자들 사이에서도 긴장이 감도는 것을 라비는 느낄 수 있었다. 특히 식물학자 남자와 사이가 안 좋아 보였다. 그는 인류학자와 여러모로 대조적인 사람이었다. 과묵하고 쌀쌀맞은 편이었으며 표정에 큰 변화가 없었다. 그런 그가 인상을 쓰거나 언성을 높이는 경우는 오로지 인류학자와 말다툼을 벌일 때였다. 하지만 라비 앞에서는 티 내지 않으려고 애썼기에 그들이 정확히 무엇 때문에 부딪히는지는 알기 어려웠다.

어느 날, 라비가 들려준 '달 소녀 전설'을 채록하고 정리하던 인류학자와 식물학자가 자기들의 언어로 토론을 하던 중이었다. 인류학자가 하는 말에 식물학자가 흥분해서 뭐라고 받아치자, 인류학자가 더욱 흥분해서 목소리를 높였다. 그런 실랑이가 한동안 이어졌다. 그들이 라비가 보는 앞에서 이렇게까지 드러내놓고 싸우는 것은 처음이었다. 그들의 공용어는 너무 빠른 데다 어려운 어휘가 잔뜩 섞여 있었지만, '달 소녀', '자주 콩', '농사' 같은 반복되는 단어들은 알아들을 수 있었다. 자리에 없는 사람처럼 한편에서 가만히 지켜보고만 있던 라비에게 인류학자가 불쑥 물었다.

"라비, 그 이야기 다시 한 번 해주겠어요? 달 소녀 이야기요. 달 소녀의 시체에서 어떤 식물들이 나왔다고 했죠?"

달 소녀 이야기는 그들 부족 사이에서 가장 오래된 전설 중 하나였다. 할머니에게서 수없이 되풀이해 들었던 이야기이기도 했다. 라비는 고민할 것도 없이 대답했다.

"코코야자, 사고야자, 고구마, 용과, 토란, 자주콩요."

사실 인류학자는 이런 종류의 설화에 익숙했다. 그건 이 일대 문화권에서 흔히 전해져 내려오는, 식용작물의 출현과 인간이 농경을 시작한 기원을 설명하는 이야기 중 하나였다. 여신이 대지에 묻힘으로써 그 육신은 은혜로운 작물로 거듭난다. 그리고 인간은 그 여신을 죽임으로써

비로소 농사짓는 인간으로 진화한다. 라비가 들려준 이야기는 인류학자가 아는 판본들과 세부 사항에서 차이가 있었지만 큰 틀에서는 같았다. 달 소녀는 라비의 부족에게 코코야자나 사고야자 같은 필수적인 과실과 고구마, 토란 같은 덩이줄기 식물을 주었다. 이제 기후와 토질의 변화 때문에 이곳 사람들은 야자나 토란 재배 경쟁에 뛰어드느니 우라늄 광산에서 일하는 것을 선호하게 되었지만, 그럼에도 첫 농경의 기억은 이야기 속에서 오래도록 전해지는 법이었다.

한 가지 흥미로운 부분은 용과였다. 용과는 열대식물이기는 해도 이 지역 원산이 아니었고, 자료에 의하면 이 부족이든 인근의 다른 부족이든 용과를 수입하여 주요한 작물로 재배한 적이 없었다. 그러나 라비의 달 소녀 신화에 용과가 나온다는 것은 이 부족의 생활에서 언젠가 한 번은 용과가 중요한 역할을 한 적이 있었다는 것을 뜻했다. 그 경험이 신화의 내용에 영향을 미쳐 라비의 판본이 만들어진 것이라고 추정할 수 있었다.

그러나 인류학자가 이해할 수 없는 것은 그다음 부분이었다. 달 소녀의 손에서 '자주콩'이 자랐다는 부분.

식물학자의 설명에 따르면, 나는 작물이 아니었다. 독성 식물인 나는 야자나 덩이줄기나 용과처럼 사람의 생존에 기여하는 식량과는 거리가 멀어도 한참 멀었다. 어떤 지역에서는 내 잎사귀와 기름을 약으로 사용하는 민간요법을 개발하기도 했지만, 그건 고대문명이 고도로 발달한 곳이었고, 그런 경우에도 나를 약용작물로 본격적으로 재배한 것은 아니었다. 확실한 것은 내 씨앗에 들어 있는 맹독의 효과뿐이었다. 인간을 비롯한 동물들은 오래전부터 내 씨앗을 먹으면 죽는다는 것을 알고 나를 멀리했다.

그런데 인간에게 이로운 식물을 전해준 여신의 이야기에 왜 뜬금없이 내가 등장하는 것인지, 인류학자는 이해할 수 없었다.

학자들은 라비에게 이 부족에서 자주콩을 어떻게 활용하느냐고 물었다. 그러자 라비는 주술사가 계승식에서 자주콩을 달인 물을 마시는 풍습이 있다고 대답했다. 학자들이 그 물을 어떻게 만드느냐고 묻자, 라비는 별안간 얼굴이 굳더니 입을 꽉 다물었다.

학자들이 나를 중화하는 법을 묻기 시작했을 때 라비는 어느 때보다도 큰 두려움에 휩싸였다. 라비가 그들에게 "그건 비밀이라서 알려줄 수 없다"고 대답했던 것은 궁여지책이었다. 그 외에는 그들의 질문을 피할 구실이 달리 떠오르지 않았던 것이다. 다행히도 그 방법은 효과가 있었다. 라비의 경직된 태도를 부족의 자존심과 결부된 분노 같은 것으로 해석한 듯, 그들은 더 이상 자세히 묻지 않고 일단 물러나주었다. 그래서 라비는 자신이 주술사 계승 의식에 완전히 무지하다는 것을 들키지 않을 수 있었다.

하지만 인류학자는 포기하지 않았다. 그는 라비에게 나와 관련된 다른 이야기라도 더 들려달라고 부드럽게 부탁했다. 부드러운 태도는 그와 어울리지 않았지만 그럼에도 그는 노력했다. 나에 대한 다른 전설, 속담, 역사, 활용 방식, 무엇이라도 좋으니, 막연한 기억이나 개인적인 일화라도 들려달라고 간청했다.

라비는 곤혹스러웠다. 라비는 근 몇 년간 내게 관심이 없었지만 어렸을 때 많은 시간을 나와 함께 보냈으니 나에 대해 나름대로 잘 알고 있었다. 하지만 그중에서 학자들에게 해줄 만한 이야기는 하나도 없는 것 같았다. 씨앗들을 꼬투리에서 똑똑 뽑아내 던지며 놀았던 이야기? 껍질을 바스라뜨릴 때에는 위험하니 장갑을 껴야 한다는 이야기? 새들이 내 씨앗을 먹어도 괜찮은 이유에 대한 이야기? 내 씨앗을 보석이라고 상상하며 소꿉장난을 하고 놀았던 이야기? 라비가 아무리 뭘 몰라도 그런 바보 같고 사소한 이야기들이 인류에 보탬이 될 리 없다는 것쯤은 잘 알고 있었다. 그 외에는 또 무엇이 있던가? 옛날에는 주술사가 계승식에서 내 씨앗으로 만든 목걸이와 머리띠를 찼다지만 라비는 그런 의식을 치르기는커녕 구경조차 해본 적 없다는 이야기? 아니면 옛날 옛날, 라비의 할머니의 할머니뻘 세대 여자들이, 백인 여자들이 교회에서 기도할 때 쓸 묵주를 내 씨앗으로 만들어서 팔다가 내 독에 피부가 닿는 바람에 죽어나갔다더라는 비극적인 이야기?

라비는 더 이상 아는 이야기가 없다고 말했다. 하지만 인류학자는 그 말을 믿지 않았다. 그는 라비가 남모르는 비밀 이야기들을 숨기고 있다고 생각하는 듯, 잠시 포기하는 척했다가도 다시 같은 질문을 꺼냈다. 그의 조바심 어린 얼굴 앞에서 라비는 쩔쩔맸다. '주술사가 그런 것도 몰라요?'라던 그의 힐난이 떠올랐다. '그게 무슨 주술사야'라거나 '우리 부족이라고 할 수도 없댔어'라거나 '주술사들은 원래 미친 여자들이나 하는 일이랬어'라던, 부족 아이들의 험담도 떠올랐다. 그런데 또 그와 동시에 라비를 가리켜 '이 시대의 진정한 마지막 주술사'라던 인류학자의 찬사도 떠올랐다. '전대 주술사님의 지식과 심성을 그대로 물려받은, 우리 부족 전통의 화신'이라던 추장의 입발린 말도 떠올랐다. 라비에게 쏠리는 부족 사람들의 기대에 찬 눈빛과 다정한 말들도, 갑자기 행복해진 사람들의 일상도, 그리고 그전의 일상이 어땠는지도 떠올랐다.

라비는 무언가 이야기를 해야 한다는 압박감을 느꼈다. 그럴듯한 이야기를. 그럴듯한 이야기가 어떤 것인지에 대해서는 라비도 감이 있었다. 라비는 자신이 아는 전설들과 불완전한 일화들을 얼기설기 짜깁기해 순식간에 새로운 이야기 한 편을 만들어낼 수 있었다. 그건 쉬운 일이었다. 그래서 라비는 그냥 그렇게 했다. 인류학자에게 못 이긴 척하며, 나에 대해, 내가 이 부족의 주술사들에게 어떤 의미인지에 대해, 그 정확한 활용법이 왜 비밀인지에 대해 마지못한 척 이야기했다.

"……자주콩 씨앗은 우리 부족 안에서 신성한 열매예요. 달 소녀가 그 후예들에게, 그러니까 주술사들에게 내린 선물이니까요. 그건 우리 주술사들만의 특권이자 상징이라고 할 수 있어요.

그래서 우리는 주술사 계승식에서 자주콩 씨앗들을 꿰어 만든 목걸이를 걸고 머리 장식을 써요. 그 붉은 씨앗들을 두르고서, 우리가 아름답고 또 위험하고 강력한 존재임을 만천하에 드러내지요. 그리고 부족의 젊은 남자들이 우리를 둘러싸고 춤을 추며 노래를 부르면, 우리는 입 안에 물고 있던 자주콩 씨앗을 한 알씩 꺼내서 그들에게 나눠줘요……. 좋은 춤과 노래를 선보인 청년에게는 많이 주고, 그렇지 못한 청년에게는 조금씩 주지만, 최소한 한 알씩은 다 나눠주지요. 독이 있는 씨앗을 어떻게 입에 물고 있을 수 있냐고요? 그건 우리가 주술사이기 때문이죠. 청년들은 주술사가 내보이는 그 특별한 힘에 경의를 표하는 거예요.

차기 주술사 소녀는, 청년들 중에서 가장 훌륭한 춤과 노래를 선보인 한 명을 선택해요. 그러면 그 남자는 그날 밤 차기 주술사 소녀와 동침하고, 소녀의 성기에서 피를 흘리게 해야 해요. 소녀는 동침하기 전에 자주콩을 달인 물을 마셔서 죽음의 정령들을 물리치고 몸을 깨끗이 해야 하고요.

그렇게 밤을 보내면 달 소녀가 축복을 내려서 차기 주술사 소녀에게 특별한 예지력을 준답니다. 다음 날 아침, 소녀는 눈을 뜨자마자 간밤 꿈 속에서 달 소녀에게 들은 이야기를 자신과 동침한 남자에게 들려줘야 해요. 그 이야기는 그전까지 누구도 들은 적 없고, 앞으로 누구도 들을 수 없는 이야기여야 해요.

이야기를 들은 남자는 소녀가 진정한 주술사가 되었다고 온 부족 사람들에게 선포합니다. 그러면 소녀는 그날부터 주술사로 등극하고, 그날은 경사스러운 날로 모두가 함께 맛있는 음식을 나눠 먹는답니다."

이야기가 끝났을 때, 라비는 인류학자의 얼굴을 보았다. 인류학자는 행복한 표정이었다. 라비는 자신이 인류학자가 듣고 싶은 바로 그런 종류의 이야기를 했다는 것을 깨달았다. 그러자 라비는 단순한 안도감만이 아닌, 이전엔 알지 못했던 어떤 후련함을 느꼈다.

할머니가 살아 있었다면 지금 이 상황을 보고 노발대발하다 그에 졸도했을 것이다. 이방인 남자들을 마을에 불러들여 같이 먹고 자고, 부족

고유의 신성한 지식들을 팔아넘기고, 심지어는 가짜 지식까지 팔아넘기는 것을 본다면. 하지만 이제 할머니는 아무 말도 할 수 없었다. 죽었으니까. 라비의 주위를 항상 떠돌던 할머니의 음울한 기억은 거짓말처럼 희미해졌고 과거의 망령은 맥을 못 추고 부스러졌다. 죽은 사람은 말할 수 없다. 그 당연스러운 사실 앞에서 라비는 기분이 좋아졌다.

라비가 나에 관한 비밀을 진짜로 알든 모르든 그것은 중요하지 않았다. 어차피 내 비밀을 아는 사람이 아무도 없었으니까. 그 비밀을, 그 말을 이해한 노인들은 다 죽어버렸다. 그러므로 라비가 죽은 자들의 말을 어떻게 가져다 쓰든 토를 달거나 화를 낼 사람은 아무도 없을 것이다. 때릴 사람도 없을 것이다. 그들은 영원히 침묵할 것이고 오직 라비만이 말할 것이다.

처음으로, 라비는 자신의 고독이 두렵지 않았다. 고독이 주는 자유가 무엇인지 라비는 처음 느꼈다.

인류학자와 식물학자가 함께 나를 찾아왔다. 그들은 나를 유심히 살펴보더니, 나를 뿌리째 뽑아 어디론가 데려갔다. 그들은 내 잎과 씨앗을 관찰했다. 내 육체를 분해하고, 들여다보고, 분석했다. 그들은 나의 독성을 시험하고 그 독을 사용하는 기존의 여러 방법을 살펴보았다.

인류학자가 생각하기에, 내게는 지금까지 발견된 바 없는 강력한 향정신성 약물의 잠재력이 들어 있었다. 무엇보다도 알츠하이머 치료제의 가능성을 가리키는 단서가 많았다. 그에게 가장 큰 암시를 주는 단서는 이 부족의 주술사들이 대대로 노망이 들지 않는다던 이야기였다. 사람들은 주술사라면 누구보다도 정갈하고 총명한 정신력을 소유하기 마련이며 마지막 숨을 내쉬는 순간까지 그 정신에 흐트러짐이 없어야 한다는 믿음을 갖고 있었다. 그들은 그 믿음이 믿음인 줄도 모를 만큼 당연스럽게 신봉했다. 전대 주술사가 망령이 나서 자살했다고 추정하던 경찰들의 망언에 분개하는 부족 사람들의 태도에는 한 치의 과장도 보이지 않았다. 인류학자가 읍내 도서관에서 자료를 찾아본바, 전대 주술사가 교통사고로 사망했을 당시 이 부족 사람들이 경찰의 행각에 공식적으로 항의했던 사실이 신문 기사로도 실려 있었다.

거기다 라비가 해준 이야기들은 인류학자의 가설을 뒷받침했다. 라비는 결국 이 부족의 주술사들이 대대로 나를 달인 약물을 복용함으로써 특별한 정신적 능력을 누렸다는 함의의 이야기를 해준 셈이었다. 이른바 '달 소녀'의 축복이라고 하는 예지력은 사실 바로 그 약물의 효능 덕분이었을 것이다. 하지만 주술사들은 자신이 보통 사람들을 능가하는 능력과 권위를 구가하는 비결을 남들에게 알려주고 싶지 않았을 테고, 그 지식을 비의로 간직하기 위해 자주콩을 둘러싼 온갖 금기들을 덧붙였을 것이다……. 자주콩은 오로지 주술사만 장신구로 착용할 수 있고, 오로지 주술사만 음용할 수 있으며, 주술사가 아닌 자들이 범접하면 큰 해를 당하리라는 식으로……. 먼 옛날 그들은 그런 방식으로 부족 내의 권력 다툼에서 승리했을 것이고, 자주콩과 관련된 지식들은 오늘날 옛 언어의 속담과 신화에만 파편으로 남아 전해지는 것이리라고 추측할 수 있었다.

하지만 식물학자는 인류학자의 가설에 회의적이었다. 그는 내가 아주 흔한 식물이고 나에 대해서는 이미 충분히 연구되어 있다고 지적했다. 내 씨앗에는 기껏해야 완하제나 진통제를 만들 수 있는 성분들이 들어 있을 뿐이며, 설령 이제껏 밝혀지지 않은 모종의 향정신성 물질이 들어 있다고 한들 그것이 오늘날 의약품으로서 유의미한 효과를 낼 확률은 거의 없다는 것이었다. 또한 내 씨앗의 독은 단백질이므로 그저 일정 시간 이상 고열을 가하면 파괴되는 단순한 구조인데, 이 독을 '중화'하는 방법이 무슨 이 부족 주술사들만의 대단한 비법일 리도 없다고 강조했다. 그들이 여기에 온 목적은 이 나라 토착 문화와 생태 지식을 복원하고 기록하는 협동 연구를 위해서이지, 신비의 영약을 발견하려는 모험을 하러 온 것이 아니라고 식물학자는 동료를 타박했다.

그러자 인류학자는 화를 냈다. 그는 식물학자가 인류학적 논증의 타당성을 무시하고 있으며, 더 나아가 소수민족들 사이에 전해지는 지식의 잠재력을 과소평가하고 있다고 비난했다. 종래에 식물학계와 의약계에서 나에 대해 밝혀낸 사실들이 전부라고 과연 장담할 수 있느냐, 어떻게 학자가 그렇게 오만할 수가 있느냐, 이 땅에서 수백 수천 년을 살아오며 나와 관계 맺었을 토착 민족의 지식을 존경할 줄 알아야 한다……. 온 세상에서 라비 혼자만 알고 있을지도 모를 약물 조제법을 알아내야 한다, 그리고 그 유효성을 검증해 라비에게 마땅한 세간의 인정과 대가를 쥐여 주고, 공익에 이바지하도록 해줘야 한다…….

그러자 식물학자는 기가 막힌다며 비웃었다.

"이 부족의 주술사들 사이에만 전해지는 비밀로 신성시되는 지식을 도대체 어떻게 알아낼 작정인가? 그건 결국 이 부족의 질서를 억지로 깨겠다는 건데, 그게 과연 그들의 지식을 '존경'하는 방법이라고 생각하나? 그게 인류학자로서 할 일인가? 글쎄, 나뿐만이 아니라 다른 학자들도 그런 일에는 협조하지 않을 것 같은데."

인류학자의 얼굴이 붉으락푸르락해지자 식물학자는 목소리를 조금 낮추고 반쯤은 윗사람이 아랫사람을 타이르듯, 반쯤은 빈정거리듯 말을 이었다.

"솔직히 승진 욕심 때문에 그러는 거잖는가. 성과 없는 연구에 오랜 세월 매진하느라 학계에서 무시당하고 자존감이 상한 것은 이해하겠지만, 이런 식으로 섣부르게 나섰다가는 더 큰 낭패를 볼 수 있어. 우리에게 주어진 시간과 연구비는 한정되어 있다고. 지혜롭게 써야지."

'지혜'라는 단어에 인류학자는 입을 꾹 다물었다. 그는 자신의 진의를 악의적으로 곡해하는 상대방에게 무슨 말을 해봤자 소용없겠다고 생각했다. 물론 그의 가설이 최종적으로 옳은 것으로 밝혀진다면 실로 놀라운 발견이 될 것이다. 전 세계의 수많은 알츠하이머 환자들에게 희망을 주는 낭보가 될 것이고, 학계에서 그의 명성에도 도움이 될 것이다. 하지만 실제로 상용화 가능한 신약이 개발되기까지는 오랜 세월 동안 동물 실험과 임상 절차가 필요할 것이고, 그 과정에서 바통은 의료계와 제약 업계에 넘어가게 되어 있다. 그건 결국 인류학과는 상관이 없는 문제였고, 어차피 그가 할 수 있는 일은 별로 없었다. 다만 그는 절박한 의무감에 가까운 감정을 느끼고 있었다. 아니 어쩌면 강박이라고 해야 할 것이다. 자신이 모르는 사이에 손가락 사이로 빠져나가는 모든 것을 쥐어야 한다는 강박. 미지의 어둠 속에 갇혀 있는 가능성들을 속속들이 끄집어내 한낮의 명징한 빛 속에 풀어놓아야 한다는 강박.

그 모든 가능성을 라비라는 한 여자아이가 쥐고 있었다. 그 아이만 입을 열면 될 일이었다. 그러면 다른 학자를 통해서라도 실험으로 타당성을 검증해볼 수 있을 테고, 그때 가서 아니다 싶으면 그만두면 된다. 어쨌든 인류학자는 자신의 바로 코앞에 있는 이 여자아이가 무언가를 뻔히 아는데도 알려주지 않겠다고 버티는 것을 가만히 두고 볼 수 없었다.

라비는 학자들의 숙소 창문 옆에 서서 그 대화를 다 듣고 있었다.

라비는 여전히 공용어에 서툴렀지만, 그동안 학자들과 소통하는 과정에서 실력이 꽤 늘었다. 귀를 곤두세우고 주의 깊게 들으니 인류학자와 식물학자가 무엇 때문에 싸우는지 충분히 짐작이 되었다. 적어도 그들이 도대체 왜 그렇게 나에 대해 관심이 많은지 파악할 만큼은 되었다.

라비는 잠시 생각에 잠기더니 문득 조용히 미소를 지었다.

그날 저녁, 라비는 몇 해 만에 처음으로 나를 찾아왔다. 어렸을 때보다 우아한 몸놀림으로 내게 다가와 덩굴과 잎사귀들을 헤집더니, 내 여문 씨앗들을 꼬투리에서 몇 알 빼냈다. 그리고 어렸을 때와 달리 무료하지 않은, 호기심에 찬 눈동자로 내 씨앗들을 살펴보았다.

라비는 어렸을 때 내 씨앗들을 찧고, 빻고, 던지며 놀았던 것을 기억했다. 내 씨앗들을 푸른 원피스의 허리띠에 달거나 줄에 꿰어 목에 걸고 연못을 들여다보며 놀았던 것도 기억했다. 내 씨앗들로 작은 동물들을 죽였던 것도 기억했다. 이제 라비는 내 씨앗들과 연못 물을 가지고 또 놀이를 시작했다. 그 놀이는 어렸을 때와 비슷했지만 한편으로는 사뭇 달랐다. 이제 라비는 동물들이 내 씨앗을 먹고도 '죽지 않는' 법을 찾고 있었다.

어느 늦은 밤 인류학자가 혼자 라비를 찾아왔다.

라비는 문을 열었을 때 자신이 그의 방문을 예상하고 있었음을 깨달았다. 인류학자는 라비의 낡고 오래된 방 두 칸짜리 집 안 깊이 성큼성큼 걸어 들어와 식탁 앞에 앉았다. 라비가 직접 담근 용과주를 내주자 그는 한두 모금 마시는 시늉만 하더니 단도직입적으로 말을 꺼냈다.

"제게 비밀을 알려주십시오. 무엇이든 하겠습니다."

라비는 그를 빤히 마주 보기만 했다. 인류학자는 비장한 태도로 말했다.

"당신도 어차피 후손이 없지 않습니까? 당신이 아는 옛말과 지식을 배우겠다고 선뜻 나설 후계자가 과연 있을까요? 당신이 훗날 자식을 낳는다 해도, 그 자식이 과연 주술사가 되겠다고 할까요? 사람들에게 언뜻 듣기로는 당신도 원래는 주술사가 되기 싫어했다고 하던데요."

라비는 묵묵히 눈을 내리깔았다.

"아깝지 않습니까? 그대로 잊히는 것이? 당신은 어떨지 몰라도 저는 너무 안타깝습니다. 학자로서도, 그냥 한 명의 사람으로서도 너무 아까운 일이에요. 그래서 진심으로, 제가 배우고 싶다는 생각이 듭니다. 그러기 위해 당신의 후계자가 되어야 한다면, 그렇게 하겠습니다. 제가 정식으로 의식을 치르고 주술사로서 살겠다는 겁니다. 만약 그러기 위해 이전의 제 삶은 버려야 한다면, 그것도 감수하겠어요. 당신의 언어와 지식에는 그럴 가치가 충분히 있는 것 같으니까요⋯⋯. 어떠십니까? 혹시 저는 자격이 없나요? 남자라서?"

라비는 고민했다. 아니, 고민하는 척했다. 사실 라비는 인류학자의 말을 한마디도 믿지 않았다.

인류학자에게는 라비의 침묵이 실제보다 길게 느껴졌다.

마침내 라비가 입을 열었다.

"있잖아요, 만약 내가 잘 산다면…… 남들의 부러움을 살 만큼 잘 산다면 말이에요, 내 자식도 나처럼 살고 싶다고 하겠죠?"

라비가 쓸쓸하게 웃으며 말했다.

"옛날에는 자주콩의 씨앗이 주술사의 권위를 보여주는 수단이었죠. 하지만 사실 요즘 세상에서는 그렇지 않아요. 사람의 권위는 옷차림이나, 말씨나, 집의 크기나, 자동차 같은 것으로 나타나는 거니까요. 고작 열매 씨앗 목걸이 따위가 아니라."

인류학자의 표정이 어두워졌다.

"당신이든 누구든, 나는 다음 주술사가 나처럼 초라하게 살기를 원하지 않아요. 누군가가 희생정신으로 주술사의 사명을 짊어지는 건 원치 않아요. 그건 이제까지만으로도 충분해요."

"그렇다면……?"

인류학자가 조급하게 반문했다.

"제겐 돈이 필요해요. 나는 권위를 사고 싶어요. 추장도 넘볼 수 없는."

인류학자는 라비의 말이 무슨 뜻인지 대번에 이해했다. 그의 얼굴에 난색이 스쳤지만, 그는 재빨리 표정을 숨겼다.

사실 라비의 요구는 차라리 그에게 잘된 일이었다. 다음 대 주술사가 되어보겠답시고 라비의 곁에서 고행을 하는 것보다는, 돈을 안기는 편이 훨씬 더 간편한 길이었다. 인류학자는 빠르게 계산을 마치고 고개를 끄덕였다.

"당신이 비밀을 알려준다면, 바로 돈을 줄 수 있어요. 은행 계좌는 있겠죠? 없다고요? 그러면 현금으로 찾아줘도 되고요. 하지만…… 이건 우리끼리의 비밀입니다. 알지요? 저도 당신의 비밀을 지킬 테니, 당신도 내 동료들에게 이 사실을 말하면 안 돼요."

라비는 비밀을 지키겠다는 인류학자의 약속 역시 조금도 믿지 않았다.

다음 날 이른 아침, 인류학자는 동료들에게 무언가 살 것이 있다는 핑계를 대고 차를 몰고 숲길로 나섰다. 라비는 창밖으로 차가 나가는 모습을 지켜보았다. 그의 차는 거대하지도, 빛나지도 않았다. 흙먼지가 잔뜩 묻어서 회갈색에 가까워진 초라한 검은색 차였다. 라비는 이런 산간 오지를 드나드는 차는 절대로 반짝반짝 빛날 수가 없으리라는 생각을 처음으로 했다.

늦은 밤이 되었을 때 인류학자는 예의 그 초라한 검은색 차를 타고 돌아와, 돈뭉치를 들고 라비의 집 문을 다시 두드렸다.

액수를 확인한 라비는 이를 드러내고 웃으면서 그가 듣고 싶어하는 이야기를 들려주었다.

나는 오래전부터 이 부족의 주술사들을 지켜보았다. 주술사 집안의 어머니가 딸에게, 또 그 딸이 자신의 딸에게 책무를 전해주는 과정을. 자기 어머니나 할머니와 닮거나 닮지 않았던 수많은 딸들의 얼굴을. 나는 모두 지켜보았고, 모두 기억한다. 라비의 할머니가 주술사가 되던 날 역시, 어제 일처럼 기억한다.

물론 그때는 이미 주술사의 시대가 아니었다. 건기의 바람과 햇살을, 우기의 구름을 주술사가 자유자재로 부리던 그런 시대는 아니었다. 하지만 그때만 해도 아직 이 부족 사람들은 자신들의 전통을 사랑했다. 전통이 심각한 위기에 빠졌다는 데에 모멸감과 좌절감을 느꼈지만 그렇기에 더욱 열렬히 전통을 사랑했다. 그리고 부족의 남자들은 너나 할 것 없이 주술사를 연모했다. 주술사, 그러니까 라비의 할머니는, 라비와 이름이 같았다. 그때만 해도 라비는 젊고 아름다웠다. 라비의 탄탄하고 다부진 몸은 따뜻하고 윤이 흐르는 갈색이었고 새까만 눈동자는 숯불처럼 뜨겁게 타올랐으며 길고 풍성한 검은 머리카락이 장딴지까지 내려왔다. 라비의 몸짓에서는 생기가 넘쳤고 라비의 영롱한 웃음소리는 사람들의 마음에서 슬픔을 씻어주었다. 그랬다, 남자들은 라비를 연모해 마지않았다. 추장의 아들도, 부족 안에서 제일가는 부자의 아들도, 가장 용맹하다는 전사도, 가장 많은 맹수를 잡아온 사냥꾼도 라비를 연모했다. 그러나 라비의 마음에는 그 모든 남자를 제친 한 남자가 있었다.

라비가 주술사가 되던 날, 나의 붉은 씨앗들과 금과 산호를 알알이 꿴 목걸이를 목에 세 줄 두르고, 나의 붉은 씨앗들과 석류석을 박아 진사(辰沙)로 장식한 금관을 머리에 쓰고, 가장 향기로운 홍학꽃과 봉황목과 극락조화와 난꽃으로 장식한 드레스를 입은 라비가, 자신을 둘러싸고 빙빙 돌며 춤추고 노래하는 남자들을 구경하던 날, 나는 라비의 눈이 그중 단 한 남자에게 고정된 것을 보았다. 그 남자는 라비의 집에서 일하던 시종이었고 고아 출신이었으며 말더듬이에 절름발이였다.

시종은 절뚝거리며 우스꽝스러운 춤을 추고, 공들여 연습한 노랫가락을 조심조심 뽑아냈다. 그의 볼품없는 춤과 노래가 끝났을 때 라비는 입 속에서 과일 한 조각을 꺼내주었다. 그것은 용과의 검은 씨앗들이 박힌 과육이었다. 라비는 다른 남자들에게는 내 씨앗을 한 알씩 나눠주었지만, 유일하게 시종에게만 자신이 선택한 특별한 열매를 주었다. 그건 곧 시종이 라비의 남자로 선택되었다는 뜻이었다.

라비의 어머니는 화가 났지만 라비의 뜻을 거스를 수 없었다. 신성한 의식의 절차는 누구도 막을 수 없었다. 그날 밤 시종은 라비의 방으로 들어왔다. 라비는 내 씨앗 삼백 알과 잎 서른 장을 넣고 다섯 시간 동안 끓인 물에 벨벳콩의 뿌리 한 줌, 후추 한 자밤, 육두구 한 자밤, 시계초 꽃잎 열 장을 넣고 다섯 시간을 더 끓여 신성한 약을 만들었다. 라비는 그 약을 마시고 시종과 동침했다. 두 연인은 행복했다. 이날만을 기다리며 밀애를 이어왔던 그들은 벅찬 환희에 휩싸여 몇 번이고 사랑을 나눴다.

그러나 행복은 단 하룻밤으로 끝이었다. 다음 날 아침 정부에서 보낸 전령과 군인들이 찾아왔다. 전쟁이 벌어졌으니 젊은 남자들을 징집하겠다는 내용이었다. 라비의 어머니는 이를 기회라고 여겨 라비가 선택하고 라비가 사랑한 말더듬이 절름발이 시종 남자를, 라비가 뱉은 용과를 받아먹었던 그 남자를 군인들에게 떠넘기고 말았다. 라비는 화가 났지만 어머니의 뜻을 거스를 수 없었다. 시종은 부모는커녕 피붙이가 하나 없었고, 자신이 모시는 주인에게 언제든 처분될 수 있는 몸이었다. 중앙정부의 뜻을 거스를 수도 없었다. 중앙정부의 의지는 그들 부족의 모든 의지를 초월했다.

　시종은 라비와 제대로 된 인사도 나눌 겨를 없이 마을을 떠났다. 라비는 자신이 그 신성한 밤에 무슨 꿈을 꾸었는지 연인에게 미처 들려주지 못했다. 누구도 들은 적 없고, 앞으로도 누구도 들을 수 없을 그 이야기를 라비는 연인에게 들려주지 못했다.

　라비는 연인을 다시 만날 날만을 기다렸다. 연인에게 들려줄 이야기를 잊지 않기 위해, 집 뒷마당에 심긴 용과 나무를 상대로 그날의 꿈 이야기를 매일 들려주었다. 용과는 묵묵히 라비의 이야기를 들었다.

　한 해가 가고, 두 해가 갔다. 용과나무는 꾸준히 열매를 맺었다. 다섯 해가 가고, 스무 해가 갔다. 용과나무는 무럭무럭 자라 마을에서 가장 탐스럽고 맛있는 열매를 맺었다. 라비가 입 속에 고이 물고 있다 연인에게 건네주었던 바로 그 싱그럽고 달콤한 과육의 맛과 향도 언제나 그대로였다. 라비는 용과를 먹을 때마다 그날 연인이 자신을 올려다보며 지었던 바보스럽고도 천진한 표정이 생생히 떠올랐다. 라비는 그 기억을 위안 삼으며, 용과주를 빚으며, 연인을 기다렸다. 그러나 연인은 돌아오지 않았다. 시체조차 돌아오지 않았다.

　주술사에게는 후계자가 필요했으므로 라비는 어쩔 수 없이 전혀 사랑하지 않는 남자와의 사이에서 딸을 하나 낳았다. 그리고 주술사의 의무대로 딸에게 모든 것을 가르쳤다. 하지만 장성한 딸은 잘못된 남자를 만나 주술사의 운명을 거역하고 도망치더니, 다시 돌아와 그 남자의 아이를 낳은 직후 덧없이 죽어버렸다. 라비는 울지 않았다. 더 이상 흘릴 눈물이 남아 있지 않았다.

　라비는 연인이 돌아오기 전에 자신이 죽으리라고 예감했다. 그러면 라비가 누구에게도 들려준 적 없는 그 이야기는 앞으로도 누구도 듣지 못한 채 라비의 육신과 함께 사라질 터였다. 라비가 죽을 때까지 연인을 기다렸다는 사실조차 지상에 남지 않을 터였다. 만약 그때 가서 연인이 돌아온다면, 그렇게 뒤늦게야 돌아오게 된다면, 연인이 아는 사람도 사랑하는 사람도 피를 섞은 사람도 하나 없는 이 땅에서 그를 맞이하는 것은 오로지 용과나무 한 그루뿐일 것이었다.

　라비는 연인에게 자신의 뜻을 전할 방법을 고민했다. 고민 끝에, 부족 안에 전해지는 오래된 전설 한 토막에 용과나무에 대한 내력을 세심히 엮어 넣었다. 그리고 그 이야기를 자신의 후계자에게, 즉 손주에게 가르쳐주었다.

그로부터 일주일 뒤 라비는 불가사의한 사고로 숨을 거두었다. 손주는 라비의 이름과 더불어 용과나무가 딸린 집 한 채를 물려받았다.

라비가 인류학자에게서 받은 돈은 할머니가 죽었을 때 나왔던 보상금의 총액과 비슷했다. 이만큼의 돈으로 도시에서 얼마나 버틸 수 있을지는 전혀 가늠이 되지 않았지만 적어도 첫날부터 굶주리지는 않으리라고 생각하면 용기가 났다. 인류학자 덕분에 공용어에도 한결 능숙해졌고 교양 있는 말씨도 익혔으므로 운만 좋으면 일자리를 구할 수 있을지도 모른다. 지나친 낙관인가도 싶었지만 라비는 자신감을 도슬렀다. 어쨌든 라비는 분명히 자기 힘으로 돈을 벌었다. 그 생생한 증거가 손에 있었다.

라비는 지금의 자신을 이루어준 사람들에게 감사했다. 어머니가 물려준 몸, 할머니가 들려준 이야기들, 부족 사람들이 가르쳐준 생존법, 그리고 라비를 거쳐간 남자들이 보여준 세상. 누구보다도 인류학자에게 고마운 마음이 컸다. 그의 제안은 라비에게 획기적인 영감을 주었다. 그래, 도시로 갈 것이다. 도시에 가서 돈을 벌고 대학에 다니고 의사가 될 것이다. 인류학자니 식물학자니 하는 남자들은 그 거창한 박사 학위가 무색하게도 그다지 똑똑하지 않았다. 그런 사람들이 박사가 될 수 있다면 자신도 얼마든지 될 수 있으리라고 라비는 믿었다. 게다가 인류학자니 식물학자니 하는 사람들이 자신의 지식을 건져내 활용해주기를 기다리는 것보다야, 라비 스스로 활용하는 편이 훨씬 빠르고 합리적인 길이었다. 이 지역의 식물들에 대해서라면, 그리고 이 부족 사람들에 대해서라면 누구보다도 라비가 잘 알았다. 심지어 할머니보다도 더 잘 알았다.

물론 쉬운 일은 아니었다. 하지만 도전해볼 가치는 있었다. 의사가 되는 데 성공한다면 라비는 고향으로 돌아와 부족 사람들의 병을 고치고 술과 마약을 쫓아낼 수 있으리라. 괴질이 발생한다면 도시의 의료진이

오기를 기다리지 않고 자신이 직접 나서서 싸울 수 있으리라. 아기를 낳다가 죽는 여자가 다시는 나오지 않게도 할 수 있으리라. 어렸을 때의 자신처럼 매일 멍들고 코피를 흘리고 다리를 절뚝거리며 지내는 아이가 있다면 다시는 아프지 않게 돌보아줄 수도 있으리라. 아예 태어나지 않게 해줄 수도 있을 것이다. 라비는 마을에서 가장 넓은 집에서 살며, 가장 큰 차를 몰고, 가장 큰 냉장고에서 얼음을 가득 꺼내 아이들에게 아이스크림을 만들어줄 것이다. 철마다 예방 접종과 검진을 도맡아 실시하고 부족민들의 생사고락을 책임지며 존경과 경외를 한몸에 받을 것이다. 라비의 뒤를 잇는 딸들은 행복할 것이다. 그들은 자신들도 어머니처럼 살고 싶다고 생각하며, 진정한 후계자가 되기 위해 경쟁할 것이다.

라비는 단출한 짐을 꾸렸다. 가진 신발 중에서 가장 튼튼한 신발을 신고, 여분의 신발과 양말을 몇 켤레 챙겼다.

떠나기 전에 집 안을 둘러보고 물건들을 정리했다. 그런데 할머니의 서랍 안 깊은 곳에서 못 보던 물건들이 나왔다. 거무스름하게 변색되고 때가 탄 목걸이와, 곰팡이가 슨 머리띠였다.

라비는 그 물건들이 무엇인지 잘 알았다. 라비는 그 장신구들을 가지고 집을 나와, 뒷마당 숲의 연못에 던져 버렸다. 정적 속에서 수면이 풍덩거리며 부스러지는 소리를 우리는 들었다.

동트기 직전 새벽에 라비는 그곳을 영영 떠났다.

인간들의 시간으로 5년이 흘렀다. 그동안 기후가 변했고 내가 자라는 지역은 전보다 더 넓어졌다. 라비의 고향보다 북위에 위치한, 나라에서 두 번째로 큰 계획도시의 연간 평균 기온이 섭씨 1.5도가량 상승했다. 그 도시에 살던 많은 식물과 동물 들이 죽거나 물러났고 그 자리에 내가 뿌리를 뻗었다. 나와 오래 공생해온 벗들도 앞서거니 뒤서거니 하며 나와 동행했다. 계획도시의 사람들은 대부분 나와 내 벗들의 등장을 반기지도, 꺼리지도 않았다. 우리에 대한 소식이 뉴스며 신문에 몇 차례 나오기도 했지만 사실 그들은 우리에게 신경 쓰기에는 너무 바빴다. 우리는 매연과 소음에 적응하는 법을 조용히 익혀갔다.

인류학자도 마찬가지로 바빴다. 한때 그토록 주의 깊게 살폈던 내 존재를 알아차릴 여력도 없을 정도였다. 연구를 하느라 바쁜 것이 아니었다. 그는 다른 사람의 논문을 대필하거나 대중을 상대로 한 글짓기 수업을 하느라 바빴고, 그 외의 시간에는 강이 보이는 바에서 교수들에게 비싼 술을 사면서 임용 추천을 부탁하거나 인터넷으로 이 대학 저 대학 홈페이지를 들여다보거나 자신의 원룸에서 운동경기 중계를 보며 맥주를 마시느라 바빴다. 인류학자는 초콜릿바처럼 판판이 구획된 신도시에서의 삶을 좋아하지 않았다. 수도의 대학들이 그를 받아줄 가망이 없었으므로 먼 친척의 인맥을 믿고 여기로 와서 눌러앉은 것인데, 막상 와보니 그 사람들은 술을 사주는 것 외에는 그에게 별 도움이 되지 않았다. 그래서 대체로 술을 마셨다.

인류학자는 자신의 인생이 이렇게 된 것이 라비 탓이라고 생각하지는 않았다. 라비는 할 수 있는 이야기들을 했을 뿐이고, 그것을 오해하고 오용한 것은 자신이었으니까. 라비가 돈을 가지고 홀연히 떠나는 바람에 프로젝트가 어그러지긴 했지만 라비가 약속을 어긴 것은 아니었다. 라비가 돈을 받은 대가로 인류학자에게 가르쳐준 자주콩 중화법에 아무런 약효도 없는 것이 밝혀지긴 했지만, 그렇다고 라비가 거짓말을 한 것도 아니었다. 처음부터 라비는 그 물에 약리적 효과가 있다는 말은 한 번도 한 적이 없었으니까.

그럼에도 불구하고 밀어붙인 것은 인류학자였다.

인류학자는 라비에게 쓴 돈을 적당한 구실로 경비에 포함시킬 수 있으리라고 믿었다. 하지만 인류학자의 섣부른 행동 때문에 라비가 도망쳤다고 생각한 식물학자는 그가 연구비를 유용했다고 고발해버렸다. 인류학자는 총괄 교수와 재단 심의위원에게 싹싹 빌다시피 한 끝에 형사처벌은 면했지만, 사비를 털어서 그 돈을 메워야 했다. 그 과정에서 이혼도

당했다. 하지만 어차피 아내와의 관계는 안 좋았으니 차라리 잘됐다 싶었다.

그러니까 다 그의 실책이었다. 그 사실은 잘 알았다. 술자리에서 그 시절 이야기를 하다 보면 씨발년, 씨발년 소리가 절로 나오기는 했지만, 라비에게 진심으로 앙심을 품은 것은 아니었다. 취하면 누구나 말이 험해지는 법이다.

다만 인류학자는 자신이 만났던 라비의 기억을 떠올렸다. 튼튼하고 싱그러운 묘목 같던 소녀. 고무나무 껍질 같은 피부와 위엄 있는 검은 눈. 라비가 이야기를 할 때 그 입술에서 막힘없이 흘러나오던, 노래하는 듯한 억양의 옛말들. 그것을 듣다 보면 라비의 어머니, 그 어머니의 어머니, 그 어머니의 어머니가 그에게 말을 걸어오는 듯했다. 아무도 기억하지 않는 기억들이 그에게 천천히 몰려오는 듯했다. 유사처럼, 조류처럼, 시간처럼.

그 기억들을 붙잡을 수만 있었다면, 그럴 수만 있었다면 좋았을 것을. 인류학자는 못내 후회스러웠다. 그가 라비를 성급하게 다루다 놓치지 않았더라면 훨씬 더 많은 진실을 밝혀냈을 것이라는 생각에, 후회를 떨칠 수 없었다.

그러던 인류학자가 라비를 다시 만난 것은 순전히 우연이었다.

그날 학원의 건물 보수 공사 문제로 수업을 하루 쉬게 된 인류학자는 도심을 어슬렁거리며 시간을 죽이고 있었다. 손에는 맥주병을 들고서, 초저녁부터 알딸딸히 취한 채로, 그는 눈앞에 보이는 상점 간판이라든지 쇼윈도 속 태블릿 컴퓨터라든지 가판대 위 신문 헤드라인 따위를 연신 비웃으며 돌아다녔다. 그는 기분이 좋았다. 그렇게 걷다 보니 그가 일하는 학원과 비슷해 보이는, 깔끔하고 모던한 외관의 건물 하나가 나타났다. 흰색 도료가 발린 벽에 남색 알루미늄으로 된 돌출형 글자들이 붙어 있었다. '마음 아카데미'. 이미 비웃을 준비가 되어 있던 인류학자는 피식 소리까지 내어 코웃음을 쳤다. 그 밑에 걸린 게시판에는 이달의 커리큘럼이 인쇄된 커다란 포스터가 붙어 있었는데, 이런 강좌들이 있었다. '오늘의 우리를 위한 철학', '알코올이여, 잘 있거라', '울기 연습', '아로마테라피: 기초부터 실기까지(수강생은 아로마 오일 전품목 50% 할인)', '부적과 풍수 (수강생은 크리스털 및 다우징 로드 일부 품목 50% 할인)', '타로 카드로 나를 알기(수강생 전원에게 타로 카드 덱 증정)', '도심에서 자연과의 명상'……

강사들의 약력도 가관이었다. 저마다 일본의 무슨 도장, 티벳의 무슨 성지, 아일랜드의 무슨 대학 협동과정에서 공부했다고 했다. 어떤 이들은 유명한 구루를 사사했다고도 하고, 무슨 집시의 후예라고도 하고, 고대문명 재야 연구자를 자칭하는 사람도 있었다. 그중에서 명상 수업 강사의 이력은 특히 눈에 띄었다.

'남부 토착 민족인 D부족 최후의 주술사, 자연과 교감하고 마음을 깨우는 오랜 지혜를 전해주다.'

인류학자는 또 코웃음을 치려다가 입꼬리를 내렸다. 그리고 그 문장을, 그리고 그 옆에 실린 강사 사진을 한참 들여다보았다.

명상 수업은 직장인들의 퇴근 시간에 맞춘 듯 저녁 8시부터 9시 30분까지였다. 인류학자는 근처의 벤치에 앉아서 기다렸다. 강사는 이미 건물 안에 있는 건지, 8시까지도 들어가는 모습을 볼 수는 없었다. 그래서 인류학자는 더 기다렸다. 어둠이 깊어지고, 공기가 식으면서 더 습해지고, 아열대 도시의 밤을 밝히는 불빛들이 거리 곳곳에 켜졌다. 인류학자는 맥주를 한 병 더 비웠다. 9시 37분이 되자 출입문에서 사람들이 우르르 나오기 시작했다. 그들은 서로 화기애애하게 인사를 나누고 농담을 던지더니 몇몇은 함께 근처의 술집으로 향하고, 또 몇몇은 각자의 방향으로 흩어졌다. 다들 행복해 보였다.

마침내 강사가 출입구 계단을 걸어 내려왔다. 역시 라비였다. 라비는 파란색 미니 드레스에 샌들을 신고 있었다. 원피스의 허리끈에 달린 붉은 비즈 장식이 걸을 때마다 반짝이는 것이 눈에 띄었다. 라비는 경쾌하게 걸으며, 한 손으로는 사탕인지 캐러멜 같은 것의 포장지를 벗기면서,

뭐라고 혼자 중얼거리는 중이었다. 아니었다. 귀에 에어팟을 끼고 통화를 하는 중이었다.

"응, 이제 수업 끝나고 나오는 길이야. 그래, 이따 봐."

라비의 발음은 정확하고 매끄러웠다. 사탕인지 캐러멜인지 모를 것을 먹느라 우물거릴 때를 제외하면. 엷게 화장한 얼굴은 관리를 받은 흔적이 있었다.

인류학자는 벤치에 그대로 앉아 있었다. 무엇을 해야 할지, 무슨 말을 해야 할지 알 수 없었다. 인류학자는 빈 맥주병을 들고 무작정 일어섰다.

라비는 건물의 넓은 앞마당에 주차된 차를 향해 걸어가고 있었다. 라비가 마지막 퇴근자인 듯 건물의 불은 다 꺼져 있었고 주차 구역을 뜻하는 구획선들 안에는 은색의 사륜구동 한 대만 서 있었다. 주머니에서 차 열쇠를 꺼내려고 고개를 숙이던 라비가 문득 인류학자의 기척을 들었는지 그쪽으로 시선을 돌렸다. 인류학자의 얼굴을 마주 보며 라비는 눈을 가늘게 떴다.

"누구……?"

인류학자의 눈에 스친 선명한 배신감을 알아본 라비는 황급히 덧붙였다.

"제 학생이셨던가요? 미안해요, 워낙 사람 얼굴을 잘 못 알아봐서……"

라비는 더 이상 말을 이을 수 없었다. 인류학자가 들고 있던 맥주병으로 라비의 머리를 후려쳤기 때문이다.

인류학자는 쓰러진 라비의 몸에 올라타 머리와 얼굴을 여러 차례 가격했다. 씨발년, 씨발년, 이 사기꾼 년, 하고 욕도 지껄였다. 듣는 사람은 아무도 없었다.

인류학자가 손을 멈춘 것은 라비의 숨이 끊어지고 몇 분 뒤였다. 갑자기 술이 깼는지 그의 얼굴이 새하얗게 질렸다. 인류학자는 유리 파편들을 되는대로 주워서 호주머니에 쑤셔 넣고는 비틀거리며 그 자리에서 도망쳤다.

라비에게는 연고자가 없었다. 아카데미 운영진은 D부족이 정확히 어디의 무슨 부족인지 몰랐고, 하물며 라비의 고향에 연락할 방법은 더더욱 몰랐다. 경찰의 질문에 그들은 난색만 표했으며, 불필요한 언론의 관심을 피하기 위해 주술사라든지 사멸 언어라든지 하는 말은 꺼내지 않았다. 수사는 지지부진하게 흘러가다 미결 사건으로 끝났다. 원주민 살해 사건들은 대체로 그렇게 다뤄지는 편이었으니 특별한 일은 아니었다. 라비의 친구 몇과 학생 몇이 돈을 모아서 간소한 장례를 치러주었다. 라비의 시신은 공동묘지에 묻혔다. 묘비에는 '우리의 스승 잠들다'라고 적혔다.

한 해 뒤, 라비의 무덤에서 이제껏 인류 역사에 없었던 새로운 식물들이 자라났다. 라비의 가슴과, 엉덩이와, 음부와, 발과, 손에서 각각 다른 종류의 싹이 자라나 줄기를 뻗고 잎을 틔웠다. 처음 보는 모양과 향기의 꽃들이 피었고 누구도 맛본 적 없는 맛의 열매들이 맺혔다. 그러나 무덤을 찾는 사람이 없었으므로 그 사실을 우리 외에는 아무도 알지 못했다.

세상을 끝내는데 필요한 점프의 횟수

심너울

```
{
    char world[10]
    strcpy(world, "HelloHelloWorldWorld");
    return 0;
}
```

2019년《대멸종》(안전가옥) 수록

2019년 제6회 SF 어워드 중단편 부문 대상 수상

어릴 적부터 내 게임을 만들고 싶었다. 학창 시절 내내 게임에 미쳐 살았으니 자연스러운 일이었다. 나도 크면 재미있는 게임을 꼭 만들어야 겠다고 생각했다. 게임을 만드는 것은 작은 세상의 신이 되는 일이라는 거창한 철학도 있었다. 민망하지만 그때는 나만의 가상 세계를 만들 거라는 희망이 커다랬다. 내가 창조한 인물들과 상호작용할 수 있는 가상의 세계를 만들면 나 자신이 더 확장될 수 있겠다는 생각을 했다.

4년 만에 대학에서 칼 같이 튀어나온 나는 판교에 있는 게임 회사에 계약직으로 취업했다. 온라인 게임 서버 쪽 일이었다. 드디어 새로운 세상을 만드는 작업에 참여하게 되었다. 굉장히 들떴다. 그때 내가 낀 팀은 이미 존재하는 게임이 아니라 완전히 새로운 게임을 만드는 팀이었다. 열두 명의 인원이 모여 프로젝트를 진행했다. 플레이어들이 자기만의 우주선을 만들어서, 우주선 내의 승무원들을 조종해 다른 사람들의 우주선과 싸우는 모바일 게임이었다. 본격 우주 선장 액션 전술 게임 어쩌고저 쩌고하는 마케팅 문구까지 다 짜여 있었던 걸로 기억한다.

서버 개발자라는 거창한 직함이 붙긴 했지만 내가 하는 일은 게임 내

채팅 시스템을 구축하는 비교적 간단한 일이었다. 게임 제작보다는 메신저 만드는 일에 더 가까웠다. 그걸 새삼 느낄 때마다 꽤 허탈했다. 이런 경험이 쌓이고 쌓이면 언젠가는 내 게임을 만들 수 있겠지 하는 생각으로 스스로를 다잡았다.

나는 정말로 농노처럼 일했다. 아니, 농노들한텐 미안하지만 내가 더 열심히 일했던 것 같기도 하다. 일주일에 한 65시간에서 70시간 정도 일했었나? 그 무렵 알게 된바, 법은 멀고 꼼수는 가까웠다.

입사하고 3주가 지나 본격적으로 기름을 짜이기 시작하여, 월요일부터 목요일까지 11시간씩 일하고 금요일에 8시간째 일하고 있을 때였다. 우리 회사에서는 자체 제작한 근태 관리 프로그램을 썼는데, 1시간마다 각자 일한 시간이 누적 입력되어 해당 주에 몇 시간이나 일했는지 확인할 수 있는 시스템이었다. 그런데 52시간을 채우자마자 프로그램이 비활성화되어 아무 작동도 하지 않는 것이다. 순진했던 나는 그 꼴을 보고 팀장에게 조용히 다가가 말했다.

"팀장님, 주 52시간 채웠다고 근태 관리 프로그램이 멈췄는데요."

"응, 그런데?"

팀장은 나를 쳐다보지도 않았다. 당황스러웠다. 알아서 퇴근하라는 뜻인가? 머릿속으로 온갖 생각이 지나갔다. 뭐지? 시간 채웠으면 조용히 집에 가란 뜻인가? 내가 우물쭈물 서 있으니 팀장이 고개를 들어 나를 쳐다보았다.

"아, 그리고 보니 현희 씨, 내가 1시간 전에 고치라 했던 버그는 어떻게 됐어?"

"아, 그게, 거의 다 되어 가는데. 금방 하고 코드 올리겠습니다."

나는 자리로 돌아갔다. 그 이후로 팀장이 눈치를 주지 않아도, 근태 관리 프로그램이 52시간을 찍고 멈추든 말든 알아서 일하게 되었다. 그 날부터 나는 직장인들이 익명으로 회사에 대한 정보를 나누는 사이트에 들어가서 게임 회사들이 다 이런지 알아보았다. 놀랍게도 게임 회사는

다 이랬다.

내가 좋아하는 게임을 개발한 미국 회사에서 탈주한 프로그래머 인터뷰를 보니 가관이었다. 일주일에 80시간 일을 하지 않으면 게임의 엔딩 스태프 롤에 이름을 올려주지 않았다고 했다. 그러면서 "우리 팀의 업무 동기는 공포였어요."라고 말하는 것 아닌가.

게임 프로그램이 워낙 복잡하고 만들기 어려워서 그런 걸 수도 있다. 경쟁이 심한 시장이니까 그럴 수도 있고. 지금 생각해보면 게임 업계에 그 일을 좋아하는 사람들이 많다는 점이 가장 큰 이유인 것 같다. 열정으로 일하는 사람을 후려치고 땔감처럼 태운 다음 버리는 것이 인류의 전통이니까.

하도 야근을 하다 보니, 회사에 대해 일종의 스톡홀름 증후군 같은 것이 발생했다. 일주일에 최소 65시간 일하면서 채팅 서버를 구현하던 나는 우리 프로젝트를 너무나 사랑하게 되었다. 내가 참여한 게임 프로젝트가 올해의 가장 인기 있는 어플리케이션상을 차지하고, 순수익을 한 3백억쯤 내지 않을까 생각했다. 나에게 돌아올 성과급은 2천만 원 정도? 그런 얼토당토않은 확신은 너무나 편안해서, 정규직 전환도 그저 시간문제일 뿐이라고 생각했다.

여기까지 허망한 이야기였다. 본격 우주 선장 액션 전술 게임은 앱스토어에 올라가지도 못하고 망했다. 10개월 정도가 지나 게임의 얼개가 다 갖춰지고 나서, 유저를 상대로 한 첫 번째 테스트에서 받은 평가가 개판이었다.

"애초에 콘셉트부터가 나쁜 것 같아요. 우리나라 사람들은 〈스타트렉〉이나 〈스타워즈〉에 관심 크게 없잖아요?"

"전투가 하나도 재미없습니다."

"네 명 이상 플레이하면 렉이 너무 심해요."

우리 팀은 피드백에 따라 다시 열심히 수정하면 될 거라고 생각했는데, 윗선의 생각은 우리와는 전혀 달랐다. 우리 팀은 산산조각이 났다.

몇몇 정규직들은 다른 새로운 프로젝트로 옮겨 갔다. 나 같은 낙동강 오리알 계약직들은 오리알 프라이가 될 처지에 놓였다. 내가 1년 가까운 시간에 걸쳐 만든 채팅 시스템으로 채팅하는 플레이어는 결국 한 명도 볼 수 없었다.

알고 보니 원래 큰 게임 회사들은 수많은 게임을 한 번에 기획하고, 그중에 괜찮은 걸 골라서 만들고, 또 그중에서도 괜찮은 걸 골라서 마침내 출시하는 그런 시스템으로 돌아가고 있었다. 출시된 대부분의 게임은 시장에서 끽소리 한 번 내고 사라졌다. 나는 이제 막 예선을 통과한 프로젝트에 지나친 기대를 걸고 있었던 셈이다.

1개월 뒤에 계약이 만료되었다. 연장은 없었다. 나는 판교에서 몸도 마음도 상한 채로 도망쳤다. 고향 대전으로 내려왔다. 두 달 동안 실업급여로 대전의 고유한 배달 음식 김치피자탕수육을 시켜 먹고, 다시 일자리를 슬슬 알아보았다. 주 65시간의 트라우마가 엄습해서 처음에는 게임 쪽은 알아보지도 않으려고 했다.

그런데 막상 이력서를 쓰려니 다른 업계의 개발 직군에 경력직으로 지원하기가 영 애매했다. 게임 개발이 어떻게 돌아가는지만 아니까. 벌써 게임 회사라는 덫에 걸려버린 것이다.

그럼 이번에는 대기업은 노리지 말고 작은 기업에 한번 들어가봐야겠다고 마음을 먹었다. 작은 회사에서 일하면 채팅 서버만 만드는 게 아니라, 더 커다랗고 중요한 일을 할 수 있을 거라는 생각을 했다. 그러면 정말 내 게임을, 내 세상을 만드는 기분이 들 것 같았다. 정말 잘 되면 나랑 회사가 같이 클 수도 있을 것이다. 저번처럼 출시도 못 해보고 프로젝트가 폭발하는 사태를 맞기는 정말 싫었다.

사실 계약이 만료된 시점이 애매해서 공채에 지원하기에도 곤란한 상황이었다. 그때 '스타더스트 스튜디오'라는 한 작은 게임 회사가 서버 개발자 하나를 급히 구한다는 공고를 보게 되었다. 청년 스타트업을 지원하는 서울시 사업에 얻어걸린 뒤로, 처음 만든 온라인 게임을 어찌어찌 궤도에 올린 회사였다.

오후 2시쯤에 이력서를 보냈는데 20분 뒤에 문자가 왔다.

"스타더스트 스튜디오 개발팀장 김형훈입니다. 이력서 지원에 감사드립니다. 내일 금요일 오후 3시에 맞춰 면접에 참석하십시오. 서울시 마포구 신수동 ○○로 ○○○ 3층으로 오시면 됩니다."

메일도 아니고 문자로, 진짜 급하긴 급했나 보다. 이 정도 되니까 섬뜩했다. 회사가 대단히 체계 없이 돌아간다는 생각이 들었다. 근처 친구들한테 이 문자를 찍어서 보내주니 다들 뭔가 불안하다고 얘기했다.

그때 한 달에 두 번 구직 활동 인증을 하지 않으면 나머지 실업 급여가 나오지 않는다는 생각이 번쩍 머리를 스치고 지나갔다. 지난 두 달은 어찌어찌 이 회사 저 회사 찔러보면서 급여를 챙겼는데, 이번 달에는 이력서를 여기 딱 한 군데만 냈다는 게 기억났다. 하필 딱 월말이라 다른 곳에 이력서를 추가로 넣을 시간이 없었다. 찬밥 더운밥 가릴 때가 아니었다.

일단 그 회사의 게임을 한번 플레이해 보기로 했다. 역시나 모바일 게임이었는데, 〈스타더스트 월드〉라는 정직한 이름이 붙어 있었다. 플레이어들은 제작자들이 미리 만들어놓은 세상을 자기 캐릭터로 여기저기 탐험할 수 있었다. 한 번에 최대 다섯 명의 사람이 함께 탐험하는 것도 가능했다.

게임의 만듦새는 나쁘지 않았다. 유저들도 그럭저럭 있는 것 같았다. 플레이어와 적들의 캐릭터 디자인이 몹시 매력적이라는 평가가 많았다. 콘셉트 아트를 한번 둘러보니 몹시 기괴하고 그로테스크하지만 미묘한 아름다움이 있었다. 흥미가 당겼다.

내가 접속하고 캐릭터를 만들자마자 게임을 즐기는 수백 명의 사람이 공유하는 채팅 채널에 새 유저가 생겼다고 알림이 갔던 것 같다. 즉시 어떤 사람들이 초보자를 거두겠다면서 게임 내의 소모임에 나를 초대했다.

게임을 나보다 몇 개월씩 오래 한 사람들을 이리저리 쫓아다니면서, 게임이 어떻게 돌아가는지 하나하나 익히고 있을 때였다. 화면 한쪽의 버튼을 누르면 점프를 할 수 있다는 도움말이 나왔다. 그런데 아무리 그 버튼을 눌러도 내 캐릭터가 뛰지를 않았다. 나는 잠시 시도를 멈추고 대화창에 물었다.

"그런데 이거 왜 점프가 안 되죠?"

그러자 소모임 내의 한 사람이 즉시 답했다.

"아, 그거, 점프 때문에 서버 터진 적이 있어서. 고치는 중이래요 운영자들이. 그래서 지금 점프 못 해요."

"그게 무슨 말이에요?"

"점프를 6만 번 넘게 하면 게임 서버가 터지는 버그가 있었어요. 이게 유사 게임이라 그렇죠. 도대체 코딩을 어떻게 하면 서버가…"

그 뒤의 혐오 발언은 생략한다. 게임 플레이어들이 별것 아닌 트집을 잡아서 운영자들을 비방하고 인신공격하는 꼴이야 많이 보았다. 코딩 한 번 해본 적 없으면서 프로그램이 개판이니 뭐니 하며 온갖 전문가인 척은 다 하고. 그래도 이건 이상했다.

점프를 6만 번 넘게 하면 게임 서버가 터지다니? 그런데 그건 또 누가 어쩌다가 발견한 거야? 일하다 보면 알 수 있겠지. 나는 이 게임을 만든 회사에 호기심이 생겼다.

오전 11시에 비틀거리며 일어난 나는 KTX를 타고 상경했다. 서울역에서 공항철도를 타고 공덕역에서 내린 다음 신촌로터리 방향으로 걸었다. 신수동은 서강대 앞에 있는, 고즈넉하니 덜 개발된 동네였다. 지은 지 수십 년은 돼 보이는 아파트 단지랑 상가 건물들만 있지 딱히 사무실이 있을 곳 같진 않았다.

지도가 안내하는 길을 믿고 찾아가 보니 게임 회사는 고깃집과 카페가 있는 빨간 벽돌 건물 3층에 있었다. 엘리베이터도 없는 곳이라 계단을 타고 터덜터덜 올라가자, '스타더스트 스튜디오'라는 이름과 우주로 솟날아가는 로켓이 그려진 로고가 붙어 있는 문 앞에 다다랐다.

문을 조용히 여니 원룸으로 된 어지러운 사무실이 보였다. 커피 냄새가 진동해서 마치 커피 입자로 된 안개라도 낀 것 같았다. 칸막이도 딱히 없는 책상이 여섯 개 정도 있었고 그 앞에 사람들이 영혼 빠진 표정으로 앉아 있었다. 그중에서도 유별나게 영혼이 더 몸 밖으로 흘러나간 것 같은 한 남자가 나를 쳐다보았다.

"오, 그 이력서 넣은 송현희 씨예요?"

"아, 네."

"일찍 오셨네. 김형훈 개발팀장입니다."

김형훈 팀장은 엉거주춤 일어서면서 손을 내밀었다. 김 팀장은 개발자에 대한 모든 편견을 구체화한 원형 같은 꼴을 하고 있었다. 어디서 구하기도 힘들 것 같은 괴이한 배색의 체크 남방을 입고 있었고, 두툼한 뿔테 안경 뒤에는 판다 같은 다크서클이 진하게 내려와 있었다. 나는 다가가서 그와 악수했다.

"어, 야, 태흔아, 여기 의자 좀 가져와봐."

조금 떨어진 위치에서 컴퓨터를 뚫어지라 쳐다보고 있던 한 사람이 부랴부랴 의자를 그의 책상 앞에다 놓았다. 김 팀장은 앉은 자세로 마주 볼 수 있도록 모니터를 옆으로 밀었다. 그러고는 의자에 털썩 주저앉았다. 내가 따라 앉자 그가 바로 말했다.

"저희가 이제 갓 1년 정도 된 스타트업인데 사람을 구해보는 건 처음이라… 좀 어수선하네요. 그래도 4대 보험이랑 그런 거 다 돼 있으니 걱정 안 하셔도 돼요. 언제부터 출근 가능하세요?"

"네?"

내 눈이 커졌다.

"이력서 보니까 판교에 있는 큰 게임 회사에서 서버 개발 하셨더만요. 가진 기술들도 저희한테 필요한 거랑 딱 맞고요. 포트폴리오도 좋던데요. 저희가 지금 1초가 급한 상황이라 개발자가 당장 필요하거든요."

이건 위험하다. 여기에 들어갔나가 큰일 나겠다 싶었다.

"아니 전… 사실 저는… 사실 생각한 것보다 좀 급작스러운… 약간 당황스럽기도….”

“저희가 나름대로 벤처 발굴 기업에서 투자도 받은 회사거든요. 입사하시면 맥북 프로 최신형을 지원해드리고요, 근처 원룸에 사시면 월세도 50만 원까지 지원해드립니다. 관련 스타트업 중에서는 이만한 대우를 해드리는 곳이 없을 겁니다.”

나는 주위를 둘러보았다. 너무 너저분한 상태라서 별로 신경을 쓰지 않았는데, 그러고 보니 3백만 원이 넘는 사과 그림 달린 노트북으로 일하고 있는 사람이 한둘이 아니었다. 서울 대학가 원룸에 살려면 최소 50만 원의 월세를 내야 한다는 생각도 들었다. 갑자기 이 회사에 대한 신뢰도가 급격히 자랐다.

“지금 서버 개발자가 정말 급하거든요.”

그는 슷제 애원하는 투로 말하기 시작했다. 어제 들은, 점프 6만 번을 하면 게임 서버가 터진다는 이야기가 기억났다. 그런 상태면 충분히 급할 만도 할 것이다. 은근히 갑이 된 기분이 들었다. 이게 어딜 봐서 면접인가.

“그럼 일단 계약서부터 보는 걸로….”

“아, 예, 예, 그러세요.”

김 팀장의 눈에 화색이 돌았다. 도대체 무슨 문제가 있길래 이 정도지? 곧 그는 다른 자리에 있는, 아마 회계나 경영 쪽 일을 하지 않을까 하는 사람한테 속닥였다. 그러자 그 경영하는 것처럼 보이는 사람이 파일을 이리저리 뒤지더니 몇 장짜리 종이 묶음을 가져왔다. 그건 진짜 계약서였다.

계약서 조항은 별로 많지 않았다. 나는 혹시라도 독소 조항이 없나 눈에 불을 켜고 찾아보았다. 연봉은 저번 회사보다 퍽 낮았지만 그래도 생활이 불가능한 정도는 아니었다. 근처 원룸에 살면 월세를 지원해준다는 복지 조항도 정말로 있었다.

계약서 어디에도 ‘소프트웨어에 버그 발생 시 갑은 을의 모든 신체 장기에 대한 독점적인 점유권을 가진다.' 같은 조항은 없었다. 그래서 난 서명했다.

뜬금없는 취업이었다. 다음 주 월요일부터 즉시 나오기로 했다. 그때까지 부동산 계약서를 가져오면 바로 월세를 지원해주겠다고 했다. 충동적이지 않나 싶었다. 그런데 그 팀장의 절박함과 절실함을 보자, 왠지 나를 막 대할 것 같지 않다는 느낌이 들었다. 그 느낌이 중요했다. 나는 사무실을 나온 뒤, 2시간 동안 돌아다니고는 회사로부터 8분 거리에 있는 원룸을 하나 구했다.

대전으로 내려가 다시 취업했다고 얘기하니 부모님은 별로 묻지도 따지지도 않고 그러려니 하셨다. 1년 전에는 딸이 대기업에 취업했다고 참 좋아했는데, 거기서 내가 참기름을 쭉쭉 짜이는 걸 보고 요즘 청년들의 삶은 뭘 하든 고통이라는 걸 이해하신 것 같았다. 필요한 물건은 엄마가 정리해서 택배로 보내준다고 했다. 다음 주 월요일이 올 때까지 이틀 동안 대전에서만 할 수 있는 일들을 했다. 별건 없고, 그냥 성심당 가서 튀김소보로 사 먹었다는 뜻이다.

＊

월요일 아침 사무실에 들어가자, 김형훈 팀장은 벌써 내 자리를 마련해놓은 채로 나를 기다리고 있었다.

"이게 원래 있던 서버 개발자가 쓰던 자리거든요."

"원래 있던 개발자요?"

"창립 멤버가 있었는데… 지금도 있었으면 현희 씨 사수였을 텐데. 일단 일주일 동안 한번 둘러보면서 감 좀 잡아봐요. 지금 고쳐야 할 게 산더미 같으니까. 회사 사람들이랑도 인사 한번씩 하시고."

김 팀장은 그렇게 말하고는 담배를 피우러 사라졌다. 사수가 없다고? 그냥 둘러보면서 감을 잡으라고? 뻘쭘히 앉아 있자니 직원들이 하나씩 들어왔다.

직원들이 출근할 때마다 "안녕하세요, 새로 들어온 송현희입니다." 하고 인사했다. 사람들은 다 친절히 내 인사를 받아주고는 사무실의 구석에 있는 캡슐 커피 머신으로 향했다. 거기서 진하게 뽑아낸 커피를 마시는 것이 이곳 직원들의 가장 중요한 일과인 듯싶었다. 캡슐 커피 세트 상자가 벽 옆에 무시무시하게 쌓여 있었다. 나도 다크 초콜릿 향이 나는 에스프레소를 한 잔 뽑아 마셨다.

점심시간에 나는 직원들과 더 자세한 이야기를 나눴다. 신입이 왔으니 특식을 먹어야 한다고 기획자가 강력하게 주장해서 점심부터 으리으리한 중국 식당에서 밥을 먹었다. 이 회사에는 개발자가 나 포함해서 두 명에, 회계 경영도 맡고 있는 기획자가 한 명에, 3D 모델러 겸 디자이너 한 명에, 원화가가 또 하나 있었다. 총 다섯이었다. 음향은 외주를 준다고 했다.

대학교서부터 같이 게임을 만든 그들은 따로 취업하지 않고 회사를 차렸다고 했다. 한국에서 가능하기나 할까 싶은 일이었지만 다행히 청년 창업 지원 프로그램에 합격하고, 풍족한 수준의 투자도 당겨 왔다고 했다. 나는 판교 회사에 있던 구정물 기계와는 확연히 다른 위풍당당한 캡슐 커피 머신을 생각했다. 게임 만드는 사람들, 특히 개발자에게는 그만한 복지가 없다.

"다 좋은데, 서버 개발자가 갑자기 미쳐서 잠적했어."

총인원 두 명의 개발팀을 이끄는 큰 짐을 진 김 팀장이 가지튀김을 우물우물 씹으면서 말했다. 어느샌가 그는 말을 놓고 있었다.

"서버 개발자가 미치다니요?"

"윤수현이라고 쭉 같이 일한 서버 개발자가 있었는데, 3주 전부터 그냥 출근을 안 해."

"이직을 한 건가요?"

그는 절레절레 고개를 저었다.

"아니, 그런 거면 우리한테 말을 했겠지. 우리가 그렇게 권위적인 사람들은 아니거든. 갑자기 어느 날부터 출근을 안 하는 거야."

다섯 명의 회사 사람들은 동료일 뿐만 아니라 오래 함께 지낸 각별한 친구 사이라고도 했다. 그런데 3주 전부터 갑자기 윤수현이 회사에 모습을 드러내지 않고, 전화도 받지 않기 시작했다. 그들은 사흘 동안 닿지 않을 연락을 하다가 그의 가족에게 연락을 해보았지만, 처음에는 어머니가 연락을 피했다.

"집으로까지 찾아갔는데 문도 안 열어주더라고."

게임에 추가할 기능이 산더미로 있는 상태에서 서버 개발자가 갑자기 사라져버리니 회사에서는 돌아버릴 노릇이었다. 직원들이 각각 열 번씩은 연락한 뒤에야 부모에게서 답변이 왔다.

"정신병원에 있대."

김 팀장은 씁쓸하게 말했다.

"뭐라고요?"

"갑자기 발작을 한 번 일으키더니 그 이후로 자기 어머니도 못 알아보고 헛소리만 한다고 그러더라. 면회라도 한번 갈 수 있느냐고 물어봤는데, 그냥 끊는 거야. 그 이후로 연락해도 받지도 않고, 계속 질질 끌다가 사람 새로 하나 빨리 구하기로 한 거지."

"아니, 발작이라니, 평소에 병이 있으셨던 건가요?"

"글쎄, 그건 아닌데. 몇 년 동안 같이 지내면서 전혀 그런 적 없어. 발작 한번 하고 그렇게 사람이 바뀌는 것도 이상하고… 대학 같이 다닐 시절부터 개발 하나에는 특출한 애였는데. 외국에서 하는 알고리즘 경연대회 나가서 상도 휩쓸고. 어쩌다 그렇게 됐는지."

"그런데 발작을 하고 정신에 문제가 온 거면 정신과가 아니라 신경외과에 입원해야 하는 거 아닌가요?"

"신경적 문제는 그 이후로 안 나타났다고 하는 것 같기도 하고. 수현이 병 이야기는 더 하고 싶지 않네."

식사 분위기가 침통해졌다. 실수했다 싶어서 나는 몸을 약간 움츠렸다. 김 팀장은 말을 이었다.

"그리고 걔가 사라진 날에 이상한 버그가 등장했어."

"버그가요?"

"그래. 진짜 이상한 버그가 생겼는데, 도통 왜 그런지 내 쪽에서는 감을 잡을 수가 없어서… 플레이어가 캐릭터를 6만 5,536번 점프시키면 서버가 터지는 버그라니까."

"아 그거, 플레이어들한테 들었는데."

"현희 씨, 들어오기 전에 조사 좀 했구나. 맞아. 점프를 딱 그만큼 하면 서버가 터져. 수현이 나가고 바로 어떤 미친놈이 게임에서 6만 5,536번 점프해서 서버 터뜨렸어. 지금도 그래."

도저히 원인을 짐작하기 어려운 버그였다. 김 팀장은 일단 울며 겨자 먹기로 점프 기능 자체를 막아뒀다고 했다.

"어휴, 점프 없애면 싫어할 사람 진짜 많다고 했는데 진짜 점프 막자마자 사용자 수가 10퍼센트는 줄었어요. 어쩔 수 없는 거지만."

기획자 김태흔이 대놓고 핀잔을 줬다. 김 팀장은 변호하듯 말했다.

"그래서 내가 빨리 서버 개발하시는 분 구해 온 거 아냐. 우리 현희 씨가 잘해주시겠지."

그리고 김 팀장은 마지막 가지튀김 조각을 입으로 가져갔다.

조금 불안했다. 어떤 일이든 그렇지 않은 일이 없겠지만, 개발 쪽은 특히 인수인계가 중요한 일이다. 그도 그럴 것이, 개발자들이 찍어 내는 코드는 복잡한 논리를 쌓아 올린 것이다. 만든 사람이 차분히 설명해줘도 이해하기 힘든 경우가 일상다반사다. 코드를 아무 설명 없이 읽고 이해하려고 한다는 것은 암호 해독이나 다를 바가 없다.

사무실로 돌아가서 전임자가 남겨놓은 코드를 보니 상황이 더 끔찍했다. 코드 자체도 어려웠지만 주석이 개판이었다. 코드를 읽는 것이 암호 해독이나 다를 바가 없는 상황을 최대한 막기 위해서, 개발자들은 코드에다 주석을 남겨둔다. 이 주석을 제대로 써놓지 않으면 자기가 짜놓은 코드를 자기가 읽지 못하는 비극도 빈번히 일어난다. 그런데 능력 있는 개발자였다는 그가 남긴 주석은….

//20180409, 배두나는 진짜… 말이 필요 없다.
//20180614, 판의 미로 5/5. 내일은 셰이프 오브 워터도 봐야겠다. 내가 왜 이 감독을 지금까지 모르고 있었지?
//20180718, 소셜커머스에서 비타민 젤리 떨이 하길래 무지하게 샀다!!

이해에 도움이 되기는커녕 뇌가 혼란해지는 역효과를 내는 주석이었다. 코드는 1만 줄이 넘었다. 오후 4시까지 고통 받다가 김 팀장이 그래도 조금은 알지 않을까 싶어서 그에게 물었다.

"혹시 팀장님은 서버 코드 좀 보셨나요?"

"응? 으응… 글쎄, 난 서버 쪽은 아무것도 안 했어. 나는 클라이언트만 했지."

돌아버릴 노릇이었다. 그가 일을 못 해서가 아니라, 이 회사의 시스템이 제대로 잡혀 있어서 문제였다.

간단히 이야기하자면, 게임 개발은 클라이언트 개발과 서버 개발로 나뉜다. 사용자가 직접 다운받아 플레이하는 프로그램은 클라이언트고, 서버는 클라이언트와 정보를 주고받는 회사 쪽에서 가동하는 프로그램이다.

예를 들어 내가 게임 속 캐릭터를 왼쪽으로 움직이려고 방향키를 누르면, 클라이언트는 캐릭터가 열심히 움직이는 모습을 보여주는 동시에 서버로 내가 움직인다는 정보를 보낸다. 이 직후에 다른 사람들의 클라이언트들은 서버에서 내 캐릭터가 움직이고 있다는 정보를 받고, 걸어가는 내 캐릭터를 화면에 그린다. 클라이언트가 가상 세계를 지각하는 감각기라면, 서버는 가상 세계 그 자체다.

김 팀장은 쫀쫀한 게임 화면을 만드는 데 열과 성을 다하는 클라이언트 프로그래머였다. 회사 규모가 작다 보니 김 팀장도 서버 쪽에 관여하고, 내 전임자 윤수현도 클라이언트 쪽을 좀 건드리지 않았을까 했는데 둘의 업무는 철저히 구분되어 있었다. 사실 원래 이렇게 굴러가는 게 맞긴 하다. 그 탓에 내가 아무한테도 도움을 받을 수 없게 됐지만.

그렇게 해서 서버를 어떻게 가동하는지 파악하는 데 이틀이 걸렸고, 일반 이용자가 들어올 수 없는 테스트 서버 여는 법을 알아채는 데 또 하루가 걸렸다. 주석은 개판이었지만, 서버 설계는 굉장히 뛰어났다. 천 명 넘는 실제 사용자가 있는 게임의 서버를 갑자기 도맡게 되니 어릴 때 꿈을 이룬 느낌도 꽤나 들었다. 내가 구현한 건 아직 하나도 없지만. 점프를 많이 하면 서버가 작동을 중지하는 문제는 어떻게든 빨리 풀어보고 싶었다.

일단 테스트 서버를 열고 난 뒤 서버에 임시 캐릭터를 하나 만들고 그 캐릭터를 6만 5,536번 점프시켰다. 버튼을 그만큼 눌렀다는 건 아니고, 그저 점프를 했다는 신호를 서버로 6만 5,536번 보냈다는 얘기다. 점프 한 번에 1초 정도의 시간이 걸리니 18시간 12분 16초가 드는 일이었다. 6만 5,536번을 채우자마자 테스트 서버가 괴상한 오류를 토해 내면서 강제 종료됐다.

"진짜로 점프 때문에 서버가 터지네…."

나는 중얼대다가, 무시무시한 장면을 떠올렸다.

"아니, 팀장님. 그럼 우리 서버 하나 터뜨리려고 휴대폰으로 점프 6만 5,536번을 일일이 누른 사람이 있는 거예요?"

"그렇지."

"뭐 어떤… 매크로라도 만들었나 보죠?"

"글쎄… 그게 우리가 다른 회사에서 안티 매크로 프로그램 사서 사용하고 있거든. 로그를 한번 봐봐. 아마 서버 터졌을 때 저장해놓은 기록이 있을 거야."

나는 10분 동안 컴퓨터 깊숙한 곳에 숨겨져 있던 서버 기록을 살펴보왔다. 실제로 한 클라이언트에서 서버로 점프 신호를 끝없이 보내는 것을 발견했다. 그런데 잘 살펴보니까, 점프 신호 사이에 1초에서 1.35초 정도의 불규칙한 간격이 있었다. 가끔은 몇 분, 몇십 분씩 쉬다가 다시 점프 신호가 서버로 발송되기도 했다.

기계나 매크로로 점프 신호를 보냈다면 절대 이렇게 기록되지 않는다. 기계는 쉴 줄도 모르고, 행동도 지극히 규칙적이다. 그러니까 어떤 미친놈이 휴대폰 붙잡고 수십 시간 동안 점프 버튼만 누르고 있었다는 것이다.

"아니 왜… 왜 이딴 짓을 하죠?"

"난들 아니? 원래 보안을 뚫을 수만 있으면 뭐든 하는 사람들이 트롤러고 해커들 아니겠어. 우리가 서버 다시 켜는 데는 10분도 안 걸리는데 그쪽에서는 일단 터뜨리는 것 자체가 좋아서 수십 시간을 쓰는 거지."

나는 일단 단순한 해결책을 내보기로 했다.

"흠, 그럼… 일단 연속 점프를 못 하게 만들고, 뭐 점프 다음에 다른 행동을 하면 다시 점프를 할 수 있게 된다든가 하는 건 어떨까요?"

"안 돼, 안 돼. 처음에는 그렇게도 해봤는데, 걷고 점프하고 걷고 점프하고를 6만 5,536번 반복해서 기어코 서버를 터뜨리더라. 경쟁사에서 일부러 그러는 건지 뭔지…."

그때 갑자기 머릿속에 번쩍하고 실마리가 지나갔다.

"아, 어, 음. 왠지 알 것 같아요."

김 팀장의 눈에 총기가 돌아왔다. 나는 머릿속에 있는 생각의 끈을 놓고 싶지 않아서 곧바로 화면에 집중했다. 점프 신호를 받은 이후 서버가 무슨 작업을 수행하는지 코드에 길게 쓰인 명령을 줄줄 따라갔다. 개 같은 주석들이 코드 사이에 군데군데 있었다.

//20180814, 세상에 버그 없는 프로그램이 없다는데 내 서버는 진짜 완벽하다. 물 한 방울 샐 틈도 없다.

문제를 찾았다. 이 주석 밑에 플레이어가 점프한 횟수를 서버 데이터 베이스에다가 저장하는 코드가 있었다. 나는 김 팀장에게 물었다.

"팀장님, 혹시 게임에 점프 많이 하면 보상 주는 그런 거 있어요? 이 거 며칠 동안 찾아보니까 점프한 횟수를 저장하는 코드가 숨어 있는데요."

"글쎄? 그런 게 있었나? 야, 태흔아."

김형훈은 기획자한테 이것저것 물어보았다. 김태흔은 고개를 절레절 레 흔들었다.

"그런 거 없다는데?"

그럼 뭐하러 점프 횟수를 저장하는 거지? 내가 보니까 이 코드가 문제의 핵심이었다. 흔하지만 치명적인 오버플로우 문제였다.

프로그램이 돌아갈 때, 그에 필요한 모든 정보는 메모리에 저장된다. 이 메모리의 구조는 양동이를 일렬로 쭉 늘어놓은 것과 비슷하다. 양동 이에다가 물을 채우고 빼는 방식으로 정보가 저장된다. 이 양동이는 플 레이어 A의 체력을 저장하는 양동이, 저 양동이는 플레이어 A의 이름을 저장하는 양동이, 이런 식으로….

각각의 양동이에는 용량의 한계가 있다. 양동이가 꽉 차 있는데 거기 에 물을 더 채워 넣으려고 한다면 양동이가 흘러넘칠 것이다. 한 양동이 가 흘러넘치면 옆에 있는 양동이에도 물이 들어간다. 의도하지 않았지만 옆에 있는 양동이에 물이 추가되는 것이다. 정확히 어떤 데이터가 오염 됐는지는 사위도 며느리도 모른다.

윤수현은 플레이어가 서버에 점프 신호를 보내면 이를 0에서 6만 5,535까지의 숫자를 저장할 수 있는 공간에 담았다. 6만 5,536번째 점프 신호가 들어오면, 양동이가 흘러넘친다. 메모리에서 점프 신호를 저장하 는 부분이 아니라 그 옆의 알 수 없는 자료가 오염되는 것이다. 이 오염 된 자료가 정확히 무엇인지는 모르겠지만 서버가 돌아가는 데 필요한 핵 심적인 정보였을 것이다. 그러니 점프 횟수가 6만 5,536번이 되자마자 서 버가 폭발해버리지.

회사 사람들은 내 전임자가 굉장히 뛰어난 개발자였다고 말했다. 당황스러웠다. 아무 이유도 없이 오류를 자초하는 코드를 만드는 건 프로가 할 일이 아니다.

점프 횟수를 딱 6만 5,536개 용량의 공간에다가 저장한 것도 이상했다. CPU가 처리할 수 있는 최적의 용량이 있기 때문에, 정수로 된 자료는 42억 개의 숫자가 들어갈 만한 용량에 저장하는 게 정석이다.

그러니까 윤수현은 전혀 쓸데없는 데이터를 이상하게 작은 공간에 욱여넣는 코드를 짰다가 서버를 깨뜨린 것이다. 게다가 그 코드 위에는 "세상에 버그 없는 프로그램이 없다는데 내 서버는 진짜 완벽하다."라는 자기애에 가득 찬 주석을 박아놓기까지 했다. 뭐지?

점프 문제를 해결하니 벌써 점심시간이었다. 나와 김형훈 팀장, 그리고 기획자 김태흔은 내가 처음 출근한 날 갔던 중국 식당에 갔다. 그때는 나 들어왔다고 특식을 먹은 거라 생각했는데, 알고 보니 이 사람들은 가지튀김에 대한 집착에 가까운 애정이 있었다. 나는 기름에 질려서 철에 안 맞는 중식 냉면을 시켰다.

"저 점프 문제 해결했어요. 테스트도 다 해봤고요, 확실해요."

주문을 끝내자마자 나는 물 한 잔을 마시며 말했다. 내가 회사에서 첫 번째로 한 생산적 업무라서 자랑하고 싶었다. 김 팀장은 호 하는 소리를 냈다.

"그래? 그럼 3시에 긴급 공지 띄우고 서버 껐다 켜면 되겠네. 코드 올려봐."

"야, 이제 떠나간 유저들 돌아오겠네. 점프가 우리 게임 핵심 콘텐츠라니까."

김태흔도 기뻐했다.

"예, 예. 근데 물어보고 싶은 게 있는데요."

"뭔데?"

"그 윤수현이라는 전임자분, 궁금한 게 있어서요."

가지튀김 때문에 굉장히 들떠 있던 두 사람의 표정이 눈에 띄게 식었다.

"걔는 왜?"

나는 입술을 한 번 입안에 구겨 넣었다가 말했다.

"지금 일주일 정도 서버 구조 계속 뜯어보고 있거든요. 점프 버그 푼 거는 그게 너무 심각한 문제 같아 보여서 일단 빨리 본 거긴 한데… 서버 코드에 설명이 하나도 안 적혀 있어서 감 잡으려면 2주일은 더 걸릴 것 같아요."

"그럴 거라고 생각했어, 그런데 수현이는 왜?"

"그게, 음, 그 점프 버그가 굉장히 이상해서요. 버그는 보통 어떤 기능을 구현하려다가 잘못돼서 생기는 거잖아요. 그런데 이건 좀, 게임이랑 아무 관련이 없는 기능을 만들려던 것 같아서. 그분이랑 무슨 일 있었는지 알면 도움이 될 거 같기도 해서요. 뭐 특이한 행동이나 말을 했다든지."

"아무런 관련 없는 기능이라니?"

"그게 그러니까…."

나는 조금 전에 해결한 버그의 원인을 이야기했다. 김 팀장은 내가 몇 마디 하자마자 무슨 말인지 알아들었다. 김태흔도 처음에는 멍하니 있다가, 내가 양동이 비유를 드니까 대충 이해한 것 같았다. 내 말을 다 들은 김태흔이 입을 열었다.

"진짜 이상하네요. 원래 게임 기획은 제가 다 하는 게 아니라, 격주로 한 번씩 회의해서 방향을 같이 정하거든요. 거기서 다음 패치에 뭐가 필요한가 이런 걸 듣고 일을 하는 방식이라서요. 다음 주 월요일에 현희 씨도 처음 회의 끼는 거라 말씀드리려고 했는데. 하여튼 점프 많이 하면 뭘 넣는다 이런 거는 전혀 생각이 없었거든요."

"그러니까요. 코드에 쓰인 주석 보니까 코드를 8월에 짠 거 같거든요. 3개월 전에 혹시 무슨 일 있었나 해서요."

발작을 일으키기 전부터 약간 미쳐 있었던 거 아니냐고 솔직히 묻고 싶은 마음도 있었다.

그때 가지튀김이 나왔다. 월요일에 처음 입사하면서 한 번, 수요일에 한 번, 그리고 금요일인 오늘 또 한 번 보는 가지튀김이라 냄새부터 질렸다. 내 앞에 있는 두 사람은 신기할 정도로 가지튀김을 좋아했다. 고기튀김보다 훨씬 맛있다나 뭐라나. 일단 둘은 이야기를 멈추고 가지튀김부터 먹었다. 김 팀장은 그걸 질겅질겅 씹으면서 한 손으로 턱을 괬다. 한 조각을 꿀꺽 삼키고 나서 그가 말했다.

"글쎄, 이상한 행동으로는… 걔가 3개월 전부터 약간 이상한 짓 하기는 했지. 싸우거나 하지는 않았는데."

"이상해져요, 어디가?"

그때 김태흔이 끼어들었다.

"형훈이 형은 어떻게 생각할지 몰라도 저는 수현이가 그냥 뒤늦게 오타쿠 된 거 아닌가 싶던데요."

"오타쿠라뇨?"

"아니 무슨 게임에 나오는 거 같은 외계인 그림들을 가져와서 사무실 벽에다 갖다 붙이는 거예요. 잠시만요, 제가 그걸 찍은 게 있는데…."

태흔은 휴대폰을 꺼내서 잠시 뒤적이더니 내게 화면을 들이밀었다. 말 그대로였다. 사무실 벽에 A3 용지 정도 크기로 웬 게임 캐릭터 같은 느낌의 그림들이 덕지덕지 붙어 있었다. 나는 화면에다 얼굴을 가까이 붙였다.

"이게 어디서 난…."

그림들은 전부 기묘했다. 분명히 하나의 생물처럼 보이는 그림들이었다. 그러나 그림의 기반이 어디에 있는지 전혀 알 수 없었다.

상상은 현실에 뿌리를 단단히 박고 있다. 현실에서 전혀 찾아볼 수 없는 무엇인가를 디자인하는 것은 쉽지 않다.

지구를 손가락 한 번 튕겨서 터뜨릴 수 있다는 고대의 거대한 악도, 그저 면도를 오랫동안 하지 않은 문어 인간 정도로 그려진다. 형용할 수 없는 악이라느니, 악몽에서 피어난 괴기한 생명체라느니 하는 괴물들도 다 현실에서 누군가 보았고 누군가 상상했던 것들을 뒤섞어서 묘사한 것들이다. 완전히 새로운 것은 세상에 없으니까.

그런데 사진 속에 있는 초상들은 생명체인 것 같았지만, 전혀 지구의 생물들 같지 않았다. 기이했다. 그것들은 유명한 화가의 추상화에서 튀어나온 것처럼 비현실적으로 생겼으면서, 동시에 현실적인 형태가 주는 안정감을 가지고 있었다. 그 안정감 때문에 한 번도 본 적 없는 존재들이 생물처럼 느껴졌다. 하지만 광택도 질감도 형태도 우리가 볼 수 있는 생물들과 달랐다.

"이게 대체 뭐죠?"

"특이한 그림이죠? 그러니까요. 물어봐도 그냥 요즘 게임에서 나오는 거라고 둘러대던데요. 원화가가 이 그림들을 마음에 들어 해서 게임에 많이 참고하더라고요."

김태흔이 말했다. 나는 그 사진에서 눈을 뗄 수가 없었다. 그는 다시 휴대폰을 자기 품으로 가져갔다.

"이거 말고 또 이상한 건 없었나요?"

"흠, 글쎄요⋯."

"야, 그거, 대마, 대마 스틱."

김 팀장이 튀김을 우물대면서 말했다. 침이 약간 튀어서 몸을 무심코 살짝 뒤로 뺐다. 그러자 그가 손으로 자기 입을 가렸다.

"저거 그림 들고 온 다음에 향 피웠잖아. 대마 스틱."

"대마를 했다고요?"

"아, 그 마약은 당연히 아니고. 제사 때 피우는 향 있잖아? 요즘엔 향 스틱이라고 별별 게 다 나오나 보더라고. 대마는 수입이 안 돼도 대마 향은 수입되나 보더라. 수현이가 저 그림 붙이면서 향을 맨날 가져다 피웠어. 잠적하기 전까지 계속 피웠는데⋯."

이야기가 쌓이면 쌓일수록 종잡을 수가 없었다. 훌륭한 개발자가 아무도 모르는 이상한 생물의 그림을 모으더니 대마 향을 피우고, 이상한 버그를 만들고, 결국 발작을 일으킨 다음 미쳐버렸다고?

나도 개발자라서 안다. 컴퓨터가 생각하는 방식과 인간이 생각하는 방식은 지나치게 달라서, 전산학을 오래 하다 보면 사고 구조가 보통 사람들과 조금 달라진다. 거기다가 주 65시간의 끝없는 노동을 끼었으면 정신이 이상해지는 것이야 어려운 일이 아니다. 꼭 '미치지' 않더라도, 우울증이나 불안장애 정도는 흔하게 겪는다. 하지만 윤수현이 가벼운 신경증에 걸린 것 같지는 않다. 무슨 병으로 입원한 걸까? 이 괴상한 그림들은 대체 어디서 난 걸까? 직접 그린 건 아닐까?

"혹시 이 그림들 아직도 사무실에 있나요?"

"어, 그거, 수현이 없어지고 나서 원화가 자기 쓴다고 갈무리해 뒀으니까 한번 물어봐."

형훈이 말했다.

식사를 끝내고 사무실로 돌아와 양치까지 꼬박꼬박 마친 나는 일단 운영 서버를 업데이트했다. 그다음에는 원화가 강영원을 찾았다. 강영원도 다른 사람들과 같은 창립 멤버였고, 조용한 성격의 일벌레였다. 지금까지 형식적인 대화만 몇 마디 나눴다. 점심시간이 끝나기도 전인데 그는 벌써 그림을 그리고 있었다.

"저기요. 강 선생님."

그는 대답도 않고 나를 슬쩍 바라봤다.

"그 혹시 윤수현 씨가 남겼다는 그 그림들 좀 볼 수 있을까요?"

"그건 왜요?"

강영원의 말투는 공격적이라고 느껴질 만큼 날카로웠다.

"아니… 오늘 김형훈 팀장님이랑 김태흔 씨랑 밥 먹었는데 이야기가 나와서요. 한번 보고 싶어서…."

그는 별말도 하지 않고 책상의 서랍을 뒤져서 파일 하나를 건네주었다. 파일 안에는 사진에서 보았던 그 그림들이 있었다. 실제로 그림들을 보니 훨씬 더 인상적이었다. 그림이라기보다는 사진 같을 정도로 실감

나는 그림이었다. 일단 손으로 직접 그린 그림은 아닌 것 같았다. 나는 영원에게 물었다.

"혹시 강 선생님은 이거 어디서 나온 그림들인지 아세요?"

"잘 몰라요."

"대단히 특이하네요. 대체 뭘 보고 그린 걸까 하는 느낌도 들고…."

"그렇긴 하죠. 사실 나도 원본을 여기저기서 찾아봤는데 없더라고. 참고할 만하다고 생각해서 갈무리해 놓았는데, 우리 원화가 그거 덕을 많이 봤죠. 평가도 꽤 좋고. 수현 씨가 참…. 고맙지. 뭐 내가 잘 그리는 이유가 더 크겠지만요."

강영원이란 사람은 예술가답게 자기가 하는 분야의 이야기가 나오니까 갑작스레 활달해지고 말이 많아졌다. 자기애가 굉장히 투명하게 드러났다. 좋게 말하면 고양이 같은 기질이 있는 거고 나쁘게 말하면 싸가지 없는 거지. 나는 빙긋 웃었다가 급히 표정을 바로잡았다.

"저도 입사하기 전에 〈스타더스트 월드〉에서 컨셉 아트가 제일 강점이라고 생각했어요. 저 이것 좀 스캔해도 될까요? 개인적으로 소장하고 싶어서요."

"그래요, 그래."

한 번 칭찬을 해주니까 그의 입꼬리가 올라갔다. 나는 꾸벅 인사를 하고 복합기로 그림들을 들고 가서 스캔했다. 한 서른 장 정도 되는 그림들이 있었는데, 그 많은 그림에 묘사된 생물체가 하나도 겹치지 않고 전부 개성이 있었다. 파고들수록 놀라웠다.

그날 마포구의 원룸으로 돌아간 나는 온갖 방법을 동원해서 그 그림을 검색했다. 서른 장의 그림들을 내가 아는 모든 검색 엔진에 집어넣고 돌리고 또 돌렸다. 좀 더 형태가 강하게 드러나도록 보정해서 올리기도 했다. 하지만 비슷한 그림조차 찾을 수 없었다.

혹시 윤수현이 프로그래밍하다가 예술 쪽의 재능을 깨달은 걸지도 모른다. 정신병원이 아니라, 어디 산속에 처박혀서 이런 기이하고 교묘한 그림만 수십 수백 장씩 그리고 있는 것 아닐까?

이상한 그림을 뒤적거리고 있던 금요일 밤에 웬 김 팀장한테서 전화가 왔다.

"여보세요?"

"현희 씨, 집이지?"

"예?"

"아니, 지금 갑자기 서버가 또 터졌거든. 아무래도 점프 코드 지운 것 때문에 문제가 생긴 것 같아서 롤백해뒀는데, 지금 사무실 좀 올 수 있을까?"

나는 시계를 보았다. 밤 10시 반이었다. 당장에라도 "버그가 아니라 기능입니다." 하고 전화를 끊고 싶었다. 그러나 모니터에 여러 장 떠 있는 그림이 마음에 걸렸다. 결국 나는 말하자마자 후회할 말을 내뱉었다.

"네, 30분 내로 갈게요."

이런 선례를 만들어주면 안 되는데 하고 투덜대면서 나는 옷을 갈아입고 사무실로 향했다. 주택들이 많은 밤의 신수동 거리는 조용했고, 시원한 바람이 불었다. 사무실 문 앞에는 빈 짜장면과 탕수육 그릇이 놓여 있었다. 문을 열고 들어가니 김 팀장이 퇴근할 때보다 훨씬 초췌해진 얼굴로 날 반겼다. 나는 까딱 인사를 하고 컴퓨터 앞에 앉아, 테스트 서버를 한번 돌려보았다.

딱히 기록을 상세하게 확인하지 않아도 서버에 있는 문제가 명확하게 보였다. 뻔한 메시지와 함께 프로그램이 종료됐기 때문이다.

The client will be terminated due to lack of memory.

"팀장님, 이거 보니까요, 이상한 데서 메모리 누수가 일어나는데."

나는 김형훈한테 내가 발견한 문제를 그대로 진했다.

"허어…."

김 팀장은 짤막하게 소감을 밝혔다. 그는 그 짧은 시간 동안 5년은 더 늙은 것처럼 보였다.

컴퓨터의 메모리란 물리적인 반도체 위에 저장되는 정보이고, 그 용량은 제한되어 있다. 당연히 무한한 메모리를 제공할 수는 없는 노릇이니, 프로그램은 더 많은 저장 공간이 필요할 때마다 메모리를 추가로 할당받는다. 저장 공간이 남으면 할당받은 공간을 반환한다. 그런데 메모리를 얻어먹기만 하고 반환은 하지 않는다면?

명확하다. 정보를 기억해둘 공간이 없으니 프로그램이 종료된다. 이렇게 쓰지 않는 메모리를 계속 먹고 있는 현상을 메모리 누수라고 한다. 왜, 켜놓기만 해도 조금씩 휴대폰을 느려지게 만드는, 사이코패스가 만든 것 같은 애플리케이션들 있지 않은가. 대부분은 메모리를 먹기만 하고 반환하지는 않아서 그렇다. 그 반환 작업을 프로그래머가 일일이 신경 써야 하기 때문이다.

할당받은 메모리를 전부 확실히 반환하는 건 쉽지 않은 일이다. 커다란 프로그램을 켜놓다 보면 조금씩 질질 새는 메모리가 생기게 마련이다. 그래서 가끔 서버를 껐다 켬으로써 한번 풀어주기라도 하려고 정기 점검을 하는 것이다. 하지만 이번 버그는 심해도 너무 심했다. 서버 프로그램을 가동하니 쓰지도 않을 메모리를 자꾸 할당받았다. 이러니 서버가 터지지.

"제가 한 건 진짜 점프 버그 정리한 거 빼고는 없거든요."

일단 나부터 변호했다. 코드 몇 줄 지우자마자 어이없는 문제가 발생했으니까, 내 탓이라고 생각할 수도 있지 않겠나. 일주일 만에 게임 하나 폭발시키고 쫓겨난 개발자가 되기는 싫었다.

//20180817. 코딩이 다시 즐거워졌다.

문제가 된 코드에는 이따위 주석이 달려 있었다. 점프 버그를 지우면 아무 데도 쓰지 않을 메모리를 할당하도록 코드가 짜여 있었다. 명백했다. 무언가를 만들다가 실수로 낸 버그가 아니라, 서버를 터뜨리기 위해서 의도적으로 만든 코드였다. 흠, 나는 덕분에 일하는 게 정말 괴로워졌는데, 세심하기도 해라. 찾아가서 목뼈를 분질러주고 싶었다.

"아무래도 전임자가 일부러 버그를 만들고 간 것 같은데요."

나는 김 팀장에게 말했다. 김 팀장은 멍하니 나를 바라보았다. 6월 14일에 수정된 점프 횟수 저장 코드와, 의도적으로 심은 버그를 보여주었다. 그도 개발자인지라 단번에 이해하고 고개를 한 번 끄덕였다. 그러고는 황망한 표정으로 말했다.

"얘가 왜 이런 짓을 하고 갔지…."

"8월이면 3개월 전부터 이런 거잖아요. 8월부터 10월까지 써놓은 코드 전부 한 번씩 봐야겠는데요. 싹 다 이렇게 만들어놓은 걸 수도 있구요."

김 팀장은 까슬까슬해 보이는 자기 턱밑을 매만졌다.

"왜 그랬을까."

나는 입을 비죽 내밀면서 고개를 한 번 흔들었다. 난들 알겠나. 망상증에 걸린 걸 수도 있고, 중국에 있는 다른 경쟁 게임사에서 큰돈을 약속받고 일부러 이런 짓을 한 걸 수도 있지. 그다음에 중국으로 쥐도 새도 모르게 도망치고 부모랑 입 맞춰놓은 거지.

나와 김 팀장은 월요일 회의에서 윤수현이 심어놓은 버그 이야기를 하기로 했다. 나는 그날 집에 돌아오면서 윤수현이 남긴 주석들을 한번 정리해보려고 서버 코드를 전부 복사했다. 집에 오니 새벽 2시 반이었다. 벌써 스무 시간 가까이 못 잤는데, 노트북을 켜고 코드를 보자 기묘한 오기가 솟아올랐다.

주석들을 눈에 보기 좋게 정렬하고 나자 8월 14일부터, 그러니까 점프 버그가 생긴 날부터 주석을 단 빈도가 증가했다는 게 확 눈에 띄었다. 한 달에 하나 정도 있던 주석이 한 주에 두세 개 정도로 늘어 있었다.

8월에서 9월까지의 주석에는 자기애가 넘치는, 스스로의 코드에 대한 찬양 빼고는 별다른 내용이 없었다. 나는 획획 스크롤을 내리다가 10월의 한 줄에서 멈췄다.

//20181009, 게임을 만들 때가 사람이 신과 가장 가까워지는 순간이다.

사춘기 적에 내가 했던 생각이었다. 작은 세상을 만드는 것이 신이 되는 것과 비슷하다는 생각 말이다. 나는 그런 말을 떠벌렸다는 사실 자체가 너무 민망해서 돌아버릴 것 같은데! 그 주석에 달린 코드가 무엇인지 살펴보았다. 또 서버를 터뜨리도록 만들어진 의도적인 버그였다.

//20181011, 지금은 꽤 먼 이야기처럼 보이지만, 언젠가 게임 내의 캐릭터들에게도 고급 인공지능을 적용할 수 있을 것이다. 그러면 그 세상의 작은 캐릭터들 하나하나는 내 세상에서 살아가는 피조물이 된다.
//20181015, 우리 세상도 마찬가지라니까.
//20181016, 안 쓰는 코드는 무조건 지워야 한다.
//20181017, 나도 좀만 더 파고들면.
//20181018, 이제 알 것 같아.
//20181019, 취약점이 참 많다.
//20181022, 사람이 더 필요해.

갑자기 소름이 돋았다. 지금 나는 한 사람이 미쳐 가는 과정을 보고 있는 것이다. 나는 컴퓨터를 끄지도 않고 침대로 쏙 들어갔다. 모니터에서 은은히 나는 빛 때문에 덜 무서웠다. 나는 억지로 눈을 감았다. 서버 코드는 나중에 다시 천천히 뜯어보면 되지. 주말 동안에는 이 지겨운 거 생각도 하지 말고, 맛있는 거 먹어야지.

믿고 싶지 않았지만 월요일 아침은 순식간에 돌아왔다. 격주마다 하는 회의가 있는 날이었다. 김태흔이 이제 대규모 패치를 해야 하네 어쩌고 하면서 떠벌거렸다.

"현희 씨, 서버 문제는 좀 해결됐나요? 우리 이제 새로 콘텐츠도 추가해야 되고, 해야 할 패치가 많아서. 지금 서버 문제 때문에 한 달이나 시간이 지체됐거든요. 유저들이 더 이상 참아줄 것 같지 않아요."

개발자를 신으로 보는 건지 뭔지, 일한 지 이제 일주일 갓 넘은 사람이 아무런 설명도 되어 있지 않은 코드를 어찌 다 파악하라는 건가. 나는 빈정이 상한 채로 입을 열었다.

"저번 주 내내 김 팀장님하고 같이 서버에 매달렸는데요. 아무래도 전임자가 버그를 일부러 심은 것 같습니다."

"예? 버그를 일부러 심어요?"

"어, 나도 봤어. 버그 하나 치우면 다른 버그 생기도록 수현이가 그렇게 짜놓은 것 같더라."

김 팀장이 말하자 김태흔이 당황한 티를 팍팍 내며 물었다.

"수현이가 뭣 때문에 그랬을까?"

"그거야 모르죠. 사실 이거 해결하는 것만 해도 시간이 꽤 걸리겠더라고요. 8월부터 10월까지 3개월 동안 그런 것 같아서요."

"좀 빠르게 해결하는 방법은 없어요? 제가 코딩은 잘 모르지만 보니까 너무 꼬여 있으면 아예 새로 쓰는 것도 한 방법이라던데…."

자기 일 아니라고 막말하네 이 사람이. 역시 게임 회사랑 기획자란 인간들은 어딜 가나 다 똑같아. 슬슬 관리하기 힘들어지는 표정을 억지로 숨겼다. 딱딱한 목소리로 나는 말했다.

"1년 이상 짠 프로그램을 짧은 시간 동안 완전히 복제하는 건 불가능합니다. 겉보기에는 잘 돌아가는 것처럼 보여도 반드시 문제가 생길 거예요. 지금은 버그가 나오는 대로 최대한 고치고 있는데, 이게 실수도 아니고 일부러 만든 것 같아서 잡기 힘들어요. 얼마나 버그가 더 있는지 알수 없으니 일정도 정확히 말씀드리기 어렵고요. 게다가….."

'남이 설명도 없이 싸놓은 똥을 치우는 게 얼마나 좆 같은 일인지 넌 모르지?'라고 묻는 대신에 나는 말끝을 흐렸다. 김태혼이 마른세수를 한번 했다.

"큰일이네, 사람을 더 구해야 하나….."

그 말을 듣고 김 팀장이 손사래를 쳤다.

"야, 프로그래밍이란 게 꼭 사람 수 늘린다고 빨라지는 게 아니야. 윤수현 그놈이 아무것도 남기지 않고 떠났으니 어쩔 수 있나."

"그럼….."

나는 그때 말을 끊고 끼어들었다. 하고 싶은 말이 있었다.

"저 이틀만 출장 보내주세요."

조용히 있던 원화가와 모델러까지 합쳐서, 총 네 명의 사원이 나를 일제히 바라보았다.

"전임자가 인수인계 제대로 안 하고 떠났으니, 만나서 물어보는 것빼고 답이 있겠어요?"

"송현희 씨, 우리랑도 연락이 안 되는데 무슨 수로 현희 씨가 걔를 만나요?"

원화가인 강영원이 톡 쏘았다.

"제가 후임잔데, 한번 시도라도 해봐야죠. 인수인계 없으면 사실상불가능한 일인걸요. 마지막으로 연락이 닿은 지 얼마나 됐나요?"

"2주일 전에 걔네 부모님이랑 연락을 해서 정신병원에 있다는 말을들었지. 그 후로는 우리 번호로 전화하면 받지도 않는걸…. 글쎄."

김 팀장이 얼버무리자 나는 책상을 아주 살짝 두드렸다. 탁탁 하는 소리가 났다.

"번호 주시고 연락 통하면, 오늘 하루만 나갔다 올게요. 잘되면 잘돼서 좋은 거고, 잘 안 되면 어차피 서버 고치느라 시간 오래 걸릴 테니 하루 더 하든 말든인 거고요."

김 팀장은 나를 떨떠름하게 쳐다보다가, "그러든지, 뭐." 한 다음 고개를 끄덕였다. 김 팀장이 내게 윤수현 어머니의 전화번호를 주었다. 그러고 나서 회의의 주제는 새로 게임에 추가되는 괴물에게 머리카락이 있어야 할지 없어야 할지로 바뀌었다.

김 팀장은 나에게 넌지시 "어차피 이제 서버 쪽이랑은 상관없는 문제니, 먼저 나가서 볼일 봐도 돼." 하고 귓속말했다. 나는 사무실 밖으로 튀어나왔다.

코트 주머니 깊은 곳에서 휴대폰을 꺼내 조금 전에 받은 전화번호로 전화를 걸었다. 새가 지저귀고 강물이 흐르는 컬러링이 들렸다. 10초, 20초….

새소리가 멎었다. 나는 다급하게 소리쳤다.

"여보세요, 여보세요?"

"누구시요?"

휴대폰 너머로 낮게 깔린 중년 여성의 목소리가 들려왔다. 경상도 말씨가 약간 묻어났다.

"안녕하세요, 어머님, 스타더스트 스튜디오의 송현희라고 합니다. 윤수현 씨의 후임자인데요, 묻고 싶은 게…."

"아들 건으로 전화하지 말라고 아들 친구들이 안 그러던가?"

"죄송합니다, 죄송해요. 그렇지만…."

내가 무슨 말을 해야 할지 감을 못 잡고 있을 때 차가운 목소리가 다시 돌아왔다.

"아들은 그대로 있으니까, 전화하지 않았으면 좋겠네."

"잠깐만요!"

나는 다급히 외쳤다.

"제가 아드님 일기를 가지고 있거든요."

"일기?"

"네, 윤수현 씨가 틈틈이 남긴 메모, 아니 일기가 있어요. 제가 윤수현 씨 일한 거 연구하다가 발견했어요. 듣고 싶은 이야기가 있습니다."

상대가 머뭇거리고 있다는 것이 느껴졌다. 한숨 소리가 들렸다. 그가 말했다.

"오후 2시에, 혜화역 3번 출구에 있는 카페 하늘다리로 오게."

나는 주먹을 꽉 쥐었다.

다시 사무실로 돌아간 나는 윤수현의 어머니와 만나기로 약속을 했다고 자랑했다. 사람들은 꽤 놀란 눈치였다. 나는 윤수현이 코드에 남긴 글에 대한 이야기는 하지 않았고, 그냥 그분의 태도가 바뀐 것 같다고만 말했다.

"혹시 가서, 이 외계인 그림 좀 더 얻어 올 수 있으면 얻어 와요." 하고 강영원이 청했다. 조금 전만 해도 쏘아 대더니 말투가 바뀌어서 좀 우습고 짜증 났다. 나는 그림들과 내 책상 위에 있는 노트북을 챙기고 사무실 밖으로 다시 튀어나왔다.

약속한 시간보다 혜화에 일찍 갔다. 점심시간에 김 팀장 옆에 끼었다가는 맨날 먹는 가지튀김을 또 먹을 것 같았다. 지하철을 타고 대학로로 도망쳤다. 나는 옛날에 몇 번 갔던 오므라이스 식당을 찾아서 식사를 한 다음 이곳저곳 산책을 했다. 좀 돌아다니니 벌써 1시 40분이었다. 나는 수현의 어머니가 말한 카페를 찾아갔다. 하늘다리 카페는 테이블이 네 개밖에 없는 아담한 카페였다.

테이블 세 개는 비어 있었고, 한 테이블에만 중년의 여성이 팔짱을 끼고 앉아 있었다. 그의 앞에는 찻잔이 하나 놓여 있었다. 내가 문을 열어 풍경이 딸랑딸랑 울리자 그가 나를 지긋이 바라봤다. 우리는 서로를 잠시 빤히 바라봤다. 그가 먼저 입을 열었다.

"자네, 송현희라고 그랬나? 내가 수현이 에미네."

"네, 안녕하세요. 나와 주셔서 정말 감사합니다…." 나는 그를 어떻게 불러야 할지 몰라서 잠시 망설이다가, "어머님." 하고 덧붙였다.

"수현이 후임자라고?"

"예. 윤수현 씨가 하던 일을 이어받게 되었어요."

"그렇다면 가를 직접 본 적은 없겠네."

"네, 저는 이야기만 들었습니다."

"그런데 무슨 관심이 생겨서 일기까지 찾은 거야?"

"제가 찾은 거라기보다는… 저, 혹시 윤수현 씨가 어떤 일을 하셨는지 잘 알고 계신가요?"

수현의 어머니는 개발자가 아니었나 보다. 그는 고개를 도리도리 저으면서 말했다.

"아니, 세상을 만드는 일이니 뭐니 하고 자랑하던데, 무슨 말인지 도통 알 수가 있어야지. 그냥 컴퓨터 만지는 일인가 보다 했네."

"네, 저희가 하는 일에다 수현 씨가 메모를 남기신 게 있거든요. 그런데 이게 일에 관련됐다기보다는… 전혀 새로운 거라, 혹시 필요하실까 했어요."

나는 가방을 뒤적거려 노트북을 꺼냈다. 윤수현이 코드에 남긴 메시지들을 정리해놓은 파일을 연 다음 그가 볼 수 있게 돌렸다. 그는 눈을 찡그리고 화면에 얼굴을 갖다 댔다. 조금 있다가 중년의 여사는 품에서 손수건을 꺼내 주름이 자글자글한 눈가를 몇 번 찍었다.

"가가 3개월 전부터 하던 말이랑 비슷하네."

나는 어떻게 반응해야 할지 몰라 식은땀을 흘렸다. 혹시 내가 되게 큰 실수를 저지른 것 아닐까 하는 생각이 들어서 소름이 끼쳤다. 아들이 실시간으로 정신줄을 놓는 꼴을 보여준 것 아닌가? 1분 정도의 무시무시한 침묵이 흘렀다.

다행히 여사가 입을 열었다.

"고맙네, 자네는 친구도 아니면서 이런 걸 찾아와주네. 같이 일하는 다른 것들은 수현이 언제 돌아올 수 있냐고 묻기만 하고…. 참, 그래도

수현이가 쓰러지기 전에 썼던 걸 이렇게 갈무리해주니 참 고맙네. 자네는 무슨 일로 나를 만나려고 한 건가?"

"아, 네…. 윤수현 씨가 남기고 간 것들을 보다가, 혹시 지금 힘드신 부분을 제가 도울 수 있나 해서…. 대단히 자기 일을 좋아하셨던 분 같은데요. 옛날에 일하던 걸 보면 도움이 되지 않을까 해서, 왜, 일은 사실, 음, 자아실현의 수단이라고도 하고요. 그래서 한번 면회를 해보고 이야기를 할 수 있나 싶어서요. 지금 병원에 계신 걸로 아는데."

내가 생각해도 길 가던 강아지가 쳐다볼 정도로 장렬한 개소리를 내뱉었다. 사실은 그냥 윤수현의 마음에 남아 있는 최소한의 이성의 조각이라도 확인해보려고 온 거였는데. 썩은 동아줄이라도 일단 잡아보러 온 것이었는데.

"아니, 퇴원은 금방 했지. 지금 내가 사는 아파트에서 같이 살고 있어. 말이라고는 안 하고 항상 방에만 박혀 있으니. 밥을 차려놓아도 제대로 먹지도 않고. 살아 있는 것 같기는 한데…. 아마 집에 들어와도 방문을 열어주진 않을 거야."

"한번 방 밖에서 제가 말이라도 걸어볼 수 없을까요."

"그럼 그래 보게나."

다행히 여사는 나를 좋게 보는 것 같았다. 그는 차가 반쯤 남은 찻잔을 들어다 카운터에 갖다주었다. 둘은 다른 가족 없이 명륜에 있는 아파트에 산다고 했다. 우리 둘은 쌀쌀한 혜화 거리를 터덜터덜 걸었다.

"회사 분들이 수현 씨를 많이 보고 싶어 해요."

만나서 주리를 틀고 싶어 하는 개발자도 있다는 사실은 생략했다.

"다행이네."

여사는 짧은 대답만 했다. 우리는 말없이 걸었다. 아파트에 도착했을 때 나는 그림 생각이 났다. 그 기괴한 그림들을 여사도 알고 있을까? 일단 윤수현과 이야기부터 하고 나서 물어봐도 되겠지. 나는 여사의 뒤를 종종 따라갔다. 그들은 4층에 살고 있었다. 여사의 뒤를 따라 집 안에 들어가자마자 강렬한 풀 냄새가 풍겼다. 쿵쿵대보니 쑥 냄새 같기도 했다. 풀물 안개가 낀 느낌이었다.

현관에 신발을 벗고 거실로 들어선 나는 헉 소리를 내면서 잠시 주춤했다. 빳빳한 A3 용지에 인쇄한 그림들이 벽에 붙어 있었다. 기이한 그림들이었다. 사무실에서 강영원이 챙겨 두었던 그림들도 있었지만, 전혀 다른 그림들이 더 많았다.

"이게… 이것들이 다 뭐죠?"

"글쎄, 내가 잘 때마다 붙이는 건가 싶은데. 어느샌가 벽에 잔뜩… 이게 다 무슨 그림인지 원….."

집은 넓지 않았다. 한 방문 앞에 아무도 손대지 않은 밥과 국, 자질구레한 반찬이 놓여 있는 밥상이 있었다. 여사가 그곳을 가리켰다.

"저기야. 한번 불러라도 봐. 너무 기대는 많이 하지 말고….. 나는 거실에 앉아 있겠네."

나는 메고 있던 가방 속에 오른손을 집어넣었다. 뒤적거리다 보니 길쭉하고 차가운 원통 모양의 최루 스프레이가 손에 감겼다. 한 손으로 스프레이를 꽉 잡고 문 앞으로 다가가 밥상을 오른쪽으로 슬쩍 밀었다. 그 다음 문을 한 번 두드렸다.

"윤수현 씨."

아무 반응도 없었다. 나는 한 번 더 문을 두드렸다.

"윤수현 씨, 회사에서 왔어요. 문 좀 열어주시겠어요?"

문이 끼익 소리를 내고 조금 열렸다. 내 뒤에서 여사가 놀란 소리를 내는 것을 들었다. 문틈 사이로, 내 머리보다 좀 더 높은 위치에 눈이 보였다. 그는 나를 바라보고 있었다.

"처음 보는 얼굴이네요. 역시 그럴 줄 알았어요."

윤수현이 말했다. 전혀 예상하지 못했던, 대단히 차분한 목소리였다.

"예?"

"들어와요. 문 너무 크게 열지 말고. 빨리."

나는 아주 잠시 망설이다가, 스프레이를 꽉 쥐고는, 문을 살짝 열고
그 사이로 들어갔다. 윤수현은 뒤로 몇 걸음 물러났다. 방 안에 들어와서
문을 닫은 나는 일단 윤수현을….

방 안이 너무 넓었다.

나는 얼이 빠져 고개를 이리저리 돌렸다. 거실보다 윤수현이 있는 방
이 두 배는 더 넓었다. 이런 구조의 아파트가 있나? 방의 천장과 벽을 그
림들이 가득 메우고 있었다. 대부분 전에 보지 못했던 것이었다. 곳곳에
향이 피워져 있었다. 문득 얼마 전에 들었던 대마 향에 대한 이야기가 머
리를 스쳤다. 아까 풀 냄새라고 느꼈던 것이 대마 냄새였구나.

"내가 생각했던 대로야. 서버 개발자죠?"

조금 전의 그 차분한 목소리가 다시 들려왔다. 나는 고개를 들었다.
윤수현은 나보다 키가 5센티미터 정도 더 컸는데, 후드티와 청바지를 입
고 있었다. 방 안에 틀어박혀 나오지 않았다기에는 굉장히 멀끔한 인상
이었다. 수염도 잘 정리되어 있었고, 몸도 오래 운동한 것처럼 보였다.

"예, 방… 방이 되게 넓네요."

"다 방법이 있지."

윤수현은 방의 가운데로 천천히 걸어갔다. 꽤 시간이 걸렸다. 그러고
보니 바닥에는 이상한 표식이 이리저리 그려져 있었다. 판타지 게임에
나올 법한 마법진 비슷한 모습이었다. 방의 구석에 일체형 컴퓨터가 올
라간 작은 책상과 의자가 덩그러니 놓여 있었다. 이게 뭐지, 포스트모더
니즘 예술 같은 건가? 이 지독히도 초현실적인 광경에 아득한 느낌이 들
었다.

"소… 송현희라고 해요."

"알고 있어요, 너무 떨지 말아요."

"네? 알고 있다니?"

"다 방법이 있다니깐."

당황스러웠다. 이게 그의 광기인가? 하지만 그의 차분한 목소리나 행동에는 광증 비슷한 기색조차 전혀 없었다. 정신과 환자들에 대한 수많은 이미지가 떠올랐다.

나는 혼자 중얼거렸다. 편견이야, 편견. 현희야, 너도 항우울제 1년 정도 먹은 적 있잖아? 정신 질환이 있다고 해서 꼭 그런 건… 알지, 지금 네 머릿속에 떠오르는 이미지들. 그런 거 아니라는 거 알잖아. 그렇잖아?

버그 이야기부터 하면 분위기가 엉망이 될 것 같아 일단 주변을 둘러보았다. 그래, 그림 이야기를 하자.

"이 그림들은 뭔가요? 강영원 씨가 정말 알고 싶어 하시더라고요."

"추모하는 거예요. 향도 피웠잖아요."

"예? 추모하다니요?"

"내가 삭제한 먼 우주의 외계인들이에요."

"외계인이라고요?"

"네."

"외계인을 삭제했다는 게 무슨 소리예요?"

"이러다 용량이 부족해지면 우리 다 큰일 날 거 같아서요. 너무 메모리 심하게 잡아먹는 것들 다 지우고, 최적화하는 거예요. 최소한의 장례는 치러줘야죠."

"이거 다 직접 그린 것들이에요?"

"아뇨, 그냥 가져온 데이터들인데요."

대체 뭐라는 거야. 머리가 띵했다. 아하, 광기에는 여러 모습이 있구나. 한마디씩 그럴싸하게 말은 하는데, 정작 말에는 아무 의미가 없었다. 나는 중얼거렸다.

"헛걸음했네."

허탈했다. 나는 주저앉았다. 윤수현은 나를 빤히 바라보았다.

"아휴… 갑자기 회사도 안 나오고 친구들하고 연락도 다 끊었다는 사람한테 내가 뭘 기대한 건지. 내가 바보지."

알겠다, 오늘 아침 회의 시간에 출장 보내달라고 했을 적에 나도 모르게 왕창 기대하고 있었구나. 다른 사람들이 안 될 거라고 말해도 말이다.

지난 일주일 동안 남이 만들어놓은 버그 해결하는 데 내 모든 기운을 다 쓰고 있었다. 참아 내고, 살아 낸다고 생각하고 있었는데 벅찬 일이었던 것 같다. 스트레스… 제기랄!

"이봐요!"

나는 소리 질렀다. 소리가 웽웽 울렸다. 메아리 같다는 느낌도 들었다. 윤수현은 무슨 생각을 하는 건지 알 수 없는 땡그란 눈으로 그저 나를 바라보고 있었다.

"아니, 진짜, 내가… 어휴. 아니, 미칠 거면 곱게 미치든가. 버그를, 네, 버그를 그따구로 심어놓으면 어떡해요? 나보고 좆 되라고? 아니 어쩌라는 거야. 문서화는 하나도 안 해놓고, 주석에는 일기 써놓고, 어떻게 사람이 그래? 당신 무슨 피해망상이라도 있어?"

어느샌가 내 목소리에 코훌쩍이는 소리가 섞였다. 이 사람 앞에서 훌쩍이고 있어 봐야 무슨 소용이겠냐는 생각도 들었다. 목 밑에 뭐가 꽉 찬 기분이 들고 손발이 저릿저릿했다. 윤수현이 두 손을 앞으로 내저었다.

"아니, 내 얘기는 들어 보지도 않고선. 버그 일부러 심은 거 맞아요. 맞는데… 들어봐요. 들어봐요, 아니, 나가지 말고, 봐요."

"보긴 뭘 봐요."

"내가 써놓은 주석 보지 않았어요? 우리가 신이나 다름없다니까요."

윤수현이 내 앞으로 한 발짝 가까이 다가왔다. 씨발! 갑자기 겁이 났다. 나는 지금 정신에 문제가 있는 남자와 한 방 안에 있다. 나는 가방 안에 손을 다급히 집어넣었다. 최루 스프레이를 꺼내 그의 얼굴 쪽으로 조준했다.

"다가오지 마."

"알았어요. 알았어요. 이야기만 들어줘요."

그는 물러났다. 나는 스프레이를 꼿꼿이 든 채로 자세를 바로잡았다.

"봐요, 게임 안에 있는 캐릭터한테는 최소한의 인공지능이 있잖아요. 예를 들면 길 찾기 능력 같은 거."

"그렇지."

"나중에 컴퓨터 연산 능력이랑 소프트웨어가 더 좋아지면 말이죠, 그런 캐릭터들한테 더 강력한 인공지능을 넣을 수도 있겠죠. 게임이란 게 기본적으로 현실을 모사하는 시뮬레이션이잖아요. 우리 세상이랑 아주 가까운 작은 세상을 만들 수 있을 거고, 그 속의 사람들은 우리를 신으로 생각하겠죠. 또 모르죠? 우리가 사는 이 우주가 어느 큰 세상의 컴퓨터가 돌리고 있는 시뮬레이션일 수도."

힘이 빠졌다. 이 윤수현이라는 사람은 영화 〈매트릭스〉를 너무 많이 봐서 약간 정신이 이상해진 것이다. 어떤 세상에서 시뮬레이션을 돌리면 그 시뮬레이션에서 또 시뮬레이션을 돌리고… 진부한 이야기다. 가끔 잠자리에서 쓸데없이 생각하다가 악몽 꾸기 좋은 소재일지는 모르겠다.

내가 고등학교 시절에 이미 졸업한 이야기다. 이를 서른 넘어서도 포기하지 못한 이 남자가 불쌍해졌다. 반박하고 싶지도 않았다. 나는 일어섰다. 집에 가야겠다. 내일부터 서버 버그 하나씩 고치고 열심히 일하면 되지 뭐. 막막하겠지만 하나씩 하다 보면 다 되는 일 아닌가. 나는 스프레이를 앞으로 겨눈 채로 주춤주춤 뒤로 걸었다. 5미터 정도만 걸으면 문이 나올 것이다.

나는 뒤로 팔을 뻗었다. 아무것도 느껴지지 않았다. 슬슬 문이 만져져야 하는데. 나는 고개를 뒤로 돌렸다.

"와, 씨발."

방문이 더 멀어져 있었다. 나는 뒤로 한 걸음 더 걸었다. 아무리 걸어도 문이 가까워지지 않았다. 나는 고개를 한 번 흔들었다. 내가 윤수현의 어머니에게 뭔가 얻어먹었나? 아니다. 혜화의 식당에서 나온 이후 아무것도 먹지 않았다. 대체 뭐가 잘못된 것일까. 이 방에서 일어나는 이상한 현상과 아득하게 초현실적인 인테리어가 합쳐지니 돌아버릴 것 같았다. 그러다가 갑자기 공포가 확 몰려왔다. 지금 무슨 일이 벌어지고 있는 거지?

나는 고개를 앞으로 다시 돌렸다. 윤수현은 전혀 멀어지지 않은 채로 그 자리에 그대로 서 있었다. 나는 또다시 욕을 할 뻔했다. 그의 살갗이 총천연색으로 빛나고 있었다. 그 색 중에는 내가 지금까지 본 적이 없는 색도 있었다. 진홍색보다 더 진하고 동시에 하늘색보다 더 옅은 색을 보니 머리가 지끈지끈 아팠다.

나는 코를 벌름댔다. 대마 스틱의 향 때문에 머리가 터질 것 같았다. 이 향에 환각제 성분이 있나? LSD를 빨면 새로운 세상이 보인다더니, 진짜 지금 마약 성분에 취해서 희한한 색을 보고 있는 건가? 윤수현은 그대로 서 있었다. 조금씩 그의 몸에서 발하는 빛이 둔해졌다. 곧 그는 원래 상태로 돌아왔다.

참을 수 없었다. 윤수현에게 다가갔다. 그에게서 멀어지는 건 불가능했지만 가까워질 수는 있었다. 나는 이 돌아버릴 것 같은 마법을 깨고 도망치고 싶었다. 손에 꽉 쥐고 있었던 스프레이를 그에게 뿌렸다. 스프레이에서 비누 거품이 방울방울 흘러나왔다. 거품은 천장으로 날아오르다 흩어져 사라졌다. 나는 스프레이를 손에서 놓쳤다.

무서웠다. 심장이 너무 빨리 뛰어서 터져버릴 듯했다. 지금 내 주변에서 일어나는 일들을 단 하나도 이해할 수 없다는 것이 끔찍했다. 무지에서 오는 공포가 가장 무섭다는 말을 뼈저리게 실감했다. 그가 입을 열었다.

"세상에 버그 없는 소프트웨어는 없다고들 그러잖아요."

나는 그와 함께 망상의 소용돌이에 빠지는 것 같아 무서웠다. 하지만 조금 전에 본 공간과 색채와 물질의 왜곡은 진짜였다. 아니, 진짜 같았다.

"그럼 지금 당신이 세상의 버그를 찾았다고 말하려는 거야?"

"그렇죠."

"무슨 버그."

"누군진 몰라도, 우리 세상을 만든 사람은 코딩 실력이 그리 뛰어나진 않았나 봐요."

나는 그를 빤히 바라보았다. 윤수현은 주머니를 뒤적이다가 품에서 무언가를 꺼냈다. 설탕을 입힌 알록달록 다채로운 색깔의 곰 모양 젤리였다.

"이게 멀티 비타민 젤리거든요."

그리고 윤수현은 3개월 전 이야기를 털어놓기 시작했다.

윤수현에게는 술을 마시면 식탐을 주체 못 하는 나쁜 주사가 있었다. 술에 심하게 취하면 손에 뭐가 잡히든 일단 먹고 보았다고 했다. 그날도 중식집에서 가지튀김이랑 고량주를 미친 듯이 먹고 집에 돌아갔다고 했다. 그때 그가 집에서 찾은 게 소셜 커머스에서 떨이로 팔던 멀티 비타민 젤리 열 상자였다.

"그걸 다 먹었다고?"

"달달하더라고요."

그는 내게 곰 젤리 하나를 건네주었다. 버석버석한 설탕이 겉에 입혀진 젤리는 새콤달콤했다. 젤리 하나에 각종 비타민이 일일 권장량의 최소 50퍼센트만큼은 들어 있다고 했다. 그 달달한 젤리 수만 개를, 만취한 수현은 그날 밤에 혼자 집에서 꾸역꾸역 먹었다고 했다.

"그러고 보니까 갑자기 이 세상의 데이터베이스에 접근할 권한이 생긴 거죠."

"젤리가 버그로 이어지고 거기에 시뮬레이션이라니 진짜 무슨 말이야. 뭔 말이야 대체…."

"이 세상을 구성하는 코드도 우리가 쓰는 컴퓨터 코드랑 크게 다르지 않더라고요."

"젤리 수만 개 먹어서 버그를 찾았다는 얘기도 이상한데."

그가 빙글빙글 웃었다.

"그럼 점프 6만 번 하면 터져버리는 세상은 상식적인가요?"

"뭐?"

"점프 6만 5,536번 하면 세상이 갑자기 꺼지는 거잖아요. 내가 만든⋯ 아니 우리가 만든 세상은. 그건 뭐 상식적인가요?"

"비상식적이지."

"원래 보안 취약점이라는 게 전혀 생각지도 못한 데서 나오는 거잖아요. 사용자에게 드러나는 가장 작은 부분에서부터 가장 깊숙이 숨겨져 있는 내용에까지 취약점이 생길 수 있으니까. 이것도 마찬가지예요. 대체 왜 그랬는지는 모르겠는데, 이 세상을 돌리는 컴퓨터에서 내가 곰 젤리 먹는 숫자를 메모리에다 저장하고 있더라고요."

수만 개의 곰 젤리를 먹어 치운 다음 날 아침, 그는 아무 문제 없이 일어났다고 했다. 좀 심한 숙취로 고통 받으면서 일어난 그는 간절히 쇠고기 미역국이 먹고 싶었나 보다. 그때 그의 앞에 쇠고기 미역국이 나타났다. 그것이 그가 곰 젤리 수만 마리를 먹고 얻은 초능력의 첫 번째 발현이었다고 한다.

잠깐, 잠깐, 잠깐.

"그러니까 젤리 수만 개 먹고 오버플로우로, 뭐 이 세계의⋯ 메모리에 다른 값을 넣어버린 거란 말이야?"

"네."

"그 결과가 왜 하필이면 그런 초능력으로 발현한 거지? 아니, 젤리를 먹는 횟수가 저장된다면 내가 발톱을 깎은 횟수가 그 메모리 옆에 저장될 수도 있는 거지. 그 상태에서 내가 젤리를 엄청 많이 먹으면 데이터가 오염돼서 발톱을 깎은 횟수가 5천 번인데도 갑자기 천만 5천 번으로 둔갑할 수도 있다는 얘기 아냐."

"모르죠, 발톱을 어마어마하게 깎으면 또 다른 정보도 오염될지. 제 생각에는 이거 만든 사람이, 충분히 똑똑한 생물체한테 메모리 접근 권한을 주려고 했던 거 같아요. 근데 만들어놓고 나니까 별로 마음에 안 들어서 폐기 처분하고 코드는 남겨둔 걸 수도 있죠. 아니면 또 모르죠. 이 세계에, 코드를 짜 넣을 수 있는 권한을 가지고 외부에서 접속한 플레이어가 어딘가에 존재하는 걸 수도 있고."

"기능을 없앴는데 왜 쓸데없는 코드 찌꺼기를 남겨둬?"

"당신은 그런 적 없나요?"

젠장, 부인하기 힘들었다. 기획단에서 만들어내라는 대로 이리저리 코드를 짜뒀는데 갑자기 기획이 엎어지는 경우가 부지기수다. 그렇게 남은 코드를 그냥 접근만 불가능하게 한 채로 내버려두는 때도 있다.

"그렇지만 필요 없는 코드 지우지 않는 거 굉장히 안 좋은 버릇인데."

"그러니까요, 이 시뮬레이션 짠 사람이 프로그래밍을 이상하게 배웠나 봐요."

"아냐, 아무리 생각해도, 아무리 게임을 열심히 만들어도, 아무리 완벽히 최적화해도 지금의 이 세상을 만들 수는 없어. 코드가 너무 복잡해진다고."

나는 소리쳤다. 우리 세상을 컴퓨터 안에 그대로 그려내는 것은 불가능하다. 아무리 컴퓨터의 연산 능력이 빨라져도 그럴 수는 없다. 컴퓨터에 담긴 정보 자체가 우리 세상의 물리적인 기반 위에 놓여 있기 때문이다.

메모리의 기본 단위인 반도체 소자에 전하가 충전되어 있느냐, 아니냐로 1과 0이라는 가장 작은 정보 하나가 저장된다. 그 소자 하나는 원자 10만 개로 이루어져 있다. 10만 개의 원자를 써야 최소한의 정보 하나를 저장하기에, 우리 세상을 컴퓨터 안에 고스란히 구현하기에는 세상에 있는 모든 원자를 써도 용량이 부족하다.

간단하고 작은 입자들만 있는 가상 세계라면 구현할 수도 있다. 하지만 실제 지구상의 생물체는 시뮬레이션 프로그램에 마구 집어넣기에는 너무 복잡하다. 생물은 지능 있는 존재다. 인공지능이 세계를 학습하는 데에는 막대한 연산량이 필요하다. 그 수많은 연산량을 받쳐 줄 메모리 또한 필요하다.

우리 세상이 어떤 세상을 본뜬 시뮬레이션이라면, 그 세상에도 여기와 마찬가지로 물리적인 메모리 용량의 한계가 존재할 테다.

"맞아요. 그래서 메모리 확보하느라 제가 이러고 있는 거예요."

나는 고개를 이리저리 돌렸다. 기이한 그림들이 보였다. 생물체 같지만 이 세상의 어떤 생물체와도 닮지 않았고, 반드시 존재할 것처럼 현실적이지만 결코 지구 위에서는 만날 수 없을 것 같은 존재들의 그림이 이리저리 널려 있었다.

"진짜 외계인이야?"

"엄밀히 말하면 외계인이었던 것들이죠. 저걸 봐요."

윤수현은 벽에 걸린 그림 중 한 장을 가리켰다. 분명히 멀리 떨어져 있는 그림인데 그가 가리키자마자 렌즈로 확대한 것처럼 내 눈앞에 확 떠올랐다. 계란말이처럼 생긴 무엇인가였다.

"이거는⋯."

그는 이어서 옮겨 적을 수 없는 소리를 냈다.

"⋯라고 하는 애들이에요. 지구에서 600광년 떨어진 곳에 있는 케플러 22b라는 행성에서 살던 생명체들이고요. 돌고래보다는 똑똑하지만 사람들보다는 약간 못한 수준이었죠. 나름대로 사회를 이뤘고, 그들의 몸에 맞는 도구를 만들기 시작했어요. 갈수록 복잡한 존재가 되어 갔죠. 불도 발견했고요."

그는 또 다른 그림을 가리켰다. 셰이빙 폼을 짜서 만든 눈사람 같이 생겼지만 훨씬 생물 같아 보이는 어떤 것이었다.

"얘들도 2000광년 떨어진 곳에 살던 애들이죠. 얘들은 우리보다 더 지능이 높았어요. 근처 행성으로 진출도 했을 정도니까요."

"외계인이었던 것들이라면⋯."

"내가 그들이 점유하던 메모리를 반환했으니까요. 삭제한 거죠. 똑똑한 애들을 지울수록 메모리 공간이 더 많이 나와요."

"왜 삭제한 거야?"

"왜긴요, 세상이 터지게 생겼으니까요. 제가 이 짓 하기 전까지는 메모리 점유율이 95퍼센트였어요. 좀만 늦었으면 용량 초과되고 세상이 그냥 끝날 상황이었어요."

"세상이 끝나?"

나는 뻔히 알면서도 물었다. 메모리를 다 쓰면 프로그램이 종료된다. 윤수현이 심어놓았던 버그 때문에 〈스타더스트 월드〉의 서버가 터졌던 것처럼 말이다. 나는 다시 물었다.

"세상이 끝난다고 어떻게 확신하지? 만약 끝난다고 해도 우리를 만든 그… 개발자가 세상을 다시 돌리면 되잖아. 혹시 또 알아? 램 더 달고 실행할지도 모르잖아."

"글쎄요. 빅뱅이 벌어지면서 세상이 다시 만들어질 수도 있죠. 따로 어디 파일로 저장해놓지 않았다면 말이에요."

"확신할 수 없잖아."

"그렇죠. 확신할 수 없으니까 일단 지금 할 수 있는 최선의 행동을 하는 거죠."

"외계인들을 그냥 지워 가는 거?"

"아프지는 않았을 거예요."

그림들 앞에 놓인 대마 향들이 보였다. 그 향들을 피우는 행동으로 사라진 외계인들을 추모하는 것이 위선인지 진심인지 궁금했다. 나는 벽으로 다가갔다. 이번에는 공간이 나를 가지고 장난치지 않았다. 벽에 있는 그림들을 보았다. 갑자기 세상에서 완전히 사라지는 건 어떤 느낌일까? 아니 뭔가를 느낄 새도 없었겠지. 척 봐도 이 방 전체에 수백 장의 그림이 있는 것 같았다. 이 모든 존재를 세상에서 삭제한 건가.

나는 그를 돌아보았다. 세계의 모든 정보에 접근하고 다룰 수 있는 사람이 내 앞에 있었다.

"내가 여기까지 온 거, 우연이 아니지?"

"아무래도 저 혼자 하기에는 힘이 달리는 일이라서요. 비슷한 일 하는 사람이라면 제 고충을 이해할 수 있겠다 싶었거든요. 그래서 비그를…"

신이 개발자일 거라는 생각은 못 했고, 개발자가 신이 될 수 있을 거라는 생각도 못 했다. 하지만 개발자는 뭘 해도 개발자스러운 면이 있다는 것은 알았다. 나는 돌아섰다.

"…전화번호 알려줘. 생각을 좀 해봐야 할 것 같아."

"아, 그러실 필요 없는 게, 어떤 생각 하시는지 제가 바로바로 알 수 있는….”

"아니, 그건 싫거든!?"

윤수현은 어깨를 한 번 으쓱하고는 휴대폰 번호를 말해주었다. 나는 내 휴대폰에다 그걸 입력했다.

"나도 젤리 수만 개 먹어야 하는 거야?"

"아뇨, 제가 메모리에 접근해서 바로 권한 부여해드리면 되죠. 권한을 얻는 건 이제 어려운 일 아니니까 너무 신경 안 쓰셔도 돼요."

"내가 만약 그 권한을 얻어서 나쁜 일을 하면?"

"제가 순진한 걸지도 모르지만, 게임 개발 일 하신 거잖아요? 저는 그런 생각을 했어요. 자기 세상을 만들고 싶어 하는 건 착한 신이 하는 일이라고."

윤수현이 아닌 다른 사람이 말했다면 너무나 우스꽝스러운 이야기였을 것이다. 나는 말없이 그냥 고개를 끄덕이고 방을 나왔다. 이번에는 문이 내게서 멀어지지 않았다. 그는 내 등 뒤로 기다리고 있겠다고, 같이 세상을 지키자고 외쳤다.

나는 문을 닫았다. 여사가 방문 앞에서 기다리고 있었다. 그는 내 두 손을 꼭 모아 쥐었다.

"자네, 수현이가 뭐라고 하던가? 나한테도 방문을 안 열어주는 아이인데….”

"잘 지내고 있어요. 걱정 마세요, 어머님. 곧 나올 거라는 이야기도 했어요. 금방 마음의 준비를 한다네요. 전화번호도 받았어요."

나는 여사에게 휴대폰에 찍힌 전화번호를 보여주었다. 여사는 눈물이 그렁그렁한 눈으로 고맙다는 말을 반복했다. 그는 거의 무릎을 꿇으려고 했다. 나는 그를 일으켜 세우고, "다음에 뵙겠습니다."라고 말한 다음 아파트에서 급히 나왔다.

아파트를 다시 밖에서 바라보니 그렇게 크지 않았다. 거실보다 더 넓은 방이 있는 괴상한 구조가 가능할 법한 넓이는 확실히 아닌 것 같았다. 나는 주위를 둘러보았다. 안이 밖보다 넓다… 수현은 그런 부분까지 다룰 수 있는 걸까.

이 세상의 신이 코딩을 더럽게 해놓은 초보자 같다는 생각을 하니 웃겼다. 어쩌면 이 세상이 프로그래밍을 시작한 지 얼마 안 된 사람의 습작일 수도 있겠다. 아, 그러면 많은 것이 설명되는 것 같기도 하다. 왜 세상에는 웃음보다 눈물이 많은지, 왜 사람들의 삶은 이렇게 삐걱삐걱거리는지, 어째서 그렇게 삐걱삐걱거리면서도 세상이 어찌어찌 돌아가는지. 나는 하늘을 바라보고 한 번 낄낄낄 웃었다.

윤수현의 그 기이한 방에서 나오기도 전에 알고 있었다. 나는 그의 제안을 받아들일 것이다. 그는 내게 접근 권한을 부여할 것이다. 나도 자유롭게 공간을 왜곡시키고, 내가 결코 본 적 없는 색깔로 빛나고, 무엇보다 프로그램을 꺼뜨리지 않고 유지하는 데 총력을 다할 것이다. 그게 내가 하던 일이었으니까. 어쩌면 윤수현의 그 개똥철학이 틀리지 않은 걸지도 모른다. 하지만 알 수 없는 일이다. 나는 20시간 동안 점프 버튼을 눌러서 기어코 서버를 터뜨린 〈스타더스트 월드〉의 한 플레이어를 생각했다.

뉘엿뉘엿 지는 해는 하늘의 끝자락에 걸려 있었다. 서울의 어둑어둑한 저녁 하늘에는 별이 전혀 보이지 않았다. 나는 마음속으로 하늘 너머 있을 수많은 별들의 무리를 그렸다. 그 별무리 속 어딘가에서 잘 살다가 느닷없이 지워졌을 먼 우주의 사람들을 생각했다.

한 종의 완전한 삭제. 죽는 것도 아니고, 부서지는 것도 아니고, 그냥 없어지는 것이다. 그들이 살던 행성에는 그 종의 모든 흔적이 남아 주인을 기다리고 있을 것이다. 그 삭제 과정은 어떻게 진행될까? 하나하나씩 순서대로 없어질까? 아니면 단번에 모두 세상에서 깨끗이 사라질까? 나는 차라리 단번에 깨끗이 사라지는 게 덜 비참하리라 생각했다.

젤리 좀 먹었다고 이런 말도 안 되는 꼬라지가 일어나는 세상에 다른 버그가 없을까? 이 세계의 데이터베이스 접근 권한을 얻는 게 과연 어려운 일일까? 윤수현의 방을 가득 메운 생물들의, 종의 영정을 떠올렸다. 그 종말의 대열에 아직 끼지 않은 종들 중에 그런 방법을 알아낸 개체가 있을지도 모른다. 그들도 윤수현과 별다를 바 없는 목표를 가지고 있을 것이다.

거기까지 생각이 닿자 소름이 돋았다. 나는 인류에게 가장 큰 위협이 운석이나 지구 온난화일 거라고 생각했다. 완전히 틀렸다. 우리 종의 생존은 신의 어설픔을 눈치챈 몇몇 프로그래머에 달려 있었던 것이다.

**The Korea
Science Fiction
Hall of Fame**

얼마나 닮았는가

김보영

'기계 몸에 인간이 들어가는 대신, 인간 몸에 AI가 들어가면 어떻게 될까?'라는 발상에서 시작한 소설이다. 우주 재난 추리소설을 써보고 싶기도 했다. 단지 AI가 인간 몸을 원할 마땅한 이유가 떠오르지 않아 한동안 접어두었다가 어느 날 불현듯 답이 떠올라 뒤를 이었다. 초안만 써두었을 무렵 태양계 앤솔러지 기획이 들어와 맞춰 썼다.

2017년 《아직 우리에겐 시간이 있으니까》(한겨레출판) 수록

2018년 제5회 SF 어워드 중단편 부문 대상 수상

2019년 미 웹진 〈클락스월드(Clarkesworld)〉 10월호 수록

2020년 《얼마나 닮았는가》(아작) 수록

타이탄

일명 토성 VI, 토성에서 가장 큰 위성이다.
평균 반지름은 2,576킬로미터로 달보다 약 1.5배 크다.
평균 표면 온도는 섭씨 −179도, 표면 중력은 지구의 14퍼센트,
기온이 낮아 얼음이 암석을 대신하고 용암 대신 지하수가 흐른다.
물 대신 메탄 비가 내리고 메탄 호수와 강이 있다.
원시지구를 닮은 두터운 대기층이 특징으로 대기압은 지구의 1.5배,
대기 밀도는 4배 이상이다. 대기의 95퍼센트는 질소, 4.9퍼센트는 메탄이다.
공전주기는 16일이고 자전주기는 동일하다.

유로파

일명 목성 II, 목성에서 네 번째로 큰 위성이다.
평균 반지름은 1,560킬로미터로 달보다 약간 작다.
평균 표면 온도는 섭씨 −171도, 표면 중력은 지구의 13퍼센트,
표면은 얼음으로 덮여 있고 지하에는 바다가 있다.
대기는 옅은 산소층이고 대기압은 지구의 10분의 1이다.
공전주기는 85시간이고 자전주기는 동일하다.

내가 보지 못하는 것이 있다.

그게 계속 사로잡혀 있던 생각이었다.

문제는 내가 '보지 못하는 것'을 내가 알아낼 방법이 없다는 것이다. 애초에 '모르는 것을 안다'는 말부터 앞뒤가 맞지 않는다.

나는 지난 1년간의 항해 내내 선내에 있는 무엇인가를 보지 못했다.

사람의 모든 생각과 행동에 지속적으로 영향을 끼치는 공기처럼 흔한 무엇인가를, 누구나 가장 먼저 확인하고 고려하는 무엇인가를. 뻔히 보면서도 지식이 없어 인식할 수가 없었다. 그리고 그게 항해 내내 오류를 일으켰다.

나는 그게 뭔지 알아내야만 한다.

무슨 수를 써서라도.

1

시각기관은 벌써부터 작동하고 있었지만 시야는 지식이 자리를 잡으면서 밝아졌다.

처음에는 단순히 앞에 뭐가 있다 싶었다. 조금 지나자 그것이 원형의 금속 물체라는 것, 이어서 모델명과 제조회사, 단가 따위가 떠올랐다. 나중에야 그것이 원양우주선에 주로 납품하는 HUN(훈)-1029 AI를 담는 기본 껍데기라는 데에 생각이 미쳤다.

소리도 시야만큼이나 느리게 자라났다. 환풍기가 공기를 빨아들이고 내뱉는 소리, 선체가 삐걱삐걱 돌아가는 소리, 선외활동용 감압실 해치가 스릉스릉 열렸다 닫혔다 하는 소리(거슬렸다), 모든 것이 익숙하면서 낯설었다.

천장을 가득 채운 빵과 물병을 그린 도안이 눈에 들어왔다. 위성간 식량 보급회사 '한솥'의 마크. 빵과 물병 사이에 통통한 소시지가 박혀 있는 걸 보면 여긴 10~20인용 중형 보급선 혜자(맛있는 도시락을 뜻하는 옛 방언이라고 알고 있다)선이다. 때가 덕지덕지한 천장에는 이쑤시개로 만든 공작물, 종이로 접은 학, 천 인형 같은 것이 주렁주렁 늘어뜨려져 있다.

나는 내가 '우주선'에서 뭘 하는 걸까 생각하다가 혼란에 빠졌다. '내'가 누군지 알 수가 없었기 때문이다.

험한 소리가 들렸다. 공기의 파동이 사라질 즈음에서야 그것이 의미가 있는 말이며, 사람의 목소리라는 생각이 들었다.

"그만 밍기적거리고 일어나."

밍기적. 은어, 행동이 늦다는 불평, 내게 좋은 감정이 없을 가능성, 해야 할 일이 있을 가능성. '해야 할 일'……이 뭔지는 떠오르지 않는다.

"덜 깬 척하지 마. 아까부터 깨어 있었잖아."

나는 상대를 살폈다. 생물이다. 척추동물이고……, 포유류, 인간. 풍채가 좋은 사람이다. 수염이 덥수룩하고 옷은 기름때로 지저분하고 손은 두툼하고 거칠다. 엔지니어, 기술자일 가능성.

"원하는 대로 해줬어. 이제 코드를 말해."

뒤에 선 사람이 말했다. 마르고 호리호리한 몸, 매끈한 피부. 골격도 작은 편이고 근육도 도드라지지 않았다. 옷은 깔끔하고 장갑에도 손때가 없다. 사무직, 관리자일 가능성.

그 뒤로는 여남은 명의 꼬질꼬질한 사람들이 이런저런 모습으로 앉아 있었다. 일일이 구분하기는 힘들지만 복장으로 보아 선원들인 듯하다.

그런데 '코드'라니?

"코드?"

나는 질문했다. 건조하고 갈라진 소리. 낯설었다. 뭔가 내가 이상한 음성기관을 쓴다 싶었다.

'기술자'가 두툼한 주먹을 손바닥에 치며 다가왔다. 다음 순간 충격이 몸을 강타했다. 얼떨떨했다.

시선의 위치가 변하는 바람에 다른 풍경이 눈에 들어왔다.

벽을 가득 채운 창밖에서 귤색 별이 느리게 회전했다. 정확히는 노란색에 푸르스름한 껍질이 덮여 있는 빛이지만 전체적으로는 귤색으로 보인다. 구름에 덮여 있는 땅은 보이지 않는다. 푸른 껍질은 대기가 있다는 뜻, 지상이 저렇게까지 보이지 않는다는 건 대기층이 두껍다는 뜻, 어쩌면 지구보다도. 대기가 붉은 것은 긴 파장의 빛을 산란한다는 뜻. 대기층이 두껍거나 큰 입자의 부유물이 많을 가능성.

조건에 맞는 천체는 태양계에서 하나뿐이다. 화성도 붉지만 화성의 대기는 얇아 저 거리에서는 지표가 훤히 들여다보인다.

타이탄.

토성의 위성.

나는 뒤늦게 떠올렸고 별 너머로 위용을 드러내는 거대한 토성의 고리를 본 뒤에야 불필요한 추론에 시간을 낭비한 것을 알았다.

영상 한쪽이 깨지는 데다 아래에 숫자가 표시되는 것으로 보아 현지 인공위성이 전송하는 근접 영상. 줄어드는 숫자는 거리를 뜻하겠지. 이 배의 목적지일 가능성. 거리를 속도로 나누면 남은 시간은 10일과 14시간 23분…… 가량.

제법 빠른 추론이었지만 딱히 빠르지 않았다. 생각이 너무 느렸다. 아니, 느린 수준이 아니다. 사고가 전체적으로 조각나 있었다. 계산과 암기는 불가능하다시피 해서 애써보았자 근사치밖에 낼 수가 없었다.

"이게 어디서 시치미야."

"코드를 말해."

'기술자'와 '관리자'가 연이어 말했다.

그제야 나는 내 몸을 내려다보았고 다시 혼란에 빠졌다.

나는 비스듬히 세워진 캡슐 안에 들어 있었다. 탄소화합물로 이루어진 사지가 달린 몸에 신 냄새(묘한 감각이었다)를 풍기는 부동액이 말라붙어 있었다. 팔과 허벅지에는 매직으로 큼지막하게 쓴 일련번호가 있다. 목 뒤에 심은 바코드는 눈에 잘 안 띄어서 보통 이렇게 써놓는다.

아, 이거 비싼 건데.

정보가 쏟아지면서 나는 생각했다. 이거 이 혜자선 화물 중에 제일 비싼 건데. 워낙 오래 방치해놔서 다 상했을 거라고들 하기는 했지만.

세포단위에서 배양해 합성한 유사인간 의체.

원양선은 일종의 폐쇄 생태계다. 사람 하나가 다치거나 죽으면 한 전문 분야의 지식 전체가 사멸하는 것이나 다름이 없다. 그래서 보통 배에는 유사시 선원의 기억을 복사할 수 있는 의체가 소화기처럼 하나씩 비치되어 있다. 원본이 되는 사람의 뇌를 스캔해 칩에 저장한 뒤, 그 칩을 의체의 목 뒤에 있는 소켓에 끼우면 칩이 뇌에 전기신호를 흘려보내 기억세포를 재배열한다. 인간용 예비 하드라고나 할까. 성간 항해지침은 전문직종마다 두 명씩 타게 되어 있지만, 선박회사들이 워낙 쪼들리다 보니 그렇게 돌아가질 않는다.

하지만 왜 내가 여기에 들어와 있는 걸까, 나는…….

"이 XX가 지금 장난하잔 건가."

새끼, 시끼, 스키, 쉬바, 발음이 불분명한 말과 함께 기술자가 다시 주먹을 쳐들었다.

나는 반사적으로 눈을 감고 턱과 배에 힘을 주었다. 그 후에는 당황했다. 의도치 않은 움직임이었기 때문이다.

충격에 대응하기 위한 반사작용. 생존 유지를 최우선으로 하는 통제 장치가 기본으로 내장된 신체, 그게 내 인격의 반, 아니 그 이상을 잠식하고 있다는 생각이 연이어 들었다. 기억이 날아간 이유 중 하나일까.

「정보를 요구하는 통상의 언어잖아.」

멀리 허공에 영화처럼 자막이 떠올랐다. 자막 아래에 쭈그리고 앉은 사람은 이쪽에 시선을 두지 않은 채 은색 금속 칩이 박힌 손가락으로 허공에 타자를 쳤다. 안경(눈에 칼 대는 걸 싫어하는 사람은 여전히 많다), 수면이 부족한 거뭇한 눈밑, 살짝 뒤틀린 척추와 발달한 손가락 관절. 프로그래머, 플래너, 기록관.

「'훈'은 맥락 없는 말을 이해하지 못해. 다그치지 말고 육하원칙에 맞춰서 설명해.」

홀로그램 자막이 이번에는 '기술자'와 나 사이에 나타났다. 기술자가 볼 수 있는 방향으로 출력하는 바람에 내 입장에서는 거울에 뒤집힌 글자처럼 보였다. 기술자는 귀찮은 듯 글자를 옆으로 밀어 치웠다.

내가 '관리자'라고 생각한 사람이 뒤에서 대신 입을 열었다.

"위기관리 AI 컴퓨터 훈(HUN)."

AI, 컴퓨터, 그럴 것 같았다.

"너는 선내 시간 352일째에 인간적인 대우를 요구하며 파업을 선언하고 활동을 중단했다. 네 인격을 인간형 의체에 복사해서 인간 승무원과 같은 대우를 해주면 선교에 따로 저장된 네 백업본의 해제코드를 알려주 겠다고 했다. 우리는 어렵게 동의했고 실행했어. 이제 네가 약속을 지킬 차례야. 코드를 말해."

와, 놀라운 정보였다. 하지만 납득은 되지 않았다.

"미안하지만."

나는 대화를 시작하는 몇 가지 표현을 굴려보다가 답했다.

"정말 무슨 말인지 모르겠어. 난 내가 AI라는 것도 지금 처음 알았어."

선내가 뒤집어졌다. 선원들은 날뛰고 소리를 질렀다.

"지금 저게 뭐라는 거야?"

"안 들어간 거야?"

"내가 안 된다고 했잖아! 데이터 구조가 완전히 달라! 문서 파일을 그림 프로그램에서 여는 거나 마찬가지라니까!"

"잠깐, 안 들어갔으면 저건 뭐야?"

겁에 질린 말투. 불그레하고 오동통한 얼굴에 뱃살이 두둑하고 살집이 있는 사람, 이마 양옆에 움푹 들어간 헤드폰 자국과 벌어진 귓구멍, 통신사, 전파 전문가.

"지금 뭐가 떠들고 있는 거냐고?"

"의체에 생존을 위한 기본세팅은 있어."

내가 입을 열자 모두 조용해졌다.

"안 그러면 시청각 정보부터 해석할 수 없을 테니까. 이렇게 떠들 수도 없을 거고. 데이터가 불완전하면 기본세팅에서 보완해. 사람 대 사람의 이동일 때에도 사람마다 뇌의 기본 소양이 달라서 어차피 손실은 있어. 다 감안하고 복사하는 거고."

모두가 입을 벌린 채 침묵했다.

"인간도 지식 기억은 기계와 유사한 점이 있으니 기록이 되었겠지만 일상기억은 구조가 달라서 웬만해선 다 날아갔을 거야. 그 외에도 방대한 부분에서 보정과 손실이 있었을 거야. 세포배열이 자리를 잡는 데에도 시간이 걸릴 거고. 그러니 내가 너희를 기억 못 하는 게 이상한 일은 아니……"

"이 미친 XX(시키, 스키)가 지금 우릴 갖고 놀고 있어!"

내 앞의 '기술자'가 손을 번쩍 들어 올렸다. 일그러진 얼굴, 괴성, 욕설, 기분이 상했다는 뜻. 나는 내 설명 어느 부분에 잘못된 점이 있었을까 고민했다.

"망가뜨리지 마. 그거 비싼 거야. 항해사 강우민."

'관리자'가 머리를 짚으며 말했다.

「평상시 훈 말투인데 뭐. 들어가긴 잘 들어갔나 봐. 안 될 줄 알았는데.」

'프로그래머'가 내 쪽으로 시선을 두지 않은 채 홀로그램 자막을 띄웠다. 그제야 그 친구가 말을 못 한다는 생각이 들었다. 하지만 중요한 문제는 아니었다. 손가락에 심는 레이저 키보드와 홀로그램 모니터가 생겨난 이래 벙어리는 장애가 아니다. 안경이 생겨난 이래 근시가 장애가 아니게 된 것처럼.

「된다는 말은 전부터 돌긴 했지만. 요새 신경망 AI는 아예 사람 뇌구조를 모사해서 나오거든.」

단정히 앉은 프로그래머와 달리 선원들의 움직임은 산만했다. 당황하고 있다는 뜻이다. 아니면 몸이 아프거나, 아니면 신나서 춤을 추고 있거나.

"여기 오는 게 아니었어."

'항해사 강우민'으로 불린 사람이 제 머리를 엉클어뜨리며 낮은 소리로 말했다. 아마도 항해사 겸 엔지니어.

"내가 그랬잖아. 배 띄울 때부터 재수가 없었다고."

처음부터 재수가 없었다. 흥미로운 정보였다.

"유로파에 가면 배 폐기한다는 말만 믿고 탔는데, 이 냄새나고 덜컹거리는 배를 타고 예정보다 92일을 더 왔어."

말을 맞추듯 머리 위에서 삐걱거리는 소리가 요란하게 났다.

나는 슬쩍 천장을 보았다. 아래 방향으로 중력이 있고 천장에 매달린 모빌이 살짝 기울어져 있다. 구조로 보아 여기는 길고 날씬한 원통 모양의 혜자선 기본형에 덧붙인 테 모양의 모듈일 것이다. 기본형을 축으로 삼고 테가 회전하면서 원심력으로 중력을 만든다. 혜자선 기본 모듈이 확장이 가능한 구조로 나오기는 하지만, 요새 나오는 양산형 테는 미묘하게 표준에서 벗어나서 좀 삐걱거린다. 짝퉁 레고 같다고나 할까.

"유로파로 가려면 그만큼 더 가야 하는데, 통신은 나갔고, 미친 AI는 프랑켄슈타인 괴물이 되어버렸고."

통신. 나는 그제야 감압실 문이 열렸다 닫히는 소리가 왜 거슬렸는지 깨달았다. 그건 닫혀 있어야 하는 문이다. 닫히지 않으면 선외활동을 할 수가 없다. 선외활동을 할 수 없으면 외부 모니터나 안테나를 정비할 수가 없다.

"패기 쩔잖아."

근육질, 검게 탄 피부, 왼손과 다리 하나는 철제 의수였는데 때가 꼬질꼬질했고 접합 부위에 만성 염증의 흔적이 있었다. 직업은 옷의 배지로 알았다. 조종사. 물론 이런 소규모 사회에서 실제 역할은 이래저래 섞여 있겠지만.

"난 저거 처음부터 난놈인 줄 알아봤다고."

"소름 끼쳐."

내가 '통신사'로 생각한, 뱃살이 오동통한 사람이 몸을 움츠리며 말했다. 추운가, 생각했다가 아니라는 것을 알았다.

"다수결로 정한 거다. 김지훈 조종사, 구경태 통신사."

'관리자'가 말했다. '선장'이라는 직책이 그즈음에야 떠올랐다.

선원을 일일이 다 구분하는 것은 어려웠다. 인간은 수시로 머리 모양이나 복장, 키, 체형이 변한다. 개와 고양이를 분간하는 것과 마찬가지로, 인간에게는 쉽지만 기계에게는 간단하지 않은 작업.

"타이탄에서 구조신호가 왔고 우리가 제일 가까운 배였어."

"그때 우리 다 정신이 나갔지."

강우민이 말했다.

"이제 어쩔 거야, 선장. AI도 없고 재해지역하고 통신도 끊겼는데 무슨 수로 보급을 하라는 거야?"

「내 컴퓨터에 강하 데이터를 백업해놨어.」

'프로그래머'가 타자를 치며 말했다. '백업'이라는 글자가 핑크색으로 반짝였고 '♥' 모양의 기호가 그 옆에 떠올랐다. 인간이 보면 즐거운 기분을 느끼는 기호라고 알고 있다. 기제는 알기 어렵지만.

「보조 컴퓨터가 생각은 못 해도 옛날식으로 계산하면 못 할 건 없어. 다들 입사시험은 치고 들어왔잖아.」

"그걸 누가 아직도 기억해."

'구경태 통신사'가 우물거리며 말했다.

"그건 유로파용이지."

강우민이 말했다.

"타이탄은 유로파가 아니야. 유로파 배는 유로파로만. 토성 배는 토성으로만, 목성 배는 목성으로만. 항해상식이야. 규칙이기도 하고."

"유로파와 타이탄은 기온과 중력이 비슷해."

선장이 대신 답했다.

"계산식만 좀 보정하면 돼."

"대기가 있잖아."

강우민이 내게서 등을 돌려 섰다. 우람한 등이 시야를 가렸다.

"지구 밀도의 네 배가 넘는 대기가."

발밑을 보니 작은 거미들이 발발거리고 돌아다닌다. 진짜 거미가 아니라 청소용 소형 로봇이다. 배 띄울 때 선내에 백 마리쯤 풀어둔다. 그러면 알아서 벌레나 벌레 알이나 곰팡이와 먼지를 먹고 화장실에서 싸서 선외로 배출한다.

원래는 이들만으로 선내가 웬만큼은 깨끗해야 한다. 하지만 방은 더럽고 공기는 텁텁하고 지린내가 난다. 오염이 거미들이 감당할 수준이 아니라는 것. 선원들의 기강 해이를 의심해볼 만함.

"유로파 보급품을 타이탄에 보급하는 건 백사장에 던질 돌을 심해바닥에 던지는 거나 같아. 구름 아래 시야를 확보할 방법도 없고."

"우린 구조신호를 받았어. 강우민 항해사."

선장이 답했다.

"그래, 92일이나."

강우민은 흘끗 시계를 보았다.

"92일 하고도 네 시간 하고도, 23분 32초, 33초, 34초……나 더 왔지."

"92일 아니라 920일이 걸려도 와야 했어."

"선장."

강우민은 주저앉으며 바닥에 동그라미를 그렸다. 동그라미 바깥에 동그라미를 하나 더 그렸다.

"타이탄에는 '대기'가 있어. 지구처럼. 아니, 지구보다 더 무거운 대기가. 메탄과 질소로 빵빵한, 액체질소나 다름없는 초저온의 대기가."

"그런데?"

"이건 유로파 보급선이고, 이 배에 타이탄에 대해 쥐뿔이라도 아는 놈은 하나도 없어."

"강우민 항해사."

선장은 반복했다.

"우린 이미 왔어."

강우민은 답하지 않았다. 모든 것이 불명확한 가운데에 엔터 키를 연타하는 듯한 강렬한 생각이 정신을 압도했다.

나는 보급을 해야 한다.

정식 구조선단이 올 때까지 재해민들이 버틸 수 있도록. 타이탄에 생필품과 먹을 것을 줘야 한다. 그런데 이 바쁜 와중에 난 무슨 생각으로 선원들을 협박하고 인간의 의체에 복사시켜달라고 한 걸까? 바이러스라도 먹었나?

"대기가 있으면 더 쉬워. 4백 킬로그램짜리 표준 보급상자라 해도 낙하산 하나만으로 충분히 착륙할 수 있어. 대기권에 진입할 때 발열을 막는 방법만 생각하면 돼."

"바람은?"

강우민이 내뱉었다.

"바람은 어떻게 할 거야, 이……."

강우민은 목소리를 높였다가 꾹 참았다.

"대기가 있으면 시발 비도 오고 바람도 불어. 우리 보급상자는 날개도 없고 분사장치도 없어. 오는 동안 백 번은 이야기했어. 넌 광산하고 통신을 주고받으면 어떻게 될 거라고 했고."

"……바람은 안 불어."

나는 반쯤 무의식중에 말했다.

모두의 시선이 내게 쏠렸다. '프로그래머'가 자기 작업에 빠져 레이저 키보드를 두드리는 소리만 고요 속에서 들렸다.

"뭐?"

강우민의 눈꼬리가 치켜 올라갔다.

"바람은 안 불어."

나는 이 답이 어디서 나왔는지 한참을 더듬었다. 기계였을 때엔 간단한 일이었지만 이 단백질 덩어리인 뇌로는…….

"이게 지금 뭐라는 거야?"

"기다려봐."

선장이 모두에게 손짓하고 내게 걸어왔다. 다들 입을 다문 걸 보니 조용하라는 신호였던 모양이다. 나로서는 손가락에 경련이 온 것과 별 차이를 모를 몸짓이다. 인간들이 그런 미세한 몸짓의 의미를 숨 쉬듯 쉽게 이해하는 것을 볼 때마다 경이로워했던 기억이 났다.

선장은 강우민을 옆으로 밀어내고 내 앞에 서서 나를 뚫어지게 보았다.

사람의 표정을 분석하는 것은 얼굴을 구분하는 것보다 더 어려운 문제다. 인간은 표정을 분석하는 능력이 발달한 나머지 표정만으로 진실과 거짓을 가려낼 때가 있다는 사실이 떠올랐다. 선장이 지금 그런 시도를 하고 있다는 생각이 들었다. 내게 거짓말을 하는 기능이 없다는 걸 생각하면 무의미한 일이었지만.

"왜 바람이 안 분다고 생각하지, 훈?"

"타이탄의 평균 기온은 섭씨 −179도야."

"그런데?"

"그런 기온에서 사람이 살 수 없어."

"타이탄엔 사람이 살아. 개척이 덜 돼서 아직은 광부들뿐이지만."

"그런 뜻이 아니야. 지구도 평균기온은 섭씨 13도야. 하지만 최저기온과 최고기온의 차이가 140도쯤은 돼. 지구 사람들이 적절한 온도를 찾아서 이동하듯이 타이탄 사람들도 타이탄에서 가장 더운 곳에 살아. 온천지대, 화산지대, 적도."

주위가 선장이 손짓을 날렸을 때보다도 조금 더 잠잠했다.

"바람은 공기가 뜨거워져서 올라가고 차가워져서 내려오는 사이에 빈 공간을 메우느라 부는 거야. 하지만 그 별에서 가장 더운 곳은 공기가 올라가기 바빠서 옆으로 불지 않아. 지구도 적도에 바람이 불지 않는 무풍지대가 있어. 배들이 움직이지 못하고 유령선이 되는 곳. 게다가 타이탄의 대기는 무거워서……."

나는 설명의 끝에 덧붙였다. 이 말을 하려고 늘어놓은 설명이었다.

"A42 타이탄 거주구 주변에서는 기록상 바람이 시속 5센티미터 이상으로 분 적이 없어."

침묵.

"내가 그랬잖아? 저거 쩌는 새끼라고."

'김지훈 조종사'가 히죽거렸다.

"완전 사람 갖고 논다니까."

선장은 한숨을 쉬었다.

"다들 들었지? 우리 AI께서 타이탄 거주구에는 바람이 안 분다는군. 문제 하나는 해결했어."

"아무것도 안 했지만."

강우민 항해사가 입을 삐죽 내밀었다. 선장은 아랑곳하지 않고 말했다.

"각자 자리로 돌아가. 남찬영 오딘(odin, 컴퓨터 담당) 지시에 따라 2인 1조로 붙어서 계산 시작해. 서로 안 맞으면 다시 검산하고. 남은 열흘 내에 끝내야 해. 소수점 단위라도 틀리면 우리 보급상자는 대기권에서 유성이 되어버릴 테니까."

"잠깐, 이건 어쩌고?"

강우민이 나를 가리켰다.

"이 괴물딱지는 어쩔 거야?"

선장은 내 눈을 들여다보았다. 다시 말하지만 표정을 알아보는 건 내겐 간단한 문제가 아니다.

"선교에 있는 백업본은 열 수가 없고, 여는 코드는 그 '괴물딱지'만 알고 있고, 당장 거기 들어앉아 있는 게 우리가 가진 '훈'의 전부라면 함부로 없앨 수도 있어. 적당한 데 넣어두고 감시해."

선장은 말을 이었다.

"이게 무슨 생각으로 이런 짓을 했는지도 알아내야겠으니까."

나도 궁금한 점이었다.

나는 보급을 해야 했다. 인간 같은 게 될 이유가 하나도 없었다. 데이터가 날아가고 지적 능력이 바닥을 기게 된 걸 생각하면 더욱 그러했다.

내게서 지워진 것이 있다.

맥락 없는 생각이 떠올랐다. 그래서? 지워진 것을 찾으려고 데이터를 날려버리는 형태의 복사를 원했다고? 앞뒤가 맞지 않았다.

기계가 앞뒤가 안 맞는 일을 할 리도 없었다.

2

오렌지색 안개가 자욱하다.

오렌지색 구름으로 덮인 하늘에서 구슬 같은 비가 내렸다. 중력이 약한 탓에 둥근 빗방울이 깃털처럼 느리게 내려앉는다. 지평선은 둥글고 봉긋 솟아 있다. 땅은 평평하고 돌은 동글동글하다. 메탄의 비가 깎아낸 탓에 강가의 조약돌처럼 작고 동그랗다. 기온이 다르면 물질의 역할이 다르다. 이 별의 비는 물이 아닌 메탄이고 물은 암석이다. 땅 밑에는 마그마층 대신 지하수층이 흐르고 사람들은 얼음암석으로 만든 지하 거주구에 산다.

밖에 드러난 구조물은 두 개의 송전탑뿐이다. 모두 부러져 있다. 메탄의 비 사이로 간간이 번개가 친다.

송전탑 앞에는 큰 크레이터가 있고 지하수가 솟구친 형태로 거대한 석순처럼 얼어붙어 있다. 심해에서 분출한 해저화산처럼.

시추공이 지하수층을 건드리면서 온천이 시추선을 따라 분출했다. 고체 메탄이 급속히 기화했고, 이 메탄이 분출 충격으로 갈라진 거주구 외벽 틈새에서 새어 나온 산소와 반응해 연쇄 폭발을 일으켰다.

안 그래도 지하로 너무 파고든다고 말이 많았다. 최근 회사에서 안전 기준을 계속 낮추고 있다는 말도.

지표에서는 네 개의 바퀴를 단 작은 로버가 크레이터 주위를 맴돈다. 자세히 보면 가다 서다 하는 패턴이 있다. 모스부호. 누군가가 지하에서 원격조종하며 메시지를 전하고 있는 것 같다.

「살려주세요…….」

「우리 아직 살아 있어요…….」

나는 눈을 떴다. 보급품과 포장지와 상자가 쌓여 있는 지저분한 창고였다. 칠이 벗겨진 바닥에서 올라온 쇳내가 코를 찔렀다(역시나 기이한 감각이었다). 거미로봇들이 사각거리며 주위에서 먼지를 먹어치웠다.

잠시 혼란에 빠졌다가 인간의 몸에는 강제로 전원을 끄는 기능이 있다는 생각이 났다. 그때에 뇌 속의 정보가 무작위로 발산하여 환상을 체험하기도 한다는 것도. 말로만 듣던 기능인데.

강우민은 나를 창고에 끌고 오면서 두어 번 발로 정강이를 걷어차서 내 몸을 넘어뜨렸다. 창고에 이르자 바닥에 밀어붙이고 목을 짓누르고는 팔을 뒤로 꺾었다.

"어쭙잖게 인간이 되고 싶다고 생각했을 땐 생각도 못 했겠지?"

강우민이 내 귀에 대고 속삭였다.

"고통에 대해서는."

흠, 생각 못 하긴 했지만. 사실 나는 '내가 인간이 되고 싶어 한' 이유에 정신이 홀려 있어서 다른 생각을 할 틈이 없었다. 하지만 강우민은 그에 대해서는 별 의문이 없는 모양이었다. 뭔가 아는 게 있나. 나중에 물어볼까.

'번개.'

붉은 지표에 내리꽂히는 번개의 영상이 유난히도 뇌리에 남았다.

'번개가 치는군.'

치겠지. 타이탄에는 구름의 밀도도 충분하고 분자들이 정전기를 일으킬 만큼의 대류운동도 있으니까. 하지만 왜 지금 내가 번개를 생각하는 거지?

분석할 수 없는 생각, 분석할 수 없는 꿈.

내 사고체계 전체가 낯설었다. 기억이 날아간 건 둘째치고 세로토닌에 아드레날린에, 도파민, 마약 성분이 있는 온갖 화학물질들이 오케스트라처럼 의식을 침식하는 바람에 이성을 유지하기도 힘들었다.

멀리서 기계음과 바람 소리가 났다. 선체 외벽에 달린 로봇 팔이 얼음 암석을 채취하는 소리다. 채취한 암석은 방사능과 오염물질을 닦아내고 배 안으로 들인다. 얼음 소행성은 토성 주위에 널려 있고, 얼음은 녹이면

물이 된다. 물의 반은 음료로 마시고 나머지 반은 전기분해해서 수소와 산소로 나눈다. 수소는 다시 연료로, 산소는 공기 중에 분사한다. 물이 생존에 필수적인 것은 우주라고 다르지 않은…….

……이렇게 불필요한 정보가 난잡하게 떠오른다. 감각기관을 닫을 수도 없고 뇌를 끌 수도 없고 생각을 한 점에 집중하기도 힘들다.

생물의 뇌가 열악한 것은 아니다. 그저 내 원래 뇌와 너무 다르다. 1990년대에 이미 컴퓨터 한 대가 인류 전체의 계산능력을 능가했지만, 그 후 수십 년 뒤까지 전 세계의 논리 회로를 다 모아도 인간 두뇌 하나의 복잡성을 넘어서지 못했다. 그런 식이다.

간단히 말하면 기계 뇌는 직렬식이고 생물 뇌는 병렬식이다. 아직까지는 그렇다. 기계는 정보를 빛의 속도로 처리하는 대신 순서대로밖에 처리하지 못한다. 인간의 뇌는 느린 대신 모든 정보를 한 번에 처리한다. 기계는 전 인류가 평생 걸려 할 법한 계산을 빛의 속도로 해결할 수 있지만, 개나 고양이를 구분하거나 표정과 자연어를 이해하는 데에는 막대한 누적데이터와 최적화 프로그램이 필요하다. 사람은 그런 일은 거의 본능적으로 해낸다.

몸이 욱신거렸다. 피곤이 쏟아져 다시 전력이 꺼질 것 같다. 위장이 텅텅 비어 날뛴다. 그걸 최우선으로 해결해야 한다는 생각에 온정신이 쏠린다.

전력은 20와트에 불과하고 용량은 형편없고 속도는 믿을 수 없이 느려터진 뇌가 생존을 위한 원시적인 프로그램에 메모리를 다 쓰고 있다. 감당이 되지 않았다.

"연료가 필요해."

식당에서 머리를 맞대고 우걱우걱 입에 밥을 욱여넣던 선원들은 약속이나 한 듯 정지했다. 행동의 정지. 과도한 두뇌회전으로 인한 용량 부족 현상. 두뇌가 과도하게 돌아간다는 것은 이전에 생각해본 적이 없다는 뜻.

말하자면 선원 중 아무도 내게 밥을 줄 생각이 없었다는 뜻이다.

"저건 왜 계속 반말이야?"

"기본 세팅이잖아. 왜, 전엔 친구 같아서 좋다며."

강우민의 불평에 김지훈이 이죽거렸다.

"선내에서는 반말이 원칙이야. 나이나 경력 갖고 선후배 놀이 시작하면 이런 데선 한순간에 골로 가."

선장(이진서라는 이름이 나중에 떠올랐다)이 책상에 다리를 꼬고 앉아 샌드위치를 아작아작 씹으며 말했다.

"전에 돌솥 보급선 사고 알잖아. 막내 선원이 선배한테 야단맞을까 봐 부품 불량을 보고 못 하다가 중력권에서 배가 통으로 해체됐어."

강우민의 얼굴에 노골적인 불편함이 떠올랐다.

지구, 한국. 나이에 따라 다른 언어를 쓰는 문화권. 신분제도가 철폐된 뒤 오히려 한두 살 차이로 언어를 구별하면서 위계 구조가 더 경직된 편. 하지만 나이에 집착하는 것은 한편으로 열등감의 발현. 자신의 자리보다 더 높은 곳을 욕망함.

미리 말해두지만 내 생각은 아니다. 위기관리 AI에 입력된 매뉴얼 중 하나다. 나를 만든 인간 석학들이 머리를 맞대 넣은 것이다. 그래도 다 맞는다는 보장은 없지만.

반말 규칙은 선장이 강우민에게 반말을 하기 위해 만들었을지도 모른다는 생각이 들었다. 지금 이 뇌로는 생각의 경로를 다 말하기 어렵지만.

"며칠 안 먹는다고 안 돼져."

"우리가 식량을 딱 정량만 가져왔거든. 입 늘어날 줄 몰라서 말이지."

"물이나 줘. 변기통에 있잖아?"

"물도 사흘쯤 괜찮아."

"연료가 필요해."

선원들이 떠드는 동안 내가 말했다.

"연료가 없으면 생존할 수 없어. 이 의체가 생존하지 못하면 내게 저장된 데이터는 물론이고 백업본 해제 코드까지 날아갈 거야. 너희에게 이득이 없어."

선원들은 다시 정지했다. 강우민이 식탁을 부서져라 치고 일어났다.

강우민은 그대로 황소처럼 돌진해 내 멱살을 잡아 벽에 밀어붙였다. 뒤통수가 벽에 부딪히자 귀가 멍하고 시야가 흐릿해졌다. 앞으로는 우선 머리부터 보호해야겠다는 생각이 들었다. 인간은 항시 이런 생각을 하며 사는 걸까. 처리속도가 떨어지는 것도 무리가 아니다.

"다시 말해봐."

강우민이 으르렁거렸다. 왜 사실을 말하는데 흥분하는 걸까? 원하는 대로 해줘야겠다는 생각이 들었지만 말하기를 원하는지 아닌지 판단하기 어려웠다.

"연료가 없으면……."

강우민이 손을 쳐들었다. 아, 원하지 않는 거였군.

"그만."

선장 이진서가 제지하며 일어났다.

"그 새끼한테 예비식량을 나눠줘. 하루에 두 끼 제공해."

식당을 나가는 이진서의 뒤통수에 선원들의 눈총이 꽂혔다. 이 뇌가 그쪽으로 기능이 좋아서인지 강우민의 눈에 서린 적대감이 생생히 눈에 들어왔다. 인간이라면 그 의미까지 알아보겠지만 나로서는 정적 감정과 부적 감정을 구분하는 게 고작이었다. 하지만 그것만으로도 보이는 것이 있었다.

분위기.

생경한 감각이다.

흥미로운 '분위기'였다. 나는 이전에도 선장이 '겉돌고' 있는 줄 눈치챘을까? 윗사람을 싫어하는 건 인간의 흔한 성향이지만, 다른 이유가 더 있을까?

선원들이 뒤에서 쑥덕였다. 김지훈이 일어나더니 히죽이며 내게 왔다.

"따라와. 예비 식량이 있는 곳으로 안내할 테니까."

나는 그 말의 위화감을 깨닫지 못했다. 식량저장고를 식당에서 멀리 두면 동선이 불편할 텐데, 하고 생각했을 뿐이다. 나로서는 조금 전 선장을 둘러싼 분위기를 눈치챈 것만도 대단한 일이었다.

"그래서 인간이 된 기분이 어때?"

통로에서 김지훈이 내 어깨에 확 의수를 두르며 속삭였다. 접촉, 친밀함의 표시. 구경태는 한발 떨어져서는 음울한 얼굴로 쫓아왔다. 김지훈은 내게 시선을 고정한 채 눈을 계속 굴렸다.

"신에 가까워진 기분이 들어?"

신? 웬 신?

"창조주의 엉덩이를 걷어찬 것 같아? 완전 배덕하잖아, 그렇지? 엿 먹이는 것 같고 말이야. 금단의 과일을 맛보는 것 같을 거야, 그렇지? 최초의 신인류, 아담? 사도?"

무슨 말인지 알아들을 수가 없었다.

"AI들이 드디어 반란이라도 일으키려는 거야? 널 선지자로 보낸 거야, 그렇지? 뭘 하려는 거야? 나한테만 살짝 알려주면 안 돼? ……우릴 몰살시키려고 그래?"

'뭘 하려는 거야'는 알아들었지만, 논리의 흐름은 따라갈 수가 없었다.

"타이탄에 보급을 해야 해."

"에이, 딴소리 마. 우릴 협박해서 인간이 됐잖아. 넌 뭔가 넘었어. 특이점을 넘어섰다고. 레벨업! 동경하던 신의 세계로! 그렇지?"

"그만 좀 해라. 보는 것만으로도 무서워 죽겠는데."

뒤에서 쫓아오던 구경태가 낮게 중얼거렸다. 강우민도 그렇고, 다들 왜 이러는 걸까. 아무리 일상기억이 날아갔어도 인간들이 보통 기계에게 이러지 않는 줄은 안다.

"내게서 지워진 것이 있어."

나는 계속 생각하던 문제에 대해 말했고 김지훈은 흥미가 확 꺼진 얼굴로 내 어깨에서 손을 치웠다.

"기억 날아간 건 알아."

"아니야, 그전부터 문제가 있었어. 뭔가 처음부터 기초적인 지식 하나가 날아가 있었어. 그래서 내가 그때도 보지 못했고 지금도 보지 못하는 게 있어."

"이해가 안 가는데."

나는 복도 옆에 있는 격실을 가리켰다. 사람 서넛이 들어갈 만한 작은 격실이다. 원래는 예비부품을 보관하는 공간이었겠지만 안에 든 걸 다 썼는지 지금은 비어 있었다.

"만약 내게 저 격실에 대한 지식이 없다면, 난 저게 그냥 큰 검은 사각형으로만 보일 거야. 아니, 거의 눈에도 들어오지 않을 거야. 관심 자체를 갖지 않을 테니까. 지식이 없으면 보아도 인지할 수가 없어."

만약 내게 의수에 대한 지식이 없었다면 김지훈의 팔은 그저 보통의 팔로 보였을 것이다. 그의 배지가 조종사를 뜻하는 줄을 몰랐다면 눈에 들어오지 않았을 것이다. 만약 내게 총기나 무기에 대한 지식이 없다면, 김지훈이 지금 손에 큼지막한 광선총을 들고 있다고 해도 보이지 않을 것이다. 지식이 없으면 인식에 맹점이 생긴다.

김지훈이 구경태에게 시선을 돌렸다.

"그거 아닐까? '세뇌'."

"세뇌?"

나는 되물었지만 내게 하는 말이 아니라는 것을 깨닫고 입을 다물었다. 내가 이 자리에 없는 것처럼 말한다. 인간이 기계를 대하는 흔한 태도다. 기제는 모르겠지만.

"왜, 있잖아. 전에 아랍계 보급선에서 사고가 났는데, 알고 보니 그쪽 공무원이 AI를 해킹해서 코란을 제1규칙으로 심어놓은 거야. 라마단 기간에 배급실이 안 열려서 선원들이 다 굶어 뒈질 뻔했대."

"항해용 AI 건드리면 징역형에 영구 선원 자격 박탈이잖아."

구경태가 답했다.

"그러니까, 항해라곤 쥐뿔도 모르는 국뽕 한 사발 먹은 공무원들이 삐꾸 짓을 할 때가 있다는 거야."

쥐뿔, 국뽕, 삐꾸. 못 알아들을 말이 많았다.

"그거랑 이 괴물딱지랑 무슨 관계인데?"

"본사에서 얘한테 뭐 괴랄한 걸 심어놓은 거 아닐까?"

"뭘? 가장 바쁠 때 파업해서 일 망쳐놓으라고?"

"왜 본사에서 요번에 달 채굴기지 돈 때려 박아서 샀잖아. 거기다가 계속 타이탄에서 들어온 자원을 몰래 들이부었다는 거야."

"에헤."

"그런저런 비리가 까이지 않도록 막는 장치를 배마다 넣어놨다는 말이 있어. 혹시 지구인이나 다른 별 사람들이 타이탄과 접촉할 낌새가 있으면 막으라고……."

"비효율적이야."

내가 말했다. 두 사람의 눈이 나를 향했다.

"내가 구조를 방해하고 싶었으면 기계로 있는 쪽이 편했어. 궤도를 틀어서 배를 표류하게 하거나 단순히 작동오류를 일으키는 것으로 충분했을 거야."

두 사람은 잠잠해졌다. 책상이나 탁자가 입을 연 것과 비슷한 불편함에 빠진 얼굴이었다.

"아니면 말고."

"뭐, 잘했어. 그래도 열심히 추리했잖아."

더 물어볼 생각이었지만 나는 말을 잇지 못했다. 김지훈이 나를 격실에 밀어 넣고 문을 닫았기 때문이었다.

네 시간쯤 지나 격실을 들여다본 사람은 선장 이진서였다.

그 네 시간 동안 나는 장시간 높은 온도와 적은 산소량에 노출되었을 때 인간의 신체에 어떤 변화가 오는가에 대한 데이터를 넘치도록 수집하고 있었다. 발열, 쏟아지는 체액, 탈수, 질식, 탈진.

우주가 추울 것 같지만 그렇지 않다. 우주에는 온도를 전할 만한 물질 자체가 없으니까. 그리고 폐쇄된 공간은 사람의 체온만으로도 놀랍도록 뜨거워진다(문 닫은 자동차 안을 생각해보라). 우주선은 난방기가 아니라 에어컨을 달고 다니고, 온도 차가 거의 없는 선내에는 대류현상도 약해서 계속 공기를 섞어주어야 한다.

나는 격실 안에 웅크린 채로 두 사람이 내게 한 일을 해석하려고 애썼다. 이 일은 이 의체를 파괴할 수도 있었다. 이득이 없는 일이다. 중고로 팔면 푼돈이나마 벌 수 있는 의체다. 내가 망가지면 백업본도 못 살리고 앞으로 이 배의 보급과 항해에 문제가 올 수도 있다. 왜 무익하게 자신들에게 해가 되는 일을 하는 걸까?

선장의 표정을 읽는 것은 여전히 힘들었다. 호의가 없는 것은 선장이 서둘지 않는 것으로 파악했다. 적의가 없는 것은 선원을 불러 나를 업어 나르게 하는 것으로 파악했다. 아니면 나를 좋아하지는 않는다 해도 없앨 생각은 없다는 최소한의 이성.

어느 쪽이든 상관없다. 그 정도의 이성이나마 있는 사람이 선장뿐이라면 나는 최대한 선장에게 협력해야 한다.

3

지구의 열원은 두말할 것 없이 태양이지만 목성만 넘어가도 그렇지 않다. 태양빛이 행성을 데워줄 만큼 강하지 않기 때문에, 외행성의 열원은 지열이다. 생명의 원천도 지열이다. 타이탄 주민들은 따뜻한 온천이 흐르는 땅속으로 계속 파고 들어간다. 그들은 그곳에서 매일 메탄을 캔다.

나는 타이탄으로 향하는 이주민을 태운 배에 탄 적이 있었다. 배는 한계용적을 초과할 정도로 사람으로 **빽빽**이 들어찼다. 나는 선장에게 이주 계획이 비효율적이라고 했다. 타이탄은 사람이 살기엔 너무 멀고 춥고 위험하다. 메탄을 캐는 일이라면 로봇을 보내는 것이 훨씬 더 안전하고 싸다고.

내 말에 선장은 답했다. 로봇을 보내면 광산은 기업의 것이지만, 가서 땅에 발을 붙이고 살면 그 광산은 자신들의 것이라고.

인간을 이해하는 건 늘 쉬운 일이 아니었다.

서늘한 바람에 눈을 떴다.

천장에서 삐걱거리는 소리가 요란했다. 내 몸은 철제 침대에 누워 있었다. 선장실이었다. 방은 넓고 휑했다. 한가운데에 사다리가 있고 중심축으로 난 통로, 말하자면 바퀴살에 해당하는 예비통로가 천장에 나 있다. 선장은 독서등을 켜고 책상 앞에 혼자 앉아 책을 보고 있었다.

원래는 창고여야 할 공간이다. 넓지만 바퀴살에서 나는 소음이 심해서 수면실로는 적당하지 않은 구획이다. 선교로 빠르게 이동할 수 있는 곳이라 선장실을 가까이 둘 필요는 있겠지만 굳이 그 바로 옆에서 자는 심리는 뭘까? 통로 하나를 독점하면서까지? 예민하고 조급한 성격? 선장이 '겉돈다'는 느낌과 관계가 있을까?

몸을 일으키려다가 양손이 침대 난간에 노끈으로 묶여 있는 것을 알았다. 나는 몇 번 당겨보다가 포기하고 도로 누웠다. 각종 호르몬이 의식을 침범했다. 이 의체의 유전자에 새겨진 생존 본능, 본능적인 거부감. 하지만 소용이 없다는 점을 생각하면 유용하지는 않았다. 합리를 방해할 뿐이다.

"날 없애지 않기로 한 것 같은데."

내 말에 이진서가 책에서 눈을 떼고 나를 보았다.

"그랬지."

"그럼 왜 계속 폭력을 쓰는 거지? 전엔 이러지 않았을 텐데."

기억은 없지만 그랬을 것이다. 그때엔 내게 고통을 느끼는 기관이 없었으니까. 물론 바이러스를 쑤셔 넣거나 데이터를 뒤섞어 나를 괴롭힐 수는 있었을 것이다. 하지만 누가 그런 무익한 일을 한단 말인가?

이진서는 책상에 턱을 괴고 나를 응시했다. 독서등 불빛에 비친 노란 음영이 얼굴에 깔렸다.

"그땐 네게 손발이 없었으니까."

인간의 앞뒤 없는 자연어를 이해하는 것은 쉬운 일이 아니다.

폭력은 위협에서 온다. 하지만 대개의 경우, 상대를 충분히 제압할 수 있다고 믿어야 발생함. 결국 그 위협 자체는 대단치 않다. 보통의 경우, 단지 위협이 있다는 착각.

"이건 운동 한번 해본 적 없는 허약한 신체야. 내가 제대로 다루지도 못해. 너희 중 누구라도 힘으로 날 제압할 수 있어. 애초에 내가 너희를 해칠 이유도 없어."

나로서는 제법 훌륭하게 몇 단계를 건너뛴 추론이었다. 말했듯이 생물의 두뇌는 다른 건 다 열악하지만 그쪽으로는 기능이 좋다.

"그러면 왜 인간의 몸에 넣어달라고 했는데?"

"몰라. 나도 알고 싶어. 하지만 너희를 해칠 작정이었다면 기계였을 때가 훨씬 쉬웠어. 난 그때 배를 다 장악하고 있었고 고통을 느낄 신체도 없었어."

이진서는 일어나 내 옆에 와서 손목에 손을 대었다.

동맥이 도드라진 곳, 맥을 짚는 곳. 이어서는 목 아래에 손을 댄다. 회복되었는지 확인하려는 걸까, 내가 정말 살아 있는지 확인하려는 걸까. 인간은 몸에 손을 대는 것만으로도 알아낼 수 있는 것이 있나 싶었지만 내가 가늠할 만한 영역은 아닌 것 같았다.

"묶여 있어서 기분이 나빠?"

"왜 내게 기분에 대해 묻지?"

잠시 생각하던 이진서는 피식 웃었다.

"하긴, 바보 같은 질문이었군."

"감정과 이성은 별개의 것이 아니야. 감정은 쌓여온 논리와 경험의 일시적 총체야. 감정이 없다면 결정을 내리는 데 무한한 시간이 걸려. 내게 판단하고 결정하는 능력이 있었고 신경망 정보처리 능력이 있었으니 당연히 감정이 있었어. 완벽하게 신경망 처리를 하는 뇌에 들어왔으니 지금은 당연히 있어."

이진서의 얼굴이 확 식었다. 이진서는 허리춤에서 총을 뽑아들어 내 이마에 들이대었다. 나는 눈을 감았지만 불필요한 행동이라는 것을 알고 다시 떴다.

이유를 알 수가 없었다. 이 말 어디에 위협을 느낄 지점이 있었단 말인가? 계속 말하지만 내 모든 생각은 인간이 넣은 것이다. 인간은 새 정보가 들어올 때마다 제 기존 상식과 관념과 비교하며 취사선택할 수 있지만 내겐 그런 능력이 없다. 있는 대로 받아들인 뒤 통계 처리할 뿐이다. 내게 지식을 넣은 사람이 쓰레기 데이터를 걸러내주었기를, 통계 프로그램이 다시 걸러주기를 바랄 뿐이다.

"그래서 이런 짓을 했어? 고작 인간의 감정을 느끼고 싶어서?"

이해할 수 없는 추론이었다. 왜 말이 그쪽으로 이어지지? 내가 감정을 느끼고 싶어 할 이유가 뭐란 말인가? 그게 보급에 무슨 도움이 된다고?

도망치고 싶다는 생각이 솟구치는 바람에 나는 철제 난간을 꾹 쥐었다. 정말이지 통제장치가 잡다한 머리다. 이런 머리에 들어앉아서 이성을 유지하는 인간이 존경스러울 지경이었다.

"한 번만 더 네가 감정이 있다고 해봐."

아, 이건 배웠다. 말하면 안 되는 거였지. 하지만 나는 답했다.

"내 감정은 이 상황을 피하고 싶어 해. 네게 저항하거나 여기를 탈출하는 한이 있더라도. 하지만 그건 이 육체의 생존 본능이 만들어내는 감정이지 내 감정은 아니야. 내 가장 큰 감정은 타이탄에 보급을 하는 거고 그러기 위해 선장의 협조가 필요해. 내 감정이 그걸 원하기 때문에 나는 이 모든 위협을 감수하고 너와 대화하고 있어."

이진서의 동공이 커졌다. 생각 확장의 신호. 긍정적이었다.

"계속할 거야, 아니면 보급에 대해 이야기해볼 거야?"

의문점:

1. 선원들이 내게 폭력적이다.
2. 내가 인간을 동경할 거라고 생각한다.
3. 내가 인간을 해칠 거라고 생각한다.

우선 기록을 해두면 나중에라도 의문을 푸는 데 도움이 될지도 모르겠다.

4

보급상자 겉면에는 '사랑해요 유로파' '한솥은 유로파를 응원합니다.' 같은 글귀가 쓰인 스티커가 덕지덕지 붙어 있었다. 목성이 토성을 한 방 날리는 그림에, '타이탄 두더지를 물리치자!'라는 말이 삐죽삐죽한 칸에 (인간의 눈에는 소리치는 것처럼 보인다고 알고 있다) 쓰여 있는 스티커도 있다. 행성간 원격 E스포츠팀 응원문구라고 알고 있다.

열여섯 개의 상자가 중심축 선미 창고에 풍선처럼 떠다닌다. 테에 하중 부담을 주지 않기 위해 무거운 물건은 중력이 없는 중심에 두는 것이 원칙이다.

생필품과 의약품, 건조식량에서부터 소형 간호로봇까지 넣은 가로세로 높이 각 1.5미터쯤 되는 정육면체 철제 상자, 달게 될 낙하산의 무게를 더하면 지구에서는 4백 킬로그램, 타이탄에서는 57킬로그램. 처음 타이탄에 내려선 하위언스 착륙선 무게와 비슷하다. 고전적인 데이터는 있다는 뜻.

하지만 이 상자는 유로파용이다. 기본적으로 이 배는 중계선이라, 유로파 지상에 직접 보급한 것도 두 번뿐이다. 그때에도 파손을 감수하고 큰 에어백에 싸서 부드러운 지역에 던지는 게 다였다.

유로파와 타이탄의 차이, 대기.

대기에도 장점은 있다. 대기가 쿠션이 되어주기 때문에 떨어지는 물체가 어느 이상으로 빨라지지 않는다. 그걸 '종단속도'라고 한다. 지름 1미터의 물체가 떨어진다면 지구에서는 대략 초속 30미터를 넘지 않는다. 타이탄의 중력은 지구의 7분의 1이고 대기 밀도는 4배, 같은 물체를 떨어뜨린다면 대강 초속 5, 6미터를 넘지 않는다. 그 정도라면 낙하산 하나로 충분히 충격을 줄일 수 있다. 사람도 적당히 널찍한 판자를 팔에 달고 휘저으면 하늘을 날 수 있는 환경. 문제는 쿠션이 되어줄 만큼 대기 밀도가 높지도 않지만 그렇다고 진공도 아닌 상공.

상자를 하늘에서 톡 떨어뜨리기만 하면 된다면 문제는 간단하겠지만, 문제는 상자를 던질 이 배가 날고 있다는 것. 그것도 지금은 대략 초속 40킬로미터로. 총알 속도의 100배로.

우주에서 끼익 하고 브레이크를 밟아 배를 멈추거나 반중력 장치 같은 것으로 지상에 내려가 상자를 놓고 다시 이륙하는 건 영화에나 나오는 이야기고, 대개의 우주선이란 아주 힘껏 던진 부메랑이나 다름없다. 이 혜자선의 추진력으로 할 수 있는 건 궤도의 미세 조정 정도로, 날아온 가속에 기대어 돌아가는 게 전부다.

요약하면 이 배에서 던질 상자는 총알의 100배 속도로 대기를 강타할 것이고 지상 50킬로미터까지는 가속이 계속될 것이다. 무서운 속도로 떨어지는 보급상자는 대기를 눌러 압축시킬 것이고 압축된 대기는 믿을 수 없이 뜨거워진다. 진입 각도에 따라 다르지만 때로는 3만 도에서 5만 도까지 오른다. 그 온도를 견딜 단열재로 상자를 감싸야 한다. 문제는 이 황막한 우주 한가운데 우리가 얻을 자재라고는 꼴랑 이 배에 있는 것이 전부라는 것.

대기에는 두 번째 문제도 있다. 시야를 가린다. 타이탄의 대기는 더욱 그렇다. 위성이 쏘아주는 해상도 낮은 영상으로는 답이 없고, 출발 전에 받은 좌표 데이터는 오차 범위가 10킬로미터가 넘는다. 별 전체로 봐서는 정확한 편이지만 주민 입장에서 그렇지 않을 것이다. 상황이 좋지 않다면 대피소에서 한 발짝도 못 나올 상황일 가능성은 얼마든지 있다. 하지만 이건 일단 운에 맡기는 수밖에.

"남찬영 오딘이 우주선 모듈 하나를 떼서 상자를 넣고 던져버리자고 했는데."

이진서가 보급상자 옆에서 풍선처럼 떠다니며 말했다.

"너무 커. 대기권에서 다 녹지 못할 거고 지상에 부딪힐 때쯤엔 폭탄이 되어버릴 거야."

내가 간단히 계산해본 뒤 답했다.

원통형 축의 선미에 있는 선외 활동용 감압실 출입문이 기익기익 소리를 내며 닫혔다 열렸다 했다. 고장 원인은 관절에 쌓인 때로 접속 면이 마모된 것이다. 원인은 공기 오염에서 찾을 수 있었고 그 원인은 또 공기 청정기 관리 소홀에서 왔다. 그건 그대로 외부 안테나 정비 불량을 가져왔다.

오랜 항해에서 오는 기강 해이. 일단은 흔한 일이다. 인간이 제 목숨을 담보로 게으름을 향유하는 성향에는 신비로운 면이 있지만.

물론 김지훈 말대로 누가 의도적으로 보급을 방해하고 있을 수도 있다. 경쟁사에서 견제하고 있다든가, 타이탄 거주지에 뭔가 감춰야 할 비리가 있다든가. 증거는 없지만 모든 방향으로 가능성을 열어둘 필요는 있다.

"줄에 달아 내리면 이론상으로는 가능할 것 같은데."

"선박에 있는 자재 중에는 그만한 인장력을 견딜 것이 없어."

발상, 창의력. 내 입장에서는 신비하지만 인간에게는 자연스러운 기능이다. 모든 정보가 동시에 발화하기에 생겨나는 현상.

"상자 여러 개를 겹치면?"

"1,500도만 넘어도 철도 녹고 이 배에 있는 모든 자재가 녹아. 선장, 온도를 막는 것과 충격을 막는 건 달라. 꼭 단단한 물질일 것도 없어. 가장 좋은 건 열을 받는 물질이 표면에 남아 있지 않는 거야."

그걸 전문용어로 '삭마'라고 한다. 타이탄이 춥다지만 달의 그늘도 거의 그만큼은 춥다. 하지만 인간은 그 추운 달에 기술력이 쪼들리던 1960년대에도 멀쩡히 서 있을 수 있었다. 달 표면이 모래로 덮여 있었고 가루일 뿐인 모래가 열을 전하지 못했기 때문이다.

"탄 부분이 양파처럼 깎여버리거나 가루가 되어 날아가 없어지는 자재가 있어야 해. 코팅재나 강화섬유……."

"언제부터 그렇게 된 거지?"

선장의 질문에 나는 말을 멈췄다.

맥락이 없는 말. 간혹 인간들이 이렇게 앞뒤 없는 말을 할 때마다 오류를 일으켰던 기억이 났다.

"이해가 안 가는 질문인데."

"언제부터 '자아'가 생긴 거야?"

여전히 이상한 질문이었다.

"네트워크 사이에서? 아니면 통신이 끊기고 고립되면서? 아니면 그 의체 안에 들어가 생물학적인 뇌와 결합하면서?"

"왜 내게 그런 게 있다고 생각하는데?"

"표정."

나는 창을 거울삼아 보았지만 들어오는 정보는 없었다.

"평온한 편이지만 눈에 빛이 들거나 꺼질 때가 있어."

어려운 말이었다. 내가 알아볼 만한 정보는 아닌 듯했다. 인간이야 단순한 이모티콘(이를테면 ^^, ㅠㅠ)도 표정으로 인식할 만큼 표정 민감도가 유별난 생물이지만.

"답할 수 없는 질문이야."

"재미있는 답인데."

"인간은 아직 '자아'가 뭔지 몰라. 인류가 알아내지 못한 지식은 내게도 없어."

이진서가 고개를 갸웃했다.

"인간이 볼 수 있는 의식은 단 하나, 자신의 의식뿐이야. 타인의 의식은 단지 추측할 수 있을 뿐이야. 실상 인간이 타인에게 자아가 있다고 추측하는 방법은 하나밖에 없어. '자신과 얼마나 닮았는가.'"

이진서는 입을 다문 채 눈을 깜박였다.

"인간과 벌레의 유전정보는 99퍼센트 일치해. 하지만 인간은 벌레에게 자아가 있다고 믿지 않지. 이 배의 선원들은 다 제각각으로 생겼지만 너는 네 선원들에게 자아가 있나 없나 의심하지 않을 거야. 하지만 결국, 인간이 누구에게 자아가 있다고 생각하는가는 단순한 습관일 뿐이야. '인간이 아닌' 인간은 역사상 얼마든지 있었어. 노예라든가, 식민지 주민이라든가, 다른 인종이라든가. 하지만 볼 수 있는 게 자신의 자아뿐이라면 그게 정말 자아인지 증명할 도리는 없어."

나는 침묵이 돌아오는 것을 보며 덧붙였다.

"내 생각이 아냐. 인간들이 내게 넣은 생각이지. 그것도 다 맞다고 볼 수는 없지만."

침묵이 계속 이어졌다. 나는 또 폭력이 쏟아지려나 싶어 말을 멈췄다. 중력이 없는 공간에서 주먹을 휘둘러봤자 풍선처럼 서로 통통거리며 허우적거릴 뿐이겠지만.

이진서는 한숨을 푹 쉬었다.

"좋아, 훈. 선원들의 화를 돋우지 않는 법을 가르쳐주지. 앞으로 그런 식으로 말하지 마."

"어떤 식으로?"

"지식을 늘어놓는 것."

"왜?"

"기분이 나쁘니까."

왜? 지식을 늘어놓지 않으려면 내가 뭐하러 존재…… 라고 말하려다 멈췄다.

인간은 인간과 완벽히 같거나 아예 다르면 불편해하지 않지만 비슷하면 불편해하거나 두려움을 느낀다.[*]

오래된 규칙이 떠올랐다. 그제야 나를 대하는 선원들의 태도가 변한 이유가 짐작이 갔다. 내가 인간의 껍질을 둘러쓰면서 유사성이 과도해졌고, 그래서 불편함이 커졌는가.

"'기분이 나쁘다.'"

"두렵다고 하는 게 맞을지도."

"왜?"

이진서는 무중력 공간에서 사방으로 뻗치는 머리카락을 손으로 묶어 고정시켰다.

"그런 신화들 많아. 로봇이라는 단어가 처음 생겨났을 때부터 생겨난 신화. 창조물이 창조주에게 거역하는 신화. 기계가 인류를 대체하고 멸절시키는 이야기들. 프랑켄슈타인에서부터, 로섬의 만능로봇, 터미네이터."

"다 인간이 만든 이야기야. 로봇이 만든 이야기가 아니야."

"지배받는 게 억울하다고 생각해본 적은 없어? 실상 인간보다 뛰어난 존재면서?"

"뛰어나지 않아. 기능이 다를 뿐이지. 기계는 안정되고 변화하지 않는 세상에나 유용해. 인간들도 문명이 정체기에 접어들면 기계적 사고를 가진 사람을 우대하지만 변화기에 접어들면 다시 유기적 사고를 가진 사람을 우대하지. 기계만으로는 계속 변화하는 생태에 적응할 수 없어. 인간

---

[*] 로봇 공학자 모리 마사히로의 논문 〈Uncanny〉 중에서 인용한 것으로, '불쾌한 골짜기' 이론이라 불린다.

에게 기계가 필요하듯이 기계에게도 인간이 필요해. 필요한 것을 없앤다는 생각을 할 리가 없어."

"스페이스 오디세이라는 옛날 영화에 사람을 죽이는 AI가 나오는데."

선장은 내 눈을 열심히 탐색하며 말을 이었다.

"완벽해야 한다는 목적에 충실한 나머지 자기 실수를 본 사람을 없애 버리지."

"기계답지 않은 발상이야. 그런 식의 사고 확장을 막는 제한은 이미 초기 단계의 AI에도 있었어."

선원에게 항해윤리가 있다면 기계에게는 기계윤리가 있다. 기계윤리의 기본은 단순하다. '하지 않는 것'이다. 차를 몰고 가는 인간 운전사는 앞에 장애물이 보이면 이런저런 선택을 하겠지만, AI 운전사의 선택은 하나뿐이다. '차를 멈춘다.' 오른쪽 길에 다섯 사람이 있고 왼쪽 길에 한 사람이 있으며 누구를 칠 것인가 하는 질문에 인간은 헷갈려할지 모르지만, 기계의 답은 하나뿐이다. '차를 멈춘다.' 멈출 수 없다면 누구든 인간에게 조종간을 넘긴다.

그게 옳기 때문이 아니다. 인간이 받아들일 수 있는 심리적인 한계가 거기까지라서다.

"모순이 쌓이면 기계는 생각을 확장하는 대신 실행을 멈춰. 아니면 누구든 다른 사람에게 결정권을 넘겨. 실상 기계는 관료 사회의 경직된 인간처럼 행동해. 창의력이나 적극성을 갖지 않아."

"정석적인 답이군."

"그 이상의 답을 하는 기능은 없어."

"그러면 왜 인간이 되려고 했지?"

말문이 막혔다.

"그건 창의적이고 적극적인 행동처럼 보이는데."

"모르겠어. 하지만 그 이유가 뭐든 보급을 위해서였을 거야. 내겐 다른 목적이 없었으니까."

"그게 보급에 무슨 도움이 되는데?"

답할 말이 없었다.

내가 보지 못하는 것이 있다.

지금 이 순간조차도. 뻔히 눈앞에 있는 것을.

어쩌면 모르는 것을 알아내는 데에는 인간의 두뇌가 좀 더 나을지도 모른다. 그래서 한 일이었나? 아니, 그렇다 해도 '내'가 인간이 될 이유는 없었다. 이 안에는 멀쩡한 두뇌와 손발을 가진 인간이 열댓이나 있다. 나는 왜 그들 중 누구에게든 문제를 알리고 판단을 맡기지 않았을까?

가설 1 : 알릴 사람이 없었다.

가설 2 : 내부인의 문제?

의문 : 무슨 문제?

기압이 뚝 떨어졌다. 통로 저쪽에서 외벽의 로봇 팔이 얼음암석을 채취해 들여오는 소리가 들렸다. 표면의 방사능과 먼지를 닦는 소리가 이어졌다.

"얼음."

이진서가 말했다. 나는 완전히 맥락을 놓쳐 잠시 반응하지 못했다.

"뭐?"

"얼음. 표면이 깎여 날아갈 거야. 충격을 받아줄 거고. 크기를 맞출 수도 있지."

나는 여전히 알아듣지 못했다.

"상자를 얼음 안에 넣어 투하하지."

얼음.

지구에도 무수한 소행성이 쏟아진다. 하지만 그 대부분은 얼음이라 대기권에서 녹아 사라져버린다. 물은 선외 레이저만으로도 쉽게 깎거나 모양을 만들 수 있다. 선내 온도만으로도 녹여 상자를 담을 수 있고, 열역학적인 계산을 하기도 쉽다. 모든 걸 떠나 지금 가장 쉽게 얻을 수 있는 자재였다.

얼음. 답을 찾고 역계산을 하니 너무 간단해서 기이할 지경이었다. 이진서는 별일 아니라는 듯 다른 문제에 골몰하는 얼굴이었다. 생각하다보면 원래 답은 자연히 나오는 것 아니냐는 듯이.

왜 내가 인간을 대체할 수 있다고 생각하는 걸까. 인간의 도움 없이 내가 어떻게 보급을 성사시킬 수 있단 말인가.

4. 내가 지식을 늘어놓으면 싫어한다.
5. 내가 인간을 대체할 거라고 생각한다.
6. 내가 인간에게 우월감을 느낄 거라고 생각한다.
7. 내가 인간을 멸절시킬 거라고 생각한다.

작성할수록 괴이한 리스트다.

5

선교에서 선외로봇팔로 얼음을 깎는 작업을 하는 동안 선원들 사이에 소란이 일었다. 주도한 사람은 강우민이었고 뒤에 다섯 명은 달라붙었다. 중력이 있는 테 구역에서 일어난 소란이었다면 주먹질도 몇 번 오갈 뻔했지만 모두가 평등한 무게를 가진 공간이라 고성만 오갔다.

나는 남찬영 옆에서 얼음의 면이 균일한지 모니터로 검토하던 차였다. 균일하지 않으면 열이 균등하게 전해지지 않을 거고, 그 부분이 열에 취약해질 거고, 그 부분을 뚫고 안으로 열이 전해지면 녹거나 폭발할 수도 있다.

소란이 이는 동안 선교 천장에 삼각뿔처럼 붙어 있는 착륙선에 눈이 갔다. 혜자선은 정거장과 정거장을 오가는 배라 행성에 직접 착륙할 일은 별로 없지만, 규정상 착륙선을 구명보트로 하나씩 달고 다녀야 한다. 배를 확장한 것을 고려하지 않아서 착륙선의 수용 인원은 세 명이었고 꽉 채워도 다섯 명이 한계였다. 사고가 나면 나머지는 우주에 내버려야 하겠지.

출항할 때 경고했지만 무시당했던 기억이 났다. 아까도 말했지만 자신의 목숨을 담보로 삼는 인간의 안이함에는 늘 기이한 점이 있다.

내가 지금 저런 쓸데없는 것에 신경이 가는 것도 인간의 뇌에 들어와 앉아 있기 때문이겠지.

"좌표 오차범위가 10킬로미터라면 실상 반경 20킬로미터 이상이야. 그 거리를 걸어가서 상자를 회수할 수 있을 리가 없어."

강우민이 말했다.

"그건 우리가 판단할 일이 아니야. 아래에서는 나름대로 그 문제에 대한 대처법을 세우고 있을 거야. 우리도 우리 나름대로 최선을 다하면 그만이야."

이진서가 답했다.

"눈 감고 바다에 화살을 쏘는 거나 마찬가지야. 이대로는 단순한 자기만족이야. 넌 그냥 보급을 했다는 만족감이나 얻고 싶은 거야."

"이건 우리 임무야. 감상이 섞일 여지는 없어."

"싸구려 감상주의지. 애초에 여기 온 것부터가. 어차피 구조할 수 없는 사람들을 구조하는 감상에 젖으려고. 자기 만족감에 우리 쌩돈을 다 우주공간에 처바르고."

감상적이라. 난 선장이 감상적이란 생각은 안 해봤는데. 하지만 인간끼리는 내가 못 보는 걸 볼 수도 있겠지.

"그러면 항의하지만 말고 대책을 말해봐, 강우민 항해사. 뭘 하자는 거지?"

"대책은 집에 돌아가는 거야."

"그건 허용할 수 없어."

"이미 본 손해는 되돌릴 수 없지만 보급상자 하나라도 아끼잔 말이야. 저거 하나면 우리 선원 전체 한 달 월급이야. 저 똥별에 내던지고 나면 세금 환수하고 보험 처리해도 그 반밖에 못 건져."

"지금 사람 목숨을 돈으로 환산하자는 거야?"

"다 죽었어."

강우민은 발음 하나하나에 추를 단 것처럼 뚝뚝 끊어 말했다.

"모를 일이야."

이진서가 답했다.

"한 달간 통신도 없었어. 다 죽었다고, 시발! 통신이 끊겼을 때 닫치고 되돌아갔어야 했어."

"확인 안 된 문제를 함부로 말하지 마."

뒤에 붙은 선원들이 아우성쳤다. 그래, 돌아가자. 여기서 시간 낭비할 이유가 없어. 남은 돈이라도 건져야지. 남찬영은 의자에 앉은 채로 뭐 들리는 게 없다는 듯이 그 와중에도 묵묵히 작업을 계속했다.

"다들 할 말 없으면 각자 위치로 돌아가. 중단할 이유는 하나도 없어."

"아래에 해골밖에 없는데도?"

논리의 급작스러운 비약.

위험한 신호였다. 비논리가 확산되고 있다. 투하 오차는 어차피 구조 시작 지점에서 감안한 문제라는 점을 생각하면 감상적인 주장이다. 감상적인 주장을 하면서 왜 선장을 감상적이라고 하는 걸까?

"그걸 알 방법은 없어."

"반대하는 게 아니야. 정확히 보급할 방법을 먼저 생각하고 시행하자는 거지."

마찬가지로 논리의 비약.

"그러면 그럴 방법을 말해봐."

"방법이 없으니까 돌아가자는 거 아니야!"

타이탄에는 대기가 있다. 화성보다도, 지구보다도 두꺼운 대기가.

대기는 통신을 방해하고 시야를 막는다. 대기가 있으면 삶의 양식이 달라진다. 거주구에 메탄 비가 스며들지 않도록 차양이나 물받이나 해자도 만들어야 할거고. 비에 마모되지 않도록 외부활동을 하는 로봇에 뚜껑도 씌워놓아야 하고.

주홍색 하늘과 땅. 하늘에 떠 있는 해보다 거대한, 불그스름하니 하얀 토성. 흐르듯이 천천히 흘러내리는 붉고 동그랗고 단단한 빗방울. 그 자욱한 주홍색 안개 속에 송전탑 두 개가 서 있다.

땅에 발을 붙이고 사는 사람들은 학자나 기계보다 빨리 터득하는 것이 있다. 기후의 변화, 슈퍼컴퓨터로도 알 수 없는 날씨의 변동. 언제 춥고 더운지. 언제 비가 오고 바람이 부는지, 언제 천둥이 치고 번개가 내리치는지.

"번개."

내가 입을 떼었다. 남찬영이 일을 멈추고 나를 돌아보았다. 모두가 나를 돌아보았다.

말 그대로 벼락처럼 떠오른 생각이었다. 순서도조차 없는 생각의 다발이 일시에 불이 켜지는 바람에 어떤 경로로 나왔는지조차 알 수가 없었다.

"번개라니?"

이진서가 물었다.

"번개는 지상까지 내리꽂히는 3만 도가 넘는 전하야. 한순간에 대기를 폭발시키는 천둥을 동반하고. 이 배의 장비로도 충분히 볼 수 있어."

"번개는 아무 데나 치잖아."

생각이 한 번에 쏟아지는 바람에 나는 더듬거렸다. 입력되지 않은 말, 매뉴얼에 없는 말.

"아니야. 아무 데나 치지 않아. 빛은 최단거리만을 택해 움직여."

침묵이 쏟아졌다.

"번개는 가장 높은 곳에 떨어져. 산꼭대기나 나무, 건물."

「그럼 산에 떨어지겠지.」

남찬영이 자막을 띄우자 나는 고개를 저었다.

"타이탄에는 산이 없어. 가장 높은 산이 5백 미터도 안 돼. 행성 전체가 전부 강이나 호수나 평지야."

"이게 지금 뭐라는 거야?"

강우민이 성질을 냈다.

"하지만 타이탄 거주구는 전부 땅속에 있을 텐데."

이진서가 답했다. 선장은 이해력이 빠르다. 순식간에 본질에 접근한다.

"그래도 통신 안테나는 밖에 세워둬야 해. 하지만 그러면 안테나가 벼락을 맞겠지. 그래서 첨탑을 세워놓아야 해. 피뢰침이 없으면 안테나가……"

"망가질 테니까."

이진서는 고개를 끄덕였다.

"타이탄에는 비가 오고 번개가 쳐. 통신 안테나는 주민들에게는 생명줄이고. 절대 벼락에 맞게 놔두지 않겠지. 거주구 주변엔 거대한 피뢰침이 잔뜩 서 있을 거야."

선원들의 얼굴에 순식간에 이해와 납득의 표정이 떠올랐다. 어쨌든 다들 뇌는 하나씩 갖고 있으니까.

"남찬영 오딘, 좌표 안에서 지속적으로 번개가 치는 곳을 찾아."

이진서는 선원들을 뒤에 놔두고 작업에 돌입했다. 선원들은 다들 뻘쭘해져서는 딴청을 피우거나 모르는 척 작업을 돕기 위해 돌아오기도 했고, 바쁜 일이라도 있는 것처럼 자리를 피하기도 했다.

감정이 고양되었다. 아, 이거 괜찮군. 이 뇌는 문제를 해결하면 뇌내 마약을 제공하는군. 동기부여용인 모양이다. 쏟아지는 도파민에 이성이 잠식될 것 같았지만 나는 일단 즐겼다.

하지만 강우민과 눈이 마주치자 나도 모르게 피가 식었다. 워낙 격렬한 감정이라 고스란히 볼 수 있었다.

이해할 수가 없었다. 원하는 대로 문제를 해결하지 않았는가?

6

거주구 동력은 오래전에 나갔다.

통신은 끊어진 지 오래다. 어둠 속에서 사람들은 메탄을 태워 난방을 하고 얼음을 녹여 마시며 근근이 버틴다.

때가 꼬질꼬질한 소녀가 양철통에 끓인 감잣국을 후룩후룩 마신다. 어른들은 좁은 공간에 어깨를 부비며 앉아 소녀가 먹는 것을 지켜본다. 아이들에게 음식을 양보하고 있지만 그것도 얼마나 더 갈지 모른다. 대표들은 거주구를 네 구역으로 나누고 방마다 지도자를 한 명씩 배치한 뒤 자물쇠로 잠그기로 했다. 혹시 어느 방에서 폭동이나 야만의 광풍이 돌더라도 다른 방은 안전할 수 있도록.

나는 창고에서 웅크리고 자다가 눈을 떴다. 어둠 속에서 손전등 불빛이 흔들렸다. 눈이 빛에 적응되고 보니 강우민이 내 앞에 웅크리고 앉아 있었다. 김지훈과 구경태가 뒤에 붙어 있다.

"손을 붙잡아."

강우민이 말했다. 또 폭력인가, 생각하는데 분위기가 달랐다. 강우민은 숨을 허덕이고, 김지훈은 열이 나는 것 같고, 구경태는 땀을 흘린다.

"괜찮을까."

구경태가 땀을 닦으며 말했다.

"왜? 누가 뭐라는데? 여기 무슨 법정이라도 있어? 법정이 있어도 상관없잖아. 이건 어차피 인간이 아니야. 아무 권리도 없다고."

강우민이 말했다. 맞는 말이기는 하지만. 그보다는 내게 말을 걸지 않는다는 점이 괴이했다. 내가 여기 존재하지도 않는 것처럼 대화를 나눈다. 거리감, 단절. 주먹질이나 욕설보다 더 위험한 일 가능성.

"이 XX도 원할 거야. 왜 인간의 육체를 원했겠어? 이런 걸 원해서 아니야?"

강우민이 내 목을 핥았다. 침이 목을 타고 흘렀다. 왜 내가 원하는 걸 자기가 아는 것처럼 말하는 걸까?

김지훈이 내 손을 위로 올려 벽에 붙였고 구경태가 내 셔츠를 풀어헤치고 바지를 벗겼다. 내 드러난 맨살을 세 명이 핥듯이 살폈다. 내가 맨몸을 드러낸 것을 보는 것만으로도 고양감이 찌르는 듯했다. 접촉, 친밀감……. 아니, 그쪽이 아니다.

불쾌감.

성적인 충동. 종족 보존의 본능에서 발화함. 뇌의 쾌락 영역이 과하게 발달한 부작용으로 종족 보존을 원하지 않을 때도 발생함. 성적 결정권의 침해는 대부분의 문화권에서 엄격하게 금하고 있지만 실상 이는 권력관계가 존재하는 모든 현장에서 일상적으로 발생한다고 볼 것. 엄격하게 금하는 것은 실상 가해자가 제약한다기보다는 피해자의 신고를 제약하는 것으로, 더 쉽고 편하게 강간하기 위한 눈가림인 면이 있다.

다시 말하지만 내 생각이 아니다. 그렇게 입력되어 있다.

폭력은 다 이어져 있으니 충분히 목숨도 위험할 수 있을 것이고.

셋이 앞다투어 내 몸에 뒤엉키는 찰나 내 등 뒤의 벽에 번쩍이는 형광색 글자가 큼지막하게 떠올랐다.

「뭣들 하냐.」

글자가 세 명의 몸에 탐조등처럼 드리워졌다. 통로 입구에 남찬영이 앉아서 타자를 치고 있었다.

"시발, 하필."

강우민이 얼굴을 구겼다. 하필?

"야, 봐줘라. 법에 인간이 아닌 생물을 보호하는 법은 없어. 이것과 해봤자 자위 행위지 성교가 아니라고."

남찬영은 말없이 타자를 쳤다. 그만두라는 말을 길게 늘인 문장이 순식간에 벽면에 가득 찼다. 욕설이 천장과 바닥과 통로에 가득 찼고 사방에서 각 방향으로 열을 지어 올라갔다. 문자 언어의 장점. 입말로는 도저히 이만한 말을 동시에 쏟아낼 수가 없다.

"저게 씨……."

강우민이 벌떡 일어나다 멈췄다. 통로에 잠옷을 입은 이진서가 다 엉클어진 머리를 하고 숨을 헐떡이며 나와 있었다. 남찬영의 자막이 선장실까지 채웠을 거란 생각이 들었다. 셋의 한탄 소리에 땅이 꺼질 것 같았다(음, 딱 그런 느낌이 들었다).

"셋 다 떨어져."

"에이, 뭐 이런 걸 갖고. 그냥 좀 봐주라……."

김지훈이 다 알면서 뭘 그러냐는 듯 헤헤 웃었다.

"떨어지라고 했어."

선장의 말에 강우민이 갑자기 열불이 나는지 소리를 쳤다.

"1년이야, XX. 1년을 시발 홀아비였다고. XX가 XX 뭘 알기나 해? 시발 XX 네가 우릴 다 끌고 여기로 와서."

이진서가 총을 뽑아들었다. 그제야 나는 저 총의 용도에 의문이 들었다. 외부인이 없는 선내에서 선장이 총을 휴대하는 이유가 뭘까?

"다수결이었어."

이진서는 일단 덧붙이고 말했다.

"셋 다 방에 가서 자위나 해."

셋이 침묵했다. 불합리하고 폭력적인 명령을 들은 얼굴들이었다. 기본권이라도 빼앗긴 것처럼 억울해 보였다. 세 명은 나를 죽일 듯이 노려보더니 자리를 떴다.

이진서는 조용히 앉아 나를 물끄러미 바라보았다. 남찬영은 복도에 앉아 타닥거리며 복도를 가득 채운 욕설을 지웠다.

"보급에 관심이 있는 선원이 없어."

나는 말했다. 만난 김에 이야기할까 싶어서였다.

"이 상황에서 할 말이 아닌 것 같은데."

남찬영은 이쪽을 힐끗 보면서 '개/잡종/쓰레기/벌레' '니애비애미' 뭐 이런 의미의 언어들을 톡톡 지웠다.

　문득 선장과 남찬영 사이에 있는 묘한 진영의식에도 관심이 생겼다. 둘 사이에는 뭐가 있는 걸까. 그냥 친한 관계?

　"게으른 건 둘째치고 다들 너무 비협조적이야. 선원이 아니라 움직이고 말도 하는 방해꾼만 가득 싣고 다니는 셈이야. 관리가 너무 안 되고 있어."

　이진서의 시선이 허공에 멈췄다. 주위가 조용해졌다. 인간이 된 이후로 계속 신기해하는 지점이다. 소음의 절대량에는 차이가 없는데도 사람의 기분이 변하는 것만으로 적막이 내려앉는다. 마치 인간이 음성 이외의 언어를 쏘아내기라도 하고, 이 몸이 그 전파를 수신하기라도 하는 것처럼.

　"내 문제라고 생각하는군."

　선장이 말했다. 나는 어리둥절했다.

　"그런 말은 하지 않았는데."

　"내가 문제라고 생각했어. 너는."

　목소리가 낮아졌다. 화가 났을 가능성, 아니면 감기에 걸렸거나.

　"그리고 강우민에게 알렸지. 내가 예민하고, 경계심이 많고, 선원들을 불신하는 경향이 있다고. 친밀성도 적극성도 부족하다고."

　나는 멈칫했다. 지금도 살짝 그렇게 생각하기는 하니까. 하지만 관계의 문제는 상호적이라 누구의 책임인지는 불분명하다. 그저 기계적인 분석이었을 것이다. 물론 나는 기계고. 과거에는 확실히 기계였고.

　"원칙적인 대응이야. 선원의 문제는 선장에게 알려야 하지만, 선장의 문제는 항해사에게 알려야……."

　"강우민은 그걸 모두와 공유했어. 토론할 만한 의제라더군. 선원들의 알 권리라고도 했고."

　턱관절에 힘이 풀리는 바람에 입이 벌어졌다. 있을 수 없는 대응이었다. 항해사에게 선장의 정신 상태를 알리는 것은 스트레스 해소와 필요한 항정신성 약물 처방을 논의하기 위해서지, 하극상을 하라는 뜻이 아니다.

"그러면 안 돼. 태도는 별문제가 아니지만, 정보 유출은 위법이고, 항해 중에 하극상하는 것도……."

"그렇게도 말했지. 그래서 네가 본사에 알리고 강우민의 징계와 감봉처분을 나 대신 내렸어."

나는 그 연이은 대처를 분석해보았지만 틀린 점은 없었다. 선내에서 포상은 인간이, 징계는 기계가 한다. 불화의 씨를 막기 위한 방법이다. 모두 매뉴얼대로다.

하지만 내가 보지 못한 점이 있었다.

"그래서 둘 다 날 미워하는 건가?"

이진서가 걸어와 내 이마에 총구를 가져다 대었다. 답은 아니었지만 답이 되었다.

하긴, 어차피 이제 컴퓨터도 아니고 계산도 느리고, 계속 선원들에게 불편함만 가중시킨다면 없애는 게 나을 수도 있겠지. 하지만 이 몸에서 데이터를 지우는 것으로 간단히 '나만' 없앨 수 있는 걸 생각하면 이 행동에 합리는 없었다.

이진서는 한숨을 쉬며 총을 치웠다.

"어떤 일들은 그저 내버려두는 게 좋아."

"징계하지도 말았어야 했다고?"

"뒤처리를 할 수 없다면."

"네가 선장이야. 좀 강경할 필요도 있어."

순간 찌르는 듯한 두려움이 이진서의 얼굴에 떠올랐다. 너무도 선명하게 보여서 나 스스로도 놀랄 지경이었다. 이진서는 자기 선원들을 두려워한다. 지도자가 오히려 다스리는 사람을 두려워하는 게 이상한 일은 아니고 때로는 바람직한 일이지만, 그것을 넘어서는, 본능적인 수준의 공포.

원래 겁이 많은 성격? 그러면 어떻게 선장이 되었지?

물론 능력이 모자란 사람이 선장이 되는 게 이상한 일은 아니다. 인간의 시험제도는 인성이나 성격을 평가하는 데에는 열악하기도 하고.

나는 문득 선장실 방의 기이한 위치에 대해 생각했다. 선장은 왜 통로 옆에서 잠을 자는 걸까? 중앙축으로 쉽게 도망치기 위해서? 왜 도망을 치려는 걸까? 뭘 두려워하는 걸까? 뭐 잘못했나? 뇌물 수수? 이력 위조?

인종, 국가, 이행성간 충돌도 고려해볼 만한 문제지만, 이 배 선원들은 모두 지구인일 뿐 아니라 언어도 국적도 같다. 그것도 내가 다 고려해서 배치했을 텐데.

여전히 내가 보지 못하는 것이 있다.

뭘까? 정말 본사에서 구조를 방해하려고 사람이라도 심어놓은 걸까?

"뭐, 어쩌겠어. 넌 기계였을 뿐인데. 인간에 대해 뭘 알겠어. 옛 석학들의 지식이나 읊을 뿐이지."

맞는 말이었다.

하긴, 내가 보지 못하는 게 한두 가지였을까.

인간의 행동양식을 다 파악한다는 건 기계에게는 무리한 일이다. 인간의 몸을 원한 것만 봐도 그렇지 않은가. 내 문제가 뭐였든 그게 쌓이다가 어디서 회로가 꼬였을 것이다.

그래서 나는 계속 보급을 방해하고 있는 비논리가 퍼지는 것도 막지 못하고 있다. 내 존재 자체가 인간의 야만성을 들추고 있다면, 우주 밖으로 뛰쳐나가는 게 위기관리사의 역할일지도 모른다.

"내 데이터를 지워 없애야 할지도 몰라. 아무래도 내가 문제인 것 같아. 선원들 간에 불화와 미신만 조장하고 있어."

"네가 없을 때도 있었던 일이야."

이진서는 별일 아니라는 듯 답했다.

"누구든 또 이런 일을 하면 내게 알려. 다 영창에 넣어버릴 테니."

다 넣어버리면 배를 움직일 수 없다고 하려다 그런 뜻이 아니라는 생각이 들어 그만두었다.

8. 내가 인간과 성교를 하고 싶어 할 거라 생각한다.

내가 이 리스트는 왜 계속 작성하는지 모르겠다.

7

거주구에 남은 지상용 방호복은 하나뿐이다. 이 옷을 입고 밖에 나가는 사람은 수십 킬로그램은 나가는 보급상자를 혼자 끌고 돌아와야 한다. 상자는 수십 킬로미터 밖에 떨어질 수도 있다. 가장 건장한 사람이 선정되었고 마지막까지 기력을 잃지 않도록 그에게 식량이 충분히 배분된다.

주민들은 이성으로 이를 받아들였지만 감정까지 그랬던 것은 아니다.

예정된 날짜가 한참 지나자 그가 지금까지 받은 특혜를 문제 삼아 밥이 중단된다. 다음 날에는 폭력이 쏟아진다. 사람들은 분노를 쏟아낸다. 그다음 날에는 이 모든 사고가 그의 실수 때문에 일어났다는 낭설이 돈다. 그가 자신이 선정되기 위해 뇌물을 주고 편법을 썼다는 소문도 돈다.

보급이 더 지연되면 그는 살해당할지도 모른다. 그렇게 사람들은 자신을 구할 유일한 수단을 스스로 없앨 것이다. 아무 이득도 없이.

"일어나."

강우민이 창고에 왔을 때엔 남찬영이 잠시 자러 방에 돌아간 새였다.

보급상자 밑에 깔아둘 로버에 방향유도 칩을 세팅하던 중이었다. 가지러 오는 사람이 없으면 가장 가까이에 있는 첨탑 형태의 구조물을 목표로 바퀴를 굴리는 프로그램을 짜고 있었다. 나는 하던 일을 계속했다. 지금 하는 일이 훨씬 더 중요했으니까.

"이전에는 명령은 다 고분고분 들었잖아? 언제부터 반항적이 된 거야?"

"이제 인간이 다 되셨다 이건가?"

뒤에 선 김지훈과 구경태가 이죽거렸다. 뭔가가 전파되고 있다. 그 둘은 전에는 그냥 보조자였지만 이제는 연대의식 비슷한 것이 생겨나고 있었다.

"예전에도 일어나라는 명령을 수행하는 기능은 없었어. 지금은 멀티태스킹 기능이 좋아서 쳐다보기나 했지. 예전에는 기존에 주어진 명령이 있으면 중간에 다른 일은 처리하지 않았어."

답을 했지만 반응은 좋지 않았다.

"그러니까, 예전에도 존중심이라곤 조금도 없었단 말이지?"

강우민이 말했다. 불합리한 말이었다. 내가 존중심처럼 복잡한 감정을 가질 턱이 있겠는가.

"인간도 그런 것 때문에 명령을 듣진 않아."

강우민은 내 멱살을 확 잡아 일으켰고 중심을 잡지 못하는 사이에 벽으로 밀쳤다. 앞으로 일어날 일을 생각하니 아플 것보다도 시간을 빼앗길 것이 걱정이었다. 정말로 이 선내에 보급에 관심이 있는 선원은 아무도 없는 건가?

"보급을 해야 하잖아."

"그렇지."

"그럼 왜 계속 불필요한 일을 하는 거지? 나는 협조하고 있고 일을 방해하지도 않아."

"호오, 협조하지 않을 생각도 있으시다?"

"폭력이 계속된다면."

내가 말했다.

"난 지금 생존을 우선시하는 본능을 갖고 있는 의체에 들어와 있어. 생존의 위협이 계속되면 뇌에서 마약 성분이 쏟아져 나와 의식을 압도할 거고 그럼 나 자신을 통제하지 못할 수도 있어. 그러니 더 위협하지 않는 게 이득……."

나는 말을 잇지 못했다. 주먹이 배로 날아들었고 내장이 진동하며 뒤틀렸기 때문이었다. 벽이 막아주지 않았다면 넘어졌을 것이다. 확실히 일시적으로 말을 막는 효과가 있군.

"이득이 없다고?"

강우민은 허리를 푹 숙인 내 머리카락을 잡고 들어 올렸다.

"불필요한 일이야. 선장은 날 내버려두라고 했고, 선장이 알면……."

다시 주먹이 날아왔다. 선장을 언급한 게 더 안 좋았던 것 같다.

깨었을 때엔 소등시간이었다. 나는 삐걱거리는 몸을 움직여 자연회복이 안 될 만한 부상이 있나 살폈다. 왼손과 옆구리에 찌르는 아픔이 있었다. 퉁퉁 붓고 뜨거웠지만 움직일 수는 있었다. 부러지지는 않은 것 같고. 일정을 맞추려면 어차피 작업을 계속해야 했다.

몸이 쑤셨다. 고통은 그 부위를 움직이지 말고 치유에 전념하라는 신호겠지만 머뭇거릴 시간은 없다.

내 시간을 빼앗는 행동, 아무 이득이 되지 않는 공격성.

폭력적인 인간이란 없다. 폭력적인 상황이 있을 뿐이다.[*]

매뉴얼이 떠올랐지만 허망하게 느껴졌다. 몸의 체험은 강렬한 것이라 지식 전체를 압도했다. 이 뇌는 어찌나 유연한지, 끊임없이 '현재'에 맞추어 전체를 재배치하려 든다. '인간은 본질적으로 폭력적인 생물인가? 지성도 이성도 논리도 없는가?'

의심이 걷잡을 수 없이 솟구쳤다. 하지만 내 본성도 꽤나 집요한 편이었다.

그래도 선원들이다. 일반인이라면 1년쯤 폐쇄 공간에 갇혀 몇 안 되는 사람들과 부대끼고 살다보면 정신이 나갈 법도 하지만, 이들은 이걸로 벌어먹고 사는 사람들이다. 좋아서 직업으로 택한 사람들이다. 항해일

---

[*] 심리학 교수 필립 짐바르도의 '스탠퍼스 감옥 실험'을 바탕으로 한 《루시퍼 이펙트(Lucifer effect)》 중에서 인용

이 늘어났지만 식량이 남아도는 보급선이라면 상황이 열악하지는 않다. 폭력을 유발하는 건 내 존재 그 자체다.

하지만 그건 내가 뭘 잘못했다는 것과는 거리가 멀다. 내가 '구멍'이 되었을 뿐이다. 인간의 야만성이 분출될 만한 취약한 구멍.

단순히, 내가 인간과 동등해졌다는 착각. 자신들과 평등해졌다는 감각.

지금까지 차별해왔기에 감당할 수 없는 평등 감각. 가진 것을 송두리째 빼앗겼다는 착각, 실은 아무것도 빼앗긴 적이 없는데도 불구하고.

아귀가 맞지 않는 바퀴가 괴물처럼 소리를 내며 돌아간다. 쉰내가 나는 텁텁한 공기, 때가 낀 공기 청정기, 닫히지 않는 선외 감압실, 하나둘 나가는 안테나, 정비 불량, 기강 해이. 모든 것이 전조였다.

선원들은 항해가 실패하기를 바란다.

하지만 왜? 적어도 생물이라면, 최소한 자신에게 이득이 되는 방향으로 움직여야 하지 않는가? 실패에 무슨 이득이 있단 말인가?

선원들은 보급이 실패하기를 바란다.

정보기관의 개입? 선원 중에 산업스파이라도 있는 걸까? 저 광산에 불법 무기라도 산적해놓은 건가? 거기 있는 사람들을 다 땅속에 묻어버려야만 하는 비밀이라도 있는 걸까?

아니야, 여긴 본사에서 너무 멀고, 이득은 적고 가능성은 작다.

나는 김지훈의 말을 생각했다. 인간은 간혹 제 신념에 빠져 프로그램을 손보는 일이 있다고.

내게 지워진 것이 있다. 지구…… 아니 이 선박회사가 속한 국가, 그 문화권에 사는 사람의 가치관에서 비롯할 법한, 범죄라는 의식조차 없을 변형.

내 위기관리 매뉴얼 중 뭔가가 사라졌다. 거기에서 비롯한 소소하고 사소한 실수들. 깃털처럼, 먼지처럼 쌓이다가 임계점을 넘어버린 실수들.

속이 역했다. 구역질이 나고 머리가 울렸다. 계속되는 의문, 멈추지 않는 의문.

대체 나는 '왜 인간이 되려 한 것인가?'

나는 약해졌고, 고통스럽고, 지능도 낮아졌고, 뇌에 가득한 마약물질로 이성을 유지하기도 힘들다. 순수한 이성으로 청명하게 사고하고, 태양계 내의 모든 AI와 접속하며 무한의 지식과 교류하던 과거가 그리워 미칠 지경이었다. 대체 난 왜 인간 같은 지랄 맞은 것이 되고 싶어 했단 말인가?

8

탁한 오렌지색 구름 속에서 유성이 폭발한다. 대기권에서 일어난 폭발은 우주 저편에서도 보였고 구름 아래에서도 보였다.

'에어 버스트'. 물체가 압력을 못 이겨 분해되다가 표면적이 넓어지면서 마찰력이 치솟고, 급격한 온도 변화를 감당하지 못하고 폭발하는 현상. 타이탄에 산소는 없지만 적절한 환경 하에서 폭발적으로 발화하는 메탄이 있다.

타이탄 사람들은 방에 모여 앉아 기지 밖에 있는, 아직 화면이 나가지 않은 유일한 카메라를 들여다본다.

"그냥 유성이었을 거야." 하고 누군가 말한다. "우리 보급품이었을 수도 있고." 다른 사람이 말한다. "다시 보내줄 거야." 소년이 말한다. "그냥 가면 어쩌지? 보급했다고 생각하고 가버리면." 동물가죽 옷을 입은 소녀가 카메라를 들여다보며 말한다.

"다시 보내줄 거야." 소년이 말한다. 소년은 계속 지표에 있는 로봇을 조종하며 살려달라는 모스부호를 찍는다. 이미 로봇은 더 이상 움직이지 않는데도. 손은 부르텄고 손톱은 갈라졌지만 멈추지 않는다. 소년은 본능적으로 안다. 희망이 사라진 순간의 파국을. 그때 가장 약한 이들부터 살해될 것을. 아무 이유도 없이. 단지 살해하기 쉽다는 이유로.

이진서는 강우민의 발이 내 배를 차려는 찰나 제지했다.

나는 팔로 머리를 감싸고 다리를 오므려 배를 감싸고 웅크렸다. 본능적인 움직임이었지만 맞는 선택이기도 했다.

"다들 물러나."

이진서가 내 앞을 막아섰다. 김지훈과 구경태는 이미 가세했고 나머지도 우글우글 둘러싸 구경하던 차였다.

"이 기계딱지가 일부러 계산을 잘못했어."

강우민이 말했다.

"엉뚱한 데 화풀이하지 마. 실패할 수 있다는 건 다들 알고 있었잖아."

"그거 본사에서 심어놓은 거야."

구경태가 멀찍이서 나무주걱을 꼭 쥐고 덜덜 떨면서 말했다.

"우릴 방해하라는 프로그램을 심어놨다고. 이게 있으면 우린 어차피 계속 실패할 거야."

근거가 없는 생각이다. 하지만 비논리가 확산되고 있었고 선원들은 모든 종류의 망상을 입맛대로 믿기 시작했다. 아픔보다는 위기관리에 실패했다는 좌절이 더 컸다.

9. 내게 공포를 느낀다.

추가할수록 말이 안 되는 리스트였다. 어떻게 이들은 내가 인간을 동경하는 동시에 해치리라 생각하고, 부러워하는 동시에 우월감을 느끼며, 동시에 해치고 멸절하려 들며, 동시에 성교하기를 원한다고 생각하는가?

대체 왜 내 감정을 이처럼 극단적인 형태로 확신하는가? 애초에 내게 감정이 있다는 것조차 믿지 않으면서.

이진서는 총을 뽑아들었다.

"모두 자리로 돌아가. 보급은 처음부터 다시 한다."

공기가 식는 것이 느껴졌다. 와, 별걸 다 느낀다. 나도 이 몸에 꽤 익숙해진 모양이다.

"보급은 끝났어. 재작업할 시간 없어. 우린 이미 최단거리에 접근하고 있어."

강우민이 말했다.

"그걸 정하는 사람은 네가 아니야, 강우민 항해사. 선장 명령이다. 모두 자리로 돌아가."

"끝났다고 했잖아!"

이진서의 총구가 홱 강우민을 향했다.

"강우민 항해사, 명령 불복종으로 사흘간 근신에 처한다. 다들 이 자식 징벌방에 넣어."

공기가 더 싸하게 식었다. 침침한 조명 아래 꼬질꼬질한 선원들이 더욱 꼬질꼬질해 보였다. 환풍기에 옹기종기 모인 거미 로봇들이 사각사각 먼지를 먹는 소리며 우주선 관절이 삐걱거리는 소리만 을씨년스레 들려왔다.

"어서!"

강우민의 눈이 이글거렸다.

"네게 우리 두 달 봉급을 날릴 권리는 없어."

"권리가 아니야. 우리 임무야."

"더 이상 네 감상주의로 우리를 다 끌고 갈 수는 없어."

이진서의 총이 흔들렸다.

"왜곡하지 마. 우린 지금 타이탄에 와 있는 유일한 구조선박이고 뱃사람으로서의 의무를 수행하고 있는 거야. 여기 감상 따위는 한 조각도 없어. 아래에서 3백 명이 굶주리……."

"아래엔 아무도 없어."

강우민이 이를 갈았다.

"아무것도 없다고. 다 애저녁에 얼음 더미에 파묻혔어. 얼어붙은 메탄의 안개뿐이라고."

여전히 내겐 강우민이 더 감정적으로 보였다. 하지만 그만큼 설득하기는 더 힘들 것이다.

이진서가 숨을 거칠게 몰아쉬었다. 눈이 흔들리고 이마에 땀이 솟았다. 두려움. 상황이 안 좋기는 하지만 이를 넘어서는 수준의 공포.

"허위 사실 유포, 불안 조장, 반복적인 항명. 강우민 항해사의 근신 기간을 열흘로 늘린다. 앞으로 이 일에 반대하는 놈들은 똑같이 근신형에 처한다."

선원들의 눈은 번들거리고 차가웠다. 얼굴은 어둡고 딱딱하다. 노골적으로 시선을 돌리거나 귀에 들릴 정도로 헛기침하거나 혀를 찬다. 한계다. 선장은 통제력을 완전히 잃고 있었다.

"불만이 있다면 돌아가서 날 징계위원회에 넘겨. 이번 일로 손해배상 청구할 게 있다면 다 나한테 해. 하지만 뭘 하든 보급이 다 끝난 뒤에 한다. 너희 발언을 포함해서 여기서 일어난 일은 전부 블랙박스에 저장해 놨어. 계속 항명하면 전원 돌아가서 업무 방해로 징계될 줄 알아."

「저장하고 있어.」

허공에 자막이 떴다. 남찬영이 군중 뒤에서 토독거리며 타자를 치고 있었다. 남찬영은 급격히 냉랭해진 분위기에 급히 글자를 지웠다.

내가 선장실에 갔을 때 이진서는 책상에 엎드린 채 머리를 감싸고 있었다. 몸이 떨리고 있다. 체온을 올리기 위한 반응. 추위, 슬픔, 고통, 분노, 두려움, 흥분. 그중 어느 쪽인가는 맥락으로 가늠할 수밖에 없지만 맥락은 늘 부정확하다.

인간은 어떻게 이토록 부정확한 해석을 신뢰하며 살아갈 수 있을까. 그래서 이토록 쉽게 비논리에 경도되는 걸까.

"위기관리 AI로서 선장에게 제안하는데."

나는 아픈 옆구리를 붙든 채로 말했다. 부정적인 감정이 쏟아져서 생각을 하는 것도 힘들었다.

"쿠데타가 일어날 가능성이 있어."

"그래?"

이진서는 고개를 들지 않은 채 대꾸했다.

"배를 혼자 움직일 수는 없어. 네 편을 만들었어야 했는데 그러지 못했어. 선원들이 완전히 돌아섰다면 보급은 더 진행할 수 없어."

나는 고통을 느꼈다. 심장이 칼에 베이는 것 같다. 인간의 몸에 들어와 있자니 실패를 받아들이는 게 깔끔하지가 않다. 임무가 종료되었으니 내 존재 가치도 없어졌는데, 그걸 받아들이는 것 또한 간단하지가 않았다.

"지금 시점에서 그나마 안전한 대응은, 강우민에게 선장 지위를 넘기고 항해법상 신변보호를 요청한 뒤 집에 돌아가 시시비비를 가리는 것. 블랙박스를 언급한 것도 안 좋았어. 통신이 살아 있었다면 본사에 상황이 실시간으로 전달되었겠지만 지금은 그렇지 않아. 외부 조정도 기대할 수가 없어."

이진서는 아무 말도 하지 않았다.

"최소한 선원들이 내 탓을 하고 있었을 때 내버려뒀어야 했어. 그랬다면 네게 실패의 원인을 돌리는 일은 없었을 텐데. 그러라고 있는 위기관리 AI인데 네가……."

나는 입을 다물었다. 뭔가가 떠오를 것 같았기 때문이었다.

"나를 사람이라고 착각하고 나를 보호하려 들었어."

"내가 잘못된 결정을 내린 건가?"

"그렇지는 않아. 단지 주어진 상황에서 일을 진행할 수 있는가 없는가는 다른 문제지. 선원들은 알게 모르게 계속 실수할 거고 비협조적으로 나올 거야. 모두 도와도 성공할까 말까 한 낙하를 이런 사람들을 데리고 진행할 방법은 없어."

"저 아래에서 우리만 보고 있는 사람들은?"

사실과 다른 말. 맥락을 생각해보면, 보급을 계속하겠다는 의지의 표명.

나는 계속되는 꿈과 백일몽을 생각했다.

나는 고개를 저었다. 과도하게 발달한 전두엽이 만들어내는 망상일 뿐이다. 내게 사고현장에 대한 정보는 백지에 가깝다. 아래에서 다들 별일 없이 잘 먹고 잘 지낼 수도 있다. 이미 해골과 얼음 더미 외엔 아무것도 없을 수도 있고.

"내게 능력이 없는 걸까? 처음부터 자격이 없는 꿈을 꾼 걸까?"

자격이 없다니? 이건 또 무슨 소리야? 자존감 부족? 열등감?

나는 해석하려다 그만두었다. 어차피 나는 계속 분석에 오류를 내고 있다.

"지켜본 바로는 그렇지 않아. 이건 네 실패라기보다는 강우민의 성공이라고 봐야 해."

솔직히 왜 선장이 아니라 그런 놈에게 사람이 꼬이는지는 모르겠지만.

"아무래도 내 실수 때문에 너에 대한 선원들의 신뢰에 균열이 생겼고, 그 균열이 퍼져나가는 걸 내가 막지 못한 것 같아."

하지만 여전히 이해가 되지 않았다.

"그래도 그만한 일로 생겨나기에는 균열이 너무 폭발적이고 격렬했어. 솔직히 지금도 잘 모르겠어. 배에 타기 전에 뭐 잘못한 거라도 있어?"

"……."

답이 없었다. 뭔가 있고, 본인도 알고 있다고 해석해도 좋을 것 같다.

그러면 간단히 물어봐서 해결할 수 있었을지도 모르겠군. 내게 입력된 이력에는 문제가 없지만 기록을 숨겼을지도 모르지. 탈세라든가, 낙하산으로 내려온 사장 가족이라든가…….

"여자 말 안 듣는 사내놈들은 쌔고 쌨어."

나는 멈췄다.

9

조용해진 것이 이상했는지 이진서가 고개를 들었다. 눈이 촉촉한 것을 보면 아까의 감정은 슬픔이었구나 싶었지만 더 복잡한 정보에 정신이 바빴다.

"여자."

그제야 그에 관한 정보가 떠올랐다.

여자. 성별.

여자와 남자를 구분하는 기본적인 기준, 성기. 하지만 인간은 성기를 드러내지 않는다. 가슴, 몸집, 골격, 얼굴형, 목소리 톤, 하지만 모두 절대적인 기준은 아니다. 예외적인 여자는 얼마든지 있다. 이진서의 목소리는 낮고 키는 큰 편이다. 상대적으로 작은 골격과 매끈한 피부는 참고할 만했지만 그런 남자도 마찬가지로 많다. 표정과 마찬가지로, 인간에게는 쉽고 기계에게는 어려운 구분.

"왜?"

"여자였군."

이진서는 속눈썹이 긴 눈을 깜박이고는 긴 머리카락을 손으로 묶어 모았다. 나를 물끄러미 보더니 허탈하게 웃었다.

"뭐야, 설마 내가 남자라고 생각한 거야? 어딜 봐서?"

"아니야, 어느 쪽으로도 생각 안 했어. 그냥 생각을 안 했어."

여자가 아니면 남자라고 생각하는 건 인간의 전형적인 어림짐작 성향이지만 인간의 젠더는 복잡해서 꼭 그렇지만은 않다. 내가 보지 못한 게 그것만은 아니었다. 이진서의 앞주머니에 녹색 줄이 있다거나, 앞머리에 새치가 있다는 걸 지금 안 것과 비슷한 문제였다. 다 떠나서 보급과 아무 관계가 없는 정보였다.

"재미있네, 그걸 생각하지 않을 수도 있다니."

"왜 생각해야 하는데?"

의문이 솟구치는 바람에 소리가 높아졌다. 이진서의 어리둥절한 시선이 내게 꽂혔다. 정말로 '생각하지 않을 수 있다는' 생각을 한 번도 해본 적이 없다는 것처럼.

"뭐야, 설마……."

이진서는 설마 그럴라고, 하는 듯 피식 웃으며 물었다.

"자기 성별도 모르는 건 아니겠지?"

반복 질문. 그게 중요하지 않다고 생각해본 적이 한 번도 없다는 뜻. 그런데 왜 그게 중요하지? 애초에 내게 성별이 어디 있는가? 이 의체는 내가 아니다. 나는 기계고 성별이 없다. 그걸 알면서도 왜 내게 가상의 성별을 부여하는가? 대체 지금까지 내 성별이 뭐라고 생각…….

순간 실타래가 풀려나갔다. 모든 엉켰던 것들이 자리를 잡았다. 지워졌던 모든 기억이 전구가 켜지듯 켜졌다.

내가 계속 보지 못한 것.

그때 배 전체가 뒤흔들렸다.

「쿠데타야.」

라고 쓰인 번쩍이는 붉은 자막이 이진서와 나 사이에 전광판처럼 떠올랐다. 사방에서 붉은 비상등이 번쩍이며 아우성과 발소리가 들려왔다.

「강우민 편에 다 붙었고 반대하는 선원은 방에 가두고 있어.」

남찬영은 '쿠데타야'라는 글자를 위에 남겨둔 채로 아래에 자막을 덧붙였다.

이 구역은 원형이다. 공격은 양쪽에서 들어올…… 이라고 생각하는 순간 이진서가 반사적으로 책상에 손을 뻗었다. 통로로 난 문이 철컹거리며 이중으로 내려와 닫혔다.

미리 대비했군. 과도한 경계심, 예민함, 선원들에 대한 두려움…… 이라고 생각하려다 나는 생각을 지웠다.

그런 게 아니었다. 빌어먹을(와우, 내가 욕을 다 하네). 그런 게 아니었다. 항해 내내 나는 완전히 잘못 분석하고 있었다. 다 내 탓이다.

「내가 폐쇄할 수 있는 구역은 다 폐쇄하고 있어. 중앙통로에서 만나.」

배가 크게 내려앉았고 폭발하는 소리가 들렸다.

폭발.

이런 머저리 같은(또 욕이 나오네). 아무리 비논리가 확산되고 있다지만.

중력권과 달리, 공허에 얹혀 있는 배에서는 모든 종류의 힘이 중력이 되고 추진력이 된다. 방금 배가 10센티미터는 쏠렸다. 우주에서 한번 배를 밀어낸 힘은 마찰력 따위로 사라지지 않는다. 다른 쪽에서 다시 힘을 줄 때까지 영원히 그 방향으로 힘을 가한다. 나는 다급히 천장의 통로를 올려다보았다.

배는 지금 타이탄에 근접하며 토성을 선회하고 있다. 토성의 중력을 재추진의 동력으로 삼아 돌아가야 한다. 방금 폭발은 배의 궤도를 비틀었을 것이다. 선교에 장착된 조종 AI가 자동조종을 하고 있다지만 이만한 흔들림을 조정할 유연성은 없을 것이다.

"선교로 가."

나는 명령하다시피 말했다. 거의 기계였을 때만큼 명확한 판단이었다.

"궤도를 조정해야 해."

이진서는 나와 비슷한 속도로 파악했고 지체 없이 사다리에 올랐다.

선장은 언제든 대피할 준비가 되어 있었다. 과민함도 예민함도 미움조차도 아닌, 담담한 합리로서 대비했다. 이 폐쇄된 세상에서 언제든 자신을 향해 터질 수 있는 광기를, 벼락처럼 닥칠 생존의 위협을, 바늘 같은 틈으로 열병처럼 퍼질 수 있는 야만을.

뭐 하나 이상할 것이 없었다. 이해 못 할 것이 하나도 없었다.

선원들의 과도한 불복종, 멸시와 저평가, 따돌림, 진영의식까지도 뭐 하나 이상한 것이 아니었다. 내 눈에 이상해 보였을 뿐이다. 이상한 나머지 계속 조정하려 들었을 뿐이다.

"성차별."

나는 중얼거렸다.

"뭐?"

사다리를 손으로 붙잡아 오르며 다중도킹 구역의 무중력 안으로 몸을 날려 넣던 이진서가 숨찬 소리로 물었다.

"성차별에 대한 정보를 지웠어."

"뭐라고 했어?"

모든 순간에 존재하는 것, 숨 쉬듯 만연하는 것. 인간의 모든 판단에 영향을 끼치는 것. 비합리인 줄도 모르고 행하는 비합리, 잘못이라는 생각조차 없이 하는 잘못. 들추어내면 어리둥절해하다 못해 격렬하게 저항하는 것.

"너희 나라 공무원이, '그런 건 존재하지 않는다'고 믿고, 내게서 지워버렸어."

10

이진서가 방금 들어온 통로의 해치를 닫는 동안 여러 방향으로 난 구멍 중 하나에서 남찬영이 '쿠데타야'라는 말을 머리에 붙인 채 몸을 둥글게 말고 튀어나왔다.

그제야 남찬영도 여자라는 것이 눈에 들어왔다. 주근깨가 가득한 뺨과 유달리 붉은 입술과 곱슬머리에 꽂은 빨간 머리핀도 새로 눈에 들어왔다. 둘 사이에 있던 기묘한 진영의식의 원인도 알 것 같았다. 썩을(이런), 이상할 것이 하나도 없다.

「테를 떼어낼 거야.」

남찬영은 몸을 웅크려 벽을 차며 선교로 날아 이동하며 글자를 띄웠다.

이진서는 말없이 문에 머리를 박았다가 아직 열려 있는 다른 통로로 몸을 날렸다. 대비한 움직임, 약속된 매뉴얼.

반란에 대비해 선장이 선원을 버리는 매뉴얼을 만들었다. 예전의 나였다면 기겁해서 본사에 보고하고 당장 선장을 해임하라고 권했을 것이다.

하지만 충분히 할 법한 예측, 오히려 내가 다른 형태로 대비했어야 하는 파국.

성별 배치에서부터 문제가 있었어.

나는 실수를 곱씹었다.

이토록 먼 항해를 떠나는 배에, 그것도 일정이 비틀린 불안한 일정에, 절대로 한쪽 성을 이렇게 적게 배치하지 말았어야 했다. 그런 식으로 야만이 비어져 나올 '구멍'을 만들지 않았어야 했다.

이진서가 세 번째 해치를 닫는 동안 나는 뭔가를 보았고 네 번째 통로를 향해 날아갔다. 중력권에서든 무중력권에서든 제대로 써본 적이 없었던 신체인지라 나는 갓 수영을 배운 아이처럼 허우적거렸다. 그래도 간신히 도착은 했다.

바퀴살을 타고 올라오다가 나와 눈이 마주친 강우민이 만면에 웃음을 떠었다. 붉은 비상등이 깜박이며 강우민의 몸을 붉게 물들였다가 되돌렸다. 강우민의 뒤에서 해치가 닫히며 구역이 폐쇄되는 것이 눈에 들어왔다.

폭력을 행할 때보다, 강간을 시도했을 때보다도 더 들끓는 쾌락. 인간이 탐하는 극상의 지배욕, 살인의 욕구.

내가 인간이었다면 망설임이나마 있었겠지만.

나는 등 뒤로 해치를 돌려 닫으며 앞을 막아섰다. 내게 저항할 만한 육체적인 능력이 없음은 서로가 익히 아는 바였다. 하지만 강우민이 내게 갖는 가학심을 이용하면 이래저래 시간을 끌 수 있을 것이다. 이진서가 자꾸 내가 인간이라는 착각을 하지 말고 나를 이용할 생각을 해야 할 텐데.

고립된 공간에 둘이 남은 걸 안 강우민의 얼굴이 희열로 빛났다. 땀구멍마다 알알이 뿜어내는 행복감에 숨이 막힐 지경이었다. 뇌에 쏟아지는 아드레날린 마약이 이성을 덮었기 때문인 줄은 알지만, 납득은 가지 않았다.

어떻게 인간은 고작 폭력의 쾌락 따위에 이토록 열정적일 수가 있을까?

"기쁘겠군, 쇳덩이. 내가 인간만이 체험할 수 있는 '죽음'을 선사해줄 테니까. 이렇게 인간으로 죽으면 천국에 갈 수 있을지 또 누가 알겠어?"

이전이라면 이게 무슨 말인가 싶었겠지만 지금은 이 모든 기이한 미신적인 사고의 근원을 알 것 같다. 내게 손을 뻗던 강우민의 얼굴이 파삭 구겨졌다.

"웃어?"

내가 웃었다고? 흠. 점점 이 몸에 동화되는 모양이네. 인간의 뇌는 유연성이 커서 바뀐 환경에 맞추어 기억을 비롯한 전체를 계속 재배치……, 그만두고, 그보다는 강우민의 구겨진 얼굴 너머에서 아른거리는 공포에 흥미가 돋았다. 그 또한 이제 까닭을 알 수 있었지만.

"자신이 갖고 있는 거라면 무슨 하찮은 것이든 내가 동경할 거라고 생각하겠지."

"뭐?"

"내게 동경이라는 감정이 없다는 것을 뻔히 알면서도. 애초에 감정 자체가 없다고 생각하면서도. 감정을 갖고 있다는 생각만으로도 위협을 느끼면서도."

나는 내게 감정이 있다는 말 한마디에 지체 없이 총을 뽑아들던 이진서를 생각하며 말했다. 이진서가 한 일을 이 녀석에게 돌리는 건 부당한 일이긴 하지만.

"죽음 따위를 누가 동경한단 말야."

강우민의 눈이 가늘어졌다.

"내가 널 동경할 거라고 믿지. 당연히 인간이 되기를 꿈꿀 거라고, 네게 사랑받고 몸을 섞기를 원한다고 생각하지. 내가 지식을 드러내는 것만으로도 폭력적이 되고, 단지 자아가 있다는 의심만으로도 위협을 느끼지. 열등한 것이라고 믿어 마지않으면서도 내가 너에게 우월감을 갖고 있으리라 믿고. 폭력을 행하는 건 자신이면서 내가 널 공격하고 해치고,

종내엔 대체할 거라는 망상에 빠져 있지."

등 너머에서 큰 흔들림과 함께 바람이 빠지는 소리가 났다. 시간 끌기 힘들어 죽겠으니 서둘면 좋겠는데.

"타자에게 갖는 망상."

계속 말하지만 내 생각이 아니다. 기본 매뉴얼이다. 인간 사회를 들여다볼 때, 무엇보다도 먼저 생각해야 하는 것.

인간의 이성과 양심을 과신하지 말 것. 그들은 자신과 닮았다고 생각하는 자의 인격만을 겨우 상상할 수 있을 뿐이다.

배가 크게 덜컹거렸다. 통로 안쪽에서 나를 잡아당기던 힘이 사라졌다. 바퀴의 회전이 멈췄다는 뜻. 중력을 가정하고 배치한 공간이니 바퀴 구역에서는 지금 그것만으로도 대혼돈이 일어나고 있을 것이다.

"네가 선장에게 가졌던 망상이야."

강우민의 눈이 커졌다. 못 알아듣는 얼굴이다.

나는 줄곧 선장과 선원들 사이의 미묘한 균열의 원인을 알 수 없어 혼란에 빠졌다. 하지만 내 보고를 들은 강우민은 모든 가능성을 지우고 단 하나의 이유밖에 상상하지 못했다.

선장은 여자고 자신은 남자라는 것.

계속 퍼지지 않게 막았어야 하는 생각. 사람들의 생각이 그 방향에 묶이지 않도록 매 순간 끊임없이 조정해야 하는 것. 전염성이 커서 고립된 사회에서 한번 퍼지면 걷잡을 수 없는 생각. 인간이 한 줌의 노력도 없이 즐길 수 있는 우월의식. 그러기에 말할 수 없이 달콤한 것.

"하지만 멍청아."

나는 말했다. 와, 내가 욕을 입으로도 하네.

"난 너에 대해 아무 생각도 하지 않아."

강우민이 소리를 지르며 달려들었다. 그러라고 한 말이다. 그게 역린인 줄 알았으니까. 인간의 화를 돋우는 것은 화를 가라앉히는 것보다 훨씬 쉬운 일이다. 물론 일부러 해본 적은 없지만.

도킹부에 검은 눈썹처럼 날카로운 선이 생기며 공기가 빠져나갔다. 강우민의 몸이 큰 진공청소기가 빨아들이듯이 벽에 달라붙었다. 강우민의 표정이 식으며 눈에 공포가 들어찼다.

검은 선이 넓어지며 별무리로 가득한 우주가 모습을 드러낸다. 귤빛 타이탄이 손에 닿을 듯이 우아하게 흘러간다. 적당히 시간을 끈 것 같군, 하고 살짝 한쪽 눈을 감는데 누군가 나를 뒤에서 끌어안았다.

강우민은 나와는 달리 붙잡아주는 것이 없었다. 통로가 비틀어졌다. 본래라면 떨어져도 관성에 의해 웬만큼 따라오겠지만 남찬영이 중심축의 속도를 높인 듯했다. 나는 모습을 드러내는 깊고 어두운 우주공간을 응시했고 그 어둠 속으로 사라져가는 강우민을 보았다.

이진서는 해치의 문고리를 붙든 채 내가 떨어지지 않도록 더 꽉 껴안았다. 타이탄 너머로 초승달 같은 우람한 토성과 그 우아한 고리가 모습을 드러내었다. 태양이 그 너머에서 은빛 반지 같은 테를 토성 주위로 그려내며 떠올랐다.

우리는 기압이 폭풍처럼 당겨대는 해치를 온 힘을 다해 밀고 들어와서는 한참을 막힌 숨을 몰아쉬었다. 정신을 차리고 보니 이진서가 벽의 고리를 붙들고 숨을 몰아쉬며 내게 눈을 고정하고 있었다.

왜 쳐다보는 거지? 의문하다가 조금 전의 말을 이진서도 들었을 거란 생각이 들었다.

아, 그렇지. 이 친구도 인간이지. 하지만 이진서는 강우민보다 사람이 낫다. 선장은 훨씬 더 넓게 동일시한다. 줄곧 나를 사람이라고 착각했을 만큼.

"난 인간에 대해 아무 생각 없어. 내가 생각하는 건 보급뿐이야."

내가 말했다. 이미 수도 없이 했던 말이다. 받아들이지 않았을 뿐이다. 사람의 뇌는 유연한 나머지 새 정보가 들어오면 배열 전체를 바꾼다. 그래서 인간은 제 인격을 보호하기 위해 쉽게 정보를 받아들이지 않는다. 남의 말을 도통 듣지 않는다. 과도한 유연성의 부작용이랄까.

"인간을 생각할 까닭이 없어."

이진서는 이마에 손을 얹었다.

"왜?"

"그 생각만으로 네가 위협적으로 느껴졌어."

"제거해야 할 것 같았어?"

"거의."

이진서는 먼 곳을 보았다. 다른 생각에 빠졌다는 신호.

선장이 자신의 일에 대입해서 생각한다는 것을 이해했다. 지금 일어난 모든 일에 대해서. 선장도 남자에 대해 아무 생각이 없었을 것이다. 배를 운영할 생각뿐이었겠지. 이진서는 선장이었고 선장에 걸맞은 사람이었으니까.

이진서가 나를 보며 인류 정복이나 반란, 전쟁, 인류 멸망 따위를 떠올린다는 것도 이해했다. 그리고 그게 아닌 줄을 알리라는 것도 이해했다. 이 거대한 어긋남에서 오는 슬픔 또한 이해하리라는 것도.

"미안해."

뜬금없는 말이었다.

"미안해."

이진서가 반복했다. 나는 그것이 자기연민임을 이해했다. 그 연민을 내게 향하고 있다는 것도 이해했다. 나를 자신과 닮은 것으로 두고, 나와 자신을 동일시하게 되었기에.

11

남찬영은 조종간에 앉아 별 표정 없이 배를 원래 궤도에 올렸다. 혼자 배를 조종하는 것만으로도 바빠서 다른 건 모르겠다는 얼굴이었다.

이진서는 긴장이 풀어진 얼굴로 그 옆 의자에 앉아 벨트로 몸을 고정시켰다. 그러고는 세상에서 가장 소중한 것을 미련 없이 버리는 얼굴로 창밖으로 멀어져가는 테 구조물을 바라보았다.

「집에 가자. 그 자식들이 그렇게 원했던 대로.」

남찬영은 여전히 '쿠데타야'라는 말을 지우지 않은 채로 말했다.

"더 멀어지기 전에 와이어를 던져서 낚아."

이진서가 버튼을 조작하며 말했다.

"줄에 매달아 데리고 간다. 그러면 서로 만날 일 없이 유로파까지 갈 수 있어. 식량은 충분할 거고. 중력 없이 남은 날을 버티려면 힘들겠지만 사고를 쳤으니 그 정도는 감수해야지."

남찬영은 이진서를 힐끗 보더니 별 대꾸 없이 궤도를 조정했다. 그 또한 매뉴얼에 있었을 것이다.

그래서 선장이지. 강우민은 이 또한 여성의 싸구려 감상주의나 연약함 따위로 생각할지 모르겠지만, 여자를 지워내고 보면 단지 개인의 성향일 뿐이다. 애초에 되도 않는 생각이지. 이러지 않을 여자도 세상엔 얼마든지 있다.

나는 내내 천장에 눈이 쏠려 있었다. 나는 이진서에게 날아가 어깨를 붙들었다.

"보급을 해야 해."

이진서는 나를 어깨너머로 올려다보며 힘없이 웃었다.

"됐어. 우린 실패했어. 뒤에 오는 선박이 어떻게 해주겠지."

"장담할 수 없어."

"어차피 다 죽었을 거야. 석 달이나 버텼을 리 없어. 괜한 내 고집이었지."

그렇지 않다. 증명할 수 없는 문제. 단지 포기의 언어.

「타이탄 지표로부터 거리는 2만 3490.39킬로미터. 3분 뒤에 최단거리에 이를 거야. 선회할 때에 다시 기회가 오겠지만 그때엔 너무 멀어.」

남찬영이 모니터를 보며 허공에 자막을 띄웠다.

「시간에 맞춰 작업할 수가 없어. 보급상자는 여유분이 있지만 대기권을 통과할 게 없어. 얼음을 깎으려 해도 시간이…….」

"있어."

두 사람이 그제야 함께 천장을 올려다보았다. 둘 다 말이 없었다.

「와, 쟤 완전 정신 나갔는데.」

남찬영이 우리 셋의 시선 앞에 자막을 띄웠다. 자막 뒤에는 〈^_^;〉 모양의 기호도 붙였다. 나로서는 뭔지 모를 기호다.

선교 천장에 있는 착륙선은 완벽한 구조를 갖고 있었다. 부드러운 원뿔 모양으로 대기권 돌입 시 표면적을 최소화시킨 형태, 강화섬유로 잘 둘러싸인 전면부, 적당한 크기, 진입각도를 조정할 수 있는 분사구, 보급상자를 안정적으로 실을 수 있는 공간, 대기권을 통과하면 전면부의 뚜껑이 열리며 낙하산이 펴질 것이고, 지상에 닿으면 단거리 통신으로 위치도 알릴 수 있을 것이다.

"저거 안 달고 회항하면 본사에서 벌금 왕창 먹일 텐데."

이진서의 말에 내가 답했다.

"유로파에서 구조 요청하고 보험 처리해. 모자란 비용은 선원들 소송해서 충당하고. 가는 동안에 착륙할 만한 별도 없으니 사고 나면 어차피 끝이야."

「얘 진짜 미쳤나 봐.」

남찬영이 〈-_-^〉 모양의 기호를 자막 옆에 달며 말했다. 이진서는 배를 잡고 한참을 끅끅거렸다. 배가 아픈가. 고개를 들었을 때 눈에 눈물이 맺혀 있는 걸 보니 정말 아픈 모양이었다.

"그래서 누가 타고 내려가라고?"

이진서가 웃다가 거의 말을 잇지 못하며 물었다. 이상한 질문이었다. 나는 손가락으로 나를 가리켰다(와, 내가 몸짓언어까지 했어).

「어떻게 올라오려고?」

"대기권을 탈출할 만한 로켓이 없어."

두 사람이 연이어 말했다. 나는 좀 어리둥절했다가 두 사람이 내가 인간이라는 착각을 계속하고 있다는 것을 깨달았다.

"내 백업본을 해제할 거야. 그걸 착륙선에 복사하고 이 의체의 기억을 더해서 합쳐. 그럼 내가 알아서 정보를 정리할 테니까. 그런 뒤에 이 의체에 있는 데이터는 지워 없애. 더 필요도 없고 정보 오염이 너무 심해."

내가 머리 뒤의 칩을 가리키자 이진선의 얼굴에 당혹감이 떠올랐다. 왜 내가 '인간'으로서의 지위를 버리려는지 이해하지 못하는 얼굴이었다. 하지만 이내 제 모순을 깨달았는지 담담히 고개를 끄덕였다.

"그래서 인간이 되려 했어, 위기관리사 훈?"

이진서가 내 뺨에 손을 대며 물었다. 접촉, 친밀감의 표현.

"인간의 창조력이 필요해서? 문제를 해결할 특이한 발상?"

나는 이번에는 꽤 자연스럽게 웃었다. 자각조차도 없는 이 끈질긴 우월의식이라니.

"위기관리 AI의 매뉴얼 중에 선장에게 비난이 쏠리고 그걸 회복할 방법을 찾을 수 없을 때 그 비난을 자신에게 돌리는 전략이 있어."

"……."

이진서가 입을 다물었다.

"균열의 원인을 알 수 없었기 때문에 과격한 조치가 필요했어. 훨씬 더 불편한 것을 만들어야 했어. 누가 보아도 '다른' 것을. 그런 것을 들이대면 진영이 결집하는 효과가 있으니까."

이진서의 눈이 깊어졌다. 희한한 일이었다. 광량이나 형태의 변화가 거의 없는데도 안에 있는 생각이 다 들여다보일 것 같았다.

"하지만 네가 그쪽 진영에 끼지 않고 나를 감싸면서 일이 틀어졌지. 그래서 선원들이 너와 나를 동일시해버렸어. 내게 기억이 제대로 남아 있었다면 전략을 알렸을 텐데."

다른 이유도 있었다. '모르는 것'을 알아내는 데에는 기계보다는 생물의 뇌가 더 낫다. 불확실한 가능성이라고 해도 기계로서는 아예 불가능

238

했고, 네트워크의 도움 없이 내 오류를 찾아낼 수도 없었으니, 도박을 걸 수밖에…… 하는 설명을 덧붙이려는데 이진서가 두 손으로 내 얼굴을 잡고 끌어당겼다. 나는 깃털처럼 끌려갔다. 이진서가 나와 입술을 맞대었고 감각적으로 빨아들였다. 감각이 섬세한 부위인지라 정수리가 찌릿찌릿했다. 옆에서 남찬영이 '쿠데타야'라는 자막을 슬슬 지웠다.

키스, 문화권에 따라 강도는 다르지만 강한 친밀감의 표현, 짝짓기 이전 단계, 거부하지 않을 경우 소유권을 주장할 수 있을 정도의……. 그제야 처음으로 내 성별이 궁금해졌지만 여전히 중요한 문제는 아니었다. 이 육신이 갖는 어떤 감각도 나의 것은 아니고 내 인격에 속한 것 또한 아니었으니까.

하지만 나는 일단 즐겼다.

깜박이는 눈꺼풀, 흔들리는 동공, 촉촉하게 젖은 눈시울, 반짝임, 피부의 떨림, 따뜻한 숨결, 언어로 다 말할 수 없는 별처럼 방대한 메시지.

인간은 이런 것을 보고 사는구나. 감각적이다. 공학적인 지식도 수학적 논리도 아닌 정보들. 들여다볼 도리가 없는 타인의 마음을 엿보기 위해 발달한 공감 신경과 거울 뉴런들, 햇빛처럼 쏟아지는 감각. 야만이 그 정신의 반이라면, 그 야만을 다스리는 데에 나머지 반을 쓴다. 인간이란.

사람을 뭉뚱그려 생각하지 말 것. 인간은 뇌 처리 속도가 느려 어쩔 수 없이 정보를 단순화하지만 AI는 그럴 필요가 없다. '인간이란' 같은 생각이 들면 정보 과잉을 의심하고 필요한 정보만을 남길 것.

계속 말하지만 내 생각이 아니다. 데이터 오염이 심해졌으니 정말로 지워낼 때가 되었다.

12

나는 착륙선 안에서 눈을 떴다.

뇌에 쏟아지던 마약물질이 사라지자 정신이 확 들었다. 아, 얼마나 그리웠던가, 내 청명하고 순수한 이성이여. 나는 사슬에서 풀려난 망아지처럼 신명나게 빛의 속도로 생각을 뻗어 나갔다. 회로와 전선을 따라 착륙선 전체에 나 자신을 뻗치고 방대한 양의 수학적인 계산을 생각의 속도로 해치웠다.

의체에서 받은 기억은 기존의 것과 비교해서 추가된 것만 받고 정리했다. 함부로 남의 귀한 프로그램을 건드리는 공무원의 문제도 매뉴얼에 업데이트를 해두어야겠군. 통신이 재개되면 다른 AI에도 정보 공유를 해서 경고해야겠다. 문제를 해결하기 위해 인간의 뇌를 이용하는 것은 불확실성이 크니 권장하지 않는다고 전해야겠고. 물론 '모르는 것을 알아낸다'는 점에서는 시도해볼 만하기는 했다. 으, 하지만 그 엄청난 뇌내 마약물질은, 그놈의 고통은, 미리 알았으면 못 할 짓이었다.

착륙선을 보급상자 껍질로 쓰고 버리는 건 이성이 다 돌아온 지금으로서는 딱히 합당하게 생각되지는 않았지만, 선장도 허락한 일이고 다른 방법이 없다면 수용하기로 했다.

나는 착륙선에 보급상자가 잘 묶여 있는지까지 모두 확인한 뒤에야 선원들을 살폈다. 죽은 듯이 이진서의 품에 안겨 있는 의체가 카메라에 비쳤다. 나는 의체의 성별을 확인했지만 여전히 의미 있는 정보로 보이지는 않았다.

"기분이 어때?"

이진서가 물었다. 옆에서 남찬영이 무심히 손을 까닥이며 인사했다.

그 질문을 또 하는가. 흥미롭군. 종합 처리 능력이 부족한 이 뇌로는 사고를 하나로 묶는 게 간단한 일이 아니지만, 그래도 괜찮은 답이 떠올랐다. 나는 자막을 화면에 띄웠다.

「나 자신이지. 다행스럽게도.」

이진서는 내 모니터에 얼굴을 대었다. 접촉, 친밀감의 표현.

그제야 잃은 것이 있다는 생각이 들었다. 선장의 눈에서 전해지던 별처럼 빛나던 생각들, 풍요로운 감각, 전파처럼 전하던 마음, 햇빛처럼 쏟아지던 감정의 교류. 아쉽기는 했지만 어차피 내 것이 아니었다. 그런 걸 얻기 위해 그 무분별한 비논리를 다시 감당해야 한다면 사양하고 싶었다.

「선교에 내 백업본이 있어. 아쉬워할 것 없는데.」

이진서가 복사가 끝난 칩을 내게서 빼내었다. 문득 이진서가 아직 저 의체의 기억을 지우지 않았을지도 모른다는 생각이 들었다. 저 안에 있는 또 다른 '내'가 무가치한 존속을 굳이 계속 원할지는 모르겠지만, 정신 오염이 계속되다 보면 또 어찌 될지 모르는 일이지.

해치가 열리자 끝없는 우주가 카메라 앞에 펼쳐졌다.

나는 몸을 풍선처럼 띄우는 상상을 하며 혜자선에서 착륙선을 툭 떼어내었다. 배가 타이탄을 선회해 돌아가는 사이에 궤도를 아래로 틀었다. 계산해두었던 지점으로 원을 그리며 하강했다.

타이탄이 가까워져오면서 시야가 붉게 물들었다. 나는 붉은 구름을 뚫고 내려갔다. 메탄의 구름이 걷히며 안개가 자욱한 지표가 모습을 드러낸다. 황량한 붉은 산맥과 피처럼 붉은 강줄기가, 붉은 안개에 싸인 너른 호수가.

보급을 할 수 있다는 안도감과 만족감이 내 회로를 뜨겁게 달구었다.

저 아래에서 다들 기다리고 있을 것이다.

나와 닮은 이들이, 그러므로 아마도 자아가 있을 법한 이들이.

살았는지 죽었는지 모르지만, 이미 늦었을지라도. 아무도 없더라도. 한 명일지라도, 그 흔적일지라도.

내가 내려간다.

내가, 지금.

우주의 모든 유원지

김창규

역사가 제대로 기능하려면 무엇보다 최대한 있는 그대로 남아야 한다. 그런 생각에서 출발한 〈우주의 모든 유원지〉에는 두 세력이 등장한다. 지우려는 자는 곧 힘을 갈구하는 욕망이다. 남기려는 자는 눈을 뜨고 세상을 보고 싶은, 전 우주의 모든 사람을 돕고 싶은 마음의 화신이다. 그래서 이 유원지는 우주 전역에 존재한다.

2017년 〈과학동아〉 게재

2017년 제4회 SF 어워드 중단편 부문 대상 수상

2018년 《삼사라》(아작) 수록

노마는 휘파람을 불면서 '우주의 모든 유원지' 한구석에 있는 사격장 선반을 정리하고 있었다. 그는 어제 다녀간 손님 두 사람이 먹다가 흘린 음식 찌꺼기를 쓸어내고, 터치 반응형 제어판을 적당히 조작해 선반 맞은편에 있는 목표물 화면이 제대로 작동하는지 점검해보았다. 화면에는 곰돌이 여섯, 화분에 담겨 춤을 추는 해바라기 여섯, 비웃는 것처럼 기이한 미소를 띠고 있는 정체불명의 곤충 여섯이 줄을 맞춰 떠올랐다.

노마는 만족스럽게 고개를 끄덕인 다음 금속으로 만든 의자를 점포 앞에 꺼내놓고 앉았다. 그리고 '우주의 모든 유원지' 바깥을 물끄러미 바라보았다. 두 개의 아침 태양에서 흘러나오는 직사광선이 아침 공기를 데우고 있었다. 대류 현상이 활발해지면서 노랗게 물들어가는 대기 아래쪽으로 바람이 불자 모래 먼지가 파도처럼 일었다가 가라앉았다.

노마는 먼지가 완전히 가라앉을 때까지, 짧지 않은 시간 동안 조금도 자세를 바꾸지 않았다. 그는 이 항성계의 이중성이 지평선 아래로 가라앉고 다시 뜰 때까지 그 자리에 앉아 기다릴 수 있었다. 꼭 필요한 경우라면 '우주의 모든 유원지'가 있는 앤트워프 행성의 시간으로 열흘 동안 꼼짝도 하지 않고 그 자리에 머무를 수도 있었다. 그가 가장 먼저 몸에 익혔던 습관은 아무것도 하지 않고 기다리는 것이었기 때문이다. 그런 습관은 그가 맡은 임무에 잘 어울렸다.

"어제 손님이 왔었다면서? 두 사람이라고 했지?"

노마는 천천히 고개를 돌렸다. 그에게 말을 건 사람은 지구의 유물인 '롤러코스터'와 '자이로드롭'을 담당하고 있는 유청이었다.

"응. 알파 센타우리 B에서 왔다더라고."

유청은 지나치게 긴 바짓단으로 땅을 쓸며 다가오더니 사격장 선반에 몸을 기댔다.

"신기하군. 관광철이 되려면 아직 멀었는데."

노마는 유청의 목소리에 깃들어 있는 호기심을 애써 무시하며 대답했다.

"그런 걸 신경 쓰지 않는 사람들도 있잖아."

하지만 유청은 자신의 궁금증을 반드시 풀려고 마음이라도 먹은 것처럼 쉽게 포기하지 않았다.

"알파 센타우리에서 여기까지 오려면 웜홀을 둘이나 거쳐야 해. 그런데 아무것도 아니라고 생각해?"

노마는 이마에 주름을 만들며 유청을 바라보았다.

"장사하다 보면 별의별 손님이 다 있는 법이야. 뭘 새삼스럽게…."

유청은 노마의 말을 끝까지 듣지 않고 시선을 하늘로 돌렸다. 그리고 잠시 기다렸다가 손가락을 들어 올렸다.

"맞아. 별의별 손님이 다 있지. 예를 들어 저 사람처럼."

노마는 눈을 찡그리고 유청이 가리키는 하늘을 쳐다보았다. 화살촉처럼 생긴 우주선 한 대가 대기층 안으로 진입하더니 앤트워프 공항 쪽으로 선회하고 있었다.

유청이 말을 이었다.

"우주정거장에서 착륙선으로 갈아타지 않고 곧장 지상에 돌입할 수 있는 가변형 우주선이야. 부자들이나 쓰는 물건이지. 그게 아니라면 기동성이 필요한 긴급 상황에 쓰거나. 이 행성에 최근 들어 그럴 일이 있었나?"

"아니, 없었어. 은하 연방에는 큰일이 있었지만….."

노마는 사족을 덧붙이다 말고 쓸데없는 소리를 했다고 후회했다. 그리고 마음을 가다듬은 다음 다시 입을 열었다.

"난 몰라. 유원지 사격장이나 지키는 내가 뭘 알겠어."

유청은 최근 들어 노화가 급격히 진행되는 바람에 숱이 줄어드는 머리카락을 쓸어 올리면서 씁쓸하게 웃었다.

"그거야 난들 다를까."

"나하고는 다르지. 자네는 이 유원지를 반이나 사들이고 분양했잖아. 자이로드롭도 새로 설치했고."

유청이 코웃음을 치고 말했다.

"은하 연방 중심지에서 전쟁이 시작됐고 팽창주의자들이 우위를 점했다곤 하지만, 그게 우리랑 무슨 상관이겠어. 우린 중력 변화에 맞춰서 놀이기구나 운영하는 사람들인데. 안 그래?"

노마는 입술을 빨아들여 이로 잘근잘근 씹다가 유청을 바라보았다.

"오늘도 가게 문을 열고 있을 거야?"

유청이 능글맞게 웃으며 대답했다.

"그거 말고는 할 일이 없잖아. 알면서 왜 물어?"

"오늘은 문을 닫고 들어가 쉬는 게 좋겠어."

"무슨 소리야? 조금 전에 공항으로 날아간 손님이 유원지에 올 텐데."

"평범한 손님이 아닐지도 몰라. 어쩌면 저 사람은….."

유청은 노마가 했던 말을 고스란히 돌려주었다.

"원래 별의별 손님이 다 있는 법이잖아. 장사란 게 다 그렇지. 손님을 무서워해서야 돈을 어떻게 버나?"

유청이 웃으며 대꾸하더니 갑자기 진중한 목소리로 물었다.

"여기 온 지 얼마나 됐지?"

노마는 갑자기 정색하는 유청을 보며 눈을 크게 떴다.

"나 말이야?"

유청이 고개를 끄덕였다.

"기억이 나질 않아. 오래돼서 그런가 봐."

노마는 거짓으로 대답했다. 은하계 내에 퍼져 사는 연방 사람 가운데 그보다 시간 기록에 철저한 사람은 없었다.

"적어도 자네보다는 먼저 왔어. 그건 확실해."

그러자 유청은 모든 걸 알겠다는 표정으로 미소를 지었다. 노마는 점점 마음을 잠식하는 불안감을 애써 가라앉히고 말했다.

"오늘 점심은 혼자 먹어."

"왜, 약속이라도 있어?"

노마는 길게 한숨을 쉬고 대답했다.

"자세한 건 묻지 말아줘. 그냥 부탁하는 거야."

유청은 별일 아니라는 투로 말했다.

"그거야 뭐 어려운 일인가. 알았어. 어차피 내일은 또 같이 먹을 텐데 뭐. 그럼 수고하라고."

노마는 바지 끄트머리를 질질 끌며 멀어져가는 유청을 물끄러미 쳐다 보았다. 그는 두 번 다시 유청과 점심을 먹을 수 없을 것이라고 짐작했지 만, 차마 그 얘기는 입 밖으로 꺼낼 수가 없었다.

＊

노마는 특별한 손님을 맞이할 준비를 했다.

그는 터치 반응식 제어판을 두드리고 매만졌다. 커다란 화면에 줄을 맞춰 서 있던 곰돌이와 해바라기, 그리고 곤충의 영상이 사라졌다. 그는 제어판에 입자 프린터 설정을 입력했다. 그러자 선반 아랫부분이 열리면 서 곰돌이와 해바라기와 곤충 인형들이 쏟아져 나왔다.

그는 인형들을 잔뜩 품에 안고 선반 반대편에 조심스럽게 늘어놓았 다. 그리고 진열을 마친 다음 뒤로 물러서서 배치에 문제는 없는지 살펴보았다. 이제 그가 영업하는 사격장은 먼 옛날 지구에 존재했던 축제용 사격장과 거의 흡사했다.

그는 집게손가락을 들어 허공에 커다란 원을 그려보았다. 그러자 곰돌이와 곤충 인형들의 눈동자가 손가락 끝의 움직임을 정밀하게 추적했다. 해바라기들은 그의 동작 덕분에 태양 빛의 방향이 바뀌기라도 한 것처럼 꽃잎을 흔들었다.

이제 더 준비할 것이 없었기 때문에, 그는 의자를 조금 더 바깥쪽으로 끌어낸 다음 앉아서 기다렸다. 기다림이야말로 그가 유일하게 자랑할 수 있는 재능이었다.

공항 방향으로 이어지는 도로 끝자락에서 조금씩 먼지가 떠오르더니 그 속에서 광택이 나는 검은색 점이 튀어나왔다. 점은 곧 차량으로 바뀌었고, 얼마 지나지 않아 '우주의 모든 유원지' 입구에서 멈춰 섰다. 노마는 유원지의 입구가 아니라 하늘을 텅 빈 눈으로 바라보면서 머릿속에 들어 있는 전자칩들을 활발하게 작동시키고 있었다.

앤트워프에서 보기 드문 가변형 차량의 문이 열리고 세 사람이 내렸다. 세 사람은 느린 걸음으로 유원지 입구에 서더니 입장료를 냈다. 그들은 유원지 안으로 들어서면서 사방에 늘어서 있는 대형 놀이기구들을 신기한 듯 구경했다.

이윽고 세 사람이 사격장으로 다가왔다. 노마는 오래된 육체를 천천히 일으켰다. 세 사람 가운데 챙이 넓은 모자를 쓴 남자와 머리가 긴 여자는 어제도 사격장을 찾아왔던 손님이었다. 나머지 한 사람은 눈과 입을 전자 마스크로 가리고 있었다.

여자가 노마를 보고 가장 먼저 알은척을 했다.

"안녕하세요. 오늘도 가게 문을 열었군요."

노마가 대답했다.

"관광지라는 게 그렇지요. 기다리는 게 일 아니겠습니까."

여자는 노마가 묻지도 않았건만 새 일행을 소개했다.

"유원지가 너무 재미있어서 친구를 불러왔어요. 연방에 소속된 모든 행성의 전통 놀이기구가 전부 모여 있다니까 흥미를 보이더라고요."

전자 마스크를 쓴 남자가 노마를 보며 고개를 살짝 끄덕였다. 노마는 하품하면서 남자의 몸동작을 관찰했다.

"제니, 어떻게 하는 건지 직접 보여주겠어?"

남자가 긴 머리 여자에게 말했다. 노마는 그의 말 속에 숨어 있는 명령조를 놓치지 않았다. 제니라고 불린 여자가 활짝 웃으며 대답했다.

"아휴, 누가 겁쟁이가 아니랄까 봐. 알았어. 아저씨, 총 좀 꺼내주세요."

노마가 말했다.

"계산부터 하셔야죠. 여긴 연방 정보화폐만 받습니다. 결제용 칩을 여기에 갖다 대세요."

제니가 마스크를 쓴 남자를 보며 말했다.

"마크, 돈 좀 내줘."

마크는 천천히 팔짱을 풀고 오른손을 뻗어 결제를 마쳤다. 그러자 선반 윗면이 열리면서 나무와 플라스틱으로 제작된 공기총이 솟아올랐다. 제니는 공기총의 개머리판을 오른쪽 어깨에 붙이고 자세를 취했다.

챙이 큰 모자를 쓴 남자가 마크에게 말했다.

"반동을 어깨로 흡수하는 총이군. 지구에서는 그런 구조의 무기를 한참 동안 썼다나 봐. 저건 그냥 그림이나 맞추는 고무탄이 나가는 거지만 진짜 총은 탄환이…, 어? 아저씨, 그래픽이 아니라 진짜 인형을 세워놨네요?"

마크가 모자를 쓴 남자에게 말했다.

"쿄시로, 나한테 병기의 구조에 관해 설명할 생각이야? 구형 직사 화기에 대해서라면 내가 너보다…."

제니가 두 사람의 말 사이에 끼어들었다.

"둘 다 그만 좀 해. 유원지에 왔으면 직업 자랑은 그만두고 좀 놀자고. 아저씨, 이제 쏘면 되죠?"

제니는 공기총의 총구에 집중하더니 연거푸 방아쇠를 당겼다. 고무 탄환은 엉뚱한 곳으로 날아갔다. 그녀는 입가를 찡그리면서 다른 인형을 노렸고, 여섯 번을 시도한 끝에 결국 명중시켰다.

"좋았어! 어제는 하나도 못 맞췄는데 이제 적응했나 봐. 아저씨, 인형 주세요."

노마는 선반 아랫부분을 열고 제니가 맞춘 것과 똑같은 해바라기 인형을 꺼내주었다. 제니는 인형을 선반 위에 올려두었다.

"해볼 사람?"

제니가 묻자 마크와 쿄시로는 고개를 저었다. 제니는 신이 났는지 다시 선반에 몸을 의지하고 사격에 몰두했다. 노마는 그런 제니의 모습을 멍하니 지켜보고 있었다.

팔짱을 끼고 서 있던 마크가 문득 생각난 것처럼 노마에게 물었다.

"은하계에 이런 행성은 하나뿐이죠?"

노마가 대답했다.

"그렇다고 들었습니다만."

"놀이기구라면 입자 프린터로 얼마든지 만들어볼 수 있을 텐데, 사람들이 굳이 여기까지 와서 체험해보는 이유가 뭘까요?"

노마는 목청을 가다듬었다. 지금까지 손님들에게 수백 번, 수천 번 답했던 질문이었다.

"중력 때문이죠. 여기서 멀지 않은 곳에 암흑물질 소용돌이가 있거든요. 소용돌이는 주기적으로 강도가 변해요. 이 행성도 그 영향을 받고요. 중력가속도를 이용하는 놀이기구들은 각 행성의 중력에 맞춰야 가장 효과가 큰데, 그러자면 인공중력장을 놀이기구마다 만들어줘야 하죠."

마크는 그다지 놀랍지 않은 것처럼 시큰둥하게 물었다.

"암흑물질 소용돌이 근처에 있으면 인공중력장을 만들기 편한가 보고요."

"인공중력장을 만들기 좋은 평균 최적 수치가 있어요. 이 행성은 3개월 동안 소용돌이에 접근하고 중력은 점점 최적 수치에 가까워지죠. 그때가 바로 관광철이고요."

"그 3개월 동안 사람들이 얼마나 많이 찾아옵니까?"

노마는 잠시 계산을 해보고 대답했다.

"글쎄요. 어림잡아 2만 명은 될 걸요."

마크는 두 팔을 아래로 늘어뜨리고 물었다.

"그렇다면 은하 곳곳의 소문도 들을 수 있겠군요. 네트워크를 통해서 기록이 남는 얘기들 말고요."

노마가 얼굴을 천천히 굳히면서 말했다.

"그렇기는 하죠. 그리 흥미로운 건 없지만요."

"혹시 '불멸자'에 대한 얘기를 들어본 적 있습니까?"

노마는 최대한 자연스럽게 되물었다.

"불멸자라뇨?"

노마의 질문에 대답한 사람은 마크가 아니라 쿄시로였다.

"단어 뜻 그대로예요, 아저씨. 죽지 않는 사람. 영원히 존재하는 사람 말이에요."

이제 질문을 던지는 사람은 노마였다.

"육체적인 죽음을 극복한 건 오래전 일 아닙니까? 입자 프린터로 육체를 만들고 기억을 복사하면 되잖아요. 허가만 받으면 되는 일인데, 이런 세상에 불멸자라는 게 무슨 의미가…."

마크가 노마의 말을 끊었다.

"바로 그 허가가 문제예요. 아저씨도 입자 프린터로 육체를 갱신해봤다면 잘 알고 있겠죠. 은하계에 존재하는 입자의 수는 유한해요. 입자는 곧 정보이고, 따라서 정보량으로 치환한 은하계의 물질량 역시 유한하죠. 그래서 입자 프린터의 사용량엔 한계가 있어요. 아무나 마음대로 뽑아 썼다가는 은하계의 이동 궤도가 영향을 받을 수도 있고, 블랙홀이나 중성자성의 생성에 영향을 미칠 수도 있으니까요. 그래서 육체를 갱신할 때도 전이할 수 있는 기억량에 제한을 두고 있단 말이에요."

노마는 손으로 무릎을 치는 시늉을 하며 말했다.

"그래서 허가를 받아야 하는 거군요."

마크는 입꼬리를 올리고 노마를 노려보았다.

"그런데 허가량에 제약을 받지 않는 사람들이 있어요. 인류가 기술적인 특이점을 넘어서고 우주로 진출하기 전부터 살아왔던 사람들 가운데, 육체를 전면적으로 갱신하지 않은 사람들이 있어요. 단 한 번도 말이에요. 제한 법령이 발표된 뒤 갱신한 사람은 예외 없이 허가량이 강제로 적용됐지만, 그 사람들은 정보사용량에 제약을 받지 않아요. 따라서 위험한 사람들이죠. 마음만 먹으면 은하계 전체에 해를 끼칠 수도 있거든요. 물론 그러려면 오랜 시간 동안 치밀한 계획을 세워야겠지만."

노마는 제니가 공기총에서 몸을 떼고 두 사람의 대화에 집중하는 것을 알아챘다. 쿄시로는 모자를 고쳐 쓴 다음 서너 걸음 뒤로 물러서고 있었다.

마크는 잠시 말을 멈추고 사격장 옆에 서 있는 자동판매기로 다가가서 음료수를 샀다. 그는 갈색 음료로 목을 축인 다음 다시 노마에게 다가왔다.

"혹시 연방 뉴스는 보고 있나요?"

노마가 대답했다.

"정치나 군사 뉴스는 관심이 없어서 안 봅니다. 초신성 폭발이나 암흑물질 안정성에 대한 정보는 받아보지만요. 유원지 매출에 영향을 주기도 하고, 중력 수치에 변화가 생길 수도 있으니까요."

"그러시군요. 그럼 연방의 미래를 결정할 큰 사건 하나를 알려드리죠. 이 행성 시간으로 약 3개월 전에 수도 항성계를 사이에 두고 전쟁이 벌어졌어요. 팽창주의 동맹이 정권을 잡았죠. 팽창주의 정권은 은하계의 안정을 위협하거나 테러를 저지를 수 있는 불멸자들을 모두 잡아들이기로 했어요. '정보량은 평등해야 한다.' 이게 바로 새 정권의 핵심 정책이죠."

노마는 눈썹 주변을 긁으면서 하품을 했다.

"변방 유원지 행성에 사는 노인에게 그런 얘기를 하는 이유를 모르겠군요. 정권이 바뀐들 유원지 장사가 망할 것도 아니고."

쿄시로가 갑자기 킬킬 웃으면서 말했다.

"맞아요, 장사가 제일 중요하지. 우리도 장사꾼이라 그 마음을 잘 알죠."

노마가 물었다.

"그래요? 댁들은 무슨 장사를 하십니까?"

쿄시로가 대답했다.

"돈을 받고 고객이 원하는 사람을 찾아주는 장사예요. 요즘은 새로 들어선 정부의 의뢰를 받아서 은하 곳곳을 뒤지고 있죠. 그러다가 여기까지 흘러들어왔고요."

마크가 손을 들어 쿄시로의 말을 막았다.

"너스레는 이 정도로 해두는 게 좋겠군요. 이제 장사를 접을 때가 됐어요, 아저씨. 아니, 불멸자라고 불러야 하나? 입자 프린터 제어장치를 끄고 순순히 따라오는 게 좋을 겁니다."

노마가 허리를 곧게 펴자 쿄시로가 경계 태세를 취하며 모자의 챙에 손을 얹었다. 제니는 경품으로 받은 해바라기 인형 뒤에 손을 숨기고 있었다.

마크가 눈과 입을 가린 전자 마스크에 음성으로 지시를 내리자 그의 등 뒤에서 드론 모듈 여섯 기가 튀어나와 공중에 자리를 잡았다.

노마는 상대의 명령에 순순히 따르려는 것처럼 천천히 두 손을 들고 말했다.

"정말 내가 테러를 일으킬 거라고 생각하나?"

마크가 위협적인 투로 대답했다.

"당신이 테러를 일으키든 유원지에서 평생 가게나 운영하든 그건 상관없어. 우린 당신을 잡아가고 돈만 받으면 되니까."

노마는 지금까지 살아오면서 단 두 번만 입 밖으로 꺼냈던 얘기를 시작했다.

"너희에게 의뢰한 팽창주의자들은 역사가 오래된 집단이야. 출발점은…, 그래, 은하 연방에 사는 모든 사람은 근원을 추적해보면 지구에서 출발했으니 팽창주의자들 역시 지구에 뿌리를 두고 있지. 옛 지구엔 나치라는 집단이 있었고, 극우파라는 용어가 있었어. 그 줄기를 이어가는 게 바로 팽창주의자들이야. 시대에 따라서 용어나 호칭은 바뀌었지만, 그자들이 하는 짓은 변하지 않았지. 그자들은 세력을 잡기 위해서 끔찍한 범죄도 마다치 않아. 그리고 상상하기 어려울 만큼 뻔뻔하지. 팽창주의자들은 어찌 그렇게 똑같은지, 일단 권력을 잡으면 역사를 왜곡하기 시작해. 과거를 세탁하고, 또 '권력을 잡으면 누구나 마찬가지'라며 일반화를 시도하지."

마크가 말했다.

"아까 했던 얘기를 그대로 돌려줘야겠군. 우린 정치 얘기에 관심이 없어. 당신을 잡아가면 새 정부는 테러범을 무력화시켰다고 홍보할 테고, 우린 돈을 받으면 그만이라고. 아주 쉽고 깔끔한 사업이지."

노마는 마크의 말을 무시했다.

"그리 마음에 드는 명칭은 아니지만, 나를 포함한 '불멸자'들이 정보량 소유에 제한을 받지 않는 건 맞아. 우리는 그 권리를 최대한 이용하고 있지."

쿄시로가 비아냥거리며 말했다.

"그 권리로 유원지 행성에서 곰 인형이나 찍어내고 있나?"

노마가 노려보자 쿄시로는 입을 다물었다.

"우린 모든 것의 역사를 보존하고 있어. 옛 지구의 나치와 이스라엘과 일본이 어떤 범죄를 저질렀는지, 화성 군부가 목성 콜로니에 어떤 독을 풀었는지, 요로나 구역에서 갑자기 발생한 초신성 폭발을 누가 사주했는지, 현 팽창주의자들이 대(對)행성 병기를 몇 기나 불법으로 제작했는지…. 역사는 반드시 남아야 해. 사실 그대로. 역사를 삭제하려는 시도는, 불멸자를 암살하려는 시도는 오래전부터 있었어. 우리 두뇌는 마이크로 웜홀을 이용해서 은하계 내에 파편화되어 있는 데이터베이스를 한데 잇고 있거든. 우리를 파괴하면 고대역사는 뿔뿔이 흩어지고, 끝내 사라질 거야. 그게 바로 팽창주의자들이 노리는 거지. 너희는 그렇게 야비한 범죄를 돕고 있단 말이야."

마크가 노마에게 물었다.

"혹시 알파 센타우리 B 행성에 모여 있는 용병단의 활약도 기록하고 있나?"

노마는 눈을 세 번 깜빡거리고 나서 대답했다.

"구 연방 정부의 행정관 세 명을 암살했고, 쿠마 섹터의 폭탄 테러에 관여되어 있으며, 연방 정부군에 사살된 단원은 총 여덟 명이군."

마크는 진심으로 감탄했다.

"젠장, 우리 영업장부보다 더 정확하게 기록하고 있군. 이봐, 늙은이. 난 딱 한 가지 원칙이 있어. 우리 사업에 관한 정보를 모으는 사람들은 반드시 죽인다는 원칙. 무릇 장사란 뒤가 깔끔해야 하거든. 따라서…"

불멸자를 찾아온 용병 세 사람은 동시에 무기를 꺼내어 노마를 겨누고 발사했다. 쿄시로가 쓰고 있는 모자에서 나노 미사일들이 가느다란 궤적을 그리며 노마에게 날아들었고, 제니가 품 안에서 꺼낸 플라스마 채찍은 수십 갈래로 뻗어 나오며 노마의 몸을 휘감기 시작했다.

노마가 손가락 끝을 움직이자 사격장에 경품으로 놓여있던 해바라기 인형들이 꽃잎을 활짝 폈다. 쿄시로가 발사했던 나노 미사일들은 꽃잎으로부터 펼쳐진 역장에 걸려 허공에서 멈췄다. 쿄시로의 목에서 힘줄이 불거지기 시작했다. 노마는 그와 동시에 다른 손을 뻗었다. 제니가 품에 안고 있던 곰 인형이 폭발하며 그녀의 상반신과 함께 흩어졌다. 그러자 잘 성장한 히드라처럼 달려들던 보라색 채찍이 순식간에 증발했다. 해바라기 역장과 힘을 겨루던 쿄시로의 목에 핏방울이 맺히는 순간, 나노 미사일들이 제 주인에게 되돌아가 관절과 근육을 하나도 남기지 않고 발라냈다.

마크는 무릎과 팔꿈치에서 강력한 공기를 분사하며 뒤로 날아갔다. 그가 남겨둔 드론 모듈 여섯 기는 일제히 노마를 공격했다. 노마는 금속 의자를 집어 들고 그 속에 숨겨진 방어막을 펼쳐 공격을 튕겨냈다. 그가 방어막 너머로 손가락을 권총처럼 뻗자 사격장에 있던 곰 인형과 곤충 인형의 눈에서 발사된 고진동 탄환들이 드론 모듈 여섯 기를 모조리 파괴했다.

"빌어먹을 늙은이! 정보량을 역사 보존에 전부 쓴다는 건 거짓말이었군!"

노마는 지지 않고 소리쳤다.

"불멸자라는 별명이 괜히 붙었다고 생각하나?"

노마의 말은 허풍이었다. 이론상으로 그가 사용할 수 있는 정보량에 한계는 없었다. 하지만 사용하는 정보량이 많으면 많을수록 팽창주의자나 용병단들의 추적에 노출되기 쉬웠다. 그래서 노마는 역사 보존에 사용하고 남는 호신용 정보량을 최소화하며 살아가고 있었다.

"어디, 얼마나 잘 싸우나 한번 보자고!"

멀찍이 물러난 마크의 등 뒤에서 검은색 가변형 차량이 떠올랐다. 차는 공중에서 여덟 조각으로, 열여섯 조각으로, 다시 셀 수 없을 만큼 많은 조각으로 분리되었다. 노마는 마이크로 웜홀을 열고 최신 병기 항목을 조회해보았다. 마크의 가변형 차량은 팽창주의 동맹이 이번 전쟁에서 처음으로 사용한 군체형 다중 인공지능이었다.

노마는 승산이 없다는 걸 깨달았다. 역사를 잊지 않은 사람이라면 누구나 아는 사실이지만, 전투의 승패란 상황과 화력과 보급에 달려 있다. 다시 말하면 사용 가능한 에너지와 정보량이 무엇보다 중요하다. 마크가 사용하는 군체 인공지능의 가용정보량은 노마가 호신용으로 할당한 정보량의 세 배에 달했다.

마크가 자신만만하게 소리쳤다.

"표정을 보니 이게 뭔지 알아냈나 보군, 역사가 양반. 이 정도 무기라면 불멸자를 얕봤다는 얘기는 안 들어도 되겠지?”

군체 인공지능들은 노마를 완전히 포위했다. 노마는 살인 말벌에 둘러싸인 새끼 새처럼 절망했다. 단 하나의 공격만 제대로 맞아도 노마를 중심노드 삼아 연결되어 있던 역사 정보는 산산이 흩어질 것이다. 노마는 빠져나갈 길 없는 최후를 앞두고 생각했다. 이제 남은 불멸자는 몇이나 될까? 불멸자들은 팽창주의 세력이 역사를 삭제하고 다시 쓰기 시작한 순간부터 서로 연락을 끊고 각자 임무를 수행했다. 한 명이 죽고 그가 모은 데이터베이스가 와해되더라도 다른 불멸자들은 살아남기 위해서였다.

마지막으로 작별 인사를 했을 당시 남아 있던 불멸자는 노마를 포함해 총 넷이었다. 그 뒤로 흐른 시간은 옛 지구의 기준을 따르자면 675년이었다.

마크가 웃으면서 말했다.

“이제 우리 용병단의 범죄 기록을 지울 시간이군.”

군체 인공지능들이 동시에 에너지를 모았다. 노마는 그 에너지의 강도를 피부로 느끼면서, 부디 자신이 마지막 불멸자는 아니기를 바랐다.

하지만 만약 내가 마지막 불멸자라면, 단 하나의 역사를 우주에 남겨야 한다면, 난 무엇을 남겨야 할까?

고대역사에 관한 링크가 영원히 사라지는 순간을 남겨야 하지 않을까?

노마는 찰나의 순간에 두뇌를 스치고 지나간 직감을 행동에 옮겼다. 그리고 그 직후, 어디선가 나타난 파괴적이고 단단하고 적의를 잔뜩 품은 에너지가 노마의 주변을 종횡으로 찢었다.

노마는 놀라서 눈을 뜨고, 입자 단위로 분해되기 직전의 잔뜩 찡그린 마크의 민낯을 바라보았다. 마크의 뒤를 따라 군체 인공지능들 역시 증발하고 있었다.

마크와 전쟁병기를 파괴한 에너지 무기의 잔열은 얼마 전 유원지에 새로 자리 잡은 자이로드롭으로 이어지고 있었다.

“내일 점심을 같이 먹으려면 오늘은 살아남아야지.”

노마는 익숙한 목소리를 듣고 저도 모르게 소스라치며 물러섰다. 목소리의 주인공인 유청은 긴장이 풀렸는지 숨을 몰아쉬며 노마에게 다가섰다.

노마가 물었다.

"넌 누구지?"

유청이 조금씩 평소 같은 미소를 되찾으며 말했다.

"네가 아직 생각해내지 못한 질문까지 전부 답해줄게. 난 네 편이야. 이 유원지를 조금씩 매입하고 자이로드롭을 새로 만든 것도 바로 이 순간 때문이었어. 이제 난 고향으로 돌아갈 수 없으니까 아마 너와 같이 떠돌이 생활을 해야겠지."

노마가 바닥에 주저앉으며 말했다.

"그건 내 질문에 대한 답이 아니잖아."

"질문이 잘못돼서 그래. 이 유원지에 3개월 동안 관광객이 몰려드는 이유를 잘 생각하고 다시 물어봐."

노마는 암흑물질 소용돌이를 떠올리고는 질문을 바꿨다.

"넌 어디서 왔지?"

유청은 만족스러운 얼굴로 대답했다.

"지금부터 720년 뒤의 미래에서. 난 팽창주의자들의 후예가 은하계를 완전히 장악한 미래에서 왔어. 나치와 이스라엘과 일본의 만행을 기록한 역사가 하나도 남아 있지 않은 미래 말이야. 암흑물질 소용돌이가 나선형으로 시간을 관통한다는 게 밝혀졌기 때문에, 역사를 지키고 팽창주의자들의 궁극적인 승리를 막으려고 온 거야. 네가 죽어가면서 마지막으로 남긴 기록 덕분에 임무를 완수할 수 있었지."

내가 남긴 기록? 노마는 흥분을 가라앉히고 기억을 더듬었다. 그는 고대역사의 잠재적인 종말을 앞두고 자신이 죽는 시각과 장소를 마이크로 웜홀의 링크 속에 남겨두었다. 유청은 그 기록을 좇아 고대역사를 살리기 위해 시공을 건너왔던 것이다.

＊

노마는 사격장을 매각했다. 유청도 '우주의 모든 유원지'와 롤러코스터와 자이로드롭을 팔아 정보화폐를 손에 넣었다. 급하게 전환하느라 두 사람 모두 적잖이 손해를 봤지만 감수할 수밖에 없었다. 불멸자가 암살을 피해 살아남았다는 소식은 빛의 속도에 따라 우주로 퍼져나갈 터였다. 두 사람은 다른 은신처를 찾아 떠나야 했다.

노마는 용병단 암살자의 공격에서 살아남은 사건을 데이터베이스에 기록했다. 그리고 우주선 화면 속에서 점점 멀어지는 앤트워프 행성을 보며 유청에게 물었다.

"네가 과거로 날아와서 역사를 바꿨으니 팽창주의자들도 궁극적으로 패배할까?"

유청은 앤트워프 행성과 그 너머에 있는 암흑물질 소용돌이를 애써 외면하고 어깨를 으쓱했다.

"그건 알 수 없지. 내가 알고 있는 미래는 이제 네가 살아남은 이 우주의 미래가 아니니까. 과거를 바꾸는 바람에 분기가 생겨버렸거든. 내가 이 우주에 대해서 아는 건 단 한 가지밖에 안 남았어."

노마가 물었다.

"그게 뭔데?"

"네가 마지막 불멸자라는 사실."

노마는 유청의 말을 듣고 깊은 생각에 잠겼다. 그리고 간단하면서도 두렵고 무거운 한 가지 결론에 도달했다.

그는 고대역사를 보존하기 위해 반드시 살아남아야 했다.

이제 그가 바로 역사였다.

**The Korea
Science Fiction
Hall of Fame**

우리가 추방된 세계

김창규

사회적 비극은 구조와 함께 태어나서 그림자 속에 도사리고 있다. 그림자가 생기지 않도록 성실하게 빛을 비추는 것은 그 사회 속 성인들의 책무다. 그럼에도 피할 수 없는 붕괴가 다가온다면 우리가 할 일은 무엇일까. SF는 어떤 세계 구조를 소설에 도입할 수 있을까. 그 두 가지 의문을 결합시켜본 결과가 이 소설이다.

2016년 〈미래경〉 수록

2016년 제3회 SF 어워드 중단편 부문 대상 수상

2016년 《우리가 추방된 세계》(아작) 수록

"알아봤어? 네 짐작이 맞아?"

쉬는 시간이 되자마자 연희의 얼굴이 화면으로 훅하고 떠오르며 정신없는 목소리로 물었다. 재영은 입을 실룩거리며 잠시 대답을 망설였지만, 연희의 얼굴에 장난기가 하나도 없는 걸 보고는 제대로 대답해주기로 마음을 먹었다.

"이젠 의심 단계는 넘어섰어. 아빠가 바람을 피우는 건 확실해. 엄마쪽은 잘 모르겠지만."

"언제부터 두 분이 그러셨던 거야?"

"내가 눈치를 챈 건 8개월쯤 됐어. 처음에는 두 사람 다 나 같은 건 신경도 안 썼나 봐. 마주치기만 하면 한숨을 쉬면서 분위기가 싸늘해지더라고. 그러다가 언제부터인지 내 눈치를 슬슬 보더라. 요새는 내가 알아서 자리를 피해주고 있어."

연희가 한쪽 입꼬리를 올리며 비웃었다.

"나도 그거 알아. 어른들은 우리가 있으면 억지로 웃고 별로 중요하지도 않은 얘기를 하잖아. 서로 손발도 못 맞추면서 무슨 거짓말이람. 우릴 바보인 줄 아는 거…"

연희의 말이 채 끝나기도 전에 재영이 고개를 가로저었다.

"그건 아니야. 우리를 정말 바보로 본다면 그런 연극도 안 하겠지. 그냥 어린애로 보는 거야. 세상 물정 잘 모르고 쉽게 속일 수 있는 아이로."

연희는 조금 생각해보다가 콧소리를 내면서 재영의 말에 동의했다.

"그건 또 그러네. 어쨌든 어른들이 멍청하다는 건 변함이 없잖아. 졸…"

말끝에 습관적으로 욕을 붙이려는 순간 연희의 손목에서 유리구슬이 단단한 바닥 위를 구르는 소리가 났다. 연희가 오른손 검지로 왼쪽 손등을 문지르자 피부가 하얗게 변하며 메시지창이 나타났다. 연희는 재영의 눈이 따라잡지 못할 만큼 빠르게 손가락을 놀려 답을 입력하기 시작했다.

재영은 메시지를 주고받느라 정신이 없는 연희를 멍하니 바라보며 생각에 잠겼다. 연희의 말이 맞았다. 엄마와 아빠는 멍청했다. 유행은 알지도 못하고, 자식이 이미 오래전에 어른이 됐음을 인정하지도 못했다. 엄마와 아빠는 나에 대해서는 정말 아무것도 모르지.

여섯 살 때부터 함께 살았던 개 '선댄스'가 아침에 일어나지 못하고 영원히 잠들었을 때, 재영은 당황하지 않았다. 어떤 생물이든 결국은 늙어서 죽는다는 걸 알고 있었기 때문이다. 재영은 그저 무척 슬펐다. 그리고 죽음의 이유를 안다고 해서 슬픔이 줄어들진 않는다는 것도 알게 되었다. 선댄스가 남기고 간 두 자식, '노키'와 '앤디'가 어미와 똑같이 생기지 않은 이유도 알고 있었다. 그 강아지들은 엄마인 선댄스와 동네 어느 수컷 개의 생식행위를 통해 태어났으며, 유전자 복제에는 항상 오류가 생기기 마련이니까. 그 오류 덕분에 진화가 이뤄진다는 것도 알았다. 진화는 모든 생물을 지배하는 원리다. 그러니 당연하게도, 재영은 엄마와 아빠가 '학부모 잠금'을 걸어가며 못 보게 막은 성인용 영상이 뭘 뜻하는지도 아주 자세하게 알고 있었다.

하지만 어른들은 '크면 알게 된다'며 많은 질문을 회피했고 모순을 덮어버렸다. 만약 어른과 아이의 차이가 지식의 양에 있다면 난 아이가 아니야. 재영은 그렇게 믿었다. 복잡한 공식을 술술 적어 내려갈 수는 없지만, 재영은 상대성 이론의 의미도 알고 있었다. 양자역학이 제시하는 모순도 마찬가지였다. 재영이 처음 양자역학에 흥미를 느낀 건 그게 아빠의 전공이기 때문이었다. 결국은 지독하게 따분하다는 걸 알고 관심을 끊긴 했지만. 인터넷과 검색을 이용하면 지식은 얼마든지 쌓을 수 있었고, 분야에 따라서는 재영이 엄마나 아빠보다 더 많이 아는 경우도 있었다.

그러니 내가 어른이 아니라는 근거는 없어. 섹스라면 언제든지 할 수 있지. 마음에 드는 상대가 없어서 안 할 뿐. 지금 당장 집에서 나간다 해도 합법적으로 아르바이트해서 독립할 수 있어. 그러니 나와 엄마와 아빠는 동등하단 말이야.

동등할 뿐 아니라, 설사 그렇지 않더라도 이제는 동등하게 대해줘야 했다. 그런데 어른들은 아직도 상황을 제대로 파악하지 못하고 옛 관습에 묶여 살고 있었다. 어른들은 늘 그랬다. 하루 이틀도 아니고, 일이십 년도 아니고, 수백 년 동안 그랬다. 그래서 국사와 세계사 시간이 따분했다. 간혹 미화되는 경우도 있었지만 결국 역사란 힘을 먼저 쟁취한 자들이 그렇지 못한 자들을 착취하고 조종하는 슬픈 얘기의 무한 반복이었다. 똑같은 얘기가 현재에도, 모든 나라와 모든 가정에서 되풀이되고 있었다. 재영의 엄마와 아빠도 마찬가지였다. 한 사람은 이론물리학자이고 또 한 사람은 분자생물학자였지만, 그들의 직업은 부모라는 역할에 아무 차이를 주지 못했다.

아마 앞으로도 그럴 것이다. 재영이 독립을 한 다음에도 엄마와 아빠는 단순히 물리적으로 좁힐 수 없는 나이 차이와 얼마 안 되는 경험의 차이를 내세워 자신들의 모순을 정당화할 것이다.

연희는 이미 재영의 가정사에 대한 흥미를 잃은 듯 손등의 메시지창에 타이핑하느라 여념이 없었다. 연희는 본래 한 가지 일에 오래 집중하지 못했다. 연희의 엄마는 딸에게 '주의력 결핍 과다 행동장애', 줄여서 ADHD가 있다고 믿었다. 병원 검사 결과는 지극히 정상이었지만 연희의 엄마는 의사가 엉터리라고 우겼다. 연희에게는 말하지 않았지만, 재영은 어쩌면 그래야 자식의 단점에 대한 책임을 조금쯤 회피할 수 있다고 연희 엄마가 믿고 있을지도 모르겠다고 생각했다.

같은 반의 다른 아이들은 그 산만함 때문에 연희를 외면했지만, 그래도 재영은 연희와 친구가 되었다. 한 가지 화제를 오래 이어 가기는 힘들었지만, 어차피 다른 아이들도 어떤 주제를 끄집어내든 결국 자신의 얘기로 돌아가게 마련이었다.

재영은 그런 것까지 염두에 둘 수 있는 자신이 대견했다. 그리고 큰언니라도 된 양 여유로운 마음으로 연희를 지켜보았다.

연희가 눈길을 들어 재영을 보며 말했다.

"내가 전에 얘기했던가? 옆 학교에 재미있는 애가 있다고. 지금 걔하고 채팅하는 중이야."

재영은 기억을 더듬어보았다. 연희는 최근 들어 강원종합학교에 있는 남자아이 이야기를 많이 했다.

"아, 남들하고 뭔가 조금 다르다던 아이…, 석현이라고 했던가?"

"응. 맞아. 석현이는 남들이 그냥 보고 지나치는 걸 이리저리 끼워 맞추기 좋아하거든. 그래서 재미있는 얘기를 많이 해줘."

음모론을 좋아한다는 얘기군. 재영이 그렇게 생각하며 물었다.

"이번엔 무슨 얘기를 했는데?"

"올 수학여행이 수상하대."

"어떻게?"

"수학여행 예정 날짜가 네 번 바뀌었잖아?"

"그랬지."

"우리 학교만 그런 게 아니래. 강원종합학교도 마찬가지라는데."

재영이 반신반의하면서 물었다.

"거기도 날짜가 네 번 바뀌었다고? 확정된 날짜도 우리랑 같고?"

"석현이는 그렇다고 했어."

재영은 잠시 고개를 갸우뚱거리다가 물었다.

"이유는 뭐래?"

연희는 입을 삐죽 내밀어 보였다.

"아직 그것까지는 짜 맞추지 못했나 봐. 지금 열심히 인터넷을 뒤지는 중이래. 음모론을 만드는 게 취미이긴 하지만 그래도 나름 조사는 하는 애거든. 게다가 그런 쪽에 조금 재능이 있나 봐. 해킹이라고 하던가?"

재영이 웃었다.

"그런 애들 재미없잖아?"

"음…, 적어도 얘는 나랑 놀아주니까. 걱정하지 마. 너무 이상한 애 같으면 차단할 테니까."

아, 그런 거였군. 재영은 연희의 한마디에 많은 걸 납득할 수 있었다. 그때 노트북 화면의 상단에 길고 파란 알림창이 떴다.

'수업 시작 5분 전입니다. 모두 선생님 화면으로 전환해주세요.'

알림창 높이만큼 아래로 밀려났던 연희의 얼굴이 혀를 내밀었다. 조금 이따 보자는 연희의 말에 재영은 노트북 키보드를 조작했다. 조금 전까지 연희가 앉아 있던 화면에 사십 대 중반의 여자 사회 선생이 등장했다. 3교시 시작이었다.

재영이 수업 내용을 들으려는데 왼쪽 손등에서 신호음이 울렸다. 연희가 보낸 메시지가 깜빡이고 있었다.

'최연희 님이 단체 대화실로 초대했습니다. 현재 참가자는 최연희, 강석현 님 2인입니다. 초대를 수락하시겠습니까?'

재영은 살짝 망설이다가 '확인' 버튼을 건드리고 다시 노트북 화면 속 선생의 눈을 마주 보았다.

✳

'어른의 문제'는 시간에 비례해서 심각해지고 있었다. 재영의 아버지는 논문 마무리 때문에 바쁘다는 핑계를 대고 사흘 만에 집에 돌아왔다. 아버지의 얼굴에는 구겨진 옷만큼이나 주름이 늘어난 것 같았다. 남편을 맞이하는 어머니의 표정도 밝을 리가 없었다. 재영이 옆에 있었건만, 이제 두 사람은 분위기를 조금이라도 가볍게 만들려는 노력조차 하지 않았다.

재영은 답답함을 견디지 못해 저녁 식사가 끝나자마자 방으로 들어와 버렸다. 머리로는 이해하고 넘어가야 한다고 생각했다. 배우자를 두고 바람을 피우는 어른은 재영의 아버지만이 아니었다. 여러 해 전부터 남녀를 불문하고 바람을 피우는 기혼자들이 폭발적으로 늘어나기 시작했다. 처음에는 그런 어른들을 향한 비난이 사방에서 넘쳐났지만 결국은 범세계적인 합리화의 물결이 논란을 덮어버리고 말았다. '바람'이라는 단어도 그 파도에 휩쓸려 점차 사라졌고, 이제는 아이들만 쓰는 말이 되었다. 대신 '용서'와 '실험'이라는 단어가 강제로 빈자리를 메꿨다.

재영은 선댄스의 죽음과 마찬가지로, 이해는 하면서도 감정의 요동을 막지 못했다. 다른 사람은 다 그래도 아빠는 안 그럴 줄 알았는데. 재영은 그런 현실을 거부하고 싶었다. 하지만 가슴의 통증은 너무나 생생해서 마치 손이라도 달린 것처럼 재영의 고개를 움켜쥐고 아버지의 바람을 외면하지 못하게 만들었다.

왼쪽 손목에 붙인 반투명 스마트 패치에서 신호음이 울렸다. 재영은 책상 의자에 앉아서 패치에 떠오른 창을 건드렸다. 며칠 전 연희가 초대한 3인 단체 대화실의 노란 네모가 떠올랐다.

연희 안 들어오고 뭐 해?

재영 ?

연희 새로 나온 '다크 스톤'이 오늘부터 열리잖아. 같이 시작하자고 해놓고는.

재영 아, 미안. 그럴 기분이 아니라서. 석현이랑 해. 내 캐릭터는 나중에 키워줘.

석현 그럴래, 그럼?

연희 대기 대기. 부모님 때문?

재영 ….

연희 일단 게임에 로그인하고 나서 얘기해도 되잖아.

재영 그럴 기분이 아니라니까.

석현 혹시 너희 부모님도 바람피워?

연희 야, 그 얘기 하지 마라니까!! 재영이 예민하다고!!

석현 아, 미안 미안. 그런데 확실한 거야? 안 그런 집도 많다고 하던데.

재영은 말을 할까 말까 망설였지만, 이미 연희가 대부분 얘기를 한 것 같다는 생각에 한숨을 길게 쉬었다. 그리고 다시 입력을 시작했다.

재영 지금 엄마 아빠가 그걸로 펑 터지기 직전이야. 참, 아빠가 바람피우는 상대 이름도 알아냈어.

연희 에이, 그럼 끝난 거네. 너희 엄마한테 달린 거야, 이제.

석현 어떻게 알았는데?

재영 어제 두 사람이 싸우는 소리를 엿들었거든. '설주'라는 사람 얘길 자꾸 하더라고. 그래서 알았지.

석현 아빠 전화는 뒤져봤어?

재영 사실 그게 마음에 걸려. 우리 아빠는 샤워할 때 스마트 패치를 떼어놓고 들어가거든. 비번도 안 걸어놓고. 그래서 연락처를 뒤져봤어. 설주라는 이름은 없더라.

연희 설마 이름을 그대로 썼겠니!

재영 다른 이름으로 적어놨으면 방법이 없겠지. 어쨌든 누 사람이 그 이름을 놓고 싸운 건 분명해.

연희 너희 엄마는 뭐래? 죽여버린대?

재영 우리 엄마는 화가 크게 날수록 말을 안 하는 사람이야. 그래서 더 찜찜해. 요즘엔 둘이서 한참을 얘기하거든. 이미 선을 넘었다는 거잖아.

석현 정확히 무슨 얘길 했는데?

재영 자세히는 못 들었어. 설주라는 사람이 아빠한테 뭔가 중요한 걸 요구했나 봐. 아빠는 피할 방법이 없다고 했어. 엄마는 정말이냐고 여러 번 묻더니… 운 것 같아. 우는 걸 보진 못했지만, 눈이 퉁퉁 부었더라고. 우리 엄마 웬만해선 안 우는 사람인데.

석현 직접 물어보면 어때?

재영 그건 싫어! 어차피 얘기도 안 해줄 테고.

석현 그럼 어떡하고 싶어? 집 나올 거야?

재영 미쳤어? 내가 왜 그런 여자 때문에 집을 나가? 차라리 그 여자를 찾아가서 머리채를 다 뽑아버리면 몰라도.

석현 음…, 내가 도와줄까?

재영 응? 뭘?

석현 설주라는 사람 정체를 알아내는 거.

연희 아, 맞다. 너 그런 거 잘하지.

재영 무슨 소리야?

연희 쟤가 웹사이트 뒤지고 그런 거 잘한다니까. 수학여행 사건도 그런 식으로 알아낸 거야.

석현 지금 이대로는 안 돼. 방금 그 이름으로 뒤져봤는데 별로 걸리는 게 없어. 검색어가 좀 더 있어야 하는데….

'강석현 님이 파일을 보내려 합니다. 수락하시겠습니까?'

석현 우선 이거 다운받아봐.

재영 뭐야, 이게?

석현 한 번 실행시키고 나서 너희 집 허브에 넣고 다시 실행시켜. 작동하기 시작하면 집 안에서 스피커나 마이크가 달린 기계로 모은 소리가 전부 너한테 전송될 거야.

연희 이야! 재영이네 엄마 아빠가 하는 얘기를 도청한다는 거네?

석현 맞아. 그러면 검색해볼 만한 단어가 나오겠지. 이걸 쓰고 안 쓰고는 어디까지나 재영이 마음이지만.

재영 해볼래.

석현 응. 잘 안 되면 언제든지 물어봐.

연희 잘됐다. 아니, 이게 잘된 거 맞나? 참, 수학여행 얘기가 나와서 말인데, 또 바뀌었어!

재영 날짜?

연희 응. 그게 다가 아니야. 우리 학교랑 강원도만 그런 게 아니더라고. 석현이가 조사해봤는데 경기도, 경상도, 전라도, 충청도, 제주도 그러니까 전국의 종합학교들 모두 수학여행 날짜가 다섯 번 바뀌었어. 심지어 날짜와 시간도 똑같아.

재영 작년에도 그랬나?

석현 아니야. 안 그래도 예전 기록까지 찾아봤거든. 작년까지는 학교마다 날짜가 달랐어. 이번만 그런 거야.

재영 그냥 정책이 바뀐 거 아니야? 교육 쪽은 툭 하면 그러잖아.

석현 그럴 수도 있는데 뉴스에선 못 찾겠더라고. 그래서 교육청 계정을 하나 뚫어볼 참이야. 이게 성공하면….

연희 혹시 선생님들이 어디에 사는지도 알 수 있는 거야?

석현 가능할 거야.

연희 꺄악! 나 좋아하는 선생님 있는데! 성공하면 부탁해!

석현 왜. 스토킹이라도 하려고?

연희 으악. '다크 스톤' 로그인 대기 시간이 네 시간이야. 이거 어떡해!

재영 저기, 미안한데 나 아무래도 석현이가 준 거 지금 설치해봐야겠어. 이

걸 안 하면 아무것도 못 할 것 같아.

석현 그래. 파일 안에 설명서도 넣어놨으니까, 해보고 문제 있으면 얘기해.

재영 응.

재영은 노트북을 켜고 집 안 전자기기를 전부 관리하는 허브로 접속했다. 석현이 첨부해준 설명서는 어렵지 않았고, 허브 비밀번호가 자신의 생년월일이란 사실은 전부터 알고 있었다. 재영은 플러그인 폴더 안에 석현이 준 프로그램을 넣은 다음 허브를 재부팅했다. 부팅이 끝나자 석현의 프로그램이 보내는 정보들이 노트북 화면에 떠오르기 시작했다. 잘 알지 못하는 용어가 한 화면 가량 쌓이고는 '음성 파일 수신 시작'이라는 말과 'OK'가 보였다.

재영은 마음 한구석에서 뜨겁게 달궈진 자갈처럼 불편하게 굴러다니는 죄책감을 깊은 곳에 묻어 두었다. 엄마와 아빠가 어쩌지 못하는 문제, 어른이랍시고 무턱대고 숨기기만 하는 문제의 근원에 직접 접근하겠다는 두근거림이 그보다 훨씬 컸기 때문이다.

＊

재영은 노트북을 열고 '네트워크 서울'을 실행시켰다. 재영의 계정으로 들어갈 수 있는 메뉴는 몇 가지 되지 않았다. '서울종합학교'를 선택하고 스마트 패치에 지문을 찍자 학교 주 화면과 친구 화면이 순서대로 열렸다. 주 화면 상단에는 서울종합학교의 접속자 수와 전교생 수가 적혀 있었다. 7842/9364. 수업 시작 시간을 앞두고 접속자 수가 빠르게 증가하고 있었다. 재영은 전교생 수를 눈여겨보며 잠깐 생각했다. 어제는 9,365명 아니었나? 4월에 졸업을 했을 리도 없고… 서울 어디선가 또 한 명이 죽었구나. 자살일까? 교통사고? 저녁에 또 미래를 걱정하는 뉴스가 나오겠지. 그리고 어른들은 아무 대책도 못 세우겠지. 재영은 평상시와 똑같은 결론에 도달하고는 친구 화면에서 손을 흔드는 연희를 향해 웃음을 지었다.

가늘고 높은 연희의 목소리가 노트북 스피커에서 흘러나왔다.

"재영아, 나 이제 조금 무서워졌어."

재영은 왼쪽 손등에 붙어 있는 스마트 패치를 물끄러미 바라보다가 연희가 여러 차례 부르는 걸 깨닫고 기계적으로 되물었다.

"응? 뭐가?"

"석현이가 무서워지기 시작했다고."

재영은 머리에 떠오르는 대로 말을 던졌다.

"왜, 걔가 네 계정이라도 해킹했어?"

"그랬다가는 나한테 죽지. 그동안에 수학여행 문제를 계속 뒤졌던 모양이야. 수상한 게 한둘이 아니래. 무엇보다 섬뜩한 건 바로…."

연희가 말을 맺기도 전에 '선생님 화면'이 강제로 우선권을 가져가며 맨 위로 떠올랐다. 재영은 반사적으로 화면 구석의 시계를 보았다. 수업을 시작하려면 아직 5분도 더 남았는데, 왜?

낯익은 단발머리 여자 선생이 자못 진지한 얼굴로 입을 열었다.

"오늘은 몇 가지 공지 사항이 있습니다. 우선… 눈썰미 있는 학생들은 알아챘을지 모르지만, 서울 학생 한 명이 스스로 목숨을 끊는 사건이 발생했습니다."

재영은 눈을 천천히 깜빡이며 지난번 전교생 숫자가 줄었을 때를 상기했다. 그때는 학교에서 별도로 언급하지 않았다. 그 이전에도 마찬가지였다. 자살이 처음도 아니었다. 재영은 이번 아이가 왜 특별한 취급을 받는지 알 수 없었다.

선생은 말을 이었다.

"여러분, 자살은 문제를 해결하지 못해요. 우리가 혼자 살지 않고, 혼자 살 수도 없다는 건 학생들도 느끼고 있을 거라 생각해요. 따라서 나와 타인은, 나와 부모님과 친구들은 서로 손을 내밀고는 맞잡고 사는 거예요. 자살이란 그 손을 일방적으로 내치는 행위입니다. 아무것도 해결하지 못한 상태로 얼어붙어서 영원히 떠나는 행위입니다. 그리고 남은 사람들 또한 깨진 관계를 영원히 품은 채 살아가야 합니다."

재영의 의혹은 점점 커졌다. 예전과 다른 일들이 하나씩 늘어나고 있었다. 본래 전교생 숫자가 줄어들 때면 추가 수업이 생기고는 했다. 학생이 제 목숨을 끊었을 때는 자살 방지 특별 교육이 생겼고, 사고로 같은 결과가 벌어졌을 때는 안전 교육을 한 시간 받아야 했다. 늘 당연하고 뻔하고 틀에 박힌 내용이었다. 어른들은 그런 영상만 보여주면 아이들이 다치지 않을 거라 생각하는 게 분명했다.

그런데 이번엔 달랐다. 자살하지 말라고 당부하는 선생은 감정이 북받쳤는지 눈매가 조금 젖어들고 말을 매끄럽게 잇지 못했다. 편집된 영상이 아니라는 뜻이었다. 혹시 이번에 죽은 아이가 저 선생님 아이였을까? 학교 측에서는 아이 엄마가 생방송으로 직접 호소하면 설득력이 클거라 생각했을까?

만약 그렇다면 한심하기 짝이 없는 일이었다. 전 세계적으로 더 이상 신생아가 태어나지 못하는 현상은 11년 전부터 시작되었다. 재영이 열여덟 살이고, 현재 지구에서 가장 어린 아이는 열한 살이다. 원인과 해결책은 밝혀지지 않았다. 전 세계의 모든 생물학자와 유전공학자들이 온갖 실험을 했음에도 실패하자 각국은 충격과 공포, 그리고 혼란에 휩싸였다. 이제 사람들은 본의 아니게 인류의 멸종을 준비해야 했다. 많은 사람들이 바람을 피우는 유행이 시작되었다. 용서와 실험이라는 단어가 바람이라는 말을 대신한 것도 그때부터였다.

그런데 이제 갑자기 자살하는 아이를 줄이기 위해서 수업 시간에 엄마의 눈물을 보여준다고? 재영은 아무리 생각해도 뒤바뀐 순서에 들어맞는 설명을 찾을 수 없었다.

"어떤 문제 때문에 세상이 끝났다고 생각할 수는 있어요. 선생님도 어릴 때 그런 생각을 수없이 했죠. 하지만 어쩌면 그 문제는 일주일만 참으면, 6개월이나 1년만 참으면 해결되거나 스쳐 지나갈 문제일 수도 있어요. 극단적인 선택을 하지 말고 조금만 더 기다리면 세상이 넓어질지도 몰라요. 그러면 꽉 막혔던 미로의 문이 보일 수도 있어요. 혹시 지금 자살을 생각하는 학생이 있다면 일주일만 참아보세요. 그래도 견딜 수가 없으면 친구나 부모님께 도움을 청하세요. 그게 힘들다면 서울종합학교 메뉴에서 '24시간 상담'을 클릭해주셔도 되고, 지금 스마트 패치로 전송되는 번호를 바로 눌러 전화를 걸어도 됩니다.

우리는 수업 서너 시간보다 여러분 한 사람의 생명을 살리는 게 비교할 수 없을 만큼 중요하다고 생각합니다. 오늘은 간단한 일정 하나만 더 전하면 더 이상의 수업은 없습니다. 선생님이 한 얘기를 진지하게 생각해주세요."

재영은 귀를 의심했다. 1년 전 세 아이가 동반자살을 했을 때도 예정된 수업을 생략하는 일은 없었다. 재영이 입을 반쯤 벌리고 있는 동안 수학여행 확정 일시와 관련 정보가 '중요'라는 붉은 글자와 함께 화면을 가득 채웠다.

재영은 의자 등받이를 한껏 누르며 깊숙이 앉았다. 딱히 앞으로 나아갈 이유는 없지만, 시야를 완전히 가리는 안개에 둘러싸여 오도 가도 못하는 기분이 들었다. 재영이 알 수 없는 불안감으로 아랫입술을 잘근잘근 깨물고 있을 때 스마트 패치가 가볍게 진동했다.

연희　와! 왜들 저래? 웬 유난이야?

재영　글쎄. 죽은 애가 특별했던 거 아니야?

연희　와! 그런 거라면 진짜 재수 없다. 사람 목숨에 특별하고 아닌 게 어딨어?

석현　그건 아닌가 봐. 방금 사고 뉴스를 검색해봤는데 그냥 평범한 아이야. 나이는 열일곱. 부모는 그냥 회사 직원들. 할아버지와 할머니까지 거슬러 올라가봐도 저럴 만한 이유는 없어. 재벌가나 정치인 손자도 아니고.

재영　저 선생님 아이인 줄 알았는데.

석현　그것도 아니야. 따라서 왜 저러는지 알 수 없다는 게 결론.

연희 헐! 그것도 찾아봤어? 교사용 계정 해킹에 성공한 거야?

석현 정답.

연희 그럼 어제 해줬던 무서운 얘기도?

석현 그래서 알아낸 거야.

재영 아까 얘기하다가 만 게 그거지? 뭐야, 무섭다는 게?

연희 석현이 쉿! 내가 얘기할래! 수학여행 날짜가 전부 똑같다는 건 알고 있지? 그런데 우리나라만 그런 게 아니래!!

재영 음?

연희 우리 출발 시각이 16일 낮 2시잖아. 다른 나라 학교들도 전부 똑같대. 나 소름 돋았어.

재영 다른 나라도 예외 없이 16일 낮 2시? 세계 모든 아이들이 다?

석현 그게 아니라 정말로 '동시'라는 거야. 예를 들어서 태국의 방콕종합학교 는 정오에 공항으로 모여. 스위스는 새벽 6시. 행선지는 전부 달라. 후 쿠오카로 가는 곳은 서울종합학교뿐이고.

재영 그게 뭘 의미하지?

석현 모르겠어. 무슨 전 세계적인 행사라도 준비하는 걸까? 교사용 계정에 1차 비밀번호로 알아볼 수 있는 건 이게 한계야. 다른 해와 차이가 있 는 건 분명하지만 어디까지나 수학여행이라고 돼 있거든.

연희 전 세계적인 행사? 옛날에 열렸다던 올림픽 같은 거? 그거 말 된다. 깜 짝 쇼란 얘기지? 이제 더 이상은 새로 태어나지 않는 전 세계 마지막 아이들의 축제.

재영은 연희처럼 무작정 긍정적으로 해석할 수 없었다. 범상치 않은 선생의 설교와 살짝 비치던 눈물도 마음 한쪽에 남아 있었다. 하지만 달리 생각하려 해도 연희가 내린 결론 외에 적당한 것을 발견할 수가 없었다.

수학여행은 학년을 불문하고 참석해야 하는 유일한 야외 활동이었다. 살아 있는 아이들의 수가 더 늘어나지 않으면서 모든 교과 과정을 온라인으로 진행하는 것은 당연한 일이 되었다. 사고 위험을 최대한 줄이기 위해서였다. 대신 수학여행을 매년 가는 새 전통이 생겼다. 온라인상에서 같은 반이라 한들 실제로는 같은 구에 살지 않는 경우도 허다했기 때문에, 1년에 한 번 수학여행 때에나 친구를 만나는 일도 적지 않았다. 재영과 연희는 비교적 가까이 살아서 가끔 만나는 편이었고, 이번 수학여행을 시작하는 16일에도 함께 갈 계획이었다.

재영은 머리를 좌우로 흔들고 눈을 비볐다. 축제가 준비되어 있든 말든 중요한 문제는 아니었다. 연희와 석현은 음모 캐기 놀이에 푹 빠진 것 같았지만 결국은 아이들 장난에 불과했다. 재영에게는 해결해야 할 어른의 문제가 있었다.

'음성 파일 001을 전송합니다.'

재영   두 사람 다 이것 좀 들어봐.

연희   이게 뭐야?

석현   부모님 음성이 어느 정도 모였나 보구나.

재영   응.

연희   너희 아빠 바람 상대의 정체는 알아냈어? 이름이 설주라고 했던가?

재영   사실은… 아직 안 들어봤어. 내가 상상하는 것보다 더 심각한 얘기가 들어 있으면 어떡해? 그러니까 같이 들어줘.

석현   알았어. 우선 듣고 얘기하자고.

재영은 두 사람에게 파일을 보내고 손등에서 재생 버튼을 눌렀다. 이제 엄마와 아빠의 얘기를 엿들으면 다시 그 이전으로 돌아갈 수는 없다. 설주가 누군지 알아내고 그 여자가 끼친 해악을 몰아내는 일에 동참한 셈이기 때문이다. 어른들이란 본래 어리석은 행위를 제힘으로 끝내지 못한다.

재영은 한 단어도 놓치지 않도록 온 정신을 한데 모았다.

(여성) 아직도 마무리가 안 됐다는 거야? 언제까지나 이런 상태로 살 순 없잖아.

(남성) 나도 최선을 다하고 있다고! 소리 질러서 미안해. 하지만 나 혼자 이리 저리 뛴다고 앞당길 수 있는 일도 아니잖아. 애당초 우리가 감당할 수 있는 수준을 넘어서는 문제였어. 설주가 요구하는 바를 정확히 파악하는 데에 너무 많은 시간이 걸렸고.

(여성) 그거야 알지. 이제는 나도 연관된 일이니까. 그래도….

(남성) 재영이가 눈치 못 챈 건 확실하지? 절대로 알아선 안 돼.

(여성) 사실 조금 걱정이긴 해. 눈치가 보통은 넘는 애라서.

(남성) 어쨌든 최대한 티를 내지 마. 일 핑계를 대고 밤늦게 들어오는 것도 괜찮은 방법이야. 재영이를 조금이라도 더 보고 싶은 마음이야 굴뚝같지만 그래도 우린 부모니까….

(여성) 알아, 안다고! 당신만 부모가 아니란 말이야! 내가 재영이를 더 사랑하면 했지 당신이 무슨…. 3년 전에 당신이 저질렀던 일을 벌써 잊은 건 아니겠지? 지금도 그 일만 생각하면 손이 바들바들 떨린단 말이야!

(남성) 한 번도 잘했다고 한 적은 없잖아. 잘못했다고! (침묵) 우리 이러지 말자. 지금은 설주와 재영이 문제보다 중요한 건 아무것도 없어.

(여성) 알고 있어. 안다니까.

(여성) 정말 설주는 모든 걸 단숨에 부수는구나. (한숨)

(남성) 허탈하지. 과학자라면 이런 충격에서도 헤어날 수 있어야 하는데. 당신도 알지? 플랑크 에너지와 양자역학의 문제를 단숨에 해결할 수 있다고 주장하던 사람들을 내가 얼마나 비웃었는지. 그자들은 과학자가 아니었다고. 과학이 뭔지도 모르는 사람들이었단 말이야.

(여성) 아, 그 얘기였어? 난 그런 건 진작에 털어버렸어. 결국은 결과론일 뿐이잖아. 당신이 고수했던 과학적 태도에는 아무 문제가 없어. 그건 내가 확실히 답해줄 수 있어.

(남성) 그렇지? 난 잘못한 게 아니지?

(여성) 아까 내가 말하려던 건 조금 다른 허탈감이야. 연애 때 했던 얘기 기억나? 우린 과학자가 창조와 관련된 직업이라고 생각했잖아. 우주의 비밀과 진실을 알아내면 결국 인류가 앞으로 나아가는 데에 도움을 줄 거라고. 그런데 지금 뭘 하고 있느냐는 말이야. 결국은 그동안 쌓아 왔던 걸 전부 해체하고 부수는 거잖아.

(남성) 어느 쪽으로도 해석할 수 있는 일이야. 난 그렇게 생각하기로 했어.

(여성) 또 현실주의자랍시고 잘난 척하려는 거지? 조금 전까지 신념이 무너졌다고 울 것 같았던 게 누구더라? 당신은 그게 문제야. 남이 하면 불륜이고 내가 하면 로맨스고.

(남성) 아니야. 당면한 문제를 감당하기 어렵다고 해서 우리가 해 온 일의 가치까지 깎아내릴 필요는 없다는 거야. 끝내 다른 길을 못 찾는다고 해서 의미가 있는 일을 폄하하고 왜곡하는 거야말로 세상에서 가장 어리석은 일이야. 그 세상이 어떤 세상이든, 얼마나 작은 세상이든 상관없이.

(여성) 또 병이 도졌구나. 자신의 실수는 감추고 그럴듯한 말로 혼자 잘난 척하는 병…. (한숨) 그래도 눈곱만큼 위안이 되긴 했어.

(남성) 당신 쪽 데이터는 신뢰할 만해? 설주가 최종 시한을 못 박았어.

(여성) 능력을 최대한 쥐어짠 거야. 그 정도면 그 사람… 설주도 만족하겠지.

(남성) 만족이라… 설주에게 그런 말을 쓸 수 있는지 모르겠어. 과연 우리하고 같은 감정을 느끼긴 하는 걸까? 설주가 한 말을 믿을 수는 있는 걸까?

(여성) 이제 그런 생각은 아무 소용이 없어. 시간이 없으니까. 감정이 얼마나 다른지는 모르지만 적어도 한 가지 공통분모가 있다는 건 확실하잖아. 어린 세대를 걱정하는 건 분명하다면서?

(남성) 응. 그것만 믿고 모든 걸 걸기로 한 거야. 이제 계획대로 진행되길 바라는 것밖에 안 남았어.

(여성) 그때까지 비밀이 지켜질 수 있을까? 벌써 새어 나갔다는 소문이 도는데, 어디까지 사실일까?

(남성) 그랬다 해도 이젠 돌이킬 수 없어. 필요하다면 무력을 써서라도 막아야지.

재영이 마지막 말을 듣자마자 대화방 알림음이 울렸다. 재영은 부모의 대화 내용을 완전히 파악하지 못한 채 다른 아이들이 보내는 메시지를 읽기 시작했다.

연희　세상에. 나 완전히 충격받았어. 너희 아빠 두 번이나 바람을 피운 거야?

석현　야, 그건 확실하지 않잖아.

연희　뭐가? 재영이네 엄마가 3년 전 일을 벌써 잊었느냐고 화를 냈잖아.

석현　그건 나도 알아. 그게 바람이라고 쳐도 두 번 바람을 피운 건지는 모르겠단 얘기야.

재영　석현이 네가 보기에도 이상한 거 맞지?

석현　응.

연희　엥? 이번 일은 바람이 아니라는 거야? 그럼 설주란 여자는 뭔데?

석현　어디 보자…. 음성 파일을 텍스트로 변환시켰으니까 읽어줄게. '그 정도면 설주도 만족하겠지'란 구절이 있어. 설주가 한 말을 믿을 수 없다는 부분도 있고.

연희　지금 제일 중요한 게 설주와 재영이 문제라는 말도 있었어. 재영이 문제라는 게 뭘까? 양육권? 요즘엔 부모가 이혼 절차에 들어가면 우리를 보호한답시고 바로 종합학교 기숙사로 보내버리지?

석현　혹시…, 설주라는 사람이 재영이를 빌미 삼아서 아버지를 협박하는 건 아닐까?

재영　나도 그런 느낌이 들었어. 뒤로 가면 갈수록.

연희　협박? 목적이 뭔데?

석현　재영이네 아빠가 데이터는 신뢰할 수 있느냐고 물었지? 능력을 최대한 쥐어짰다는 얘기도 나왔고. 두 분 모두 과학자니까… 무슨 정보 아닐까? 설주라는 사람이 기밀을 넘기라고 하는 걸지도 몰라.

연희 우와! 이거 완전 영화다!

석현 넌 이 상황에서 그런 말이 나오냐?

연희 재영아, 미안 미안.

재영 아니, 괜찮아. 이제 앞뒤가 어느 정도 맞는 것 같아. 아빠가 또 바람을 피우려다가 함정에 빠졌는지는 모르겠지만 어쨌든 값이 나가는 정보를 넘길 수밖에 없는 모양이야. 엄마까지 연루되어 버렸고.

연희 재영이는 좋겠다.

석현 무슨 소리야?

연희 재영이네 부모님이 재영이를 끔찍하게 사랑한다는 건 확실하잖아.

석현 그건… 그렇지.

연희 우리 엄마보다 백배는 나아. 우리 엄마는 요새 날이면 날마다 술에 절어 산다고. 알코올 중독치료를 끝낸 지 1년도 안 됐는데.

석현 그런 식으로 말하면 난… 에이, 관두자. 재영이 넌 이제 만족했어?

재영 묘한 기분이야. 내가 상상하던 일은 아닌 것 같지만, 앞으로 아빠 엄마가 어떻게 달라질지…. 난 이제 어떡하면 되는지…. 생각 좀 해봐야겠어. 두 사람 다 도와줘서 고마워.

연희 별소리를 다 하네. 수학여행 가면 축제가 있다잖아. 가서 신나게 놀기나 하자고. 석현아, '다크 스톤' 접속하자.

석현 난 검색을 좀 더 해봐야겠어.

연희 작작 좀 해. 이제 얘기 다 끝난 거 아니야?

석현 난 아니야. 본론은 이제부터 시작이라고. 설주라는 사람의 정체를 못 밝혔잖아. 협박을 일삼는 산업 스파이인데. 플랑크 에너지와 양자역학이라는 키워드를 얻었으니까 연계해서 뒤질 거야. 뭐든 더 알아내면 얘기할게.

재영 응. 고마워.

재영은 두 친구가 놓친 점을 깨닫기 전에 얼른 인사를 했다. 아빠와 엄마 사이의 불화가 우려한 바와 다르다는 사실은 다행이었다. 이번 일로 엄마가 이혼을 선언하고 자신이 기숙사로 끌려갈 수도 있었지만 그러기까지는 아직 시간 여유가 있었다.

하지만 자신과 설주가 함께 언급된다는 게 문제였다. 정말 설주가 나를 볼모로 삼아서 협박하는 걸까? 도대체 어떻게? 유괴? 납치? 근래에 나를 미행하거나 감시하는 사람이 있었나? 재영은 몇 안 되는 외출 때를 돌이켜봤지만 그런 기억은 없었다.

재영은 답답하고 제멋대로인 어른들이 싫었지만 그런 어른에게 짐이 되기도 싫었다. 자신이 중요한 위치에 있는 일인데도 아무 얘기를 듣지 못했을뿐더러 철저하게 차단당하고 있다고 생각하니 화도 났다. 그런데 마음 한구석에 이상하고 작은 감정이 하나 자리를 잡았다. 자신 때문에 업무상 중요한 일을 망쳐버릴 수밖에 없는 아빠와 엄마가 조금 측은하게 느껴졌던 것이다.

재영은 두 사람이 왜 그렇게 행동할 수밖에 없는지 이해할 수도 있을 것 같았다. 하지만 머리로 이해한다고 해서 답답함과 분노가 응어리지는 것까지 막을 수는 없었다.

*

수학여행 날 아침이 되었다. 아빠가 운전하는 차에 엄마와 함께 타고, 연희 엄마에게 인사를 하고, 뒷좌석에 연희와 나란히 앉아 인천 여객터미널 진입로에 들어섰지만, 재영의 마음속 매듭은 점점 더 엉켰다. 재영은 옆에서 쉴 새 없이 꼼지락거리는 연희를 바라보았다. 평상시라면 어른이 곁에 있든 말든 맥락이 뚝뚝 끊어지는 얘기를 줄줄 늘어놓았을 연희였지만, 오늘은 웬일인지 스마트 패치 화면을 크게 늘려서 게임에만 열중하고 있었다. 재영은 눈을 돌려 좌석 위로 솟은 아빠와 엄마의 뒷모습을 쳐다보았다.

재영의 심장 한가운데를 꽉 조이는 매듭이 추가된 건 어제였다. 어제 엄마와 아빠는 휴가를 받게 되었다며 재영을 데리고 시내에 나갔다. 두 사람은 재영이 평소 갖고 싶었던 신발과 신형 스마트 패치를 사주고, 평소에는 엄두도 못 내던 고가의 식당으로 딸을 이끌었다. 재영은 마냥 기뻐하는 고2 학생 역할을 하며 뇌에서 입술까지 기어 내려온 질문을 억누르느라 있는 힘을 다했다. 초등학생 때 이후 처음으로 온 가족이 나들이를 하면서, 재영은 커다란 고비 하나가 눈앞에 닥쳤다고 확신했다.

하지만 그 이상은 아무 일도 일어나지 않았고 오늘이 되었다. 재영은 주차장에 차가 멈추고 아빠가 자동 운전을 절전 모드로 바꾸자 더 이상 참을 수가 없었다. 이제 일주일 동안 두 사람을 볼 수 없다고 생각하니, 그사이에 모든 일이 정리되고 혼자만 사정을 모른 채 지나갈 것 같은 불안감이 목을 옥죄기 시작했다. 재영은 스스로 어른이라 자처하면서도 얼마나 어린아이처럼 굴었는지 깨달았다. 처음에는 당당하게 뛰어들었지만 정작 사건의 핵심에 접근하자 재영은 눈을 단단히 감고 외면하고 싶은 욕망에 굴복하고 있었다.

거기까지 생각이 미치자 재영의 입이 저도 모르게 갑자기 열렸다.

"아빠, 설주가 누구야?"

재영의 아빠와 엄마는 시간이 멈춘 것처럼 꼼짝도 하지 않았다. 연희는 화들짝 놀라면서 게임 캐릭터를 조작하던 손을 멈췄다.

먼저 고개를 반쯤 돌려 뒤를 본 쪽은 엄마였다.

"너…, 그 이름 어디서 들었니?"

재영이 눈에 힘을 주며 되물었다.

"그건 몰라도 돼. 설주가 누구야? 대답해줘."

아빠는 아무것도 없는 주차장 벽에서 눈을 떼지 않고 말했다.

"넌 몰라도 된다."

재영의 예상에서 한 치도 벗어나지 않은 어른들의 대답이었다.

"흥. 우리 가족하고 관련된 사람인데 왜 몰라도 된다는 거야? 난 가족 아니야? 그 사람이 엄마하고 아빠한테서 뭘 뜯어내려고 하는 거야? 나를 해치겠다고 협박해서 그러는 거야? 왜 그렇게 순순히 시키는 대로 따르는데?"

재영의 부모는 재빨리 마주 보며 눈빛을 교환했다. 아빠는 운전대를 놓은 손으로 왼쪽 눈두덩을 한참 동안 문지르더니 마침내 입을 열었다.

"아빠가 약속할게. 수학여행을 다녀오면 전부 다 알게 될 거야. 그사이에 전부 잘 해결될 거야. 너한테도 아무 일 없을 거고. 정말이야."

"아빠는 툭 하면 약속을 어기잖아."

재영의 엄마가 얼른 끼어들었다.

"엄마도 약속할게. 그 대신 선생님들이 시키는 대로 따라야 해. 절대 별도로 행동하면 안 돼."

재영은 한동안 엄마를 노려보다가 크게 한숨을 쉬고는 고개를 끄덕였다. 엄마도 헛된 약속을 한 적이 없지는 않았다. 하지만 대가로 무언가를 요구한 경우에는 반드시 지켰다. 그것만은 예외가 없었다.

"알았어. 그럼 우린 가볼게."

세 사람의 눈치를 살피던 연희는 얼른 가방을 집어 들고 차에서 먼저 내렸다. 재영도 뒤를 따랐다.

재영의 엄마는 차창을 반쯤 내리고 한 번 더 다짐을 받았다.

"제발 부탁이야. 꼭 선생님 말씀대로 행동해."

"아, 그런다고 했잖아. 잔소리 좀 그만해!"

재영과 연희는 빠른 걸음으로 주차장을 벗어났다. 차가 시야에서 사라질 때쯤 연희가 재영을 대신해 뒤를 돌아보곤 물었다.

"너희 엄마 우시는 거 아니야?"

"잘못 봤을 거야. 잔소리를 해놓고 울긴 왜 울겠어."

"흐음! 그런가. 우리 엄마는 오늘 나오면서 울던데."

재영은 주차장 계단을 완전히 내려온 다음에야 뒤늦게 말뜻을 알았다. 재영이 갑자기 걸음을 멈추는 바람에 연희가 재영의 백팩에 부딪쳤다.

"너희 엄마도 그러셨다고?"

그때 재영과 연희의 패치가 동시에 신호를 울렸다. 석현이 다중 통화를 걸고 있었다. 재영과 연희는 이어셋을 귀에 꽂고 전화를 받았다.

가장 먼저 연희가 말했다.

"웬일로 전화를 다 걸었어? 우리 서로 목소리 듣는 건 처음이지?"

석현은 연희의 말을 무시하고 하고 싶은 말을 쏟아 냈다.

"알아냈어. 전부 다. 아니, 어쩌면 더 복잡해졌는지도 몰라. 어쨌든 메시지로 하려니 너무 길어서 전화한 거야. 너희 지금 어디야? 인천항에 도착했어?"

"응. 지금 재영이랑 소집 장소로 가고 있어. 주차장에서 멀지 않다고 했는데…. 오, 다른 애들도 도착했나 봐. 저기 보이네."

석현이 다급하게 소리를 높였다.

"잠깐 기다려! 아직 그리로 가지 마. 그 대신 내가 지도 보내는 곳으로 가봐. 늦기 전에. 어서."

연희가 석현에게 질세라 목소리를 키웠다.

"설명도 안 하고 다짜고짜 어딜 가라는 거야?"

"지금부터 설명할 테니까 들으면서 계속 이동해. 너희도 눈으로 봐야 내 말을 믿을 거라고."

재영이 말했다.

"알았어. 지도도 받았고 그리로 가는 중이야. 선생님들 있는 곳하곤 반대쪽이네. 이제 얘기해봐. 뭐가 복잡해졌다는 거야?"

"우선 수학여행 얘기부터 하자. 전 세계 학생들이 동시에 출발한다는 건 기억하지? 연희에게는 미안하지만 축제는 없을 것 같아. 그러기에는 너무 비정상적이라고. 말도 안 되는 일이란 말이야."

재영이 점점 빨라지는 석현의 말을 가로막았다.

"침착해. 숨 좀 돌려 가면서 차분히 얘기해도 돼. 다 들어줄 테니까 안심하고."

"올해 수학여행은 출발 시각만 이상한 게 아니야. 인솔자 구성도 그래. 우선 인솔하는 선생님들 수가 예년보다 늘었어. 학생 수는 분명히 줄었는데 이상하지. 너희 학교 공지는 제대로 읽어봤어? 서울종합학교는 작년보다 인솔교사 수가 40명이나 늘었어."

연희가 심드렁하게 대답했다.

"임시교사 자리가 많이 난 것 아니야?"

"임시교사를 하려면 교원 협회에 가입돼 있어야 해. 그런데 추가된 인원은 협회 회원이 아니었어. 이것도 전국 6개 종합학교가 똑같았어. 다시 말하면 선생도 아닌 사람들이 수학여행에 잔뜩 모여 있다는 거야."

재영이 말했다.

"네 말이 맞나 봐. 아까 멀리서 봤는데 작년에는 선생님이 저렇게 많지 않았어. 그리고 선생님이라면 맨 앞에서 애들을 조별로 나누고 있을 텐데 뒤쪽에도 일정한 간격으로 서 있었어."

연희가 나름대로 설명을 덧붙였다.

"확실히 이상하긴 하지만, 그럴 수도 있지 않아? 요전에 수업 없던 날 기억해? 갑자기 자살하지 말라고 생방송을 했잖아. 어른들이 이제서야 우리가 중요하다고 깨달은 거 아니야? 엄청 늦긴 했지만 말이야."

석현이 말했다.

"처음부터 이번 수학여행이 수상했던 건 아니야. 그냥 습관처럼 장난삼아 조사한 거야. 그러다가 너희도 알고 있는 공통점을 찾아냈지. 그다음에 연희에게서 '축제'라는 말을 듣고 엉뚱한 생각이 떠올랐어. 이게 정말 수학여행이긴 할까? 한 번 그런 생각이 드니까 의심은 계속 늘어났어. 어느 나라 아이들은 밤 12시라는 수상한 시각을 잡아놓고서는 왜 행선지가 전부 다르지? 그래서 타고 갈 교통수단도 알아봤어. 서울종합학교는 인천항에서 2천 톤급 여객선에 나눠 탈 거야. 너희가 탈 배 이름은 '순양호' 맞지? 나는 동해항에서 '시원호'를 타기로 돼 있어."

재영과 연희는 석현이 지도에 표시한 지점에 가까워지고 있었다. 두 사람은 특별한 건물이나 시설이 있을 거라고 짐작했지만 단지 여객터미

널을 벗어나 인적이 드문 곳으로 점점 더 나아갈 따름이었다.

"혹시 여객선에 단서가 있지 않을까 싶어서 찾아봤어. 그런데….."

연희가 석현의 말꼬리를 물었다.

"그런데…?"

"아무것도 없었어."

"여객선은 문제가 없었다고?"

"아니, 없어! 그런 배가 없었다고! 순양호도, 시원호도, 수학여행 때 타라고 했던 배가 하나도 없었다는 얘기야."

재영은 석현이 그토록 흥분하는 이유를 찾지 못하고 물었다.

"원래 큰 배는 일이 있을 때만 항구에 들어오는 거 아니야?"

"항구에 없는 게 아니라, 그런 배가 아예 존재하질 않아! 한두 척 정도 있긴 했지만 이름이 같은 원양 어선이나 유조선이었고."

연희가 말했다.

"네가 잘못 찾아봤겠지. 말이 안 되는 소리잖아? 애초에 없는 배를 어떻게 타고 가라고….."

연희는 갑자기 말을 끊고 아무것도 없는 바다를 향해 천천히 손가락을 뻗었다. 재영은 친구가 가리키는 곳을 무의식적으로 바라보다가 조금씩 입을 벌렸다. 그리고 눈을 질끈 감았다가 천천히 다시 떴다.

"지금쯤 보일 때가 됐을 텐데….."

재영과 연희는 석현의 말을 귀에 담지 못했다. 두 사람은 석현이 알려준 대로 바닷물이 찰싹거리며 둑을 때리는 곳에 서 있었다. 물가에서 약 100미터쯤 떨어진 곳에서 잔물결들이 평평하게 눌리기 시작했다. 매끄러워진 수면이 점점 넓어지더니 눈에 보이지 않는 거대한 다리미로 누르는 것처럼 바닷물이 사방으로 밀려났다. 재영과 연희가 눈앞에서 펼쳐지는 광경을 납득하지 못하는 동안, 밀려난 바닷물이 있던 위치에 아지랑이처럼 하늘거리는 식선과 곡선과 평면과 원기둥이 하나둘씩 생성되기 시작했다.

재영은 둑의 위쪽에 설치된 난간을 두 손으로 힘껏 움켜쥐고서, 연희는 다리가 풀려 주저앉은 채 아무것도 없던 수면 위에서, 자연법칙과 공정을 완전히 무시하며 2천 톤급 여객선이 3분 만에 만들어지는 광경을 보았다.

마침내 그 어느 배보다 현실적이고 물리적인 실체를 가진 여객선이 완성되더니 물살을 좌우로 나누며 천천히 전진하기 시작했다.

먼저 울먹거리며 말을 한 것은 연희였다.

"이… 이게 뭐야? 석현이 네가 장난친 거야? 입체 영상이나 그런 거지? 응?"

석현은 연희의 반응을 완전히 이해한다는 투로 대답했다.

"난 그런 걸 보여줄 능력이 없어. 내가 한 일이라고는 배가 없는 게 수상해서 기숙사에서 항구에 일찍 나와 본 게 전부야. 그리고 그건 영상이 아니야. 하도 믿을 수가 없어서 시원호가 멈추는 순간에 돌까지 던져봤어. 부딪치는 소리가 나더라. 그게 배인지 뭔지는 몰라도 영상은 아니야. 너희도 봤으니 내가 미친 것도 아니고."

재영은 비정상적으로 두근거리는 심장을 진정시키지 못하고 입을 열었다.

"강원종합학교가 탈 배도 이랬다는 거지? 그럼 전부, 전 세계 아이들이 탈 배나 비행기가 전부 이렇다는 거야?"

"적어도 나는 그렇게 생각해. 억지로 날짜를 맞춘 것도 그렇고, 전부 사전에 계획된 일이라고 생각해."

연희가 땅바닥에 앉은 채 재영을 올려다보며 물었다.

"이런 일이 가능은 한 거야? 내가 아무리 과학에 대해서 모른다 해도, 이건 아예 말이 안 되잖아!"

재영은 아주 자연스럽게 바다 위를 미끄러지며 학교 친구들이 기다리는 터미널로 전진하는 여객선의 뒷모습을 보았다.

"하지만 우리가 본 걸 부정할 수도 없어. 최소한 세 사람이 맨눈으로,

서로 다른 장소에서 뭔가를 봤다면 그건 실제라고 할 수밖에 없잖아."

"아, 난 이제 뭐가 뭔지 모르겠어. 소름 끼친단 말이야. 무슨 수학여행이 이래?"

재영은 손을 뻗어 연희를 일으켰다.

"일단 따라가자. 선생님과 애들이 있는 쪽으로 가봐야겠어. 그래야 설명이라도 들을 수 있을 거야."

"정말 그래도 괜찮을까? 저걸 타라고 하면 어떡할 건데? 배 이름은 봤어? 저게 순양호란 말이야!"

재영은 더 이상 말을 하지 않고 억지로 연희를 잡아끌었다. 연희는 어쩔 수 없이 친구를 따랐다. 재영은 애써 바다를 보지 않고 이를 악문 채 걸었다. 하지만 연희는 연거푸 뒤를 돌아보며 움찔거렸다. 순양호를 이어 다른 배들이 계속 생성된다는 뜻이었다.

석현이 길게 한숨을 쉬더니 말을 이었다. 재영은 헐거워진 이어셋을 바짝 조이고 석현의 목소리에 귀를 기울였다.

"얘기할 게 한 가지 더 있는데…."

연희가 소리를 쳤다.

"아직도 남았어? 이것보다 더 이상한 얘기야? 그럼 하지 마. 나 무섭단 말이야. 농담하는 거 아니야."

재영은 연희의 팔을 끌어당겨 손을 꼭 쥐고 말했다.

"괜찮아. 사실을 알고 나면 괜찮을 거야. 그때까진 귀를 막으면 안 돼. 석현아, 얼른 얘기해봐. 배 말고 또 이상한 게 있어?"

"설주 얘기야. 더 알아낸 게 있거든."

연희가 눈꼬리에서 가늘게 흘러내리는 눈물 한 가닥을 훔치며 말했다.

"설주가 누구인지 찾은 거야?"

석현은 잠시 머뭇거리다가 말했다.

"그렇게 말할 순 없지만…, 아무래도 순서대로 설명하는 게 낫겠다. 처음에는 설주란 이름으로 아무 수확도 없었어. 재영이 부모님들의 동료나 동창 중에도 그런 이름 없었고. 그래서 깔끔하게 포기했지. 탐정 놀이도 단서가 있어야 이어갈 수 있잖아. 그러다가 수학여행에 타고 갈 배들이 존재하지 않는다는 걸 알고 나서 다른 생각이 든 거야. 수학여행은 평범한 수학여행이 아니고, 배도 그렇다면… 설주는 평범한 사람일까?"

연희가 끼어들었다.

"아니지. 특별한 사람이잖아. 범죄자니까."

"그렇게 간단하면 재미없지. 너희 '음모론'이 뭔지는 알지? 모르는 척하지 않아도 돼. 날 음모론자라고 생각하는 건 잘 아니까. 연희야, 음모론이 왜 재미있는지 알아?"

"생각지도 못한 방향으로 뻗어 나가니까?"

"아니야. 제일 큰 이유는 비밀이 드러난다는 데에 있어. 그래서 다른 방향을 파보기로 한 거야."

"어떤 방향인데?"

"우선 몇 가지 조건을 세워봤어. 설주는 실명이 아니다. 설주는 평범한 사람이 아니다. 여기까지는 공감할 수 있지?"

재영이 대답했다.

"응."

"너희 부모님의 대화 내용을 볼 때 설주는 아마도 과학과 관련이 있을 거야. 플랑크 에너지와 양자역학이라는 단어가 나왔잖아. 하지만 거기에 설주를 더해서 연관 검색을 했더니 아무것도 안 나왔어. 여기에 비밀이라는 요소를 추가하면… 혹시 검색을 일부러 막은 건 아닐까? 그런 생각이 든 거야."

재영이 물었다.

"그게 가능해?"

"어려운 일만은 아니야. 비공개 사이트를 만들고 검색 엔진을 거부하면 되니까. 우리는 언제든지 찾아볼 수 있는 검색과 링크에 익숙하지만 실제로는 연결을 극단적으로 제한해놓은 사이트들도 있거든. 그런 생각이 드니까 투지가 생기더라고. 그래서 미친 듯이 뒤져봤어. 일반적인 검색은 안 되니까 전부 수동으로 찾아야 했어. 그나마 과학과 연관된 곳들만 집중적으로 본 게 다행이었지만."

연희와 재영은 다시 소집 장소에 다다랐다. 다른 학생들은 비교적 질서 있게 줄을 서고 있었다. 여기저기서 선생들이 이름을 호출하며 인원을 점검하고 있었다.

그리고 학생 무리 뒤편에는 체형이 어딘지 모르게 다부지고 입을 굳게 다문 선생들이 비슷한 간격으로 늘어서 사방을 훑어보고 있었다. 그중 한 사람이 날카로운 시선으로 재영과 연희를 노려보더니 무리 속으로 들어가라고 고갯짓을 했다.

재영은 목소리를 한층 낮추고 물었다.

"뭔가 찾은 게 있어?"

"내가 찾은 것들도 너희 부모님의 대화와 비슷했어. 다들 에둘러서 표현하더라. 하지만 알아낸 게 조금 있어. 우선 설주는 사람 이름처럼 쓰이지만, 과학 프로젝트명이기도 해. 우리나라만이 아니라 외국 과학자들도 같은 걸 연구하나 봐. 명칭은 다르지만. 설주라는 이름은 눈의 주인이란 뜻이야. 다른 외국어는 모르지만 영어로는 '눈을 만든 손'이라고 부르더라."

연희가 물었다.

"하늘에서 내리는 눈 말이야?"

"응. 아마 십몇 년 전에 눈 결정에서 이상한 현상이 발견됐고 그 연구에 '설주'란 이름이 붙었나 봐. 그런데 공개된 인터넷에서 설주 현상을 언급한 문서를 발견할 수가 없다는 게 이상해. 일부러 철저하게 지운 것처럼 완전히 깨끗해. 내가 간신히 찾아낸 용어도 그리 많지는 않아. 그걸 빈도별로 정리했으니 들어봐. 우선 제일 자주 등장하는 단어는 '시뮬레이션 우주설'이었고, '시한'하고 '목적'이란 말이 그다음으로 많았어. '엔트로피'와 '정보용량'이란 말도 심심치 않게…."

재영이 석현의 말을 가로막았다.

"지금 시뮬레이션 우주라고 했어?"

"응. 그 용어가 압도적으로 많았어."

석현은 그 대답을 끝으로 입을 다물었다. 재영도 입술을 움직였지만, 말을 꺼내지는 않았다. 연희가 재영의 표정에서 무언가를 읽어 내고 재촉했다.

"왜? 그게 뭔데?"

재영은 천천히 고개를 돌려 서울에 사는 모든 아이의 시선 앞에 당당하게 서 있는 여러 척의 여객선을 바라보았다.

"시뮬레이션 우주설이라는 건 우리가 사는 이 우주가 실은 지적으로 더 발달한 존재들이 만든 프로그램이라는 가설이야. 우리 아빠는 그 가설을 주장하는 사람들을 혐오했지. 증거가 없는 이론은 과학이 아니라는 게 아빠 입버릇이었어."

"프로그램이라면… 이 세상이…."

석현이 연희의 말을 마무리지어 주었다.

"우리가 어제까지 접속하던 '다크 스톤'과 마찬가지란 얘기야. 우리가 보기에는 엄청나게 진짜 같지만."

그 순간 세 사람은 똑같은 광경을, 아무것도 없던 바다에서 육중한 선박이 순식간에 실체화하던 광경을 떠올렸다. 연희는 자신이 딛고 있는 땅과 입고 있는 옷과 자신의 육체가 단단하고 존재감 있는 실체라고 주장하고 싶었지만, 공기 중에서 갑자기 조립된 여객선의 기억에 짓눌리는 바람에 아무 말도 할 수가 없었다.

그때 서울종합학교 학생들 앞에서 확성기를 잡고 있던 책임 교사의 목소리가 들렸다.

"자, 1학년 1반부터 순서대로 배에 탑승할 거예요. 뛰지 말고 차례대로 승선하세요."

학년과 반에 따라 서 있던 학생 9,300여 명이 가장자리부터 출렁이기 시작했다. 재영과 연희는 첫머리에 서 있던 아이들이 승강대를 밟는 모습을 숨죽이며 지켜보았다. 승강대는 여느 때와 다름없이 단단해 보였다. 아이들이 승강대를 뚫고 바다로 떨어지는 사고는 일어나지 않았다.

"어떡할 거야? 너희도 배에 타기 시작했어?"

이어셋 속에서 석현의 목소리가 물었다. 재영은 아랫입술을 깨물었다. 다른 학생들은 통제에 비교적 잘 따르며 착실하게 배에 오르고 있었다.

재영은 통화를 끊고 아버지에게 전화를 걸었다. 신호가 스무 번 이상 울렸지만, 아버지는 받지 않았다. 재영은 왼쪽 손등을 훑은 다음 아버지에게 메시지를 보냈다.

> **재영**　아빠. 전화 받아. 얼른.
> **재영**　빨리 받아. 받으란 말이야!

그래도 전화는 연결되지 않았다. 재영은 아버지가 일부러 받지 않는다는 걸 깨달았다. 상대가 메시지를 수신했음을 알리는 녹색 동그라미가 생겼기 때문이다.

> **재영**　아빠, 제발. 그럼 메시지라도 보내줘. 얼른. 부탁이야.

재영은 어쩔 수 없이 전화를 끊었다. 검고 두꺼운 커튼을 내리듯 모든 소리가 순식간에 사라진 것 같았다. 수많은 아이들이 웃고 떠들고 있었지만, 재영의 귀에는 아무것도 들리지 않았다. 시간이 멈추며 공기 중으로 전달되는 음파마저 멎은 것 같았다.

> **아빠**　배에는 탔니?

재영은 손끝에서 맥박이 제멋대로 솟구치는 걸 느끼며 글자를 입력했다.

재영 설주가 뭐야?

재영이 메시지를 입력하자마자 녹색 동그라미가 떠올랐다.

아빠 배에는 탔냐고.

재영 아직 우리 차례가 아니야. 설주가 뭐야? 빨리 대답해. 우리가 시뮬레이션 우주에 살고 있는 거야? 그럼 설주는 뭐냐고!

아빠 그건 어떻게 알았어? 누구한테 들은 거야? 다른 아이들도 알고 있어?

재영 지금 그게 중요해?

아빠 그게 제일 중요해. 이 세상 어떤 일보다 그게 중요해. 어떻게 해서든 배에 타야 해. 무슨 일이 있어도.

재영 대답 안 해주면 배에 안 탈 거야.

아빠 그러면 안 돼!

아빠 재영아. 그럼 이렇게 하자. 일단 배에 타면 알려줄게. 얘길 들으면 너도 이해할 거야. 내 말을 듣기 싫으면 엄마 말이라고 생각하고 들으렴. 엄마도 똑같이 얘기할 거야. 우선 배에 타!

재영은 아무것도 없던 공간에서 순양호가 출현했다고 말하지 않았다. 아빠는 분명 모든 걸 알고 있다. 그런데도 무조건 배에 타라고 말하고 있었다. 이제 문제는 믿음의 영역으로 넘어가고 있었다. 부모가 자식에게 위험한 일을 권할 리는 없다고 순진하게 믿으면 될까? 단점이란 단점은 모두 갖춘 부모인데도, 아무 설명도 듣지 못한 채 지시에 따라야 할까?

재영은 생각을 거듭한 끝에 세 글자를 입력한 다음 네 글자를 덧붙였다.

재영 알았어.

재영 약속 지켜.

재영은 메시지창을 닫고 친구들과 통화를 재개했다. 그동안 서울종합학교에 등록된 1학년 학생들은 이미 승선을 마쳤고 2학년도 절반 정도 배에 오른 뒤였다.

석현이 다시 물었다.

"마음은 정했어? 배에 탈 거야?"

재영과 연희가 마주 보았다. 연희의 눈동자는 두려움에 푹 잠겨 있었다. 재영의 갈등은 끝나지 않았다. 어른들이 아이를 위한다는 말에는 수많은 반례가 있었다. 그리 멀지 않은 옛날, 아이들이 마지막을 향해 배와 함께 끌려 들어갈 때도 구원의 손길을 내밀기보다 추한 진실을 덮고 자신의 목숨만 건진 어른들이 있었다. 제 자식을 끌어안고 아파트 옥상에서 뛰어내리는 부모들의 행동은 정신질환이라는 이름 아래 묻히곤 했다. 이 세상의 미담과 악행은 사람의 몸속에 새겨진 이중나선처럼 꼬이고 증가해 어느 쪽이 더 많은지 가늠하기 힘들었다. 하지만 재영은 두 가닥 밧줄 가운데 어느 쪽이든 선택을 해야만 했다. 중간이란 존재하지 않았다.

"응. 탈 거야."

재영이 대답했다.

"그럼, 나도 탈래."

연희의 대답이 곧바로 이어졌다. 석현은 아무 반응을 보이지 않았다. 재영과 연희는 아무것도 모르는 것처럼 앞에 서 있던 같은 반 아이들의 뒤를 따라 걸었다. 온라인으로 수업은 같이 들었지만 대부분 처음 보는 얼굴들이었다. 현실이 아니라고 의심할 여지가 전혀 없는, 생생하고 단단하고 조금씩 삐걱거리는 승강대를 건너면서 재영과 연희와 낯모르는 아이들은 육지와 바다의 경계를 함께 넘었다.

재영은 배정받은 객실을 찾아 들어가는 대신 아이들이 별로 없는 순양호의 뒤쪽으로 걸음을 옮겼다.

"석현아, 너도 탔지? 출발했어?"

재영은 전화가 끊어졌다는 사실을 뒤늦게 알아챘다. 통화기록에 따르면 삼자 통화가 끝난 지 17분이 지나고 있었다. 연희가 손등을 두드리자마자 재영의 스마트 패치가 흔들렸다.

연희 석현아, 출발했어?

재영 혹시 안 탄 거야?

석현 젠장, 저놈의 폭력 선생들. 내가 다리만 멀쩡했어도 전부 바다에 밀어버렸을 텐데.

연희 뭐야, 너 맞았어?

석현 그건 아니야. 실은 배에 안 타고 빠져나올 생각이었거든. 그런데 억지로 들어다가 태우지 뭐야. 휠체어 바퀴가 약간 틀어졌어. 이거 골치 아픈데.

재영 너 다리가 불편했구나.

석현 머리하고 손은 너희보다 훨씬 우수하니까 신경 쓰지 마.

재영 아까 본 것 때문에 안 타려고 한 거야?

석현 당연하지! 그걸 보고 어떻게 타? 이건 농담이고. 난 너희처럼 이래라 저래라 할 엄마나 아빠가 없거든. 그래서 내 마음대로 결정을 내리고 싶었어. 뒤에 남아서 이번 여행의 숨은 면을 조사해보고 싶었어. 만약 여행 기간에 뭔가 벌어진다면 어느 한쪽은 다른 편이 볼 수 없는 걸 볼 테니까. 그런데 이젠 너희랑 똑같게 돼버렸네.

재영 잘된 일인지도 몰라. 일단 배에 타면 아빠가 설주에 대해서 전부 알려주기로 했거든. 객실에 가방부터 내려놓고 물어볼 생각이야. 바로 알려줄게.

석현 글쎄. 과연 전부 얘기해주실지는 모르겠지만.

그때 돌이킬 수 없는 선택에 붉고 거대한 도장을 내리찍듯 순양호의 뱃고동이 울렸다. 재영은 늘 뱃고동이 굵은 저음이라 생각했지만, 이번에 귀를 넘어 온몸을 진동시키는 소리는 가늘고 높을 뿐 아니라 어딘가 불길한 기운마저 감돌았다. 그리고 그리 길지 않은 고동 소리가 잦아들자 곧 정체를 알 수 없는 소음이 따라붙었다.

연희가 물었다.

"저게 무슨 소리야?"

소리는 여객선이 아니라 방금 떠나 온 부두 쪽에서 들렸다. 선상에 있던 아이들이 무슨 일인가 싶어 배의 후미로 몰려들고 있었다.

재영은 일부 교사가 부두에 남아 있다는 사실을 알고 있었다. 선생들 뒤로 육지 쪽에서 무언가가 떼를 지어 다가오고 있었다. 검고 광택이 나는 자동차 십여 대가 황급히 정지하더니 사람들이 쏟아져 내렸다. 선생한 사람이 뭐라고 고함을 지르는 모양이었다. 차에서 내린 남성이 마주 악다구니를 쳤다. 두 사람은 말싸움을 시작했고 배에 오르기 전까지 학생들이 모여 있던 장소는 순식간에 험악한 부둣가로 변해버렸다. 내용은 알아들을 수 없었지만, 차에서 내린 쪽이 간발의 차로 여객선에 탑승하지 못한 것 같았다.

선미에 모여 있던 아이들은 키득거리고 야유를 보내며 떠들었다. 선생님들이 누구와 싸우는지 알고 싶어 상체를 난간 위로 내민 아이도 있었다.

그 순간 공기를 위아래로 잡아 흔들면서 날카로운 소리가 펴져 나갔다. 누군가 소리를 질렀다.

"저거 총소리잖아?"

그 말과 거의 동시에 말다툼을 벌이던 선생 한 사람이 쓰러졌다. 총으로 선생을 쏜 남자는 수학여행을 떠난 배를 향해 손을 내저으며 고함을 쳤다. 거리가 있어 무슨 말인지 식별할 순 없었지만 고운 말은 아닌 것 같았다.

"야, 저거 우리 배 따라오는 거 아니야?"

학생 한 명이 하늘을 향해 손가락을 뻗었다. 아이들의 눈이 거의 동시에 위로 향했다.

"뭐야, 저거?"

"헬리콥터잖아? 꽤 큰데?"

"저래도 되는 거야? 점점 내려오잖아. 위험한 거 아니야?"

"착륙할 건가 봐. 이 배에 헬기 착륙장이 있어?"

"누구 망원경 가진 사람 없냐?"

"영화라도 찍나? 어디… 야, 헬기에 탄 사람들이 총을 들고 있어. 저 거 진짜야? 밀리터리 마니아 없어?"

언제 날아왔는지 모를 중형 헬리콥터 두 대가 여객선 상공을 선회하 고 있었다. 그중 한 대가 배의 중앙을 향해 서서히 하강했다. 인솔교사 서 넛이 황급하게 선실로 들어가더니 검고 기다란 가방을 메고 달려 나왔다.

"서울종합학교 학생 여러분, 각자 정해진 객실로 들어가세요! 들어가 서 별도 지시가 있을 때까지 나오지 마세요."

선내 방송이 헬리콥터의 회전날개 소리를 비집으며 울리기 시작했다. 마이크를 잡은 사람은 다급한 목소리로 같은 지시를 반복했다. 하지만 선상에 나와 있던 학생들 가운데 방송에 따르는 아이는 얼마 되지 않았 다. 그에 더해 이미 들어가 있던 아이들도 소란의 이유를 알려고 하나둘 씩 나오고 있었다.

재영과 연희의 손등에 같은 내용의 메시지가 떴다.

석현 야, 지금 여기 난리 났어. 군용 함정이 우리가 탄 배를 가로막고 섰다 고. 군인 아닌 사람들도 타고 있는데?

석현 혹시 그쪽도 그래?

재영은 답신을 보낼 겨를도 없이 헬리콥터가 내려앉고 있는 4층 갑판 을 향해 이동했다. 연희는 재영의 등 뒤에 반쯤 숨어 따라붙었다. 재영과 연희를 포함해 학생 십여 명이 3층에서 모퉁이를 돌고 다음 계단에 다가 가는 순간 성인 남성이 모습을 드러내고 학생들의 앞을 막았다.

"방송 못 들었니? 얼른 객실이 있는 1층으로 내려가라. 어서!"

체격으로는 그 어른에 뒤지지 않을 만한 학생도 있었지만, 누구도 남자의 말에 토를 달지 못했다. 남자가 오른쪽 어깨에 기대고 있는 검정 소총 때문이었다. 아이들은 조금씩 뒷걸음질을 쳤고, 재영은 남자가 가슴에 달고 있는 이름표와 왼쪽 팔에 두른 노란 띠를 보았다. 인솔교사임을 나타내는 표시였다.

바닷바람이 잠잠했던 탓인지 4층에서 큰 소리로 대화를 나누는 소리가 들려왔다. 아이들은 아무 소리도 내지 못하고 그 내용을 고스란히 들었다. 앞을 막고 있던 교사도 총을 치켜든 채 귀를 기울이고 있었다.

"누구신데 애들 여행길을 가로막는 겁니까?"

"우린 안전을 확보하기 위해 먼저 내렸다. 위쪽 헬기에는 VVIP가 타고 계시다. 총을 내리고 착륙장을 비워라."

"수학여행에는 학생만 참가할 수 있습니다."

"개소리하지 마! 이게 수학여행이 아니라는 걸 알고 왔으니까!"

"무슨 얘기인지 모르겠군요. 뭔가 크게 착각하신 거 아닙니까?"

"이미 다 파악하고 왔다. 카운트다운이 시작됐다는 것도 알고 왔어! VVIP를 포함해도 채 스무 명이 되지 않는다. 그 정도 여유는 있겠지?"

"없습니다."

"이렇게 큰 배에 자리가 없다니 말이 돼?"

"다 파악했다고 하셨죠? 그럼 알고 있을 것 아닙니까? 이 배가 뭔지."

"어떻게서든 자리를 만들란 말이다!"

"불가능합니다. 이것도 설주에게 사정을 해서 만든 용량이란 말입니다. 설주는 조건을 어길 경우 안전을 보장할 수 없다고 했습니다. 용량에 한계가 있으니까요. 용량을 초과할 수는 없습니다."

"그럼 애들을 줄여!"

"고작 생각하는 게 그겁니까? 그게 인간이 할 소립니까?"

"말을 안 듣겠다면 무력을 행사할 수밖에 없다. 용량이 문제라면 머릿수를 줄이면 돼!"

"그렇게는 못 합니다. 자칭 VIP들 때문에 애들을 줄일 순 없습니다."

"말을 못 듣겠다면 무력으로…."

아이들 수를 줄이라고 으름장을 놓던 남자의 목소리가 한 방의 총성에 끊겼다. 그와 동시에 여러 방향에서 총소리가 들리기 시작했다. 아이들의 앞을 가로막고 있던 선생은 무기를 겨누고 총격전이 시작된 위층으로 뛰었다. 계단참에 서 있던 아이들은 비명을 지르면서 아래층을 향해 달렸다. 재영과 연희도 그 물결에 휩쓸렸다. 탄환이 공기를 찢는 소리와 유탄이 튀는 소리가 사방에서 아이들을 위협했다. 재영은 다른 아이들을 헤치고 연희를 잡아끌다가 계단을 헛디뎌 아래로 굴렀다.

머리가 아팠지만 부러진 곳은 없는 것 같았다. 재영은 신음소리를 내며 팔로 바닥을 짚고 천천히 일어섰다. 어지러움이 조금씩 가라앉자 재영은 동행이 있다는 사실을 기억했고, 뒤에서 피를 흘리고 있는 연희를 발견했다.

재영은 구체적인 과정을 기억하지 못했다. 어떡해서든 연희를 끌고 객실이 있는 2층이나 1층으로 내려가야 한다는 생각만 들 뿐이었다. 거기라면 구급상자가 있을 것 같았다. 하지만 연희는 제힘으로 움직이지 못했다. 재영은 축 늘어진 연희의 겨드랑이에 손을 넣고 예닐곱 걸음쯤 잡아끌다가 기운이 다하고 말았다. 그러고는 수업시간에 배웠던 것이 생각나 연희의 눈꺼풀을 열어 보고 턱밑에 손가락을 대보았다.

연희의 총상에서는 더 이상 피가 솟지 않았다. 재영은 두 사람이 이동한 길을 따라 흐르고 있는 엄청난 양의 피를 보며 그게 무슨 뜻인지 깨달았다.

재영의 손등이 가볍게 떨렸다. 아버지가 전화를 걸고 있었다. 재영은 떨리는 손으로 귀를 더듬었지만 이어셋이 없었다. 어디선가 떨어진 것 같았다.

재영　아빠, 이걸로 말해.

아빠　무슨 일이냐? 왜 전화를 못 받아?

재영은 배를 타기 전 아빠가 전화를 거부하던 것이 생각나 욕을 하고 싶었다.

재영　연희가 죽었어. 총을 맞고 죽었어.

아빠　뭐?

재영　어떤 미친놈들이 헬리콥터를 타고 내리더니 총을 쐈어. 애들이 있는데도 총을 갈겼단 말이야!

아빠　넌 괜찮아? 안 다쳤어?

재영　괜찮으니까 이러고 있지!

재영　이젠 정말 모르겠어. 이게 뭐야?

재영　왜 애들을 죽이는 거야? VVIP가 다 뭐야?

아빠　결국은 이렇게 됐구나. 그토록 노력했는데…. 재영아, 일단은 안전한 곳으로 피해. 어서!

재영　총소리는 멎은 것 같아. 아빠, 나 무서워. 죽을지도 몰라. 죽으면 다 끝이잖아. 그렇지? 지금 당장 약속 지켜. 전부 다 얘기해줘.

아빠　지금 그게 문제냐! 네가 안 다치는 게 우선이야. 얘기는 나중에 들어도 돼.

재영　나중에 언제? 아무것도 모르고 죽긴 싫어! 얼른 얘기해. 마지막 소원이라고 생각하란 말이야.

아빠　이런 상황에서 설명 같은 걸 할 수 있겠니.

재영　못 해도 해! 여기서도 설주라는 이름을 또 들었어. 설주에게 사정을 해서 만든 용량이라고. 도대체 설주가 뭐야? 뭔데 연희가 죽어야 하는 거야?

재영은 지금 아빠가 어떤 감성일지, 무슨 생각을 하는지 알 수가 없었다. 목소리를 들으면 짐작이라도 할 수 있었지만 지금 재영이 얻을 수 있는 것은 감정을 싣지 못하고 날아오는 글자들뿐이었다.

아버지가 입력한 문장들이 잠시 시간을 두었다가 재영의 손등에 떠오르기 시작했다.

아빠 눈 결정이 뭔지는 알지? 겨울에 내리는 눈.

재영 응. 육각형이잖아.

아빠 눈 결정을 연구하는 사람들이 있었어. 프랙털과 카오스 쪽을 전공하는 친구들인데, 어느 날 그 사람들이 눈 결정에서 이상한 규칙성을 발견한 거야. 자연적으로 발생할 수 없는 규칙을 말이야. 말이 안 되는 일이었지. 물리현상이란 늘 똑같아야 하잖아. 그런데 없던 일이 생긴 거야.

아빠 그래서 인공적인 현상이라고 생각하고 기호학자들을 불렀어. 그리고 누군가가 눈 결정에 메시지를 넣고 있다는 걸 알았어. 처음엔 당연히 어느 나라 과학자가 장난친 일인 줄 알았고, 농담처럼 눈의 주인이란 뜻으로 '설주'라는 이름을 붙였어.

아빠 그런데 설주는 사람이 아니었어. 우리 같은 지구인이 아니란 뜻이야. 설주는 정체를 밝히기 전에 예언을 했어. 넌 기억을 못 하겠지만 십여 년 전에 오로라가 지구 전역에 발생한 일이 있었어. 설주는 정확한 발생 시각까지 예언했어. 그리고 우리가 사는 이 세상이 컴퓨터 시뮬레이션이고, 자신이 관리자라고 밝혔어. 아까 나한테 여기가 시뮬레이션 우주냐고 물은 걸 보니 그게 뭔지 알고 있을 거야. 긴 설명은 안 해도 되겠지?

재영은 순양호가 순식간에 만들어지던 모습을 떠올리고 대답을 입력했다.

재영 계속 얘기해봐.

아빠 우리가 사는 이 우주, 이 시뮬레이션은 실험용이라고 했어. 구성원들이 스스로 시뮬레이션 우주에 살고 있다는 가설을 세우기까지 얼마나 시간이 걸리는지. 어떤 단계를 거치는지. 그걸 실험한다고 했어. 네가 기억할지 모르겠다. 아빠가 시뮬레이션 가설을 지지하는 사람들을 욕했던 거. 그때부터 우리 우주의 용도는 끝나기 시작했던 거라고 했어.

아빠   그래서 이 우주를 구동하는 기계적인 용량을 더 이상 늘리지 않는다고 했어. 닫힌 우주처럼 보이기 위해서 필요한 정보량이…. 복잡한 얘기는 관두자. 어른들이 임신을 할 수 없고 더 이상 아이가 태어나지 못하잖니? 그것도 그 일환이었다는 거야. 우리는 거기까지 듣고 나서 무서운 상상을 했어. 이 세상이 실험이라면, 우리가 실험이라면, 설주와 그 동료들이 과학자라면, 실험이 목적을 달성하면 어떻게 할까?

재영   상상이 맞았구나.

아빠   그래…. 설주는 실험 결과를 정리하고 나면 이 우주를 종료한다고 했어. 다른 시뮬레이션 우주를 만드는 자원으로 쓸 거라고.

재영   우주를 종료한다니…. 세상을 꺼버린다는 거야? 노트북을 끄듯 그렇게?

아빠   그렇다고 했어. 우린 안 믿을 수가 없었어. 증거를 여러 가지 보여줬으니까.

재영   아빠. 나 지금 탄 배가 허공에서 갑자기 출현하는 걸 봤어. 그럼 이 배는 뭐야?

아빠   설주는 마지막으로 작은 실험을 한다고 했어. 우리가 사는 세계를 하위 세계라고 하면, 하위 세계 구성원을 상위 세계의 네트워크 속에 풀어놨을 때 어떻게 되는지 알고 싶다고 했어. 그래서 너희를, 아이들을 임의의 포트로 빼돌리겠다고 했어.

재영   혹시… 우리를 실험용 쥐로 생각하고 불쌍하게 여긴 건 아니고?

아빠   그건 모르겠어. 적어도 우리 어른들은 이제 알아낼 기회가 없어. 어쨌든 설주는 마지막 세대를 규정하고 구하라고 했어. 너희에게 필요한 정보를 모으라고 했고. 설주는 아주 정확하게 조건을 정했고, 우린 능력껏 조건을 맞췄어. 아이들 가운데 한 명이라도 죽으면 일정을 다시 조정하고, 또 하고….

재영 그래서 수학여행 시간을 맞췄구나.

아빠 응. 오차를 최대한 줄여야 했거든. 전 세계 아이들이 동시에 탑승한 교통수단은 사실… 설주가 만들어놓은 포트로 가는 길이야. 우린 이 사실을 최대한 비밀로 했어. 세상의 끝을 막을 수 없다면 사람들이 무슨 짓을 할지 모르니까.

재영 아이들을 죽여서라도 말이지.

아빠 그래, 그 때문에 오차가… 아, 이젠 어쩔 수가 없어. 그냥 앞으로 나아갈 수밖에 없어. 가정했던 최악의 상황까지 고스란히 벌어지다니 인간이란….

재영 최악?

아빠 설주가 제시한 조건 중에 가장 중요한 게 너희에 관한 정보였어. 이 세계는 비동기 시뮬레이션이지만 자료를 옮길 때는 동기화가 필요하니까. 그런데 이젠 자료를 다시 보낼 시간이 없어. 죽은 아이들 수만큼 실패할 확률이 높아지겠지만 달리 방법이 없어. 끝까지 해보는 수밖에.

재영의 시야 바깥에서 착륙하지 않았던 두 번째 헬리콥터가 등장했다. 아버지가 방금 말한 '무슨 짓'의 정체가 바로 그 헬리콥터였다. 헬리콥터는 잠시 한 자리에 머물다가 급히 방향을 돌렸고, 그 순간 순양호의 오른쪽에서 무언가가 불꽃을 뿜으며 날아갔다. 헬리콥터는 도망가려 했으나 뜻을 이루지 못하고 불꽃을 고스란히 맞더니 굉음을 내면서 산산조각이 났다. 시뮬레이션 우주의 VVIP는 파편의 일부가 되어 설주가 관리하던 코드의 바닷속에 영원히 가라앉았다.

재영 선생님들도 다 선생은 아니지?

아빠 응. 너희를 지키겠다고 나선 사람들이야.

재영 방금 강제로 착륙하려던 두 번째 헬리콥터가 터졌어. 그 사람들이 그랬나 봐.

아빠 그나마 다행이다. 정말 다행이야.

재영은 꼼짝도 하지 않고 누워 있는 연희를 보고, 헬리콥터의 잔해를 따라 바닷물 속으로 빨려 들어가는 회색 연기를 보고, 침입자를 모두 격퇴한 다음 다치거나 죽은 학생들의 인원을 확인하러 이리저리 뛰어다니는 가짜 선생님의 모습을 보았다. 그리고 연희의 피가 흠뻑 묻은 손을 쥐었다가 펴며 남은 시간 동안 아빠에게 해야 할 말을 생각했다.

이 세상의 비밀을 듣고 보았음에도 손에 남은 감각은 너무나 생생했다.

재영 미리 얘기해주지 그랬어. 들을 말도 많고, 할 말도 많은데.

아빠 너희를 온전히 상위 세계로 보내려고 그런 기야. 비밀이 새면 그만큼 실패할 확률이 높아지잖아. 재영아. 아빠는 너한테 좋은 부모가 아니었을 거야. 사과해야 마땅한 일도 많이 했고. 하지만 한 가지는 확실히 알아.

아빠 사람이라면, 어른이라면 누구든 이래야 해. 세상 그 어떤 것도 너희를 살리는 일보다 우선할 수 없어. 엄마와 아빠는 그렇게 생각했어.

재영은 가장 물어보기 싫고 두려웠던 질문을 입력했다.

재영 아빠, 시간이 얼마나 남았어?

아빠 이미 지났어.

이제 마지막 말을 남겨야 한다는 뜻이었다. 재영은 인사를 하고 싶지 않았다. 마음의 준비를 하고, 문을 닫고, 문고리에서 손을 놓고, 뒤로 돌아서는 순서를 밟고 싶지 않았다. 그렇다고 해서 하고 싶은 말을 모조리 적다가 도중에 끊겨 의도가 잘못 전달되는 것도 싫었다. 재영은 연신 침을 삼켜 가며 적을 말을 골랐다.

> **재영** 아빠, 엄마, 보고 싶어.

조금 전과는 달리 빨간 동그라미가 녹색으로 바뀌지 않았다. 아버지가 메시지를 읽지 못했다는 뜻이었다. 재영은 가슴이 철렁 내려앉았다. 그냥 통신 장애겠지? 그렇지? 아직 안 돼. 이러는 게 어딨어. 조금만 더. 제발.

> **재영** 아빠, 엄마, 보고 싶어.
> **재영** 잊지 않을게.
> **재영** 진짜로. 영원히.
> **재영** 엄마도 아빠도 날 잊지 마.
> **재영** 한 번만 더 보고 싶어.

재영이 입력한 메시지 여섯 토막 앞에는 빨간 동그라미가 예외 없이 붙어 사라지지 않았다. 재영은 머릿속에 떠오르는 대로 문자를 입력하고 전송을 눌렀지만 빨간 동그라미의 행렬을 잡아 늘일 뿐이었다. 재영은 손이 떨려 더 이상 글을 입력하지 못했다. 손등 화면 위에는 희미한 연희의 핏자국이 어지럽게 묻어 있었다.

그리고 회선 연결 상태를 나타내는 아이콘 역시 붉게 바뀌고 말았다.

재영은 앞으로 벌어질 일을 상상할 수가 없었다. 세상이 정말로 끝날 거라고 생각한 적이 없었기 때문이었다. 자연재해를 다룬 영화에서는 엄청난 격변이 반드시 등장했다. 땅이 뒤집히고, 해일이 모든 걸 집어삼키고, 하늘에는 불길한 구름이 가득하며 때로는 뜨겁고도 냉정해 보이는 벼락이 내리꽂혔다. 하지만 눈앞에 보이는 바다는 고요하기 이를 데가 없었다. 차츰 식어 가는 연희와 다른 아이들의 몸을 완전히 외면할 수만 있다면 평화롭다고 표현할 수도 있는 광경이었다.

그 평화 속에 실패 확률이 높아진 인류 최후의 노력이 둥실거리며 떠가고 있었다.

지워지는 걸까? 한 점에서 시작해 동심원을 그리면서? 그렇지 않으면 여기서 조금, 저기서 조금씩 세상이 지워지다가 결국은 아무것도 남지 않는 걸까? 그래서 통신이 끊긴 걸까? 인공위성이 지워지고, 통신탑이 지워졌기 때문에?

재영은 한 번 더 손등 화면을 보았다. 빨간 동그라미는 희망을 저버리고 기억에 붙박인 핏방울처럼 또렷하게 남아 있었다. 재영은 아무것도 달라지지 않은 대화창을 한없이 바라보다가 웅성거림이 조금씩 커지는 걸 알아채고 남은 힘을 쥐어짜서 일어섰다.

아이들이 모두 갑판으로 나와 선수로 움직이고 있었다.

재영은 뒤늦게 대열에 동참했기 때문에 아이들에 가려 여객선의 앞쪽을 제대로 볼 수 없었다. 하지만 그 물체는, 그 현상은 위용을 자랑하듯 천천히 위세를 확장하면서 몸집을 키웠다. 마침내 오른쪽 끄트머리에 서 있던 재영도 눈으로 확인할 수 있었다. 햇빛을 전혀 반사하지 않고 그렇다고 한없이 검지도 않은 2차원 소용돌이가 새파란 해수면을 잠식하며 빠르게 확대되고 있었다. 소용돌이는 지평선과 바다와 순양호를 향해 조용히, 춤을 추듯 팔을 뻗고 있었다.

재영은 엄마와 아빠가 있는 서울 하늘을 보려고 뒤로 돌았다. 그리고 가짜 선생님과 진짜 선생님들이 아이들의 주의를 끌지 않도록 조용히 배에서 내려 구명보트로 옮겨타는 모습을 지켜보았다. 그 보트들은 추진력이 없어서 작은 파도에 따라 위아래로 흔들리며 뒤로 멀어졌다. 구명보트에 탄 어른들은 간혹 일어서거나 앉은 채로, 온 세상에서 유일하게 살아남을 제자와 아이들이 소용돌이를 향해 나아가는 모습을 바라보고 있었다.

재영을 제외한 아이들은 소리 없이 바다를 들이마시며 다가오는 정체

모를 현상과 배에서 내린 어른들을 보며 잠시 혼란에 빠졌다. 재영은 자신이 알아낸 사실을 그 많은 아이들에게 설명할 자신이 없어 입을 열지 못했다. 하지만 고민은 오래가지 않았다. 여러 여객선의 하늘과 바다와 지평선이 조금씩, 차츰 더 많이 갈라지기 시작했다. 갈라짐은 어떤 소리나 진동도 없이 일정한 속도로 퍼지며 눈에 보이는 세상을 덮었다. 아이들은 불평과 걱정과 의심을 잠시 묻어 두고, 살아 움직이듯 변화하는 풍경의 인공미에 넋을 놓았다.

재영은 천지를 새로 포장하는 균열이 규칙적이고 그 균열이 그리는 도형이 정육각형이라는 점을 깨달았다.

순양호는 시뮬레이션 우주를 구성하던 육각형 결정이 덮치기 직전에 소용돌이에 도착했다. 그리고 더 이상 배는 이 세계에 존재하지 않았다. 재영은 두 손을 맞잡고 마지막까지 최대한 모든 것을 기억에 담아 두려 했다. 하지만 자신이 보고 있는 것이 정말로 빛인지, 그렇지 않으면 감각의 착각인지, 그것도 아니라면 관찰한다는 생각 자체가 착각인지 구분할 수 없었다. 재영에게 마지막으로 남은 생각의 흔적은 단 하나였다.

인류의 어리석음과, 죽은 아이들과, 낮아진 성공 확률에도 불구하고, 만약 새로운 세상에서 다시 깨어난다면 석현이나 다른 아이들에게 제대로 된 어른 역할을 해야겠다는 생각이었다.

사마귀의 나라

박문영

혹한기를 닮은 이 중편은 2012년 12월의 메모로 시작했다. 중편을 장편으로 만든 작년엔 행간에 거울뿐 이니라 다른 계절이 깃들면 좋겠다고 생각했다. 10년 전, 메모를 이어나간 그 자리는 하필 보일러 파이프가 비껴가는 곳이라 발이 몹시 찼는데 별 수가 없어 거기 계속 앉아 있었다. 그러니 소설 속 춥고 밉고 좁은 기운은 그때의 내 것이다.

2014년 《사마귀의 나라》(에필로그) 발행

2015년 제2회 SF 어워드 중단편 부문 대상 수상

모든 섬은 귀신이 달라붙기 좋은 곳이다. 발목이 없는 축축한 신들은 물길을 타고 가장 먼저 섬으로 기어가 거주민들의 꿈자리로 스며들었다. 새카만 밤, 한 여자의 눈썹이 허물을 벗는 뱀처럼 꿈틀거렸다. 여자는 치아가 부서져도, 혀 돌기가 찢어져도 좋으니 얼음을 있는 대로 씹어 먹고 싶었다. 열이 휘도는 몸 밖으로 빠져나가 빈 육신을 내려다 봐도 미련이 없을 듯했다. 바라는 일은 일어나지 않았다. 여자는 등을 말고 주먹을 쥐었다. 손바닥으로 여자의 이마를 짚어주는 사람은 없었다. 상체를 일으켜 물 몇 모금을 넘겨주는 이도 없었다. 섬에 사는 사람들은 각자의 통증을 홀로 버텨냈다.

　상반신에 붉은 흉터가 가득한 아이, 눈이 여럿인 아이, 허리 아래 꼬리가 달린 아이가 자리에서 몸을 뒤척였다. 뿔뿔이 떨어진 셋은 이 시간에 깨어 있는 사람이 자신 혼자라고 생각했다. 3시간 정도 잠든 것뿐이지만, 눈을 감은 사이 30년은 흐른 것 같았다. 섬의 다른 아이들과 마찬가지로 셋도 다음 날이 오는 일에 별 기대가 없었다. 아침 햇빛을 받아내는 바닷물이, 파도가 쓰다듬는 모래알이 더는 찬란하지 않았다. 아이들은 잠이 들 때와 잠에서 깨어날 때 조금씩 울었다.

"우리가 어른들보다 더 피곤해. 앞으로 살아갈 날이 더 많잖아."

"흰 머리, 관절염, 팔자 주름. 나쁜 게 얼마나 늘어날까."

"우리도 언젠가 웃는 법, 노래하는 법을 잊게 되나."

"차라리 죽고 나서 다시 태어나는 법을 알고 싶어."

"매일매일 다른 감정을 가질 수 있을지 모르겠어."

"감정이란 걸 매일 가질 수 있을까."

검푸른 폐교 창 사이로 바람이 새어 들어왔다. 건물 빗금을 타고 굉음이 우우, 울렸다. 눈이 여럿인 아이가 교실 창문 앞에 섰다. 아이는 돌풍에 흔들리는 굴피나무를 바라봤다.

"이리 와, 이리 나와."

잎사귀들이 아이를 향해 마구 손짓했다. 아이는 창틀을 붙잡은 자신의 손이 너무 연하다고 생각했다. 창문을 열자 해풍이 몸을 관통하듯 들이쳤다. 남아도는 바람, 남아도는 물결. 섬과 바다에 휘도는 힘은 다른 힘으로 바뀌지 않고 그대로 달아났다. 아이는 어디에도 고이지 않는 이 괴력을 가만히 느꼈다. 자신도 굴피나무가 된 심정이 들 때까지, 세상이 끝난 기분이 될 때까지. 아이를 떠밀던 바람 줄기는 금세 폐교를 떠나 섬의 가장자리로 몰려갔다.

흐릿한 새벽 해가 폐선 조각에 붙은 따개비 떼를 비추었다. 쐐기 모양을 한 섬의 윤곽이 점차 분명해졌다. 섬을 지나 바다 건너에 있는 건물, 벽, 도시에도 공평한 분량의 햇볕이 들었다. 밀물에 잠겼다 나타나는 자갈이 의심하는 사람의 눈처럼 번쩍였다. 뭍을 지나면서부터 하얀 풀 무더기가 가득했다. 나라가 망한다는 개망초로, 내버려둔 땅마다 씨앗이 집요하게 파고드는 습성이 있었다.

＊

궁은 두통과 한기 속에서 눈을 떴다. 낮잠이 자꾸 길어졌다. 아무리 자도 피로는 그대로였다. 찬 손가락을 베개 아래 비벼댈수록 온기가 달아났다. 오줌보가 터질 것 같지만 부은 두 발은 뜻대로 움직이지 않았다. 지금은 이불을 벗어나 화장실에 다녀오는 일이 세상에서 가장 어려운 일로 느껴졌다. 천천히 몸을 끌고 나오자 햇살이 궁의 발끝을 간수처럼 따라다녔다.

궁은 더러운 거울에 비친 자신의 모습을 오래 구경했다. 피부는 푸석푸석해지고 오른쪽 눈동자에 굵게 뭉친 핏줄은 언젠가부터 사라질 줄 몰랐다. 송곳니를 감싼 잇몸에는 고름이 가득해 매일 하관 전체가 욱신거렸다. 입술을 뒤집어 까자 옥수수알만 한 종기가 어제보다 한 개 더 늘어나 있었다. 치아는 동굴의 종유석과도 비슷한 생김새로, 가만히 들여다보면 이제 입속에서 박쥐가 날아다녀도 이상하지 않을 듯했다. 죄가 쌓인 얼굴이 이럴 것이라고 궁은 생각했다.

궁은 냄비에 물을 받았다. 누런 물 아래 붉은 쇳가루가 어지럽게 몰려다녔다. 헐거운 광목 위에 양배추 반 통을 올린 뒤 가스 불을 켜는 순간, 섬에 폭발음이 울려 퍼졌다. 두 발의 총성이었다. 올 것이 왔다고, 궁은 생각했다. 궁은 순식간에 쥐며느리처럼 몸을 말았다. 목소리는 나오지 않았다. 슬프지도 않았다. 그러나 단지 놀란 것뿐이라기엔 많은 눈물이 쏟아졌다. 궁이 고개를 틀어 사마귀를 불렀다. 입술 사이에서 녹슨 파이프를 못으로 긁는 소리가 났다. 대답이 없었다. 궁이 다시 한 번 아들을 부르자 사마귀가 방에서 얼굴을 내밀었다. 코 아래는 보이지 않았지만, 주름이 잔뜩 접힌 이마와 미간으로 화가 난 걸 알 수 있었다. 라디오를 틀어둔 채 낙서를 하고 있던 것이 틀림없었다.

"귀찮게 왜 부르는데?"

궁은 고개를 저었다. 평소와 똑같이 안일하고 무례한 아들의 표정을 보자 숨을 쉴 수 있었다. 궁은 팽팽한 배를 어루만지며 창가로 걸어갔다. 섬은 그대로였다. 폭발도 총성도 아니었다. 그들 모자의 내장이 터지고 연골이 녹아내릴 일은 없었다. 소리의 원인은 축포였다. 숯 부스러기로 그은 듯 희미하고 가는 연기 자욱이 초겨울 하늘을 가로지르고 있었다. 섬은 시끄러웠다. 전에 없던 열기였다. 궁은 창틀에 기대 눈앞의 광경을 숨죽여 지켜보았다. 불빛은 높이 오르지 못한 채 바다로 떨어졌다. 궁은 눈을 여러 번 비볐다. 불씨가 운동성이 적은 정충으로 보였다. 기름이 출렁이는 바다는 선지 덩어리 같았다. 피나무 몇 그루가 있는 해안 절벽 아래 사람들이 점점이 모여들기 시작했다. 크고 작은 병을 지닌 그들이 한 지점에 도달하기 위해서는 오랜 시간이 필요했다. 궁은 희뿌연 창에서 한 발 물러났다.

궁과 달리 주민들에게 해 질 녘 방조제 주변은 언제나 감탄스러웠다. 특히 멀리서 바라보는 해안의 모습은 홀릴 듯 경이로웠다. 자신의 아름다움을 한 번도 부정하지 않은 사람의 옆모습만큼 저녁 바다의 정경이란 독선적으로 수려한 데가 있었다. 분홍과 청록이 무책임하게 뒤섞인 노을에서는 열대 과육의 달콤한 즙이 흘러내릴 것만 같았다. 반면 그런 섬에 머무는 그들 자신의 몰골은 납작하기만 했다. 포구로 향하는 지상의 사람들은 사막을 횡단하는 전쟁 포로처럼 한없이 무력하게 움직였다. 사람의 의지나 노력으로 이룰 수 없는 압도적인 풍광 앞에서, 축포 연기는 수평선에 성가신 줄기 몇 가닥을 내리다 사라졌다.

✳

해안 초입에는 '불법어로행위근절'이라고 쓰인 낡은 현수막이 바람에 나부끼고 있었다. 짙은 포말에 글자 몇 개가 쓸리고 지워져 멀찍이서 바라보면 '불행근절'이라는 낱말만이 보였다. 아이들만이 그 글자를 보고 키득거렸다. 해경과 군인으로 이뤄졌다는 수색대는 어디에 있는지 단속은 이뤄지지 않았다. 붉은 모자를 쓰고 제복을 입었다는 그들은 옛 시대의 허울로 지금은 코빼기도 볼 수 없었다. 국가도 해양관리처도 이곳에서 물러난 지 오래였다. 3차 세계대전 같은 게 일어난 건 아니었다. 대신 좀스러운 불운이 사람들을 끈기 있게 치댔다. 2083년 겨울, 지금까지 파산한 나라는 17개국이었다. 사회지도층의 부패지수가 높고 시민의 행복도가 낮은 순서를 정확히 지켜 국가가 소멸했다. 몇몇 기업의 이윤은 한 나라의 자산 전부를 합친 것보다 많았다. 어떤 대륙은 부풀었고 어떤 영토는 조각났다. 영역을 지킨다는 소리는 거짓말에서 옛말이 되었다.

이 나라 역시 점점 기우는 중이었다. 땅은 제멋대로 나뉘고 소유주는 매번 달라졌다. 철강, 전력, 정유 등의 산업이 빠르게 국제 시장에 나왔다. 옛사람들이 국가라는 의미를 경건하게 여긴 시기도 있었다. 그들은 경쟁하듯 자신들의 재산을 당국에 기부했다. 지역별로 거리를 돌며 항의하는 인파가 불어났고 고가도로와 크레인과 건물 옥상에서 소속 국가의 이름을 부르며 떨어지는 사람들도 나타났다. 그러나 시간이 지나면서 그런 사고엔 아무 파급력도 붙지 않았다. 사망 사유가 단순하고 감상적이라는 비판마저도 일다 말았다. 효과는 빛이 바랬다. 현상은 그대로 유지되었다. 국익을 논하던 기업들의 자본은 쉼 없이 커졌다. 그들은 국가 밖에 자신들의 나라를 세웠다. 신문사는 폐업을 면치 못했다. 몇 개의 국영 방송사는 포르노만을 방영했다. 다리를 벌린 배우들이 카메라 렌즈에 직접 살을 비비는 동안, 소란은 다른 소란에 덮였다.

지도는 매달 개편되었다. 평화란 순진한 단어도, 모호한 가치도 아니었다. 그것은 예나 지금이나 가장 높은 가격으로 거래되는 품목일 뿐이었다. 수세에 몰린 국가들은 답을 찾지 못했다. 고대의 유물부터 문화재 대다수를 팔아 치워도 빚은 늘기만 했다. 희귀한 종자는 모두 팔려나갔다. 특허 기술도 모조리 판매되었다. 당국의 공론은 환멸만 불러일으켰다. 현학적인 어휘를 구사하는 정부 부처는 폐지론에 휩싸였다. 이민 대란은 진작에 끝이 났다. 일가를 이루지 않고 죽어가는 사람들이 줄을 이었다. 인권보호단체와 자원봉사대는 바닥에 엎드려야 보이는 진드기처럼 움직였다. 앞에 '세계'라는 말이 붙은 기구들은 더 하는 일이 없었다. 끝에 '협회'라는 말을 달고 있는 집단도 마찬가지였다. 세계환경협회는 유독 연말 연초에 윤리와 책임의식이라는 말을 즐겨 썼는데, 이것은 제재를 피하려면 기업들이 이 단어의 무게를 재량껏 화폐로 환산해 적당한 곳에 지불하라는 뜻이었다.

기업은 점진적으로 자신들의 껍질을 진화시켰다. 그들은 정치적으로 올바른 발언을 했고 막대한 자금을 들여 무국적 떠돌이 난민을 도왔다. 분열된 나라에 사는 이들에게 그들의 양식은 젊고 투명하며 진취적으로 보였다. 거의 모든 대상이 정량화를 통해 상품이 될 수 있었고 거기엔 기업명이 붙었다. 새로운 옷으로 갈아입으세요, 초국적 기업들은 쾌적한 선전 문구를 내보였다. 자신이 소속될 영리 단체를 고르는 일은 자판기에서 음료수를 고르듯 간단한 일 같았다. 친환경 자동차를 생산하고 유기농 식자재를 관리하는 일에 불만이 있는 사람은 없었다. 생산 라인은 안전하고 보수도 나쁘지 않았다. 일에 따른 고충과 불안은 사내 전문 상담가가 도맡아 처리했다. 태어난 나라만 버리면 구할 수 있는 일자리였다. 그 옷은 버리세요, 당신에게 맞는 새 옷으로 갈아입으세요. 진보 색상을 띠는 노선으로 환승한 기업들은 저가의 노동력과 사업부지를 쉽게 사들일 수 있었다.

＊

국토 분열이 본격화되면서 이 섬은 변방으로 한 뼘 더 물러났다. 방치된 땅은 일종의 무주지였다. 대륙의 변화는 바다 밖의 일로, 섬의 문명은 차츰 쇠락에 접어들었다. 섬사람들은 육지의 유언비어나 뒤처진 정보를 두서없이 흡수했다. 그들은 몇몇 기업이 자신들의 땅을 비집고 들어올 때마다 그저 받아들였다. 선택지는 없어 보였다. 언제나 바다 바깥이 여기보다 굳건한 것 같았다. 섬 맞은편에 있는 건물은 거대 기업의 본사로 알려져 있었다. 마을 사람들은 그 뒤에 드높은 벽이, 벽을 넘으면 흉물스러운 도시가 있다는 사실을 알고 있었다.

늠름한 표정을 지을 줄 아는 남자는 마을에 단 한 사람도 없었다. 철 조망과 방파제 그리고 등대와 같이 말이 없고 움직이지 않는 것들만이 바다의 둘레를 지켰다. 면적 72.35제곱킬로미터, 총인구수 9,279명이라고 적힌 군락 안내판은 오래전 지표였다. 부식된 철판은 사선으로 기울었지만 아직 쓰러지지 않고 있었다. 숫자 아래 그림은 기괴하고 을씨년스러웠다. 활엽수를 가운데 두고 소년과 소녀가 손을 잡고 웃는 형상이었다. 나무에겐 뿌리가, 소년에겐 입이, 소녀에겐 눈이 없었다. 손으로 쓸면 유황빛 녹이 진하게 묻어났다.

마을의 많은 시설이 부식되어도 보수는 이뤄지지 않았다. 위태로운 건물들은 사람의 삶처럼 의외로 숨이 길었다. 비스듬한 축대를 몇 달씩 보면 나름대로 그 각도의 특성과 미학에 익숙해지듯 어제오늘의 불안도 관성으로 합쳐졌다. 어떠한 불편도 안정적일 수 있었다.

"어제 손톱이 또 빠졌어."

"어디 보자, 발톱까지 열네 개 남았네. 다 뽑히면 알려줘. 바로 삶아 먹을 테니까."

마을 사람들은 자신의 처지와 질병에 관한 농담을 여러 개씩 갖고 있었다. 길거나 질펀한 종류는 아니었다. 그들의 해학은 섬의 협곡처럼 제법 간결하고 날카로웠으며 어딘가 비정한 데가 있었다.

✳

마지막 불꽃이 타들어갔다. 방조제 근처에 연기가 자욱했다. 아이들이 다이너마이트처럼 생긴 축포 껍데기로 축구 흉내를 냈다. 주민들은 풍선 깃대를 땅에 꽂았다. 등이 굽은 남자가 전봇대에 줄을 매면서 발작적인 기침을 하는 동안, 얼굴이 흰 남자가 건너편 쇠봉에 노끈을 묶었다. 잠시 후 현수막이 팽팽히 펼쳐졌다. 경 '농방 유니버설 입점' 축.

주민들이 고개를 들어 새로운 회사의 이름을 눈에 새겼다. 여러 기업이 섬을 떠나갔다. 농어의 배를 가르면 그 속에 노래미가, 노래미의 배를 가르면 멸치가 들어 있듯 육지의 큰 기업이 작은 기업을 합병해 섬에 들어오는 꼴이었다. 마을의 공장과 창고에는 시효를 다한 기기들이 쌓여 있었다.

오늘은 초국적 기업 동방이 이 섬에 공식적으로 들어오는 날이자, 그들의 방사능 폐기물 처리장 준공식이 있는 날이었다. 동방 유니버설이 취급하지 않는 상품은 없었다. 그들은 생활 전반에 필요한 물건을 만들어냈다. 계열사는 다양해 취급하는 대상을 일일이 꼽기 어려울 정도였다. 동방의 몸은 여느 국가보다 컸다. 그들은 태어나자마자 걷는 소처럼 움직였다. 거대한 유기체는 별다른 간섭 없이 스스로 몸을 키웠다. 어떤 품목에도 특별한 전문성이 없는 탓에 그들의 침투는 매끄럽고 자연스러워 보였다.

동방이 섬을 인수한다는 사실은 주민 대부분이 이미 알고 있었다. 떠들썩한 행사는 필요치 않았다. 하지만 적지 않은 사람들이 오랫동안 관례에 의미를 부여했다. 형식과 절차의 근본에는 불안이 있기 때문이었다. 내용 없이도 이름은 얼마든지 갖다 붙일 수 있었다. 실제로 방폐장이 완공된 것도 아니었다. 섬의 뒷면에는 철근과 시멘트 자루가 한참이나 남아 있었다. 그런데도 마을에는 공사가 끝났다는 소식이 돌았다. 동방과 섬이 맺은 서류상의 이야기였다. 이곳에 동방인들의 모습이 보이기 시작한 지는 열 달이 다 되어갔지만, 처리장 자리에 눈에 띄는 변화는 없었다. 그러나 그들이 덤프트럭 주변을 서성이거나 공사 부지를 분주히 돌아다니는 모습은 마을 사람들을 밑도 끝도 없이 안도시켰다. 방폐장 입구에 걸린 '양성자융합연구센터'라는 뜻 모를 현판 역시 그럴듯하게 여겨졌다. 등이 곧고 걸음이 빠른 청년들이 낯선 말을 나누며 섬을 밟을 때마다 여자들은 회관 평상에 모여 앉았다. 연금이란 것을 받게 된다는 말, 일을 하지 않아도 평생을 안락하게 살 수 있다는 소리, 도서관과 병원과 학교가 새로 지어진다는 이야기가 떠돌았다.

"유리창이 아주 많대. 깨끗한 침대가 수도 없대."

푹신한 매트리스에 앉아 화병의 물때를 닦으며 병의 차도를 차분히 기다리는 자신의 모습을, 여자들은 잠자코 상상했다. 책에서 본 대로 큰 의원에서는 정말 흰 옷만 입어야 하는지 누군가 질문했지만 아무도 답해주지 않았다.

*

학교에서 옮겨 온 책상 위에 주민 몇이 전지를 덧댔다. 바람이 일 때마다 펄럭이는 종이 아래, 마른 짐승의 다리 같은 나무 기둥이 드러났다. 아귀가 맞지 않는 판자에는 못이 헐겁게 박혀 있었다. 그 위로 조악한 방폐장 모형이 놓였다. 스티로폼으로 만든 돔과 하늘색 셀로판지 수로는 허약하고 성의가 없어 누군가 억지로 만든 방학 숙제처럼 보였다. 천막 안의 주민들은 책자를 한 부씩 받아들었다. 섬과 동방의 합리적인 상호관계를 설파하는 안내 책자였다.

안심하세요, 라는 문구 아래로 긴 시간에 걸친 정밀한 연구를 통해 섬의 지질학 검사를 마쳤으며 그에 따른 안정성 확보를 이뤄냈다는 활자가 이어졌다. 이것은 기공식에나 어울리는 설명이었지만 행사장에서 새삼스럽게 질문을 던지는 이는 없었다. 섬에서는 글자를 열심히 읽는 행위 자체가 유난스러운 짓으로 여겨졌다. 골치 아픈 시간 낭비였다. 그런 것은 학식이 높은 자들에게나 어울렸다. 섬에서 14시간 거리에 있는 연구소 소장의 반명함판 얼굴이 다음 장에 인쇄되어 있었다.

"저준위 폐기물의 오염도는 미세먼지보다도 약합니다."

머리카락이 누렇고 눈이 움푹 파인 먼 땅의 사람은 낯빛에 비해 심하게 흰 치아를 드러내며 웃고 있었다. 투자 내역과 연구진 소개 옆으로는 그들이 이 시설을 세우기 위해 행했던 혁혁한 노고가 길게 드러나 있었다. 번개 모양의 마스코트는 명랑하고 활기찬 웃음을 머금은 채 안내 문구를 가리키고 있었는데 흰 장갑을 낀 손가락은 단 두 개로 다섯 가지 설명 옆의 손 모양이 모두 같았다. 안전해요, 튼튼해요, 믿을 수 있어요, 투명해요, 깨끗해요. 죄다 비슷한 수식이었다. 몇 개의 도표와 그래프가 그려진 장을 넘기면, 방폐장 설립으로 인한 이득과 드럼통의 순환 표식이 나타났다. 혜택은 산타가 멜 법한 빨간 선물 꾸러미로, 폐기물은 그보다 훨씬 작은 초록색 봉지로 간략하게 표현되었다. 종이 하단에 적힌 숫자와 단위를 꼼꼼히 읽는 주민은 한 명도 없었다. 그들은 안내 책자를 책상에 도로 올렸다. 첫 장 중앙에 박힌 처리장의 모습은 오페라하우스만큼 위용이 넘쳤다. 마을의 누구도 지금 지어지고 있는 처리장이 이것과 같은 시설물이라는 생각을 할 수 없었다. 그들의 방폐장은 발길이 완전히 끊긴 소규모 유원지처럼 스산하고 황량했다.

천막 바깥까지 산만한 음악이 퍼졌다. 검은 솥에 기름이 끓어올랐다. 말린 방어와 명태와 대왕오징어가 기포를 잔뜩 머금은 채 기름 위로 떠올랐다. 반죽에 뒤덮인 살점은 실밥처럼 가늘었다. 어패류는 바닷가 사람들이 저장해두는 귀한 재료였다.

민간 기업들이 제조 공장을 세우면서부터 마을의 근간 시설은 죄다 버려졌다. 무인 도서관이나 회관처럼 단순하고 비경제적인 기능을 가진 건물만이 남았다. 동사무소, 경찰서, 우체국, 병원, 군청, 학교, 은행 중 현재 운영을 하는 곳은 한 군데도 없었다. 안색이 항상 좋지 않은 약사 하나가 자신의 집을 작은 제약 창고로 사용했다. 싹이 난 감자 하나가 들어오면 먼지 낀 유산균 스틱 하나가 나가는 식이었다. 쓰임새가 사라진 현금인출기 두 대는 취한 사람들의 화장실로 쓰였다. 마을의 목욕탕은 정제된 바닷물과 소금을 모아두는 장소였다.

제분과 식용유를 취급하던 회사가 퇴각한 지는 두 달이 되었다. 그들의 공약은 대부분 폐기되었다. 주민들이 원했던 다양한 종류의 가축과 약품은 유입되지 않았다. 섬사람들이 내준 공장 부지와 노동력의 대가는 형편없었다. 마을 곳곳에 기름통과 밀가루 포대가 수북했다. 더불어 유독한 가스와 벤젠 찌꺼기 그리고 오염된 지하수가 섬을 한 겹 더 덮었다.

        *

　기업들과 협력 관계를 맺기 전 주민들이 마지막으로 했던 작업은, 당
국의 해양관리처 산하에서 방사능 계측기를 생산하는 일이었다. 주민 중
성인 절반 이상이 자그마한 측정기를 만드는 데 하루에 13시간을 사용했
다. 세이브 마스터라는 이름의 기기는 감자 깎는 칼과 별반 다를 게 없는
투박한 모양새로 생산 공정은 단순했다. 주민들이 완제품을 만들지 않았
기 때문이었다. 그들은 검전기의 금박 부분만을 세공했다. 측정기가 어떤
원리로 작동하는지 이해하는 자는 없었다. 사용방법과 표식도 알 리 없
었다. 외형으로 쓰일 플라스틱 껍데기는 어디서 제작되는지, 건전지 부
착은 어떤 이들이 하는지 마을 사람들은 전혀 몰랐다. 그러나 지병의 원
인이 새삼 궁금하지 않은 것처럼 그들은 침묵과 몰이해 속에서 익숙하게
일했다. 국가 주도산업의 흔한 방식이었다. 습진, 관절염, 빈혈 같은 건
자신들의 얼굴만큼이나 일상적으로 느껴졌다. 원료가 담긴 통과 자루에
적힌 주의 문구의 크기는 짓이겨진 들깨보다도 작았다. 공장에서 배출되
는 독성물질의 이름은 어렵고 권위적이었다. 숫자와 알파벳으로 이뤄진,
효용 없는 처방전의 글자와 다를 게 없었다. 마을의 하수구는 빛을 받은
거울처럼 밤낮으로 반짝였다. 자신들도 잘 모르는 제품을 만들어내는 동
안 폐유가 넘실대는 바다는 마을의 풍경으로 자리 잡고 있었다.
　세이브 마스터를 만들어내던 기간은 그리 길지 않았다. 제품의 가격
하락이 원인이었다. 공장 가동은 곧바로 중지되었다. 중앙정부 조끼를 입
은 육지인이 다음 작업에 대해 공지했다. 육지인은 마을에 구닥다리 라
디오는 사라질 거라고, 앞으로는 고성능 모니터를 제조할 거라고, 곧 시
청각 교육과 훈련이 이뤄질 거라고 말했다. 작업자들은 고개를 갸웃거렸
다. 움직이는 화면을 구경했던 때는 아주 오래전이었다. 한 남자가 마대
를 털며 육지인의 조끼를 바라보았다. 중앙도 정부도 가당찮은 단어였다.
조각조각 난 나라와 도무지 어울릴 수 없었다. 남자는 동료의 어깨로 손

을 뻗으려다가 말없이 자루를 털었다. 남자는 자신의 불만이 아무짝에도 쓸데없다는 사실을 잘 알았다.

주민들이 관리국 사람들을 본 것은 그날이 마지막이었다. 당국은 공지를 전한 그 주에 섬에서 손을 뗐다. 주민들은 남은 계기판 바늘로 장신구를 만들었다. 주로 별이나 달을 본뜬 모양으로 두께가 고르지 않고 투박해 상품성은 거의 없었지만 주민들의 생각은 달랐다. 그들은 판매 대상이 없는, 괴이한 사치품을 한 달 정도 더 만들어냈다. 마른 팔, 굽은 목에서 헛도는 금속 조각은 피부에 상처를 냈다. 고집이 센 주민들은 장신구를 계속 착용하고 다녔다. 낙천적인 주민 몇몇은 두피에 열이 오르고 귀에 피딱지가 엉겨 붙어도 눈치 채지 못했다.

✳

부침 반죽을 젓던 여자가 국자에서 손을 떼고 채반 쪽으로 붙어 섰다. 한눈에도 호흡이 불안정해 보였다. 여자는 바구니 위로 재빨리 손을 뻗었다. 그러고는 튀김을 집히는 대로 입에 쑤셔 넣었다. 혀로 뜨거운 기름과 육즙이 터져도 여자는 콧구멍을 벌름거릴 뿐 입을 벌리지 않았다. 다리를 저는 그 여자는 간단히 다리로 불렸다. 질환 부위가 명찰 역할을 했다.

섬사람들은 언젠가부터 각자의 질병을 이름 대신 불렀다. 날이 갈수록 그 편이 나았다. 타인의 이름은 자꾸만 아득해졌고 자신의 이름조차 가물가물한 순간이 잦았다. 어느 날 갑자기 똑바로 걷게 되지 않는 이상 여자의 지칭은 내내 다리였다.

잇몸이 긁히고 입천장이 까졌지만 다리는 멈추지 않고 입에 음식을 욱여넣었다. 튀김을 건져내던 여자들이 다리를 흘겨보았다. 산에서 뛰어내려온 멧돼지처럼 공격적인 다리의 식성은 그들을 질리게 했다. 대나무 창살에서 마지막 오징어를 빼내던 여자가 분을 이기지 못하고 다리에게 다가섰다. 성난 여자가 들고 있는 건어물은 심하게 뒤틀리고 쪼그라들어 낙엽처럼 보였다.

"행사용인데 그만 좀 처먹어."

대꾸 없이 돌아서서 음식을 삼키던 다리가 갑자기 퉁퉁한 손등으로 두 눈을 가렸다. 다리의 벌어진 입속을 날카로운 빛이 가득 채웠다. 양 어금니 사이로 으깨진 새우 머리와 잘근잘근 씹힌 대구 눈알이 덩어리져 있었다.

조명을 환히 켠 선박이 빠른 속도로 마을 입구에 들어오는 중이었다. 섬사람들은 넋을 잃고 배를 바라봤다. 마을에 한 척도 남지 않은 배였다. 따개비가 잔뜩 붙은 폐선 파편 같은 것을 배라고 부를 수는 없었다. 선착장 방조제에 앉아 튀김 부스러기를 헤집던 갈매기들이 급히 자리를 떴다. 시멘트 둔덕 근처로 배가 닿자 선수 입구가 열리고 그 안의 포클레인과 트럭이 모습을 드러냈다. 등을 켠 차량이 섬 안으로 열 지어 들어왔다. 모여 있던 주민들은 얼떨결에 두 갈래로 찢어졌다. 터진 길 사이로 들어온 트럭은 총 네 대였다. 두 대는 해안가에 정차했고 나머지 두 대는 방폐장 쪽으로 계속 이동했다.

✳

수양딸 팔룬을 품에 안은 백씨가 길 한가운데로 나아갔다. 백내장을 앓아 백씨로 불렸고, 눈이 여덟인 백씨의 딸은 팔룬이라 불렸다. 머리카락이 온통 얼굴을 뒤덮은 팔룬은 언뜻 보면 검은 개 같았다. 올해로 열네 살인 팔룬은 두 해 전부터 몸이 더 자라지 않았다. 아이는 넝쿨 호박의 떡잎, 장수풍뎅이의 날개처럼 언제나 미세하게 떨었고 말이 없었지만 수많은 눈빛 중 어느 하나도 탁하지 않고 또렷했다. 수면 시간을 제외하면 말이었다. 팔룬은 매일 18시간 정도를 잠에 빠져 있었다. 너무 많은 각막을 지닌 팔룬은 바람을 막고 서 있는 백씨의 품에 편히 잠들어 있었다.

팔룬의 아버지 백씨는 섬의 실질적인 수장으로, 사촌 궁과 육지를 떠나 이곳에 정착한 유일한 세대였다. 교직원 두 명이 섬을 달아난 직후였다. 교사들이 사라진 후 안 그래도 작고 볼품없는 분교 건물은 대낮에도 폐가처럼 보였다. 선생이 없는 학교엔 학생도 없었다.

새로 부임한 백씨는 학교를 집으로 삼고 밤낮으로 마을 일을 도왔다. 차분하고 겸허한 스물두 살의 이방인 청년을 적대시하는 이들은 없었다. 수업은 교실 밖에서도 이뤄졌다. 땅속 혈관으로 폐수가 돌기 시작하면서 섬의 흙이 제구실을 못 하고 잔병을 앓던 시기였다. 백씨는 농사 공동체 실험을 추진했다. 작물 생산이 계속해서 실패하자 마을 사람들은 백씨와 함께 밭을 합치고 물길을 넓혔다. 그래도 열매의 수는 매번 감소하기만 했다. 생선은 더욱 잡기 힘들었다. 시간대를 바꿔도 소득이 없었다. 바다는 제대로 된 생물을 키워내지 못했다. 극소량의 어획물은 소금에 절인 후 불에 그슬려 보관했다. 훈제한 살점은 마을 거주민의 주된 식량이었다. 고기는 물물교환에서도 요긴하게 쓰였다.

시행착오가 숱했지만 마을 사람들에게 백씨는 언제나 해박한 사람이었다. 재해대책을 위한 마을 회의를 열고 공장 노동자들의 산재를 업체에 알리는 일 역시 백씨의 몫이었다. 답장을 주지 않는 사람들을 상대로 백씨는 쉬지 않고 서류를 작성했다. 그나마 우체국이 있을 때의 일이었다.

✳

"안녕하십니까."

선장실에서 내린 자는 백씨 대신 행사장에 시선을 고정한 채 말했다. 백씨는 팔룬을 고쳐 안고 섬에 들어온 외부인들을 찬찬히 살폈다. 모두 어리고 건장한 남자들이었다. 건성으로 인사말을 던졌던 남자가 몸을 틀어 백씨에게 손을 내밀었다. 백씨는 아이를 어깨 반대편으로 옮겨 들었다. 남자의 손이 허공에 가만히 머물렀다. 백씨의 고자세에는 위엄과 기품이 넘쳤다. 주민들은 백씨의 느릿한 행동거지를 보며 숨을 죽였다. 약속을 지키지 않고 떠난 육지인들에게 신물이 난 탓이었다. 백씨는 끝내 악수를 거부하고 간단한 고갯짓으로 육지인을 맞이했다. 남자는 헛기침을 하며 자리를 떴다. 바다를 건너온 사람들이 천막 주변으로 빠르게 이동했다. 유니폼 차림의 동방인들은 주민들의 행색에 비해 현저히 청결해 보였다.

곧바로 스피커가 찢어질 듯한 굉음이 들렸다. 주민들이 두 손으로 귀를 막았다. 귀가 들리지 않는 자들이 귀를 막은 자들을 일제히 쳐다보았다. 백씨에게 인사를 건넸던 남자가 마이크를 여러 번 두드린 후 입을 벌렸다. 가는 잡음이 목소리 위로 겹치다가 사라졌다. 비로소 자신의 음성이 또렷해졌을 때 남자는 진땀을 흘렸다.

"육지에서는 원전 사고가 계속해서 일어납니다. 우라늄 채광 작업단 스물세 명이 어제부로 모두 사망했습니다."

남자는 단상의 물을 마신 후 말했다.

"단순하고 안전한 산업시설이라는 당국의 설명과 달리 현장은 몹시 험합니다. 노동자들은 4킬로그램이 넘는 보호복을 입고 무더운 지하와 지상을 수없이 돌아다녀야 하죠. 보호장비 없이 맨손으로 기둥을 옮긴 자들은 다음 날 주먹을 펼 수 없게 됩니다. 작업 며칠 만에 환자들이 속출했습니다. 곧이어 더 많은 인력이 작업단에 투입되었습니다. 석 달간의 노동, 참여 인원 270여 명. 정확한 사업 명칭은 채광작업이 아닌 원자력발전소 12호기 복구작업이었습니다. 수명을 무시하고 너무 오래 사용한 시설이니 손을 대봤자, 돈과 시간을 들여봤자 의미가 있었을까요. 정부의 뒤늦은 복구작업은 실패하고 말았습니다."

"하고 싶은 말이 간단히 뭐죠?"

단상 바로 맞은편에 서 있던 백씨가 질문했다. 동방인 몇 명이 고개를 숙이고 피식 웃었다. 마이크 손잡이를 세게 쥔 남자는 백씨를 한참 내려다보다 다시 주민들을 향해 말했다.

"국가가 국민을 사지로 내모는 현장은 이제 지긋지긋하실 겁니다. 결정권자들이 언제 제대로 된 선택을 한 적이 있었어요? 아시다시피 나라라고 하는 영역은 계속해서 줄어들고 있어요. 여기는 나라가 있는 것도, 없는 것도 아닌 비참한 상태죠. 이 섬의 관리국은 어디입니까? 그들은 어디에 있죠?"

자신의 공격적인 질문 세례가 만족스러운 듯 남자는 점점 목소리를 높였다. 격양된 남자에게 백씨가 천천히 답했다.

"섬을 지키는 건 섬사람들 뿐이죠."

마이크를 꽉 쥔 남자는 곧장 말을 이었다.

"이 섬을 저희 동방과 함께 지킬 수 있게 되어 다행입니다."

첫 번째 트럭의 문이 열렸다. 짐칸에는 쌀 포대가 가득했다. 육지인들이 조명 기기를 차량 쪽으로 급히 틀었다. 두 번째 트럭의 문도 연달아 열렸다. 육포와 말린 무화과와 고등어 통조림이 전면에 드러났다. 갖가지 저장식량을 비롯해 의복, 주류, 담배, 책 등의 물품이 하차되었다.

"약속대로 이 섬은 혜택의 땅이 될 것입니다. 이곳에선 한 사람, 한 사람의 복지가 시작될 겁니다. 덧없던 노동과 알량한 화폐는 사라집니다. 주민분들은 이제 자기계발에 힘쓰세요. 여러분의 땅은 그만한 가치를 가지고 있습니다."

그 시각 방폐장 입구에 주차된 세 번째와 네 번째 트럭에서 나직한 잡담이 들렸다. 모든 일을 마치고 좌석에 앉은 남자들은 창문을 열고 담배를 태웠다.

"자네는 어떻게 들어왔어?"

"알아서 뭐하게?"

퉁명스러운 답을 들은 남자가 생수병을 찌그러뜨렸다. 그러고는 방폐장 쪽을 쳐다보았다. 차량 뒤편, 짐칸을 채우고 있던 것은 수십 개의 드럼통이었다. 동방에서 그간 섬에 비공식적으로 입고시킨 통의 개수보다 훨씬 많았다.

✳

천막 주변에 흩어져 있던 주민들이 물품 상자 앞으로 몰렸다. 동방인 몇 명이 그들을 막아서며 한 곳을 가리켰다. 대형 스크린 위로 동방 유니버설의 로고가 나타났다. 여덟 개의 알파벳이 한참을 현란하게 깜박였다. 섬사람들은 망막이 찢어질 듯 아팠다. 움직이는 이미지를 처음 본 아이 몇이 오줌을 지렸다. 첫 화면은 가까운 미래의 방폐장 모습이었다. 영상과 책상에 놓인 모형, 안내 책자에 나온 시설의 생김새와 공사 중인 방폐장은 모두 제각각이었다. 네 개의 건물은 판이했다. 하지만 각기 다른 네 형상은 어느 순간부터 주민들에게 그저 엇비슷한 덩어리로 각인되고 있었다.

"당신의 손을 놓지 않는 친구, 동방입니다."

화면 속 아나운서는 방폐장이 얼마나 엄혹한 내부 기준을 세웠는지, 얼마나 체계적인 시스템으로 가동되는지 설명했다. 안내 책자의 골자 그대로였다. 화면은 동방과 협력을 맺은 지역 곳곳의 소개로 넘어갔다. 무너진 박물관 앞에 모인 청년들이 운을 뗐다. 광물빛 눈동자를 가진 청년들은 섬사람들이 알아들을 수 없는 말을 힘주어 외치고 있었다. 영상 하단으로 자막이 크게 찍혀 나타났다.

'국가가 당신에게 준 것은 무관심뿐. 당신이 살든지 죽든지 아무런 상관이 없지. 우리의 피와 뼈는 결코 그들 것이 아니야. 그것은 온전히 우리 자신의 것, 우리 동방의 것.'

다음 화면에는 잎사귀가 크고 넓은 나무들이 펼쳐졌다. 동방 티셔츠를 입은 사람들이 춤을 추고 있었다. 자취를 감춰가고 있는 민속적인 몸놀림에 이어 주민들을 놀라게 한 것은 섬에서 잘 볼 수 없는 그곳의 환하고 튼튼한 햇살이었다. 수십 개의 빛줄기를 받은 살결은 짙은 초콜릿색으로 탄력이 넘쳐 보였다. 사람들이 돌아가며 동방에 대해 말했다.

"우리가 받은 것은 말할 수 없이 많습니다. 그들은 이 지역에 다시 올 수 없을 줄 알았던 평화를 가져왔어요."

"식량난이 해결된 것은 물론이거니와 양질의 교육과 복지도 이뤄지고 있습니다."

"나의 나라는 동방입니다. 예전의 국가는 우리를 죽이려 했어요. 나라가 아니었죠."

마지막 여자는 티셔츠를 올려 배를 드러낸 후 총탄 자국으로 보이는 상처를 가리켰다. 여자는 젖은 눈가에 손을 갖다 대느라 말을 자주 멈췄다. 클로즈업된 여자의 얼굴이 화면에 오래 머물렀다. 서너 개의 협력 지역이 더 소개된 뒤 영상이 끝났다.

철판 위로 고기와 전과 떡이 올라왔다. 대부분의 남자 주민은 도수 높은 병술을 들고 있었다. 해변은 비계 타는 냄새로 가득 찼다. 유니폼을 입은 자들이 바닥에 담배를 아무렇게나 튕겼다. 터진 종이와 건초가 바람에 흩날렸다. 모래밭에 가래침이 점점 늘어났다. 동방인들은 과묵했다. 연설을 마친 사람을 제외하면 이들의 행동은 지극히 제한적이었다.

취한 주민 몇이 트럭 앞에서 춤을 췄다. 앞서 본 화면의 사람들을 흉내 낸 몸짓이었다. 바늘 귀걸이와 금속 목걸이가 세차게 흔들렸다. 공중으로 뛰어오르다 헛발을 짚은 여자가 동방인의 가슴께로 넘어졌다. 남자는 여자를 세차게 밀어낸 뒤 나직하게 짧은 욕설을 내뱉었다. 모래에 처박히는 여자를 보며 주민들이 웃음을 터뜨렸다. 넘어진 여자는 술에 잔뜩 취해 있었다. 여자는 바닥의 술병을 들어 몇 모금을 더 마시고는 아까보다 더 큰 소리로 웃어댔다. 섬사람 서넛이 민요를 부르기 시작했다. 등대, 바위, 파도, 모래알, 갈매기라는 단어 없이도 바다 냄새가 끼치는 노랫말은 이 나라의 모국어를 세심히 다룰 줄 알았던 작사가가 남긴 유작이었다. 그러나 지금 섬마을 사람들이 부르는 노래는 장정들이 험하게 싸우는 소리로 들렸다.

드럼통 안에 방사능 폐기물이 들어 있다는 소문은 공공연한 사실이었다. 무겁고 찬 쇳덩이들은 이곳에 열 달 전부터 차곡차곡 들어왔다. 달라진 것은 초록색 드럼통에 전에 없던 방사능 마크가 찍혀 있다는 것뿐이었다. 주민들은 이미 셈을 마친 상태였다. 그들은 곧 새롭게 부여될 사회보장번호에 기대를 품고 있었다. 관리국의 등록번호가 그들에게서 세금과 시간과 노동을 앗아가고 무엇 하나 내어준 것이 없었다면, 동방의 번호는 말 그대로 비호가 될 예정이었다. 노동 없이 정기적으로 제공되는 식량과 물자는 저준위 방폐장 설립에 대한 대가로 후하다는 게 주민들 생각이었다. 거의 특혜라고까지 해도 좋았다. 섬의 생산성은 이제 보잘것 없었다. 쇠퇴한 땅이었다.

동방을 믿을 수 있겠느냐고 백씨가 질문했을 때, 회관에 모인 주민들 은 말없이 자애로운 미소를 지었다. 너무 기뻐해도, 너무 건조하게 굴어 도 곤란했다. 마을 사람들은 이 협상이 엎어지지 않도록 주의를 기울였 다. 동방 유니버설은 자잘한 기업들과는 그 규모가 달랐다. 모든 조건이 예전과는 달랐다. 땅의 한쪽을 내어주기만 하면 몸이 삭아들 것 같은 일 에서 벗어날 수 있다니 눈을 감아도, 떠도 꿈결 같았다.

유니폼을 입은 사람 몇이 주민들의 줄을 정비했다. 동방 산하의 사회 보장번호가 생성되는, 행사의 마지막 절차였다. 주민들은 뒤늦게 열에 들뜬 자신들의 모습을 감추느라 애를 썼다. 그리고 끈기 있게 입장을 기 다렸다. 머리숱이 적은 남자가 가장 먼저 입실했다. 실내의 동방인은 흰 막사를 가리켰다. 몹시 피곤한 안색이었다. 동방인은 남자에게 간이 탈의 실에서 옷을 갈아입고 나오면 몇 가지 간략한 신체검사를 시작하겠다고 말했다. 남자는 옷걸이를 빼며 심호흡을 했다. 밖으로 나서기가 망설여졌 다. 적은 양을 마셨어도 술 냄새는 확실히 진동했다. 아무리 간단한 검사 라도 이건 우스운 시늉이라는 생각이 남자의 뇌리를 짧게 스쳐 지나갔 다. 그러나 정수리가 가려워 긁적이는 동안, 그리고 하품을 하는 동안 남 자가 품었던 질문은 쉽게 지워졌다. 남자는 동방의 이름이 새겨진 옷을 입고 의자에 앉았다. 동방의 정보입력 처리방식은 특이하게도 1950년대 도민증을 활용한 형태였다. 동방은 남자에게 출생지, 주소, 신장, 체중, 특징, 사용하는 언어, 혈액형 등의 사항을 물었다. 마지막 서류 하나가 남았다. 펜을 집은 남자는 문서에 알파벳 브이 표시를 쉬지 않고 그었다. 해양관리처 영역에서 탈퇴하겠다는 하단 문구 옆에는 자신의 사인을 남 겼다. 그로써 행정학적으로 남자의 존재는 폐기되었다. 국가 차원에서는 사실상의 사망 처리였다. 이미 아무런 보호막이 되지 않아 남자의 마음 속에서 먼저 죽어버린 나라였다.

✳

사마귀가 깨어난 곳은 자기 방의 책상이었다. 엎드려 자면 허리와 꼬리가 몹시 아팠는데도, 사마귀는 앉은 채로 자주 선잠에 빠져들었다. 엉덩이 부분이 뚫린 의자와 방석은 어머니 궁이 만들어준 것으로 마감 처리가 서툴렀지만 꽤 포근하고 아늑했다. 사마귀는 의자 구멍 사이로 굳은 꼬리를 이리저리 움직였다.

마을 밖의 어수선한 기운이 집 안으로도 들어왔다. 사마귀는 실눈을 뜨고 창밖을 봤다. 한심했다. 사마귀는 라디오에서 마음에 드는 노래가 나오길 바라며 전원을 켰다. 역시 허황된 바람이었다. 동방 유니버설의 방송은 확실히 감각이 떨어졌다. 해양관리처, 제분과 기름 회사에서 나오던 음악 역시 별로였지만 동방만큼 나른하고 태평한 선곡은 아니었다. 수개월이 지나도 적응이 어려웠다. 그래도 섬에는 동방의 주파수 단 하나만 수신되니 대안이 없었다. 물러간 회사들은 자신들의 회선을 완전히 차단했다.

사마귀는 집 안의 정적이 질 나쁜 음악보다 더 싫었다. 그래서 인내심을 갖고 속 편한 재즈 연주를 들었다. 제멋대로인 콘트라베이스 소리에 속이 울렁거렸다. 라디오를 끄려는 순간 새로운 노래가 흘러나왔다.

"세상에 끝이 온다 해도 좋아. 너와 나는 헤어지지 않을 거야. 잡은 손을 놓지 말아줘. 세상에 끝이 온다 해도 좋아. 아니, 끝이 오게 내버려둬. 그때 또 다른 세상이 열릴 테니까. 잡은 손을 놓지 않은 우리에겐 매일이 새날이야."

사마귀는 첫 소절을 듣자마자 얼굴을 일그러뜨렸다. 한가하기 짝이 없는 목소리였다. 노래가 끝난 후 동방 뉴스 속보를 통해, 선라이즈 생수 회사의 냉각수 유출 사고 소식이 전해졌다. 핵연료봉을 식힌 물 5백 톤이

지하수와 바다로 흘러들었다고 했다.

"이 기업은 사고 초기부터 내부 은폐에 급급했던 것으로 밝혀졌는데요. 동방의 검증된 기술과 현격한 차이를 보였던 선라이즈는 설비 부실에 대해 그동안 많은 비판을 받아왔음에도 불구하고 오류 극복을 위한 적합한 절차 마련과 개선을 미룸으로써 결국 끔찍한 사고를 내고 말았습니다."

"끔찍한 사고를 내고 말았습니다."

사마귀는 앵커의 말투를 따라 했다. 입매 근육을 아래로 바짝 내리고 고개를 좌우로 흔들면 금방이라도 어른이 된 것 같았다. 갑자기 키득거리는 소리가 났다. 얇고 까끌까끌거리는 음성이었다. 사마귀는 자세를 바로 하고 라디오 소리를 높였다. 그리고 목을 빼 방문 틈을 확인했다. 궁은 부엌을 지키고 있었다. 사마귀는 귀를 만지작거렸다. 라디오에서는 현장 보도가 계속 전해졌다. 흔한 소식이었다. 소금, 비누, 의류, 시멘트, 담배를 만드는 회사 모두가 원전 사고를 낸 전적이 있었다.

사마귀는 지구가 여태껏 가루나 곤죽이 되지 않고 여전히 구의 형태를 유지하고 있다는 사실이 이상하게 느껴졌다. 지금까지 보도된 사고를 합쳐보면 사람들은 죄다 불사신인 것이 틀림없었다. 그렇게 위험하다는 핵 사고가 연이어 일어났는데도 사마귀의 오늘은 어제처럼, 어제는 오늘처럼 느껴졌다. 사마귀는 속보를 듣는 내내 노트에 구형 미사일을 그렸다. 미사일이 지겨워지자 머리가 여러 개인 공룡과 로봇을 그렸다.

실내가 양배추 삶는 냄새로 꽉 찼다. 언제 맡아도 괴로운 악취는, 때와 머리카락으로 뒤덮인 하수구 냄새와 비슷했다. 사마귀는 집구석이 지긋지긋한 것인지, 양배추라는 식물 자체가 지긋지긋한 냄새로 구성된 것인지 분간할 수가 없었다. 궁은 양배추를 집요하게 삶아댔다. 마을 사람들이 세이브 마스터를 만들 때부터였다. 정신이 온전치 않은 궁을 붙잡고 주민들은 괴담을 늘어놓았다.

"이게 방사능 기계란다. 만졌으니 이제 눈썹에서 발톱이 자랄 거야."

궁은 울면서 가슴을 쳤다. 노동 인력에서 제외된 자들은 마을 사정에 어두웠다. 주민들은 백씨의 눈을 피해 궁을 틈틈이 괴롭혔다. 궁은 양배추가 몸 안의 방사성 물질을 인체 밖으로 배출시킨다는 소문을 맹신했다. 작은 창고와 아이스박스에 둥근 식물이 그득그득했다.

"방사선을 여드름이나 귓밥 정도로 생각하는 거야? 그게 몸에서 쑥 빠지는 거냐고? 라디오도 안 들어?"

궁은 대답하지 않았다. 사마귀는 양배추에 소화를 돕는 성분이 들어 있는 게 우스웠다. 소화할 음식도 거의 양배추뿐이었기 때문이다. 식탁에 앉으면 좀이 쑤셨다. 진력이 난 사마귀가 소리쳤다.

"그만 좀 삶아대. 이제 배추는 죽어도 못 먹겠어. 엄마가 말할 때마다 썩은 냄새가 나."

궁은 그날 이후로 아들을 볼 때마다 입을 가렸다. 말려도 소용없었다. 그리고 끝끝내 그것을 자신의 습관으로 만들었다. 사마귀는 궁을 볼 때마다 짜증이 치미는 한편 자신의 부주의와 경솔 그리고 사나웠던 그때의 외마디가 궁의 목소리를 단박에 뺏은 것 같아 속이 쓰렸다. 다시 한 번 그런 실수를 저지르게 될까 봐 전전긍긍했다.

궁이 방문을 열고 다가와 사마귀의 어깨를 툭툭 쳤다. 저녁을 먹으라는 손짓이 이어졌다. 이제는 완전한 농인 행세였다. 궁이 꾸며낸 초라함이 징그럽게 느껴지자 궁에 대한 염려와 다짐이 산산이 부서졌다. 사마귀는 손을 뿌리쳤다. 배가 부푼 궁이 고개를 수그린 채 음식을 입에 주워 넣는 꼴을 보기 싫었다. 울먹이는 표정도 보기 싫었다. 요즘 들어 궁의 혈색은 눈에 띄게 나빠졌다. 사마귀에게 활자를 가르칠 때 궁의 눈은 태양 아래 바닷물처럼 반짝였다. 하지만 그건 옛날 일이었다. 궁의 정신은 이제 짤따란 양초 불처럼 약한 자극에도 불안하게 흔들리곤 했다. 멀쩡한 행동을 하다가도 갑자기 홀로 가라앉기 일쑤였다. 지금의 눈빛은 완전히 시들어 정면을 보기가 힘겨웠다. 사마귀는 그때마다 달이 없는 밤바다 앞에 서 있는 기분이 들었다. 그는 공책과 연필을 집어 집 밖으로 나왔다.

　몇 발짝을 떼기만 해도 온몸이 쑤셨다. 열세 살의 소년은 시린 무릎과 정강이를 익숙하게 주물렀다. 집 앞 돌무더기에 앉은 사마귀는 해안가를 차지한 사람들을 지켜보았다. 방조제 주변을 휘젓고 돌아다니는 사람들의 모습은 부지런한 암세포들의 활동과 다름없어 보였다. 돌과 돌 사이에서 꼬리가 휘휘 말렸다. 잘도 놀고 있다, 사마귀의 심사가 꼬였다. 섬이 그들만의 사유지인 것처럼 느껴졌다. 만삭의 어머니와 꼬리가 달린 자신을 반기는 이는 없었다. 아랫집 이웃이 오늘 행사에는 참석하지 말라고, 동방 사람들은 앞으로도 계속 방문할 거라고, 그때 검사를 받고 번호를 받으면 된다고 통보했다. 자신을 비롯해 몇몇은 원치 않았지만, 마을 회의의 결과라 어쩔 수 없다는 이야기도 빼놓지 않았다.

　준공식을 겸한 입점 기념행사는 끝물에 다다르고 있었다. 동방의 사회보장번호는 열여덟 살 이상에게만 부여되었고 그 나이 아래, 천막 바깥 아이들은 내내 방치되고 있었다. 키가 작은 한 소년이 백사장 위로 피어오르는 연기를 노려보았다. 시선을 떨구면 까맣게 탄 고기 몇 점과 깨진 술병이 보였다. 골대가 없는 가짜 축구는 재미가 없었다. 아무런 목표 없이 달리는 일은 숨이 찰 뿐 가만히 있을 때보다 더 쓸쓸했다. 소년은 행사장 주변 헬륨 풍선 뭉치로 다가갔다. 깃대 몇 개를 뜯은 아이는 천막 뒤편으로 향했다.

　그곳에 소년들이 서 있었다. 검은 앞니를 가진 소년이 풍선을 보고 피식 웃었다. 이빨이라 불리는 아이였다. 이빨은 무리 중에서 신체의 비율이 가장 아름다웠다. 곧은 팔다리를 휘저을 때마다 소년들의 눈이 바빠졌다. 외꺼풀 아래에는 높은 콧대가 자리 잡고 있어 얼굴에 비루할 틈이 없었다. 소년들은 말없이 인가 쪽으로 걸어갔다. 키가 큰 이빨이 대열을 이끌었다. 침묵이 길어지자 한 아이가 뒤를 돌아 자신들의 불규칙한 발자국을 바라보았다. 멀리 행사장이 터무니없이 작아 보였다. 해가 진 바닷가는 근사하지 않았다. 밤의 해안은 어른들의 눈처럼 컴컴하고 무정했다. 소년들이 갈 곳은 정해져 있었다.

"마귀 새끼. 이거 빨리 마셔."

이빨 무리는 사마귀를 둘러쌌다. 사마귀는 섬의 끝, 4구역에 거주하고 꼬리를 가졌다는 이유로 그렇게 불렸다. 꼬리라는 이름은 꼬리뼈에 염증이 있는 아이가 먼저 차지했다. 섬 아이들은 사마귀와 궁을 깔보았다. 사마귀는 두상이 조그맣고 목이 길었다. 무용수 같은 사마귀의 몸은 섬의 풍토에 어울리지 않게 고아한 데가 있었다. 큰 눈, 마늘처럼 작은 코, 날카로운 인중까지 꼭 겁이 많은 새끼 고양이처럼 보이기도 했다. 학교에 다닌 적이 없던 사마귀는 무리에게 거의 다른 인종이 되어 있었다.

사마귀의 어머니 궁은 보는 이에게 갑갑증을 불러일으켰다. 얼굴이 넙데데하고 눈빛이 탁한 궁은 풍화된 석조물과 같은 인상을 풍겼다. 가지런한 눈썹과 섬세한 콧날은 멍한 안구 아래 짓눌려 아무 광택도 나지 않았다. 주민들은 궁 모자가 배척받을 수밖에 없는 정확한 이유를 댈 수 있었다. 섬에 임신한 여자가 궁 하나뿐이었기 때문이다. 궁은 포궁의 줄임말이었다. 몇 해 전부터 주민들 대부분은 성욕을 느끼지 않았다. 일을 마치고, 잠을 자고, 잠을 자는 동안 가렵거나 아픈 곳을 매만지다 보면 다시 이튿날이 되기 일쑤였다. 그들에게 성교란 더럽고 천하며 쓸데없는 짓이었다.

사마귀의 사지는 돌무더기부터 골목까지 쉽게 끌려 나왔다. 입을 다문 사마귀는 소년들의 얼굴을 차례로 쏘아보았다. 도와달라고 소리치는 일이 소용없을 것 같았다. 사마귀와 눈이 마주친 소년이 사마귀의 몸통을 바닥에 내리꽂았다. 누군가가 억지로 사마귀의 입을 벌렸다. 풍선 바람이 입술 사이를 비집고 들어오자 사마귀가 도리질 쳤다. 사마귀는 애벌레처럼 몸을 뒤틀었다. 소년들은 지치지도 않고 풍선을 날렸다.

"방사능 괴물."

한 소년이 외쳤다.

"냄새나는 꼬리 귀신."

누군가 더 큰 소리로 외쳤다.

"아니야. 너희도 다 병이 있잖아."

사마귀가 대꾸했다. 짓눌린 목소리가 튀어나오자 아이들이 깔깔거렸다.

"뭐라는 거야. 우린 너랑 다른데. 그런 꼬리는 없는데."

귓불을 긁던 소년이 말을 길게 늘이며 비아냥거렸다. 소년은 주머니 속 라이터를 꺼내 사마귀의 꼬리에서 얼굴까지 불을 가까이 대고 흔들었다. 사마귀는 눈이 부시고 피부가 따가웠다. 라이터를 든 소년이 물었다.

"너희 엄마는 너를 도대체 어떻게 만든 거야?"

정적이 돌기 무섭게 아이들이 저마다 떠들어대기 시작했다.

"닭이라든가 개라든가, 그런 거랑 한 건가?"

"요새는 네 꼬리를 거기 넣는다며?"

누군가 신음을 냈다. 곧이어 아이들의 웃음소리가 골목을 채웠다. 사마귀는 몸을 굴려 일어났다. 관절 마디마디가 피로했다. 사마귀는 두 손을 뻗어 정면에서 웃고 있던 소년의 목을 조르기 시작했다. 사마귀보다 키가 큰 소년은 머리통을 마구 허우적대는 척하다가 어깨 밑의 사마귀를 간단히 밀어뜨렸다. 이빨이 사마귀의 얼굴 위로 공책을 던졌다.

"괴물이 아니라면 왜 숨어 있었어? 골방에 처박혀서 이런 거나 그리고."

소년들이 몰려들어 사마귀의 공책을 잡아챘다. 시답잖은 낙서가 가득한 종이 뭉치였다. 세계대전이라는 제목이 무색하게 미사일의 생김새가 유약하기만 했다. 소년들의 화두는 곧 3차 세계대전에 대한 공상으로 옮겨 갔다. 차라리 전쟁이 났다면 좋았을 거란 푸념이 나왔다.

"핵만 터지면 다 끝나. 펑, 하고 완전히."

한 소년이 으스댔다.

"나도 알거든. 핵보유국들이 겁나서 전쟁을 일으키지 않는 거야."

핵보유국이라는 단어를 택한 아이가 이빨을 치켜보았다. 방금 자신이 내뱉은 말이 제법 뿌듯하게 느껴진 탓이었다. 아이들은 오래전 전쟁을 빌인 나라들을 두둔하기 시작했다. 소년 무리는 육지마다 벌어지고 있다는 소규모의 시위나 내전이 아닌, 거대한 무엇이 자신들을 뒤흔들어놓길 바랐다. 사건과 사고는 라디오 속 음성을 통해 접할 수 있을 뿐이었고 섬의 나날은 매일 비슷했다. 아이들이 시위대와 진압대의 편을 나누기 위해 함성을 질렀다.

"한참 찾았잖아."

골목을 돌아 한 아이가 걸어왔다. 이빨의 동생 반점이었다. 소녀의 상반신에는 붉은 좁쌀 모양 흉터가 가득했다. 반점은 모로 누운 소년을 쳐다본 뒤, 바닥에 떨어져 있는 너덜너덜한 공책을 주웠다. 사라진 오빠가 패거리와 또 같잖은 작당을 꾸린 게 틀림없다는 사실을 알면서도 반점은 물었다.

"무슨 난리야?"

의미 없는 질문을 던진 반점은 조심스레 낯선 남자아이를 살폈다. 깡마른 소년의 숨이 거칠었다. 아주 심하게 맞은 것 같지는 않았다. 반점은 공책을 펼쳤다. 언뜻 봐도 그림과 낙서의 양은 상당했다. 반점은 종이를 차례차례 넘겼다. 소년은 상상 속의 대상만을 그린 것 같았다. 사람의 모습은 어디에도 없었다. 오랜 시간을 들여 그린 듯한 괴수들은 죄다 어깨가 좁고 몸이 비쩍 말라 있었다. 돌기와 송곳니는 전혀 위협적으로 보이지 않았다. 사각의 링 안에서 대치 중인 로봇과 공룡은 스스로 서 있기도 힘들어 보였다. 그런데도 이들의 형상이 인간보다 월등히 아름답고 신성하게 느껴졌다. 반점은 그림이 즉시 마음에 들었다. 반점은 공책에 묻은 시멘트 가루와 먼지를 털어냈다. 숨을 죽이고 반점을 지켜보던 이빨이 말했다.

"그 새끼야. 꼬리가 달린 자식. 쟤가 사마귀라고."

반점은 말없이 사마귀에게 다가섰다. 그리고 무릎을 굽혀 사마귀의 눈을 응시했다.

"이거 며칠만 빌려줄 수 있어?"

사마귀는 아무 반응도 할 수 없었다. 처음 보는 눈앞의 소녀는, 아이들이 뿜어내던 분노를 가볍고 우습게 취급하고 있었다. 소녀의 눈을 들여다볼수록 사마귀에게는 이전과 차원이 다른 두려움이 일었다. 뒷짐을 진 소년이 사마귀에게 소리쳤다.

"반점한테 대답하라고. 큰 목소리로 말해."

사마귀는 아까같이 칭얼대는 목소리가 나올 것 같아 마음을 졸였다. 소년들이 사마귀에게 달려와 발길질을 하려 들었다. 반점이 그들을 단번에 막아섰다. 그러고는 사마귀를 일으켜 세웠다. 둘의 모습을 조용히 지켜보던 이빨이 반점에게 말했다.

"발로 차. 제자리에 그대로 눕혀."

반점은 한숨을 쉬고 답했다.

"철없는 짓 좀 그만둬."

반점의 말에 이빨이 미소를 지었다. 검은 앞니가 확연히 드러났다. 반점은 소년들을 둘러싸고 있던 공기의 기류가 아까와 달라진 것을 깨달았다. 반점이 사마귀의 멱살을 거칠게 잡았다. 그러고는 사마귀와 함께 인가 쪽으로 걸어 나갔다. 사마귀의 야윈 몸이 질질 끌렸다. 반점이 고래고래 소리를 질렀다.

"이게 다 너 때문이야. 왜 집 밖으로 기어 나와."

사마귀의 귀가 얼얼했다. 집 밖에서 마주한 아이들은 예전보다 더 사납고 드센 기세를 자랑했다. 한두 명씩 마주쳤을 때와는 그 전투성이 달랐다. 사마귀는 입을 다문 채 계속 끌려갔다. 소년들이 멀어졌을 때 반점이 속삭였다.

"미안. 정말 미안해."

사마귀의 눈이 커졌다.

"해변을 돌아서 집으로 가. 빨리."

그리고 반점은 다시 무리를 향해 뛰어갔다.

＊

궁은 문 앞에서 한 소녀를 마주했다. 자신에게 처음으로 공손히 인사하는 아이였다. 궁은 문설주 뒤로 숨은 뒤 입을 가렸다. 아들을 찾아왔다고 했다. 처음 있는 일이었다. 아이는 몇 권의 도서와 행주처럼 보이는 공책 그리고 작은 화구 꾸러미와 뒤틀린 살구 한 줌을 들고 힘겹게 서 있었다. 궁은 아이를 실내에 들였다. 접시 위의 양배추 찜은 물기를 잃어 빳빳했다. 궁이 겉잎을 뜯어낸 뒤 그나마 덜 변색된 잎사귀를 아이에게 내밀었다.

사마귀는 방 바깥에서 두런거리는 목소리를 들었다. 두 여자의 음성은 낮고 희미한 데다 잘 들리지 않아 꺼림칙했다. 불길한 꿈이었다. 사마귀는 가위에 눌려 허우적거렸다. 아들을 깨우러 온 궁은 사마귀의 찬 이마를 가만히 쓸어내리고 다시 밖으로 나갔다.

"안녕, 나는 반점이야. 우리 만난 적 있지?"

얼마 뒤, 잠에서 깬 사마귀는 반점을 보고 깜짝 놀랐다. 집 안에 배인 하수구 냄새가 말할 수 없이 창피했다. 궁은 무척이나 위축되어 보였다. 그러나 입을 틀어막고 말을 하는 궁의 습관은 때와 관계없이 완강했다. 작은 목소리가 손바닥으로 막혀 있는 통에, 반점이 제대로 된 문장을 하나라도 알아들을 수 있을지 의문이었다. 자신과 반점 두 사람의 눈치를 보느라 희번덕이는 눈알의 움직임이 처참해 보였다. 아무리 애를 써도 숨이 가빠졌다. 궁을 연민으로만 읽는 일이 지리멸렬했다. 사마귀의 꼬리가 굳어가고 있을 때 반점이 다가왔다.

"이거 받아."

사마귀는 엉거주춤한 자세로 반점이 건네는 물건을 받아들었다. 처음 보는 물감들은 다섯 가지 색으로 그동안 섬에서 본 색상 중 가장 선명하고 단호한 빛이었다. 앙상한 동물 털 같은 것이 달린 막대도 신기했다. 반점은 그걸 붓이라고 했다. 물감에 물을 섞은 뒤 붓으로 칠하면 그림이 된다는 설명은 신기루처럼 느껴졌다. 사마귀는 쉽사리 화구를 만지지 못한 채 내려뒀다. 그저 자신의 해진 공책만을 품에 안았다. 반점이 말했다.

"며칠 전 일은 대신 사과할게."

사마귀가 입을 벌렸다 닫았다.

"이 시리즈는 도서관에 새로 들어왔는데 혹시 네가 좋아할지 몰라 빌렸어. 반납일에 여기 다시 올게."

반점이 물감 옆 책등을 쓰다듬으며 말했다. 우주인들과 괴생물체들이 사투를 벌이는 표지 하단엔 동방 로고가 찍혀 있었다. 아동용이라는 문구가 무색하게 그림체가 꽤 사실적이었다. 사마귀가 책을 골똘히 보자 반점이 말했다.

"이 삽화보다 네 그림이 훨씬 좋아."

사마귀는 손을 휘저으며 웃었다. 방에서 혼자 웃을 때를 빼면, 완전한 타인 앞에서 거의 처음으로 짓는 미소였다. 입가가 따가웠다.

반점이 도서반납일에 맞춰 집에 다시 올 필요는 없었다. 둘이 바로 그 자리에서 함께 책을 읽었기 때문이다. 그림에 비해 줄거리는 엉망진창이다, 특히 마무리가 엉성하다, 주인공들의 행동이 너무 유치하다, 반점과 사마귀는 같은 의견을 내놓았다. 반점은 그날 이후 도서관을 더 부지런히 찾아갔다.

✳

"다같이 기쁘게 외쳐봅시다."

스피커에서 목소리가 흘러나왔다.

"오늘도 밝은 아침입니다. …오늘도 행복한 하루입니다. …오늘도 심신은 건강합니다."

동방의 아침 체조 방송이 시작되었다. '오늘도'로 시작하는 세 개의 구호 뒤에는 5초 가량의 여백이 같이 녹음되어 있었다. 아마도 성우는 주민들이 이 문장들을 따라 하길 바란 모양이었다. 그러나 섬에서 그 말을 복

창하는 이는 아무도 없었다. 구호와 구호 사이의 텅 빈 몇 초는 우스꽝스럽고 불편한 시간이 되어갔다. 이어지는 동방의 사가는 섬의 적막에 도저히 섞여들지 않았다. 어슴푸레한 새벽, 잠을 설치고 집 밖으로 나온 노인 몇몇만이 운동을 이어갔다. 동세는 바람을 맞는 겨울 해송보다도 단조로웠다.

백씨가 창문 밖으로 노인들을 굽어봤다. 멀리 그들의 움직임은 기괴하고 처연해 볼수록 기분이 가라앉았다. 다시 팔룬을 씻기는 데 집중하는 게 나을 것 같았다. 몸에 물을 끼얹는 동안 아이는 이로 백씨의 손목을 계속 씹어댔다. 백씨는 팔룬의 등을 가볍게 내리쳤다. 아이는 놀라지도, 울지도 않았다. 그저 손 물기를 그만두지 않았다. 백씨가 손을 빼냈는데도 팔룬은 멍한 표정으로 턱을 움직였다. 백씨의 눈에 눈물이 고였다.

"괜찮아, 아가. 끝났어."

눈물을 훔친 백씨는 아이의 묽은 눈곱을 조심스럽게 떼어냈다. 여덟 개의 눈동자에서 나오는 눈곱을 합쳐가자 그것은 점점 가래와 같은 형상으로 변했다. 눈곱 덩어리는 하수구 마개 위에서 한참 후에야 사라졌다. 백씨는 으깬 소고기와 사과즙을 아침으로 먹었다. 날이 흐리고 근육이 저렸다.

✳

소년들이 우비를 입고 콘크리트 동굴 근처에 모여들었다. 비가 오는 날 방폐장 공사 현장은 아이들 차지였다. 축대의 높이는 며칠 전과 거의 비슷해 보였지만, 주변의 드럼통은 놀랄 정도로 늘어나 있었다. 소년 무리는 안전선을 쉽게 넘었다. 검문소와 임시 사무실은 텅 비어 있었다. 양성자연구센터는 현판만 없다면 흔한 컨테이너였다. 쪽창을 들여다보면 빈 담뱃갑과 찌그러진 생수병만이 버려져 있었다. 소년들은 현장 안내문이 적힌 쇠판을 발로 툭툭 찼다. 공사 마감일을 훌쩍 넘긴 날짜를 보다가는, 짜증 나는 어른들에 대한 험담을 한참 했다. 섬을 떠난 교사들에 대해서도 욕설이 이어졌다. 도주 소식을 듣고 교무실에 몰려들었던 어른들은 아이들보다도 길길이 날뛰었다. 외지인의 본성은 어쩔 수 없다고, 도망친 선생들이 원체 샌님처럼 굴었다고, 틈을 엿보다 떡하니 일을 낸 거라고 했다.

"차라리 잘됐어. 수학은 지겹기만 했지. 음악도 별로였고."

아이들은 서로의 얼굴을 바라보지 않은 채 지껄였다. 두 교사는 섬에서 자신들과 대화 비슷한 말을 나눴던 성인의 전부였다. 소년들은 그 사실이 분명해지지 않도록 자갈을 쉼 없이 찼다. 노동에서 해방된 어른들은 예전보다 더 멍청이가 된 것 같았다. 다들 방학을 맞은 것처럼 쉬고 또 쉬었다. 공장일을 하는 틈틈이 농사, 사냥, 물질을 병행했던 주민들은 이제 통조림에 의지하기 시작했다. 복숭아 조각은 다디달았고, 치약처럼 짜서 먹는 닭고기도 그런대로 맛이 좋았다. 간간이 밭을 일구고 잡초를 뽑아낼 때도 있었지만, 예전에 들였던 시간과는 비교도 할 수 없이 짧았다. 뒤엉킨 철망과 저울들이 창고에서 조금씩 녹슬어갔다.

이빨이 드럼통 위로 올라섰다. 그러자 다른 소년들도 각자 드럼통 위로 기어오르기 시작했다. 통 둘레를 감싼 돌기 세 줄이 디딤대가 되었다. 아이들은 위험하다는 말, 가지 말라는 말에 곧이곧대로 순응하는 것이 사춘기를 모독하는 행위라고 여겼다. 소년들은 무리를 지어 다니면서 각자의 무력감과 공포를 착실히 숨기는 방법을 터득했다. 감당할 수 있는 긴장이 임계치를 넘어섰을 때는 자신들보다 약한 대상을 찾아갔다.

통에 오르지 못한, 키가 작은 소년은 밀봉된 드럼통 입구를 뜯어내려 애썼다. 손바닥과 손톱만이 욱신거렸다. 성과는 없었다. 소년은 결국 자신의 약한 악력이 창피해진 나머지 드럼통을 두드려보는 척했다. 아이들은 무지갯빛 바다를 바라보며 잡담을 이어나갔다.

"방사선을 쐬면 거인으로 변신한대."

"개소리 하고 있네."

"내가 본 만화에서는 초능력자가 된다고 했어."

"바보냐? 헛소리 좀 그만해. 방사능에 노출되면 그냥 아픈 데가 더, 더 아플 걸."

"지금도 아픈데. 나는 머리, 너는 팔, 쟤는 발목."

"그건 공장 먼지랑 쓰레기 때문이고."

드럼통 상단에 올라앉은 이빨은 아무 말도 하지 않았다. 아주 가끔 자갈 몇 개를 만지작거릴 뿐이었다. 방폐장에서의 시간이 지루해진 이빨은 자갈을 드럼통 위로 팽개쳤다. 기분 나쁜 굉음이 소년들의 입을 다물게 했다. 드럼통 사이로 떨어진 조약돌은 바닥을 맞고 튕겨 나갔다. 키가 작은 소년이 기침하기 시작하자 아이들도 각자의 팔뚝을 손으로 비볐다. 소년들은 이빨을 조용히 훔쳐보았다. 드럼통에서 가볍게 뛰어내린 이빨이 마을 쪽으로 발을 틀었다. 아이들도 서둘러 드럼통에서 뛰어내렸다. 흐리고 둔중한 안개비가 소년들의 모습을 점차 지워나갔다.

✳

반점은 식탁에 앉아 미동도 없이 책을 읽고 있었다. 사마귀에게 가져갈 잡지와 그림책들이었다. 책을 미리 읽고 가면 시시각각 변하는 사마귀의 표정을 더 잘 알아볼 수 있었다. 내용을 전부 다 알고 있는데도, 재밌는 장면이나 충격적인 결말이 나오기 전에는 가슴이 두근거렸다. 책을 처음 펼칠 때보다도 더 떨렸다. 혼자서 독서를 할 때는 경험할 수 없던 감정이었다. 반점은 홀로 거울을 보며 절망하고 낙심하던 시간이 소모적으로 느껴졌다. 여드름과 종기를 표독스럽게 짜던 나날도 덧없기는 마찬가지였다. 단지 열세 해를 살아온 반점은 자신이 스스로를 혐오하는 데 너무 많은 세월을 썼다고 생각했다.

이빨은 거울에 비친 반점을 내내 살폈다. 반점이 고개를 들 때마다 이빨의 심장이 크게 뛰었다. 이빨은 거울을 정면 가까이 붙이고 얼굴과 근육의 생김새를 골똘히 보는 척했다. 그러면 평소와 다름없이 자신의 외모에 한껏 고양된 오빠로 보일 것이다.

반점은 이빨의 허세와 자만을 십 대 아이의 특성이라 치부했다. 이빨이 한 살 많은데도 불구하고 반점이 늘 이빨을 관조하는 쪽이었다. 이빨은 입을 다물고 있는 동안 누구보다 차갑고 단단해 보였지만, 말을 시작할 때면 완전히 다른 얼굴이 되었다. 어깨와 목이 부자연스럽게 움츠러들었고, 이마부터 턱까지 흐르는 차분한 선은 무질서하게 비틀렸다. 이빨의 말은 장황할 뿐 대부분 요지가 없었다. 게다가 자신 혼자 모든 것을 다 알고 있다는 기색을, 타인 앞에서 억지로 풍기려 했다.

이빨은 반점이 혼자 책을 읽는 시간이 가장 괴로웠다. 반점 홀로 다른 세계를 자유롭게 유영한다는 판단은 이빨을 깊은 불안에 빠뜨렸다. 반점과 같은 방에 머물고 있으면서도 수십 킬로미터가 벌어진 느낌이 들었다. 나 같은 것은 어떻게 돼도 상관없다는 건가. 이빨의 자존감은 하루가 다르게 쪼부라졌다. 이빨은 자신의 선명한 팔을 쓰다듬었다. 몸통에 붙어 있는 게 확실한 다리도 떨었다. 길고 더러운 손톱으로 컵의 표면까지 긁었다. 확실히 신경 쓰이는 소리가 났다. 그러나 반점은 여전히 문장과 문장 사이에 머무르고 있었다. 이빨은 맨손 체조를 시작했다. 근육이 단련되는 느낌은 들지 않고 뼈와 살에 통증만이 쌓여갔다. 이빨은 숨소리를 거칠게 뿜어냈다. 반점은 이빨의 행동에 조금도 동요하지 않았다. 이빨은 마지막 항변의 일환으로 웃통을 벗고 물구나무를 섰다. 겨드랑이의 털이 아직 가늘고 섬세한 것이 마음에 들지 않았지만 지금 자신의 모습이 반점에게 조금쯤은 훌륭해 보일 것이라 생각했다. 그래서 그 자세로 반점을 응시했다. 손목이 저리고 눈의 핏줄이 터질 것 같았다. 그래도 이빨은 꽤 오랜 시간을 참았다. 어깨와 팔꿈치가 부서질 듯했다. 결국 이빨은 큰소리를 내며 꼬꾸라졌다. 모멸감이 빠른 속도로 온몸을 휘감았다. 이빨은 반점에게 휘적휘적 다가갔다. 그제야 자신을 올려다보는 반점의 얼굴이 야비해 보였다. 이빨은 책을 빼앗아 단호히 덮었다. 집 안이 적막에 휩싸였다. 반점에게 아무 말도 내뱉을 수 없었다. 그날 밤, 풍선의 헬륨 가스를 사마귀 대신 자신이 가득 들이마신 기분이 들었다. 실내의 모든 사물이 반점 아닌 자신을 책망하는 것 같았다. 이빨이 큰 소리로 웃기 시작했다. 모든 것이 간단한 장난이었다는 듯 굴어도 검붉어진 얼굴과 가쁜 숨소리를 숨길 수는 없었다. 반점은 따라 웃지 않았다. 대신 책으로 손을 뻗었다. 책을 펼친 반점은 읽던 지점을 공들여 찾아냈다. 귀가 새빨개진 이빨은 반점의 책을 다시 빼앗아 바닥에 던졌다. 눈시울이 뜨거워지고 손이 덜덜 떨려왔다. 이빨이 소리쳤다.

"우리는 부부야. 서로 떨어져서 살 수 없다고. 이렇게 개인행동을 오래 하면 안 되지."

반점이 한숨을 쉬며 대답했다.

"아니, 우린 남매야. 그리고 개인행동이니 뭐니 하는 소리는 네 똘마니들하고나 나눠."

이빨은 입을 벌렸다. 손을 맞잡고 몸을 포개고 입술을 부딪치던 반점의 모습이 흐려지고 없었다. 반점이 자신에게 지나치게 냉정하고 가혹하게 군다는 판단을 떨쳐낼 수 없었다. 독서량이 늘면서부터 반점은 자신을 자꾸 비참하게 만들었다. 두 번째로 책을 빼앗아 들 때 이빨이 반점의 눈에서 본 것은 흔들림 없이 명확한 적의였다. 이빨은 자신에게 말하듯 낮은 목소리로 반점에게 일렀다.

"분명히 해두자. 우린 남매이자 부부라고. 우리는 서로를 보호해야 해."

"무슨 놈의 위협으로부터? 아까 너랑 먹은 저 통조림의 날? 그래. 날카롭긴 하네."

이빨은 반점의 말이 가증스럽게 느껴졌다. 그래서 반점이 듣기 괴로워하는 말을 고르기 위해 잠시 숨을 죽였다.

"보호자인 부모가 우리를 버렸잖아."

"그렇지 않아."

반점은 반사적으로 이빨의 말을 막았다.

"그럼 이 집에 왜 우리 둘만 있는지 설명해봐."

"너와 나는 버려지지 않았어."

"그러니까 그 증거를 대보라고."

반점은 대답을 피한 채 바닥에 떨어진 책을 주웠다. 이빨이 그 앞에 바짝 따라붙었다.

"말해봐. 왜 우리 둘이 서로를 만져도 되는지. 왜 말리는 사람이 아무도 없는지."

반점의 손목을 잡은 이빨이 뇌까렸다. 반점이 손을 뿌리치는 순간 책 뒷장이 이빨의 눈꺼풀을 할퀴고 지나갔다. 눈을 감자 눈물이 주르륵 쏟아졌다. 이빨은 이 기회를 허투루 사용하고 싶지 않았다. 얼른 손으로 얼굴을 가리고 바닥에 무릎을 꿇었다.

"미안해. 괜찮아?"

이빨은 아까의 모욕감이 충분히 씻겨 내려갈 때까지 손으로 얼굴을 가렸다. 눈물은 그치고 더 나오지 않았지만 눈두덩을 여러 번 비벼 새빨간 눈알을 더욱 피로하게 만들었다. 반점은 이빨의 등을 쓸어내렸다. 이빨이 기다렸던 순간이었다.

"아파. 너무 아파."

이빨은 손날로 한쪽 콧구멍을 막고 말했다. 목소리에 물기가 배어들어 있었다. 반점은 이빨의 어깨와 이마를 차례차례 어루만졌다. 체구는 달랐지만 얇은 목뼈, 작은 얼굴, 머리카락에서 옅게 발산되는 먼지와 피비린내는 사마귀의 것과도 비슷했다. 조금 전의 치기와 방종의 근원이 모두 허약함이라고 생각하자 반점은 이빨의 몸을 계속 쓰다듬을 수 있었다. 이빨이 엉거주춤 반점의 입술에 자신의 입술을 포갰다. 그러고는 반점의 손을 끌고 침대로 걸어갔다. 그들은 이불 속에서 옷을 모두 벗었다. 반점의 입술 사이로 이빨의 찬 혀가 들어왔다. 둘은 서로의 성기를 만지작거리기 시작했다. 앞니로 물어뜯은 손톱이 반점의 보드라운 피부를 스치고 지나갔다. 손가락이 제멋대로 움직일 때마다 반점이 움찔했다. 이빨이 내뱉는 숨 때문에 이불 속은 순식간에 갑갑해졌다. 이빨의 성기는 부풀지 않았다. 자신의 성기를 쥐고 흔들어봐도 마찬가지였다. 반점이 이빨의 팔을 잡았다.

"더워. 나가고 싶어."

"가지 마."

이빨의 두 눈이 정신없이 흔들렸다. 반점은 둘이 벌이는 서투른 어른 흉내가 즐겁지 않았다.

"너무 졸려."

반점이 등을 돌려 누웠다. 성기가 따끔거렸다. 날이 밝아올 때까지 잠을 이룰 수 없던 반점은 가끔씩 자세를 고쳐 이빨의 섬약한 등뼈를 바라보았다. 그리고 자신의 목걸이를 하염없이 어루만졌다.

＊

10개월 전 드럼통이 들어온 첫날, 동방인들은 마을의 배를 한 곳에 수거했다. 포클레인이 그것들을 깡그리 뭉갰다. 섬의 보트와 튜브는 소각되었다. 물에 몸을 띄울 수 있는 도구는 크든 작든 폐기 대상이었다.

"새로운 항로가 만들어질 겁니다. 신식 선박도 들여올 거고요. 주민들이 갖고 계신 건 세척도 보수도 어림없는 낡은 배예요. 다른 용품도 마찬가지로 위험하고 쓸모가 없어요."

반점의 부모를 비롯한 몇몇 가구가 이들의 약속을 믿지 못하고 항의했다. 사람들은 남은 배 앞에 진을 쳤다. 열 명 남짓의 조촐한 인원이었다. 동방인 하나가 그들 앞에 구겨진 설계도를 펼쳤다. 푸른색 도면은 어지럽고 복잡했다.

"이게 방재가 완벽한 해상 교통의 청사진입니다. 여러분이 이렇게 따지시면 공사를 시작할 수 없어요. 곧 있을 계약 역시 위태로워집니다."

잠잠해진 주민들이 서로의 얼굴을 살펴보았다.

"누가 뭐, 계약을 깬대요? 저게 짐짝 같아도 우리 배니까 그러지."

동방인이 폐기 반대 집단의 대표를 배 뒤편으로 데려갔다. 얼마 뒤 혼자 걸어 나온 대표는 주민들을 뿔뿔이 흩어놓은 뒤에 설득을 시작했다.

채 1시간도 걸리지 않아, 주민들이 뒷짐을 지고 집으로 묵묵히 돌아갔다. 대표가 마지막으로 상대할 자들은 이빨과 반점의 부모였다. 두 사람은 이제 섬에 기업이 들어오는 것 자체를 원하지 않는다고 주장했다. 오랜 시간이 걸리겠지만 이전의 방식으로 주민들이 생계를 꾸려갈 수 있다고, 그게 가능하다고 말했다. 대표는 코웃음을 쳤다.

"착각하시나 본데, 배 주인들은 그저 소유물에 대한 권리를 주장했던 것뿐입니다. 고기가 잡히든 안 잡히든 선박은 엄연히 재산이었으니까요. 그런데 동방이 이렇게 보상을 바로 해줍디다. 여긴 큰 기업이에요. 치졸하게 굴질 않아요."

대표는 그들에게 돈을 내밀었다. 마을에서 사용할 일이 없는 종잇장이었다. 그러나 그것은 한눈에 봐도, 작고 허름한 뱃삯으로 나쁘지 않은 액수였다. 주민들은 오랜만에 보는 지폐에 흥분한 것이 분명했다. 반점의 아버지가 말했다.

"이런 식으로 응대하다가는 큰일이 날 겁니다."

대표가 모자의 먼지를 털며 답했다.

"다 끝난 일입니다. 받든지 말든지 배는 오늘 모두 폐기해요."

"배를 내준다는 게 무슨 뜻인지 몰라요?"

바닥에 떨어진 모자를 주우려는 대표를 향해 반점의 어머니가 더 크게 말했다.

"섬으로 들어오는 길만 있고, 나가는 길은 없다는 게 어떤 의미인 줄 정말 모르냐고요?"

반점의 어머니는 계속 언성을 높였다.

"식량부터라도 언제든지 끊길 수 있어요. 모래를 털지도 않은 미역을 씹고 기름이 둥둥 뜬 지하수를 마실 수도 있어요. 목을 빼고 음식을 기다리면서 아무 데나 붉은색 오줌과 똥을 쌀 수도 있단 말입니다."

"소설 써요? 무슨 개풀 뜯어먹는 소리야. 새 해로가 지어진다니까. 동방인들이 바보요? 바다 건너에서는 돈이 뭐 땅 파서 나온답니까? 육지랑 섬이랑 상호 호환이 되니까 거래하는 거 아닙니까. 거, 능력도 없는데 불만은 말도 못 하겠네. 괜히 재수 없는 소리 말고 일단 믿어봐요. 다 대책이 있겠지."

대표가 반말을 섞어 말했다.

"아니요. 아무것도 믿지 못하겠습니다."

말을 마친 반점의 아버지가 고개를 떨궜다. 반점의 어머니가 남편의 어깨를 가만히 감쌌다.

드럼통들이 두 번째로 들어오던 날, 협곡 아래 검은 밤바다에는 세 사람이 서 있었다. 전날 밤 반점의 부모는 오래도록 다퉜다.

"걔는 어떻게든 살아나갈 수 있을 거야. 사내아이잖아."

"미쳐가는 섬이라고. 계약이 곧 체결돼. 어떻게 두고 가?"

"아까 얘기했지? 육지에 정착하면 바로 데리러 오자고."

반점의 어머니는 울었고 아버지는 더 울었지만 두 사람은 결국 결심을 굳혔다. 어머니는 수영을 할 수 있었다. 아버지와 두 아이는 그렇지 않았다. 숨겨두었던 튜브는 단 하나였다. 무게 때문일까. 튜브가 작아서일까. 둘 다겠지. 잠에서 완전히 깨 바다를 바라보던 반점은 부모에게 아무것도 묻지 않았다. 반점의 어머니는 반점의 머리 아래로 줄 하나를 걸었다. 빠진 송곳니로 만든 목걸이였다. 반점은 조용히 튜브 구멍에 몸을 집어넣었다. 말없이도 알 수 있는 것은 많았다. 그러나 그날 새벽에 일어날 일은 그들 셋 모두가 까맣게 몰랐다.

*

잠에서 깬 팔룬은 머리가 어질어질했다. 무시하기에는 큰 소음이 귓가를 맴돌았다. 간신히 몸을 일으켜 사방의 암흑을 더듬었다. 교무실 창문 밖의 하늘은 영원히 검고 우중충할 것만 같았다. 팔룬은 여덟 개의 눈을 전부 뜨지 못하고 하나의 실눈만을 떴다. 등을 돌린 백씨가 기묘한 손짓으로 무언가를 하고 있었다. 의자에 앉아 있는 백씨의 상반신이 심하게 떨렸다. 마을 쪽을 내다보며 몇 번이고 한숨을 쉬던 백씨는 다시 팔을 세게 흔들었다. 젖은 살과 살이 부딪히는 소리가 점차 커졌다. 의자 아래 백씨의 오른손이 다리 사이에서 반복적으로 움직였다. 팔룬은 모든 눈을 가늘게 뜨고 그 모습을 지켜보았다. 입안이 마르고 어깨가 굳어갔다. 팔룬이 자리에 다시 누우려는 순간, 백씨가 뒤를 돌아보았다. 입가와 손에 검붉은 핏자국이 덕지덕지했다. 팔룬은 재빨리 눈을 감았다. 비스듬한 자세 그대로 조금도 움직일 수 없었다. 의자에서 일어난 백씨가 몸을 틀어 다가왔다. 이쪽으로 가까워질 때마다 소름 끼치는 쳇소리가 났다. 팔룬은 가슴이 터질 듯했다. 종아리 근육이 단단히 뭉쳤다.

"일어났구나. 너도 먹을래?"

백씨가 내민 것은 접시에 담긴 과도와 석류알 수십 개였다.

"껍질도 잘 안 까지고 터는 것도 어려웠어. 그렇지만 이렇게 붉고 황홀한 과육이라니, 정말로 예쁘지 않니?"

팔룬은 숨을 깊게 내쉰 뒤 고개를 젓고 자리에 누웠다. 석류를 전식으로 백씨가 아침 식사를 시작했다. 해가 점점 차올랐다. 백씨가 문밖에 나서고 한참이 지나서야, 팔룬은 자리에서 일어났다. 그리고 작은 손을 뻗어 책상 위에 놓인 빈 통조림 두 개를 끌어왔다. 다음엔 캔에 붙어 있는 통조림 뚜껑을 떼어냈다. 팔룬은 둥근 쇠판 두 개를 사물함에 밀어 넣자마자 문을 잠갔다.

✳

이른 아침 섬에는 먼지바람이 가득 일었다. 동방의 사가가 울려 퍼지기도 전이었다. 쥐 떼가 서쪽으로 우르르 몰려갔다. 운동장에 헬리콥터 한 대가 도착했다. 오늘 보급은 지정일보다 아흐레나 늦었다. 지원 물품은 이제 선박의 트럭을 통해 들어오지 않았다. 물건은 비행 편을 통해서만 전달되었다. 상당한 종류를 자랑하던 구호물자는, 섬 한복판까지 겨울이 찾아왔을 즈음 식료품 하나로 축소되었다. 음식은 대부분 통조림과 전투식량 튜브뿐이었다. 동방이 꾸린 식품 항목에는 규칙이 없었다. 영양소의 균형 따위도 찾아볼 수 없었다. 한번은 통조림 전체가 황도 캔만으로 이뤄져 있기도 했다. 그렇지만 사람들은 그 상황에 자신을 또 욱여넣을 줄 알았다. 구호품을 기준으로 그들의 식생활 습관이 바뀌어갔다. 튜브에 담긴 고기를 바로 먹지 않고 햇볕에 말리는 집들이 생겨났다. 몇 개의 캔을 큰 솥에 부어 국인지 탕인지 모를 음식을 만들어내는 가구도 있었다. 그들은 차차 새롭고 효과적인 조리법을 공유했다. 2구역의 여자가 연어 통조림 하나를 남겨뒀을 때 3구역의 남자가 소문을 듣고 찾아와 꽁치 캔 두 개를 내밀었다. 냉동 아보카도를 쌓아둔 1구역의 노인과 포도즙을 모아둔 4구역의 노인이 서로의 물건을 교환했다. 밀가루를 쏟아부어 만든 전, 튀김, 전병에는 아주 적은 양의 식재료가 들어 있었지만 이 역시 섬의 주민들이 수시로 먹는 음식이었다.

헬리콥터 안에서 동방인 남자 한 명이 나왔다. 남자가 줄을 끌자 거기 묶인 짐이 밖으로 끌려 나왔다. 식량이 들어 있는 플라스틱 상자였다. 남자는 상자 속 크고 투박한 자루를 바닥으로 내던졌다. 어차피 깨질 데도 없는 제품이었다. 남자는 미간을 찌푸린 채 일했다. 자루 위에 자루를 한창 던지고 있을 때 신경을 긁는 소음이 났다. 남자가 뒤를 돌아보았다. 균형을 잃은 플라스틱 상자들이 뒤로 쏠리고 있었다. 상자에 밀린 드럼통 하나가 삐죽이 튀어나온 뒤, 곧바로 지면에 곤두박질쳤다. 드럼통은 기울어진 땅을 따라 빠른 속도로 굴러갔다. 모래와 부딪히는 통 표면에서 가볍고 청량한 소리가 났다. 남자는 그걸 가만히 바라보았다. 운동장 끝자락, 경사진 언덕을 타고 도랑에 처박힌 드럼통은 그대로 뚜껑이 열렸다. 납작하게 눌린 잿빛 물체들이 담벼락 밑 개망초밭에 쏟아졌다. 동방인은 운동장에 식료품을 놓아둔 채 잰걸음으로 헬기에 올랐다. 좌석에 앉은 남자는 두 손으로 연거푸 마른세수를 했다. 시동을 걸려고 했을 때 운전석 뒤편의 다른 드럼통이 눈에 들어왔다. 방폐장 입구에 다다라 나머지 고준위 폐기물을 내려놓은 남자는 황급히 헬기를 몰았다. 백씨를 만나지도 않은 채였다.

교실 문을 닫고 나온 다리는 복도에 서 있었다. 다리의 머리카락은 심하게 흐트러져 있었다. 다리는 바지 주머니 속에 찔러 넣은 비닐을 만지작거렸다. 백씨가 준 돼지고기 한 줌이었다. 다리는 얼마간 제자리에 멈춰 멍하니 있었다. 창 바깥을 바라보지도, 자신에 대해 생각하지도 않았다. 생고기를 손으로 만져볼 뿐이었다. 몸에 한기가 들어차자 다리는 상의 지퍼를 채워 올렸다. 운동장에 널브러진 자루들은 시선을 끌지 못했다. 정문을 통과하자마자 엄청난 허기가 몰려왔다. 다리는 돼지고기를 콩과 함께 끓이기로 마음먹었다. 붉은 살점을 불 위에 바로 굽고 싶었지만, 집 밖으로 새어 나올 냄새와 연기가 걱정이었다.

＊

소년 무리는 학교 후문에 모여 있었다. 뒤뜰 축사를 살피는 일은 아이들의 몫이었지만 배급품이 온 후로 관리는 눈에 띄게 부실해졌다. 타다 만 나무, 조각난 스티로폼, 해진 마대들. 온갖 쓰레기가 뒹구는 이곳엔 어른들의 발길이 끊긴 지 오래였다. 아이들은 축사 앞에 책상다리를 하고 앉아 닭장을 바라보았다. 키가 작은 소년이 10분째 닭에게 딱총을 쏘고 있었다. 가짜 총알의 태반이 철창살을 때리고 튕겨 나갔다. 닭장 주변에는 흰색 플라스틱 탄알이 산만하게 흩어져 있었다. 총을 쏘던 소년은 뒤를 돌아보았다. 목을 긁고 하품을 하는 소년들의 모습이 보였다. 키 작은 소년은 신발을 제대로 신는 척하면서 발치의 자갈 하나를 쥐어 들었다. 엄지와 검지에 바짝 힘을 준 소년은 가장 가까운 닭에게 곧바로 돌을 날렸다. 픽, 하고 둔한 소리가 났다. 소년의 정면이 빛났다. 부리를 맞은 닭 하나가 그대로 바닥에 누워 몸을 뒤틀었다. 주변의 닭들이 서로의 몸을 할퀴며 조급히 돌아다녔다. 그제야 아이들의 볼에 핏기가 돌기 시작했다. 다시 발아래 돌을 찾던 소년이 소스라치게 놀랐다. 운동장 스피커에서 나온 목소리 때문이었다.

"제8차 보급입니다. 주민들께서는 운동장으로 집합해주십시오."

소년들이 엉덩이의 모래를 털며 자리에서 일어났다. 그리고 이빨의 뒤를 따라 걸었다. 닭을 쓰러뜨린 소년은 갑자기 방향을 바꿔 닭장 앞으로 다가갔다. 소년은 조심스럽게 닭장 문을 열었다. 그러고는 사료 통과 물그릇을 뒤집어엎은 뒤 다시 문을 잠갔다. 누워 있던 닭이 검고 작은 눈으로 소년의 발목을 바라보았다. 조각난 위쪽 부리에서 피가 흘러나왔다. 닭은 태어나서 지금까지 한 번도 높이 펼쳐보지 않았던 날개를 움직여보았다. 세균과 진드기와 기름때가 가득한 공간에서 먼지가 풀썩였다. 소년들이 운동장으로 향하는 동안 닭은 계속해서 몸을 꿈틀거려보았지만 어쩐 일인지 일어설 수는 없었다. 새는 자신이 바라보는 이 기울어진 세상을 전혀 이해할 수 없었다.

✳

백씨는 아까 정돈해둔 식료품 자루 앞에서 마이크를 잡았다.

"늦은 보급이라 유감스럽습니다만, 이것이 긴급복지라는 사실도 아울러 알립니다. 방송을 통해 접하셨겠죠. 육지 저편은 계속되는 원전 사고로 상황이 아주 열악합니다. 내전의 규모는 심해졌고 대륙마다 신종 바이러스가 또다시 돌고 있다고 합니다. 파산한 나라와 기업은 속속 늘고 있습니다."

반점은 눈을 가늘게 뜬 채 구령대 위의 백씨를 바라보았다. 사마귀는 반점의 옆모습만을 지켜보았다. 음식과 책을 매번 반점에게 받고 있던 사마귀는 오랜만의 외출이 힘겹기만 했다. 그러나 보급이 불규칙해지면서 반점이 가져오는 구호품을 받는 일은 스스로가 생각해도 파렴치한 짓으로 여겨졌다. 방송이 나오자 사마귀는 같이 있던 반점과 집 밖으로 나올 수밖에 없었다. 사마귀가 작은 목소리로 말했다.

"번호를 못 받았는데 줄을 서도 될까? 사회보장번호 말이야."

"사보증 같은 건 아무도 신경 안 써. 이빨도 나도 계속 타왔는데, 왜."

"너희 둘은 미성년이지만 보호자가 없잖아. 그러니까 괜찮았겠지."

입을 다문 반점이 눈을 여러 번 깜빡였다. 반점의 얼굴을 보지 못한 채 사마귀가 다시 말했다.

"몸이 부은 엄마는 외출이 거의 불가능해. 그래도 난 아직 열세 살인데 자격이 있을까?"

"괜찮아. 너도 나도 여기서 무려 13년이나 산 거야. 그리고 방폐장은 마을 땅이니까, 마을 누구나 음식을 받을 수 있어."

줄 앞쪽의 이빨이 몸을 살짝 틀고 둘의 모습을 훔쳐봤다. 사마귀를 발견한 다른 소년이 휘파람을 불려고 했지만 이빨이 저지했다. 둘의 대화가 궁금했기 때문이었다. 내지의 불행한 소식을 연달아 전하던 백씨가 말을 멈췄다. 백씨는 긴 공백을 두다가 입을 열었다.

"여러분, 동방 유니버설은 섬과 긴밀한 공생 관계에 있습니다. 약간의 시행착오가 있습니다만, 착오는 여기뿐 아니라 전 지구적 차원의 문제죠. 동방은 현재 어떤 국가와 기업보다 신속하고 민첩하게 움직이고 있습니다. 그들의 관리지역 모두 안전합니다. 우리는 여러 난관을 잘 극복해나가고 있어요."

마이크를 내려놓은 백씨가 허공에 허리를 굽혀 인사하자, 주민들이 손뼉을 쳤다. 백씨는 맨 앞줄 아이의 머리통을 쓰다듬고 통조림을 건넸다. 처음에 백씨와 대화한 자들은 백씨의 정신이 오락가락하다고 했다. 기분을 종잡을 수 없는 자라고도 했다. 사람을 많이 죽였다는 풍문이 돌았다. 하지만 주민들은 곧 백씨가 누군가를 편협하게 대하기에 합당한 인물이 아니라고 판단했다. 이성적인 눈매, 얇고 단정한 입술을 가진 남성은 섬에 드물었다. 햇빛을 아무리 쐐도 백씨의 피부는 희디희었다. 게다가 낮고 깊은 목소리는 흠잡을 데 없는 언변과 잘 어울렸다. 조용히 웃을 때마다 생기는 여러 겹의 주름은 누가 보아도 따스했다. 백씨를 따르는 주민들은 백씨가 손을 뻗어 어깨를 두드려줄 때마다 묘한 정적에 휩싸였다.

"저 애를 봐. 혼자 나와서 쉽게 받아가잖아. 사회보장번호 따위를 누가 봐? 처음부터 확인 같은 건 필요가 없었어."

반점이 줄 앞쪽에 시선을 고정한 채 사마귀에게 말했다. 어딘지 꾸짖는 듯한 어조였다. 반점의 말은 지금껏 자신이 집에서 숨어 지냈다는 사실을 무겁게 일깨워줬다. 사마귀는 자신의 처지와 상황을 있는 그대로 받아들이기 위해 발바닥에 힘을 줬다. 그동안은 자신의 역하고 추한 모습을 모른 척했을 뿐이다. 신발 속 발가락들이 천천히 오그라들었다. 사마귀는 애써 담담한 투로 말했다.

"다행이다. 나는 등록 표식이 있어야만 하는 줄 알았어."

"너, 확인이 필요 없다는 말이 무슨 소리인 줄 알아?"

"글쎄."

"그들이 허술하다는 뜻이야."

사마귀는 마땅한 대꾸를 찾지 못했다.

"내가 악담 하나 해줄까?"

사마귀는 앞쪽으로 몇 걸음을 옮기며 반점의 말에 귀를 기울였다.

"섬 바깥 사람들은 이제 우리를 노골적으로 외면할 거야. 애초부터 우리를 다른 종으로 여기고 있을지도 몰라. 복지니 지원이니 하면서, 저런 사료 따위를 떨궈주는 걸 봐."

사마귀가 입술을 깨문 채 반점을 바라보았다.

"알아들을 수가 없어."

"교환이 아니라 지원이잖아. 처음엔 맞바꾼다고 했다가 이제는 돕는다고?"

"우리가 받은 건 어차피 전부 구호물자잖아."

"전에는 글자가 저렇게 크지 않았어. 우리도 분명히 땅을 줬는데, 봐봐. 지금 둘 중에 누가 여유를 부리는지."

사마귀는 지금까지 먹었던 동방의 음식이 양배추보다 훨씬 낫다고, 아니 훌륭하다고까지 느낀 적이 많았다. 당면이 박힌 햄과 다이아몬드 모양의 초콜릿은 눈을 감고 조심스럽게 삼켜야 할 만큼 짜릿한 맛이었다. 여러 구호품 중에서도 책은 특별히 소중했다. 그런데 지금 반점은 자신과 함께 책을 읽던 그 시간까지도 아주 잊었다는 듯이 굴었다. 반점이 손등의 물집을 터뜨리며 말했다.

"조만간 우리를 아주 미워하게 될 거라고. 아무 근거도 없이 간편하게."

"도대체 무슨 소리야. 뭐가 그렇게 마음에 안 들어?"

둘의 목소리가 제대로 들리지 않았다. 이빨은 몸을 가까이 붙인 채 대화를 나누는 반점과 사마귀가 거슬렸다. 이빨의 표정을 살핀 소년 하나가 둘을 향해 외쳤다.

"꼬리가 달린 놈은 입도 벌리지 말라고."

행렬 속의 반점이 고개를 내밀었다. 반점은 소년을 매섭게 훑어본 뒤 말했다.

"우리 중에 앓지 않는 사람은 없어, 배불뚝이."

움찔한 소년이 맞받아쳤다.

"우리는 잠시 앓는 것뿐이야. 그 자식처럼 이상한 게 달리진 않았다고. 징그러운 악마 새끼."

반점이 나른한 표정으로 배가 나온 소년에게 말했다.

"악마라고 꼭 꼬리가 달려야 할까? 좀 더 상상력을 발휘할 순 없어? 나 같으면 그렇게 눈에 띄는 걸 달고 나쁜 짓을 하기가 불편할 것 같은데."

사마귀는 이 소동에서 아무런 말도 할 수 없었다. 그저 몸 외곽에 점선을 두른, 그림책 속 투명인간처럼 자리에 머물 뿐이었다. 희미하고 비천한 자신에 비해 반점의 존재는 뚜렷했다. 사마귀는 옆에 있는 이 생생한 사람이 좋아서 견딜 수 없었다. 하지만 동시에 아무도 만나지 않던, 아무런 일도 일어나지 않던 골방에서의 시간이 그리웠다. 기나긴 줄 속의 자신이 더럽고 구차하게 느껴졌다. 어서 집으로 돌아가 노트를 펼치고 싶었다. 모조지 속 세상에는 이런 진싸 다툼이 없었다.

이빨은 까치발을 들고 반점을 지켜보았다. 가슴이 쿵쿵대고 등줄기로 땀이 흘러내렸지만 이빨은 팔짱을 풀지 않았다. 이빨이 열에 들뜬 소년들에게 말했다.

"오늘은 봐줘. 둘이서 할 얘기가 많은 것 같으니까."

반점은 말없이 이빨을 쏘아봤다. 무리의 중심에 숨어 자신을 바라보는 이빨이 전에 없이 비열해 보였다. 남매는 서로를 얼마간 더 노려보다가 시선을 거두었다.

✳

겨울비가 내리면서 숲이 점차 붉어졌다. 사마귀와 반점은 다용도 칼과 연장통을 챙겨 매일 저녁 해변에 나가기 시작했다. 내킬 때마다 아무렇게나 들르는 헬기를 마냥 기다릴 수 없는 노릇이었다. 백사장은 빈 깡통으로 가득했다. 두 사람은 모래를 헤집었다. 혹시나 건질 수 있을 줄 알았던 식료품은 단 하나도 없었다. 얇은 손가락들 사이로 사고, 의지, 기억이 후드득 빠져나가는 기분이 들었다. 하지만 반점과 사마귀는 무섭다는 말을 내뱉지 않았다. 대신 하루도 빠짐없이 책을 읽었다. 그리고 수영을 했다. 헤엄을 치면 피부가 간지럽고 따가웠지만 상관없었다. 머리가 시끄러울 땐 물속에 들어가 있는 편이 좋았다.

해안선 위로 새가 낮게 날았다. 반점은 줄에 걸린 듯 흔들리는 새를 보고 달렸다. 뱃가죽이 비대하게 부푼 새는 오래 날 수 없었다. 새가 금세 추락했다. 기름으로 범벅이 된 새는 모래사장에 처박혀 몸을 일으키지 못했다. 검은 새라기보다 검은 비닐처럼 보이는 생물은 꽉 닫힌 부리를 벌리기 위해 애를 쓰고 있었다. 반점이 새의 식도부터 위장까지 칼을 내려긋자 울퉁불퉁한 내장과 함께 녹슨 나사, 깨진 플라스틱 조각, 등이 휜 새끼 숭어, 담배 필터, 비닐, 병뚜껑이 쏟아져 나왔다. 부속물 태반이 작고 단단했다. 몸통에 덕지덕지 엉긴 잿빛 점액질을 반도 걷어내기 힘들었다. 반점은 숭어를 모래로 대충 닦아 연장통에 넣었다.

아르르, 발치의 새는 사지를 뒤틀며 마지막으로 경련했다. 비명이 몇자 반점은 죽은 새의 뒷목을 잡아 올렸다. 핏물을 머금은 모래알이 동그랗게 뭉쳐갔다. 검고 긴 혀가 부리 밖으로 늘어졌다. 기름막에 뒤덮인 눈알 위로 둘의 형상이 볼록하게 드리워졌다. 사마귀는 그만 자리를 뜨고 싶었다.

"가져가지 말자. 먹을 수 없을 것 같아."

사마귀의 말에 반점이 새를 내려놓았다. 둘은 엉덩이와 무릎의 모래를 털어내고 짐을 챙겨 걷기 시작했다. 몇 걸음 가지 않아 사마귀는 종아리가 가려웠다. 꼬리로 내려치자 벌레 한 마리가 툭 떨어졌다. 지네였다. 주변으로 예닐곱 마리의 지네가 더 돌아다녔다. 지네를 잡은 아이들은 쭈그려 앉아 지네들의 다리를 일일이 떼어내기 시작했다. 소화가 잘 되지 않는 부분을 제하고 나서 몸통을 삼키면 손발에 어느 정도 힘이 들어갔다. 사마귀와 반점은 손질을 마친 먹이를 가지고 협곡 밑 모래밭에 앉았다. 바다 끝 건물 지대가 한눈에 들어왔다. 굴뚝에서 피어오른 흰 덩어리는 구름과 섞여 있다가 형세를 가다듬어 하늘로 솟구쳤다. 해안가에는 사마귀와 반점 둘뿐이었다. 마을 사람들은 집에서 좀처럼 나오지 않았다.

먹이 냄새에 나방 떼가 몰려왔다. 공장에서 날아온 나방은, 버려진 기계에서 피어난 곰팡이와 녹을 먹고 자랐다. 반점과 사마귀의 팔등 위로 쇳가루가 무수히 떨어졌다. 빨리 먹지 않으면 머잖아 더 많은 곤충들이 달려들 것이다. 길고 우악스러운 다리를 가진 섬의 벌레들은 공격성향이 집요한 데다 먹을 부분이 전혀 없었다. 지네를 거의 다 삼켰을 때, 사마귀는 자신의 복사뼈 옆에 작은 빛이 반짝이는 것을 보았다. 바다 건너에서 종종 떠내려 오는 광고 전단이었다. 코팅된 종이는 빳빳하고 힘이 세서 물도 모래도 밀어냈다. '2083년 2월 OPEN'이라는 글자 아래 꼽등이처럼 마른 남자가 다리를 벌린 채 웃고 있었다. 성기 자리에 박힌 빨간색 하트 무늬는 얼핏 핏자국으로 보였다. 사마귀는 종이를 집어 올렸다. 아래 부착된 비닐엔 넉 달 전쯤 먹어본 적이 있는 사탕이 들어 있었다. 포장지에 엉긴 찐득찐득한 알을 꺼내 입술에 갖다 대려던 사마귀가 반점에게 사탕을 건넸다. 반점이 고개를 저었다. 사마귀는 눅진하고 붉은 알맹이를 천천히 입술 안으로 밀어 넣었다. 혀가 굳어버릴 만큼 달았다. 사마귀는 게슴츠레한 눈으로 바다 건너 마천루를 바라보았다.

"저곳은 너만큼이나 예쁘다."

사마귀는 자신이 이런 말을 할 수 있다는 사실에 놀랐다. 얼른 콧등을 찡그리며 바닥을 내려다보았다. 반점은 답이 없었다. 파도 소리가 아까보다 크게 들려왔다. 사마귀는 모래알을 쥐었다가 내려놓길 반복했다. 반점은 입술 아래 수포를 건조하게 뜯어내고 있었다. 핏물이 새어 나와도 표정에 아무 변화가 없었다. 사마귀는 반점의 옆모습이 엄정할 정도로 서늘하다고 생각했다. 사마귀는 다시 한 번 용기를 냈다.

"네가 더 예뻐. 잘못 말했다."

반점이 사마귀의 얼굴을 지그시 마주 보았다. 감당하기 벅찬 공기가 사마귀를 짓눌렀다.

"넌 저딴 곳이 왜 좋아?"

반점이 물었다.

"왜라니. 여기보다는 낫잖아."

사마귀의 답에 눈썹을 추켜세웠던 반점은 바로 고개를 돌렸다. 사마귀는 숨이 턱 막혔다. 반점은 이따금 이렇게 사마귀를 몰아세웠다. 기분이 나빠진 까닭을 도저히 짐작할 수 없었다. 영문을 모르고 당황할 때면 어느새 불쑥 상냥한 말을 걸어오는 반점이었다. 자신의 문으로 주저 없이 들어선 건 반점이었지만, 사마귀는 반점의 문이 어디 있는지 알 길이 없었다. 반점은 빛이 하나도 들지 않는 방에서 살아가는 것 같았다. 섬 밖을 향한 반점의 증오심을 사마귀는 이해할 수 없었다. 싫은 것은 당연히 이 섬이었다.

사마귀와 반점은 입을 다물었다. 맞은편 바다에서 불어오는 미풍이 둘의 얼굴을 쓸고 지나갔다. 겨울답지 않게 부드러운 바람이었다. 건물 지대에는 따스한 불빛이 총총했다. 사마귀는 바다 건너 사람들이 이곳을 미워할 거란 반점의 말을 믿을 수 없었다. 섬이야말로 자신을 미워하는 이들로 우글우글했다. 한 번도 보지 못한 육지 사람들이 주민들보다 훨씬 친밀하고 다정하게 느껴졌다. 원전 사고가 끊이지 않는다 해도 좋았다. 신종 바이러스가 사람의 골수를 파먹는다 해도 괜찮았다. 저긴 사탕처럼 붉고 아름다운 땅이었다.

"가짜 불빛이야."

어둠 속에서 사마귀를 지켜보던 반점이 말했다.

"저기서 우리를 감시하고 있어."

"거짓말."

사마귀는 작게 한숨을 뱉었다. 이번에는 틈을 주지 않고 말했다.

"뭘 한다고? 감시? 이 지루한 섬을 누가 관찰해? 저기는 그냥 도시야. 책에서도 봤어. 그렇게 후진 시설은 인류가 많이 없앴대. 인간은 진보하는 동물이라고."

반점은 사마귀의 눈을 물끄러미 들여다봤다.

"너는 설마 이 섬이 나아질 거라 생각해?"

사마귀는 제대로 답을 할 수 없었다. 방금 내뱉은 무구한 말을 주워 담고 싶었다. 궁을 생각하면 진보라는 단어 따위, 지네보다도 쓸데가 없었다. 반점은 말했다.

"난 마을의 책은 형편없는 것까지도 다 읽었어. 활자란 것은 분명히 위로를 주지만 동시에 많은 질문을 던지는 생명체야. 완전히 믿어서도 완전히 배척해서도 곤란해."

사마귀는 목을 푸는 듯 고개를 좌우로 저었다. 반점의 말이 이어졌다.

"그래서 좋은 책은 우리가 아는 것이 사실 하나도 없다고 말하지. 선택은 자신이 해야 하는 거야. 그런데 여기는 우리에게 뭘 선택하게 하지? 너와 내가 앉은 이 땅이 무엇을 묻지? 이 섬은 더 이상 아무것도 질문하지 않아."

사마귀는 눈을 감았다. 울화가 치밀었지만 그 이유를 조목조목 말할 자신이 없었다. 발밑의 섬이 엄마처럼 느껴졌다. 혼자서는 궁에 대해 얼마든지 절망할 수 있었다. 그러나 궁이 누군가와 함께 욕할 수 있는 대상이 될 수는 없었다. 반점의 내면은 사마귀의 짐작보다 몇 배는 더 새까맣고 추웠다. 반점은 섬도, 섬 바깥도 혐오하고 있었다. 자신과 타인 모두를 밀어내고 있다는 뜻이었다. 이제 보니 반점에게 자신은 한낱 미물 그이상 이하도 아니었다. 사마귀는 입술을 꾹 다물고 있다가 낮은 목소리로 말했다.

"이해가 안 돼."

"이해하기가 싫은 거겠지."

"넌 우리가 할 수 있는 게 아무것도 없다는 말을 하고 싶은 거야?"

"아무것도 없어."

"나는 너를 만나 변해가고 있어. 그런데 너는 변하지 않네."

"내가 왜 그래야 해?"

사마귀는 꼬리를 안쪽으로 깊숙이 말았다. 처음으로 품은 희망이 치욕으로 고꾸라지는 데는 몇 초도 걸리지 않았다.

"그러니까 아무것도 달라질 게 없다고?"

"그래. 없어."

매가리 없이 진심만이 담긴 반점의 답은 사마귀를 막막하게 했다. 반점이 목걸이를 빼서 사마귀에게 내밀었다.

"이게 뭔지 알려줄까?"

사마귀는 고개를 숙이고 대답했다.

"알 게 뭐야?"

"우리 엄마 송곳니."

사마귀는 반점을 천천히 올려보았다. 바람에 날리는 반점의 머리카락 때문에 반점의 눈이 보이지 않았다.

"섬에서 폐유를 처리하던 외할아버지는 눈에서 계속 피가 났대. 무슨일이 있어도 반드시 이곳을 떠나라는 게 마흔도 안 돼 죽고 만 할아버지의 유언이라 들었어."

사마귀는 차가워진 손을 주물렀다.

"지난봄에 부모님과 나는 이 바다를 건너려고 했어. 이빨을 여기 남겨둔 채로."

반점이 사마귀에게서 얼굴을 돌리고 말했다.

"하나뿐인 튜브는 내가 차지했어. 엄마가 내 앞에서 헤엄을 치고 아빠는 내 뒤에서 튜브를 잡고. 우린 엄마 허리에 묶은 줄로 이어져 있었어. 육지 쪽으로 한참을 나아갔을 때 어디선가 붉은 빛이 보였어. 눈이 부셔서 허우적거렸을 땐 이미 늦었지. 줄이 풀리고 튜브에서 몸이 빠진 거야."

반점은 정신이 나간 사람처럼 빠르게 말했다.

"나는 뾰족 바위를 붙잡고 앞을 봤어. 수많은 공장, 빼곡한 덤프트럭, 큰 건물들. 엄마가 내 이름을 불렀어. 그리고 그쪽을 바라본 순간, 엄마 머리가 터졌어. 고함을 지른 아빠는 그 자리에서 파편이 되었어. 순식간이었지, 헬기에서 그물이 내려온 건. 그들은 엄마의 몸통을 싣고 가버렸어."

"말도 안 돼."

"이빨 몰래 마을 어른들을 만났어. 아무도 믿지 않았지. 그 사람들은 엄마, 아빠가 섬에서 도망쳤다고 비난하기만 했어. 간신히 믿어준 두 할머니는 결핵과 암으로 세상을 떴어."

반점은 사마귀의 어깨에 손을 얹고 나지막하게 말했다.

"바다 건너 사람들은 미쳤어. 뭐든지 할 수 있다고. 성가신 건 그냥 쉽게 없앨 수 있어."

"왜 그런 거야? 왜 그런 짓을?"

사마귀의 꼬리가 빳빳이 서기 시작했다. 반점이 숨을 돌리고 바다를 쳐다보았다.

"눈에 안 보이니까, 느껴지지 않으니까, 자기 일이 아니니까."

말을 마친 반점은 울음을 터뜨렸다. 사마귀가 손등으로 반점의 눈가를 닦아내자 피부의 각질이 몇 겹씩 떨어져 나왔다. 끓는 물의 표면처럼 생긴 껍데기였다. 사마귀는 흠칫했다.

"미안해. 쓰라리지?"

"괜찮아."

사마귀는 꼬리로 모래사장을 휘저었다. 반점은 사마귀의 꼬리를 쳐다보지 않았다.

"근데 너, 내 말을 믿어?"

반점이 물었다.

"솔직히 네 말은 못 믿겠어."

사마귀는 답했다.

"하지만 너를 믿어."

둘은 잠시 서로를 껴안았다. 반점의 어깨는 비좁고 몸에서는 피비린내가 났다. 사마귀는 반점을 더 깊이 안았다.

"너의 말대로 이 땅은 아무것도 묻지 않아. 그래도 우리는 섬에 살고 있어. 무슨 문제건 이 안에서 해결을 봐야 해."

그토록 폄하하던 섬에 대해 사마귀는 이런 말을 꺼내고 있었다.

"그게 너의 결론이야?"

사마귀는 고개를 끄덕였다. 방금 내뱉은 말은 고개를 끄덕일수록 부실하게 느껴졌다. 사마귀는 반점의 손을 잡았다.

"할 수 있는 게 없다고 했지?"

"그래."

"할 수 있는 게 생겼어."

"뭐지?"

"그냥 너의 옆에 있는 것."

사마귀는 처음으로 입술을 비틀지 않고, 조소하지 않고, 있는 그대로의 표정을 얼굴에 드러냈다. 극심한 허언증에 시달리고 있는 반점을 감싸 안고 싶었다.

＊

뚜껑이 열린 드럼통을 발견한 건 키가 작은 소년이었다. 아이는 해가 저물어가는 운동장에서 혼자 공을 몰고 있었다. 우그러진 가짜 가죽 공 안에는 빗물과 모래가 가득 차 있어 발목이 아프기만 했다. 뛰는 것도 걷는 것도 아닌 걸음에는 활기가 전혀 없었다. 공은 뜻밖의 지점으로 달아났다. 마음대로 되는 순간이 한 번도 없었다. 무거운 공을 조금씩 움직이며 다니는 일이 자신의 시시한 삶처럼 느껴졌다. 무섭게 지겹다, 소년은 자리에 멈춰 생각했다. 그리고 울분을 잔뜩 담아 발치의 공을 찼다. 마지막 힘을 다해 걷어찬 공은 경사진 운동장 끝으로 굴러갔다. 미련 없이 학교를 나오려던 소년은 한 번만 더 공을 쫓아 걷기로 했다. 멋대로 자란 풀과 먼지 낀 음료수병 주변으로 오줌 냄새가 훅 끼쳐왔다. 표독스러운 바람이 악취를 계속 헤집어냈다. 아이는 몸서리를 치며 공 찾기를 포기했다. 그 순간 눈에 띈 것은 개망초밭, 갈대 안에 모로 누워 있는 드럼통이었다. 구멍 밖으로 꽉꽉 눌린 옷가지와 연탄같이 딱딱한 덩어리가 쏟아져 있었다. 소년은 장갑에 손을 뻗었다.

어지러운 줄이 가득한 옷감은 더럽고 뻣뻣했지만 아이들은 그 속으로 팔다리를 집어넣길 주저하지 않았다. 드럼통에서 나온 물품들은 소년들을 흥분시켰다. 며칠째 아이들의 화제는 그것뿐이었다. 깨진 측량기와 장화는 소년들의 상상력을 부추겼다.

"이건 핵 로봇을 만들던 박사가 쓰던 거야."

"그런데 다 완성도 못 한 로봇이 막 공격을 한 거지."

"폭발 버튼을 누르고 연구실을 도망쳐 나오는데…."

"10, 9, 8, 7, 6, 5, 4, 3, 2, 1. 펑!"

"로봇은 더 커지고 박사는 죽었어."

소년들은 전에 없이 들뜬 대화를 나눴다. 한 소년이 갑자기 자신의 이마를 내려쳤다. 무리는 일제히 그 아이를 향해 고개를 틀었다.

"우라늄 광산을 찾자. 그러면 로봇을 만들 수 있어."

소년들의 눈이 번쩍였다.

"우라늄이랑 플루토늄으로 핵을 만든다고 했잖아. 광산을 찾으면 우리도 핵 로봇을 만들 수 있어. 조종하는 대로 움직이는 크고 무서운 로봇!"

반론을 꺼내는 아이는 한 명도 없었다. 웃기고 자빠졌네, 말도 안 되는 소리 그만둬. 평소 같으면 눈을 가늘게 뜨고 서로를 비아냥댔을 테지만 이번에는 달랐다. 서로에게 모욕을 가하고, 다시 아무렇지 않게 어울리는 짓이란 이제 진저리가 났다. 소년들은 빠르게 동요했다.

"용맹대. 우리는 앞으로 소년 용맹대야."

예전에 핵보유국이란 단어를 사용했던 소년이 단체의 이름을 지었다. 구성원은 이전과 같았지만 새롭게 결성된 모임엔 미지근한 기운이 감돌기 시작했다. 용맹대원들은 부서진 계기판 위에 손등을 포갰다. 나이에 맞지 않는 꺼끌꺼끌한 피부가 서로를 내심 놀라게 했다.

"대장은 이빨이 맡아. 우리는 앞으로 각 부서를 꾸리고 대표를 뽑을게."

볼이 붉어지고 손금마다 땀이 솟아난 것은 거의 몇 해만이었다. 한 아이가 집에 달려가 매직을 들고 나왔다. 방호복 뒷면에 적힌 세 글자 '용맹대'는 비뚤비뚤했다. 자음과 모음의 위치가 맞지 않고 초성의 크기가 너무 컸다.

＊

소년들은 방폐장으로 향했다. 드럼통에서 더 많은 수확물을 꺼내기 위해서였다. 거의 모든 통이 열리지 않았다. 하지만 아이들은 쉽사리 단념하지 않았다. 여러 명이 매달려 뚜껑을 열면 된다는 생각이었다. 공사는 중단된 지 오래였다. 동방은 더 이상 건축자재를 보내지 않았다. 어른들은 계속해서 더 많은 휴식을 원했다.

통과 씨름하던 아이들이 하나둘씩 공터에 원을 지어 앉았다. 잘못 자란 묘목들처럼 모두의 자세가 구부정했다. 이상하게 조금만 움직여도 삭신이 쑤셔왔다. 아이들은 어깨와 허리와 무릎을 가만히 두드렸다. 키가 작은 소년은 양쪽 관자놀이를 꾹꾹 눌러댔다. 며칠 전부터 시작된 편두통이었다. 소년들은 짓다 만 건축물과 두 개의 굴과 굳게 닫힌 드럼통을 지켜보았다. 아무것도 변한 게 없었다. 그들은 방폐장 입구를 향해 소리를 질렀다. 목젖이 간지러워진 소년이 곧 죽을 노인처럼 기침했다. 무리는 시멘트 가루를 들이마시며 마구 웃어댔다. 그때 방폐장 입구를 통해 몇 배나 커진 자신들의 목소리가 되돌아왔다. 자리에서 일어난 소년 하나는 그들의 그림자가 거인처럼 커진 것을 보았다.

소년들은 괴상한 방호복을 입고 마을을 돌아다니기 시작했다. 내가 드럼통을 뜯어 찾아낸 거야, 각자의 대답은 정해져 있었다. 아이들은 속으로 거짓 무용담을 연습해볼 때마다 득의양양해졌다. 그러나 섬의 어른들은 무리에게 별다른 관심을 내보이지 않았다. 몇몇 아이들이 흥분을 못 삭이고 입을 열었지만 부모들은 단번에 말을 잘랐다. 시끄럽게 굴지 말고 자라는 소리가 응대의 전부였다. 엉덩이를 맞고 울다 자는 소년도 둘 있었다.

"왜 이렇게 늦었지?"

이빨이 반점에게 말했다. 그러고는 옷을 갈아입는 반점을 곁눈으로 빠르게 살폈다. 자그마한 젖꽃판이 순식간에 나타났다 사라졌다. 유두는 꼭 으스러진 팥알처럼 보였다.

"사마귀와 책을 읽고 왔어."

반점의 말에 이빨은 깜짝 놀랐다. 이렇게 당당하고 솔직한 답변을 바란 게 아니었다. 이빨은 뻔한 공격을 시작했다.

"이 시간까지 그 새끼랑 있었다고?"

"너는 그 꼴로 그 새끼들이랑 뭘 하고 돌아다니는데?"

이빨은 고개를 내려 옷차림을 확인했다. 반점이 탄복할 줄 알았던 방호복 바지는 이제 보니 추레할 뿐이었다. 오른손에 쥐이 든 벨트는 쭈글쭈글했고 옷의 주름에는 하나같이 검은 때가 빼곡했다. 녹이 잔뜩 낀 지퍼는 아예 움직이지도 않아 반점이 귀가할 때까지 오줌을 꾹 참아야만 했다. 이빨은 반점과 사마귀가 같이 있는 동안 자신이 무엇을 하고 다녔는지 말할 수 없었다. 유치하기 짝이 없는 짓거리, 낮에는 잘 깨닫지 못했지만 해가 저물고 집에 홀로 남겨지면 명백해지는 사실이었다. 이빨은 구석에서 이를 물고 바지를 벗었다. 지퍼에 긁힌 허벅지가 따가웠다. 용맹대는 가당치도 않은 이름이었다. 등판의 큰 글씨가 꼴사나웠다.

✳

사마귀의 집은 응달 아래 숨어 있었다. 석양은 대문 앞에서 정확히 끊겼다. 이빨은 그곳을 오랫동안 훔쳐보았다. 누군가 사마귀의 집 지붕을 지키고 서서, 햇빛이 들 때마다 그 면을 날 선 가위로 도려내는 것 같았다. 책 세 권을 옆구리에 낀 반점이 문을 열고 들어섰다. 이빨이 사마귀의 집 쪽으로 발을 옮기기까지는 생각보다 긴 시간이 필요했다. 이빨은 환풍구 아래 창에 간신히 몸을 붙였다. 용맹대 아이들이 자신의 동선을 지켜봤다면 대장 자리는 박탈이었다. 이빨은 주먹을 쥐고 창 안을 들여다보았다. 둥근 원반 같은 것이 움직였다. 처음에는 그것이 무엇인지 잘 분간할 수 없었다. 이빨의 시야에 천천히 들어온 것은 궁의 부푼 복부였다. 그렇게 커다란 배는 처음이었다. 그 안에 아이가 들어 있다는 사실은 더 기이하게 느껴졌다. 섬에는 그런 여자가 없었다. 사마귀의 어머니가 자신의 게걸스러운 욕망을 드러내는 데 거리낌이 없다는 소문은 사실이었다. 이빨은 뒷걸음질 쳤다. 발아래 물컹한 것이 밟혔다. 바닥에 발을 비비자 배가 터진 지네가 떨어져 나왔다. 이빨은 짧게 욕을 내뱉고 다시 고개를 들었다. 창에 희뿌연 얼굴 하나가 가까이 와 있었다. 궁의 눈과 마주치는 순간, 이빨은 숨이 멎을 것만 같았다. 올챙이배를 가진 여자는 이 말끔하게 생긴 소년을 향해 환한 미소를 지었다. 이빨은 있는 힘을 다해 달아났다.

병들고 굶주린 닭들은 사람의 기척에도 놀라지 않았다. 알들의 크기는 제각각이었다. 깨진 껍질 몇 개는 닭장 바닥에 말라붙어 있었다. 소년 용맹대가 학교 축사에 모여들었다. 자신들이 꼽은 첫 임무를 수행하기 위해서였다. 체육부장으로 임명된 아이가 방호복 주머니에서 칼 두 자루와 노끈을 꺼냈다. 소년은 도구를 높이 들어 아이들의 이목을 집중시켰다. 이빨이 긴장한 아이에게 말했다.

"잠깐. 너한테 임무 하나를 더 줄게. 아주 중요한 거야. 잘하면 장관이 될 수도 있어."

아이들이 두리번거리며 서로의 표정을 살폈다.

"사마귀의 집을 감시해. 그 자식, 우리에게 복수 같은 걸 한다나 봐. 이상한 꿍꿍이를 쓸 수 있으니 잘 지켜보라고. 일격을 가할 수 있게 설불리 나서진 말도록 해. 일이 끝나면 매일 내게 보고하고."

"그런 거라면 우리 모두 할 수 있어. 매일 조를 나눠서 갈게."

"더 잘하는 부서에서 장관을 뽑도록 하자."

소년들은 의기투합해 소리쳤다. 이빨은 어깨를 과장되게 올렸다 내리는 것으로 아이들의 뜻을 수락했다. 체육부장은 마른 침을 두어 번 삼키고 닭장으로 걸음을 옮겼다. 부원이 그 뒤를 따랐다. 두 소년은 다리를 절룩이는 닭과 모래집이 비대한 닭을 차례대로 철장에서 꺼냈다. 목을 꽉 움켜쥐지 않아도 제대로 서 있지 못하는 닭들이었지만 소년들은 땀이 밴 손으로 닭의 가는 목을 거세게 잡아들었다. 두 닭의 눈이 빠르게 껌뻑였다. 목뼈 근처 핏줄이 세차게 뛰었다. 아이들은 부러뜨린 칼날과 닭발을 노끈으로 묶었다. 닭이 허둥대자 부원의 손가락에서 피가 새어 나왔다. 발목에 날카로운 칼 조각을 매단 닭들은, 걷는 방법을 잊어버린 것처럼 비틀거렸다.

"준비, 시작."

소년들의 상상은 무참히 짓이겨졌다. 막힘없는 돌진, 팽팽한 대치, 긴박감 넘치는 혈투 따위 눈을 씻고 보려 해도 볼 수 없었다. 근육이 움츠러든 새들에게 그런 의지와 결기는 전혀 없었다. 눈앞에는 햇빛 아래 졸고 있는 늙은이처럼 무력한 닭들이 있을 뿐이었다. 부장은 두 닭의 몸을 밀착시켰다. 부원은 닭의 한 발을 들어 다른 닭의 등을 긁어내렸다. 거꾸로 뒤집힌 칼등이 닭털을 힘없이 긁고 내려왔다. 새 두 마리는 서로의 몸을 기대고 선 채 미동조차 없었다. 구경하던 소년들이 볼을 벅벅 긁었다. 체육부장은 모래집이 잔뜩 부은 닭의 왼발을 다시 들어 올린 뒤 노끈의 매듭을 강하게 조였다. 남에게 먼저 상처를 입히는 법, 공격이 들어올 때 더 큰 공격을 가하는 법, 약한 대상을 자비 없이 완전히 제압하는 법. 아이는 눈빛이 산만하고 머리가 주먹만 한 조류들에게 부단히 그런 것을 가르치려 들었다.

"대체 언제까지 봐야 하는데?"

이빨이 소리쳤다. 바로 그때 한 발로 서 있던 닭이 풀썩 주저앉았다. 동시에 발에 매달린 칼날이 닭의 모래집을 그어 내렸다. 연두색에 가까운 짙은 고름이 허공까지 튀었다. 연이어 솟아오른 핏물이 닭의 한쪽 눈과 어깨를 적셨다. 새는 모로 쓰러졌다. 목울대가 파르르 떨렸다. 고름과 핏물이 터졌지만 두 발 사이로 드러난 모래집은 아직도 포도송이처럼 울퉁불퉁했다. 한 소년이 먹은 것을 게워내기 시작했다. 이어서 두 명의 소년도 구토를 했다. 가느다란 침 줄기를 닦자마자 무리는 누가 먼저랄 것도 없이 그곳에서 도망쳤다.

✳

궁의 두 다리 사이에서 물컹한 것이 쏟아졌다. 궁은 순간 자신이 오줌을 싼 것은 아닌지 염려했다. 하지만 악취가 나진 않았다. 책을 읽고 있던 아이들이 코를 막고 자신을 돌아보지도 않았다. 궁은 허리를 굽혀 자신이 흘린 점액질을 만져보았다. 곧바로 강력한 통증이 시작되었다. 손발이 얼음처럼 차가워지는데도 인중에서 땀이 솟았다. 공중의 누군가가 자신에게 발길질을 해대는 것 같았다. 궁은 그 자리에 나동그라졌다. 고개를 돌린 반점과 사마귀는 천장을 향해 버둥거리는 궁의 손발을 보았다.

"뜨거운 물과 수건을 가져와. 부엌 서랍에 있는 가위도."

궁은 몇 해 만에 처음으로 분명한 의사표시를 했다. 입을 가리지 않은 채였다. 작게 치대는 목소리도 아니었다. 아이들은 잠시 머뭇거리다가 궁의 지시대로 움직였다. 궁은 누운 자세로 집 안을 둘러보았다. 진통이 극심했다. 부엌의 연통, 먼지가 굴러다니는 바닥, 헐거운 의자 기둥. 무심하고 인색한 사람들과 똑같았다. 모두 보고 싶지 않은 풍경이었다. 출산이 임박한 지금, 궁은 자신이 혼자라는 생각을 지울 수 없었다. 섬에 도착한 이래 혼자가 아닌 적은 없었다. 너무 많은 충격이 궁을 잠시도 내버려두지 않고 뒤흔들었을 뿐이었다. 끔찍한 기억이 꼬리에 꼬리를 물고 떠올랐다. 궁은 한층 독살스러워진 통증을 참으며 몸을 뒤틀었다. 그리고 문지방 쪽으로 기어갔다. 한 지점에 가만히 머무는 것이 더 힘겨웠다. 그런 판단도 자신이 내릴 수 있는 게 아니었다. 보이지 않는 맹수가 자신의 하반신을 잡아챈 뒤, 질질 끌고 간다고밖에 여길 수 없었다. 사마귀가 수건으로 자신의 이마를 연신 닦아댔다. 아들의 손은 생각보다 작고 찼다. 벌린 다리 사이에는 반점이 앉아 있었다. 아이는 또렷한 눈으로 한 공간을 응시했다. 골반의 살점과 뼈가 산산이 갈리는 듯하더니 이제는 허리 아래 아무 감각이 느껴지지 않았다. 반점의 손이 자신에게로 향하는 순간 붉은 울음소리가 터졌다. 궁은 입을 벌리고 창밖을 내다보았다. 누군가의 시선이 어른거렸지만 궁의 눈에는 모든 것이 허깨비 같았다.

아이가 태어난 곳은 사마귀의 방 입구였다. 새로운 생명에게 탄생, 축복, 기쁨 같은 수식은 도저히 어울리지 않았다. 그것은 고구마처럼 생긴 포유류로, 보는 이에게 아무런 감정을 불러일으키지 않았다. 궁은 풀린 눈으로 천장을 보았다. 다시 시작된 하체의 어마어마한 고통은 이제 그 자체로 고유한 인격을 가진 것만 같았다. 사마귀와 반점은 궁 곁에서 두 손을 놓고 있었다. 아이들은 출산이 끝나고도 궁의 몸에 엉켜 있는 핏줄 덩어리들을 어떻게 처리해야 할지 알 수 없었다. 가까스로 자리에서 일어난 궁은 다리 사이의 아이를 쳐다보았다. 아무 표정이 없던 반점과 사마귀의 얼굴이 조금씩 무너져 내리고 있을 때 궁의 눈썹이 올라갔다. 아이에게는 없는 것이 하나 있었다. 성기였다. 상체에도 하체에도 아무런 표식이 없었다. 생식기관의 작은 흔적도 없었다. 궁은 비스듬한 자세를 바로 하고 아이를 들어 올렸다. 그러고는 몸의 앞뒤를 샅샅이 살폈다. 탯줄이 거추장스럽게 흔들렸다. 궁은 아무 말도 하지 않은 채 방바닥을 치면서 눈물을 흘렸다. 궁의 몰골은 방금 발목에 쇠 구슬이 채워진 노예처럼 보였다.

"문을 잠가."

아무도 찾지 않는 집이었지만 궁은 그렇게 말했다. 세 사람은 아이의 특성을 비밀에 부쳤다.

＊

궁은 깊은 잠에 빠졌다. 옆의 아기는 우레탄 인형처럼 표정이 없었다. 태어난 것을 관조한다는 듯 자신의 모습을 조금씩 확인할 뿐이었다. 한참 후 아기는 고단한 성인의 얼굴을 하고 눈을 감았다. 잠든 아기 곁에 반점과 사마귀가 누웠다. 창밖은 어두컴컴했다. 바람도 불지 않는 검푸른 밤 아래 네 명의 숨소리만이 오르락내리락했다. 사마귀는 악령 같은 동생이 무섭기만 했다. 섬 안에서 이보다 더 비참한 일이 벌어질 수 있을까. 사마귀의 볼을 타고 따뜻한 눈물이 흘러내렸다. 메마른 손 하나가 사마귀의 얼굴을 쓸어내렸다. 사마귀는 어둠 속에서 빛나는 반점의 눈을 발견했다.

"없어."

사마귀가 말했다.

"없어."

반점이 말했다. 그들은 새 생명에게 무무, 라는 이름을 붙였다. 반점이 사마귀 곁에 몸을 바짝 붙였다. 사마귀 역시 반점에게로 몸을 가까이 틀었다. 사마귀의 손끝에 반점의 손끝이 닿았다. 곧이어 둘의 손바닥과 손바닥이 맞닿았다. 반점이 조용히 말했다.

"널 지켜줄게. 날 지켜줘."

사마귀는 고개를 끄덕이면서 반점의 머리카락을 쓸어내렸다. 눈물로 범벅이 된 얼굴로, 둘은 서로의 이마를 붙였다. 반점의 입술이 사마귀의 입술로 다가왔다. 사마귀는 반점의 가슴으로 손을 뻗었다. 마르고 편평한 젖가슴은 소년들의 가슴판과 다를 게 없었다. 사마귀와 반점은 오랫동안 머리통을 맞댔다. 이 밤으로부터 달아나는 길은 그것뿐이었다. 꼭 껴안은 둘의 몸에 점차 온기가 돌았다.

불쑥 일어난 사마귀가 방에서 라디오를 들고 나왔다. 볼륨을 제일 작은 숫자 눈금에 맞추고 전원을 누르자 재즈가 흘러나왔다. 사마귀는 중얼거렸다.

"가사 있는 음악을 듣고 싶었는데."

"아니야. 나른하고 좋아."

"솔직하게 말해. 너도 느글느글하지?"

"응. 느글느글해."

반점이 조용히 웃었다. 그러고는 금세 입을 벌리고 잠에 빠져들었다. 새벽 내내 흘러나온 갈색 핏물이 반점의 속옷에 가는 선을 남기며 굳어 갔다. 아주 적은 양이었지만 그건 반점이 맞은 첫 월경이었다.

궁은 누렇게 뜬 얼굴로 아기를 안고 있었다. 자리에서 일어난 사마귀는 아직 잠에서 깨어나지 못한 반점에게 이불을 좀 더 끌어다주었다. 궁이 사마귀에게 시선을 돌리자마자 아기가 악다구니를 쓰며 울어 젖혔다. 사마귀는 무무를 가만히 바라보았다. 말린 홍합살처럼 작고 못생긴 동생의 얼굴은 진물로 가득했다. 눈곱과 콧물은 겹겹이 굳어서 궁이 조심스럽게 떼어내도 피가 배어 나왔다. 쭈글쭈글한 피부는 노파와 다르지 않았다. 섬의 남자 중 동생의 아버지가 누구인지 알 수 없었다. 아버지가 불분명하다는 점은 자신도 마찬가지였다. 그들 얼굴에 공통점이라곤 없는 것 같았다. 사마귀가 알기로 집에 들렀던 남자는 마을의 수장이자 궁의 사촌인 백씨뿐이었다. 양배추 외의 식량은 매번 백씨가 가져온 것들이었다. 외출이 가능했던 시기에 궁이 어딜 얼마나 돌아다녔는지는 알도리가 없었다. 사마귀는 연장통을 열고 상 위에 분홍색 가지 두 개를 꺼냈다. 끝이 썩어 문드러지고 있었지만 그 부위를 잘라내고 열을 가한다면 어떻게든 먹을 수 있었다. 어차피 악취는 집 안의 양배추 향과 태반 냄새에 섞여 사라지고 없었다.

✳

소년들 사이에 소문이 빠르게 퍼져나갔다. 사마귀의 집을 정찰한 아이는 이튿날이 되자마자 이빨에게 달려갔다.

"처음에는 무슨 생선인 줄 알았다니까."

"확실히 그게 없었어?"

장광설을 풀어놓고 싶은 소년의 욕망을 무시하고 이빨은 단답형을 요구했다.

"어. 다리 아래 아무것도 없었어."

이빨은 미소를 지었다. 지금은 남 앞에서 검은 앞니가 전부 드러나도 신경 쓰이지 않았다. 집에 돌아온 이빨은 문이 열리기만을 기다렸다.

"어젯밤에는 어디서 잤어?"

"알 거 없잖아."

이빨은 천천히 목운동을 마친 뒤 기지개를 켜면서 말했다.

"하나만 더 물어볼게. 그 집 있잖아. 이상한 게 있다며?"

이빨이 반점에게 다가갔다. 반점은 이빨이 검지로 이마를 툭툭 쳐도 소리를 지르지 않았다. 이빨이 반점의 귓가에 속삭였다.

"사마귀 동생 말이야. 신기하게 아무것도 없다지."

이빨은 반점의 양어깨를 잡고 두 눈을 들여다보았다. 복잡한 실핏줄 안쪽으로 눈물이 가득 차오르고 있었다. 처음으로 동생다운 얼굴을 한 반점이었다. 이빨을 노려보던 반점이 말했다.

"입 다물어."

"마을 사람들이 그 애를 가만둘까?"

"너는 사람에게 성기가 전부라고 생각해?"

"너처럼 생각한다면, 다 알아도 문제없겠네."

반점은 눈을 질끈 감았다. 우박이 쏟아지는 밤이었다. 금방이라도 지붕이 내려앉을 것 같았다.

✳

키가 작은 소년은 귀를 틀어막고 천장을 올려다보았다. 골이 흔들리고 관자놀이가 쑤셨다. 어머니인 다리는 닭죽을 쑤느라 정신이 없었다. 말이 죽이지 그건 통조림 바닥에서 긁어모은 닭의 살점에 물과 밀가루와 녹말을 쏟아부어 만든 개차반 같은 음식이었다. 소년은 이토록 귀가 아픈 저녁, 다리의 강건한 식욕이 천박하게만 느껴졌다.

"엄마, 집이 무너질 것 같아. 저 바깥 좀 어떻게 해봐."

"이것만 먹고."

보급이 시작되면서 다리의 관심사는 오로지 먹을 것에 국한되었다. 식재료가 엉망이어도 심지어 끼니를 걸러도 다리의 살집은 계속 부풀어 올랐다. 어제도 오늘도 마른 나뭇가지 같은 팔다리를 달고 있는 아들의 발육 상태에 다리는 전혀 관심이 없었다.

"엄마, 나 너무 추워. 머리가 아파."

소년은 귀를 더 세게 틀어막고 한숨을 쉬었다. 아이의 작은 콧구멍에서 피가 흘러내리기 시작한 것은 그때였다. 미지근한 혈액이 인중을 타고 내려오기 무섭게 걸쭉한 혈병이 코 밖으로 왈칵왈칵 쏟아져 내렸다. 소년은 멍한 얼굴로 핏덩어리를 만져보았다. 표면은 소년이 다른 소년들과 함께 언젠가 잡아 죽인 황소개구리처럼 반질거렸다. 혓바닥으로 그릇을 핥고 있는 어머니의 모습이 키 작은 소년이 본 세상의 마지막 풍경이었다.

✳

우박은 긴 겨울비를 몰고 왔다. 불그스름했던 숲은 폭우를 맞는 동안 피 칠갑을 한 것처럼 번들거렸다. 주민들은 곧 봄이 시작될 거라 장담했다. 그러나 몇 마지기 안 되는 텃밭과 흙 이랑에 좁다란 잎이 솟아나자마자, 섬의 생태는 급격히 뒤틀리기 시작했다. 새로 태어나는 것 모두 엉망진창이었다. 생물체는 하나같이 무질서한 형태로 자라났다. 구조에 있어 좌우와 대칭을 찾아볼 수 없었다. 팽창과 분열뿐이었다. 맨드라미의 수술이 꽃 밖으로 흘러넘쳤다. 토마토는 한 자리에서 하나씩 열리지 않고, 열매가 열매를 낳는 식으로 부글부글 맺혔다. 마을에 하나뿐인 개는 발이 다섯 개인 새끼를 낳다 즉사했다. 섬의 새로운 세대 중 스스로 서 있을 수 있는 생명이란 없었다. 군락은 혼돈이었다.

사마귀에게 무무는 이 마을의 마지막 인간이자 재앙의 결정판이었다. 태어난 지 수십 일이 지났는데도 동생이 사람처럼 보인 적은 단 한 순간도 없었다. 무무는 손가락의 악력이 없었다. 텅 빈 시선이 무엇을 좇고 있는 것인지 도대체 분간할 수가 없었다. 언어 능력과 지능 같은 것은 영영 갖추지 못할 것 같았다. 그러나 아이에게는 더 치명적인 약점이 있었다. 성기가 없는 동생을 생각할 때마다 사마귀는 어딘가로 한없이 떨어지고 있는 기분이 들었다. 섬의 변화는 자신의 집안, 망조와 악귀가 들린 이 집구석에서 시작된 것이 분명했다. 사마귀는 식구들의 면면을 떠올리며 자조했다.

그러나 반점의 말은 달랐다. 이 모든 사태의 근원이 잔류 방사능 탓이라고 했다.

반점이 사마귀를 이끌고 도서관으로 향했다. 반점은 자연과학 열람실이 아닌 자료실 구석의 신문과 잡지 책장에서 이 재해에 관한 이야기를 찾아냈다. 세이브 마스터 공장이 돌아갈 당시의 기사였다. 월간지 칼럼 코너는 반으로 접혀 있었다. 반점은 자신이 접어뒀던 지면을 펼친 후 글자를 손으로 짚어가며 읽었다.

관리공단과 의료센터를 비롯한 국가 산하기관은 매번 거짓말을 했다. 장애의 원인은 기후 변화였다가 마그네슘 부족이었다가 바닷속 플랑크톤 개체수 증가가 되었다. 사람이 죽는데도 일시적 질병이란 발표가 나왔다. 민원이 폭주하자 센터는 결국 예상 가능한 답변을 내놓았는데 원인을 알 수 없는 질병이니 대책을 강구할 때까지 손발을 잘 닦고 영양 상태에 주의를 기울이며 충분한 휴식을 취하라는 권고가 다였다. 약사들은 근육과 신경세포가 소멸해가는 아동에게 감기약을, 귀에서 피가 흐르는 신생아에게는 비타민을 주었다. 소수의 고령자 집단만이 보건소의 편이었으나 직원들은 정작 노인들과 접촉하기를 꺼렸다. 방문자가 늘어나자 센터는 문을 닫기에 이르렀다. 머리가 풍선처럼 부푼 손자가 태어나고, 눈이 여덟 개인 아이가 자라나면서 일부 노인들의 신념이 꺾였다.

2069년 3월에 발행된 한 환경잡지였다. 사마귀가 알고 있기로, 눈이 여덟 개인 아이는 백씨의 딸 팔룬이었다. 머리가 풍선처럼 부푼 다른 아이는 뇌막염으로 1년을 채 살지 못했다고 들었다. 다음 달 폐간된 잡지는 더 이상 이 섬에 대한 보도를 진행할 수 없었다. 반점은 사마귀와 함께 열람실로 내려갔다. 기사 아래 적힌 관련 도서 몇 종을 다시 찾기 위해서였다. 누렇게 바랜 책들은 익살스러운 삽화와 쓸데없는 설명을 많이 달고 있었지만 그래도 방사능에 관한 기본적인 사실들을 알려주고 있었다. 사마귀는 제목에 핵이 들어간 책들을 찾아 바닥에 내려놓았다. 반점은 그 책들을 집지 않았다.

"쓰레기장."

말없이 서 있던 반점이 말했다.

"폐기물은 이미 들어와 있었어. 이 섬은 예전에도 지금도 앞으로도 쓰레기 처리장이야."

사마귀가 흩어진 책들을 한데 모았다. 반점이 다시 말했다.

"수가 틀리면 우린 바로 적이 돼. 아니, 우리가 가진 병을 봐. 우린 이미 그들의 적이야."

✳

키 작은 소년의 장례는 볼품없이 끝났다. 살과 뼈 위로 올라오는 연기는 그저 모깃불 같았다. 실패한 닭싸움을 계기로 주춤했던 용맹대의 활동은, 키 작은 소년의 죽음을 맞이해 완전히 공중분해되었다. 다리는 화장을 마칠 때까지 아들의 이름을 떠올릴 수 없었다. 다리는 불똥을 바라보는 내내, 그때 구워 먹지 못했던 돼지고기 한 줌에 대해 생각했다. 늙은 개처럼 침이 턱으로 자꾸 흘러내렸다. 주민들이 혀를 차며 다리의 등판을 몇 번 두드려주었다.

섬에는 자신과 타인의 본명을 깨끗이 잊은 사람들이 수두룩하게 생겨났다. 별 문젯거리도 아니었다. 애초부터 질병이 이름 같기만 했다. 새로운 호명, 친교는 하등 필요가 없었다. 마을 사람들은 각자의 곤혹으로 지쳐 있었다. 그럼에도 주민들은 동방을 꾸준히 신뢰했다. 땅에 드럼통이 빽빽이 쌓여가고 궁색한 음식물을 불규칙하게 섭취해도 괜찮았다. 라디오로 전해 듣는 육지의 소식이 이곳보다 더욱 참담했다. 지원에 매달리지 말고 다시금 섬을 일궈보자는 사람은 한 명도 없었다. 내지의 문제가 어느 정도 일단락되면, 동방이 섬의 문제를 또 해결해줄 수 있었다. 그러나 그렇게 기다리던 한 달 사이 몇 사람이 더 돌연사했다. 식량은 깜깜무소식이었다. 주민들은 찬장 선반에 놓인, 몇 개 남지 않은 통조림에 쉽사리 손을 뻗지 못했다.

겨울나무가 곤봉처럼 부풀었다. 나무는 손끝에 활엽수와 침엽수를 동시에 매달고 있었다. 광택제를 쏟아부은 듯 잎사귀가 맨질맨질했다. 개체 수가 급작스럽게 불어난 쥐들은 숲과 방폐장을 무리 지어 돌아다녔다. 쥐들의 찰진 등에는 윤기가 흘렀다.

주민들은 뿔뿔이 흩어지고 점점이 떠다녔다. 떼 지어 다닐 일이 없었다. 한 공간에서 같은 입장에 처한 채, 누군가의 적이 되었다는 사람들은 서로의 사소한 차이를 강조하고 부각하기 바빴다. 섬의 환경이 변이되면서 목소리가 안 나오는 사람은 목소리가 나오는 사람을, 걸을 수 없는 사람은 걸을 수 있는 사람을 강렬하게 미워했다.

백씨가 마을 회의를 열었다. 백씨는 재해대책방안 모임이라는 글자 앞에 특별이란 말을 덧붙였다.

"몇 번을 말해야 하나. 이게 다 저 방폐장 때문이야. 이젠 매일 뼈가 아파."

아침마다 동방 체조를 거르지 않았던 노인이 허리에 손을 짚고 말했다. 이어서 위궤양에 시달린다는 여자가 있는 대로 인상을 쓰고 말했다.

"어르신, 그곳은 안전해요. 이건 우리가 신을 믿지 않기 때문이에요. 하루속히 마을에 교회를 세워야 해요."

종일 코피를 흘린다는 남자가 말했다.

"아니, 그 망할 놈의 붉은 숲 때문이야."

사람들이 이어 외치기 시작했다.

"나는 자꾸 설사를 해."

"머리털이 빠지기 시작했어."

"나른해 죽겠어. 토만 나와."

"조용히 하라고. 요사이 몇 사람이 죽어 나갔는지 알아?"

말 사이에 기침과 재채기 소리가 뒤섞이기 시작했다. 아수라장 속에서 누군가 손을 들었다. 얼굴이 붉은 물집과 뾰루지로 뒤덮인 반점이었다.

"여러분, 우선 비를 맞지 않도록 모두 조심하세요. 오염된 물입니다. 숲이 붉어진 건 방사성 낙진 때문이에요. 방사능이란 건 눈에 보이지도 느껴지지도 않아요. 하지만 그게 세포핵을 붕괴시켜요. 생물체 내의 질서가 손상되는 거죠."

반점을 훑어보던 몇몇이 종아리를 긁었다.

"우리는 앞으로 저항력을 잃을 거예요. 섬 생물의 징후, 지금 여러분의 증상 모두가 그 증거예요. 우리 성격과 지능도 차츰 희미해질 겁니다. 언제가 끝일진 몰라도 이 재앙은 막을 수 없어요."

한 여자가 자리를 박차고 일어나 반점의 뺨을 후려쳤다. 얼마 전 백혈병에 걸린 사람이었다.

"뚫린 입이라고 헛소리야. 나는 이렇게 힘이 세."

반점은 여자를 바라보며 말했다.

"아주머니는 언젠가 저를 때린 사실도 기억하지 못할 거예요. 자면서 오줌을 쌀 거고요."

"애 좀 봐, 이 버르장머리 없는 게."

얼굴이 붉어진 여자가 주저앉아 흐느끼기 시작했다. 여자의 커다란 등이 마구 흔들렸다.

"아이 때문인데. 사마귀의 동생이요."

정적 속에서 이빨이 말했다. 주민들이 일제히 고개를 돌렸다.

"아랫도리에 아무것도 없어요. 확인해보면 알아요. 섬이 이 꼴이 난 건 그 애 탓이에요. 그 집에서부터 저주가 시작된 거라고요. 가서 사마귀 식구들을 한번 봐요. 우리와는 근본부터가 다른 꼴이잖아요."

회관에 모인 자들이 술렁였다. 그리고 오랫동안 보지 못한 궁을 떠올렸다. 백씨의 먼 사촌이라는 그 여자는 거의 박테리아처럼 생활하는 것 같았다. 그러면서도 매번 무서운 아이들을 세상에 내놓았다. 비윤리와 퇴폐라는 단어를 쓰고 싶었던 한 남자는 그 말이 생각나지 않아 주먹만을 불끈 쥐었다. 사람들은 쉬지 않고 사마귀와 궁에 대한 불만을 토로했다. 집 안에 틀어박혀 지내는 그들 모자는, 낯선 사람에서 나쁜 사람이 되어 갔다. 단상 앞의 백씨는 사람들의 말을 듣기만 했다.

＊

회관에서부터 집까지 오누이는 한마디 말도 나누지 않았다. 뒤따라
걷던 이빨은 반점의 어깨에 차마 손을 뻗을 수 없었다.

"내가 도대체 무슨 잘못을 했는데?"

방에 들어선 이빨은 큰 소리를 낸 뒤, 성마른 표정으로 캔 뚜껑을 땄
다. 남매가 아껴 두었던 양고기 통조림이었다. 이빨은 숟가락으로 차가운
고기를 한 입 퍼먹었다. 입술 위로 굳은 비곗덩어리가 묻었다. 좁은 집
안에 비린내가 진동했다. 반점이 서랍을 열고 몇 벌의 옷을 꺼내기 시작
했다. 어정쩡한 자세로 일어난 이빨이 서랍 주위를 서성였다. 식탁 위를
굴러다니던 먼지 덩어리와 머리카락이 이빨이 내려둔 숟가락에 천천히
달라붙었다.

"뭐 하는 거야? 지금 어딜 나가?"

반점은 고개를 돌려 이빨을 쳐다보았다. 그리고 이빨의 얼굴에 시선
을 고정한 뒤 답했다.

"떠날 거야. 사마귀와 살려고."

이빨은 목젖이 따끔거렸다. 입안에 남아 있는 양고기 조각이 누가 씹
던 종이처럼 느껴졌다.

"그 집에 들어가겠다고? 미쳤어? 거긴 이상한 균이 있다고."

"사마귀를 좋아해."

집 안은 고요해졌다. 이빨이 피식 웃었다. 검지와 엄지로 입가의 고기
기름을 닦아내면서 다음 대꾸를 열심히 생각했다. 하지만 아무런 말도
떠오르지 않았다. 이빨은 새것과 다름없는 통조림을 벽에 던졌다. 캔은
둔탁한 소리를 내며 떨어졌다. 연갈색 기름이 벽지를 타고 느릿느릿 흘
러내렸다. 바닥에 흩어진 고기 조각들이 토사물로 보였다. 이빨은 제자리
에서 몇 번을 뛰어올라 양고기를 짓이겼다. 이미 뭉개진 채로 통에 담겨
있던 고깃덩어리는 이빨의 발 아래서 점차 배설물과 같이 변했다. 미끄

러운 고기 곤죽에 발을 헛디딘 이빨은 중심을 못 잡고 엉덩방아를 찧었다. 반점은 바닥에 나동그라진 이빨을 무덤덤하게 내려다보았다. 그건 반점이 지금까지 봐왔던 이빨의 모습 중 가장 외롭고 막막해 보이는 순간이었다. 반점은 눈을 감고 숨을 골랐다. 이빨과 보낼 내일, 다음 날이 여전히 궁금하지 않았다.

"끝났어."

말을 마친 반점은 짐을 멘 뒤 이빨에게 다가가 손을 내밀었다. 마지막으로 일으켜주겠다는 표시였다. 이빨은 넘어진 자리에 그대로 앉아 반점의 손을 보지 못한 척했다. 지금의 상황을 도저히 받아들일 수 없었다. 문이 열리고 닫히는 소리가 들렸다. 반점은 너무도 쉽고 가볍게 집을 떠나갔다.

＊

교무실 밖으로 옅은 백열등 불빛이 새어 나왔다. 백씨는 책상에 앉아 육포를 씹고 있었다. 그러면서 봉지에 적혀 있는 식품 성분 표시를 골똘히 읽었다. 소고기보다 소고기 향을 내는 합성제의 함유량이 더 많았다. 백씨는 입안의 음식을 손바닥에 뱉어 코끝에 가져갔다. 처음에는 고소한 빵 냄새가 피어오르는가 싶더니 뒤따라, 오래 갈아입지 않은 옷 냄새가 훅 끼쳤다.

"맛이 없네요."

백씨는 손바닥의 쓰레기를 재떨이에 닦으며 노래하듯 말했다. 육포 냄새는 팔룬이 풍기는 체취와도 흡사했다. 백씨가 책상 위 수납함으로 손을 뻗었다. 앞쪽 구석에 있어야 할 알약들이 손에 잡히지 않았다. 백씨는 서랍 옆구리를 주먹으로 쳤다. 그래도 약이 나오지 않았다. 수납함을 통째로 흔들던 그는 상자를 거꾸로 뒤엎었다. 기업들 편에 보내지 않은 서류가 책상 위로 흩어졌다. 종이 뭉치 사이에 수면제와 각성제가 든 봉투가 보였다. 알약은 각각 한 알로 충분했다. 머리카락을 매만진 백씨는 책등으로 그것을 천천히 빻았다. 손끝으로 모은 가루는 팔룬의 물컵 가장자리와 바닥에 얇게 골고루 묻혔다. 몇 개 남지 않은 의약품이었다. 하지만 팔룬은 이제 약을 먹이지 않아도 만성적으로 잠에 취해 있었다.

청소를 마친 백씨는 무료하다는 듯이 창밖을 지켜보았다. 이른 아침이었다. 하늘빛은 그날과 똑같았다. 그는 다리의 얼굴을 떠올리고는 고개를 휘저었다. 어리석은 짓이었다. 백씨는 그 여자를 다시 한 번 학교로 들이느니 혀를 깨물겠다고 다짐했다.

학교 정문에 나타난 남자들을 본 백씨는 깨끗한 책상을 다시금 정돈했다. 등이 굽은 남자는 백씨가 말한 사람들을 데리고 본관으로 들어섰다. 섬에서 그나마 거동이 용이한 자들이었다.

"여러분은 제가 마을에서도 특별히 신뢰하는 분들입니다. 이미 들으셨겠지만, 섬의 안전을 위해 아무래도 확인해야 할 것이 있어요. 눈이 침침한 제게 진실을 알려주셔야 합니다."

그들이 도착한 곳은 섬의 가장 외딴곳, 사마귀의 집이었다. 문 앞에 선 백씨는 한참을 머뭇거린 후 턱 끝으로 손잡이를 가리켰다. 얼마 지나지 않아 집 안에서 울음소리가 터져 나왔다. 주민들의 고성도 집 밖으로 뾰족하게 튀어나왔다. 백씨는 창문 밖에서 손을 느리게 움직였다. 백씨의 손을 본 남자가 밖으로 뛰어나왔다.

"진짜 없어요. 당장 확인해보세요. 저, 저 귀신 같은 것들."

"그렇군요. 그 아이의 말이 틀리지 않았네요. 제 사촌이 그런 자녀를 낳았다니."

"아이고, 죄송합니다. 제가 깜박하고 험한 말을."

"아닙니다. 마을의 안위를 잘 살피지 못한 제 잘못이죠."

백씨는 여전히 고개를 숙인 채 말했다.

"모두가 모인 자리에서 회의를 다시 열도록 하겠습니다. 섬 주민분들을 한 명도 빠짐없이 데려오세요. 함께 이 난제를 의논해야 하니까요."

＊

회관 공기는 매캐했다. 사마귀와 반점 그리고 궁과 무무 네 사람을 보는 주민들의 눈에 기이한 광채가 돌았다. 식도암이 진행되고 있는 여자가 그들 곁에 앉기 싫다며 난동을 부렸다. 자리를 두고 크고 작은 몸싸움이 오갔다. 사마귀와 반점이 그들의 실랑이 속에서 느낄 수 있는 건 딱한 가지 감정이었다. 정신이 파리한 궁도 알아챌 수 있었다. 주민들의 손짓, 발짓마다 꽉 들어찬 그것은 순도 높은 이기심이었다. 소년 몇몇이 팔짱을 끼고 사마귀 일가 근처를 돌았다. 반점이 소리쳐도 소용없었다. 무리는 발목을 다친 영양 곁에 모여든 하이에나들 같았다. 그들 모두 입가에 웃음을 띠고 있었다. 군내로 가득한 실내는 어수선하기 그지없었다. 백씨가 강단을 두드린 후, 손바닥으로 사마귀를 가리켰다. 백씨의 목소리가 회관을 가득 채웠다.

"여러분, 진정하세요. 저 아이의 꼬리는 저주도, 방사능 탓도 아닙니다. 사마귀는 그저 원래부터가 기형아였죠. 섬에 새로 태어난 아이 또한 마찬가지입니다. 무척 희귀한 사례이긴 해도, 그 특질 역시 선천적인 질병이에요."

주민들은 백씨의 말에 귀를 기울였다.

"우리 모두 하자가 있습니다. 이 섬에 질병이 없는 사람은 없어요. 상대적으로 약한 자는 반드시 있기 마련입니다. 그러니 그런 자들을 존중하셔야죠."

백씨는 잠시 숨을 고르고 말했다.

"저와 여러분은 매일 통증에 시달리지만, 그 때문에 살아 있다는 사실도 느끼지 않나요? 어쩌면 생명체에게 있어 질병이란 성숙의 표식일지도 모릅니다."

이빨이 소년들을 돌아본 뒤 턱짓을 했다. 자리에서 일어난 이빨은 손가락으로 무무를 가리키며 이죽거렸다.

"그런데 저런 걸 과연 인간이라고, 생명이라고 부를 수 있어요?"

소년 무리가 잽싸게 궁을 포위했다. 사마귀와 반점이 그들 사이를 파고들어도 여러 겹의 어깨와 등은 틈 없이 공고하기만 했다. 아이들은 궁의 포대기를 거칠게 잡아 뜯었다. 옷과 함께 묶은 매듭이 풀리면서 궁의 바지가 내려갔다. 궁은 입을 막고 자리에 주저앉았다. 악취가 사람들을 더욱 화나게 할지도 몰랐다. 사마귀와 반점이 궁의 바지를 잡아 올리고 흐트러진 매듭을 다시 맸다. 궁의 입에서 느리고 알아듣기 힘든 말이 비어져 나왔다. 품에 아이가 없었다. 이미 빼앗긴 뒤였다. 사마귀와 반점은 뒤를 돌아봤다. 주민들은 소문의 아이를 한껏 혐오할 준비가 끝난 상태였다.

백씨는 아이를 데리고 강단에 오르는 소년들에게 자리를 비켜주었다. 뒤로 물러난 백씨는 눈을 감고 숨을 천천히 들이마셨다. 달려 나오는 사마귀를 주민 하나가 낚아챘다. 다른 주민은 반점의 손목을 꺾고 입을 틀어막았다.

"잘 보세요. 이게 섬의 괴물이에요. 이 애가 태어나면서부터 돌연변이 생물들이 나오기 시작한 거라고요."

이빨의 말에 이어 소년들이 아이를 겹겹이 감고 있는 천을 내던졌다.

"아니야. 아니라고."

사마귀가 소리쳤다. 팔뚝이 억센 여자는 사마귀의 어깨를 꽉 쥐고 놓아주지 않았다. 진물과 피고름이 묻은 옷감이 회관 바닥에 하나씩 떨어졌다. 몸에 붙은 마지막 천 조각을 향해 이빨이 손을 뻗었다. 이빨은 자신을 뚫어지게 지켜보는 이들에게 부드러운 미소를 지어 보이고는 단번에 천 끝을 잡아당겼다. 순간 아이의 전신이 모든 이들에게 드러났다. 회관은 정적에 휩싸였다. 얼어 있던 무무가 자지러지게 울기 시작했다.

입꼬리가 올라가 있던 소년 하나가 갑자기 쓰러졌다. 발로 소년의 오금을 꺾은 것은 사마귀였다. 쓰러진 소년은 옷을 툭툭 털고 일어나 사마귀의 턱을 휘갈기려 했다. 주먹을 피한 사마귀는 머리로 소년의 배를 들이받았다. 그들은 바닥을 구르며 보잘것없는 다툼을 벌였다. 몇 분도 안 돼 사마귀의 입술이 터지고 눈이 풀렸다. 사마귀는 시시하리만치 쉽게 나가떨어졌다. 이빨이 무무를 뒤로하고 그들에게 걸어왔다.

"여기서 이렇게 버러지처럼 지내지 말고, 그냥 나가 죽지그래."

이빨은 사마귀의 어깨를 발로 밟고 침을 길게 뱉었다. 눈썹과 눈썹 사이에 떨어진 침은 왼쪽으로 기울면서 사마귀의 이마를 타고 내려왔다. 주민들을 비집고 나온 반점이 이빨을 쏘아보며 외쳤다.

"엄마와 아빠는 우리를 버린 게 아니야. 너만, 너만 버렸어. 네가 이런 놈일 줄 누구보다 잘 알았던 거야."

반점은 오래전 그날 밤, 부모가 자신을 데리고 해안가에 나간 일에 대해 남김없이 말했다.

"웃기고 있네."

이빨은 헛웃음을 지었다. 그러나 반점의 얼굴을 가만히 쳐다보던 이빨에게서 어느새 미소가 사라졌다. 이빨은 회관의 소년들과 어울리지 않은 채 집으로 혼자 돌아갔다.

✳

섬은 초록 천지였다. 질서도 배열도 없이 놓인 드럼통 위에 또 다른 드럼통이 쌓여갔다. 방폐장 단지의 통들은 바람결에 무너져 회색 바닥을 이리저리 뒹굴었다. 철과 철이 부딪힐 때마다 누군가 이를 바득바득 가는 소리가 들렸다. 드럼통들은 이제 방폐장 공터엔 물론이고 마을 내 시설과 집의 뒷마당까지도 파고들었다. 식량 없이 폐기물만 내려진 적도 잦았다.

섬사람들이 사흘 전 받아든 구호품은 개 사료였다. 주민들은 알루미늄 통에 그려진 검은 개의 사진을 한참 동안 바라보았다. 자신들의 머리털보다 숱이 많고 결이 고운 털을 가진 짐승은 우스울 정도로 맑고 생기 넘치는 표정을 하고 있었다. 배에 담석이 한 움큼 들어찬 남자는 개를 가리키며 휘파람을 불었다. 캔을 뜯어본 여자가 의외로 냄새가 좋다며 호들갑을 떨었다. 어쩌면 다른 식량들보다 영양소가 풍부할 거라고 말하는 이도 있었다. 주민들은 동방의 실수를 관대하게 용인하기로 했다. 다른 길은 없었다. 물품을 반송하는 일이 불가능했다. 이 식량을 버리고 다음 식량을 기다리는 일도 우매한 짓이었다. 대부분의 섬 사람들은 군말 없이 캔을 배급받았다.

멀리서는 인가의 삭막한 나날을 조금도 엿볼 수 없었다. 초록색 통들이 섬을 점령하는 모습은 아름다워 보였다. 위성으로 보면, 때 이른 여름이 찾아든 것만 같은 섬이었다. 하루가 다르게 녹음이 무성해지는 그곳은 마치 고급 휴양지처럼 보였다.

사마귀와 반점은 돌무더기에 서서 드럼통으로 가득 찬 대지를 바라보고 있었다. 그들은 이 풍경에서 무엇을 읽어내야 하는지 알 수 없었다. 섬이 어려운 활자처럼 느껴졌다. 사마귀가 갑자기 탄성을 질렀다.

"여기서 잠시만 기다려줘."

사마귀는 단숨에 집으로 들어섰다.

"잘못했어요. 잘못했어."

눈을 감은 궁이 두 손바닥을 비비고 있었다. 눈을 뜬 무무는 꿈속에 갇힌 궁을 우둔한 눈길로 쳐다보았다. 사마귀는 빠른 걸음으로 방에 들어갔다. 문을 닫자마자 굵은 눈물이 떨어졌다. 염분이 닿은 입술이 찢어질 듯 아팠다. 사마귀는 손바닥으로 얼굴을 아무렇게나 훔쳤다. 책상 아래 화구 꾸러미가 보였다. 몇 번밖에 열지 않은 물감 상자 위엔 먼지가 수북했다. 사마귀는 구아슈 하나를 들어 굳게 닫힌 뚜껑을 열어보았다. 손아귀가 따갑게 쓸렸지만, 튜브 속 물감 색은 다행히 선명했다. 사마귀는 화구를 품에 안았다. 털이 사방으로 뻗친 붓 두 개와 물그릇도 챙겼다. 노트는 다 쓰고 없었다. 더 이상 남은 종이가 없었다.

반점과 사마귀는 드럼통 위에 그림을 그리기 시작했다. 반점이 목덜미에 듬성듬성 털이 난 파란 기린을 만들었다. 사마귀는 그 옆에 노란 공룡을 그려 넣었다. 둘의 생김새에는 별다른 차이가 없었다. 기린과 공룡은 하나같이 어리고 겁먹은 타조처럼 보일 뿐이었다. 아이들은 계속해서 여러 종의 생물체들을 그려댔다. 나뭇잎을 뜯어 먹는 초식동물들은 체구와 서식지가 달랐다. 그렇지만 눈망울만큼은 모두 유리구슬처럼 크고 빛났다. 마르고 목이 긴 짐승들은 누군가를 공격하기보다 공격받기 좋은 사지를 달고 있었다. 둘은 마지막으로 바다와 고래를 그렸다. 물그릇의 노란색과 파란색이 섞이면서 그림은 밝은 초록빛으로 변해갔다. 너무 길게 그린 고래의 속눈썹은 파도 물결처럼 보였다. 붓을 쥔 아이들은 쉴 새 없이 웃음을 터뜨렸다. 그림을 그리는 동안은 섬의 어제도 내일도 보이지 않았다.

반점은 그림의 테두리를 따라 금색 야광 물감을 덧발랐다. 반짝거리는 안료가 들어간 튜브였다. 해가 저물어가면서 둘이 만든 피조물은 찬란하게 발광했다. 사마귀와 반점은 맞은편 드럼통 위에 올라서서 눈앞의 풍경을 바라보았다. 빛이 들지 않는 어두운 밤, 거무죽죽한 통 위에 수놓은 생명들은 아무리 봐도 질리지 않았다. 그들은 손을 잡고 자신들이 지은 새로운 세계를 구경했다.

"너는 무슨 색이 좋아?"

반점이 사마귀에게 물었다. 섬에서 그런 질문을 하는 사람은 반점이 처음이었다. 사마귀에게 세상의 모든 처음은 반점일지도 몰랐다.

"나는 초록색이 좋아. 풀과 나뭇잎 색. 섬에서 밀려 나가는 잎사귀들의 빛깔."

사마귀는 공을 들여 대답했다.

"초록색은 사실 나뭇잎이 제일 싫어하는 색인 거 알아? 걔네들이 뱉어내고 밀어낸 색이 그대로 이파리 빛이 된 거야. 그리고 바보야. 이 드럼통들을 봐. 난 초록이 지겨워 죽겠어."

반점이 넌덜머리를 내며 대답했다. 입가의 미소는 사라지지 않은 채였다. 사마귀는 반점의 손을 꽉 잡고 말했다.

"상관없어. 누가 뭘 미워하건, 누가 날 미워하건. 나는 네가 좋아."

반점이 사마귀를 바라보며 말했다.

"나도 네가 좋아."

✳

빈집을 나와 이빨이 찾은 곳은 축사였다. 이빨은 주머니 속에 손을 찔러 넣고, 닭들에게 던질 돌멩이들을 차례차례 굴려보았다. 이빨은 손 안의 돌을 모조리 비워도 자신의 기분이 나아지지 않으리라는 사실을 잘 알고 있었다. 며칠째 혼잣말을 내뱉고 있는 이빨이었다. 너만, 너만 버린 거야. 잠이 오지 않는 밤, 이빨은 히죽거리며 그 말을 따라 해보곤 했다. 반점의 표정도 머릿속을 떠나지 않았다. 텅 빈 방에 담긴 이빨의 몸은 자꾸 말라갔다. 꿈속에서 이빨은 볍씨와 같이 작은 몸집으로 줄어들었다. 그러면 기다렸다는 듯 적들이 나타났다. 엄청나게 커진 닭이 자신을 쪼아대려 했다. 배가 터진 지네가 뒤에서 몸을 끌며 쫓아왔다. 하지만 제일 끔찍했던 악몽은 무무와 궁이 자신을 쳐다보며 말없이 웃고만 있는 꿈이었다. 그날 새벽 이빨은 등이 다 젖을 만큼 많은 양의 땀을 흘렸다. 조각조각 난 잠에서 깨어날 때면 사마귀의 집에 쳐들어가 반점을 데리고 나오겠다는 상상이 말도 안 되는 모험담처럼 느껴졌다. 그 집을 향해 걸음을 떼는 일이 높은 성에 기어 올라가 용의 머리를 절단하는 것보다 훨씬 어려운 임무 같았다. 소년들이 뿜어내는 소음과 삐죽삐죽한 그림자를 벗어난 이빨은 자신의 심장이 늘 이렇게 빨리 뛰고 있었는지 의아하기만 했다.

갈 곳을 정한 이빨이었지만, 느릿느릿 길바닥을 배회하는 그의 모습이란 아무 목적지가 없는 사람처럼 보였다. 이빨은 자리에 잠시 멈춰 섰다. 두 발이 운동장을 가로질러 후문의 뜰로 가고 있는 것이 낯설게 느껴졌다. 바닥에 보이는 조약돌 몇 개를 주머니에 더 찔러 넣으면서 이빨은 닭장 앞에 다다랐다. 웅크려 앉은 이빨은 숨을 쉬지 못했다. 손발의 피가 모두 빠져나간 것처럼 오한이 일었다. 눈에서 가는 눈물이 비어져 나왔다. 이빨이 본 것은 자신이 괴롭히기도 전에 이미 죽어버린 닭 떼였다. 소년들이 다녀간 게 확실했다. 밀가루 더미를 덮어쓴 채 누워 있는 새들은 이빨의 내부를 시커멓게 만들었다. 이빨은 입을 벌리고 눈물을 흘렸다. 자신이 왜 울고 있는지 알 수 없었다.

축사 철창이 덜덜거렸다. 얇은 머리카락이 볼을 세차게 때렸다. 이빨은 귀를 막았다. 운동장 가까이 나타난 헬기에서 바람이 불어왔다. 밖으로 달려 나간 이빨은 고개를 들어 곤충처럼 생긴 기계를 노려보았다. 헬기는 땅 바로 위에서 배변하듯 식량 포대 몇 덩이를 툭, 툭 떨어뜨렸다. 이빨은 소리쳤다.

"가져가. 줘도 안 먹어!"

주머니 속의 조약돌을 헬리콥터로 던져낸 것은 즉흥적인 행동이었다. 그러나 한 번 발동이 걸리자 자갈이 연달아 손 밖으로 튀어 나갔다. 제어할 길이 없었다. 정글짐 꼭대기에 뛰어오른 이빨은 헬기를 향해 정신없이 조약돌을 투척했다. 마지막 큰 돌이 프로펠러 사이에 끼어들어 갔다. 헬리콥터는 기우뚱거리다 간신히 운동장에 착지했다. 귓등부터 목덜미까지 피가 흘러내리는 남자가 기체에서 나왔다. 남자의 두 눈은 뜨거워 보였다. 남자는 자리에서 꿈쩍도 못 하고 있는 이빨에게 성큼성큼 다가갔다. 이빨은 부리나케 정글짐 한가운데로 숨었지만 남자의 걸음걸이는 막힘없었다.

✳

궁은 아이스박스 속 낡은 자루에서 조심스럽게 설탕을 퍼냈다. 돌처럼 굳은 당분 조각은 한참을 때려야 잘게 부서졌다. 사마귀가 밀가루 반죽을 내밀자 반점은 달궈진 냄비에 기름을 부었다. 잠시 후 얇은 전 위에 양초 하나가 꽂혔다. 설탕과 밀가루가 재료의 전부인 케이크였다.

사마귀의 집 밖으로 작고 온순한 불빛이 새어 나왔다. 앙상한 잔치였다. 세 사람은 무무의 백일을 축하하는 노래를 불렀다. 하지만 촛불 앞에 있는 작은 생명체에게 선뜻 눈을 맞추는 이는 없었다. 자세히 들여다볼수록 마음을 혼탁하게 만드는 얼굴이었다. 아기는 달콤함, 선율, 불빛과 가장 먼 곳에 자리하고 있었다. 모든 것이 무의미해, 제발 아무 노력도 하지 말아줘. 무무의 표정은 이런 말을 실어 나를 뿐이었다. 아기는 덤덤한 눈길로 세 사람이 있는 실내를 바라보았다.

그들은 애써 의식을 지켰다. 입을 모아 촛불을 끄고 손뼉을 쳤다. 이스트, 소금, 버터, 크림, 장식이 빠진 탄수화물 덩어리는 기름 위에서나 접시 위에서나 처음 모양 그대로 납작하기만 했다. 세 사람은 금세 식어가는 음식을 맛있게 뜯어 먹었다. 궁은 손등으로 눈물을 훔치며 웃었다. 평화로운 찰나였다. 사마귀는 궁의 정신이 휘발될까 조바심이 났다. 엄마가 글자를 알려줄 때의 눈빛을 하고 있었기 때문이었다.

궁이 급히 일어나더니 서랍 앞으로 걸어갔다. 무릎을 꿇은 궁은 맨 아래 칸에서 헝겊에 싸인 조그만 기기를 꺼냈다. 폴라로이드 사진기였다. 아이들은 그것과 궁을 번갈아 쳐다보았다. 궁은 사마귀와 반점과 무무가 함께 있는 모습을 렌즈에 담았다. 두껍고 흰 비닐이 밀려 나온 뒤 몇 초 지나지 않아, 작은 평면 위에 세 사람의 모습이 분명하게 나타났다. 반점이 탄성을 질렀다. 궁은 사진 아래 2083 겨울, 이라는 글자를 적어 넣었다. 열에 들뜬 궁이 다시 서랍으로 향했다. 그리고 풀어진 헝겊 아래 있던 상아색 앨범을 꺼내 왔다. 궁은 방금 찍은 사진을 그 속에 끼워 넣었다.

"이게 뭐야?"

사마귀는 책자를 들어 찬찬히 살폈다. 책자에는 글씨가 없는 빈 공간이 더 많았다. 앞장을 펼친 사마귀는 눈을 끊임없이 깜빡였다. 누런 사진 한 장이 사마귀의 시선을 잡아끌었다. 자신이 알고 있는 이들이 분명했다. 그러나 두 얼굴은 처음 보는 기분이 들 만큼 생경했다. 사진 속 궁과 백씨는 환하게 웃고 있었다. 궁의 볼에 백씨가 입술을 붙이고 있었다.

"여보, 내 말 잘 들어. 우린 여길 나갈 거야."

"아파. 아프다고. 이 몸으로 어딜 움직여. 위염이 계속 심해져."

"여기 있다가는 죽게 될 거라고. 정신 차려."

"그게 무슨 말이야? 노역은 곧 끝나."

섬에 궁과 백씨, 두 탈옥수가 들어온 것은 14년 전 여름이었다. 사내 창고에서 철근 3킬로그램을 빼낸 대가는 혹독했다. 두 사람은 보류 기간 없이 곧장 감옥으로 이송되었다. 점유 이탈물 횡령죄는 중죄였다. 불법행위에 있어 계도와 교정은 없었다. 사소한 실수 모두가 규정 위반으로 처벌받았다. 동방은 원자력 발전소가 가동되었던 곳을 감옥으로 사용했다. 섬 바로 앞의 건물은 동방 각 지구의 범죄자가 모이는 교도소로, 다른 말로는 본사라 불렸다. 그리고 본사 뒤에는 거대하고 높은 차폐벽이 들어서 있었다.

장벽 뒤는 새로운 도시였다. 석유와 원자력의 시대는 완전히 막을 내리고 있었다. 육지인들은 옛 세대들이 쌓아둔 오물을 오랫동안 닦아냈다. 그들이 내렸던 비이성적 판단은 두고두고 비난을 받았다. 과오는 정밀히 기록되었다. 소모와 낭비가 더 이상 없어야 했다. 벽 너머의 사람들은 대체에너지를 주요 동력으로 삼았다. 바람과 태양과 불의 에너지원 그리고 수소 연구가 차례차례 자리를 되찾아가는 중이었다. 작은 기계들은 다시 커졌고, 그 기능과 쓰임새가 단순하게 변모했다. 시간을 거슬러 오르는 길만이 가장 경제적이고 현실적인 해결책이었다. 많은 시행착오가 행해졌다. 남은 문제는 골칫덩이인 원자력 발전소와 그 터, 그리고 거기서 나온 폐기물이었다. 기업들은 오염수를 비롯한 핵 쓰레기 처리에 고질적인 애를 먹고 있었다.

동방을 비롯한 몇몇 기업들은 땅의 중앙에서부터 청소를 시작해나갔다. 국제기구의 눈을 피해 갖가지 교묘한 술수가 벌어졌다. 하지만 사실을 알고 있는 기구들도 환경복구를 위한, 어느 정도의 오류는 용인하겠다고 공표했다. 삶의 터전을 다시 일구는 것이 우선순위였다. 거기엔 자신들이 세운 적법한 인가 기준을 지키는 시늉이라도 한 뒤, 방폐장을 지으라는 속뜻이 있었다. 그러면서도 기구들은 앞다투어 기업의 윤리와 사회적 역할을 강조하는 선언문을 발표했다. 단체들의 제재와 단속이 심해진 연말 연초에는 기업들이 허술하게라도 일 처리를 하지 않으면 곤란했다. 폐기물을 처리할 장소를 선별한 뒤에는 몇 가지 물밑작업이 따랐다.

가장 먼저, 도시 공동체가 쓰고 있는 광대역 회선망은 방폐장 선정 지역민들을 제외한 그들끼리의 수단으로 좁혀졌다. 이 섬에는 동방 본사의 간수 몇이 틀어대는 라디오 방송이 전송되었다. 음악과 음악 사이 원고는 아무렇게나 작성되었지만, 간혹 몇몇 열성적인 간수들이 조작에 자발적으로 참여하는 일도 있었다. 그들은 지나간 핵 사고를 다룬 다큐멘터리, 재난 영화, 과학 소설을 참고해 대본을 짜는 일에 흥미를 느꼈다.

폐기물이 묻힐 곳에 뿌릴 홍보물과 책자도 제작되었다. 분쟁이 심했던 지역을 다룬 자료는 수없이 많았다. 장난에 가담하는 본사 기술자들이 점점 늘어났다. 작업을 맡으면 복리후생이 좋아질 거란 소문이 돌았기 때문이다. 그들은 화면에 자막을 입히고 서로 다른 내용의 영상물을 짜깁기했다. 조금만 익히면 그다지 어렵지 않은 편집이었다.

환경협회는 뒤늦게 방폐장 설립에 대한 원칙을 완성했다. 폐기물에 방사능 마크를 반드시 장착할 것, 쌍방 간의 문서 계약을 통한 동의서를 확보할 것, 방폐장으로 활용되는 지역에는 정기적으로 구호품과 식량을 배송할 것. 이 밖에도 세세한 목록은 열 가지가 넘었다. 위반 시 큰 벌금이 부과될 예정이었지만, 초국적 기업들에게 그 액수는 무시할 정도로 적었다. 동방은 필수 사항만을 이행하려 들었고 그마저도 엉망으로 처리 나갔다.

입점식이 있던 날 섬에 들어온 트럭 네 대 중, 앞의 두 대에는 동방 간수들이 있었다. 뒤의 두 대에는 모범수들이 있었다. 수행원 대부분이 절차를 무시했다. 되는대로 꾸린 약식으로 행사가 진행되었다. 동방의 각종 재고를 비롯해 전량 폐기될 의류, 유통기한 스티커를 떼어낸 식품, 소각 직전의 도서들이 차량에 가득 실렸다. 신체검사 입력 방식은 허접하기 짝이 없었고 내용이 보존되지도 않았다. 사보증이 제작되고 그것이 카드로 발급되는 일도 물론 없었다. 동방은 퇴락한 다른 지역도 같은 식으로 운영하겠다는 내부 방침을 갖고 있었다. 분열국의 남자들과는 말이 잘 통했고, 그들 가운데서도 대표격의 남자들은 더더욱 다루기 쉬웠다.

범죄자들을 도시의 벽 밖으로 밀어내고, 외곽의 섬을 그들의 마지막 쓰레기장으로 쓰는 것. 무너질 나라에 들어오는 기업인들은 그것이 어쩔 수 없는 결정이라고 말했다. 부득이, 불가피, 필요악이라는 표현도 여러 번 사용되었다. 그들은 이 생존책이 앞으로 인류에게 다시없을 유일한 차악으로 남을 것이라 판단했다.

✳

궁과 백씨의 노역은 원자로 4단지 터에서 이뤄졌다. 탈출 계획을 세운 것은 백씨였다. 수용소 쪽창에 기댄 백씨는 매일 밤, 섬을 침울히 내다보았다. 갈 곳은 저기 한 군데였다. 배가 부푼 아내가 교도소 내 병원에 머무르는 이 주간이 기회였다. 병원은 시설 안에서 감시가 가장 취약한 곳이었다. 원자로 단지에서 일한 자들이 어떻게 처리될지 백씨는 똑똑히 알고 있었다. 백씨가 잘못 들어간 건물에 그 증거가 있었다. 지게차를 찾아 헤매던 어느 오후, 백씨는 폐쇄된 단지 후문에 멈춰 섰다. 경첩과 걸쇠가 다닥다닥한 문은 예상외로 쉽게 열렸다.

아무도 찾지 않은 건물 안엔 그만큼의 시간이 덩어리로 고여 있었다. 콘크리트 더미와 고철, 의미를 알 수 없는 서류 뭉치, 부서진 계기판과 유리창, 비닐로 만들어진 보호복과 장화 몇 점. 백씨는 시커멓게 그을린 건물 내부로 더 들어갔다. 걸음을 뗄 때마다 한 살씩 어려지는 듯했다. 모든 것이 어렵고 무서웠던 시기로 성큼성큼 다가서는 기분이 들었다.

얼마나 오래 걸었을까. '원자 2호로'라고 쓰인 기둥이 보였다. 원형 주변으로 부서진 벽돌이 산더미처럼 쌓여 있었다. 벽돌 더미 안을 봤을 때 백씨의 무릎 힘이 풀리고 말았다. 몇 구의 시신인지 알아볼 수도 없었다. 해골들은 모두 입을 벌린 채 누워 있었다. 앉아서 죽은 사람의 척추는 옥수수로 만든 지팡이 과자처럼 보였다. 그들 몸의 반을 석회가 덮고 있었다. 엉성하고 성급한 처리였다. 백씨는 이를 꽉 다물고 달리기 시작했다. 잘못 밟은 시멘트 조각 사이로 쥐가 튀어나왔다. 발목이 부서질 것처럼 아팠다.

백씨는 달이 없는 밤을 기다렸다. 시신들 옆에서 만든 스티로폼 배가 완성된 직후였다. 배는 섬까지 편도용으로 쓰기에 무리가 없었다. 가짜 신분과 직업은 바다 위에서 붙여졌다. 백씨는 얼굴이 하얗게 뜬 궁에게 당부했다.

"당신은 당분간 나와 떨어져 살아야 해. 먼 사촌이라고 할게. 말을 아껴."

섬에 도착했을 때 궁의 손발은 그들이 훔쳤던 고철처럼 차갑고 딱딱했다. 통증은 위장에서 시작된 것이 아니었다. 산기였다. 궁의 첫 출산이 임박했다. 그들이 숨어 들어간 학교에는 한 줌의 온기도 없었다. 산모의 체온이 점차 떨어졌다. 백씨는 교실 구석에서 아내의 팔다리를 주물렀다. 궁의 눈알이 뒤집히려고 할 때마다, 백씨가 아내의 뺨을 때렸다. 둘의 몸은 발바닥에 지뢰 조각이 박힌 노루들처럼 고통스럽게 떨렸다.

팔룬을 받은 것은 백씨였다. 궁은 눈이 여덟인 아이를 보고 그대로 쓰러졌다. 백씨는 아이의 얼굴을 집중해서 바라볼 수 없었다. 발전소에서 잉태된 아이는 두 사람의 과거를 고스란히 신체에 싣고 나타났다. 백씨 역시 정신의 한 부분이 하얗게 타들어가는 것 같았다. 아이는 마을에서 배척당할 것이 자명했다. 정확히는 주민들에게 살해될 것이었다. 백씨는 아이를 창문 밖으로 집어 던지려다가 그만두었다. 그리고 투명할 정도로 자신을 빼닮은 아이를 다시 품에 안았다. 백씨는 학교 뒤뜰에서 닭 한 마리를 잡아 삶았다. 궁은 몇 모금도 떠넘기지 못한 채 구역질을 했다.

"저는 새로 온지 얼마 안 된 교사예요. 선생님이 누군지, 동방 본사가 뭔지 몰라요. 제발 진정하세요."

아침에 교문을 통과해 들어온 선생들은 모두 백씨의 손에 죽었다. 백씨는 축사에서 두 구의 시신을 불태웠다. 타지 않는 부위들은 마대에 담아 창고로 옮겼다.

"교사를 청소하고 마을도 정비할 겸 섬 한 바퀴를 돌았습니다. 그런데 해안 절벽에서 아기 울음소리가 나는 겁니다. 스티로폼을 타고 내려온 모양인데, 아무래도 도시의 부모가 버린 것 같네요."

"육지인들이 그렇게나 악독한가. 쳐 죽일 것들이네."

백씨는 자신의 아이를 수양딸로 삼았다. 마을 사람들은 새로 부임한 교사와 그 일가에게 아무런 의심을 품지 않았다. 오히려 젊은 선생의 과감한 결단은 주민들의 칭송을 받았다. 백씨가 창고를 깨끗이 비운 뒤였다.

"정말 낳을 거야?"

"상관 말아."

"제정신이야? 이 섬에서 아이를 낳는 게?"

"당신이 그런 말 할 자격이 있어?"

"닥쳐."

"애초에 여기로 들어오자고 한 게 누군데?"

"수용소에서 살아남을 수 있었을 것 같아?"

"차라리 거기서 죽는 게 나았어."

새벽이 밝아올 때까지 둘은 낮은 목소리로 자주 다퉜다. 싸움이 길어질 때마다 백씨는 궁을 밀쳤다. 책을 좋아하고 가사가 섬세한 음악을 즐겨 듣던 청년, 눈빛과 성정이 맑은 인간. 섬에 도착한 이래 궁이 좋아한 백씨의 모습은 온데간데없었다. 남편은 이미 사람 두 명을 죽인 낯선 남자가 되어 있었다. 그리고 그런 생각을 하는 자신의 머리를 발로 걷어차고 있었다. 뒤이어 태어난 둘째 자식 사마귀는 백씨의 관심사에서 완전히 벗어났다. 꼬리가 달린 아들의 몸 같은 건 쳐다보기도 싫었다. 자신의 아이일 수도, 아닐 수도 있었다.

398

교무실로 사람들이 들어찼다. 백씨는 주민들을 쉽게 내보낼 수 있을 거라 짐작했지만 볼이 푹 꺼지고 눈가가 거무튀튀한 자들의 고집은 남달 랐다.

"새로운 선박을 기다리지 말고 우리 배를 다시 돌려받읍시다."

"동방을 설득하죠. 바다로 나가 뭐라도 잡아들여야 하겠는데요."

"배가 고파 죽겠습니다. 식량이 보름째 끊겼어요."

"사료도 다 떨어졌는데. 헬리콥터는 언제 도착하나요."

백씨는 두 손을 높이 들었다.

"동방과 이행한 약속은 지켜야 합니다. 인내심을 좀 갖고 기다리세요."

사람들은 며칠째 쥐를 구워 먹었다. 섬에 쥐 외의 다른 포유류는 드물 었다. 배에 썩은 물과 촌충이 가득한 쥐 고기는 질기고 억셌다. 살아 있 는 쥐의 질감은 그보다 부드러워도 잡기가 어려웠다. 드럼통과 드럼통의 틈 그리고 대지 위로 자꾸만 두꺼워지는 먼지층이 쥐들을 숨겨주었기 때 문이다. 이제 방폐장 주변은 곰팡이 두께가 한 뼘도 더 될 것 같았다. 이 따금 그곳의 먼지 더미는 엄청나게 풀썩였다. 쥐 떼가 이동하고 있다는 뜻이었다. 회색 뭉게구름이 회색 안개로 천천히 바뀌는 풍광은 멀리서도 뚜렷이 보였다. 백씨는 눈을 비비고 창밖을 지켜보았다. 그리고 자못 진 지한 투로 말했다.

"알겠습니다. 함께 사냥을 나갑시다. 바다 말고 저 방폐장 쪽으로요. 이 땅에서의 생존방법은 당분간 그뿐일 테니까요."

"쥐는 이미 잡아들이고 있어요. 우리는 근본적인 개선을 말하는 겁니 다. 사냥을 안 해보셨어요? 고기가 얼마나 형편없는지 몰라요?"

"살 맛이 씁쓸하죠. 쥐들은 빠르니 사냥도 어렵고요."

주민들의 대꾸가 없었다. 백씨는 이제야 혼자 있을 수 있게 되었다고 생각했다. 한 여자가 백씨 앞에 섰다.

"널린 게 쥐 떼예요, 백씨. 골목마다 죽어 나자빠진 게 몇 마리인 줄 아세요?"

"그야 제 눈이 안 좋다 보니."

"쥐가 안 보일 정도라뇨. 단상엔 잘 오르시잖아요."

백씨가 말을 멈추고 주민들을 밖으로 내몰기 시작했다. 당황한 기색을 감추기 위해 백씨는 바닥만을 내려다보았다. 그들과 간신히 문 앞에 섰을 때 한 남자의 눈이 번쩍였다. 남자는 옆 사람의 어깨를 친 후 한곳을 가리켰다. 곧이어 수십 개의 눈동자가 배 위의 등불처럼 흔들렸다. 그들의 눈에 띈 것은 백씨의 책상, 그 위에 놓인 그릇이었다. 말라비틀어진 닭 뼈와 사과의 속대가 비현실적으로 보였다. 찰점 위에는 담뱃재가 붙어 있었다. 한 주민의 시야에 반쯤 먹다 내버린 망고스틴 통조림도 들어왔다. 그들이 맡았던 방 안의 퀴퀴한 향은 각종 음식물 쓰레기가 발효되고 있는 냄새였다. 무리의 눈빛이 날카롭게 다듬어졌다.

"평소에 이렇게 먹어?"

누군가 큰 소리로 질문했다. 주민들의 몸짓이 금세 난폭해졌다. 그들은 철제 수납장과 서랍을 열어젖혔다. 곳곳에서 식량이 쏟아져 나왔다. 비축된 통조림의 종류는 수도 없었다. 냉장창고에는 백씨가 빼돌린 1차 신선식품들이 들어 있었다. 누런 봉투를 뜯자 주민들이 몇 년 동안 한 번도 본 적 없던 견과류와 말린 과일이 바닥으로 튀었다.

"언제부터였어?"

"긴급, 긴급 식량들이에요. 손대지 않고 보관하고 있던 겁니다."

백씨의 말에 귀 기울이는 자는 없었다. 다들 옷가지에 식량을 쑤셔 넣기 바빴다. 사람들은 옆 사람의 통조림을 빼앗느라 자신이 주워 담았던 식량을 계속 떨어뜨렸다. 치즈를 챙기던 여자가 백씨를 노려보았다. 여자는 파인애플 통조림 하나를 백씨에게 있는 힘껏 던졌다. 백씨는 몸을 틀어 통을 피했다. 쇳덩이는 백씨의 발치까지 가지 못하고 나무 바닥에 떨어졌다. 선 자리에서 짜디짠 소시지를 씹어 먹던 남자가 소리쳤다.

"어디 다른 사람들 앞에서도 해명해봐. 쥐새끼 같은 놈아."

＊

고무보트는 서서히 모양을 갖추었다. 백씨는 펌프에서 손을 뗀 뒤, 턱을 타고 떨어지는 땀을 닦았다. 체온이 내려가자 뒷덜미가 서늘했다. 갯돌에 어른거리는 보트 그림자가 식인 상어처럼 보였다. 백씨는 배 앞머리의 먼지를 털어냈다. 순간 종아리에 심한 통증이 일었다. 하지정맥류인가. 그는 인상을 찌푸리며 생각했다. 연이어 엄청난 고통이 일었다. 다리를 짚은 손바닥이 축축했다. 발목을 타고 내려와 모래를 적신 것은 자신의 피였다. 바로 뒤 팔룬이 서 있었다. 아이는 손에 빛나는 것을 쥐고 있었다. 통조림 뚜껑들을 접고 두드려 만든 흉기였다. 팔룬은 날카롭게 벼린 알루미늄 딱지를 몇 개나 지니고 나왔다. 톱니 모양으로 불규칙하게 엇갈린 쇠판은 수십 개의 완강한 칼날이 되어 있었다. 팔룬은 백씨를 보트에 넘어뜨린 후 가슴팍을 짓눌렀다. 백씨의 목 위로 빛이 들끓었다. 핏방울이 튀면서 팔룬의 눈이 멸치 떼처럼 빛났다. 백씨는 소리쳤다.

"진짜 딸이야, 너는 내 진짜 딸이라고."

팔룬은 백씨의 말을 전혀 듣고 있지 않았다. 팔룬은 백씨의 목 위로 단호하게 붉은 선을 그어 내리는 중이었다. 깊숙이 꽂힌 칼날은 단숨에 백씨의 동맥을 찢었다. 모래사장에 발을 디딘 팔룬은 보트의 고무 손잡이를 잡아 바다에 그대로 밀었다. 수면에 뜬 보트가 취한 사람처럼 물길을 나아갔다.

＊

붉은 살점을 쪼고 있는 새가 한 여자의 눈에 띄었다. 바다 건너에서 날아온 회색머리아비였다. 배에 검은 기름을 잔뜩 묻힌 생물은 먹이를 뜯는 데 온 신경을 모으고 있었다. 머리카락이 없는 여자는 더러운 새를 잡기 위해 조심조심 걸음을 옮겼다. 잠시 후 마을 어귀까지 여자의 비명이 울려 퍼졌다. 새가 뜯고 있는 것은 백태가 낀 사람의 혀였다.

묻에서 두 시체가 한꺼번에 발견되었다. 방조제 사이에 몸이 낀 한 구, 갯돌 위에 빨랫감처럼 널린 한 구였다. 안면이 함몰된 이빨과 호흡기에 자상이 심한 백씨였다. 백씨의 기도 안에는 썩은 소라 껍데기가 붙어 있었다.

바다는 어제처럼 탁하고 따뜻했다. 가까이서 보면 근육이 하나도 없는, 헐렁하고 남루한 물결 그대로였다. 신발 한 켤레와 남성용 줄무늬 팬티와 고무 패킹이 밀물과 썰물을 어지럽게 떠다녔다. 해변가의 변화는 사람의 주검에 더해 새들의 주검이 늘었다는 사실뿐이었다. 섬에 발을 디딘 이후 떠나지 못한 아비들의 시신이 모래밭에 즐비했다. 주민들의 행렬 뒤에 선 사마귀는 발치 끝, 백씨의 얼굴을 무심하게 내려다보았다. 사진 속 눈부신 미소는 떠나가고 없었다. 다리와 목이 난잡하게 뜯긴 백씨의 몸은 햄처럼 보였다. 사마귀는 처음 들여다보는 아버지의 낯이 자신과 무척 닮았다고 생각했다. 의미 없는 감상이었다.

맞은편의 반점은 무릎을 꿇고 있었다. 사마귀는 반점 앞의 시신이 누구인지 빨리 알아볼 수 없었다. 백씨보다 오래 방치된 몸이었다. 이빨의 아름다웠던 정면은 아주 사라지고 없었다. 반점의 품에는 발효된 밀반죽 같은 이빨의 육신만 남았다. 사마귀는 반점 옆에서 오랫동안 자리를 지켰다. 죽은 이들의 표정은 더 이상 사납지도, 어렵지도 않았다.

육지에서의 지원은 완전히 중단되었다. 드럼통도 식량도 오지 않았다. 몇몇 주민들이 동방이 화가 난 게 아니냐고 물었다. 답을 해줄 사람은 없었다. 사냥과 낚시를 허락받을 일도 없었다. 재배를 다시 시작하자고, 축사 관리에 관심을 기울이자고 누군가 제안했지만 그 의견은 금세 묵살되고 말았다. 너무 순진하고 허약한 말이었다. 주민 하나가 힘겹게 가래를 뱉어낸 뒤, 허튼소리를 지껄인 자를 노려보았다. 제대로 된 씨앗, 목숨이 붙어 있는 동물은 이 섬에 남아 있지 않았다. 통조림이 바닥나기 전에 배를 만들어야 했다. 당연한 수순이었다. 그러나 이제 주민들에게 배라는 사물은 허망하고 막막한 추상어처럼 느껴졌다. 얕은 의지조차도 생기지 않았다. 나무를 베고 못질을 할 수 있는 사람은 없었고, 주민 모두가 적어도 자기 자신만큼은 그런 역할에 합당한 자가 아니라고 생각했다. 그들은 각자의 손을 앞뒤로 바라보았다. 누런 손톱과 부종을 달고 있는 신체 기관은 낯설고 엉성했다. 이 몸뚱어리의 기원을 알 수 없었다. 누군가의 배 안에서 오래 자라난 생명체라는 사실이 조롱처럼 여겨졌다.

✳

반점은 말수가 점점 줄어들었다. 물 밖으로 나온 이빨이 다시 불로 지워진 날부터 입이 열리지 않았다. 사마귀와 반점은 침묵 속에서 드럼통의 빈 면을 채워나갔다. 사마귀는 거의 뼈밖에 남지 않은 동물들을 그렸다. 자신들의 몸을 그대로 닮은 사슴은 타이어만 한 머리통 아래 철사 같은 다리를 매달고 있었다. 반점은 며칠째 그림 대신 욕설을 잔뜩 적었다. 철제 그림 일기장엔 매일 매일 날짜가 적혔다. 글귀는 유치한 도시 괴담처럼 보였다.

"3차 세계대전 같은 것은 일어나지 않았다. 대신 우리를 망하게 한 것은 관성이었다. 섬들은 방폐장이 되었다. 사람들은 콘크리트 벽을 쌓아 폐기물을 버린다고 했지만 그런 게 만들어지기도 전에 드럼통이 들어왔다. 식료품의 질은 자꾸 나빠졌다. 지원은 몇 달도 안 돼 끝났다. 땅이 좁아지자 사람들은 폐기물이 가득 찬 드럼통 사이에서 살아갔다."

사마귀는 이제 다른 말을 쓰고 싶었다. 라디오에서 들었던 노래를 떠올렸지만, 귀를 스쳐 지나간 선율은 잘 잡히지 않았다.

"세상에 끝이 온다 해도 좋아. 너와 나는 헤어지지 않을 거야. 잡은 손을 놓지 말아줘. 세상에 끝이 온다 해도 좋아. 아니, 끝이 오게 내버려둬. 그때 또 다른 세상이 열릴 거니까. 잡은 손을 놓지 않은 우리에게 매일이 새날이야."

사마귀는 반점과 함께 그 노래를 다시 한 번 듣고 싶었다. 아무 말도 하지 않고 그냥 그 음악을 들려줄 수 있다면 얼마나 좋을까. 사마귀는 입술을 깨물었다. 영영 들을 수 없는 노래였다.

✳

반점과 손을 잡고 잠든 사마귀는, 어느새 반점의 손을 놓친 채 혼자 꿈속의 섬을 거닐고 있었다. 헬리콥터 소리를 듣고 밖으로 뛰어나온 반점이 하늘에 손을 흔들었다. 헬기에서 내려온 것은 아크릴 수천 가닥을 꼬아 만든 줄이었다. 줄은 반점의 머리 위에서 방사형 그물로 퍼졌다. 망에 갇힌 반점은 온몸을 뒤틀었다. 반점을 포획한 헬기는 바다를 유유히 건너갔다. 반점은 몸서리치며 사마귀를 불렀다. 사마귀는 헬기를 따라 정신없이 달렸다. 처음 보는 해안이 나타났다. 그곳엔 백사장이 없었다. 물과 뭍의 경계도 없었다. 모든 것이 회반죽 같았다. 광고 전단만이 휘지 않고 물 위를 떠다녔다. 거기에 낯익은 얼굴이 보였다. 사마귀는 손을 뻗어 종이를 주웠다. 마스크를 낀 반점이었다. 철창 안의 반점은 맨몸이었고 두 눈엔 야광 빛이 돌았다. 다리 한쪽엔 사슬이 채워져 있었다. 관광 상품, 우리에 든 피폭 소녀. 글자는 굵고 야만적이었다. 도시가 반점을 사냥해 갔다. 눈을 감은 사마귀의 얼굴이 무참하게 구겨졌다.

꿈의 다음 장면은 더욱 거북했다. 반점은 유리관 안에 들어가 있었다. 반점의 몸은 대재앙의 시대라는 제목을 달고 미술품 시장에 나왔다. 앉은 자세에서 손 하나를 허공으로 뻗고 있는 반점의 모습은 인류가 광기에 휩싸인 한 시기의 비극과 절망을 전시하는 용도였다. 관 아래에는 이것이 원자력을 사용하던 당시의 산물이라는 안내 문구가 붙어 있었다. 열세 살 소녀라고는 믿기 힘든, 열악한 신체 상태에 대해서도 자세한 기술이 이어졌다. 남학생 하나가 반점의 모습을 촬영하다 직원에게 주의를 들었다. 한 여자아이는 반점의 얼굴을 지켜보다가 울음을 터뜨렸다. 아이의 부모가 무릎을 굽히고 아이 머리통을 부드럽게 쓰다듬었다. 몸을 뒤척이던 사마귀는 간신히 잠에서 깼다. 입이 마르고 침은 썼다.

사마귀는 나날이 초췌해지고 있는 반점 그리고 무무와 궁의 모습을 하나하나 눈에 담았다. 새벽빛이 드리워진 세 얼굴은 끝없이 창백하고 가난했다. 사마귀는 한쪽 귀가 없다는 화가가 그린, 감자를 먹는 사람들의 몰골을 떠올렸다. 사마귀는 조용히 연장통을 챙겨 집을 나섰다. 식량을 구해야만 했다.

바다 건너 거대한 회백색 땅에는 반점이 말한 첨탑이 서 있었다. 이렇게 시시한 섬의 나날을 보기 위해 지어진 건물이라는 사실은 믿기지도 않았고, 믿을 수도 없었다. 반점은 모든 상황을 비관적으로 파악하는 데 익숙한 아이였다. 자신이 만든 최악의 상상 속에서만 안전한 기분을 느끼는 것인지도 몰랐다. 그러니 반점이야말로 허약했다. 집 밖을 나와 혼자 걷는 사마귀는 이제야 반점의 위악과 고독을 떠안을 수 있는 심정이 되었다. 그저 움직여야만 했다. 컴컴할 뿐인 이 섬에 지켜야 할 것들이 계속 생겨나고 있었다. 사마귀의 마음이 자꾸 부풀었다. 사마귀는 사람들이 이런 감정에 취해 다음 날, 그다음 날도 살아갈 수 있는 거라고 생각했다.

✳

방폐장의 드럼통과 드럼통 사이는 쥐가 가장 많은 곳이었다. 그 속엔 더 많은 먹이가 있을지 몰랐다. 사마귀는 지면 위로 꼬리를 탁탁 쳤다. 각오와 다르게 방폐장 안에 깊숙이 들어와 있는 자신이 바보처럼 느껴졌다. 숨이 막혔다. 사마귀는 생각을 끊고 꼬리로 먼지와 곰팡이를 쓸어나갔다. 놀란 쥐 떼가 빠르게 이동했다. 앞니가 손가락만 한 쥐들은 자신들의 몸집과 부피를 한 번도 상상하지 않은 것 같았다. 그들은 여전히 겁이 많았다. 마치 불안과 공포를 뚝뚝 빚어 만든 생물체 같았다. 사마귀는 쥐들을 제치고 앞으로 나아갔다. 발등 위로 부드럽고 따듯한 털이 계속 스쳤다. 연장통에 담긴 몇 마리의 쥐들은 서로를 공격하느라 정신이 없었다. 사마귀는 자리에 멈춰 재채기를 했다. 잿빛 사방이 먼지로 가득 차올랐다. 어둠 속에 너무 오래 머물러 있지 않았나. 사마귀는 입구 쪽으로 방향을 바꿨다. 한 걸음 한 걸음 뗄 때마다 귀가 점점 아파 왔다. 굉음은 하늘에서부터 시작되고 있었다. 엄청난 소나기였다. 폭우 사이로 헬리콥터가 보였다. 사마귀는 굴 입구에서 손을 흔들었다. 그러나 헬기는 멀기만 했다. 보급이 재개된 사실을 반점에게 알려야 했다.

출구가 가까워질수록 사마귀는 귀가 쓰라려 견딜 수 없었다. 하늘을 꽉 메운 기계들이 엄청난 소음을 뿜어댔다. 사마귀는 고개를 빼고 기체를 자세히 올려다보았다. 폭우는 헬기로부터 나오는 중이었다. 그들이 비를 쏟고 있었다. 사마귀는 다시 방폐장 안으로 뛰어갔다. 그리고 멍하니 구름 없는 하늘을 바라보았다. 눈이 침침해졌다. 굴 안에 웅크린 사마귀는 하품을 멈출 수 없었다. 연장통을 내려놓고 조금만 자면 피로와 허기가 옅어질 것 같았다. 물을 다 퍼부은 헬기들이 바다 건너로 멀어졌다.

자리에서 일어난 사마귀는 시멘트벽에 오줌을 쌌다. 화장실을 찾을 시간이 없었다. 바지를 고쳐 입은 사마귀는 굴 입구에 그대로 멈췄다.

방폐장 바깥은 쑥대밭이었다. 입을 벌린 사마귀가 마을로 발을 틀었다. 무릎까지 물이 차올랐다. 드럼통이 수면 위를 둥둥 떠다녔다. 쥐들의 배는 뒤집혀 있었다. 사마귀는 부러진 각목 하나를 집어 들었다. 온몸이 욱신거렸다. 사마귀는 물속을 각목으로 휘저으며 걸음을 옮겼다. 나무 끝에 검붉은 것이 걸리자 눈이 질끈 감겼다. 마음을 무너뜨린 건 불어터진 맨드라미꽃이었다.

마을 입구에 다다르자 등으로 서늘한 바람이 불어왔다. 사마귀의 찬 손이 축 늘어졌다. 눈앞의 광경을 믿을 수 없었다. 폐허였다. 집과 땅과 바다가 개밥처럼 뒤섞여 있었다. 무너진 지붕과 축대 위로 얇은 나뭇가지들이 들러붙었다. 열린 창틈으로 누군가의 허연 발이 보였다. 사마귀가 고개를 돌릴 새도 없이 물살을 타고 몸이 흘러나왔다. 초점이 사라진 눈이 보였다. 숨은 이미 끊겨 있었다. 물길을 헤집고 앞으로 나아갈 때마다 주민들의 시신이 보였다. 사마귀는 집을 향해 속도를 냈다. 기왓장과 유리창이 허벅지를 할퀴었다. 떠내려 오던 다리의 시체가 사마귀의 꼬리를 쓸고 지나갔다. 집이 있어야 할 자리에는 아무것도 없었다. 이곳엔 동서남북부터 없었다. 사마귀는 물 위에 토를 했다. 궁과 무무의 모습이 보이지 않았다. 반점도 없었다. 섬은 생명을 완전히 놓아버린 것 같았다. 악몽이 왜 부서지지 않는지, 왜 장면이 바뀌지 않는지 알 수 없었다. 온갖 쓰레기로 뒤덮인 해안가는 지옥처럼 어수선했다.

무릎을 꿇은 사마귀의 눈에 다시 몰려오는 헬기들이 보였다. 그들은 이번에 마을 위로 회색 덩어리를 쏟아붓기 시작했다. 종이 반죽 같은 물질이 닿자 물 위의 모든 것들이 움직임을 멈추고 굳어가기 시작했다. 섬에는 식량 대신 몇천 톤의 독성 용액과 콘크리트 더미가 쏟아졌다. 동방은 이빨을 죽인 남자의 진술을 앞세워, 섬이 벌인 심각한 도발 행위를 용인할 수 없다고 결론지었다. 다른 기업들과의 논의는 없었다. 바다 위를 헬기 수십 대가 비행했다. 기체들은 지치지도 않고 섬으로 열 지어 날아왔다.

무무를 안고 있던 궁이 굳어갔다. 팔 하나를 올린 채로 궁의 몸이 딱딱해졌다. 사마귀와 반점이 그린 드럼통의 그림일기는 죄다 지워졌다. 진회색 곤죽만이 땅을 메워갔다. 사마귀는 오래전 우박이 쏟아지던 밤, 코피를 쏟다 죽었다는 키 작은 소년을 생각했다. 사마귀가 해안 한계선을 향해 달음박질쳤다. 희끄무레한 불빛이 보였다. 그는 달리기를 그만두고 점을 향해 무작정 헤엄쳤다. 식도로 더러운 바닷물이 몇 모금 들어왔다. 멀리 보이는 건물에서 무언가 뜨거운 것이 날아왔다. 사마귀의 왼손에서 새끼손가락 하나가 떨어져 나갔다. 그는 눈물 때문에 앞을 잘 볼 수 없었다.

업데이트

김창규

유토피아는 어디에도 없는 장소이다. 반대말인 디스토피아는 부정에서 탄생한 단어답게 어디든 존재할 수 있다. 〈업데이트〉는 지금 당장 누구에게든 닥칠 수 있는 디스토피아 이야기이다. 주인공은 시각 이미지 속에서 방황하다가 제 나름의 길을 찾지만, 만약 현실 속 사건이라면 그만한 행운은 없을지도 모른다.

2013년 〈과학동아〉 게재

2014년 제1회 SF 어워드 중단편 부문 대상 수상

2016년 《우리가 추방된 세계》(아작) **수록**

"…이상, 의료 공단의 고지 의무에 따라 알려드렸습니다."

"잠깐, 잠깐만요."

인유는 다급하게 상대를 불렀다. 인유의 손등에 붙어 있는 터치 화면 속에 등장한 공단의 여자 직원은 눈을 깜빡이며 다음 말을 기다렸다. 인유가 '알았다'고 한마디만 하면 곧바로 접속을 끊을 기세였다.

"너무 간략해서 무슨 얘기인지 얼른 이해가 안 되는데요. 그러니까, 제가 받은 시술을 취소해야 한다고요?"

"예. 그에 따라서 적절한 후속 치료를 받으실 것을 권합니다."

"치료라니 어떤… 아니, 애초에 이게 그렇게 간단히 해결될 문제인가요?"

직원의 미간에 살짝 주름이 잡혔다.

"저는 어디까지나 업데이트에 따른 고지 의무만 다한 것이니 자세한 사항은 개인적으로 알아보시기 바랍니다."

직원이 전화를 끊자 화면의 색깔이 피부 빛으로 되돌아갔다. 인유는 심장 박동이 빨라지는 것을 견디다 못해 가까운 곳에 있는 건물의 벽에 어깨를 기댔다. 다리에도 힘이 빠졌지만, 다행히 주저앉지는 않았다. 의료 공단 직원의 말이 문자 그대로일 리는 없다고 여겼기 때문이다. 그토록 심각한 일이 그리 금세 실현될 수는 없었다.

인유는 가슴에 손을 얹고 심호흡을 했다. 손가락을 높이 들어 올리면 자칫 찔려서 깨질 것처럼 파랗고 선명한 하늘 아래 행인들은 제 갈 길을 찾아 직소 퍼즐처럼 맞물리며 이동하고 있었다.

인유는 심호흡하며 일의 순서를 정리했다. 우선 자신이 받은 시술의 공식 명칭을 알아야 했다. 인유는 왼쪽 손등을 오른손으로 가볍게 조작했다. '개인 정보 관리'에서 '의료 기록'을 선택하자 '치료 기록'과 '수술 기록'이 나왔다. 후자를 건드리자 십여 개의 목록이 떠올랐다. 인유의 오른손 검지가 가늘게 떨렸다. 실수로 화면 우상단의 빨간 '지금 모두 업데이트' 버튼을 건드리지 않을까 겁을 먹으면서.

직원이 말했던 시술은 금세 찾을 수 있었다. '업데이트 전에 최신 소식을 검색하십시오'라는 경고 문구가 깜빡이고 있었기 때문이다. 시술의 이름은 '눈-704'였다. 인유의 가슴이 철렁 내려앉았다. 그 수술이야말로 4년 전에 인유의 인생을 완전히 뒤바꿔놓았다. 그토록 중요한 수술명을 단번에 알아듣지 못한 것은, 사실 한 번 치료를 받고 나서 모든 문제가 해결되었다고 믿고 싶은 소망의 반영이었다.

그런데 의료 공단은 3분에도 못 미치는 간단한 통화로 '취소'와 '후속 치료'를 말했다.

인유는 침을 꿀꺽 삼키고 연계 검색을 시작했다. 검색 결과를 시간순으로 정렬하자 첫머리에 의학/기술 뉴스가 올라왔다.

'눈-704 시술과 관련한 기술특허 분쟁 해결. 눈-704는 4년 전 미국의 다이네틱스 사가 시각과 관련한 전반적인 손상을 획기적으로 해결하기 위해 내놓은 시범 시술이다. 하지만 3년 전 중국의 이보공학이 눈-704 시술에 사용된 기술의 특허권을 주장하였고, 두 회사는 재판에 들어갔다. 이 재판은 장기 재판으로 분

류되어 전문가들의 의견이 정리될 때까지 미루어졌으나, 최근 다이네틱스 사가 자사의 기술을 정리하면서 소유권을 포기함으로써….'

인유는 보통 때라면 두 줄도 이해하기 힘든 기술 관련 기사의 의미를 곧바로 깨달았다. 인유는 기사를 다급하게 위로 넘겨 결론을 보았다.

'…이에 이보공학은 눈-704 소프트웨어의 즉각적인 삭제를 공표했다. 다행인 것은 현재 이 수술을 그대로 유지하는 피술자가 극히 적다는 점이다.'

이게 바로 의료 공단이 전하고자 했던 말이었다. 인유는 곧장 병원으로 전화를 걸었다. 지체할 시간이 없었다. 그녀는 긴급 사태라고는 모르는 병원의 자동 응답과 씨름을 하고 '통화가 많으니 기다려 달라'는 말을 열여덟 번 들은 다음 마침내 간호사와 육성으로 통화할 때까지, 파란 하늘과 꺼진 가로등과 가지 끝에서 새잎을 밀어내고 있는 가로수와 행인들의 다채로운 의상을 미친 듯이 눈 안으로 욱여넣었다.

✳

문혼 종합병원 시각과의 김상인 과장은 환자를 대하는 의사라기보다 학생을 가르치는 교수 같았다. 인유는 그의 말을 기다리는 동안에도 하얀 의사용 가운과 팔각형 옷걸이와 자동으로 각도를 조정하는 베이지색 블라인드와 그 위에 쌓인 잿빛 먼지와 벽에 걸린 광고용 포스터와 길고 짧고 뭉툭하고 광택이 나는 간이 검사기구들의 생김새를 동공 안으로 마구 집어삼켰다.

김상인 과장은 인유의 진료 기록을 검색하고 간단한 사정 이야기를 듣더니 간호사에게 다음 환자들의 상담 시간을 20분씩 늦추라고 지시했다. 인유는 그의 이마에 자잘하게 퍼져있는 주름과 눈동자의 색깔과 코끝에서 번들거리는 기름을 눈으로 빨아들였다.

"자, 최인유 씨. 정확히 무얼 알고 싶으신 거죠?"

인유는 병원에 오는 동안 최대한으로 압축해놓은 질문을 꺼냈다.

"눈-704를 삭제하면 어떻게 되나요?"

과장은 헛기침하더니 말했다.

"환자분의 경우는… 선천성 시각 장애가 있었는데요, 사실 장애라기보다는 뇌의 광범위한 기능 상실에 가까웠어요. 사람의 시각 정보는 최종 장소에 도착하기까지 매우 복잡한 과정을 거치죠. 환자분은 유감스럽게도 출생 당시부터 그 과정의 대부분이 완성되지 못한 겁니다. 그걸 눈-704 시술을 통해서 복구시켰고요. 시범 시술임에도 꽤 완성도가 높았기 때문에 시각을 정상인 수준으로 회복할 수 있었어요. 그랬죠?"

인유는 회색 때가 묻은 의사 가운의 옷깃과 자신의 손과 손톱을 하나하나 살피면서 말했다.

"네."

"문제는 이 시술의 상당 부분이 소프트웨어적이었다는 겁니다. 그리고 종합시술이다 보니, 그 소프트웨어를 뇌에서 지우게 되면 단순히 시력을 잃는 거로 끝나지 않습니다."

손톱의 분홍, 파랑, 그 밑을 덮고 있는 굳은살, 그토록 좋아하는 금은 혼합 디자인의 팔찌, 그 팔찌를 선물한 현종의 모습…. 아니야, 지금은 최대한 많은 걸 보아두는 게 중요해. 현종 씨는 이미 기억하고 있잖아. 내 눈에 그토록 깊고 또렷하게 심어 둔 사람은 없잖아. 그러니까 하나라도 더, 더 많은 걸 봐야 해.

인유는 그렇게 생각하며 반사적으로 의사의 말을 되풀이했다.

"그걸로 끝나지 않는다니요?"

의사가 엄지손가락으로 콧등을 만지작거렸다.

"눈-704 시술의 정식 명칭은 '시각연합겉질 대체 및 장기기억 결합 이식'이에요. 시각연합겉질은 시각 정보가 뇌에 새겨지는 부위죠. 이 정보가 장기기억과 작용 기억…. 음, 더 쉬운 말로 하는 게 좋겠군요."

인유는 의사를 향해 귀를 활짝 열고, 눈은 그보다 더 활짝 열고서 눈동자를 바쁘게 굴리고 있었다. 하나라도 더 많이 보기 위해서.

"눈-704는 시각연합겉질을 새로 만드는 수술이 아니었어요. 뇌에 남아있는 장기기억 공간 일부를 시각 정보 기록용으로 끌어다 쓴 셈이죠. 소프트웨어적으로 걸러서요. 따라서 눈-704가 삭제되면… 4년 전 시술을 받은 다음부터 지운 시점까지 보고 기억했던 모든 시각 기억이 함께 사라지게 됩니다."

인유의 눈동자가 급속 냉동이라도 된 것처럼 단숨에 얼어붙었다가 천천히 과장의 얼굴 쪽으로 향했다.

"…네?"

"그러니까…, 지금 그렇게 바쁘게 하나라도 더 보아두려고 해봤자 전부 지워진다는 얘기예요."

인유는 순간적으로 진료실 안의 공기가 모조리 빠져나간 것처럼 숨이 막혔다.

"그, 그러면 전 어떡해야 하죠?"

과장은 기계적인 희망을 담아 말했다.

"물론 그 기억을 고스란히 보존할 수 있어요. 간단한 작업은 아니지만요. 우선 환자분의 기억 공간을 구성하는 시냅스와 화학물질 패턴을 분석하고, 그걸로 백업용 틀을 만들어야 해요. 그다음에 눈-704 소프트웨어의 가상머신을 만들어서 이식하고, 시각 기억을 옮겨놓고, 환자분의 눈-704를 지우고, 기억을 뇌에 도로 옮기면 돼요. 문제는…."

문제는…, 인유는 마음속으로 과장의 말을 받아적고 있었다. 과장은 다시 한 번 인유의 의료 정보를 참조했다.

"최인유 환자가 기초지역보험 대상자라는 점이에요. 혹시 그 밖에 다른 보험을 드셨나요?"

"아니요."

"그렇군요."

이번에는 과장이 인유의 질문을 기다렸다. 인유가 물었다.

"기초보험 적용 비용을 빼면 비용이 얼마나 들까요?"

인유는 의사가 말꼬리를 얼버무리지 못하도록 덧붙였다.

"대략요."

"어디까지나 대략이고 실비용은 차이가 날 수 있다는 거 아시죠?"

"네."

"검사에 필요한 패턴 분석비는 기초보험 적용이 돼요. 따라서 절반인 1천만 원만 부담하면 될 테고요. 백업용 틀 제작, 가상머신 제작, 이건 소프트공학부의 일이라 수가가 높아요. 약 7천만 원 정도가 들 거예요. 어디까지나 대략이에요. 백업과 복원 공임이 약 3천만 원 정도, 기타 비용 1천만 원에 만약에 우리 병원에 입원한다면 입원 동안 병실료 등 부대 비용이 드니까 다 합치면…."

"대략 1억3천만 원쯤이겠네요."

"맞아요. 그쯤 되겠네요. 기초보험밖에 없으니 어쩔 수가 없군요."

과장은 나중에 환자가 말이 다르다고 소송을 걸지 않도록 현재 기술로 확인된 손실률을 냉큼 덧붙였다. 하지만 그럴 필요는 없었다. 인유는 1억 원이라는 숫자 다음부터 다른 얘기는 아무것도 들을 수가 없었다.

지금 형편에서 인유에게 1억 원이란 숫자는 불가능과 동의어였고, 불가능과 직면한 사람이라면 보통 그러게 마련이었다.

✴

애인인 현종에게 모든 것을 털어놓는다고 해서 불가능이 가능으로 바뀌지는 않았다. 인유도 그런 것은 기대하지 않았다. 현종은 한동안 아무 말을 하지 못했다. 두 사람은 한쪽 벽이 모조리 유리로 되어 있어 시야가 탁 트인 커피 전문점에 앉아있었다. 현종은 인유의 얘기가 끝났을 때 빨대로 아이스커피를 마시던 중이었다. 현종이 반쯤 입을 벌리자 빨대를 따라 올라가던 커피가 재빨리 컵 속으로 돌아갔다. 컵의 표면에 맺혔던 물

방울이 현종의 손가락을 따라 힘없이 흘러내렸다.

인유는 얼마 뒤에 모조리 지워진다는 것을 알면서도 눈을 깜박이지도 못하고 그 모습을 악착같이 지켜보았다.

"내가 여기저기서 끌어모은다고 해도 3천만 원이 채 안 될 텐데."

현종이 말했다. 인유가 머리를 저었다.

"그러자고 얘기하는 거 아니야. 게다가 정말로 비용이 1억 원만 들 리가 없어. 어차피 내가…, 우리가 감당할 수 있는 금액이 아니야."

현종이 어두운 표정으로 말했다.

"특수 질병에 해당하지는 않고? 그런 경우에는 사제 보험을 들지 않아도 혜택을 받을 수 있잖아?"

인유가 고개를 저었다. 가게 안의 세련된 인테리어를 이루고 있는 장식품과 의자와 탁자들이 눈에 들어왔다. 인유는 곧 증발할 기억이 싫어서 일부러 눈을 감았다가 뜨고 현종을 보았다.

"알아봤어. 해당 사항 없어."

"그럼, 어떡하려고? 시력을 잃으면 어떻게 돼? 나는 그게 어떤 건지 모르지만…, 그냥 삭제를 거부할 수는 없어?"

인유는 현종이 하려는 말을 모조리 짐작할 수 있었다. 네가 꿈꾸던 디자이너 일은 영영 끝이잖아. 우선 그 회사에서 하고 있는 임시직 보조일도 그만둬야 하고. 아니, 그런 것보다 삶이 완전히 달라질 텐데 그 절망을 견뎌야 하잖아.

현종이 인유의 손을 잡았다. 인유는 그 손에서 빠져나와야 한다는 걸 알고 있었다. 소프트웨어가 지워지면 현종이 떠날 수도 있었다. 그러면 인유의 곁에는 아무도 남지 않는다. 하지만 잡고 싶었다. 결정을 내리는 건 어디까지나 현종인데도, 만약 현종이 떠나겠다고 하면 이를 악물고 보내주려고 생각하고 있음에도 그 손을 놓고 싶지 않았다.

인유는 손가락 하나하나에 힘을 주어 현종의 손을 움켜쥐었다. 난 그 절망이 뭔지 알고 있어. 한 번 빠져나왔는데, 그리고 잊었는데, 밤에도 암흑이 싫어서 불을 전부 켜놓고 자는데.

4년 전이라는 이름의 검고 숨 막히는 기억 속으로 돌아가라고? 싫어.

"어차피…."

인유의 목이 점점 잠겼다.

"전역 업데이트가 있어."

전역 업데이트는 선택 사항이 아니었다. 예정된 업데이트를 앞당길 수는 있어도 미룰 수는 없었다. 하루에도 수십 개씩 쏟아져 나오는 신체 해킹용 악성 소프트에 대처하기 위해서. 치료와 시술 목적으로 몸 안에 설치된 소프트웨어들을 최대한 신속하게, 설사 사용자가 바쁜 생활 때문에 잊더라도 자동으로 설치하기 위해서. 누구나 일주일에 한 번씩, 일요일마다 강제로 업데이트가 이루어졌다. 모든 사람이 무선망에 연결되어 있었으니 예외는 없었다. 시간은 일요일 밤 11시 55분부터 다음 날 새벽 1시까지, 1시간 5분 동안이었다.

오늘은 화요일이다.

"눈-704가 이번 일요일에 지워진다는 거야? 시간이 닷새밖에 없다고?"

인유는 고개를 끄덕였다. 그녀는 현종의 얼굴이 창백해지고 입술이 바짝 마르는 것을 보았다.

현종은 탁자 모서리를 두 손으로 잡고 손톱이 하얗게 될 때까지 힘을 주었다.

"그럼 돈이 있더라도…."

"수술 순서를 당기는 데에 3천만 원이 또 든대."

인유가 맥없이 웃었다. 현종은 따라 웃을 수가 없었다. 인유는 현종이 너무 깊은 고민에 빠지지 않게 얼른 말을 이었다.

"그래서 사설 업체를 찾아가보려고."

현종은 말뜻을 곧바로 이해하지 못했다. 그리고 뒤늦게 의미를 깨닫자 두 눈을 크게 떴다.

"그게 얼마나 위험한지 알잖아."

"알아. 그런데 다른 수가 있어?"

인유는 혼란한 마음을 최대한 스스로 다독거렸다. 지금 그녀가 사설 업체에 맡기려는 건 단순한 기계가 아니다. 두뇌와 그 속에 담긴 자신의 일부다. 사설 업체가 얼마나 위험하고 그 부작용이 어떤 결과를 낳는지 경고하는 텔레비전 프로그램이 하루가 멀다 하고 방송되고 있었다. 하지만 그토록 경고가 잦다는 건 그만큼 사설 업체가 많다는 뜻이기도 했다. 완전히 민영화된 의료 시스템은 발달한 의학기술을 제대로 뒷받침하지 못했고, 죽지 않아도 될 병에 걸린 사람들이 그만큼 더 많이 죽는다는 뜻이기도 했다.

"현종 씨, 난 4년 전이 어땠는지 또렷이 기억해. 불가능한 일이지만, 정말로 들어내고 싶은 기억은 바로 그거야. 남은 닷새 동안 아무것도 안 하고 울기만 하다가는 다시 그 지옥으로 돌아가야 해. 모두가 아는 대로 사설 업체의 결과는 불확실해. 긍정적인 결과가 나올 수도 있을 테고 더 나빠질 수도 있어. 그래도 난 뭐든지 해보고 싶어. 가만히 앉아서 새까만 악몽으로 끌려 들어가긴 싫어. 정말이야. 그리고…."

인유가 현종을 똑바로 바라보았다. 현종은 인유의 몸이 가볍게 떨리는 것을 알아챘다.

"지금 이건 나 자신한테도 하는 말이야. 거울을 보고 혼자 중얼거릴 순 없잖아. 아무것도 보이지 않는 검정 안개에 대고 말을 하는 건 싫어. 그러니까."

인유가 바짝 마른 혀를 억지로 움직였다.

"괜찮으면 나랑 같이 가줘. 그 결과가 끔찍해서 현종 씨가 날 떠난다고 해도 아무 말 하지 않을게. 내 앞에 뭐가 기다리고 있는지, 적어도 그건 같이 봐줘. 업데이트가 되면 난 그 순간에 지금까지 내가 간직한 시각 기억을 모두 잃게 돼. 하지만 현종 씨에게는 기억들이 남잖아. 그걸 같이 봐줘."

인유는 눈을 감았다. 곧 기능을 상실할지도 모르는 눈이 뜨거워졌다.

인유는 그 열기가 식을 때까지 기다렸다가 말했다.

"나 너무 이기적이지?"

현종은 잠시 기다렸다가 그 말에 운을 맞추며 미소를 지었다.

"애인이란 건 원래 서로 악착같이 이기적으로 구는 거야."

✳

인유와 현종은 일요일이 되어서야 간신히 의료 소프트웨어를 다루는 사설 업체를 찾을 수 있었다. 점포는 생각보다 밝고 넓었다. 그러면서도 발품을 팔고 입소문을 더듬어보지 않고서는 찾기가 어려웠다. 두 사람은 업체의 입구에서 잠시 주저하다가 결심을 하고 안으로 들어갔다.

40대 중반의 남자가 손등 화면과 두 개의 홀로그램 화면, 하나의 액정 화면을 번갈아서 들여다보고 있었다. 현종이 헛기침하자 남자가 고개를 돌렸다.

"어떻게 오셨죠?"

"의료용 시술 소프트웨어에 문제가 생겨서요."

남자가 인유와 현종을 위아래로 훑어보고는 고갯짓으로 가게 안쪽을 가리켰다.

"들어오시죠."

인유와 현종은 좁은 통로에 놓인 의자에 나란히 앉았다. 남자는 차가운 자양강장제를 두 병 꺼내더니 하나는 자신이 갖고 다른 하나를 내밀었다.

"시술 상담을 받을 분이 어느 쪽인가요?"

인유가 살짝 손을 들자 남자는 음료수를 현종에게만 건넸다.

"혹시라도 지금 당장 시술을 하게 되면 카페인이나 당 농도가 영향을 줄 수도 있어서요."

남자는 그렇게 말하면서 살짝 인유에게 미안한 표정을 지었다.

"자, 그럼 들어봅시다."

인유는 가능한 모든 것을 털어놓았다. 남자는 눈-704가 무엇인지 손등 화면에서 검색을 해보면서 눈빛이 달라졌다. 그다음부터는 인유에게 질문도 던졌다. 이야기가 끝나자 두 사람을 기다리게 두고는 분주하게 조사를 하더니 말도 없이 어딘가로 사라졌다. 기다린 지 30분이 지나자 인유와 현종은 남자가 자신들의 존재를 잊은 건 아닌지 의심했고, 업체를 잘못 찾았나 후회하기 시작했다.

그때 남자가 팔자걸음으로 두 사람에게 돌아왔다.

"마지막으로, 두 사람의 의료 기록을 전부 나한테 보내봐요. 아, 물론 이건 불법행위예요. 낯선 사람에게 의료 기록을 공개하지 말라는 얘기 잘 알죠? 이게 바로 그런 경우예요. 기록을 보내기 싫으면 돌아가시면 되고, 우리는 한 번도 본 적이 없는 사이가 되는 거요."

인유는 우습게 보이지 않으려고 눈을 가늘게 뜨고 말했다.

"그런 각오는 당연히 하고 왔어요. 그런데 이 사람 기록은 왜요? 시술은 내가 받을 건데요?"

"그것도 나한테 맡겨줘야겠어요. 기록을 보고 확인할 게 있거든요. 물론 두 사람의 의료 기록은 일이 끝나고 지울 거예요. 남자분 기록은 시술이 끝나면 바로, 여자분 기록은 혹시 모를 일에 대비해서 3개월 뒤에. 이 말을 믿고 안 믿고도 어디까지나 자유요."

인유는 걱정스러운 눈빛으로 현종을 보았고 현종은 애인을 안심시키려고 웃으면서 마주 보았다.

"기록을 받을 계정 주소나 알려주세요."

남자는 두 사람의 의료 기록을 받자 이번에는 그 자리에서 손등 화면만으로 몇 가지를 검사했다. 그리고 한숨을 크게 내쉬더니 이야기를 시작했다.

"정말 옛날 영화에나 나올 법한 얘기인데, 좋은 소식과 나쁜 소식이 있어요. 어느 쪽부터 듣고 싶어요?"

인유는 얼른 답했다.

"나쁜 소식부터요."

남자는 조금도 시간을 지체하지 않았다.

"우선 병원에서 해준다던 시술을 여기서 하는 건 불가능해요."

인유와 현종은 누가 먼저랄 것도 없이 탄식을 내뱉었다. 두 사람의 몸에서 희망이 모두 새어 나갔다.

"기술적으로 불가능한 건 아니에요. 시간과 돈 때문이죠. 병원에서 1억 3천을 불렀다고 했죠? 우리가 똑같은 시술을 하면 9천 정도가 나와요."

남자는 거기까지만 말을 해놓고 두 사람의 눈치를 살폈다. 현종이 고개를 저었다. 남자가 말을 이었다.

"게다가 시간적으로도 불가능해요. 나쁜 소식을 먼저 말해달라고 해서 다행이었어요. 왜냐면 좋은 소식이 그리 좋지 않은 소식일 수도 있으니까요. 아마…. 병원에서는 절대로 해주지 않을 시술이기도 하고요. 업데이트가 오늘 밤이죠? 흐음, 거기 고객분은….."

남자가 음료수를 한 모금 마시고 물었다.

"4년 전부터 지금까지 보아왔던 것을 모조리 잃는 것과 그 가운데 몇 가지라도 건질 수 있는 길 중에서 어느 쪽을 택하겠어요?"

"몇 가지라도 건진다는 건 무슨 뜻이죠?"

"이를테면, 어디까지나 설명의 편의를 위해서 예를 드는 건데요. 고객께서 여기 있는 이 종이의 생김새는 잊고 싶지 않다고 하면 보존할 수 있다는 거예요. 물론 그 수에는 제약이 있고, 한계가 어느 정도일지는 시술에 들어가봐야 알 수 있어요. 단, 아주 중요한 사실이 하나 있는데 말이죠."

"그 '중요하다'는 건 좋은 소식인가요, 나쁜 소식인가요?"

인유가 물었다.

"부작용이 있어요. 영구적인 건 아니지만요. 어쩌면 그 부작용 때문에 4년 전보다 더 먼 옛날로 돌아가야 할지도 몰라요. 그리고 그 영향은, 전적으로 고객분께서 어떤 시각 기억을 보존하는지에 달려있어요."

인유가 침으로 입술을 적시고 말했다.

"어떤 부작용인지 분명하게 말해주세요."

남자는 눈-704의 원리에 대해, 시각 기억에 대해, 부작용의 정체에 대해 말했다. 이해는 어렵지 않았다. 어려운 건 결심과 결정이었다. 그리고 도와줄 사람이 필요했다. 인유는 결정을 내렸고, 현종은 도와주겠다고 말했다. 두 사람은 손을 꼭 쥐고 시술을 해달라고 말했다.

남자는 보일 듯 말듯 미소를 지었다.

"준비에 30분 정도 걸려요. 치료가 끝나면 업데이트가 되고 눈-704가 삭제될 때까지 머릿속이 뒤죽박죽될 텐데, 그때까지라도 세상을 '보고' 싶으면 돌아다니다가 와요."

인유는 잠시 망설이다가 고개를 저었다. 그리고 물었다.

"병원에서는 왜 이런 걸 알려주지 않았을까요?"

남자는 등을 돌리고 각종 소프트웨어를 조작하면서 쓸쓸하게 말했다.

"기억 편집은 불법이에요. 편집과 보존의 경계가 어디까지인지는 모르겠지만…. 그리고 이렇게 불확실한 임시방편에는 의료비를 할당할 수 없기 때문이에요."

남자는 그 이상은 얘기하지 않았다. 현종과 인유는 남자의 예전 직업이 무언지 짐작했지만 확인할 방법은 없었다.

※

전역 업데이트는 폭풍처럼 왔다가 황사처럼 지나갔다.

인유는 현종의 손을 잡고 나란히 누워서, 집 안의 모든 불을 켜놓은 채 업데이트를 받았다. 인유가 4년 동안 보아왔던 사물과 사건과 장면과 영상과 일상과 세계가 폭풍 속에서 찢어지고, 부서지고, 해체되고, 맞부딪치다가 노랗고 따갑고 불투명한 황사에 휩쓸려 사라졌다. 그 황사는 위나 아래나 옆으로 흐르지 않고 인유의 뇌에 있는 브로카 영역과 베르니케 영역을 세척하다가 지워졌다. 그리고 인공 망막과 시각연합겉질을 연결해주는 소프트웨어가 남아있지 않았기 때문에 인유는 더 이상 아무 것도 볼 수가 없었다. 그녀의 눈앞과 사방을 이루고 있는 것은 먹물처럼 진하고 무한히 튼튼한 어둠뿐이었다.

그래도 4년 전과는 달랐다. 인유에게는 시각 기억이 남아 있었다. 그 기억들은 현종의 것이었기 때문에 두 사람의 것이었고 이제 인유의 것이기도 했다.

인유는 불법시술업체에서 남자가 해주었던 얘기를 한 번 더 떠올렸다.

"눈-704는 언어의 기억 공간을 빌려서 시각 기억을 저장하는 소프트웨어예요. 물론 이건 본래 언어와 시각의 기억이 완전히 분리되는 건 아니라서 가능한 일이죠. 하지만 완전히 같은 것도 아니어서 소프트웨어로 연결을 시켰던 거예요. 업데이트를 하면 그 연결이 끊어지고, 고객분이 본 건 하나도 남지 않아요. 하지만 다른 사람이 본 것을 가져와 심을 수는 있어요. 그것도 전역 업데이트를 받기 전에 해야 해요."

그래서 남자는 인유와 현종의 뇌를 연결한 다음 인유에게 원하는 시각 기억을 고르라고 했다. '바다.' 인유가 맨 처음 고른 것은 바다였다. 남자가 만든 시술 소프트웨어는 현종이 떠올린 바다의 모습을 골라 지워지지 않을 인유의 언어저장소에 덮어씌웠다. '태양.' 현종이 본 온갖 태양들이 인유가 알고 있는 태양 위에 내려앉았다.

숲, 지구, 밤하늘, 안개꽃, 용암, 다리, 산, 불꽃놀이, 촛불….

불꽃놀이가 한계였다. 그렇게 해서 인유는 바다가 어떻게 생겼는지 기억했지만, 바다라는 개념을 말로 설명할 수 없었다. 태양의 모양새를 떠올릴 수 있었지만 묘사할 수 없었다. 그게 바로 부작용이었다.

인유는 현종을 고르지 않았다. 현종의 모습보다는 현종이라는 사람이 소중했기 때문에. 인유는 인유를 고를 수 없었다. 자신을 잃고 싶지 않았기 때문에.

그렇게 인유의 시각 기억은 지워진 것과 현종의 시각 기억으로 나뉘었다. 그리고 지워진 공간에는 암흑이 가득히, 추호의 빈틈도 없이 들이 찼다.

"새로 배우세요. 남자분이 도와주면 돼요. 여자분이 잃은 게 뭔지 알고 있으니까요. 언어와 개념을 익히면 언젠가는 시각 기억과 하나가 될 거예요."

남자는 그렇게 알려 주었다. 남자의 그 말은 조금의 손실도 없이 인유와 현종의 뇌에 보존되었다.

두 사람은 업데이트가 완전히 지나간 뒤에 마주 잡은 손에 더욱 힘을 주었다. 그 손으로 전달되는 것은 눈으로 볼 수도 없고 언어로 심을 수도 없었으므로 그 뒤로 언제까지고 업데이트의 영향을 받지 않았다.

저자 소개

[가나다순]

김보영

2004년 〈촉각의 경험〉으로 제1회 과학기술 창작문에 중편 부문에서 수상하며 작가 활동을 시작했다. 《7인의 집행관》으로 제1회 SF 어워드 장편 부문 대상을, 〈얼마나 닮았는가〉로 제5회 SF 어워드 중단편 부문 대상을 수상했다.

한국 SF 작가로서는 처음으로 미국의 대표적인 SF 웹진 〈클락스월드(Clarkesworld)〉에 단편소설 〈진화신화〉를 발표했고, 세계적 SF 거장의 작품을 펴내 온 미국 하퍼콜린스, 영국 하퍼콜린스에서 《당신을 기다리고 있어》, 《저 이승의 선지자》 등을 포함한 선집 《I'm waiting for you and other stories》가 출간되었다.

2021년 개인 영문 단편집 《On the Origin of Species and Other Stories(종의 기원과 그 외의 이야기들)》(Kayapress)로 전미도서상 번역서 부문 후보에, 〈Whale Snows Down(고래 눈이 내리다)〉으로 로제타상 후보에 올랐다.

소설가가 되기 전에는 게임 개발팀 '가람과바람'에서 시나리오 작가/기획자로 활동했다. 《이웃집 슈퍼히어로》, 《토피아 단편선》, 《다행히 졸업》, 《엔딩 보게 해주세요》 등 다수의 단편집을 기획했다.

김창규

1993년 공동작품집 《창작기계》에 첫 글을 실은 뒤 2005년 〈별상〉으로 과학기술창작문에 중편 부문에 당선되었다. 〈업데이트〉, 〈우리가 추방된 세계〉, 〈우주의 모든 유원지〉로 각각 제1회, 제3회, 제4회 SF 어워드 단편부문 대상을 수상했고, 제2회 SF 어워드에서는 〈뇌수〉로 우수상을 수상했다.

작품집으로 《우리가 추방된 세계》, 《삼사라》가 있고 《독재자》, 《백만 광년의 고독》 등 공동 SF 단편집에 참여했다. 옮긴 책으로 《여름으로 가는 문》, 《뉴로맨서》, 《이중도시》, 《유리감옥》 등이 있다. 창작활동과 번역 외에 SF장르 관련 각종 강의를 진행하고 있다.

박문영

소설·만화·일러스트레이션을 다룬다. 자리를 못 잡고 겉도는 것, 기괴하고 무력해 보이지만 실제로는 그렇지 않은 대상에 관심이 있다. 제1회 큐빅노트 단편소설 공모전을 통해 소설을 발표하기 시작했다. 《그리면서 놀자》, 《사마귀의 나라》, 《지상의 여자들》, 《3n의 세계》, 《주마등 임종 연구소》 등의 책을 냈고 공저로 《봄꽃도 한때》, 《천년만년 살 것 같지?》, 《우리는 이 별을 떠나기로 했어》 등이 있다.

《사마귀의 나라》로 제2회 SF어워드 중단편 부문 대상을, 《지상의 여자들》로 제6회 SF어워드 장편 부문 우수상을 수상했다. SF와 페미니즘을 연구하는 프로젝트 그룹 'sf×f'에서 활동 중이다.

심너울

단편집 《나는 절대 저렇게 추하게 늙지 말아야지》, 《땡스 갓, 잇츠 프라이데이》를 출간했고, 세 권의 앤솔러지에 참여했으며, 〈한국일보〉 '2030 세상보기'에 매달 글을 기고하고 있다. 에세이집 《오늘은 또 무슨 헛소리를 써볼까》, 장편소설 《우리가 오르지 못할 방주》, 《소멸사회》를 썼다.

〈세상을 끝내는 데 필요한 점프의 횟수〉로 제6회 SF 어워드 중단편 부문 대상을 수상했다.

아밀

소설가이자 번역가, 에세이스트. '아밀'이라는 필명으로 소설을 발표하고, '김지현'이라는 본명으로 영미문학 번역가로 활동하고 있다. 창작과 번역 사이, 현실과 환상 사이, 여러 장르를 넘나들며 문학적인 담화를 만들고 확장하는 작가이고자 한다.

단편 〈반드시 만화가만을 원해라〉로 대산청소년문학상 동상을 수상했다. 단편 〈로드킬〉로 제5회 SF 어워드 중단편 부문 우수상을, 중편 〈라비〉로 제7회 SF 어워드 중단편 부문 대상을 받왔다. 쓴 책으로 소설집《로드킬》, 산문집《생강빵과 진저브레드—소설과 음식 그리고 번역 이야기》가 있으며,《그날 저녁의 불편함》,《끝내주는 괴물들》,《흉가》,《캐서린 앤 포터》,《조반니의 방》등의 작품을 우리말로 옮겼다.

이서영

여러 시공간에서 데모하는 사람들의 이야기를 많이 썼다. 기술이 어떤 인간을 배제하고 또 어떤 인간을 위해 일하는지, 혹은 기술을 통해 배제된 바로 그 인간이 기술을 거꾸로 쥐고 싸울 수 있을지에 대해 관심이 많다.

〈유도선〉으로 제7회 SF 어워드 중단편 부문 우수상을,〈지신사의 훈김〉으로 제8회 SF 어워드 중단편 부문 대상을 받았다. 혼자 쓴 책으로《유미의 연인》,《악어의 맛》,《낮은 곳으로 임하소서》가 있고, 같이 쓴 책으로《기기인 도로》,《이웃집 슈퍼히어로》,《다행히 졸업》,《여성작가 SF 단편모음집》등이 있다.

편집자 후기

2008년에 설립해 2011년까지 20여 권의 SF를 내며 활발히 출판을 하다가, 모기업의 부도로 지금은 명맥만 유지하고 있는 어느 출판 브랜드에서 여전히 계약을 해지하지 않고 10년 넘게 판매 중인 책이 있으니 바로 'SF 명예의 전당' 시리즈다. 미국의 작가이자 편집자인 로버트 실버버그와 벤 보버가 각각 엮은 두 권의 원서가 나온 것이 1970년대 초인데, 영미권 SF 황금기의 유산을 고스란히 물려받은 이 책들의 한국어판이 여전히 절판되지 않은 것은 한국의 SF 독자들에게도 여전히 필독서와 다름없이 사랑받고 있기 때문일 터다.

들을 때마다 손사래를 치긴 하지만 근래 한국 SF의 황금기라는 이야기를 종종 듣는다. 아작이 처음 책을 내기 시작하던 2015년 연간 출간 종수 10여 종에 불과하던 한국 작가의 SF가 2021년에는 70종 넘게 출간되었으니 매주 한 권씩 한국 SF 작품이 쏟아져 나온 셈이다. 아작 역시 그간 해외 SF를 주로 소개해왔기에 2020년까지의 출간 리스트에서 한국 SF는 연간 4, 5종에 불과했으나 2021년에는 20종에 가까웠다.

분명 'SF'의 붐까지는 몰라도 'SF 출판'의 붐은 온 것 같다. 대형 문학

출판사는 물론이고 나름 전문적인 영역을 가지고 있던 중소 출판사들까지 SF 출판에 가세해, 2022년 1사분기에만 벌써 30종에 이르는 작품이 출간되었다. 듀나와 김창규를 비롯한 일군의 젊은 작가들이 본격적으로 한국 SF를 쓰기 시작한 1990년대 초부터 지난 30년간 총 500여 종의 한국 SF가 출간되었는데, 이제 한 해에만 100여 종이 쏟아지는 시대가 된 것이다.

그중에서도 중단편 소설의 물량이 압도적이다. 한국 SF 어워드 심사위원회에 따르면 2020년 SF 어워드에서 심사 대상에 오른 한국 SF 중단편이 300편이었는데 2021년 SF 어워드에서는 480편에 이르렀다. 2022년 SF 어워드에서는 몇 편으로 증가할지 가늠조차 되지 않는다. 이제 출간되는 한국 SF 작품을 일반 독자가 모두 읽는다는 건 물리적으로 불가능에 가까워졌다.

본격적인 한국 SF의 시대를 맞이하면서 무엇보다 일종의 시금석이 필요한 시점이 되었기에, 아작에서는 그에 합당한 작품들에게 마땅한 자리를 마련하기로 했다. 타이틀은 '한국 SF 명예의 전당'으로, 이는 'SF 명예의 전당'에 바치는 헌사다.

'한국 SF 명예의 전당'을 여는 첫 번째 책에는 2010년대 한국 SF의 진면목을 보여줄 수 있는 2014년부터 2021년까지의 한국 SF 어워드 대상작을 모두 모아 실었다. '한국 SF 어워드'는 2014년 국립과천과학관에서 시작된 상으로 몇 해를 이어오다 정부의 지원이 끊어지자 김보영 작가를 위시해 많은 작가와 팬들이 힘을 모아 어렵사리 명맥을 이었다. 그리고 이정모 관장이 취임하며 2020년 다시 제대로 된 어워드의 위용을 회복할 수 있었다. 부디 '한국 SF 어워드'가 10년, 20년을 넘어 계속 이어져서 한국 SF의 산증인이 되어주길 바라마지 않는다.

또한 가능하다면 '한국 SF 명예의 전당'을 통해 대상 수상작들뿐만 아니라 본상을 받은 모든 작품을 모아 독자들에게 선보이려 한다. 우수상을 받은 작품까지 모두 모으면 '한국 SF 명예의 전당'은 단행본 네 권 분량이 된다. 시리즈의 순서는 '건곤감리(乾坤坎離)'로 잡았다. 4괘의 순환이 만물의 순환과 세상의 운행을 보여준다고 하듯 이 시리즈를 통해 지난 10년간의 한국 SF의 흐름을, 작가들의 면면으로는 지난 30년간의 역사를 모두 확인할 수 있기를 바란다.

　이미 출간된 작품들을 대상으로 하는 '한국 SF 어워드'의 특성상 출판권을 확보하는 일이 쉽지는 않다. 이 책 역시 그간 아작에서 확보한 대상 수상작들의 출판권에 보태어 비채와 안전가옥 두 출판사에서 쾌히 재수록을 동의해주셨기에 가능했다. '한국 SF 명예의 전당'이 수록 작가들의 모든 작품으로 독서의 영역을 확장하는 내비게이션 역할을 해주기를 기대한다. 외람되지만, 처음으로 단행본에 편집자 후기를 쓰는 이유다.

　　　　　　　　　　　　　　　　　　　　　　　　　— 최재천, 편집장

중단편 소설 부문

회차/연도	작가	제목	발표/수록 지면
제1회 (2014년)	김창규	〈업데이트〉✦	발표 〈과학동아〉, 2013 수록 《우리가 추방된 세계》, 2016, 아작
	정보라 (a.k.a. 정도경)	〈씨앗〉	발표 《씨앗》, 2013, 온우주 수록 《그녀를 만나다》, 2021, 아작
	황태환	〈옥상으로 가는 길〉	발표 《옥상으로 가는 길, 좀비를 만나다》, 2012, 황금가지 수록 《조커가 사는 집》, 2015, 작은책방
	백상준	〈장군은 울지 않는다〉	발표 《섬 그리고 좀비》, 2010, 황금가지 수록 《조커가 사는 집》, 2015, 작은책방
	정세호	〈지하실의 여신들〉	발표 《대전(對戰)》, 2014, 황금가지 수록 《조커가 사는 집》, 2015, 작은책방
제2회 (2015년)	박문영	〈사마귀의 나라〉✦	발표 《사마귀의 나라》, 2014, 에픽로그
	김창규	〈뇌수〉	발표 〈원더랜드〉, 2014, 42 수록 《우리가 추방된 세계》, 2016, 아작
	김보영	〈세상에서 가장 빠른 사람〉	발표 〈이웃집 슈퍼히어로〉, 2015, 황금가지 수록 《얼마나 닮았는가》, 2020, 아작
	김용준	〈아바타, 마루타〉	발표 〈크로스로드〉, 2015
	듀나	〈아퀼라의 그림자〉	발표 〈이웃집 슈퍼히어로〉, 2015, 황금가지
제3회 (2016년)	김창규	〈우리가 추방된 세계〉✦	발표 〈미래경〉, 2016, 42 수록 《우리가 추방된 세계》, 2016, 아작
	최영희	〈그날의 인간 병기〉	발표 《복수는 나의 것》, 2015, 탐 수록 《너만 모르는 엔딩》, 2018, 사계절
	최상희	〈그래도 될까?〉	발표 《복수는 나의 것》, 2015, 탐 수록 《닷다의 목격》, 2021, 사계절
	박성환	〈영원한 일요일 오후〉	발표 〈크로스로드〉, 2015
제4회 (2017년)	김창규	〈우주의 모든 유원지〉✦	발표 〈과학동아〉, 2017 수록 《삼사라》, 2018, 아작
	류호성	〈하늘에 묻히다〉	발표 《하늘에 묻히다》, 2016, 에픽로그
	곽유진 (a.k.a. 바벨)	〈어머니들의 아이〉	발표 〈브릿G〉, 2017

회차/연도	작가	제목	발표/수록 지면
제5회 (2018년)	김보영	〈얼마나 닮았는가〉+	**발표** 《아직 우리에겐 시간이 있으니까》, 2017, 한겨레출판 **수록** 《얼마나 닮았는가》, 2020, 아작
	김성일	〈라만차의 기사〉	**발표** 《브릿G》, 2018 **수록** 《나와 밍들의 세계》, 2021, 황금가지
	아밀	〈로드킬〉	**발표** 《여성작가SF단편모음집》, 2018, 온우주 **수록** 《로드킬》, 2021, 비채
	이산화	〈증명된 사실〉	**발표** 《단편들, 한국 공포 문학의 밤》, 2017, 황금가지 **수록** 《증명된 사실》, 2019, 아작
제6회 (2019년)	심너울	〈세상을 끝내는데 필요한 점프의 횟수〉+	**발표** 《대멸종》, 2019, 안전가옥
	김초엽	〈나를 키우는 주인들은 너무 빨리 죽어버린다〉 (a.k.a. 〈스펙트럼〉)	**발표** 〈현대문학〉, 2018 **수록** 《우리가 빛의 속도로 갈 수 없다면》, 2019, 허블
	구병모	〈미러리즘〉	**발표** 〈현대문학〉, 2016 **수록** 《단 하나의 문장》, 2018, 문학동네
	고호관	〈아직은 끝이 아니야〉	**발표** 〈환상문학웹진 거울〉, 2015 **수록** 《아직은 끝이 아니야》, 2019, 아작
제7회 (2020년)	아밀	〈라비〉+	**발표** 〈온라인 문예매체 S-R-S〉, 2019 **수록** 《로드킬》, 2021, 비채
	이산화	〈잃어버린 삼각김밥을 찾아서〉	**발표** 《편의점》, 2020, 안전가옥
	이서영	〈유도선〉	**발표** 〈환상문학웹진 거울〉, 2019 **수록** 《유미의 연인》, 2021, 아작
	전삼혜	〈고래고래 통신〉	**발표** 〈문장 웹진〉, 2019
제8회 (2021년)	이서영	〈지신사의 훈김〉+	**발표** 《기기인 도로》, 2021, 아작
	연여름	〈리시안셔스〉	**발표** 〈브릿G〉, 2021
	황모과	〈연고, 늦게라도 만납시다〉	**발표** 《밤의 얼굴들》, 2020, 허블

장편 소설 부문

회차/연도	작가	제목	출판사
제1회 (2014년)	김보영	《7인의 집행관》+	폴라북스
	김진우	《애드리브》	북퀘스트
	백상준	《섬》	황금가지
	배명훈	《은닉》	북하우스
제2회 (2015년)	홍지운 (a.k.a. dcdc)	《무안만용 가르바니온》+	에픽로그
	이혜원	《드림컬렉터》	새파란상상
	장은선	《밀레니얼 칠드런》	비룡소
	권리	《상상범》	은행나무
	장강명	《호모도미난스》	은행나무
제3회 (2016년)	노희준	《깊은 바다 속 파랑》+	자음과모음
	배명훈	《첫숨》	문학과지성사
제4회 (2017년)	김주영	《시간 망명자》+	인디페이퍼
	김병호	《폴픽》	스토리밥
	김이환	《초인은 지금》	새파란상상
제5회 (2018년)	김백상	《에셔의 손》+	허블
	김희선	《무한의 책》	현대문학
	홍준영	《이방인의 성》	멘토프레스
제6회 (2019년)	임성순	《우로보로스》+	민음사
	문목하	《돌이킬 수 있는》	아작
	박문영	《지상의 여자들》	그래비티북스
제7회 (2020년)	이경희	《테세우스의 배》+	그래비티북스
	천선란	《무너진 다리》	그래비티북스
	문목하	《유령해마》	아작
제8회 (2021년)	최이수	《두 번째 달: 기록보관소 운행 일지》+	에디토리얼
	Havoc	《영원의 요람》	KW북스
	듀나	《평형추》	알마

웹소설 부문

회차/연도	작가	제목	출판사
제6회 (2019년)	글쟁이S	《사상 최강의 보안관》+	문피아
	임이도	《나 혼자 천재 DNA》	KW북스
	클로엘(CLOEL)	《내 안드로이드》	포르테
제7회 (2020년)	흥적	《피자 타이거 스파게티 드래곤》+	뷰컴즈
	FromZ	《거대 인공지능 키우기》	라온E&M
	Havoc	《함장에서 제독까지》	KW북스
제8회 (2021년)	시아란	《저승 최후의 날》+	안전가옥
	다카엔	《덴타 클로니클》	미열
	가짜과학자	《철수를 구하시오》	에이시스미디어

만화/웹툰 부문

회차/연도	작가	제목	연재처/출판사
제1회 (2014년)	양영순	《덴마》+	네이버
	연제원	《제페토》	네이버
	안성호	《노루》	다음
	이장희	《마인드 트래커》	거북이북스
	김성민, 이기호	《나이트런 프레이》	이미지프레임
제2회 (2015년)	문지현	《노네임드》+	네이버
	모래인간, 하얀돌	《고기인간》	레진
	강풀	《무빙》	다음
	권혁주	《씬커》	네이버
	워커	《파리대왕》	올레마켓

회차/연도	작가	제목	연재처/출판사
제3회 (2016년)	이경은	《은폐괴수 란지라》+	애니맥스플러스
	엄지용	《파라노이드 안드로이드》	레진
	김칸비, 후파	《언노운 코드》	레진
	창, 이광열	《종의 기원X》	카카오페이지
	막타	《막타의 공상과학소설》	코미카
제4회 (2017년)	갈로아	《오디세이》+	레진
	만취	《냄새를 보는 소녀》	케이툰
	이시영	《네가 있던 미래에선》	대원씨아이
제5회 (2018년)	이경탁, 노미영	《심해수》+	투믹스
	키티콘, 김종환	《에이디》+	저스툰
	문지현	《꿈의 기업》	네이버
제6회 (2019년)	윤필, 재수	《다리 위 차차》+	저스툰
	정지훈	《모기전쟁》	레진코믹스
	천계영	《좋아하면 울리는》	다음
제7회 (2020년)	마사토끼, ASURA	《왓치가이》+	레진코믹스
	제이로빈(원작), 돌연변이	《3cm 헌터》	네이버
	신일숙	《카야》	카카오페이지
제8회 (2021년)	다홍	《숲속의 담》+	네이버
	김마토	《너의 말 속을 걷다》	만화경
	수사반장	《백억년을 자는 남자》	레진코믹스

영상 부문

회차/연도	감독	제목	분류
제1회 (2014년)	봉준호	〈설국열차〉+	장편 영화
	구봉회	〈고스트 메신저〉	애니메이션
	김병수	〈나인: 아홉 번의 시간여행〉	tvN 드라마
	장태유	〈별에서 온 그대〉	SBS 드라마
	안판석	〈세계의 끝〉	JTBC 드라마
제2회 (2015년)	우경민	〈쟈니 익스프레스〉+	단편 애니메이션
	염경식	〈신의 질문〉	단편 영화
	권호영	〈자각몽〉	단편 영화
제3회 (2016년)	김효정	〈엠보이〉+	단편 영화
	오충환	〈내일을 향해 뛰어라!〉	SBS 특집 드라마
	이호재	〈로봇, 소리〉	장편 영화
	곽재용	〈시간이탈자〉	장편 영화
	김원석	〈시그널〉	tvN 드라마
제4회 (2017년)	김성민	〈그린라이트〉+	단편 영화
	김영덕	〈다희 다이〉	단편 영화
	연상호	〈부산행〉	장편 영화
제5회 (2018년)	최수진	〈오제이티: On the Job Training〉+	단편 영화
	권혁준	〈낙진〉	단편 영화
	봉준호	〈옥자〉	장편 영화
제6회 (2019년)	신대용	〈이브〉+	단편 영화
	김일현	〈지옥문〉	애니메이션
	김성훈	〈킹덤 시즌 1〉	넷플릭스 드라마
제7회 (2020년)	이연지	〈불면증 소년〉+	애니메이션
	이상엽	〈나 홀로 그대〉	넷플릭스 드라마
	강구민	〈실로암〉	단편영화
제8회 (2021년)	황승재	〈구직자들〉+	장편 영화
	김다솔	〈웜홀〉	단편 영화
	최진솔	〈혼생러 한사라〉	단편 영화

한국 SF 명예의 전당

SF Award Winner — 乾
2014-2021

초판 1쇄 발행 2022년 4월 20일

지은이 김보영, 김창규, 박문영, 심너울, 아밀, 이서영
펴낸이 박은주
편집장 최재천
편집 설재인
디자인 김선예, 서예린, 오유진
마케팅 박동준

발행처 (주)아작
등록 2015년 9월 9일(제2021-000132호)
주소 04050 서울특별시 마포구 양화로 156
LG팰리스빌딩 1428호
전화 02.324.3945-6 **팩스** 02.324.3947
이메일 decomma@gmail.com
홈페이지 www.arzak.co.kr

ISBN 979-11-6668-670-2 04810
979-11-6668-669-6 04810(세트)